主编 阎纯德 吴志良

北京语言大学
列国汉学史书系
Sinological History Series

二十世纪国外中国文学研究

夏康达 王晓平 等著

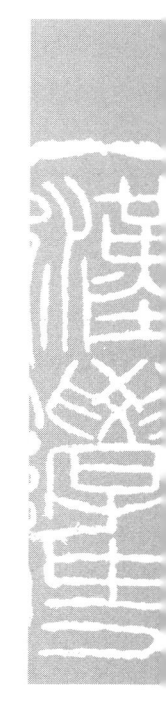

学苑出版社

图书在版编目（CIP）数据

二十世纪国外中国文学研究/夏康达,王晓平等著.—北京:学苑出版社，2016.4
（列国汉学史书系 / 阎纯德，吴志良主编）
ISBN 978-7-5077-5000-3

Ⅰ．①2… Ⅱ．①夏… ②王… Ⅲ．①中国文学－文学 研究－国外－20世纪 Ⅳ．①I206

中国版本图书馆CIP数据核字（2016）第083397号

责任编辑：杨　雷
封面设计：徐道会
出版发行：学苑出版社
社　　址：北京市丰台区南方庄2号院1号楼
邮政编码：100079
网　　址：www.book001.com
电子信箱：xueyuanpress@163.com
联系电话：010-67601101（销售部）　67603091（总编室）
经　　销：新华书店
印　刷　厂：三河灵山红旗印厂
开本尺寸：710×1000　　1/16
字　　数：470千字
印　　张：29.75
印　　数：1500册
版　　次：2016年5月第1版
印　　次：2016年5月第1次印刷
定　　价：65.00元

本书系出版获北京语言大学、
澳门霍英东基金会和澳门基金会资助

 北京语言大学列国汉学史书系
编辑委员会

顾　　问：季羡林　李学勤　汤一介　王路江　李宇明
主　　任：崔希亮
副 主 任：韩经太　曹志耘
主　　编：阎纯德　吴志良
编　　委：王晓平　乐黛云　安平秋　许光华　刘顺利
　　　　　吴志良　张国刚　严绍璗　李明滨　李海绩
　　　　　陈开科　侯且岸　柴剑虹　钱林森　耿　昇
　　　　　阎纯德　阎国栋　熊文华

序 一

经过近 30 年多位学者的辛劳努力,现在我们可以说,国际汉学研究确实已经成长为一门具有特色的学科了。

"汉学"一词本义是对中国语言、历史、文化等的研究,而在国内习惯上专指外国人的这种研究,所以特称"国际汉学",也有时作"世界汉学""国际中国学",以区别于中国人自己的研究。至于"国际汉学研究",则是对国际汉学的研究。中外都有学者从事国际汉学研究,但我们在这里讲的,是中国学术界的国际汉学研究。

自从改革开放以来,国际汉学研究改变了禁区的地位,逐渐开拓和发展。其进程我想不妨划分为三个阶段:一开始仅限于对国际汉学界状况的了解和介绍,中心工作是编纂有关的工具书,这是第一个阶段。到了 20 世纪 90 年代,出现国际汉学研究的专门机构,大量翻译和评述汉学论著,应作为第二个阶段。在这两个阶段里,学者们为深入研究国际汉学打好了基础,准备了条件。新世纪到来之后,进入全面系统地研究国际汉学的可能性应该说业已具备。

今后国际汉学研究应当如何发展,有待大家磋商讨论。以我个人的浅见,历史的研究与现实的考察应当并重。国际汉学研究不是和现实脱离的,认识国际汉学的现状,与外国汉学家交流沟通,对于我国学术文化的发展以至于多方面的工作都是必要的。我曾经提议,编写一部中等规模的《当代国际汉学手册》,便于我们的学者使用;如果有条件的话,还要组织出版《国际汉学年鉴》。这样,大家在接触外国汉学界时,就不会感到隔膜,阅读外国汉学作品,也就更容易体味了。必须指出的是,国际汉学有着长久的历史,因此现实和历史是分不开的,不了解各国汉学的历史传统,终究无法认识汉学的现状。

我们已经有了不少国际汉学史的著作及论文。实际上,公推为中国最早的汉学史专书,是 1949 年出版的莫东寅《汉学发达史》,尽管是通史体裁，也包含了分国的篇章。这本书最近已有经过校勘的新版，大家容易看到，尽管只是概述性的，却使读者能够看到各国汉学互相间的关系。由此可见，有组织、有系统地考察各国汉学的演进和成果，将之放在国际汉学整体的背景中来考察，实在是更为理想的。

这正是我在这里向大家推荐阎纯德教授、吴志良博士主编的这套"列国汉学史书系"的原因。

阎纯德教授在北京语言大学主持汉学研究所工作多年，是我在这方面的同行和老友，曾给我以许多帮助。他为推进国际汉学研究，可谓不遗余力，所做出的重要贡献是学术界周知的。在他的引导之下，《中国文化研究》季刊成为这一学科的园地，随之又主编了《汉学研究》，列为《中国文化研究汉学书系》，有非常广泛的影响。其锲而不舍的精神，我一直敬服无地。特别要说的是，阎纯德教授这几年为了编著这套"列国汉学史书系"所投入的心血精力，可称出人意想。

在《汉学研究》第八集的《卷前絮语》中，阎纯德教授慨叹："《汉学研究》很像同仁刊物，究其原因，是从事这个领域研究的学者太少，尤其是专门的研究者更是少之又少，所以每一集多是读者相熟的面孔。"现在看"列国汉学史书系"，作者已形成不小的专业队伍，这是学科进步的表现，更不必说这套书涉及的范围比以前大为扩充了。希望"列国汉学史书系"的问世成为国际汉学研究这个学科在新世纪蓬勃发展的一个界标，让我们在此对阎纯德教授、这套书的各位作者，还有出版社各位所做出的劳绩表示感谢。

李学勤

2007 年 4 月 8 日

于清华大学国际汉学研究所

序 二
汉学历史和学术形态

汉学历史和学术形态历史是既抽象又具体的存在,是浩瀚无边的过去、现在和未来。历史会让我们兴奋,也会使我们悲哀,有时会令人觉得它又仿佛是一个梦。但是,当我们梦醒而理智的时候,便会发现——自然史、时间史、太阳史、地球史、人类社会史,一切的一切,不管是曾经存在过的恐龙,还是至今还在生生不息的蚂蚁社群,天上的,地下的,看得见的,看不见的,一切都有自己的历史。一切都有过发生,一切都还在发展,一切都还会灭亡。

任何事物的发生都有一个有形或无形的孕育过程,"汉学"(Sinology)也是这样,其孕育和成长,就是中国文化与异质文化相互交媾浸淫的历史。这个历史,始于公元 1 世纪前后汉代所开通的丝绸之路,接下来是七八世纪的大唐帝国、十四五世纪的明代、清末的鸦片战争和"五四"新文化运动,这种文化的碰撞和交流之潮时起时伏直到今天,还会发展到永远。这是历史,是汉学的昨天、今天和未来,是其孕育、发生和成长的过程显现出的文化精神。但是,昨天有远有近,我们可以循着蛛丝马迹探讨找回其真;而今天,只是一个过渡,一俟走过,便成为昨天的陈迹。写作汉学史是一件艰难的劳作,尤其对象是遥远的昨天,尤其是"遗失"在异国他乡的昨天,更非一件易事。时至今日,朦胧面纱下的汉学还不为一些学人所认识,因此有必要取下面纱,让人们看个究竟。

从 20 世纪 70 年代中期之后,尤其 90 年代以降,"汉学"(Sinology)便逐渐成为学术界耳熟能详的学术名词。中国大陆重提"汉学"(Sinology)至今,汉学就像隐藏在深山里的小溪,经过 30 年的艰辛跋涉之后,才终于形成一条奔腾的水流,并成为中国文化水系不可或缺的组成部分。这个变化是时代和历史变迁带来的结果,也是文化自己发展的规律。

那么,究竟什么是汉学(Sinology)呢? 首先,这里的汉学非指汉代研究经学注重名物、训诂——后世称"研究经、史、名物、训诂考据之学"的"汉学",而是指外国人研究中国历史、语言、哲学、文学、艺术、宗教、考古及社会、经济、法律、科技等人文和社会科学领域的那种学问,这起码已是200多年来世界上的习惯学术称谓。李学勤教授多次说:"汉学,英语是Sinology,意思是对中国历史文化和语言文学等方面的研究。在国内学术界,'汉学'一词主要是指外国人对中国历史文化等的研究。有的学者主张把它改译为'中国学',不过'汉学'沿用已久,在国外普遍流行,谈外国人这方面的研究,用'汉学'比较方便。"① Sinology 一词来自外国,它不是汉代的"汉",也不是汉族的"汉",不指一代一族,其词根 sino 源于秦朝的"秦"(Sin),所指是中国。

在历史长河里,汉学由胚胎逐渐发育成长。当汉学走过少年时代,在西学东渐和中学西传互示友情后,中学开始影响西方而成为人类文明史上的伟大事件。中世纪以来,欧洲视中国为"修明政治之邦",对中国充满了好奇与好感,当"中国热"蜂起欧洲,19世纪初期法国便成为西方汉学的中心,巴黎成为"汉学之都"。戴密微(Paul Demiéville)曾说汉学的先驱是葡萄牙、西班牙和意大利。但是,汉学作为学术研究和一种文化形态,举大旗的则是法国人。1814年12月11日,雷慕沙(Jean Pierre Abel Rémusat)在法兰西学院首开"汉语和鞑靼——满语语言与文学讲座",启开了西方真正的汉学时代。但指代汉学的"Sinologie"(英文"Sinology")一词则出现在18世纪末,应该早于雷慕沙主持第一个汉学讲座的时间,更不会晚于1838年。从此之后,"Sinology"便成为主导汉学世界的图腾、约定俗成的学术"域名"。在世界文化史和汉学史上,外国人把研究中国的学问称为"汉学",研究中国学问的造诣深厚的学者称为"汉学家"。因此,我认为,我们不必要标新立异,根据西方大部分汉学家的习惯看法,"Sinology"发展到如今,这一历史已久的学术概念有着最丰富的内涵,绝不是什么"汉族文化之学",更不是什么汉代独有的"汉学",它涵盖中国的一切学问,既有以儒释道为核心的传统文化,也包含"敦煌学""满学""西夏学""突厥学"以及"藏学"和"蒙古学"等领域。但是一直以来人们对汉学的理解和解释相

---

① 李学勤《国际汉学漫步·序》,河北教育出版社,1997年。

左,因此便有了"中国学""海外汉学""海外中国学""域外汉学""国际汉学""世界汉学""国际中国文化"等不同的叫法;如果咬文嚼字,推演下来,一定还会有"国内汉学""国内中国学",甚至"北京汉学""河南汉学"等。由于汉学的发展、演进,以法国为首的"传统汉学"和以美国为首的"现代汉学",到了20世纪中叶之后,研究内容、理念和方法,已经出现相互兼容并包状态,就是说 Sinology 可以准确地包含 Chinese Studies 的内容和理念;从历史上看,尽管 Sinology 和 Chinese Studies 所负载的传统和内容有所不同,但现在却可以互为表达、"雌雄同体"同一个学术概念了。话再说回来,对于这样一个负载着深刻而丰富历史内涵的学术"域名",我以为还是叫它 Sinology 最好,因为,Sinology 不仅承继了汉学的传统,而且也容纳了 Chinese Studies 较为广阔的内容。另外,中国人对中国文化的研究应该称为国学,而外国学者研究中国文化的那种学问则称为汉学。汉学是国学的有血有灵魂的"影子",而汉学不是国学,是介于中学与西学两者之间,本质上更接近西学的一种文化形态。说它与国学同根而生,说它们是一条藤上的两个瓜,都不为过,然而瓜的形象与味道却不相同,一个是"东瓜",一个是"西瓜"。我认为这样认识汉学,既符合中国文化的学术规范,又符合世界上的历史认同与学术发展实际。

  汉学的历史是中国文化与异质文化交流的历史,是外国学者阅读、认识、理解、研究、阐释中国文明的结晶。汉学作为外国人认识中国及其文化的桥梁,是中国文化和外国文化撞击后派生出来的学问,实际上也是中国文化另一种形式的自然延伸。但是,汉学不是纯粹的中国文化,它与中国文化有着密不可分的血缘关系,既是中外文化的"混血儿",又是可以照见"中国文化"的镜子,是可以攻玉的"他山之石"。"'Sinology'是一门在国际文化中涉及双边或多边文化关系的近代边缘性的学术,它以'中国文化'作为研究的'客体',以研究者各自的'本土文化语境'作为观察'客体'的基点,在'跨文化'的层面上各自表述其研究的结果,它具有'泛比较文化研究'的性质。"[①]以上两种表述虽有不同,但学理一致,基本可以厘清我们对于 Sinology(汉学)的基本学术定位。

  法国汉学家马伯乐(Henri Maspero)说过:"中国是欧洲以外仅有的这

[①] 严绍璗《我对 Sinology 的理解和思考》,载《世界汉学》2006年第4期。

样的一个国家:自远古起,其古老的本土文化传统一直流传至今。"法国哲学家弗朗索瓦·于连(François Jullien)也说:"中国文明是在与欧洲没有实际的借鉴或影响关系之下独自发展的、时间最长的文明……中国是从外部审视我们的思想——由此使之脱离传统成见——的理想形象。"①他在《为什么我们西方人研究哲学不能绕过中国》中提出:"我们选择出发,也就是选择离开,以创造远景思维的空间。人们这样穿越中国也是为了更好地阅读希腊。"为了获得一个"外在的视点",他才从遥远的视点出发,并借此视点去"解放"自己。这便是一个未曾断流、在世界上仅存的几种古老文化之一的中国文明的意义。中国文明是一道奔流不息的活水,活水流出去,以自己生命的光辉影响世界;流出的"活水"吸纳异国文化的智慧之后,形成既有中国文化的因子,又有外国文化思维的一种文化,这就是"汉学"。也就是说,汉学是以中国文化为原料,经过另一种文化精神的智慧加工而形成的一种文化。从某种意义上说,汉学既是外国化了的中国文化,又是中国化了的外国文化;抑或说是一种亦中亦西、不中不西有着独立个性的文化。汉学作为一门独立的具有跨文化性质的学科,是外国文化对中国文化借鉴的结果。汉学对外国人来说是他们的"中学",对中国人来说又是西学,它的思想和理论体系仍属"西学"。

  汉学研究是指对外国汉学家及其对中国文化研究成果的再研究,是中国学者对外国学者研究中国文化的反馈,也是对外国文化借鉴的一个方面。凡是对历史或异质文化进行研究,都有一个价值判断和公正褒贬的问题。因此,对于外国汉学家对我们中国文化的研究,必得有我们自己的判断,然后做出公正的褒贬。我们说汉学是可以攻玉的"他山之石",但是这句箴言并非只是适用于中国人,对外国人也是一样。汉学也像外国的本体文化一样,对我们来说有借鉴作用,对西方来说有启迪作用——西方学者以汉学为媒介来了解中国,汲取中国文化的精华,完善自己的文明。人类由于文化背景差异和文化语境的不同,思维方向和方式也会不同,因而就会得出不同的结论,讲出不同的道理。"西方学者接受近现代科学方法的训练,又由于他们置身局外,在庐山以外看庐山,有些问题国内学者司空见惯,习而不察,外国学者往往探骊得珠。如语言学、民俗学、考古学、人类

---

① [法]弗朗索瓦·于连(François Jullien)《迂回与进入》,香港三联书店,1998年。

学、社会学诸多领域,时时迸发出耀眼的火花。"①汉学的学术价值往往不被国人重视,并利用汉学家对于中国文化的一些误读贬低汉学的价值。其实,这并不公平,有些汉学家对于中国文化确实有其独到的见解,能发中国人未发之音。法国汉学家马伯乐(Henri Maspero,1883—1945)对中国上古文化和上古宗教的研究就有独到的贡献,被称对中国宗教研究有"先河"之功。他研究中国宗教的宗教社会学的方法,促进和推动了中国学者采用宗教社会学来研究中国宗教,被称为"中国宗教社会学研究的真正创始人"。瑞典汉学家高本汉(Bernhard Karlgren,1889—1978),终生的最高成就是根据研究古代韵书、韵图和现代汉语方言、日朝越诸语言中汉语借词译音构拟汉语中古音和根据中古音和《诗经》用韵、谐声字构拟古音,写出了著名的学术专著《中国音韵学研究》《汉语中古音与古音概要》《古汉语字典重订本》《中日汉字形声论》《论汉语》《诗经注释》《尚书注释》和《汉朝以前文献中的假借字》等,他对汉语音韵训诂的研究是不少中国学者所不及的,并深刻影响了对于中国音韵训诂的研究。20世纪著名的日本学者津田左右吉关于中国文化的研究著述甚丰,他认为中国文化是一种"人事本位文化",其核心是"帝王文化",其他认识上尽管有偏颇,但也有其独异性和深刻之处。这就是"他山之石"的意义和价值。当然,不可否认,汉学家对于中国文化的误读或歪曲也是常见的,诸如瑞典考古学家安特生(John Gunnar Andersson)于1921年10月对河南仰韶文化遗址发掘之后,便说中国彩陶制作技术源于西方,并在他的《甘肃考古记》和《黄土儿女》著作中反复强调他的这一错误观点。这一观点亦为"西方文化东移造成中国文化之说"提供了说辞。日本学者石田幹之助也推波助澜,闭门造车地推测出西方文化东渐的路线;甚至连我们的国学大师章太炎、刘师培也被"忽悠"得认可了"中国文化西来说"。② 美国现代汉学(中国学)的奠基人费正清对中国历史尤其近代史的研究独具风采,为美国人民认识中国搭建了一座桥梁;但他在研究上的所谓"冲击—回应"模式,却近乎荒谬,认为是西方给中国带来了文明,是西方的侵略拯救了中国。综上所述,对于汉

---

① 季羡林《汉学研究·序》第七集,中华书局,2003年。
② 《章太炎全集·〈訄书·序〉·〈种姓篇〉》,上海古籍出版社,1985年;刘师培《刘申叔先生遗书·〈思念祖国〉·〈华夏篇〉·〈国土原始论〉》。

学成果的研究,只有冷静、公正、客观、全面,才能在沙中淘得真金,拥抱"他山之石"。

在中国,汉学的接受与命运,诚实地说,在20世纪80年代初期之前,基本上是无视它的学术价值,更没人把它看作是中国文化的延伸。此外,由于民族心理上的历史"障碍",我们还曾视汉学为洪水猛兽,甚至觉得它是仇视中国、侮辱中国的一个境外的文化"孽种"。这种"观点",虽嫌偏颇,但也不是空穴来风。因为自19世纪"鸦片战争"前后,直至20世纪40年代,偌大的中国曾经惨遭蹂躏,整个历史写满了炮火压迫和宗教怀柔,其间也不乏为列强殖民政策服务的传教士、"旅行家"和"学者"深入中国腹地,以旅行、探险、考古之名而实行搜集社会情报、盗窃和骗取中国大批文物。

人类思想的飞翔,是受社会和历史禁锢的,山高水远的阻隔也使得人类互相寻找的岁月特别漫长。交流是人类文化选择的自然形态,汉学就发生在这种物质交流和文化交流之中。

公元前后,中国人被称为赛里斯(Seres),中国叫赛里加(Serice),这是陆路交往关于中国最初的叫法,时间较早;另一种叫法,把中国人称为秦尼(Sinai),中国叫秦(Sin),这是海路交往关于中国的叫法,时间较晚。由商人输往西方的中国丝绸绢绘是当时帝王贵族倾慕的奢侈珍品,Seres 和 Serice 两字系由阿尔泰语所转化,是希腊罗马称谓中国绢绘的 Serikon、Sericum 两字简化而来。西方人当时称中国为"秦"(Sin),称中国人为"秦尼"(Sinai),则是源于秦朝。①

人类在互相寻找的初级阶段,中国和西方试探性的商业交往还很原始,那时的人类,不同的国家、民族和族群处于相对落后和封闭的状态,人类各个角落的不同文化还处于相对不自觉或是相对蒙昧的历史时期。在人类最早的沟通中,中国人走在最前边。公元前139年,张骞奉汉武帝之命,越过葱岭,亲历大宛、康居、大月氏、大夏、乌孙、安息等地,直达地中海东岸,先后两次出使中亚各国,历时十多年,开创了古代和中世纪贯通欧亚非的陆路"丝绸之路",为人类交往开了先河,也为汉学的萌发洒下最初的雨露。

---

① 莫东寅《汉学发达史》,北平文化出版社,1949年,第3页。

在文化史上,以孔孟儒家学说为核心的中国文化最先影响朝鲜半岛,然后才是日本和越南等周边国家。这些周边国家与中国的关系复杂,甚至被说成同种同文,因此可以说它们的文化与中国文化有着很深的"血缘"关系。522年,中国佛教渡海东传日本,从那时开始,中国典籍便大量传入日本,但这只是一种"输入",只是日本创建自己文化的借鉴,并没有形成对于中国文化的深层研究。及至唐代,由于文化上承接了汉朝的开放潮流,那时与异质文化的交流相对更加频繁,商贸往来和文化沟通有了发展,西方和中国周边国家或地域的人士通过陆路和水路进入中国腹地,长安、洛阳、扬州、广州、泉州等城市,都是中外贸易和文化交汇的重要都会,尤其是前者,更是当时世界最大的商业文化之都;而后者,由于东南沿海经济崛起、人口增多、手工业发达、农田水利的改善,为海外贸易发展创造了条件,再由于唐代中期"安史之乱"切断了陆路"丝绸之路"的缘故,曾称为"鲤城""温陵""刺桐城"的泉州,便成为联结亚洲、欧洲和非洲的海上丝绸之路的"东方第一大港",是那时以丝绸、金银、铜器、铁器、瓷器为主的国际贸易之都。通过频繁的往来和交流,外国人对中国文化的认识越来越多、越来越深,汉学也便在这种交流中不知不觉慢慢衍生。

但是,源远流长的汉学,人们习惯地认为其洪流和网络在西方,西方是汉学的形象代表。这一看法一是源自近代以来西方强势文化和中国人的崇洋心理;二是西方汉学的某些特征也确实有别于朝鲜半岛、日本和越南的汉学。其实,如果我们从世界汉学历史发展的角度看,日本、朝鲜半岛和越南的汉学要早于西方的汉学,比如日本在十四五世纪已经初步形成了汉学,而那时西方的传教士还没有进入中国。因此,对于汉学的研究,无论是西方还是东方(朝鲜半岛、日本和越南),我们都不能顾此失彼,要以同样的关注和努力探讨其历史。当然,汉学的历史藏在文献里,而隐性源头却在文献之外。

文化往往伴随经济流动,其交流也会在不自觉或无意识状态下发生。到了明代初年,郑和率舰队出使西洋,前后七次,历经二十八年,到过三十多个国家,最远抵达非洲东岸和红海口,真正拓展了海上"丝绸之路"。

在公元八九世纪至十六七八世纪期间,关于中国,多见于西方商人、外交使节、旅行家、探险家、传教士、文化人所写的游记、日记、札记、通信、报告之中,这些文字包含着重要的汉学资源,因此有人把这些文献称为"旅游汉学"。这些来源于文艺复兴,因为思潮的开放影响了欧洲人的思想和生活,他们或通商,或传教,或猎奇,但了解和研究中国文化却是一致的,于是汉学便在葡萄牙、西班牙、意大利、法国、荷兰、英国、德国、俄罗斯等主要的西方国家逐步发展起来。

这类游记和著作较早的有约在851年成书的描述大唐帝国繁荣富强的阿拉伯佚名作者的《中国与印度游记》,吕布吕基斯的《远东游记》(1254),意大利的雅各·德安克纳的《光明城》,贝尔西奥的《中华王国的风俗与法律》(1554),《利玛窦中国札记》,亚历山大·德·罗德的《在中国的数次旅行》(1666),南怀仁的《中国皇帝出游西鞑靼行记》(1684),费尔南·门德斯·托平的《游记》,李明的《关于中国现状的新回忆录》(1696)和《中华帝国全志》(《中国通志》)等,以及罗明坚、金尼阁、汤若望、卫匡国等名士的著作,还有大量名不见经传的传教士、商人、旅行家、探险家的各种记述,都成为日后汉学兴旺发达的必然因素。这类著作主要涉及中国的物质文明,较多描述、介绍中国的山川、城池、气候以及生活起居、饮食、服饰、音乐、舞蹈,也涉及一些中国的观念文化。这些"旅游汉学"著作中,影响最大的是《马可·波罗行纪》(《东方见闻录》)。马可·波罗(Marco Polo)于1275年随父亲和叔父来中国,觐见过元世祖忽必烈,1295年回国后出版了这本书,它以美丽的语言和无穷的魅力翔实地记述了中国元朝的财富、人口、政治、物产、文化、社会与生活,第一次向西方细腻地展示了"唯一的文明国家"——"神秘中国"——的方方面面。

这些包罗万象的文献,不仅记录了不同时代的中国,还以自己的文化视角开始了中西文化最初的碰撞。作为文献,这些游记、日记、札记、通信和报告,有赞美,有误读,也有批评,但因为其中包含大量中国物质文化及政治、经济、历史、地理、宗教、科举等多方面的文化记载,而成为汉学的重要组成部分,在学术史上有重要价值。

汉学的发生、发展与经济、政治、交通以及资讯分不开。有学者把汉学的历史分为"萌芽""初创""成熟""发展""繁荣"几个时期,也有的分为"游记汉学时期""传教士汉学时期"和"专业汉学时期"三个阶段。但汉学的真正形成是在明末兴起的"西学东渐"和"中学西传"的互动之中。

从16世纪到十八九世纪,在数以千计的散布在中国各地的传教士中,有不少人成为名载史册的汉学先驱,他们为汉学的发展做出了重大贡献。

自 1540 年罗耀拉（S.Ignatins de Loyola）、圣方济各·沙勿略（Francisco Xavier）等人来华,开始了以意大利、西班牙传教士为主的第一时期的耶稣会的传教活动。接着,意大利的范礼安（Alexandre Valignani）、罗明坚（Michel Ruggieri）等著名传教士来华。1583 年,即明朝万历十一年,罗明坚将利玛窦神甫（Matteo Ricci）带到中国,从此,耶稣会士在中国的宗教活动无论是对于西方或是东方,都开始了一个新的历史时期。西班牙的胡安·冈萨雷斯·德·门多萨（Juan Gonzalez de Mendoza）的《中华大帝国史》于 1588 年问世,这部世界汉学史上的第一部汉学著作,名副其实地对中国的政治、历史、地理、文字、教育、科学、军事、矿产、物产、衣食住行、风俗习惯等做了百科全书式的介绍,具有相当的学术价值,以七种文字印行,风靡欧洲。以利玛窦为核心的耶稣会士的历史意义在于他们开始了对中国文化的全面"开垦",不仅著书立说,还把《大学》《中庸》《论语》《孟子》等中国文化经典译成西文,不仅开西学东渐之先河,也推动了中学西传,使中国文化对西方科学与哲学产生重要影响,因此这位思想家当仁不让地被视为西方汉学的鼻祖。与其先后到达中国的著名的传教士都著书立说、传播中国文化,对推动西学东渐和中学西传做出了贡献。在世界汉学史上,除了以上提及的,还有许多汉学家的名字十分响亮,诸如曾德照、柏应理、卫匡国、殷铎泽、南怀仁、汤若望、龙华民、金尼阁、罗如望、熊三拔、李明、张诚、白晋、马若瑟、宋君荣、钱德明、翟理斯、安特生、雷慕沙、儒莲、德理文、安东尼·巴赞、蒙田、冯秉正、尼·雅、比丘林、巴拉第·卡法罗夫、瓦西里耶夫、沙畹、伯希和、马伯乐、葛兰言、斯文赫定、马礼逊、斯坦因、理雅各、翟理斯、李约瑟、韦利、霍克斯、卫礼贤、福兰阁、孔拉迪、高本汉、卫三畏、费正清、戴密微、石泰安、谢和耐、欧文等。他们和东方日本、朝鲜半岛的富有建树的汉学家以及当今散布在各国的汉学家,对中国文化的独特理解,铸造成汉学史上的思想学术之碑,开垦了汉学成长的沃土。

　　"西方的汉学是由法国人创立的。"但是,在欧洲全面研究中国文明的问题上,"法国的先驱是葡萄牙、西班牙和意大利"。① 戴密微把以上三个国家誉为汉学的先锋,"他们于 16 世纪末叶,为法国的汉学家开辟了道路,而法国的汉学家稍后又在汉学中取代了他们",真正建立起作为学术的汉

---

① 戴密微《法国汉学研究史》,载耿昇译《法国当代中国学》,中国社会科学出版社,1998 年。

学传统。就传统汉学而言，法国是汉学家最多的国家之一，有许多汉学界的学术巨擘，不断为汉学的崇高而添砖加瓦。

中外文化交流的结果不仅意味着中国文化"外化"的传播，也意味着异质文化对中国文化"内化"的接受。汉学家作为中外文化交流的桥梁和使者，在异质文化的交流中，也是人类和谐与进步的推动者。

汉学诞生在与异质文化碰撞、交流和相互浸淫之中。这个结果无异于一枚果子的成熟，只有"风调雨顺"才生长得好。和谐、宽容、理解与尊重，是异质文化彼此借鉴的保证。作为文化形态的汉学，其成长和生存离不开良好的国际语境。就中国而言，历史上凡是开放的时代，文化交流多，汉学就发展；反之，汉学就停滞，这似乎成为一种规律。

作为学术公器的汉学，文化上有其自己的成长过程。汉学是发展的，这一植根于中国文化土壤，生存于异国他乡的文化，同样深受不同时代语境的极大影响。这里所说的语境，既包括中国的历史演变，也包括异国和世界的历史变化。也就是说，不同的历史时期，不同的社会、政治、经济、文化背景，在很大程度上左右着汉学的发展方向和内容；换句话说，汉学的形成和发展，不仅受制于中国历史的更迭，也受制于他者社会的变化。这就是以历史悠久的中国文化为研究对象的汉学发展的基本轨迹。

汉学作为一种学术形态，总体上可以分为"传统汉学"和"现代汉学"。传统汉学以法国为中心，而现代汉学兴显于美国，20世纪中期以来，在西方其他国家葆有传统汉学的同时，现代汉学也很繁荣。随着中国与世界政治关系的变化，随着中国文化与世界文化交流的拓展，现代汉学有了显著的发展。

虽然20世纪的后五十多年，中国文化与世界各国文化接触开始多了起来，但就整体而言，1949年后有三十多年是一个相对"闭关锁国"的时期。公正地讲，这道意识形态的"长城"也并非就是中国的政策，是那时期以美国为首的国家在政治、经济、军事、文化上对我国全面封锁的结果。这个时期的"汉学"涂满了政治色彩，以法国为代表的汉学较多地保持着传统汉学的学术精神，而美国的"中国学"却成了充满政治意识的现代汉学的代表。美国的"中国学"所关心的不是中国文化，更不是中国的传统文化，而是中国的政治、经济、军事、教育和社会生活各个层面的问题。这种政治特征，是那个时期美国汉学的基础，这一特征也影响了其他国家汉学的研究方向和内容。

由于中国与世界的隔离,由于西方与中国少有交流,因此汉学家不了解中国最新的文化进展(比如新的考古发现),致使汉学处于断炊或"无米之炊"的状态,没有中国文化的支持,西方汉学要想取得研究上的突破也很困难。陌生感和神秘感困扰着汉学家,这不仅是文化的尴尬,也是汉学家的难堪。

人类文化包含了物质文化和观念文化等。物质文化表现在衣食住行生活方面,是一种看得见、摸得着又极易变化的"具象"文化,如饮食、服饰、住房、音乐、舞蹈等;观念文化是一个民族的核心,表现在人的价值观、道德观、家庭观、宗教观等诸多方面,以及关于自由、平等、民主的理解,观念文化是一个民族的思维经过高度抽象后形成的思想、观念和精神,它通过文化灵魂——哲学、文学、语言、宗教、历史等来表达。① 观念文化,一俟进入外国汉学家的研究视野,他们的研究也就进入了对中国文化核心的深层研究。

汉学家从对中国物质文化到观念文化的研究,其领域越来越广越来越深。现在,汉学不仅包括对中国的哲学、文学、宗教、历史领域的研究,还包括社会学、政治学和自然科学。Sinology(汉学)和 Chinese Studies(中国学),它们已经发展到可以"异名共体"的地步。

时至今日,传统汉学和现代汉学这两种汉学形态不仅同时存在着、共荣着,而且还互相浸透着。

19 世纪末至 20 世纪初,美国汉学悄然嬗变为中国学,并以自己独有的个性特点和极强的生命力出现在世人面前。美国汉学始自 1830 年东方学会(American Oriental Society)的建立,这个学会虽然代表了欧洲那种对东方学文学的兴趣,但这个学会"从一开始就有一种与众不同的使命感"——"为美国国家利益服务,为美国对东方的扩张政策服务"。② 这个特点也与"美国海外传教工作理事会"向中国派出基督教传教士的宗旨相一致。可见,美国汉学一开始就和美国的国际战略和对华政策联系在一

---

① 任继愈《汉学发展前景无限》,载《中华读书报》2001 年 9 月 19 日。
② 侯且岸《费正清与中国学》,载李学勤主编《国际汉学漫步》(上),河北教育出版社,1997 年。

起。卫三畏（Samuel Wells Williams）1848年出版的百科全书式的《中国总论：中华帝国的地理、政府、教育、社会、生活、艺术、宗教及其居民观》就带有较为浓厚的社会科学特点，与欧洲具有人文科学特征的汉学颇有差异，但它依然属于Sinology的范畴。

美国从南北战争后的统一中走向强大，加入强国之列。八国联军对中国的侵略行径，是列强联合的第一次尝试。从那时起，承担着相当"政治"角色的传教士进入中国。真正美国式的"汉学"——中国学，就从那时开始，而奠基人和开拓者是之后的费正清（John King Fairbank）。作为美国首席中国问题专家的费正清，他的中国学研究不仅影响了美国，也对其他国家的汉学研究或中国学研究有强烈的影响。

在西方，费正清的魅力在于，没有谁能像他那样以更清晰、更富于洞察力的笔触来表述中国。"在使美国人了解中国，了解中国的传统、中国纷扰不安的近代史，以及中国神秘莫测的现状等方面，谁的贡献也没有像他那样大。"费正清等一批知名的美国中国学家都参与过战时情报工作，在战后作为美国政府的智囊而直接为制定对华政策服务。费正清的研究虽然充满了实用和功利色彩，立场和观点也有偏见，但这并不妨碍他在历史上作为一个贡献巨大的汉学家和中国人民的朋友的光辉。美国学者从事研究的根本出发点是"使命感""学术个性"和"反唯理智论倾向"，"蔑视学问，更为强调实用性知识"，"更为明显同自己以外的社会，即政治家、实业家及其实践家始终保持紧密的联系"。① 这就是美国中国学家的基本心态，他们讲究功利和实用，不理会学术上的理智倾向，这与法国汉学家的学术心态、学术个性与学术传统几乎大相径庭。

传统汉学（Sinology）和现代汉学（Chinese Studies）的差异在于前者是以文献研究和古典研究为中心，它们包括哲学、宗教、历史、文学、语言等；而以美国为中心的现代汉学（中国学）则以现实为中心，以实用为原则，其兴趣根本不在那些负载着古典文化资源的"古典文献"，而重视正在演进、发展着的信息资源。但是，汉学发展到21世纪，其研究内容和方式已经出现了融通这两种形态的特点。这种状况既出现在欧洲的汉学世界，也出现在美国的中国学研究之中，可以说世界各国汉学家的研究中，都兼有以上

---

① ［美］赖肖尔《近代日本新观》，生活·读书·新知三联书店，1992年。

两种汉学形态。

汉学(Sinology)对中国研究者来说,被尘封得太久,所以它的空白很多,浩如烟海的资源还有待于深入开掘。这种开掘,不仅可以收获汉学,还可以无意中发现被历史"放逐"和"遗失"在异国他乡的中国文化。编撰"列国汉学史书系"的目的和宗旨,不仅是为了梳理已有的汉学资源,在世界范围内追踪中国文化的外传历史状况、经验及影响,同时探究汉学的产生、成长、发展与繁荣,还要尽可能厘清这块"他山之石"对于中国文化的作用。当然,"列国汉学史书系"还期望对推动中国文化与世界文化的交流有所裨益。

"列国汉学史书系"作为一个文化工程,其撰写的难度非一般学术著作所能比拟。严绍璗教授谈到 Sinology 的研究者的学识素养时提出四个"必须":①必须具有本国的文化素养(尤其是相关的历史、哲学素养);②必须具有特定对象国的文化素养(同样包括历史、哲学素养);③必须具有关于文化史学的基本学理素养(特别是关于"文化本体"理论的修养);④必须具有两种以上语文的素养(很好的中文素养和对象国的语文素养)。这几点确实都是汉学研究者必须具备的文化和语文素养,否则很难进入汉学研究的学术境界。

写作"列国汉学史"艰难,而出版可谓难上加难。人间的事好像天上的云、地上的风,飘忽不定没有根,铁板钉钉是没有的,因为钉子可以用"权力"拔出来,一切承诺和协议,都可以化为乌有。虽然"列国汉学史书系"一直受到经济的困扰,但它终没有自毙于摇篮之中,冬天之后是春天,接着便是收获的季节。这套富有创意和价值的书系,将对中外文化交流和汉学的发展及其比较研究产生深远影响。

有人认为"汉学史中国人写不了",当然这是一个很奇怪的"立论"。日本人石田幹之助写了《欧人的中国研究》(1932)、莫东寅写了《汉学发达史》(1949),接下来又有严绍璗的《日本中国学史》(1991),张国刚的《德国的汉学研究》(1994),张静河的《瑞典汉学史》(1995),何寅、许光华主编的《国外汉学史》(2002),刘正的《图说汉学史》(2005)和李庆的《日本汉学史》(2005)相继面世。在人类的文化长廊里,无论是中国还是外国,各种史书琳琅满目,这其中有外国人写中国的各类历史,也有中国人写外国的各类历史。历史,是往事,是记录,是选择,并有相对独立的评论和褒贬。

但是，事实上任何一部历史都不是最后的历史，历史随着时光的流逝而演进，修史很难一步到位，它需要一代代学者"积跬步"才能"至千里"，只有"积土成山，积水成渊"，方能"风雨兴""蛟龙生"。学问之事非一夕之功，非得有前赴后继者敢于赴汤蹈火"流血牺牲"，才会达至光明顶峰。

开拓者也许会在某个时候将自己的真诚劳作化为欢乐，因为在以后的岁月里，定会有人踏着自己的肩膀或是踩着自己的鼻子和头顶攀上高峰，以鸟瞰美丽风光。21世纪是经济的大空间，对汉学来说也是一个"大空间"。但是，要探索这个"大空间"，需要有个和谐的"太空站"，需要大家联袂共建；当然世界上需要多元文化和谐相处的历史语境，共同创造彼此接近、认识、理解、尊重、沟通、借鉴与融合的机会，这个机会，就是汉学研究发展的机会。

时间在行走，历史在行走。人类创造过历史，书写过历史，但是没有最后的历史。汉学有历史，而且还正在创造新的历史，汉学及其研究将以自己的品格和个性在人类文化的世界里放出异彩。

阎纯德

2006年12月5日

于北京半亩春

再 版 前 言

中国文学在读世界,世界也在读中国文学。

本书之撰,始于20世纪80年代末,那时学界关注国外中国文学的学者人数还不多。我们带着走向世界的渴望,到国外访学之后,热切地期待把所读所思与更多的人分享。今天,此书出版已经15年以上了。国际汉学、海外中国学的领域已经涌现出一批骄人的成果,我们能够借此书的再版,回首一下当初的足迹,还是十分有意义的,书中提供的资料,很多还并不陈旧。更重要的是,这一课题本身,还需要更深入地去探讨。

不论是在本书出版当时,还是在今天,国外中国文学研究的很多问题还没有揭示。有些是欲言又止,有些则是蜻蜓点水。产生这种现象的原因是多方面的,其中有一点就是过于强调所谓"借鉴",抛开一国或一民族学者解读中国文学的民族特性和文化特性,只是瞪大眼睛去寻找与自身想法合拍的东西加以放大。值得肯定的是,本书撰写之时,作者们抱定筚路蓝缕的决心,从知解出发,而不是从预先设定的概念出发。各民族学者读解中国文学,其起点都是本身的文化,从这一点来看,他们的读解就不可能在我们划定的圈圈里,我们需要首先了解他们说了什么,思考他们为什么会这样说,然后才能和他们展开平等、有效的对话。下车伊始甚至是瞥上一眼就哇里哇啦,是不可能展开真正的学术对话的。知解是本书作者的第一心愿。

本书作者第二心愿是坚守。20世纪80年代,历经磨难的中国文化、中国文学艰难复苏,我们怀抱着珍藏心底的对中国文化、中国文学的热爱,是虚心解读外国学者的研究成果的。这种热爱,使我们与那些热爱中国文化、中国文学的外国学者有了共鸣的基础,也使我们有了更加审慎、更加求真求实的态度。要想对国外中国文学研究做出中肯的评价,首先自己就应该对所研究的对象有较深的理解,才能不人云亦云,食而不化。事实上正是这样,那些我们钻研比较深入的典籍,评价起他人的研究来才更有底气。

由于我们自知水平有限,所以常常提醒自己避免草率的、标签式的批评。

本书作者第三心愿是传递。对于一个具有悠久文化传统而在近代又走过曲折的文化复兴之路的民族的学者来说,在心灵上与他者文化学会共处,比起双脚走出国门,要走更长的路。对于外部向我们发来的千奇百怪的信息,接受哪些,抗拒哪些,变容哪些,是一个永远处于进行时的任务。比起30年前,我们对国外中国文学研究的了解,的确是多了一些,但是羁绊我们心灵走出去的荆棘还在随时生长。我们对话本领增进的速度还远远赶不上文化变迁的速度。中国学术的两篇文章都要做好,对本土文化的研究是其内篇,对域外文化的研究是其外篇,两篇文章不是排斥的、对立的,而应该是相得益彰的,它们都是中国学术水准的标尺。尽管较之近20年前,信息化的发展使得我们能够打开视屏便知天下事,但民族心灵的沟通,却并非变得简单了。文学的传递、思想的传递、文字的传递,留给我们的课题依然沉重。

本书作者的第四心愿是鉴察。各国的中国文学研究,从学术属性来说,毕竟属于孕育它的本土学术,不论是学术模式还是评价体系,都与中国学术为别一天地。我们研究它们,也就伴随着对这一他者的学术体系的认知。对来自异域的学术成果,同对于其他任何学术对象一样,质疑与批判的精神是必需的,而这种质疑与批判也完全是为了将学术对话进行到底。为了达到这样的目标,就不仅需要认真倾听这些来自他者的声音,而且也需要多看一看产生这种成果的语境。在本书撰写当时,我们对各国整体学术的了解还十分有限,但在后来的日子里,我们始终没有放弃这种努力。

本书对于20世纪国外中国文学研究的管窥与描述,是我们对这一课题深入钻研的起点。今后,我们仍会沿着这条路走下去。正如继承传统决不意味着照搬传统的全部一样,学习来自域外的学术成果也决不意味着汲取其全部,免不了要沙里淘金,求其精粹,但我们必须尽可能知解得多些,更多一些。作为这一领域的研究者,听说读写思是日常的五门功课,只有这五门功课通过了,才能在国际学术交流中做到如鱼得水,游刃有余。在此,我们愿与青年学者共勉。

王晓平

2016年3月

前　言

21世纪的脚步就快迈进门槛了,我们仿佛听到了她的敲门声。我们这些在20世纪度过了前半生的人,作为半个世纪文学发展的见证人,回眸文海沧桑,不禁临文嗟叹。只要翻阅一下19世纪末刊行的书籍,恐怕谁都会惊叹文学样式、语言与内容发生了怎样巨大的变化。在我国历史上,由于佛教的传入而引起的文体、文风、文学观念的变化可谓大矣;然后那种变化是在几百年间发生的,而从19世纪末到20世纪末的一个多世纪,中国文学的变化在速度与广度上,不是远远超过任何一次巨变吗?总结这一世纪文学的变化,会使我们顿生逝者如斯之感。

文学观念的演变,最鲜明地反映在文学研究之中。对我国文学的研究,大致可以分为国内研究与国外研究两部分。前者是由我国学者进行的,汉语是其工具;后者则是由与我们具有不同文化背景的外国学者进行的,其成果是以外文撰写的论著。20世纪中,不论是对中国现当代文学还是古代文学的研究,这两部分关系之密切都是前所未有的。从20世纪初开始,我国文学研究者也开始了"求新声于异邦"的旅途,他们密切关注国外的中国文化、文学研究的趋向,积极吸取新思想、新方法、新成果,也对某些域外学者的偏见、误读、曲解做出反响;而国外研究者的工作,常常离不开他们在中国留学、访学、拜师、搜集资料、博览群书的经历,其引述的材料自不必说,许多思想观念的形成,也是在同中国学者的著述比照借鉴之中逐渐成熟的。然而,国外研究与国内研究除了相互呼应的一面之外,其间的差异也是一目了然的。国外研究从本质上属于各不相同的民族学术文化的一部分,带着异质文化的烙印。国外学者研究中国文化、中国文学,归根结底,是按照本民族的文化需要审视、选择与阐释它们的,甚至在对材料的处理方式上,也都各不相同。这种不同,正增加了中国文化、中国文学理解的多样性,丰富与扩衍了中国文化、中国文学的内容。

今天的文学研究者对于国外的研究成果,所抱的态度并不相同。我们曾经走过一个封闭的岁月,对一切外面的说道采取过顺耳者喜、逆耳者愤的两极化回应,由于大多数研究者对外面的研究看不着、看不懂、看不透,只能随其东说西说,"我自岿然不动"。在结束封闭之后,许多人是抱着寻求启示的好学精神去阅读国外研究的,各国学者的论著,多有译成中文者,各种刊物,屡见译介,许多汉学者的议论使人有耳目一新之感。这当中也出现过将某一个别学者的观点视为某一国家代表性观点的情况。总之,反映是敏锐、积极的,有些"援外释中"的尝试还是相当成功。不过,读得多了,也会发现可以直接借鉴的东西并不太多,甚至有些简直不知所云,隔靴搔痒,"不过尔耳"。如何看待国外的中国文学研究成果,还真有话可说。

对于国外研究中国文学著述的介绍,20世纪二三十年代以来,便有不少中国学者在认真地做。以日本的研究成果为例,隋树森译有《中国文学概说》(青木正儿著,上海开明书店出版,1981年重庆出版社再版)、《中国文学》(儿岛献吉郎著,世界书局出版,商务、北新亦有一译本)、《元人杂剧序说》(青木正儿著);孙俍工译的《中国文学概论》(盐谷温著,开明书店出版)。青木正儿的《中国近世戏曲史》有王古鲁的全译本和郑震的编译本,《中国古代文艺思潮论》有王俊瑜的译本,《中国文学概说》除隋树森译本外,还有郭虚中的译本。至于80年代以来,各种学术刊物载的单篇论文已很难统计精确的数字,江苏人民出版社编辑出版的海外汉学丛书集中收入了一批译著,各类辞典中关于中国作家作品在国外的评介,对于我们了解中国文学在域外的接受过程提供了丰富的资料。不过,这些介绍,大都从中国文学在国外命运的角度,以吸收外国研究者有益于我们研究的具体内容为目的而展开的,较少从各国各民族不同文化对中国文学的选择过滤的角度进行深入研究,而要这样做,首先就应该对各国各民族阅读与研究中国文学的历史进行一番梳理与审视,并且对该国该民族的文学传统、审美心理的特色有相当的了解。即使这种译介本身出现的许多问题,也有提出来予以研究的必要。有些在国外影响甚巨的著述,由于面对的读者是对中国文化与文学缺少深入钻研的非专业人士,有些我国学者视为常识的事情,他们不能不详加引述,这种情况,除非作者的解释剖析另有新意,我们如果全都一句不落地予以翻译,便会使人产生冗繁之感。还有一些著述,描述过多而精义时见,我们不妨删去那些过繁的资料罗列。有些论著,只需作提纲挈领的介绍;对有些论著,则可从著者对我们司空见惯的材料另具慧眼的新解中有所吸取,因而先须钩玄提要。更重要的是,只有在对国外研究中国文化与文学的大量资料进行一番调查之后,我们才会克服见木不见林的主观评价,对各国研究状况有符合实际的把握,也才能更准确地理解各国学术传统与其中国文学研究的关系。因而,我们决定对20世纪国外中国文学研究作一番初步的追根溯源的工作,以克服种种对国外研究的隔膜臆测和肤浅理解。

《二十世纪国外中国文学研究》是我们从80年代末着手开展的,它要探究的就是中国文学在20世纪的世界被接受与阐释的命运与际遇。

作为中国文化重要部分的中国文学在域外传播和得到研究,在周边国家已有1600年以上的历史,在西方也已超过300年。它在紧随着中国文化的其他多种形式进入外国文化领域之后,经过外国文化的过滤而变形,包括选择、误读和过度诠释等等,而为外国文化所吸收。特别是20世纪以来,又尤其是第二次世界大战之后,中国文学在世界的影响日渐扩大。我们有必要梳理一下世界各国是怎样按照各自的文化成规,择取并将其感兴趣的部分改造为自身需要的东西的;研究各国学者如何看待和阐释中国文学与文学理论,以及为何会如此看待和阐释;如何根据其特定的历史语境和文化背景以接受中国文学的;中国的文化遗产、美学遗产在国外的民族的文化思想化合后,演变出怎样的形态,产生怎样的效应等等。

从方法上看,在国际观与民族观统一的思想指导下,国外中国文学研究是向各国文化与文学拓展的发散点,而从成果来看,国外中国文学研究则是对外国文化与文学探究的汇聚点。从20世纪70年代末从来,我们中的多数人陆续接触到西方传入的比较文学理论,而后又经过国外较长的时间的访问、留学或工作,有了与异质文化共处的体验,不仅着重了解了各国文化与文学发展的趋向,而且在广泛搜集分散在各国的汉籍和国外研究资料的基础上,逐步形成了大体一致的思路,那就是共同合作,使国外中国文学的研究逐步成为有益于突破中国文学研究思维定势、扩大思维空间、优化思维方式的成熟学科。《二十世纪国外中国文学研究》正是我们在国外中国文学研究方面的成果之一。我们相信,国外研究与国内研究的互鉴、互补和互证,是以互识为基础的,也就是说,两种研究的相互促进,必须以相互了解、理解为前提。

20世纪初是西方中心主义甚嚣尘上的岁月,20世纪末叶,西方中心主义已经大大削弱,然而它的倾向和危险依然顽强地存在。发达国家凭借它的语言、现代科技与经济力量的优势,不断向全球扩展其影响,而处于弱势地位的文化如果坚持封闭、不思变革则会越发加剧衰微的危机,何况东方文化之间相互的竞争与挑战,也有日益扩大的趋势。在这种世界文化一体化与多样化的矛盾发展中,各国无不高度重视民族文化的现代研究和世界性传播,这对于长期受到西方文化灌输和扭曲的发展中国家来说,意义尤为重大。有些发达国家还专门建立扶持外国研究者的机构,目的是传播自身固有文化。中国文化与文学能否为其他文化所接受和利用,取决于能否为对方所理解,能否为对方做出有益的贡献,而这一切工作都离不开对国外中国文学研究的了解。历来我国学者对国外中国文学(包括亚洲汉文学)较少系统化、理论化、现代化的研究,这早已不能适应学术发展与作为文化古国、大国在国际文化交流中的地位。因而,不仅加强这一方面的研究是十分迫切的,而且培养这方面研究人才的任务,也提到了议事日程上来了。

　　应当说,中国文学在当今世界文学中的地位,在域外多种文化中尚未得到应有的评价;它在许多国家众多文学研究者的心目中具有的影响力,与它悠久的历史、庞大的作者群与数以万计的读者相比,还颇不相称。它在国外的译介、出版研究的规模还相当有限,而各国对中国文学研究的队伍和水平既相距甚远而又多失衡。这也就说明了我们研究工作的迫切性和长期性。

　　本书的写作虽然历经数载,但由于此项研究尚属起步,前人可供借鉴的成果不甚多,而作者中即使有人曾出国进行过调查研究,归国之后每每发觉在国外时搜集的资料多有不敷用的情形而又无法立即重踏旅程,特别是德、法、瑞典等语种的资料尚很不充分,对东方各种研究的评述也有缺漏之处。我们希望在此书出版后能将此项研究继续下去,同时期待得到国内外专家的指正。

编　者
于 1999 年

目　录

日 本 篇

第一章　日本中国文学研究概观 ………………………………（3）
　　第一节　日本中国文学研究诸相 ………………………………（3）
　　第二节　影响日本中国文学研究思潮的因素 …………………（10）
第二章　新世纪中国文学近代研究的曙光 ……………………（16）
　　第一节　中国文学史总体研究的初试 …………………………（16）
　　第二节　中国古代小说研究的肇始期 …………………………（22）
　　第三节　世纪之初——戏剧研究辉煌的一页 …………………（29）
第三章　日本中国现代文学研究回顾 …………………………（36）
　　第一节　中国现代文学研究发轫纪实 …………………………（37）
　　第二节　"人民文学"与"抵抗文学"流行时代 ………………（42）
　　第三节　秋吉久纪夫的中国现代诗歌研究 ……………………（44）
第四章　中国古典小说研究面面观 ……………………………（50）
　　第一节　中国古典小说研究的特点 ……………………………（51）
　　第二节　《红楼梦》的译介与研究 ………………………………（55）
　　第三节　中野美代子与她的"思索乐园" ………………………（60）
第五章　中国文学理论研究的前驱与后继 ……………………（69）
　　第一节　以《文心雕龙》为重心的中国中世文学思想研究 ……（69）
　　第二节　唐宋文论研究述要 ……………………………………（74）
　　第三节　松下忠明清诗论研究 …………………………………（80）
第六章　中国文学研究的比较文学新视野 ……………………（85）
　　第一节　日中比较文学研究 ……………………………………（86）

第二节 日中比较文学的方法论思考 ……………………（90）
第三节 中日比较文学与中国文学研究 ……………………（95）

东 南 亚 篇

第一章 东南亚中国文学研究综述 ……………………（101）
第一节 东南亚中国文学研究基础 ……………………（102）
第二节 东南亚中国文学研究趋向 ……………………（106）

第二章 越南中国文学研究面面观 ……………………（108）
第一节 中国古典小说研究 ……………………（108）
第二节 《红楼梦》研究 ……………………（113）
第三节 唐诗研究 ……………………（115）
第四节 现代文学研究 ……………………（123）
第五节 郭沫若研究 ……………………（126）

第三章 泰国中国文学研究一瞥 ……………………（133）
第一节 中国古典通俗小说研究 ……………………（133）
第二节 中国现代文学研究 ……………………（141）
第三节 中国武侠小说研究 ……………………（145）

第四章 缅甸中国文学研究通览 ……………………（148）
第一节 中国现代文学研究 ……………………（148）
第二节 吴登佩敏与《在延安文艺座谈会上的讲话》……………………（152）
第三节 妙丹丁与中国文学 ……………………（155）

第五章 新加坡中国文学研究热点 ……………………（159）
第一节 《红楼梦》研究 ……………………（160）
第二节 中国现代文学研究 ……………………（163）

第六章 印度尼西亚中国文学研究 ……………………（170）
第一节 中国古典小说研究 ……………………（171）
第二节 中国武侠小说研究 ……………………（174）

欧 美 篇

第一章　20世纪中国文学西播的背景与现状 …………（181）
第一节　西播肇始和早期译介 …………………………（181）
第二节　20世纪中国文学西播的历史背景 ……………（185）
第三节　20世纪中国文学西播的基本走向 ……………（189）

第二章　汉字诗学 …………………………………………（196）
第一节　费诺罗萨的理想和名义 ………………………（196）
第二节　关于"运动说" …………………………………（198）
第三节　关于"隐喻说" …………………………………（200）
第四节　庞德的"鼓吹"与实践 …………………………（205）
第五节　费氏理论对学术的影响 ………………………（209）

第三章　中国诗歌研究 ……………………………………（212）
第一节　西方译苑中的诗国风貌 ………………………（212）
第二节　抒情诗歌的艺术特色 …………………………（217）
第三节　中国诗史的若干侧面 …………………………（221）
第四节　灵活多变的研究方法 …………………………（228）

第四章　中国小说研究 ……………………………………（237）
第一节　西方译笔下的小说世界 ………………………（237）
第二节　文类辨析：长篇小说与 Novel …………………（241）
第三节　小说研究的特点问题 …………………………（246）
第四节　模式与原型：探索深蕴的视角 ………………（250）

第五章　中国散文、戏曲研究及其他 ……………………（255）
第一节　中国散文研究 …………………………………（255）
第二节　中国戏曲研究 …………………………………（258）
第三节　中国文论研究 …………………………………（262）
第四节　中国文学史研究 ………………………………（267）

俄苏篇

第一章　俄苏中国古典文学研究概览 (273)
第一节　古典诗歌研究 (273)
第二节　古典散文研究 (275)
第三节　古典小说研究 (280)
第四节　古典文论研究 (285)

第二章　两大民族心灵的沟通
　　　　——俄苏对中国古典诗歌的接受与研究 (287)
第一节　矗立在中国文学源头的两大艺术丰碑
　　　　——《诗经》与《楚辞》 (287)
第二节　民间创作与中国诗美 (294)
第三节　探索中国诗歌"黄金时代"的丰厚宝藏 (298)
第四节　域外知音与异文化背景下的误读
　　　　——俄苏中国古典诗歌研究的特点 (303)

第三章　文章千古事,得失寸心知
　　　　——俄苏对中国古典散文的译介与研究 (307)
第一节　辛勤的开拓者及其奠基作 (307)
第二节　先秦智慧的现代阐释 (310)
第三节　史传散文:史书与传奇的比较分析 (314)
第四节　中国古典散文的句法特点 (317)

第四章　探索东方诗学的奥秘
　　　　——俄苏汉学家对中国古代文论的接受与阐释 (322)
第一节　俄苏中国古代文论研究的开山著作
　　　　——阿列克谢耶夫论司空图《诗品》 (322)
第二节　"对世界文学史互相适应的部分的认识"
　　　　——阿列克谢耶夫和他的中西诗论比较研究 (327)
第三节　文化密码的破译
　　　　——李谢维奇论中国古代文论的重要概念范畴 (333)

第四节　沿波讨源
　　——从中国传统文论的夕阳残照看其特点 …………（339）
第五节　恢宏视野与文化隔膜
　　——俄苏中国古代文论研究得失诂论 ……………（346）

第五章　新时期中国文学在俄苏 ……………………………（351）
第一节　俄苏中国新时期文学研究概观 ………………（351）
第二节　在文学镜子中变化着的现实
　　——新时期前十年中国文学的宏观鸟瞰 …………（354）
第三节　文学中的青年主人公和青年主人公文学 ……（359）
第四节　当代中国文学与传统的联系
　　——李福清院士论中国新时期小说创作 …………（366）
第五节　蜀道难
　　——中国当代诗歌所走过的艰难道路 ……………（372）

附录
一：世纪之交的俄罗斯汉学——文学研究 ………………（378）
二：当前俄罗斯汉学视野中的中国当代文学 ……………（386）
三：旅华俄侨学者对中国文学与民俗文化的考察和研究 ………（408）
四：本书涉及的俄苏汉学家简介 …………………………（420）
五：中日文学关系小史 ……………………………………（430）

后记 …………………………………………………………（445）
再版后记 ……………………………………………………（446）

日本篇

第一章
日本中国文学研究概观

20世纪日本的中国文学研究,在日本中国学中曾远远屈居于史地、政经、宗教、社会之学之后,而所谓中国学又正如它的名称历经汉学—"支那学"—中国学这样三度更换一样,内容与精神都有所变化,然而,它和欧美的中国文学研究相比,特色之鲜明、成果之多彩、方法之独异,仍使它稳固地保有其特殊的地位;中日两国历史文化联系之深、地理上的交通之便、信息反馈渠道之多,还使得两国成果得以及时沟通,并以相对快捷的速率影响于彼此学者的研究。日本中国文学研究,就其学术研究的客体对象而言,当然属于中国文学研究的范畴,而就其研究者的主体观念和方法论而言,又无疑形成于日本文化素养之中,研究者阐发的关于对上述客体对象的一系列观点,从本质上讲,是为日本文化观念在这一特殊领域中的表现,因而,这一学术研究又在根本上隶属于日本文化之一部;进一步讲,20世纪日本学术全面开放的态势,使得属于外国文学研究一部分的中国文学研究,与欧美文化中的"Sinology"最初同属一大体系,即以近代人文科学观念,把中国文化作为世界区域性文化的一部分来加以对待,以后仍不断地从欧美现代各种思想文化理论中借助新声。从这样的意义来讲,日本中国文学研究,是一项涉及双边乃至多边文化的边缘性课题。

第一节 日本中国文学研究诸相

日本自古以来所说的汉学,普遍泛指我国的学术,而在相当长的时期中,人们当作学问来研习的实际上就是汉学。汉学的核心,就是儒学即经学。江户时期,汉学一度与洋学(欧美学问,最初称兰学,因主要由荷兰人输入而得名)、国学(和学,即日本学)鼎足为三。在那时,文学研究的主要目的在于学作与鉴赏汉诗文。中国文学传入日本有 1500 年以上的历史，如果说援引袭用当算作一种研究的话，那么这种研究应该说也有 1300 年前的文献可征可考，然而历来文学(主要是诗文)的研究都不可与经学争锋，最多只能作为附庸或陪衬。汉诗文的研究在江户时代呈现过一个空前绝后的繁荣期，多种多样的诗话、文话、序跋、论说，反映着那时日本儒者的中国文学观，但囿于劝善惩恶、讽刺教化的正统文学思想，小说戏曲的研究如凤毛麟角。明治维新之后，汉学弊风日渐成为众矢之的。教育家中村敬宇(1832—1891)便指责汉学家墨守成规，不知善变，唯谓孔子之学之外者皆异端邪说。他批判说："吾邦之汉学者亦多不研究尧舜禹汤之经济、文武周孔之薪传，唯知钦崇无道，而格知之学唯存其名。所谓经学家，大抵止于文字章句之论，不过如玩古董旧物；所谓诗文家，大率流于浮化，疏于实际。"①他不满于汉学者不知进取，"更有甚者，忠孝仁义名目之外，闻有言自主、自由、权利、义务、君民同治、共和政治之称呼者则惊，目为邪教，视开明诸国为夷狄，怀井蛙之见，汉学益卑于世，非自取何哉！"②天皇制政体虽曾扶植传统儒学与国粹主义以确保既得利益，但向欧美近代思想文化全面开放既已开始，便呈不可逆转之势，固陋的汉学者步步退守，终少建树，汉诗文制作在明治期虽曾几度柳绿花红，毕竟转瞬落花流水春去也，再无回春之望。

19 世纪末 20 世纪初，官方还在鼓吹汉学价值，留洋归来的青年学子们却吹来新风。正是那时，日本人开始用以翻译欧美所谓"Sinology"一词的"支那学"来取代汉学之称，各校的"支那"学会也由此而得名。欧洲人以中国为远东，把研究中国史地文化国情的学问、称为"东方学"，日本的东方学会、东洋学会、东洋文学会等等，即源于此。"支那学"的第一代人在引入近代主义与理性主义以垦拓中国古典小说戏曲与中国文学综合研究方面有杰出的贡献，一部分人也曾将研究纳入天皇政府解决"支那问题"的轨道；第二、第三代人大都在 30 年代与当时日本外务省控制的东方文化学院及其后的东方文化研究所有各种关系，一些人在侵华战争中写过服务于军国主义的作品；战后美国势力涌入日本，"支那学"中具有亲美倾向的势力抬头。日本学者历来主张文学的"脱政治性"，然而 20 世纪残酷

---

① 中村敬宇《汉学不可废论》，第 103 页。
② 中村敬宇《汉学不可废论》，第 103 页。

的政治现实却总不愿让他们"脱"而去之,他们的研究对象是中国文学,但重雾重洋硝烟炮火不可能让他们看到真正的中国,侵华战争使文化在军刀下翻滚挣扎,而中国文学研究掌握在政府钳制下的大学教授们手中,给那时的成果打上灰暗的烙印。

"支那学"的视野偏向于中国古典文学,尽管青木正儿(1887—1964)等有数几人介绍过五四运动的动态及新文学的业绩,然而中国的现代文学及现代中国始终遭受冷落。1933年竹内好(1910—1977)、冈崎俊夫(1909—1959)、武田泰淳(1912—1976)等组织中国文学研究组,次年改称中国文学研究会,后该会又创办《中国文学月报》(后改为《中国文学》)。"中国文学"与"支那文学"当然决不只是名词的变化,在这种变化背后,是对中国文化、中国人认识与情感转变的聚光。战后日本民族的反省思潮与民主思潮的高涨,中国抗战文学与解放区文学的流布,鲁迅研究的不断深入,都在改变着原"支那学"中文学研究的内容。50年代以来经过艰苦奋斗建立起来的两国文学研究者的联系,为推动日本的中国文学研究发挥了重大作用,中国文学的翻译与研究业绩辉煌。据谭汝谦主编、实藤惠秀监修、小川博编辑的《日本译中国书综合目录》,截至70年代末,日译中文书属语言文学类的达1015种,大部分是在1946—1978年间完成的,统计包括《论语》《孟子》《庄子》《荀子》《韩非子》《西厢记》《元曲选》《三国演义》《水浒传》《西游记》《红楼梦》及陶潜、李白、杜甫、王维等人的作品。这15类的近200种译本中,1660—1911年译出34种,1912—1937年译出34种,1938—1945年仅译出5种,而1946—1978年译出的为118种,至于中国现代文学的翻译与研究更是历史上任何时期都无法比拟的。

日本的中国文学研究,曾经出现过狩野直喜(1868—1947)、铃木虎雄(1878—1963)、盐谷温(1878—1962)、青木正儿、吉川幸次郎(1904—1980)、仓石武四郎(1897—1975)、奥野信太郎(1899—1968)等著名的学者,他们的著作不仅在日本广为流传,而且在中国学者中享有盛誉。长期以来,东京大学和京都大学以其资料齐备、人才众多、实力雄厚而闻名,一以恢宏见长,勇开风气;一以扎实饮誉,求真求是。春兰秋菊,各擅其美。80年代以来,日本各大学开设中国文学课程、编辑中国文学研究刊物,新人辈出,百舸争流,竟有风起云涌之盛,几成战国争雄之势。

形成这种声势,有几个主要标志:

首先是结社出刊,互通声气。日本的中国文学研究界由于有从各校、各地域到全国的各种学会而结为活跃的整体。学会的活动,包括编书出刊,讲演讨论,定期会读,组团访华等。除日本中国学会、东方学会等综合性学会中,有不少中国文学研究家以外,中国俗文学研究会、中国当代文学研究会、中国诗文研究会、诗经研究会、中国文艺研究会、国学院大学汉文学会、大东文化大学汉学会、九州大学中国文学会、大冢汉文学会等等,不胜枚举。学会及学者们出版的刊物,如《日本中国学会报》《中国古典研究》《诗经研究》《汉学研究》《中国中世文学研究》《中国文学论集》(九州大学)、《中国文学报》(京都大学)、《清末小说研究》《中国文学研究》(早稻田大学)、《中国诗文论丛》(早稻田大学)、《汉学研究》《中国少数民族文学》(岛根大学)、《九州中国学会报》等等,都有一定影响。另外,经常刊登与中国文学有关的论文的综合性刊物或哲学、历史、日本文学、语言研究刊物(如《国语国文学》《日本文学》《汉语教室》《早稻田大学》等)也为数不少。大学文学部的《纪要》(相当于我国的学报)也常发表有关中国文学与语言研究的论文。以中国现当代文学为介绍、研究对象的刊物也有《邬其山》《咿哑》《凯风》《未名》《野草》《猫头鹰》《飙风》《东方》《燎原》等。著名学者退休或"古稀纪念",还要编集分量重、质量高的纪念文集。连早稻田大学热爱中国当代文学的学生们也组织了《中国地方文学研究会》,创办了《当代地方文学》。

  其次是热衷"发表",广求对话。昔日的日本学者多以沉默为美德,而今天不少学者却以能在学术会议上"发表"为荣。围绕一个问题,不同专长的学者同聚一堂,各抒己见,展开不拘一格、轻松活泼的讨论,沟通声气,彼此启发,对学者来说,不失为一种费时少、获知多、提高知名度快的好形式。60年代,"对话"成为日本最重要的流行语,"与风景之对话""与思想之对话""与市民之对话""与死亡之对话"云云,层出不穷,难得找到一天报纸上没有对话的字眼。1967年吉川幸次郎与梅原猛(1925—)两日"闲话",便编成了《诗与永远》一书。雄浑社在书后留给读者这样的话:"学问的精神是对话。若以最朴素的形式来表明逼近事物真相的方法,则在于应答质疑过程的推进。……"① 梅原猛是哲学家,当时他正在探讨振兴诗歌与东洋精神再认识的问题,将诗歌与人类精神史联系起来,就杜甫与中国诗歌的意义与吉川幸次郎的对话,显然具有了跨学科共同研究前期

---

① 吉川幸次郎、梅原猛《诗与永远》,东京:雄浑社,1967年,封底。

准备的性质。

最后是实地查访,不弃书外之学。研究外国文学,读懂社会这部无字之书的重要性,有时不亚于吃透文献。过去由于中日两国的隔绝状况,许多在日本大学讲授中文或中国文学的人,终生未能满足踏上中国土地的夙愿,而今天长期短期留住中国或频繁往返者大有人在。这固然需要经济力量的支持,但注重实地目睹亲闻的风气也是重要因素。伊藤清司(1924—2007)为文化溯源而深入我国华中、华南等少数民族社会考察,他的《文化溯源中国行》便凝聚了三次访问云、贵、桂、粤等地的心血,他对华中、华南少数民族地区神话传说的调查,为神话原始形态的复原工作提供了不可忽视的材料和启示。例如他认为陶渊明的《桃花源记》描绘的是深山中一个少数民族部落的生活,这一看法或许便与他远离都市深入边缘地区产生的隔世之感有关,而陶渊明的构思未必没有受到类似传闻的启发。田仲一成(1932—)继80年代发表《中国祭祀演剧研究》(1985)、《中国乡村祭祀研究——地方剧的环境》(1989)之后,1993年又出版了《中国巫系演剧研究》,著者历经五年对大陆4省12县28村及台湾的傩礼进行了现场调研,书中刊载从仪礼头一天到结束场面的安排、表演者的服饰、动作等有关仪礼实际情况的照片830帧,全书长达千页,著者凭靠自己的学术造诣与学识对丰富的实例加以分析归类,追溯了傩礼从原始形态到发展变形的过程,可以说没有他跋山涉水的现场调查,便不可能有这一填补日本中国戏剧研究空白的佳作。

日本学者著书雅俗共赏、兼收并蓄。面向少数专家的学术专著,常有识者盖寡、销路不畅之忧。战后恢复时期,学者多缺乏资助,暂时丢开艰深的课题而从事通俗的写作,似乎是不得已的选择。青木正儿将《明清戏曲史》《元人杂剧序说》一类著述搁笔,而改写《中华名物考》《酒中趣》《中华茶书》《琴棋书画》《中华饮酒诗选》等书,吉川幸次郎撂下《尚书正义定本》《元杂剧研究》,大写《学事诗事》(随笔集)、《人间词话》《闲情赋》《中国的古典与生活》《汉文之话》一类书。50年代以来,日本经济高速发展,专著市场渐扩,他们有了集中精力完成盛业的条件,但由于那些面向大众的随笔之类的书写得深入浅出,雅俗共赏,虽时过境迁,也仍在一次又一次地重印,而学者龙虫并雕,以俗养雅、雅主俗辅的写作风气一直延续下来。正像梁容若概括的,普通学者不写他专业以外的书和文章,为大学生写概论入门的书,为一般社会写通俗读物,是极流行的风气。岩波书店、汲古书院、明治书院等以出版学术专著著称,其余出版社在出版专深的学术著作之外,也常组织学者编写中国古典文学的各种鉴赏性读物,如《中国古典诗聚花》,以政治与动乱、隐逸与田园、咏史与咏物等11卷引导读者分类鉴赏中国古典诗歌,撰稿者便有前野直彬(1920—1998)、横山伊势雄、石川忠久(1932—)、高岛俊男(1937—)等著名学者教授。写过多部开拓性专著的松浦友久为袖珍本的《中国诗选》《中国名诗集》等系列丛书撰稿,在遵循传统唐诗研究的路子的同时又给读者鉴赏提供新的视点。重视外来先进、优良文化的普及,在日本知识分子中是有传统的。外来文化在一民族中效应的发挥,不仅在于处于文化前沿的知识分子先觉者的敏感反应,而且更在于民众接受的速率与方式。在中国,明清时代马坦奥、里奇(利玛窦)等介绍西方文化技术的著述始终只有极少数官僚文人为读者,而在日本江户时代的兰学研习者,不仅有青木昆阳那样的官僚(连青木昆阳也是鱼虾批发商出身),还有伞铺工匠(桥本宗吉)、浪人(平贺源内)、藩医(杉田玄白)等,兰学平民化为科技走向近代化准备了条件。日本中国文学研究者对普及通俗读物的重视,使中国文学在广大市民中赢得读者,也丰富了他们的精神生活。

工具书如目录、辞典、索引等,固然代表一国一家学术的水准和活跃动态,但同时又常因工作烦琐,治丝益棼,穷年累月,始克有济,而往往能者不屑就,无能者不能为。日人治学,历来重视工具书的编纂,以中国诗歌而言,索引、引得、通检等种类颇多,研究专著或译著书后也多附作者、作品及事项索引,查检方便。先秦诗歌研究方面,如柏树舍同人所编《诗经一句索引》(大东文化协会,1932)、北海道中国哲学会伊藤伦厚等编《韩诗外传索引》(东丰书店,1980,一字引得)、后藤俊瑞编《诗集传事类索引》(武库川女子大学文学部中国文学研究室,1960)、竹治贞夫编《楚辞索引》(订正版)(德岛大学教育学部汉文学研究室,1970;京都中文出版社,1972)等。汉魏六朝诗歌研究方面有松浦崇编《全汉诗索引》(福冈櫂歌书房,1984)、松浦崇编《全三国诗索引》(福冈櫂歌书房,1985)、松浦崇编《全晋诗索引》(2册,福冈櫂歌书房,1987)、早稻田大学文学部中国诗文研究会编《(逯钦立辑校)先秦汉魏南北朝诗作者索引》(东方书店,1984)、松本幸男编《阮籍咏怀诗索引》(木耳社,1977,收于《阮籍的生涯与咏怀诗》)、藤井良雄编《阮籍集索引》(福冈北九州中国书店,1985)、松浦崇编《嵇康集诗索引》(京都汇文堂书店,1975)、松浦崇编《嵇康集"文章"索引》(福冈中国书店,

1981)、堀江忠通编《陶渊明诗文综合索引》(京都汇文堂书店,1976)、盐见邦彦编《谢宣城诗一字索引》(名古屋采华书林,1970)、小西升编《谢灵运诗索引》(福冈中国书店,1981)、后藤秋正编《陆机诗索引》(松云堂,1976)、山田英雄编《鲍参军集索引》(昆仑书房,1987)、松浦崇编《北魏诗索引》(福冈櫂歌书房,1986)、松浦崇编《北齐诗索引》(福冈櫂歌书房,1987)、小尾郊一、高志真夫编《玉台新咏索引》(山本书店,1976,附,《玉台新咏笺注》)。唐诗研究方面种类最多,如森山秀二、岩间启二编《(活字本影印本对照)全唐诗作者索引》(日大文理学部中国学术研究会,1976)、松冈荣志编《宋之问诗索引》(东京大学东洋文化研究所附属东洋学文献中心,1985)、盐见邦彦编《王勃诗一字索引》(名古屋昆仑书房,1986)、盐见邦彦编《骆宾王诗一字索引》(采华书林,1982)、安东俊六编《陈子昂诗索引》(附,《陈子昂诗集》)(名古屋采华书林,1976)、新免惠子编《岑参歌诗索引》(中国中世文学研究会,1978)、花房英树编《李白歌诗索引》(京都大学人文科学研究所,1957;京都同朋舍,1977)、饭岛忠夫、福田福一郎编《杜诗索引》(松云堂书店,1935)、和田利男编《杜诗事类索引》(1—6)(群马大学教育学部纪要人文社会科学编,13—16,18,19,1964—1967)、藤泽隆治编《杜审言诗索引》(名古屋昆仑书房,1986)、都留春雄等编《王维诗索引》(京都大学中国语学中国文学研究室,1952;名古屋采华书林,1978)、芳村弘道《王昌龄诗索引》(京都朋友书店,1983)、花房英树编《韩愈歌诗索引》(京都府立大学人文学会,1966)、前川幸雄编《柳宗元歌诗索引》(京都朋友书店,1980)、花房英树、前川幸雄编《元稹歌诗语汇索引》(汇文堂书店,1977,《元稹研究》第三部收录,重要语汇索引)、山内春夫《杜牧诗索引》(改订版,汇文堂书店,1986)、东北大学文学部中国文学研究室编《皮日休诗索引》(采华书林,1983)、早稻田大学中国文学会李商隐诗索引编集班《李商隐诗索引》(1981,龙溪书舍,1984)、凡山茂编《张籍歌诗索引》(朋友书店,1976)、岩间启一编《温庭筠歌诗索引》(京都朋友书店,1977)、平冈武夫等编《唐代的诗人》(京都大学人文科学研究所,2册,1964—1966;同朋舍,收入《唐代诗篇篇目取材的人名索引》)、平冈武夫、今井清编《唐代的长安与洛阳》(索引篇)(京都大学人文科学研究所,1956,同朋舍,收入《唐两京城坊考、长安志、河南志、两京新记等的项目索引》等)、《唐代名人年谱人名索引》(京都大学人文科学研究所,1951)。宋代诗词研究方面的如白山同风编《唐宋词选五种综合引得》(编者印行,1967)、村上哲见编《陆游剑南诗稿诗题索引》(奈良女子大学中国文学会,1984)、佐伯富编《苏东坡全集索引》(汇文堂,1958)、中津浜涉编《乐府诗集研究》(附诗歌、作者、引用书索引)(汲古书院,1970)。元明清诗研究方面的索引较少,只有不多几种。另外吉川幸次郎、小川环树编的《中国诗人选集总索引》(岩波书店,1959)等有重要参考价值。

著译并操、研创两栖的中国文学研究者,堪称大家。日本学者历来以译书勤苦、快捷、不避重译著称。中国文学作品成套译出的如国民文库刊行会的《国译汉文大成》(正40册,续48册)、明治书院的《新释汉文大系》(附,索引104册)、集英社的《全释汉文大系》(附,索引,33册)、东洋文化协会的《全译汉文大系》、明德出版社的《中国古典新书》、朝日新闻社的《中国古典选》(20册,文库本,38册)、平凡社的《中国古典文学大系》(33册,又,60册)、岩波书店的《中国诗人选集》(33册)等,中国现代文学方面的全集如东方书店《现代中国革命文学集》(全9册)、河书书房的《现代中国文学全集》(全15册)和《现代中国文学》、平凡社的《中国现代文学选集》(全20卷)、岩波书店的《鲁迅选集》(13卷)等,这些全集或选集各卷的翻译者基本都是对该作品或作家有专门研究的学者。还有一种研创结合的类型,即一手研究中国文学,一手写作小说诗歌。已故的佐藤春夫、中岛敦、武田泰淳、高桥和已以及至今活跃在学术界的中野美代子等,在文坛上都占有一席之地。奥野信太郎一生没有发表过专著,也没有在学术刊物或大学纪要上留下论文,但他以随笔式的短文在文学杂志或一般刊物上发表的研究成果,却引起了学界注目。吉川幸次郎便曾说过:"我想搞中国文学的人,读到过《三田文学》上奥野信太郎有关中国文学的文章,受到了强烈的刺激。"在这种类型之外,还有些作家喜爱写作中国历史题材的作品或改编中国古典作品,如吉川英治的《三国志》和《新水浒传》等都有极为广泛的读者层。应该说,这些作品也都是以对中国文学的研究为创作基础的。

第二节 影响日本中国文学研究思潮的因素

日本的汉学者,从古多世代相传。奈良时代,从朝鲜去的,王仁的子孙,称为东文,王辰尔的子孙,称为西文,"家传文雅之业,族掌西庠之职"。以后菅家、大江两家,专讲纪传;中原、清原两家,专讲外记。平安中期,大江匡衡为《白氏文集》侍读，曾作诗述志，序言曾说："夫江家之为江家，白乐天之恩也。故何者？延喜圣代，千古、维时，父子共为《文集》之侍读；天历圣代，维时、齐光，父子共为《文集》之侍读；天禄御宇，齐光、定基，父子共为《文集》之侍读。爰当今盛兴延喜、天历之故事，而匡衡独为《文集》之侍读……"①大江一家子承父业共为《白氏文集》侍读，反映了当时的汉学世代相承的风气。到了德川时代，林道春的子孙，辈辈做幕府儒官，讲程朱的理学，传唐宋的古文，跟德川氏相终始。到现在，这样的传统依然还存在。例如盐谷温伯祖、祖父、父亲都曾任儒官，他的儿子也教汉文。京都大学中国地理沿革大家小川琢治（1870—1941）教授二子，贝塚茂树（1904—1987）治中国考古学，小川环树（1910—1993）治中国文学。今天的青年人选择职业，更多地受到社会的影响，在各大学研读中国文学的学生，多已没有这种学术家风的熏陶。

　　日本学术界又是极重师承的。一方面这维系了各学派的独特性，另一方面又容易导致彼此的封闭。东京大学与京都大学在几十年中学术思想都在各自发展，学风的总体特征始终鲜明区别。在各学校、各学派内部，恩师与"前辈"（即早入学的学生）对学生、对"后辈"（即后入学的学生）自然担负指教与提携的责任，"后辈"对"前辈"有追随与继承的义务。恩师退官或退休，学生为其编选纪念文集。大学的中文科，悬挂着历届主任教授的遗像，以示景仰与继志之意。这都可以看作"纵向社会结构"在学术界的表现。它的正面影响，应该说是有助于学派的形成和发展的，不过，负面影响也同时存在。比如，研究者引用前人的著作、论文时，"一般仅限于引用与自己毕业的大学，或自己所属的研究机关有关的论文，不太注意其他的著作、论文，公平地引用有关论文，还没有形成一种普遍的习惯"②。我国学者会发现，日本学者有时过于看重本学派代表人物在学会或某一场合（"集团"）中的位置，不惜以牺牲沟通机会的代价去换取原有系统的纯正，给交流多增添些顾虑与忌讳。

　　学者的学术取向，不可能绝对成为个人的选择，在中国，20世纪对外开放的总格局与总体程度，环境没有为个人提供多维选择的可能，他们面

---

① 后藤昭雄《日本诗纪》，东京：吉川弘文馆，2000年，第298页。
② 田中和夫《现代日本诗经研究概况》，载《诗经国际学术研讨会论文集》，河北大学出版社，1994年，第58页。

临的主要是一个研究客体,而对外来文化"俯就我范"、为我所用的吸收摄取传统的影响依然根深蒂固,来自西方的马克思主义理论、本土生成的文学实践两相结合,是最规范的研究模式。在日本,由于现今文化都是外来的,因而相信民族文化是外来文化创造性发展的产物,从而学者的取向常常倾向于外部,比较文学名家平川弘佑(1931—)曾经戏称这为"他华思想",以与内倾型的中国文化"中华思想"类型相对照。近代以来,影响中国文学研究的,不仅仅有来自中国本土的传统与现实的因素(有时这种因素甚至退居到相当次要的地位),更有来自欧美的新思想以及根据欧美新观念来对日本文学研究取得的成果,欧美与日本,常常成为中国文学研究现实的隐形参与者。学者们对欧美研究成果的高度重视,对欧美新思想的吸取热情,与相对保守的学术传统互为表里。

中国学者重视欧美人研究中国学术的书,已是 80 年代的事,而石田干之助(1891—1974)教授的《欧人之中国研究》,早在 1932 年便由共立社出版,1942 年他又出版了《欧美的中国研究》,综述欧美人研究中国学术的历史,高瞻远瞩,正确扼要。石田干之助曾在东洋文库任职十多年,凭借那里的丰富收藏,对欧美的中国研究知之甚详,青木富太郎《东洋学的建立和它的发展》(荧雪书院,1940)、后藤末雄(1886—1967)《支那文化与支那学的起源》(东京第一书房,1939)、《中国思想向法国的传播》(养德社,1934 年初版,1956 年修订版;平凡社,1969 年版)、《日本·支那·西洋》(生活社,1943)等,都涉及西方人的中国观。译为日文的西人著述,如:《中华大历史》(德柏林大学教授福兰克[Otto Franke,1863—1946]著,高山洋吉译,东学社版,5 册,1938)、《孔子——其人及其传说》(美芝加哥大学教授顾立雅[H.G. Creel],田岛道治译,岩波书店,1961)、《白乐天传》(英人韦利[Anther Waley 1889—]著,花房英树译,东京みすず书房,1959)、《中国古代的祭礼与歌谣》(法国汉学名家葛兰言[M. Granet,1884—],内田智雄译,京宏文堂,1938)、《中国悲歌的诞生——屈原及其时代》(F.德盖著,羽仁协子译,风涛社,1972)、《新的汉诗鉴赏法》(刘若愚著,佐藤保译,大修馆书店,1962)、《神女——唐代文学里的龙女和雨女》(爱德华·H.谢法著,西胁常记译,东海大学出版会)、《司马迁》(瓦德孙著,今鹰真译,筑摩书房,1965)、《司马迁与史记》(夏凡努著,岩村忍译,新潮社,1974)、《李白》(卫利著,小川环树等译,岩波书店,1973),等等。

"支那学"第一代学者精通一门以上的欧洲语言。据说狩野直喜在电话中说英语或法语,英国人和法国人常常以为是自己的同胞,他精于欧洲学术中斯宾塞(Herbert Spencer)的学说,而在处理中国、日本、欧洲(尤其是法国)三者学术的关系时,体现的是明治、大正年间日本知识分子的一种文化取向:在福泽谕吉代表的全面西化和冈仓天心代表的日本国家主义两种价值取向之间,尚存立足于东方并以日本为本位,但并不以日本为中心的文化立场。狩野称赞法国学术的"科学性"(亦即实证性),并指出中国与日本的治学方法中有很多含混与混乱的部分,但他仍然把清朝学术尤其是乾嘉学作为自己的学术取向,只是参照西方"支那学"的实证精神使其更精确而已。一方面,这是狩野不满于日本汉学重视宋明之学的传统,因而反其道而行之;另一方面,这也反映了他在倡导"支那学"时反复强调的研究世界文明之一的"支那"文化必须从"支那"自身的学问着手的基本态度。

某些日本的中国文学者善于从欧洲学者的思想中寻求启示。在戏剧史研究中首开现场调查之风的田仲一成虽然也研究过王国维的学术成果,但他有关戏剧起源的思考却并非源于王国维。在他思考这一问题时,给予他灵感的是哈里森有关希腊戏剧起源的研究,折口信夫(1887—1953)、西乡信纲(1916—2008)关于日本戏剧的研究。20世纪欧美的新批评方法,以及日新月异的新学科,如文化人类学、民族学、社会学、比较文学、比较文明等在日本迅速地翻译出版,给中国文学者或隐或显的影响,尽管从研究者的论著语言上不一定堆砌欧美的术语,但在分析方法与价值取向上不难觉察欧风美雨过后的痕迹,与其他文学研究领域相比,中国文学特别是中国古典文学的论著毋宁说是忌讳满目外来语涂泽的文风的,但这并不说明这是一块与欧美学术隔绝的桃花源。"支那学"第二代学者青木正儿,着重用欧美文学史的框架,来整理中国文学的资料,他的《中国古代文艺思潮论》《中国近世戏剧史》《中国文学概说》《清代文学评论史》等都是这一类论述。

日本思想史研究者通常将日本战败至60年代后期之间的时期称为"战后",认为它是近代日本的延长,而60年代末开始的大学动乱、公害问题、石油危机才标志着现代的开端。在近代日本历史中,确认个性价值与追求科学精神是齐头并进的,而现代社会则以大众化为标志,从而消解了绝对权威,实现多元共存。在"支那学"让位于"中国学"之后,伴随着文化反省思潮,中国文学研究出现了许多新的气象。以吉川幸次郎为代表的研究者们在论著的引文中,舍弃了沿用已久的贵族学究式的训读方法,而将原文都译成流畅的现代日语口语,他的戏剧研究,不再以主观审美感受为唯一标准,而是将目光指向戏剧演出的"听众"。在新干线建成、高速公路四通八达、通信现代化成为身边眼睁睁的现实的时候,陶渊明诗中的田园、李白咏唱的月光与生活的距离越来越远,那么中国的古典还有什么意义吗？贝塚茂树等面临的正是这样一个恼人的问题：

> 中国的古典,对于我们的祖先,曾经几乎是唯一的古典,至少对于德川时代是知识分子的武士们来说,以居于中国古典中心的孔子为鼻祖的儒教经典,是一切知识与道德的唯一源泉。但是,时代变了,明治以来中国古典的命运,是世人皆知的。中国的古典早已不是现代日本知识分子的古典了。我深信,虽然中国的古典已不是唯一的古典了,但它是现代日本人的一种古典。那么,中国的古典与现代日本怎样结合在一起呢？怎么理解中国的古典呢,不管怎样考虑,我也不能找到明确的答案,终于受到不尽的绝望感的袭击。①

正是在这样的背景下,贝塚茂树开始了理解中国古典、重新发现中国古典的意义的尝试,他希图缩短古代与现代的距离,首先亲切地感受古典产生的时代氛围,并把这称为"中国古典的文化史解释"。为了理解最高的儒教经典《诗经》与《尚书》,他抽出产生它们的时代的生命观,写下了《不朽》一篇。中国古代人过着氏族的生活,要描绘个人的及未分化的时代的生活感情,他以贤相子产与儒教创始者孔子为代表,来表现个人从氏族逐渐分离出来、个人觉悟形成的过程。他通过汉帝国的开创者、中国政治家的典型汉高祖想描绘一下个人觉醒达到最高潮的战国末期、秦汉帝国的交替期、汉帝国完成期产生的、古代专制帝国之下由于强大帝权的压抑而使战国时代实现了的个人自由受到强大的局限而逐渐崩溃的过渡期。贝塚茂树力图通过诞生于那个时代并客观地描写了这一过程的《史记》去阐明历史的真相。他说：

> 我同子产一起,生于贤相时代,和他一起体验严酷的国际关系；同孔子一起,在趋于崩溃的旧制度之下,在政治道德完全无政

---

① 贝冢茂树《古代中国的精神》,东京：筑摩书店,1985年,第3—4页。

府状态下,思考怎样重建秩序与道德;同汉高祖一起,度过变幻无穷的革命期;同司马迁一起,深入探求人的命运。总之,在古典之中,和古典时代的人们一起生活、一起思考、一起写作。①

他针对因20世纪科学高度发展而鄙视古代、以傲慢的态度来批判中国古典的"现代人眼光",倡导摆脱世人这种通行的观念,谦虚地倾听古典人的述说。看得出,贝塚茂树所要做的,正是用现代文化的视点来关照中国古代社会。他的结果,决不是复制一个古代社会的真实模型,而只是现实世界的古代幻象。

沟口雄三(1932—2010)曾写过一本《作为方法的中国》(东京大学出版会,1990),在书中他指出,日本人阅读中国古典时不关心它的时代与社会背景,他们读《唐诗》却不想了解唐代中国,他们心目中的中国已被日本化,是从日本文化传统的角度摄取中国文化的,这是一种文化混淆现象。毫不夸张地说,许多人读到的、感受到的是一种没有"中国的中国文学"。强调在现代化的今天回顾中国古典的学者不乏其人,但根据他们的指告,可以说不一定能达到理解中国文化真面目、真价值与真精神的目的。驹田信二(1914—1994)在《关于日本人对中国的憧憬》一文中,提出古典,特别是在中国,是今日的"远景",只看今日中国转变的"近景"便不免目眩,因而希望既深入地观察中国的"远景",又专注它的"近景"。他提出的古典,包括《诗经》《论语》《老子》《庄子》《孙子》《荀子》《韩非子》等先秦诸子的著述,《史记》《十八史略》等历史著述,《长恨歌传》《杜子春传》等唐传奇,《唐诗选》等唐诗,被称为"四大奇书"的长篇小说,《红楼梦》《剪灯新话》《聊斋志异》等,这些是历来在日本脍炙人口的中国古典,也可看出,有些并非是中国第一流的作品,同时有些给中国人精神生活重大影响的如屈原的作品却没有列入。日本学者对上述作品研究的兴趣也较浓厚,相比之下,对另一些领域,如楚辞、汉赋、政论散文、骈文等则较少建树。一位日本学者在参观完故宫之后,曾经感叹日本人没有学到中国文化的精髓,这固然可以看出日本人学习外国必予超越的图强精神,但也并非纯属自谦,相比某些以现代化大国自矜而鄙视中国的日本学者(这还是不难碰到的)来说,这位学者清醒得多。

---

① 贝冢茂树《古代中国的精神》,东京:筑摩书店,1985年,第4—5页。

第二章
新世纪中国文学近代研究的曙光

明治维新以后,日本的中国文学研究和以前相比变化甚巨。中国文学研究者摆脱了官方汉学的羁绊,接受了法、英、德国学者的观点,把汉学当作东方学之一部,运用他们的方法,排比整理我国古代文学资料。在当时汉学领域内,伯希和、马伯乐等人的影响远远超过在京都住过的罗振玉、王国维,侨居东京的章太炎、梁启超。在小说戏曲研究中,他们既吸取了欧洲、主要是法国学者重视我国俗文学的传统,又吸取了我国清代以来朴学的考证方法。20世纪初,中日两国小说戏曲研究在短时期内取得良好进展,标志着近代文学观念巨大变革的阶段性完成。

在探讨研究成果及其风貌形成的诸多因素当中,研究者的修养与知识结构是最不应忽略的内容。明治时代直到大正年间一般知识分子的文学修养包括汉文修养和西洋近代文学修养两个方面。前者主要是指由四书、《唐诗选》《十八史略》《古文真宝》以及传入日本的中国白话小说培育出来的文学底子,后者主要是指通过留学欧美或阅读大量传入日本的欧美最新文学理论获取的新观念、新方法与新作风。来到日本的王国维等,同样具有这两种修养,因而沟通起来并不困难,也正是这两种修养,使他们在中国文学史综合研究及小说戏剧研究这尚为空白的领域大显身手,他们的成绩至今为后人所钦慕,他们的风采仍有光彩照人的魅力。

第一节 中国文学史总体研究的初试

从1882年文学社出版末松谦澄(1855—1920)的第一本《支那古文学略史》起,短短的二三十年日本人撰写的中国文学史接连问世。19世纪90年代已有古城贞吉(1866—1949)《支那文学史》(日本经济出版社,1897),

藤田丰八（1869—1929）、笹川临风（1870—1949）等五人《支那文学大纲》（凡16卷,日本图书株式会社,1897—1904）与笹川临风的《支那文学史》（博文馆）,20世纪最初20年中,中国文学史总体研究方兴未艾,相继出版的同类著述有:《支那文学史要》（中根淑著,金港堂,1900）、《支那文学史》（久保得二著,人文社,1903）、《支那文学史》（高濑武次郎著,哲学馆,1905）、《支那大文学史》（儿岛献吉郎著,富山房,1909）、《支那文学史纲》（儿岛献吉郎著,富山房,1912）、《支那文学概论》（盐谷温著,大日本雄辩会,1919）。今天读来这些名之为"史"的著述,大多缺乏系统翔实的演进脉络,零散、断续、割裂、每每露出断裂破碎之痕,充其量不过是专题资料的组合。然而,从当时来说,却正是打破以文学为经济仆从的传统观念,将中国文学纯粹作为一种外国文学加以研究的端绪。尽管这些著述也仍有精粗文野之分,不过作为总的倾向来把握,仍可以约略理出其时总体研究时兴的原因。

  大凡在一国提倡另一国学术之初,面对颇感陌生的读者,倡导者身兼普及与提高之双重责任,才会放下艰深的专题研究,而去做诸如简史概论之类的题目。以上著述大多带有这样的性质。虽然中国文学在日本已有一千多年传播研究的历史,但那主要是作为儒学、经学的附庸去接受的,也曾作为文学去阅读和欣赏,却极少予以总体的把握。可以说,以上那些著述陈述的对象并不完全陌生,但堂堂正正地放到一起便新鲜无比。著述者要告诉读者的,不是一堆旧材料,而是一种新观念,一种以西方尺度来衡量中国古代文化的新观念。

  明治维新前后,西方美学与文学理论开始介绍到日本,诸如法国的古典派、德国的浪漫派、英国的自然主义、北欧各民族文学都渐为日本人所认识,推动了日本的文学觉醒。坪内逍遥（1859—1935）1885年9月至1886年6月发表的《小说神髓》作为日本近代文学理论的开篇,将日本与中国的作品都放到以美术即艺术为原则的天平上称量,他第一次提出了近代的"小说"概念,并由此确立了资产阶级文艺学的若干原则。这部著述对李渔等人的劝善惩恶小说观痛加鞭挞,高倡小说以人情为主旨的原则,将小说提高到新时代文学主体的地位。19世纪80年代末,一位叫山口虎太郎的撰稿者在报纸上发表文章这样来描绘阅读西方文学理论的感受:

    吾尝读莱辛之集,又读卡莱尔、麦考莱等编,叹其议论精深,评骘切实,其中有惊心动魄、百世之后仍令披读之人生如新发研之想者。莱辛《拉奥孔》,以及尼布尔、兰克、盖比奴斯等之于历史、歌德、席勒、赫尔德、雪莱之于赋,皆评之善中者也。

从山口虎太郎开列的这一连串西方文学批评家的名单,不难窥见他们在日本当时享有的盛誉。山口虎太郎对欧洲文学理论的倾倒代表了明治时代文学批评总的价值取向。他接着还说:"大凡如此者,虽求诸东海之滨,颇难获之,然不得已,圣叹之《水浒》、毛氏之《三国志》、悟一子之《西游记》等,可谓庶几乎?"出于明清小说点评家在日本流传的历史"资格"与固有好感,山口将金圣叹等人也勉强列到了批评家的行列里,而历来的汉学者恰恰是不以小说为意的。山口在仰慕西方批评家的同时也吐露了一种朦胧的要求,对于熟悉中国旧诗文的日本学者来说,在欧风强劲之际,仍感到如何评价中国文学的理论问题,是学术界不能够回避的。

笹川临风在他的《支那文学史》里,首列"小说与戏曲之发展"一章,这或许是日本中国学界文学史著作中最早的中国小说戏曲专章。著者在该章中说:

(在本章之前)余尚未为小说戏曲置一章节,然中国文学之特色,亦正在于斯。若以欧洲文学史与我国文学史而比照中国之文学史,则中国文学中之此等产物何以寂寥如此。

要言之,此乃倾倒于北方思想之故。夫北方思想不外乎醇醇之儒教之势力,小说戏曲因而被轻侮……由儒者观斯,文章乃称经国之伟业,小说戏曲毕竟如尘芥,系败风坏俗之害物也。[①]

笹川临风以小说戏曲为中国文学之特色,又指出小说戏曲在中国文学史上无地位,乃是儒教思想压抑之故,在当时确是创见,而这恰是他将"欧洲文学史"及在其影响下撰写的《日本文学史》对照的产物。正如后面谈到的,明治末年中国文学史总体研究本身,包含着打破"西风"一统天下的企望,然而作为研究者使用的武器却无不来自西方,这真是一种特殊时期的矛盾现象。尽管笹川临风的《支那文学史》作为个人著述是最为完备

[①] 笹川临风《支那文学史》第二章《金元文学》,东京:博文馆,1898年。

的，在小说戏曲研究方面颇有发轫之功，然而他却并没有沿着中国小说戏曲研究深化的道路走下去，尽管他以后还有著述行世，在中国文学史研究方面却再无建树，这或许正是因为他止于粗浅的"比照"所致。

19世纪60年代以来，对中国文化的评价素来极低，在低谷之中又有小起小落。当"脱亚入欧"之风猛烈时，中国文化遭粪土观；当近代化的弊病初露时，又有少数人想起过孔孟。至明治末年，社会生产有了迅速发展，物质文明日新月异，然而拜金主义横流，贿赂公行，道德沦丧，社会腐败，人心倦怠。在这种情况下，对中国文学遗产的回顾，虽不能说是对欧风物质文明之弊的抗争与匡救，但却是对社会环境压抑个人的心理暴力的排解与冲荡。试读下列这段文字，引自《支那文学大纲》五位作者之一的田冈岭云（1870—1912）撰写的随笔《伟人出今》：

> 自明治维新，一度采西欧之风，于兹30年，物质文明之弊，至今日极矣！所谓物质文明者，华耀于外、黑暗于内者也。虽电灯灿烂，光夺目辉，照耀满都盛装如花之士女，然道义溷浊，相胥趋于兽畜，举世弄智巧，骛实利，渴仰黄金，弃人道，弄智巧，重权诈，不忌侵轧，轻佻为风，浮靡为俗，廷臣淫于色，朋党卖节，请谒昼听，贿赂公行，人无利不动，为获利相欺而不怪。今之世无真挚、无热诚，唯有黄金，唯有权诈，浮薄、淫靡、权诈、伪善、巧利，今之社会有一切恶德，今之人行一切恶德，社会之风纪如此而不已，奈我邦家何！①

田冈岭云对近代化旗帜下掩盖的种种丑行，满腔激愤，物质的增长与精神的贫困，价值观向金钱与实利无限度地倾斜，使这位觉醒者痛苦。田冈岭云毕业于东京大学汉文选科，曾作为随军记者到过中国，看到帝国主义的侵略战争给无辜的普通人带来深重灾难，他写的《战袍余尘》描绘了兵燹中的天津百姓流离失所、横尸荒野的惨状。文中也有些为日军侵华战争遮遮掩掩甚至美化的词句，但所揭露侵略军杀人放火的事实也是触目惊心的，这在当时无疑是需要勇气的。他委婉地指出帝国主义战争的本质是

---

① 《日本现代文学全集》，第236—237页。

借所谓"北清事变""一举解决支那问题"。① 实现各自蓄谋已久的殖民野心,他们宣言战争是为了促使"清国""自强""革新"是谎言而已。田冈岭云说,他当初也曾相信"促进一国之前进之运,莫如革命;促进世界前进之运,莫如国与国之间的战争",当他目睹战争的苦与惨,看到"不可不以血来购买战争之利",便不能不变为非战论者了。作为一位正直的记者,面对日本国内的战争喧嚣,他讲出了真话。

1898年到1900年,他曾到上海担任日语教师,1905年至1907年,又曾在苏州的江苏师范学堂作过教员。他在第一次上海之行之后,他讲过"人作为国民之外,则为世界之人。为天下之道,则不可不竭尽心力。"②在中国文学研究方面,他编译过《老子·庄子》《荀子》《墨子·列子》,也写过《庄子》《苏东坡》《屈原》《高青邱》《王渔洋》等评传。由于疾病,他像他那敬慕的诗人海涅那样过早谢世,但作为一位具有世界眼光的中国文学研究者,他实践了他在千叶的鱼类解剖教师内村鉴三对他作的"不要当伪君子"的告诫。他是一位值得中国学者回顾的中国文学学者。

中国文学总体研究之兴,对田冈岭云来说,还是对文学上一味崇拜西洋风气的抵抗。这也正是每一部文学史的序言都热情地肯定中国文学对于世界文学的贡献的原因所在。田冈岭云曾写过一篇《文学上崇拜西欧之残梦》,这篇随笔收在1900年出版的《第二岭云摇曳》中:

> 吾人非敢谓《圣经》、浮士德、但丁、莎士比亚非大书卷大人物,非谓不必体味其思想、同化其知识以为吾国文学者之修养,然既言《圣经》,则婆罗门《奥义书》之妙言以世界性知识之修养,亦不可不资,则释尊所说《般若》《法华》等之窈冥,亦不可不有。以《圣经》为世界唯一之经典,此非西欧基督教国民之一迷执欤?既言莎士比亚、但丁,言歌德,而东洋诗人果无一人可与比肩欤?诗三百篇之简远,楚辞之悲惋,若长卿词赋之瑰丽,若李白之飘逸,杜甫之沉痛,若《西厢》之灵笔,《琵琶》之数奇,一笔抹杀,谓到底不足追逐此等西洋之四人乎?国异则好尚自异,彼此则趣味不同则有之,而以趣味之异以此得谓不能胜于彼,可乎?

---

① 西田胜编《田冈岭云全集》第五卷,东京:法政大学出版局,1969年,第16页。
② 同上书,第608页。

呜呼！非为某氏耽于西欧之学，日常所目睹在于西欧之文，不知不识，偏于其习，一种崇拜西欧的观念印于脑底不可拔邪！更进一步论之，所谓彼之世界之知识修养者，固为何要之邪？既非为扩大吾国民之眼界、使吾国民中亦出所谓大文学者乎？既然，彼之有世界的文学修养乃化之为我思想之一分营养，非以彼化我者也；既非以彼化我而在于以我化彼，既我为主彼为客也，我则为本、彼则为末也，主客本来历然自别，颠倒冠履以客为主，以末为本，则如何？而言今之世界的文学修养，言"世界的"，实以西欧文学化我者也。夫欲自我化彼，则为我者必有一个主张本领辄可得。①

作为早期社会主义者，田冈岭云倡导"复兴支那古学"，而且他所说的"古学"，"非唯文学也，非唯哲学也"，而是包括科学技术在内的中国文明之学。在文学思想方面，历数中国对世界的贡献："支那乃文字之国固不待言，其文华之灿烂岂须赘言。在文学则有秦汉之简远、六朝之曲丽、唐代之逸岩；在哲学则有周末诸子百家、老庄之虚无、孔孟之仁义，其他自扬墨韩申等之诸说，至于程朱之理气、阳明良知之说等，蔚然盛哉！"进而又驳斥了"支那唯有形而上学，而实验之科学不发达"因而轻视中国文明的论调。由此可见，田冈岭云是视中国文学研究为中国文明研究之一部的，并希望以此冲散弥散一时的"崇拜西欧之残梦"，为荡涤竞进贪婪的涸浊的时代氛围而营造精神家园。

天皇制下强烈的正统意识是官方汉学的支柱，尊儒读经是主要的内容。与此不同的是，田冈岭云等人对中国文学中的研究却是出于对现实地把握中国的要求。在当时京都大学的中国文学研究，冲破官方汉学束缚的新型中国文学研究已在悄然兴起。学生们希望研究戏曲，却遭到教授一脸不高兴的责问："是怎么搞的？你不读经书，却冷不丁翻什么金圣叹？"②后来在小说戏曲方面颇有建树的盐谷温回忆当时的情景："先生朗诵《（日本）外史》之文，吟咏山阳之诗，常忠义之气愤发，声泪俱下，闻者亦感动流涕。"在先生以赖山阳《日本外史》为教材垂涕对学生进行忠于皇国教育的

---

① 《日本咸蛋文学全集》，第265页。
② 参看《盐谷温先生纪念会志》，该会发行，1939年。

时候,年轻的研究者们却孜孜不倦地研读被正统儒学鄙弃的戏曲小说,力图清理中国文学的历史,这无疑是对禁锢思想的天皇制意识形态的一种反叛。日本中国文学近代研究在形成之初,便树立了对旧汉学批判的学风。

第二节　中国古代小说研究的肇始期

日本江户时代中国通俗小说有广泛的流传,翻译、翻刻、翻案之作可谓层出不穷,但轻视通俗文学的观念遮蔽了汉学者的视线,很少有人像都贺庭钟、冈岛冠山那样将小说纳入自己研究的视野,然而他们的努力并没有白费,由那时大量翻译、翻刻、翻案之作建立起来的"四大奇书"的声誉,帮了明治初年民权派政治小说提倡者的忙。那些在报刊上鼓吹以政治小说来宣传自由民权主张的政治青年,每每以《三国志》《水浒传》描绘社会风俗大感人心的实例,来证明小说的奇功异效,以这些小说成功的艺术经验来阐明提高政治小说艺术质量的必要性。如1888年7月,《国民之友》发表德富苏峰(1863—1957)题为《评近来流行之政治小说》,否定了政治小说中将高远志向"空语化"的倾向,断言当时流行的政治小说难以完成"穿政治之内幕,画政治之舞台,画政治之后台"的任务,文中特别提到《水浒传》写人写事的变幻多端:

> 吾读《水浒传》,知及施耐庵实不易也。唯彼一支笔,或为景阳冈之虎,或为草料场之火,或用吴用之智,或为李逵之暴,或为潘金莲之淫猥,或为武松之神威,其意匠之巧妙,其经营之惨淡,热时热煞人,寒时寒煞人,忽笑、忽哭、忽赞、忽骂、忽为山笑水歌,纵横倏急,鬼没神出,实令人一惊一喜。

德富苏峰以《水浒传》为例来说明"意匠之妙,存乎变化"的艺术规律。民权派对中国古代小说谈不上有什么新研究,引用也带有明显的功利色彩,却也在欧风劲健之时巩固了它们的声誉。

与民权派强烈的政治功利不同,文学家更多地借用新传进来的西方"美术"即艺术思想,试图将中国古代小说佳作与日本小说比较。江户时代的曲亭马琴(1767—1848)曾立志将自己的史传读本《南总里见八犬传》写成一部足与《水浒传》媲美的传世之作,明治时代小说家幸田露伴便着重从两者相通相近之点来论析《水浒传》的影响,指出"曲亭于邻邦稗史所读甚多,自《三国》《两汉》,至《水浒》《西游》《平妖》《女仙》《金瓶》《好逑》,细大长短,刚柔正邪,大抵翻阅,以为自家药笼中之姜桂参附,有用则煎熬捣炼以充用"。歌人、评论家正冈子规(1867—1902)则从"变"的方面来看待《水浒传》与《南总里见八犬传》的不同。子规在明治三十三年(1900)写过一篇题为《水浒传与八犬传》的评论,正如高岛俊男所指出的那样,这篇文章对于《水浒传》的见解也属卓识,有发李卓吾、金圣叹所未发之点。

子规从整体上判断说《水浒传》是天真的,《八犬传》是嚼理儿的,就一下抓住了问题的症结:

> 读了《水浒传》,再读《八犬传》,在整体上的感受有极大的不同。一句话,《水浒传》是天真的,而《八犬传》是嚼理儿的。这是不管谁读都会同样感受到的吧。就是从出现的人物来看,《水浒传》多是些天真的人,而《八犬传》却全是些嚼理儿的人,就趣味来看,《水浒传》是天真的,《八犬传》是嚼理儿的。从文字上看也是这样。在这一点上,《八犬传》显然不如《水浒传》。《八犬传》作为小说的价值,因为嚼理儿而大为降低了。举个例子来说,《水浒传》的序幕是打开伏魔殿放出妖星,那些妖星变没变后来一百〇八人,并没有嚼理儿说清楚,也就是妖星与百八人的关系是极含混的,有好嚼理儿的人硬说百八人是妖星变的也未尝不可。这正是《水浒传》的有趣之处;然而《八犬传》八犬士与伏姬的关系极其密切,尽讲理儿,丝毫没有怀疑的余地,这些嚼理儿的地方是马琴的第一个地方。马琴为了编八犬士,先牵强附会讲犬的事,编造伏姬与犬的关系,而且因为它们的关系很牵强,为了消除这种牵强,所以就引用槃弧氏的古老传说,或说明孕童怀胎的理由、月份不足的理由,各种各样的事儿。在本文、序文里一而再再而三地编理儿来讲,但又觉得这么样　理儿还不能把他们的关系搞充分,又从珠玉编出仁义礼智八块玉,从八房的毛色想出身上的痣,编出重重叠叠的理儿来,这样就说明八犬士的的确确是伏姬的孩子了。实际上趣味令人厌恶,说是笨拙也好,丑陋也好,简直难以形容。马琴不懂得,《水浒传》那些含混的地方恰是小说的

妙味，反而认为自己编造的那些理儿用意非常周到而沾沾自喜。马琴到底是离不了嚼理儿的人。

在塑造人物方面，《水浒传》塑造的是些不嚼理儿的天真的人，除宋江、吴用等两三人外，聚集在一起的都是些愚直、朴讷、本领高强、像是好顽皮的淘气孩子似的人物；相反，《八犬传》里尽是些嚼理儿的、呆板、拘谨、装模作样的人。八犬士等自不消说，可以说不过是仁义礼智八行的八个字的化身，所以信乃到哪儿都是义，道义到哪儿都是忠，他们以及他们这些行为都是由道理推出来的，因此人都呆板而无磊落天真之处，因为人是嚼理儿的，趣味是嚼理儿的，所以也就没有了像《水浒传》那样令人拍案叫绝的地方。①

子规最不满《八犬传》的说教，而赞赏《水浒传》描写了有真实情感的天真的人物，在情节处理上留给读者想象的天地。在文中子规引进了"感觉良好"这样的批评标准，这可能是他从西洋派画家那里学来的说法，"感觉良好"（感じが良い）也有令人心情舒畅、舒适的意思。在他看来，小说既然与绘画一样同为艺术，那么首先就应给人以愉悦，这是最为重要的，以此来衡量，《八犬传》令人愉悦之处极少，而《水浒传》里可就多了。

1895 年刊行的帝国文库《新编水浒画传》卷首，收进了学海居士依田学海（1833—1909）长达 18 页的《水浒传考》。1897 年 8 月森鸥外创办的《目不醉草》（めさまし草）卷 21《标新领异录》发表了《水浒传》一组共同研究的文章，是最早初具规模的中国小说专题研究，其中包括森槐南的《水浒传概说》，森鸥外、依田学海等人的发言，值得一提的是森田思轩（1881—1897）的见解。森田思轩在 19 世纪 80 年代曾作为《邮便报知新闻》的特派员到过中国，他的发言是从森鸥外如下的议论引起来的：

另外，在《水浒传》的性质上，还有一点值得注意，此书包含支那文明史的分子，也就是支那社会的分子。换句话说，宋代的

---

① 高岛俊男《水浒传与日本人》，东京：大修馆书店，1991 年，第 229—231 页。

支那与今天的支那有同样的现象,它们就投影在这部书里,因而《水浒传》归根结底是特殊的支那的产物。在支那为什么疫疠凶歉泛滥相继,支那的官府为什么不能防遏它们?在支那为什么匪徒横行?支那的官兵为什么不能荡平他们?这些宋代既已存在的问题,至今仍未能解释。我每读《水浒》,未尝不想到这些。①

接过森鸥外提出的题目,森田思轩开门见山地说:"《水浒传》确是作者生存的支那社会的一张照片。如果认为支那社会状况,《水浒传》成书时与今天没有多大不同的话,那么它也就是今日支那社会的一张照片。"森田思轩从《水浒传》中抽出贿赂、盗贼、通奸这三个中国社会固有的根本问题,从其形成原因与在《水浒传》中的反映入手试图回答森鸥外的问题。他首先指出,推动中国社会的不是法律,不是规则,而是"人情"、"人事",也就是钱财:

> 支那社会是不可思议的社会,人与人联系的交际的纽带既不是好感,也不是意气,更不是信义,而只是赠物,即贿赂……中古以来在支那把赠物叫作人情或人事。本书中这个词也多次可以看到,而且这个词已经说明支那是贿赂公行的国度。为什么呢?因为看这个词就知道在支那社会把赐物看成当然的人情、当然的人事……本书的林冲、宋江等一到发配的地方,就向管事的管营或差拨送银子,由银子的多少,那些官吏的态度如同反掌,突然看到这些描写,会以为金钱神通过大,细细一想,未必是夸大其词。②

接着又谈到盗贼:

> 在支那,所谓盗贼,也就是些纠集人众,构筑寨堡、打家劫舍的人。横行无忌的盗贼之多,是又一件不可思议的事情。汉之黄巾、五斗,本书中所见的方腊、元代的红巾、明代的唐赛儿、清代的

---

① 高岛俊男《水浒传与日本人》,东京:大修馆书店,1991年,第272页。
② 同上书,第275页。

长毛贼等,皆是其中著且大者。此外史册上未曾载录啸聚于山隈水曲为害一时者殆无世不有。①

然而,为什么中国社会经常存在盗贼,有时甚至极为猖獗呢?思轩谈到了如下的原因:存在着科举落第的心怀不平的知识分子,饥馑遍地;迷信邪教盛行,谁都有当皇帝的可能性;由于当权者的残酷掠夺,人民困苦不堪;官兵有了盗贼才不至无事可干,故不积极讨伐。接着,他谈到这些原因在《水浒传》的反映:

> 本书里很多所谓不能诘盗的官、不能御盗的兵,梁山泊的兵每常秋毫无犯,所以沿路百姓大喜,送往迎来,李逵多次跟宋江说:哥哥何不做大宋皇帝?多用魔法。梁山泊开山之主是落第秀才王伦,河北田虎于沁州百姓不堪官府搜刮之时相聚为盗,乘机作乱,江南方腊在溪边看到映在水中的影子,说是什么什么显灵以收聚人心等等,都描写了支那社会的一面,令读之者点头称是。②

关于通奸,思轩接下来说:

> 在支那以前男女之别甚是严厉,甚至女子被置于一种囚徒的境地,极下等的细民另当别论,中等以上身份的人家女子很少有能与外人会面的机会。因为常只关在屋里,所以取乐之处很少,自然便产生以闺房之乐为唯一乐趣的倾向。在支那多淫妇,关于这一条我不愿多举例,只说其中一件。日本等地的风俗,兄弟媳妇碰到一起,绝没有互相谈论自己床笫之事的,在支那就很多……本书潘金莲等偷汉的有好几个,而且偷汉的第一个原因,就是要满足闺房之欲而发生的。③

---

① 高岛俊男《水浒传与日本人》,东京:大修馆书店,1991 年,第 275—276 页。
② 同上书,第 276 页。
③ 同上书,第 277 页。

平心而论，森田思轩对于《水浒传》的社会学批判在当时确属惊人之语，他以一个外国研究者的敏锐，对于《水浒传》反映的人与人之间的关系与社会文化观念作了堪称深刻有力的揭露，然而，森田思轩的水浒文化论又是充满偏见的，他将贿赂说成是中国社会人际关系的准则，甚至亘古不变的中国人的人情，正反映了那一时代鄙视中国与中国文化的心理，他对《水浒传》也必然有见木不见林的弊病。

我们来看一看日本近代著名小说家芥川龙之介（1892—1927）的《水浒》观。

芥川龙之介在他的自传之一《大导至信辅的半生》当中，在"书"一则里写他兴致勃勃地阅读曲亭马琴等人编画的《新编水浒画传》，那时正是明治三十年中叶，也就是20世纪最初的几年。那里写道："信辅对书的热情是从小学时代开始的，是父亲书箱底下的帝国文库版的《水浒传》给了他读书的热情。大脑袋的小学生，在微暗的灯光下一遍又一遍地读着《水浒传》，不仅如此，在翻开书本的时候，还想象着替天行道的旗子啦、景阳冈的老虎啦、吊在菜园子张青房梁上的人腿啦。不过那种想象比现实还要现实些，他多次提着木剑，在晾着干菜的院子里和《水浒传》中的人物一丈青扈三娘啦，花和尚鲁智深啦格斗。"

大正十年，即1925年，芥川龙之介受命于大阪《每日新闻》社来到中国，将他在中国四个来月访问的见闻陆续发回，后编成《支那游记》一书。对芥川龙之介来说，中国首先就是《水浒传》之国。《西湖》一篇写他看到西湖畔三个中国人，一个在拔毛洗鸡，一个在涮旧棉衣，一个在柳荫下垂钓，一种悠闲感油然而生。芥川笔锋一转："我确在一瞬间，忘记了红瓦，忘记了美国人，在眼前和平的景色中，产生了小说式的情绪——在石碣村的柳梢下，辉映着暮春的日影，阮小二坐在树下一直专心致志地钓鱼，阮小七洗完了鸡，拿着菜刀走进屋里，那个可爱的阮小七，'鬓插石榴花，脚刺青豹子'，还在洗旧棉布衣，向那边慢吞吞地走过来的——那是智多星吴用。他胸前挂着个大篮子，是极其散文式的卖点心的，他走到我们这边来，嘴里喊着买我的焦糖什么的，不一会儿就卖光了。我从《水浒传》世界跳蚤似地跳了出来，天罡地煞一百〇八人当中，没有一个是卖焦糖的。"他从西湖边悠闲的三个中国人，联想到《水浒传》第十五回"吴学究说三阮撞筹"的场面。在《庐山》一篇，他又写不仅想到白居易的《琵琶行》，而且想到浪里白条张顺、黑旋风李逵。在《苏州城内》，当他看到两个卖艺人舞刀耍枪，就想到他们是病大虫薛永、打虎将李忠一伙的,"我坐在石台阶上,望着他们练武,大有《水浒传》式的心绪"。病大虫薛永与打虎将李忠是一百〇八将中卖艺出身的好汉,决算不得《水浒传》里的出名人物,这倒是可看出芥川龙之介对《水浒》人物的熟悉程度。

下面这段话,才集中表明了芥川的《水浒》观:

《水浒传》式的——只这么说的话,或许还没有把意思充分表达出来。毕竟《水浒传》这本书在日本出现过马琴的《八犬传》、《神稻水浒传》、《本朝水浒传》等各种各样同类作品,然而,哪一本书里边也没有写出《水浒传》式的感觉。至于说到《水浒传》式的是什么,或许是支那思想的闪光。天罡地煞一百〇八豪杰,也不是马琴等人所想的那样一群忠臣义士。从数目上倒不如说是无赖汉的结社;不过,使他们聚合起来的力量,不是爱恶之心。记得武松讲过一句话,豪杰之士爱的是杀人放火,严密来讲,是说爱放火杀人的乃是豪杰,不,更郑重地说,是说既为豪杰之士,诸如区区放火杀人便不在话下。也就是说他们之间流动着脚下应当踩踏善恶的豪杰意识。模范军人林冲啦,专业赌徒白胜啦,只要有这种感觉,也就可称为兄弟。此心说来是一种超道德思想,不独是他们的心。在古往今来支那人胸中,至少与日本人相比,是深深扎下了根的、不可等闲的心。口上说天下非一人之天下,但这么说的一伙人心里只不过是说不是昏君一人的天下。实际上他们心里是想说他们要用一位豪杰的天下去取代昏君一人的天下。再举一个证据,有一句话是说英雄回头即神仙。神仙当然不是恶人,同时也不是善人,是在善恶的彼岸餐霞饮露的人,不以放火杀人为意的豪杰,在这一点上,确是一回头便进了神仙堆儿了。……《水浒传》武松打虎、李逵抡斧、燕青打擂,并不是万人爱读的,磅礴其中的大胆包天的豪杰感觉,才是使读者醉心的。①

诚如一位作家说过的,在作家的头脑里时常冒出些稀奇古怪的念头

---

① 高岛俊男《水浒传与日本人》,东京:大修馆书店,1991年,第208—209页。

来,如看到鳞次栉比的高楼想到排排鸽子笼,看到正襟危坐的与会者想到法庭的审判员等等。在20世纪初的北京,芥川龙之介头脑里冒出来的,是《水浒传》里阮小五等人的音容笑貌,这说明这些人物早已深深扎根在他的心里,然而这些人物又绝不是保真的《水浒传》人物,应当说是已经过芥川头脑日本化了的人物,是他在中国永远也找不到的人物,因为他们只存在于他进行了信息处理的头脑中。

第三节 世纪之初——戏剧研究辉煌的一页

17世纪初,《西厢记》等便已入藏日本御文库。元曲的传入,当比这早得多。江户前期的著名学者新井白石(1657—1725)已注意到元曲与日本的能乐在舞蹈、歌唱、舞台结构、角色分配等方面的类似点,在回答有关元曲的问题时,已提出元曲孕育能乐的看法,在《俳优考》中进一步推测在镰仓之末、室町御代制之初,日本和中国在相互往来的过程中元杂剧传入日本并影响日本,使日本俳优从效仿唐朝散乐转而模仿元杂剧,发展起能乐表演艺术来。《俳优考》可以说是日本最早的戏剧论文。同时代的荻生徂徕在所著札记《南留别志》中也谈到能乐是模仿元杂剧而作,元杂剧是入日元僧带进并传授的。这些看法,对明治大正时期的戏曲研究者是有影响的。

1826年荷塘道人远山一圭(1795—1832)著《北西厢》注释,名《谚解校注古本北西厢记》。在汉学者中鄙视小说戏曲的传统看法势力强盛的时候,远山一圭不啻是一位勇敢的先驱者,直至江户末年明治之初,仍有不少视《西厢》为秽物的饱学儒者。试读加藤良白《柳桥诗话》中这一段记述:"予妹嫁福田氏者,名菅,号白凤,尝叹曰:'一部《西厢记》,破坏世间许多好女子,恨不付祖龙一火也。'韵语亦颇露其意云:碧玉十三四,教裁衣与裳;洞房花月夕,必莫玩西厢。"①想来当时会有许多与福田氏持同样态度的汉学者,都恨不能在戏曲与青年之间建起一道坚不可摧的隔离墙,这使得那些有心研究中国戏曲的人有时也不得不隐姓埋名,化名发表有关方面的看法。在这种情况下,期待元杂剧研究有大面积丰收的成果当然只能说是一种奢望。

---

① 池田四郎次郎编《日本诗话丛书》第六卷,东京:龙吟社,1997年,第464页。

欧洲近代主义文艺观念导入日本的明治期,中国小说戏曲才开始成为学者深入研究的对象。笹川临风《支那文学史》明确说明,中国文学的特色,正在于小说戏曲:"若以欧洲文学史与我国文学史而比照中国之文学史,则中国文学史中之此等产物何以寂寥如此",并追究其原因,在于北方思想:"夫北方思想不外乎醇醇之儒教之势力,小说戏曲因而被轻侮……由儒者观斯,文章乃称经国之伟业,小说戏曲毕竟如尘芥,系败风坏俗之害物也。"他还鲜明地反对把戏曲视为"与正史经书为同一物"的批评态度,赞扬汤显祖评《琵琶记》时所说在性情上着功夫,且以其词调之情为长,是"千古不灭之评语"。笹川临风率先在文学史著述中辟专章论述中国的小说戏曲,标志着戏曲研究进入近代学术的视野,说《支那文学史》是一部开创性著作绝不过分。

在戏曲研究专著尚未问世之前,文学研究者对吟咏杂剧的词曲、杂剧的片断翻译,表达了探索的热望。早期研究者久保天随(1875—1934)在十七八岁时即1894年左右,曾写诗描写读《西厢》的情景:"碧无如梦夜微茫,最可怜宵夏断肠,帘外春寒月当午,满身长影满《西厢》。"青木正儿中学时代初次读到《西厢记》的《惊梦》一折时,"虽未能分解,然已神往矣,后又得解释《西厢记》数折之书,益喜焉",他研究中国戏曲的兴趣由此萌芽。新一代的戏曲研究者头脑中没有"经国大业"一类儒学传统观念的禁锢,可以无所顾忌地把戏曲研究作为学术道路的起点,这无疑是一个巨大的变化。

然而,我们仍然有必要回顾一下那些最早引元曲研究入学术之门的文学家的业绩。

首先要谈到的是,幸田露伴(1867—1947)在20世纪到来前五年,发表了近代最早介绍中国元杂剧的文章《元时代的杂剧》。露伴怀疑前人提出的杂剧之兴与元代取士有填词科有关的说法,认为此说史无明文,乃传闻之误,不同意同一故事同一正名而人各有一本的议论,反驳了臧晋叔关于马致远、乔孟符辈至第四折往往如强弩之末也与此有关的推断,又从杂剧宾白多鄙俚蹈袭之语的现象进一步否定了以杂剧取士之说。露伴针对以史论剧的传统价值观,明确指出:"若以实录责小说,此惟妄也;以历史论戏剧,此惟愚也;以求于吾邦所谓演剧之所以者观元剧,此亦非也。"[①]"若论

---

① 幸田文《露伴全集》第15卷,东京:岩波书店,1978年,第56页。

元剧,只宜推想此剧乃如何之物,以此观之,始可言其篇什之价值。"①他又谈到元剧与传奇的关系:"杂剧自为杂剧,传奇自为传奇。杂剧与传奇可谓如子母如姊妹,同一系统而具同一面貌,不可不云同中自有异。"②以一位艺术家的感觉,露伴对关汉卿的《望江亭》《窦娥冤》《救风尘》十分推崇:"《窦娥冤》悲壮,《切鲙旦》滑稽,其他大抵属普通之喜剧。《切鲙旦》或名《望江亭》,以美人谭记儿为主人公,叙聪明女子戏弄痴汉之奇话,美人不为薄幸而痴汉自绳自缚之异光景,令读者快笑绝倒。"③《救风尘》一篇,"滑稽甚是滑稽,然决无谐谑之词,令人自然微微含笑,思世上真多有如斯者。且足堪称一佳作。我国元禄以后及天明宝政近乃二三十年间,叙花柳之事之小说戏曲非少,然皆陈陈相因,无一如此一脱常套开一生面者。"④露伴热烈赞许在笠翁数百年前有关汉卿这样的才人在,"元之才人岂易侮哉!"⑤钦慕之情,溢于言外,不禁慨叹"恨予不幸未得见汉卿之作六十本之一半,唯悲不能窥汉卿乃何样之作者,故而不能加以评价"。⑥

幸田露伴不论对中国古代思想还是古代文学方面的研究,"造诣之深,在同辈人当中是无与伦比的"(伊狩章语),在他向学术界介绍元杂剧艺术成就的时候,关汉卿、马致远还是陌生的姓名。露伴对杂剧持相当保守的态度,他以为翻译势必失去原有的趣味,单个解题又只如隔帘美人瓶中美酒,使人徒然恼于思慕,"与其由予之手对少数篇什作不精确之粗翻译、没兴味之恶翻译,乃至取如同嫫母傅粉似的徒劳装饰的拙翻译,不如对尽可能多的篇什稍加详细解题,且略指示其佳处妙处,遥使人领略元剧是如何之物,并一人列举数篇,不论其题目如何出自同一手笔,则为使人便于了解其作者有如何气习、如何手法"。⑦

露伴所做的,虽然止于"遥使人领略元剧是如何之物",还不能使读者

---

① 幸田文《露伴全集》第15卷,东京:岩波书店,1978年,第56页。
② 同上书,第57页。
③ 同上书,第95页。
④ 同上书,第116—117页。
⑤ 同上书,第117页。
⑥ 同上书,第118页
⑦ 同上。

读到杂剧的全貌,但他毕竟首开研究杂剧的端绪。① 三年后森槐南(1863—1911)便堂而皇之地将中国戏曲搬到了东京帝国大学汉学科的讲坛上②。20世纪头十年,中国戏曲小说研究以东京、京都两地为中心取得了突飞猛进的发展。在我们回顾日本中国戏曲研究业绩的时候,仍然不能忘记幸田露伴这位集剧作家、随笔家、考证家、小说家于一身的作家兼学者的首功之篇。

19世纪末,还有一位中国戏曲的爱好者不能不提到,那就是森川竹磎(1868—1917),③这位被神田喜一郎称为"我国填词史上放射光辉的唯一的专家"的学者早在1892年前后,便有《雨夜读牡丹亭传奇》七律三首。1912年《随鸥集》发表他的《拜星月慢·久保天随索新译四弦秋题词,便用愈是斋四弦秋传奇题词韵以应之》。1913年2月发行的《随鸥集》中载森川竹磎为今关天彭(1882—1970)摘录传奇纲领所填新词,题作《归田乐引·今关天彭摘录数十种之纲领为一卷,索题词,倚声应之》。这些诗词模拟之迹甚显,不过也可看出风气酝酿之时中国戏曲研究者寻求知音的热切,"杂剧传奇一齐打"的勇气。这些篇什是对深入研究中国戏曲的呼唤与鼓吹,具有研究性质的,是竹磎的《题新定九宫大成南北宫词谱》。《新定九宫大成南北宫词谱》为清乾隆年间庄亲王命周祥玉、邹金生等编纂的,竹磎题诗载于1915年1月发行的《诗苑》第16集,有小序言"庄亲王九宫大成南北宫谱,博搜广采,为曲谱之最,而尚恐未免有得失。便摘出数项,聊陈鄙见,得绝句十五首"。竹磎仿中国古代"论诗诗"一体,陈己见,补不足,诗后又有自注,为的是使对《词谱》得失的看法更为明确。

总之,江户时代直到明治初年,传入日本的中国戏剧虽不多,只有《西厢记》《琵琶记》流传广些,但正主要是这两剧使中国戏剧在某些汉学者中建立起声誉,这种声誉恰成为世纪之交中国戏剧研究开拓的基础。那些汉学者对中国戏剧的注意,实质上说明传统汉学内部悄然发生分化并终将走

---

① 幸田露伴后来撰写介绍中国戏曲的文章多篇,如《拜月亭的故事》(1918年10月)、《邯郸与竹叶舟》(介绍马致远《黄粱梦》等,同年11月)、《双珠记的故事》(1918年11月)、《迷信剧》(介绍《桃花女》,1918年1月)、《羊的喜剧》(介绍载于《缀白裘新集》中的《狮子吼》等,1919年2月),以上文章以《支那戏曲》为题,收于《幸田露伴全集》第25卷。

② 森槐南1909年在《汉学》杂志1—8期上发表了《元人百种曲解题》,又有《词曲概论》一书,涉及俳优搬演之渐、元曲杂剧考、南曲考、清朝的传奇等戏曲内容。

③ 森川竹磎,名键藏,字云卿,别号鬘丝禅侣,东京人。森槐南作《词曲概论》,竹磎为之作过补充,题为《补遗》,两书集明治词曲研究之大成。

向解体。明治年间西方文学观念传入日本,便发挥了强大的催化作用,造成了中国戏剧研究的黄金时期。

明治大正以后,日本的中国戏曲研究获得令人瞩目的发展,有几个不可忽略的因素。

首先,由于两国人士交往和交流增多,越来越多的人不同程度地注意到中国戏剧的艺术价值。日本近代研究中国古典戏曲成绩较大的学者,大多曾到中国留学或考察,或者与中国的戏曲专家有过交往,他们的著述受到文化界名人的重视。今关天彭摘录传奇数十种之纲领,编为《支那戏曲集》,森川竹磎为之作《归田引》:"约取当场要,读从头笔尖捋掩。任手闲来写。丽者,又壮者,乐者哀者,杂剧传奇一齐打,无端泼濛那,毕竟人间知音寡。一斑窥得雾豹何言假。曲也,又调也,科也,白也,一向无言却潇洒。"[1]连文豪森鸥外也为该书题词:"雪涛万里向幽燕,京洛尚留书几篇(此书排印未成,天彭去游"支那");涉猎夙期穷学海,风流今见补情天。高文典册元堪重,艳曲曼声还可怜。最忆先生命题日,倩来纤手写金笺(此书某夫人题签)。"

还有一个因素,是由于研究领域不断扩大,西方比较文学研究的方法引起人们的注意,有些学者把中国戏剧作为比较研究的对象,主张提倡中国戏曲研究。辻武雄(1868—1931)《中国剧》是从中国戏剧的实际演出方面来研究的普及性读物,"比照文学"的倡导者、评论家、翻译家坪内逍遥为之作序说:

> 凡一国特殊之戏剧由脚本上观之,或以诗歌文章考察之,或翻刻之、训释之、评论之,籍介绍于外国,东西文坛固不乏其例,而寻绎戏剧的文学原理论述戏剧组织及其巧拙成一书以饷世人者,迨乎今日汗牛充栋。然至由实演方面讨寻戏剧考核阐明综合艺术之真性命则未见之,颇为憾事。不论学术如何,一切研究,欧美先于东洋,颇极擅长,惟戏剧上之实际之研究,及乎最近,稍有可观。戏剧进步所以迟迟者,多基于兹矣。[2]

---

[1]　今关天彭《支那戏曲集》:北京:东方时论社,1917年,第1页。
[2]　辻武雄《中国剧》,北京:顺天时报社,1920年,第1页。

坪内逍遥充分肯定了从实际演出方面来展开研究的方向,特别强调指出,中国戏剧历史极古,进化与退化之关系稍脱常规,且其一种乐剧足为东洋古剧之代表,而与希腊古剧并今日各种歌剧、日本之能乐及旧剧(俗称歌舞伎)比较之,确为良好之资料,颇有研究之价值。《中国剧》对中日、中西戏剧都做了初步的对照。

还有一些人,则强调从中国戏剧可以了解中国国民性,从而提倡中国戏剧。《中国剧》作者辻武雄主张中国问题之研究与解决,必须由中国"国民性"入手,说"所谓国民性者,予确信由中国剧中,可以窥之一二,且因之可以洞见历史上所缺之秘事,及社会里面之情态也",宣称可以窥戏曲以窥"中国社会之风俗习惯,及华人之游乐趣味何如"。东则正(1886—1976)为该书写的序言甚至极而言之,曰"知戏曲者,始解中国":

> 中国剧于中国之位置,曲尽其国民一切复杂之特性,近乎了无余蕴。即之所以多相信荒唐要眇之秘密结社;之所以颓唐放漫而糜乱之两性聚会;之所以多无职、无籍之流民,以其人种夹杂而来的恐怖;即之所以苦于流寇,其受戏曲影响而浸润国民性之作用,悉可得知。

东则正对戏剧与生活关系的看法显然是荒谬的,同时,他所说的中国的国民性,只有诸如愚昧、荒唐、狭隘、落后、无组织纪律等病象。明治维新前后,日本的先觉者有以中国之落后倒退去警醒群众奋起变革的做法,今泉秀太郎为福泽谕吉主办的《时事新报》上画的一幅题为《北京梦枕》的插图,正可说明他们的用心,画面上肥胖硕大的中国人头枕四书五经酣然沉睡,嘴角还叼着烟管,正吸着鸦片,欧洲各国的军队就像是格里佛描写的小人国的士兵,从脚下、腰间攻了上来。日本人文化心理上向两方猛烈倾斜的状况,正可由此一目了然。甲午战争之后,中国的形象更是一落千丈,据当时的报纸记载,昔日怀着钦慕心情捧读的中国书籍,却当废品也卖不出去了。"甲午后,日本人心中目中,未尝知支那文明之四字,每每发为言论,亦多轻侮之词。至于中国之美术(按:艺术之意),则更无所闻见,除老年人外,多不知中国之历史。学校中所讲授者,甲午之战也,台湾满洲之现状也,中国政治之腐败也,中国人之缠足赌博吸鸦片也。至于中国之所以立国者,未有以研究之。"①在当时,研究中国,目的在于解决中国问题,而解决中国问题的实质,便是将尚未完全驯服的中国变为完全的殖民地,至少变为随时可以食用的蜗牛肉。在这样的对华政策之下,一些人所谈论的"支那"人的国民性,实际上正可反射出谈论者一方的国民性的劣根性。

　　大正年间及昭和初年问世的有关中国戏剧的专著在日本中国文学史上留下辉煌的一页。久保天随因《支那戏剧研究》获文学博士学位(弘道馆,1928);先后在德国与中国留学的盐谷温以《元曲研究》获文学博士学位,他还有《琵琶记》《桃花扇》《长生殿》《日译元曲选》《歌剧西厢记》等翻译研究结合的著述;铃木虎雄有多篇论戏剧的论文,翻译过《鸣凤记》,并曾在京都帝大主讲"明代戏曲概论"。青木正儿有关中国戏曲的论著《元人杂剧概说》《支那近世戏曲史》《元人杂剧》《南北戏曲源流考》,不仅在日本汉学界有影响,而且大多译成中文,受到中国戏曲研究者的重视。

---

① 涛痕《梅兰芳到日本后之影响》,《春柳》1919 年第 5 期。

第三章
日本中国现代文学研究回顾

日本的中国现代文学研究,特别是鲁迅研究近十年来取得的进展是巨大的,研究者们及时报道中国文学发展的动态,翻译新人新作,聘请中国作家赴日访问演讲,在 20 世纪 30 年代文学等领域的研究有新的突破,竹内好、竹内实(1923—2013)、伊藤虎丸(1927—2003)、丸山升(1931—2006)、相浦杲等人的著述不断介绍到我国,而年轻一代的中国现代文学研究者大都有在我国留学、从师名家的经历,他们对中国现实的反映更为敏感。

然而,与对中国古典的研究相比,尽管在资料搜集与人员交往上存在方便,但在理解上也并非没有困难。直到 80 年代中期,伊藤虎丸在《为了心灵深处的交流》一文中仍然指出,在中日交战时断绝的"文学上的交流",到现在还没有完全恢复,他进而指出,交流断绝的真正原因,"除了'思想'上的问题,在心灵的深处还有'文化'上互相没有(或者不能)了解的问题",在战争中,佐藤春夫等作家"本来根本上不了解中国现代文学不能不承担的历史任务和它的性质",而在今天,两国文学家关于近代(即现代)的文学与艺术有多少共同了解或共同语言仍是值得探讨的问题。如果说日本人欣赏中国古典时忽略它的背景、将其日本化之后再来接受还可以勉强行得通的话,阅读中国现代文学作品便很难品味出其中的趣味。对中国现实与中国文化的理解,显然是读懂原作的前提,而中国令人眼花缭乱,有时甚至让人感到瞬息万变的社会现象,作家们对现实迅速做出的多样、多变的反应,常使异文化背景下的研究者感到困惑。

应该指出的是,几十年来日本的研究者都在努力地接近中国、理解中国,并为准确地阐释中国当今的文学而付出艰辛的劳动。50 年代,武田泰淳写出了《中国小说与日本小说》,力图说明在两种不同的近代化命运中的中日作家性质不同的焦虑;60 年代,中野美代子(1933—)写出了《中国人的思考样式——从小说谈起》；70年代铃木修次写出了《中国文学与日本文学》①等等，尽管这些著述依然是想把中国文学纳入到西方的价值体系之中，但著者的本意在于用日本人能够接受的语言去说明中国近现代文学面貌形成的原因与趣味所在，在理论上不失为有益的尝试，在沟通中日文学方面也不乏实际的作用。

第一节　中国现代文学研究发轫纪实

20世纪20年代的日本，一些所谓"中国通"所做的穿凿附会、错误百出的文字流行于世，而当时中国真正优秀的思想文化仍鲜为人知。随着中国新文学运动的发展，在日本知识界，有两部分人注意到了这一文学运动的势态。其中，一部分学者便是在对中国传统文化的研究中，受到"大正民主"时期民主主义思潮的影响，转而热切地关注起中国新文学运动，如前述青木正儿及其长篇论文《以胡适为中心的汹涌澎湃的文学革命》等，便是代表；另一部分学者，则是当时滞留于中国本土的日本文化人，他们多少经历了作为异国文化的"五四"新思潮的冲击，或受其感动，致力于对中国新文学运动的评价与报道，如凡山昏迷、清水安三等人。但是，一般说来，无论是他们的论评，抑或是他们的报道，在当时，真可谓凤毛麟角。

青木正儿的文章我国的学者已不陌生，问题在于研究中国古典文学的青木正儿为什么会对中国现代文学的变化首先敏感地予以报道？这其中固然有许多因素，出于对中国古典文学挚爱而产生的对未来中国文学的希望是一个原因，他在文章中曾这样写道：

> 不用说，支那人是尚古的国民，一方面受到西洋文明的促进而力图迅急奋进，另一方面也不忘钻研古代的文明。支那文明有着幽玄的思想与丰丽的藻彩。想要思想的深远则有老庄，追求文体的自由则有古文，有骈文，有白话，期望诗形变化则有填词。他们在这样的基础上构筑新的文学，实在是轻而易举的事。今天是呼吸新空气的时代，是新学的准备时代，不久的将来，在我们面前

---

① 铃木修次《中国人与日本人》，东京：东京书籍，1987年。

展现富丽多彩的文学,已经指日可待。①

正像吉川幸次郎后来回忆的那样,"大正时期,我们还都是青年,歧视中国是当时日本的风潮,在日本人眼里,认为中国在继续后退",这种歧视中国的气氛,青木正儿不难感受到,几乎同时期,到过中国的芥川龙之介便曾对包括文学在内的中国当时的一切一笔抹杀,相比之下,青木正儿的文章更显得难能可贵。

1922年在北京的东亚公司出版了大西斋、共田浩编译的《文学革命与白话新诗》,前编总说并译出胡适、蔡元培、康白情有关文学改良与新诗的文章,后编收译胡适、郭沫若、康白情、俞平伯、刘半农、田寿易、沈尹默、戴天仇、周无、吴芳吉、沈玄庐、谢楚桢、李辛白、冯雪峰、潘漠华、默圜、平陵及作者不明的诗作,并特别译出陈蘅哲、智望珠、傲梅等几位女性的新诗,试图全面反映当时新诗的气象。在总说中译者从白话文学价值的角度充分肯定了新诗尝试的意义,说"正像不会读言文一致的外国不能了解今日的新日本一样,不能读白话的人也不能了解今日之新支那。杂志、报纸不能盛行使用白话,文言陷于被刈割的命运,枯黄衰微着",译者呼吁日本人注意中国诗界的变化:"这种趋势是支那文学界值得注意的大变革,对于日本的汉文或支那语的教学来说,有必要予以深切的注意。"清水安三是另一位介绍过中国文学动态的旅人,他到北京曾怀着"调查支那现代思潮与支那现代人物"的愿望,在他主笔的《北京周报》(北京,远东通信社发行)上陆续发表了一些随笔式的短文,而后这些短文辑成《支那新人与黎明运动》及《支那当代新人物》(均为1924年刊),速写式地报道了著者亲身感受到的中国新思潮与新人物及旧人的动向。小说家中,除鲁迅外还介绍了叶绍钧等。这些有数的浮光掠影式的扫描,距离真正的研究还颇为遥远,从报道者来说,只不过是偶然印象的记录,取决定作用的是报道者一时的见闻。

1926年7月5日,日本《改造》杂志夏季增刊《现代支那号》比较集中地介绍了中国思想文化界的一些情况。这一期发表了20多位中国人的作品,包括丁西林、郭沫若、田汉等的剧本,凌叔华、杨振声等人的小说,徐志摩、闻一多、饶孟侃的诗歌,胡适、西滢、顾颉刚等人的评论。从目录不难发现,作者基本属于以陈源为中心的现代评论派和创造社,文学研究会和《语

---

① 青木正儿《青木正儿全集》第二卷,东京:春秋社,1970年,第215—244页。

丝》周围的作家一个也没有入选。当时,鲁迅等人面临着北京政府拘捕的危险,郭沫若、茅盾等人在南方的革命浪潮中奔走,结果抛头露面来欢迎《改造》社来华人员的,便只有现代评论派的人物了。第二年,武者小路实笃(1885—1976)编辑的《大调和》杂志号为《亚细亚文化研究号》,其中译载了胡适的《菩萨达摩》、郭沫若的《革命与文学》、余上沅的《中国演剧的现在和将来》,以及鲁迅的小说《故乡》。总的来说,这一类的译介,根本无法借以认识当时思想文化界的全貌。

20 年代初兴起的日本无产阶级文学运动,忙于理论的建设与队伍的组织,还顾不上对外国文学的研究。1927 年以后,这一运动逐渐走向高涨,而中国革命的巨变和创造社、太阳社等对无产阶级文学的倡导,都唤起了日本文学者与中国革命的连带感,投身运动较早的小牧近江(1894—1978)、里村欣三(1902—1945)、前田河广一郎(1888—1957)、山田清三郎(1896—1987)等开始担负起向日本无产阶级文学运动介绍中国革命文学的任务。从旁搜侧闻的笔录、浮光掠影式的印象白描,到力图鸟瞰中国现代文学的全景,虽然谈不上深刻,其间还不免谬误,但总算是中日现代文学的初交。鲁迅数年前写的《阿 Q 正传》在这时也作为无产阶级文学而译成日语出版,这是中国现代文学在日本最早的单行本,而中国现代文学发展的全貌和轨迹也是在这个时候引起了日本学者关注。日本的鲁迅研究、郭沫若研究、茅盾研究、创造社研究等的展开,都不能不追溯到日本无产阶级文学运动期间来。

1927 年在受到日本当权者支持的刊物《满蒙》上发表过山口慎一、大山岩等写的《中国文学的现在与未来》、《中国新小说二三》等文章。1927年 2 月发表《卓文君》时,书中介绍郭沫若说:"假如要指出中国新文坛的优秀作家的话,当然会推鲁迅和郭沫若二人,这是谁都不会有异议的。""这两个人的作风是处于完全不同的立场的。周氏是透过冰冷的透彻的目光,沉静、深刻地吟味着人生的作家,郭氏则是燃烧着正义的热情,从革命出发,对人生给以犀利的批判,并且大胆地加以描写。这样不同的两个作家,却可以称之为现代中国文学界的双璧。"1930 年,濑沼三郎的《支那的现代文艺》和柳田泉(1894—1969)的《现代支那文学鸟瞰图》使日本人第一次对中国现代文学有了较完整的印象。濑沼文章重点在革命文学这一部分,它由首倡革命文学的《中国青年》创刊谈起,一直谈到左联的建立,柳田泉一文将中国现代文学史分为恋爱文学期、革命文学期、无产阶级文学期,对于研究日本文学、英国文学的著名学者兼翻译家柳田泉的研究生涯来说,对中国现代文学的译介不过是偶然的客串,称第一期为恋爱文学期不免失当,而视茅盾与沈雁冰为两人更是疏忽。

1934年2月22日,日本无产阶级作家同盟在内忧外患煎逼之下终于无法开展工作,宣告解散,而中国文学研究会的成立也正是在这一年,这一组织的重要成员冈崎俊夫本是无产阶级文艺运动的参加者。战后,该研究会的另一个重要成员武田泰淳曾写过一部以"中国文化研究会"为背景的长篇小说,作品中的"中国文化研究会"显然正是"中国文学研究会"的化身,第一章《大桥附近》描写了研究会的一次集会,对中日文化关系作了一番回顾:

> 日本研究中国的主流,掌握在官立大学的教授们手里。东大有汉学会和斯文会,京大有支那学会。但是,看不到专门研究中国现代文学的团体。日本大部分文化人都往架向"中国"大陆的那座腐朽残破的大桥上涂漆加柱,他们错误地认为"日中亲善"可以实现。然而,在日本和中国之间矗立着断崖,横亘着深渊,那断崖和深渊是任何出色的政治家都既无法填平也无法跨越的。为在那里架设新的铁桥,我们必须要进行艰苦的劳动。

书中谈的,自然是武田泰淳及与他志同道合的人的想法。他们对那些埋头于中国古典的陈腐研究已很不满意,认为这对于沟通两国人民已毫无实效,必须通过探讨中国现代文学来了解中国。他们以中日友好的架桥者自命,朦胧地憧憬着新桥的远景,而又深感眼下的工作必须从奠定、改造两岸的地基着手:"在溃堤与溃堤之间,不论是多么好的桥梁,不论架上多少回也都是徒劳,无论是假的还是临时性的,都会在被洪水冲走之前自动朽烂倒塌的。"武田泰淳等人虽然对自己要架设的新桥梁的样子还很模糊,但他们相信"连通两岸之日,两岸文化一定会焕然一新。两岸地基重新被奠定、被加固、被改造之后,大桥才开始铺设。为改造两岸的地基而努力,只有这才是此项工程的第一步"。

在日本帝国主义对中国全面入侵的时候,中日文学交流自然不可能健康发展。在战争期间,日本也译介了一些中国现代文学,其中被译作品最多的作家是周作人和林语堂。中国现代文学的译本被大多数出版社拒绝改造社的《大鲁迅全集》、东成社的《现代中国文学全集》以及各地翻译出版的存书,被廉价地卖给食品店,这是许多中国现代文学翻译者难以忘却的事。

1958年以《中国现代文学的研究》获文学博士的小野忍(1906—1980)在《战前日本中国现代文学的介绍》一文中,曾经谈道:"战争开始以来,中国现代文学的介绍、翻译更加活跃,但是日本一般读者关心的与其说是中国文学本身,不如说是为了了解'支那'。但是,在使我们了解'支那'的同时,读来有趣的文学作品很少。这第一是因为译者的能力微薄或怠懈轻慢,第二是因为日本军部的言论统制,这样说是过于简单地下结论吧。那么,原因是什么呢?可以认为,日本一般读者抛开了中国文学,倾向于赛珍珠的《大地》,倾向于林语堂的英文小说《北京好日》,这是战时的实际情况。中国的真实面貌靠这些书当然是搞不清楚的。"诚然,经过日本译者的努力,毕竟有一些好作品得到了和日本读者见面的机会,像老舍的《骆驼祥子》、谢冰莹《一个女兵的自传》、萧军的《第三代》等。这些译本主要出现在30年代末40年代初,但有些译者却在序跋中申明,译作是有利于"了解支那","拯救"支那,有利于日本帝国在"支那"的利益的。1940年中山樵夫翻译了谢冰莹《新从军日记》,题作《女兵》,由三省堂出版。译者在序中说什么书中有"超越理智而堕入感性的宣传、凭空捏造的谣言",告诫日本人"不应当拘泥于一部分字句,抛开愤慨式的狭小气量,从中吸取启发,以作为兴亚建设的好资料,特别是对于抓住支那民众的心理,这是再好没有的资料"。1943年服部隆造译出曹禺的《北京人》,在序言中开宗明义,却是什么"皇军无比的胜利,揭开了新世界的一页","曾经培养了东洋一切腐菌的支那,在日本的新指导下获得新生"(青年书房,1943)。随着战争的扩大,对于中国现代文学的隔绝日甚一日。日本人对于中国的抗战,对于这一时期的中国文学运动、文学思潮和作家作品可谓漠然无知;当然,不仅与中国,在战时日本与世界几乎处于隔绝状态。

弹指一挥间,几十年过去,今天日本已经出现了一批出色的中国现代文学研究者,但20年代中国现代文学研究与翻译从无到有的历程,依然值得思索与回味。

第二节 "人民文学"与"抵抗文学"流行时代

日本帝国主义发动的侵略战争陷亚洲各国人民于水深火热之中,最终也给日本带来了物质和精神的双重荒芜。以"亚洲霸主"自命的日本变成了美军占领下的战败国。在社会的文化反省思潮中,一度隔绝的西欧文学重又形成了翻译与研究的热潮,从延安到北京的革命文学即"人民文学"与反抗战争艰难历程的"抵抗文学"悄然在市民中流传。一部分文学家为了抵御和摆脱西方文化日益强大的侵压,意识到以新的角度重新发掘和评价日本文学传统中优秀成分的必要性,同时以新的眼光来看待中国的现代文学,以寻求日本文学发展的道路。出于对日本现实中感受到的压抑和苦闷,他们对郭沫若、茅盾、老舍、丁玲、赵树理等在中国民主革命时期的作品更怀有兴趣。这些作家对新中国的深刻描绘,总是在读者的头脑中与日本的现实迭现在一起。通过1956年仓石武四郎编的《现代中国文学全集》第15卷《人民文学篇》,日本的读者读到了张天翼、肖三、李季、田间、艾芜、康濯、马烽、胡可、马凡陀、邵子南等人的作品。这部《人民文学篇》在读者强烈要求下发展成为全集,便说明当时的不少日本读者对了解中国现代文学与现实中国抱有热烈的愿望。

"人民文学""抵抗文学"赢得了读者,也吸引了文学家来对其作系统的研究。于是,有关的专著也应运而生。岛田政雄《站在暴风雨中的中国文化》(国际出版社,1948)、《中国文学革命三十年略史》(大路社,1949)、《中国新文学入门》(哈脱书房,1952),创立首功,已有定评。菊地三郎《中国现代文学史——革命与文学运动》也是较早的一部。

菊地三郎的这本书是以抗日战争后半期(1942—1945)与第三次国内革命战争时期(1946—1949)这8年间的中国文学为研究对象的。他将这一期间的文学划分为南方文学(大后方文学)与北方文学(解放区文学)两股潮流,并认为这两股潮流是中国革命不平衡发展的直接反映及产物,即在一个国家内反革命权力与革命权力同时并存,而在这两种权力之下,都存在着革命的文化、文学或革命的文化运动、文学运动,然而在不同的政权之下,其文化、文学或文化运动、文学运动,必然鲜明地体现来自两个政权的性质、机构的制约。这两股潮流经过对立、斗争、批评、自我批评而统一形成"人民文学"。菊地三郎将这一时期的文学主潮,称为具有爱国爱民思想的文学,与政治密不可分的文学,中国革命通过文学的自我表现。

在"人民文学"的名字十分响亮的时候,有些研究者对于某些作品思想艺术上的缺陷也展开探讨。议论集中在这些作品"好人坏人,一目了然"的人物塑造及问题解决殆尽这种皆大欢喜式的团圆结尾等方面。小野忍在《赵树理小论》中,曾说"中国的新人民文学,事件总是在差不多的情况下就解决了,这对于我国的文学爱好者是不满足的"。驹田信二《中国人民文学小史》肯定赵树理的作品,是以农民容易亲近的形式写成的,同时也指出,问题的解决者常常不是小说主人公本人,而是另外的次要人物,"登场人物好人坏人典型化,由特定的解决者来收尾。学习了'赵树理的方向'之后的'人民文学'全部陷入了这个模式"(《溪的思想——中国与日本之间》,驹田信二著,劲草书房,1980)。

在战争中的1943年,竹中伸翻译《骆驼祥子》时便称老舍为"现代中国文学的最高峰",说:"这样的洋车夫,对住在北京的人来说,是平凡的存在。将这平凡的生活拿来,对现代支那社会的实相,纵横摇动锐利的解剖的,便是老舍这部不朽的杰作《骆驼祥子》,它的原文行文流丽,描绘精致,实是世界一流的作品。"(新潮社,译者序)战后,老舍的《四世同堂》翻译出版,饭冢朗把它称为"抵抗文学"。1954—1955年短短两年多,基本上出全了老舍的重要作品。迄今为止,已有冈本隆三(1916—1994)、饭冢朗、杉本达夫(1937—)、竹内好、立间祥介(1928—2014)等重译了《骆驼祥子》。日本学者从一开始研究老舍的艺术成就起,便注意从比较的角度来加以探讨。老舍在文学实践中接受了英国文学的影响,从而形成了自己独特的风格,这与夏目漱石等人的情况相似,因而评论者们自然将他们放在一起;而老舍长于描写城市中的贫民和下层小资产阶级,展现了旧背景贫民下层社会的百科全书与历史画卷,这更使日本研究者想到作品"以和平的小市民为核心"的狄更斯;而他的幽默,又使他获得了具有"契诃夫的微笑和高尔基的苦涩"(武田泰淳语)的评价。谈到他在中国的地位,又有学者将他与"志贺直哉之在日本"相比。黎波在《中国文学馆——从〈诗经〉到巴金》一书中这样评价老舍:"别人我不知道,但让我举出两部现代中国代表性的小说的话,我会毫不踌躇地回答说鲁迅的《阿Q正传》和老舍的《骆驼祥子》,而且同样,要问到现代中国的两部戏曲的话,我会答以曹禺的《雷雨》和老舍的《茶馆》。不仅现代中国,就是不论东西方哪一个国家,小说戏曲足够代表那个国家某个时代,不能不说极少的。""托马斯·曼、里尔克,都是为使德意志语言更加优美而做出巨大贡献的作家,若要在现代中国文学中找到这样的作家,举出老舍的名字就可以了。"这种将老舍放入世界文学,特别是日本文学进行多方面比较的研究传统,一直延续至今。

实藤惠秀(1896—1985)、三好一、小野忍、饭冢朗(1907—1989)等翻译家作为接受媒介,是我国解放区和新中国文学在日本的第一代读者,他们的理解和评价,构成了下一代读者接受的基础和起点,同时,他们又是这些文学的研究者和阐释者,是许多中国革命作家在日本的声望的直接建立者

第三节 秋吉久纪夫的中国现代诗歌研究

九州大学教授目加田诚(1904—1994)是多年致力于中国古典诗歌研究的学者,他似乎从中国现代诗歌雄劲风格中,发现了它对古代诗歌为事而作、缘事而发传统的继承光大关系。他这样评价这些鼓舞人心的诗篇:

> 现代中国的诗歌,不论是我读到的哪一首都是强劲的、素朴的、雄健的。许多使人想到观看年轻人泼辣的民族舞蹈。它们激励着读者的心,给人以人生的希望。
> 作家们全是各自经历民族苦难道路的人们,而且是为今天生活在她大发展时期而欢欣鼓舞、满怀豪情的人们,那人们不屈的灵魂、激烈的愤怒,还有人们温馨的爱,勇往直前、凝神贯注的明亮的目光。那些诗歌自由的表现形式,比起那些缺乏生气的文学形式,更朴素率直,给人以强烈的感动。

这一番话,摘自目加田诚为九州大学毕业生秋吉久纪夫(1930—)所著《现代中国诗人论——变革期的诗人们》(饭塚书店刊,1964)所写的序言。

秋吉久纪夫属于战后成长的新一代学者。他在九州大学学习期间,正是新中国成立不久。十多年以后,他谈到自己致力于中国现代诗歌研究的经过时,曾说:"第二次世界大战以后,日本战败,在日本人既成观念之中,有不如对手的脆弱性这样漠然的想法,再加上我想事的倾向也帮了忙,于是便钻进了这个世界,或许也有年轻人的轻率行事吧。"显然,他是在时代

思潮的推动下,抱着了解新中国、以利于日本的发展的想法,来着手当时资料缺乏、基础薄弱的中国现代诗歌研究的。在他埋头于这项研究的十数年中,日本的经济有了突飞猛进的发展,他仍然主张日本人应该抛弃"意识底层流动的对中国认识的固陋性",不要因为机械发明的成就而抱"优越和幻想的态度",而要认识和发现中国的长处,坦率地认识她的独特的长处,以建设未来的日本。

秋吉本人是诗人,他的诗集有《南方河豚之歌》《天敌》等,他对中国现代诗歌的研究是独树一帜的,正如目加田诚所说的,"再没有像他这样对中国现代诗及其作家具有那样丰富的知识,而又满腔热情地谈论它的人"。秋吉译介和研究的范围,从郭沫若的名篇,到江西苏区的红色歌谣,再到新中国的青年诗人,同时孜孜不倦地埋头于资料的搜集整理工作,先后编写了《解放区中国文学论争资料》(中国文学评论社,1964)、《江西苏区诗歌运动资料》(中国文学评论社,1968)、《中国文学运动的发展资料》(二卷,中国文学评论社,1969—1970)等。《近代中国文学运动的研究》(九州大学出版社,1979)是多年研究的成果,对于解放区的文学运动,特别是诗歌运动,有系统的描述,填补了日本对1920年以后至1942年间海陆丰地区、江西苏区等地的文学运动研究的空白,他认为这些文学运动正是以后的文学运动的雏形,使1942年5月《在延安文艺座谈会上的讲话》主体性地形成的各种因素,都已经存在于这些文学运动之中了。加上他的《华北根据地的文学运动》(评论社,1976),中国解放区的文学运动的全貌有了系统的描述。他全力以赴搜集有关文学运动的第一手资料,对第二手资料反复咀嚼研讨,并调查了华北、上海地区及各地解放区的诗歌运动,力图在此基础上,说明现代中国文学运动的各种现象,说明它们的实际内容及其发展过程的特征。

当代诗歌的新趋向,总给他带来发现的喜悦与振奋。秋吉久纪夫在《现代中国诗人论——变革期的诗人们》一书中研究了闻一多、臧克家、冯圣、何其芳、田间、李季、艾青、胡风等诗人的作品及其理论。对新中国年轻的诗人闻捷,他的赞赏之情溢于言表。他将《苹果树下》与岛崎藤村的《初恋》(收于《嫩菜集》)作了对比,认为闻捷的这首诗具有的意义,就像岛崎藤村的《初恋》给日本的抒情诗带来新的变革一样,可称得上是在中国文艺思想方面歌唱从封建思想里解放出来的自由恋爱情感的划时代的抒情诗。他进而大胆地提出假说,正像1945年李季在叙事诗这一部门带来新的黎明一样,闻捷的《天山牧歌》则在抒情诗这一部门"召唤了一个崭新世界的到来"。他把这一诗集的完成,当作一个重要的契机,它是"经过与中国以往文化传统的断绝,而回归到更高层次上的传统这样的再生过程,进而升华为与前时代其他抒情诗异质的作品"。秋吉久纪夫具体地分析了《天山牧歌》的抒情特点。从这些论断中不难看出诗人型的学者对抒情诗的偏爱。

几十年来,他以充沛的精力在翻译中国现代诗歌的过程中也探索着日本诗歌的创新与丰富。他译编了《中国现代诗集》(饭塚书店,1962)、《亚非诗集》(饭冢书店,1963)、《狱中日记——诗与诗人(方志敏)》(饭塚书店,1969)、《冯至诗集》(士曜美术社,以下同)、《何其芳诗集》《卞之琳诗集》《陈千武诗集》《精选现代诗集》等。每编选一位诗人的作品,他都力求对其全部作品深入地理解,向诗人或了解诗人的人提出许多问题,亲自寻访诗人生活过的地方,以体会作品诞生的环境。在谈到穆旦(查良铮)的诗时,他说:"他的诗对我来说是难懂的,不是中文的词汇,更恰当的说法,是思考的方法对我是难以接近的,但是它内部潜藏着超出我们要想投入力量的热情。"他把穆旦称为"祈求智慧的诗人",认为《我》是穆旦的代表作,并郑重地在序言中特别录下自己的译文:

わたくし
子宮から切り離され、温もりをなくし、
欠けた部分が、救いを求めている、
永遠にわたしは、荒野に閉ざされていて、

静止していた萝が集合体を離れてから、
時の流れを痛く感じても、捕まえるものはなにもない、
途切れることのない回憶はわたしを連れ戻せない、

部分に出会つた時たは一緒た大声めげて泣く、
初恋の狂わんばかりの喜びだ、束縛を突き出たさに、
二本の手を神ばして自己の、変幻した形象を、

抱きすくめる、それはさらに深い絶望でめる、
永遠にわたしは荒野に閉ざされている、

母が夢の世界から分離させたのを呪いながら。

　　秋吉认为,在《我》这首诗里包容的"焦躁感"与"危机感",象征着人类在这个世界上享有生存以来永远不能摆脱的痛苦。正因为这,每个人才不能不从彻底孤独与绝望的深渊伸出两手抱住自己"幻化的形象"。他看出,穆旦的诗,即使与社会相互交锋,也是同与生俱来的东西交织成的各种矛盾与碰撞为对象的,他的这种独特的诗的方法,在过去漫长的中国诗史中,具有还不曾运用过的独创性,因而为他的诗还没有在中国社会中受到正确的评价便溘然长逝深感痛惜。对于穆旦的"我",秋吉看到的是人与生俱来的痛苦,而叶维廉看到的却是中国诗人要面对着由文化的虚位所构成的放逐状态,面对着双重暴行(按:即来自外来霸权和本土专制政体的双重控制和压迫)对作为自然体的人的镇压,无可奈何地,走上自我搅痛的寻索的行程,想找回那个似乎永远无法再现的凝融的中心;他们希望,也许有一天这个中心可以复立,则一切断肢都可以复合,像哪吒那样,吹一口气,便可以复苏。秋吉久纪夫与叶维廉从不同的视角发现了《我》的象征意义,秋吉从中体味到的"焦躁感"与"危机感",叶维廉看到的"自我的虚位",都从中感受到震撼人心的艺术冲击力。秋吉把穆旦视为"应该产生出真正的现代诗的、一面祈求着人类的智慧树、一面苦斗着的罕见的诗人"。秋吉曾亲自到穆旦学习过的小学去访问,那小学的校长甚至不知道穆旦是何人;他走过南开大学图书馆前,想到穆旦曾做馆员的这个图书馆,或许里面并没有收藏穆旦的众多的著作,秋吉不禁对什么是文学、什么是学问、什么是人发出深深的感慨。

　　诗人秋吉久纪夫从来是把中国现代诗的翻译与日本诗歌的发展紧密结合起来,进行着创造性的艰苦劳动。他读卞之琳的诗,感到里面镶嵌着知性的语汇,经过很长时间,好容易读懂了字面上的意思,由于其内涵的深远,实际上,以自己的思考常常不能理解,不得不放下来使他振奋的是:在中国也有这样行进在欧洲世界的诗学前列的潮流在激荡吗?中国的诗人们是怎样将波德莱尔、瓦莱里、爱略特、济慈等人的诗学引入到中国文学传统的诗意识之中的?是怎样使它们融合在一起的?这些问题极大地吸引着秋吉。他把卞之琳称为"炼金师",赞赏他运用了中国口语创作的自由诗型、锐意实验的定型诗型的音韵,并苦思冥索,如何将那些绝妙的音韵、

音调在译文中反映出来,这无疑是颇为艰难的,他在谈到自己翻译卞之琳诗的种种考虑时说:

> 日本的诗歌,自古以来是五、七(压缩一下是二、三)的音数律,直音与拗音相合,仅有103个音节,以中国语大约1300个音节为基础的音韵律相匹配,首先是不可能的。如以日本诗歌特有的音数律五七调来译,便不能不借用文语调,那么近代文学的意义,从根本上就会丧失掉。何况我看到原文不仅有中国一般使用的口语,而且连划归到卑俗部类的词语也作为诗歌用语来实验使用,便不能不竭力避免采用文语调五七调。我的结论是,使用口语体,为了尽可能与各原诗的节律相应,我要谱制自己理解的原诗的节律,也就是说,我觉悟到,工作是重起炉灶,是促使堕于冗长舒缓的现代日本诗趋于定型化的有积极意义的实验。但是,在现代中国诗中,卞之琳的作品尝试把更为客体化的词语摄取进来,要把它们变为说话人讲的日本语,尤其是主观性特别强的日本诗歌,在音韵、音调方面几乎是不可能的。

秋吉注意到卞之琳在诗型韵律方面独具匠心的尝试,如阴韵(femine rhyme)、随韵(aabb)、交韵(abab)、抱韵(abba)、进而十四行诗型(sonnet)、三连同一一韵诗型、圆舞曲诗型(rondel)等等。秋吉久纪夫的这种重现原诗诗韵的努力,不仅使中国现代诗歌赢得了日本读者,而且对于为日本当代诗歌输入新的表现手段,也会有所裨益。

有时他像一位在险象丛生的舞台生涯中滚过半生的杂技演员,循着原诗字句与哲理的旋律,踩着意象与音律的钢丝,丝毫不敢懈怠,没有些微的慌乱。读一下他翻译的冯至的《十四行诗鲁迅》:

> 幾多の年月が流れる以前のある夜更け
> あなたは幾人かのわかもののために興奮を感じた、
> あなたはどれほどの幻滅を經驗したか知らないが
> あの興奮だけはいつまでも一度とて枯れ萎んだことはない
>
> わたしは永遠に感謝の真情を抱きつづけ、

あなたを見守つている、わたしたちの時代のために、
それはあの愚かしいひとびとによって破滅されたが、
それを擁護するひとはかえつて一生

いの世界の外に捨て去られた、
何回もひとすじの光明を望んだけれで、
振り返えるとまたも暗雲は覆いさえぎる

あなたはあなたの苦しい旅程を歩き終えた
苦しみのなかでただ路傍の小さな草だけが
かつてあなたの希望の微笑を引き出したのだ①

---

① 原诗是:"在许多年前的一个深夜/你为几个青年感到一觉,/你不知经验过多少幻灭,/但那一觉却永不曾凋谢。　我永久抱着感谢的深情/望着你,为了我们的时代:/它被些愚蠢的人们毁坏,/但是它的维护人却一生　被摒挤在这个世界以外,/有几次望出来一线光明,/转过头来又有乌云遮盖。/　你走完你的艰险的行程,/艰苦中只有路旁的小草/曾经引出你希望的微笑。"

第四章
中国古典小说研究面面观

盐谷温曾谈到他在德国访学时参观席勒纪念馆,看到席勒亲笔手稿中有题为"Hao—Kiu—Chuan"(《好逑传》)的纸片,感到这位德国文豪对中国文学抱着这样深厚的兴趣,受到了意外的感动。盐谷温对欧文译介中国小说戏曲之多出乎意料,印象颇为深刻。他在《中国文学概论》中除对各时期的小说名著予以评价外,还注意到中国小说戏剧评点的成就,肯定金圣叹"取《水浒》《西厢》与庄骚马史杜诗相配,号为第五才子书、第六才子书,为俗文学吐万丈的光焰,使重于九鼎大吕"。盐谷温是中国古代小说早期研究者的代表,小野忍、增田涉(1903—1977)、佐藤春夫(1892—1964)、松枝茂夫(1905—1995)、小川环树、伊藤漱平(1925—   )的中国古典小说翻译,内田泉之助、内田道夫、太田辰夫(1916—1999)、泽田瑞德(1912—2002)、驹田信二、前野直彬、清水茂(1932—   )、长泽规矩也(1902—1980)等人有关历代小说的专著,都有值得借鉴与研究的价值。20 世纪以来,从六朝志怪到明清白话小说,大都有了原本不尽相同、译风各异的多种日译本,通俗鉴赏性的著述也因分类、角度、写法不同而常出常新。可以说,古代小说研究是相当有成绩的一个部分,而研究者对中国古代小说世界性的共同确认,恰是这些成果产生的基础。

日本的中国古代小说研究也有明显的不足。这首先表现在价值坐标的确立上。研究者因确信中国小说的世界性而钟爱它,但在审视它的时候,却常以欧美文学为横坐标、日本文学为纵坐标(纵坐标也多有为横坐标牵扯左右之时)来寻找中国小说的位置,因而尽管他们很想阐明中国小说的独特性,其结果有时却变成了崇西抑中。其次,在对中国小说成书经过与版本考证方面,日本学者是成果颇丰、为之甚精的,但西方现代主义、新批评方法影响下独出心裁的解释,有时又有大胆有余、求证不足,想象力丰富而说服力贫乏的现象。另外从研究的热点来看,对明清白话小说的研究常热不减,而对六朝至唐宋小说的研究尚有空白可填。

日本学者中国古代小说研究成果反馈到中国来的,除关于《金瓶梅》《红楼梦》《水浒传》等方面的论文外,数量甚少。有些论著由于引证烦琐、不胜罗列叠复之感,平行排比的资料淹没掉了精辟的思想,因而翻译介绍,颇费纸墨,日本学者以日本人为假想读者,有些写法不合中国人的口味,这在所难免,然而,颇有不少新意层出的著述,我们却知之甚少,值得借鉴的成果被束之高阁,这就该我们在加强交流方面对敏感性、进取性做些反省了。

第一节 中国古典小说研究的特点

中国古典小说在日本的流传有悠久的历史和深远的影响。江户时代都贺庭钟(1718—1794)已有中国小说的考证著述,远山荷塘(1795—1832)著《谚解校注古本北西厢记》《谚解注释琵琶记》(按:谚解即俗解之意)等多引白话小说的例证以释语意,引书包括《红楼梦》《水浒传》《西洋记》《肉蒲团》《西游记》《女仙外史》《禅真后史》《金云翘传》《石点头》等数十种。1792年出版的《小说字汇》是专为爱好中国小说的人编纂的工具书;在此基础上,九春社又编印了袖珍辞书《小说字林》,该书收有白话小说中频繁出现的语汇六千条。

明治维新以后,中国古典小说的研究成为中国文学研究中最引人瞩目的一部分,并已作为大学中国文学教育的重要内容。中国古典小说翻译介绍已有新的发展。从幸田露伴《评注水浒传》开始,各种名篇的翻译层出不穷,且并行争艳,老译者的译作一版再版,新译者又接连出现,各种译风并存。《水浒传》《三国演义》《红楼梦》《西游记》《金瓶梅》等今皆有数种译本流传,仅《三国演义》的译本便有立间祥介的《三国志》(平凡社)、驹田信二的《三国志》(讲谈社)、小川环树、金田纯一郎的《完译三国志》(岩波书店)、落合清彦校订的《绘本通俗三国志》(文明社)、守屋洋的《三国志》、王春雄的《演义三国志》(新时代社)等同时畅销。

近百年来,日本的中国古典小说研究形成了几个值得注意的特点。

第一,事典、索引、文献目录、词语汇释等工具书的种类多样化。日本中国学会的《日本中国学会报》每年将前一年中国、日本、西欧、朝鲜等有关中国研究的论著论文目录分类刊出,检索小说研究的目录十分方便。小说研究者对工具书的编纂充分重视,肯下功夫从事基础工作。如:《中国小说辞汇》(藤井理伯编,东京松山堂,1910)、《中国通俗小说书目改定稿(初稿)》(大象秀高编,汲古书院,1984)、《小说词语汇释·戏曲词语汇释发音索引》(佐藤晴彦编,汲古书院,1983)、《中国小说戏曲词汇研究辞典综合索引篇(1)—(9)》(波多野太郎编,1956—1963,《横滨市立大学纪要》)、《六朝古小说语汇集》(森野繁夫、藤井守编,中国中世文学研究会[广岛大学],1979)、《搜神记语汇索引》(原田种成编,大东文化大学纪要人文科学)、《搜神记语汇引得》(大东文化大学中国文学研究部,汲古书院,1983)、《游仙窟索引》(西冈弘编,国学院大学汉文学研究室,1978)、《游仙窟注引用书目索引》(古田幸一编,《书志学》15卷1号所收,1940)、《三国志语汇集》(藤井守编,中国中世文学研究会〈广岛大学〉,1980)、《三国志裴氏注语汇集》(藤井宁编,中国中世文学研究会〈广岛大学〉,1981)、《水浒全传语汇索引》(香坂顺一编,采华书林〈名古屋〉,1973)、《水浒传语汇辞典稿》(高岛俊男编,自印)、《红楼梦语汇索引》(宫田一郎编,采华书林,1973)、《金瓶梅词话语汇索引》(明清文学言语研究会,1972,采华书林)、《儒林外史语汇索引》(香坂顺一等编,明清文学言语研究会[大阪],1971)、《儒林外史呼称语索引》(冢本照和编,天理大学学术研究会,1973)、《武王伐纣平话·七国春秋平话口语语汇索引》(古屋二夫编,采华书林,1967)、《儿女英雄传语汇索引》(香坂顺一等编,明清文学言语研究会[大阪],1970)、《京本通俗小说、清平山堂话本语汇索引》(太田辰夫编,明清文学言语研究会,1964)、《海上花列传吴语语汇索引》(宫田一郎编,龙溪书舍,1981年)、《老残游记语汇注释索引》(铃木直治编,清末文学言语研究会[大阪],1963)、《官场现形记语汇注释索引》(宫田一郎编,明清文学言语研究会[大阪],1965)、《二十年目睹之怪现状语汇索引》(宫田一郎编;采华书林[名古屋],1978)等。以上所举,并非全部。注重资料与工具书的编纂出版,是日本学界出版界值得注目的现象,只要粗看一眼书店里名目繁多、花样翻新的各类辞书,便可感受到学人伏案耕耘的勤恳。就中国文学研究而言,不仅古代小说如此,诗词戏曲史传研究,都可找到形形色色的索引、辞典供参阅查考。日本人的性格本有不忽略细枝末节的特点,甚至可以说越是琐碎繁复、点滴细微之处,越可看出性情的优长,编纂者中当然也会有写不出汪洋恣肆的大文章专在重复性劳动中求生路的人,然而资料的积累本是学问的基本要求,任何人都不该拒绝从基础性的工作做起,尤其是在研究的初级阶段更是如此;所以,像太田辰夫等在中国小说研究领域较有影响的学者,也都热心于着手或指导这类工作。

与此相关的考证、校订工作,也以严谨缜密著称。前野直彬《中国小说史考》(秋山书店,1975)、泽田瑞穗《宋明清小说丛考》(研文出版,1982)、《剪灯新话》读书会的《剪灯新话校订》(中国文学评论社,1985)等种类甚多。

第二,以专精求广博,立足专书面向综合的学术思路较为普遍。终生从事某一领域的研究以求大成的研究者大有人在。前野直彬《中国小说史》(东京大学出版会,1977)、高岛俊男《水浒传的世界》、近藤春雄(1914—2014)《唐代小说的研究》(笠间书院)、小野四平(1933—)《中国近世短篇小说的研究》(评论社)、小川环树《中国小说史研究》(岩波书店)、太田辰夫《西游记研究》(研文出版)、内山知也(1928—)《隋唐小说研究》(木耳社)、庄司格一《中国的公案小说》(研文出版)等,都是积数年之功,广搜博采又紧扣一点。近年来,在中国小说的综合研究方面成果突出。

第三,翻译与研究并重、引人登堂与入室深求结合。驹田信二编有《中国妖女传》《中国猎奇小说集》《中国怪异小说集》《中国怪奇物语》幽灵篇、妖怪篇、神仙篇等等(讲谈社),又与寺尾善雄编有《中国故事物语》全三卷,即爱情卷、教养卷、所生卷(河出书房新社文库),泽田瑞穗有《金牛之锁——中国财宝谭》。这些书面对的是青年、妇女或一般读者,考虑到他们的趣味,内容最多的便是谈妖说怪与谈情说爱,何况自古以来,流入日本最多的中国小说大多语涉怪异或情爱,流传之中再给前者增添几分恐怖,给后者增添几分爱欲。这一类书大都装帧轻便,篇幅不长、以叙述故事为主,兼顾作者作品介绍,与动辄千页、引用不厌其烦的学位论文不同。

第四,比较文化、比较文学的独特角度。由于日本古代小说多有受中国小说影响的作品,日本学者对那些与日本文学有关的中国小说更有研究兴趣,而对中国小说的鉴赏批评又自然受到日本文学传统的影响。青木正儿曾发表《古今奇观与英草纸与蝴蝶梦》(署名迷阳道人,《支那学》,1卷)、《水浒传在日本文学史上布下的影子》(同刊)、《冈岛冠山与中国白话小说》(同刊)等有关中日小说交流的文章,盐谷温也有关于三言二拍对江户小说影响的研究论著。1940年10月弘文堂书房发行的《近世日本的中国俗语文学史》是石崎又造（1905—1959）的力作。本书从中国语学的源流、江户时代中国语学的流行、中国白话小说与日本文学的关系三个方面填补了空白，是中日文学关系研究的重要著作，对于理解明清小说在江户时代的流传与影响参考价值极高。书中第五章专论中国白话文学和日本文学，包括诨词小说的介绍、诨词小说的翻案与读本的发生、中国笑话的翻译与汉文笑话的出现、中国戏曲的介绍、净琉璃的翻译与唐音俗谣，几乎涉及了俗文学传播的各个方面，着重介绍了根据中国白话小说"翻案"的作品的梗概与相互影响关系。这一部分的研究在战后进展巨大，除麻生矶次（1896—1979）《江户文学与中国》继续围绕读本做了大量资料调查与深入剖析外，尚有数量可观的论文发表，对明清小说在江户文学中的投影似大体已经了然。然而，近世两国小说关系之密切，实在出乎意料。最有分量的近期著述，当数 1988 年青裳堂书店出版的德田武（1944—　）所著《日本近世小说与中国小说》，它系统探讨了日本江户读本的形成、发展、衰落与中国明清小说的密切关系，将读本与作为粉本的明清小说就结构、情节、趣味、语句、行文、主题、思想等多方面的异同加以详考，主要采用比较文学的方法，而又辅之以其他方法，著者从读本中挖掘出许多前人未曾发现的明清小说传播与影响江户文学的新资料，如读本作者与小说研究者对《金瓶梅》《聊斋志异》的改编与研究情况，皆通过著者对读本及各类文献的研读，得以明了。德田武主持印行的《对译中国历史小说选集》，中村幸彦编的《近世白话小说翻译集》，在整理中国小说翻译资料方面都有不小的贡献。

　　第五，与现实结合的"非文学利用"的灵活性。现代企业常逢沧桑之变，瞬息万变的商业竞争需要具有远大目标、处乱而不惊、敢于向乱世挑战而又善于采用智谋多变的战略行动的人物。一些文化研究者由此找到了秦汉魏晋的乱世与当今时代的对接点、将古代中国看作当今日本商业社会的镜子，强调人的行动准则，处于变革时期的人生价值古今不变。有些著作通过对中国古典人事的剖析来论述现代企业经营的问题，目的在于纵观中日古今人物之言语行事，增长个人形象的魅力，磨砺品行，增进才干。一本题为《三国志的统率学》的书（松本一男著，三笠书房，1986）由平定黄巾起义引出企业的盛衰问题，联系日本企业流行的"企业生命 30 年"的说法，即一个企业的盛衰以 30 年为一周期，30 年以后迎来新的转机。著者借题发挥，从经营环境、经济消长、国际关系、社会风潮等方面来看，否定了一二百年一成不变的企业存在的可能性,进而点明企业是否迎来转机,同人有相当大的关系,是否出现像三国那样从根本上改变旧传统和老式经营的人物,决定着企业的发展与存亡。著者还从曹操不徇私情,严正执法而受到重用,引出组织上的新陈代谢问题,由魏之所以控制天下是为"官养民",汉之所以灭亡是因为"民养官"引出官僚机构必须改革的问题。下村彰义认为,在企业前途不明的情况下,很好地运用"知、情、意"是企业生存的关键所在,所谓"知、情、意",即知性、感情、意志,在高科技发展的今天,企业家可以从《三国志》英雄人物对于知、情、意的运用中获益匪浅。他所著《三国志中统率力的研究》(ワイペッケ株式会社,1986)视人才为开发不完的软件,将曹操的唯人是举,刘备的三顾之礼视为现代企业管理的借鉴,又引用孙权采用周瑜建议联刘抗曹取得赤壁之战胜利的故事,说明战争中取胜的三大要求"公正的人事、实惠的待遇、有魄力的指导方针"同样也适用于现代企业。

这种"非文学利用"不仅以小说为对象,也以史传及诸子散文为对象。1973年德间书店出版了神子侃的《史记的人间学(人学、人情学之意)》,1986年守屋洋继《史记的处世学》,又有《史记的人物学》问世。其余如他的《中国古典的人间学》《续中国古典的人间学》《帝王学的智慧》三部书,试图从中国古典中揭示处理人际关系的奥秘。现代社会人际关系越来越复杂,给人增添无尽的烦恼,这一类古为今用的书,竟有花样翻新之势。

第二节 《红楼梦》的译介与研究

《红楼梦》传入日本极早,在日本宽政五年(1793)即清乾隆十八年冬便由当时俗语所说的"南京船"带入长崎。江户时代最大的读本作家曲亭马琴所著长篇读本《南总里见八犬传》某些地方可看出受到《红楼梦》影响的痕迹,如八犬士每人有一块灵玉,玉上分别有"仁"、"智"、"信"等字,这些豪杰始散而后聚,以玉识人,各怀高德。曲亭马琴还准备出版一部名为《宿世结弥生雏草》的作品,从书名看,构思可能从神瑛侍者(贾宝玉)与绛珠草(林黛玉)的转生姻缘故事中受到过启发。马琴还曾用"满纸荒唐言,一把辛酸泪,都云作者痴,谁解其中味"来表达自己著书的心情。明治时代黄遵宪在与日本的友人大河内辉声的笔谈中热情介绍了《红楼梦》的艺术成就,大河内辉声因而成为该书的热心读者,同时的另一位学者依田学海

(1824—1909)也写过一篇《〈源氏物语〉与〈红楼梦〉》的短文(载1906年4月《心之花》杂志)。

明治时代,研究中国小说戏曲风气初开,森槐南(1863—1911)是从事《红楼梦》翻译与研究的第一人。1892年4月,他以《红楼梦的序词》为题,译出了第一回楔子部分,加上解题,刊于《城南评论》;同年11月,又在《早稻田大学》上发表了《红楼梦论评》,介绍《红楼梦》的作者、写作意图、后40回的作者问题、内容概要,评论说《红楼梦》乃"清代,不,支那自古以来的一大名著,如斯佳作,未曾见过"。青年时代的岛崎藤村(1872—1943)曾将《红楼梦》第12回末风月宝鉴一段,摘译发表在《女学杂志》上,而他的朋友北村透谷(1868—1894)据此改编成小说《宿魂镜》。1896年11月笹川临风(1870—1949)在《江湖文学》上发表了题为《金陵十二钗》的文章,该文的内容与《红楼梦》的概说,增补进了他所写的《支那戏曲小说小史》。宫崎来城(1871—1933)在他的《支那近世文学史》和其他文章中,也都谈到《红楼梦》的成就。他的《支那戏曲小说抄译》将第6回引出加以译注。1901年奥村梅皋(1880—1945)发表了《论〈游仙窟〉与〈红楼梦〉》,将两者作为"情的文学",比较了它们的结构与语言(《桂花集》)。明治大正年间,狩野直喜、幸田露伴也都对《红楼梦》作过研究。

《红楼梦》的翻译是从摘译、编译、缩译开始的。1916年文教堂出版了岸春风楼的《新译红楼梦》,译者采用了摘译与概述结合的方式,预定出三分册,结果只出了上卷,截止于第39回。译者显然用的是化名,其人不详。下面是该书的例言:

(一)小说《红楼梦》乃清朝300年第一杰作,与元代之《水浒传》共为上下4000年无与伦比之巨篇也。在尊尚儒教风行、鄙视小说戏曲特甚之支那,描写出金陵十二美人之情话,极其纤巧,配以235位男子与213位女子,以风流幽艳之笔,编为120卷之多,亦不失文坛之一奇迹。

(二)《水浒传》之译书既传之,而与之并称之《红楼梦》却未译出,此乃日本文坛之耻辱也。本人不揣微力,先取本书以现代语译出之荐之江湖,以其前古所未有,后日俟博雅之士之教者,想来不鲜也。

(三)于不捐大体结构之程度,于事件关系少者,间省略之,欲以上中下三册完结,势或有只举梗概,或有未写得原作之妙趣者。

（四）对话中出现之俗语,如支那人方有趣味,邦人取却催人恶感者不少,是等或有译其义,或取其意味为纯然邦语者。①

大正年间,幸田露伴、平冈龙夫据80回译出的《红楼梦》,收入《国译汉文大成》,底本为有正书局本,下卷末由露伴撰写的《补记》介绍了后40回的梗概,翻译主要是由平冈龙夫担任的。以后又有大宰卫门的摘译本,前后编两分册,由三星社出版,是新译名著丛书的一种,大正年间还曾重刻《红楼梦图咏》。把这些译本摆在一起,不禁为译者们苦苦的探索而感慨,如何将这样一部中国封建文化的百科全书传达给今日的日本读者,实在是一件伟大的创造性劳动。岸春风楼可谓是最稚拙粗糙的尝试者,但他享有初试者独有的接受指责的荣誉。

感受到《红楼梦》的魅力,一位风茂正华的青年只身来到陌生的中国;感受到《红楼梦》的魅力,他历经沧桑而研究"红学"之心不改。他就是大高岩(1905—1971)。1929年,大高岩从东京美术学校雕刻科塑造部毕业,经大连来到北平。他到中国,既没有确定的就职目标,也不是出于对现实中国的兴趣,而只不过就是为了研究《红楼梦》。偶然的阅读体验决定了他一生的精神生活的主潮。他上学时暑假百无聊赖之时读到平冈龙城、幸田露伴译注的汉文大成《红楼梦》,遂为之倾倒。出于寻找《红楼梦》研究专家的热望,他认识了盐谷温。盐谷温告诉他"你真要研究的话,就到北京去"②。后来回顾这一段经历时,大高岩说:"我究竟为什么要到北京来呢?恐怕很早以来我就虚无了,终于不堪于机械文明,走向了憧憬逃避它的支那,而且原因在于清代小说杰作、享有盛名的《红楼梦》完全抓住了我的心。我无意间发现了溺于自己感情之中的自我,而且为与生俱来的浮浪忄生所诱使,告别了东海的小岛。"③(《北平行》,1933年10月,载《满蒙》杂志)。对于当时的大高岩来说,《红楼梦》是一个与热衷于近代化即西方化的日本完全对立的世界,他凭着对这个世界的朦胧憧憬,一步迈入了《红楼

---

① 岸春风楼译《新译红楼梦》,东京:文教堂,1916年。
② 伊藤虎丸《近代文学中的中国与日本》,东京:汲古书院,1986年,第571页。
③ 同上。

梦》研究的天地。

　　正如家永三郎(1913—2002)所指出的："西方近代文化是资本主义社会的产物,日本企图通过采用资本主义生产方式而跻身于先进国家的行列,便不能满足于输入它所生产的文化财富,而是从政治、经济这些社会构造到衣食住这些日常生活方面,在日本人全部生活的广大范围里,不能不伴随着移植西洋文化而发生变化。"这种现实使许多像大高岩这样的青年陷入极度的苦闷与彷徨,深感失去精神家园的痛苦,《红楼梦》描绘的世界,竟成了他梦想中的安乐乡。1930年在大连出版的《满蒙》杂志上,发表了大高岩撰写的《小说〈红楼梦〉与清朝文化》和《〈红楼梦〉的新研究》,这是他"红学"研究的起步。在前一篇文章中,他写道："除了《红楼梦》,我再也找不到这样褫魂夺魄的作品,由此受到的感动令人心醉。《红楼梦》世界里构筑的文化,与其说是文化,不如说是人们造就的最高意义的生活。我至今不曾想象的广袤典雅优丽的精神世界,像画卷一样,在我的眼前展开来。"①"我不断地诅咒着栖息的凄惨的机械文化的现代,对我来说,它(指《红楼梦》世界)是不必淹留于现实的梦幻般的世界。想到那是同样的人的生活,就感到实在不可思议。不知道那个世界而了结一生的人,决不会懂得那一世界。自己能够浸淫其中,能够寻梦,是何等幸福啊！这样来说,我好像是返回到艺术至上主义的立场了,但这不就是人的梦想吗？"②他还说："自己由《红楼梦》得到的感觉,是强烈的官能的馥郁馨香,这种感觉的微妙毕竟超越了日本人的味觉,那正是支那的魅力,是美,而且它不能不令人向往构成《红楼梦》背景的烂熟的清朝文化。"③《〈红楼梦〉的新研究》主要论评的是该书女性描写的美。1931年初的《满蒙》杂志曾分三次刊载了他写的作家论《近代支那文学史上的先驱者——论〈红楼梦〉的作者及其见识》,文中讨论了胡适、寿鹏飞的见解。《满蒙》上还发表了他在中国留学进程中根据《红楼梦》一部分情节改编的戏曲《染春记》以及论文《〈红楼梦〉里出现的近代女性》,文中抽出三位女性论述了她们的近代性。

　　回到东京以后,大高岩继续从事"红学"研究。1933年2月,《满蒙》上发表了他的《关于〈红楼梦〉的补充考察》,对于上述《近代支那文学史上的

---

①　伊藤虎丸《近代文学中的中国与日本》,东京:汲古书院,1986年,第573页。
②　同上书,第573—574页。
③　同上书,第574页。

先驱者》一文,补充上了俞平伯、蔡元培的见解,同时对他本人早期文章中的艺术至上主义、自我陶醉进行了自我批评:"把封建社会产生的文学说成是怎么样的杰作,加以憧憬,是对现实的逃避。"①又说自己对《红楼梦》里出现的近代女性的分析,试图将被压迫者对于封建社会中封建地主的个人的消极反抗具体化,运用了恩格斯《家族、私有制和国家的起源》阐述的理论,称道自己采用了"以社会、阶级为基础的科学的批评"。②

从"以社会、阶级为基础的科学的批评"的观点出发,大高岩在 1934 年发表了《贾宝玉研究》,1938 年发表了《〈红楼梦〉里的金陵十二钗》、《〈红楼梦〉的构思》(皆载于《满蒙》)等。《红楼梦》第一回曹雪芹曾说:"当此日,欲将已往所赖天恩祖德、锦衣纨绔之时,饫甘餍肥之日,背父兄教育之恩,负师友规训之德,以致今日一技无成,半生潦倒之罪,编述一集,以告天下。"而大高岩晚年说自己"为《红楼梦》半生潦倒"③,这里显然不仅是引用《红楼梦》中的字句单纯叙述自己研究"红学"的经历,而且暗示自己是以曹雪芹写作《红楼梦》的苦心与态度来从事研究的。1954 年 8 月,油印的近 400 页的著述《红楼梦研究》50 部,是大高岩一个人历时三年刻写的,它可谓半生"红学"研究之集大成,也有回应中国的《红楼梦》研究批判运动,修正自己看法的意义。几十年来,大高岩对《红楼梦》的研究方法虽有变化,但痴心不改。在他去世之后,大高岩追悼文集刊行会(代表为饭田吉郎)编辑刊印了《红迷——一个中国文学者的青春》(汲古书院,1976),书中收有大高岩年谱、著译目录,还影印附载了他搜集的《文艺新闻》。大高岩的藏书目前收藏在和光大学。

毕业于东京帝国大学"支那文"学科的松枝茂夫也是从学生时代便酷爱《红楼梦》的一位"红迷",毕业后到北京留学两年,归国后便潜心从事翻译。所译《红楼梦》作为岩波文库的一种,1940 年刊行了第一分册,出版因战争曾一度中断,战后至 1951 年依次出齐,共 14 册。译者又着手对以前译出的部分加以修改,改后部分又重新出版,至 1960 年 7 月,前后经过 14 年,全 12 册终于完成。先前所译前 80 回据"原本《红楼梦》",后 40 回以程乙本为底本,以后则据俞平伯校订 80 回校本译出。战后《红楼梦》译本

---

① 伊藤虎丸《近代文学中的中国与日本》,东京:汲古书院,1986 年,第 574 页。
② 同上。
③ 同上。

渐多。河出书店刊行的富士正晴、武部利男的译本也利用了全译80回简介后40回的方式。

饭冢朗的译文,1948年曾在《国际新闻》报上连载,译文多有新的解释,属自由翻译,后新译文题作《私版红楼梦》出了单行本。新译由集英社于1954—1955年间作为世界文学全集的一种刊行,以采用程乙本的人民文学出版社的本子为底本,译文会话多译作敬语。伊藤漱平的全译本,则是中国古典文学全集的一种。前80回以庚辰本影印为底本,后40回以俞平伯80回校本附载程甲本为底本,从1957年至1960年刊行,1967—1969年又重新参照诸本,推敲修改,作为中国古典文学大系的一种发行。译者表示还将对译文精心修改。此外还有奥野信太郎的摘译本,以及君岳久子面向儿童的译本等。

第三节 中野美代子与她的"思索乐园"

中野美代子无疑是一位多产的研究者与作家,1971年也就是在她38岁那一年出了第一部评论集之后,几乎便以每年一本或两本的速度出版研究成果,其中主要有:《沙漠里掩埋的文字——八思巴文字的故事》(墑书房,1971)、《迷宫的人间》(潮出版社,1972)、《中国人的思考样式——从小说世界谈起》(讲谈社,现代新书,1974)、《食人主义论》(原名《迷宫的人间》,潮出版社,1975;福武文库,1987)、《没有恶魔的文学——中国的小说与绘画》(朝日新闻社,1977)、《边境的风景——中国与日本的国境意识》(北海道大学图书刊行会,1979)、《孙悟空的诞生——猴子的民间故事学与〈西游记〉》(获艺术选奖文部大臣新人赏,玉川大学出版部,1980;福武文库,1987)、《中国的妖怪》(岩波新书,1983)、《西游记的秘密——道与炼丹术的象征主义》(福武书店,1984)、《中国的青岛——中国学的博物志》(南想社,1985)、《三藏法师》(《中国的英杰》6,集英社,1986)、《敦煌物语》(《中国的都城》3,集英社,1987)、《仙界与色情文学》(青土社,1989)、《葫芦漫游录——记忆中的地志》(朝日新闻社,1991)、《中国飞马列传——从武则天到鲁迅》(日本文艺社,1991)、《孙悟空是猴子吗》(日本文艺社,1992)。同时,还有多种译著出版。译自中文的有耶律楚材《西游录》(《世界纪实作品全集》19,筑摩书房,1961)、阿英《晚清小说史》(与饭塚朗共译,东洋文库,平凡社,1979)、蒲松龄《聊斋志异》(《幻想的图书馆》

10,图书刊行会,1988)、《中国怪谈集》(与武田雅哉共编,河出文库,1992),而最重要的译事,便是从1986年之后继续小野忍的工作翻译《西游记》。出于对西方中国文学研究特别的关注,她还从西文中译出了弗朗希斯·哈古斯的《龙与 dragon(龙)——幻兽的图像学》(《形象的博物志》13,平凡社,1982)、《世纪末中国的瓦版——插图报纸〈点石斋画报〉的世界》(与武田雅哉共同编译,福武书店,1989)、鲁拜尔·汉斯·福安·符利古的《中国的颈饰》(与高桥宣胜共译,博品社,1992)。不应遗漏的是,在这20年间,她还出版了多部小说与戏曲。①

这长长的书单告诉我们,中野美代子确是一位以中国之学为乐的学者。她曾把《西游记》称为自己"思索的快乐之园",并说退休以后要到小学中去给孩子们讲《西游记》的故事,在她那些与中国文化诸多方面相关的著述中,最使她苦思冥想的,是中国人的思维方式。在谈到自己对《西游记》的接近时,她说是抱着孩子似的好奇心去读它的,这种接近,或许在文学学院派的领域之外。她的第一部书,从选题来看,对于一位中国文学研究者来说,便是独出心裁的,而上面的书目,不也说明她在学术研究中独特的视点与风格吗?对于自己的研究倾向,她也曾在文中多次谈到,比如对空间意识的执着、解释癖,等等;但是,倒是《西游记的秘密》中的一段话,反映了她的追求:

> 高佩罗庞大的著作之中,我拜读过的只不过是很小的一部分,然而,不管从哪方面说,令人惊异的旁征博引自不必说,那观点的新颖、鲜嫩,是多么动人心弦。它们与那些严厉的、一点也不教人心血沸腾的大雅方家的学术书不同,是一些飘散着精美的馨香、充满着学问乐趣的书。"学问就该是这样的!"我暗自衷心景仰高佩罗,把《旧中国的性生活》、《中国的长臂猿》等作为座右之书;他还是中国春画有名的收藏者。我想,李约瑟把他的《中国的科学与文明》之中包括《生理学的炼丹术》的第五卷第五分册献给已故的高佩罗,也是顺理成章的事情。②

---

① 其中包括小说《海燕》(潮出版社,1973)、《南半球狂想曲(卡甫利期·丢·休多)》(响文社,1986)、《耀变》(响文社,1989)、《契丹传奇集》(日本文艺社,1989年)、《泽能的表》(日本文艺社,1990)等,剧本有《鲛人》(日本文艺社,1990)。

② 中野美代子《西游记的秘密》,东京:福武书店,1991年,第121页。

高佩罗、李约瑟是中野美代子经常提及与引用的汉学家。同时,对中国学者不大注意国外汉学家的成果、墨守前贤的结论不敢超越,她也多次流露不满。她是属于那类喜欢独辟蹊径、敢为人先的学者;另一方面,又常愿把新的思索变成色香味俱全的佳肴提供给读者,所以她的评论集也可算是学术散文、学术随笔一类。

中野美代子的中国小说研究的显著特点是广阔的视野、兼容的精神与比较的方法,而她始终关注的是探讨中国人的思考样式。

第二次世界大战期间,美国的人类学者、社会学者开始对敌国日本及日本文化展开透彻的研究。其中有一位名叫露丝·本尼迪克特的人类学者,后来出版了《菊与刀》这本在日本激起巨大反响的著作。本尼迪克特认为,每一种文化都拥有自身文化特征的形式,即日本文化形式显然不同于欧美文化形式。她认为,要认识文化形式不同的对象,必须从文化人类学的立场进行研究,否则就无法理解日本人的所作所为。仅仅提出"日本人做事出奇","日本人的行为不善"是不解决任何问题的。因而露丝·本尼迪克特提出了以下结论:日本人是根据道德批判的情况来行动的,尤其忌讳在他人面前丢丑。她甚至称日本文化为丢丑文化。她的《菊与刀》是人类学者首批涉足日本文化的业绩之一,它影响到日本人按着外国人的研究重新考虑日本的文化;甚至也唤起了自称为文化人类学业余爱好者的中野美代子产生出采用同种方法去分析中国文化的梦想。

这种梦想,就是拨开历史演变纷繁无序的迷帐,去捕捉演出历史活剧的人们思维方式的特征。在《中国人的思考样式——从小说世界谈起》的序言中,中野美代子这样说:

不过,也有东西常常制止这个梦想,那就是语言。

想以自己的双眼看清楚喷火口的底部这种好奇心,即使适宜于冷静地观察喻为喷火口底部的民族的文化意志,不是有时也会忽略从那喷火口激烈迸出的灼热的火,即语言的光学的美吗?——我们感应文学的心,不是别的,正是在寻求着这种喷火的刹那的美。虽说如此,对我来说,另一方面,要想冷静地观察喷火口底部的贪婪的欲求,也是强烈的。

现在,对我来说,喷火口就是中国的文化,是中国人的思考样式。或者也可以说是中国人的认识方法。历史告诉我们喷火口在无时无刻地变化着,然而,果真是那样吗?不管表面现象怎么样,喷火的本质也是那么容易变化的吗?何况,如闪光的火即语言正从同一个洞穴里喷出来呢?①

也就是说,作为文学研究者,著者感应着喷火瞬息万变的美,接触的是千变万化的语言,是瞬时美,但她并不以此为满足,偏偏抱着强烈的好奇心,要贪婪地窥探那轻易不变的喷火口底部的奥秘,即中国人的思维样式,认识世界的方法,陶醉于永恒美,而途径又离不开喷火即语言。她要完成的是文化人类学者透视文化的任务,而利用的是文学研究者的工具。这就使她的研究自然带上了跨学科的性质。

值得注意的是,中野美代子选择清末小说为主的中国小说对象,在态度上与解剖敌国文化的露丝·本尼迪克特颇有相近之处,那就是把中国文化形式看作与欧美文化形式相区别的形式,而且从情感上明显地倾向于西方现代文化,是以一位"冷酷的读者"的身份去阅读中国小说的,在这本书的跋中,中野美代子也谈到这种冷酷,或许会产生与热爱不同的另一种偏见,但她仍要毫不顾忌由此遭到可以预料的责难谈出这些偏见:

> 熟悉欧洲近代小说的人,几乎都会对中国小说感到强烈的失调感吧。我也是这样的一位。不过,作为专攻中国文学的人,有一个时期我强迫禁止自己抱有这样的失调感,不准以看欧洲文学的眼光去看中国文学。而且现在我又解除了这个禁令,也就是我怎么翻来覆去,也不能感应赵树理的《小二黑结婚》、金敬迈的《欧阳海之歌》等等,因为我是一个对威利埃·德·利拉丹、普罗斯拜尔·梅里美等感到战栗般悦乐的人,就不能改变这样的眼光。我就自信地想到,观察文学的目光,当然可以根据当作对象的文学的国籍而改变。
>
> 这种想法,实际很早就萌生了。我在十年前,稍微集中地读了些清末的小说,但不管看哪书,都对令人木然的索然无趣无言

---

① 中野美代子《中国人的思考样式——从小说世界说起》,东京:讲谈社,1974年,第6—7页。

以对。这种无言以对,就是能够耐下性子思考为什么这样索然无趣。为什么这样索然无趣呢?——从理论上来探求这个问题,实际是非常有趣的。看来我对中国小说是一个特别冷酷的读者。①

中野美代子的话反映了近代受欧美文学熏陶的一部分日本知识分子较普遍的心理,他们即使研究中国文学,特别是近现代文学,也是硬着头皮啃苦果,感受不到阅读的乐趣。写出《中国文学与日本文学》一书的铃木修次在序言中首先谈到的也是中国文学没意思。不同文化的沟通,本来便是一种极不容易的事,如果预先有了偏见,那么接近起来便会更加困难。中野美代子站在欧美现代文学、日本文学的价值体系之中来评价中国文学,中国文学的种种特点便被视为不足,不过,她的这种对比对于我们来说绝不是毫无意义的,轻看了中西、中日文学的差异、低估了相互理解的难度、盲目地相信别人也会像我们一样阅读我们的作品,就谈不上不同文化的相互理解。为此,我们有必要读一读中野美代子的主要论点:

作者与读者的形成:在中国,行吟诗,"一位男子在倾听着的女子对面朗声诵读的美丽动人的爱情故事"并不曾作为小说的母胎而存在,相反,中国的小说有着将"说话"里特别受人欢迎的内容集大成出版的历史。

《镜花缘》与《格里佛旅行记》:在中国根本没有有魅力的旅行文学。法显的《佛国记》、玄奘的《大唐西域记》、李志常《长春真人(丘处机)西游记》虽都是宝贵的记录,但作为旅行文学、冒险文学来读,远远不如马可·波罗的《东方见闻录》、伊彭·巴托达的《三大陆周游记》,这种情况在近年的旅行文学中也毫无两样。近年的中国人终究没有写出与切利·伽拉德的《世界最恶的旅行》、斯温·黑丁的《苏醒的湖泊》相媲美的旅行文学。

《西游记》与无赖汉小说——关于叙事诗的世界:中国人拒绝海洋形象唤起的浪漫主义,因而没有产生以漂流故事为主干的英雄叙事诗。神话里出现的英雄,也不是奥德赛型,而多像指导日常生活原理的黄帝那样的"文化的英雄"(贝塚茂树:《中国的神话》)。

《儒林外史》与教养小说——关于认识的并列性:一位西方评论家在他的《小说美学》中说,小说的神秘力量是使可能的事物活起来,而不是使

---

① 中野美代子《中国人的思考样式——从小说世界说起》,东京:讲谈社,1974 年,第 189 页。

现实复生,向模具里一一浇铸的必须是源泉本身,是一尘不染的。三岛由纪夫为小说下的定义,强调它具有通过语言表达的最终完结性,作品内部全部事象虽似实情却属与实情层次不同。这两种说法互为表里,都认为虽似现实却与现实层次不同、具有最终完结性的是近代小说所要求的"新建筑学"。《西游记》作品整体上不具有"最终完结性",只是平面上并列的插话,这恰是小说"建筑学"上最单纯最简单的形式,《儒林外史》则是"连环体"结构,以后的小说或是"连环体结构",或是"无赖汉小说结构",都是将插话连缀起来,作品世界不具有最终完结性,因而作品世界与成为其原型的现实是一脉相承的;从另一个角度来看,因为作品世界是面向现实敞开的,所以现实的道德观念也原封不动成了作品世界的道德观念。

《孽海花》与《子夜》——关于拒绝多样化的认识:著者认为中国人不擅长多面的认识,在公平承认竖条似的平行存在的多面事实方面极有欠缺,因而导致信息的一元化和认识的一元化。

中野美代子主张研究中的多向思维与兼容广采。对《镜花缘》一书,鲁迅称之为"才学小说",胡适从中看出了男女平等思想,松枝茂夫认为是"异国巡游小说",中野美代子认为该书以"异国巡游"为主轴,里面炫耀了才学,又以男女平等思想来调味儿。这种兼容精神在《孙悟空的诞生》(副题为"猴子的民间故事学与《西游记》",玉川大学出版社,1980)一书中有鲜明的体现。

《西游记》的孙悟空是从哪里来的? 中日两国学者探讨了一百余年。江户时代的岳亭丘山在为《画本西游全传》(1806—1837,一至四编,由日木山人、吉田武然、山珪士信、岳亭丘山、岳亭五岳分别译校刊出)五编卷首写的"附言"中已谈到淮水无支祁与孙悟空的关系,说"予祖父……曾闻华人言,唐土黄淮合流之初有淮水之神,号无支祁,形若猿,高额长鼻青身白首目光如电火……此《西游记》之孙悟空乃以斯无支祁为本携入三藏为《西游记》而作之也,且本邦(按:指日本)之童话桃太郎取鬼岛之宝,亦出于此《西游记》云之"。鲁迅在《中国小说历史的变迁》中也提到孙悟空"正类无支祁"。他的结论是"孙悟空是袭取无支祁的"。陈寅恪首先从佛典中发现了大闹天宫的源流,举出《大庄严经论》卷 3 第 15 个故事与《贤愚经》卷 13《顶生王缘品》第 64 两个闹天宫故事,又提到《罗摩延传》第 6 编工巧猿名 Nala 者造桥渡海直抵楞伽的猿猴故事(《〈西游记〉玄奘弟子故事之演变》,"国立中央研究院"历史语言研究所集刊,二册,二分册,亦见于

《中印文学关系源流》,郁龙余编,湖南文艺出版社,1987)。这两个故事本不关联,陈寅恪推论说,当时讲说《大庄严经论》时此二故事实相联结,讲说者有意或无意之间,并合闹天宫故事与猿猴故事为一,遂成猿猴闹天宫故事。陈寅恪之功不仅在于提出猴子与佛经的故事,启发了后来的研究者,而且还指出印度猿猴之故事虽多,猿猴而闹天宫则未之闻;中国亦有猿猴故事,然以昔时社会心理、君臣之伦、神兽之界,分别庄严,若绝无依籍,恐未必能联想及之。不过,他提出的见于《大庄严经论》与《贤愚经》的顶生王故事与猴子完全无关,又显得说服力不够。胡适则提出哈奴曼是"孙行者的根本",俄国人钢和泰教授也曾谈到印度有过这样的故事。1958年吴晓铃在《文学研究》第1期上发表文章,考订在古代中国人民是知道《罗摩延传》的,但是知道的人并不很多;而且,对于《罗摩延传》的故事内容的了解是很不够的,明确指出:"西游故事是中国土生土长的,是我们祖先从反映自己的现实生活的愿望中创造出来的,是我们的祖先从歌颂自己的优秀品质的愿望中创造出来的。"季羡林对这一问题谈得比较折中,在《印度文学在中国》一文中说:"要想研究孙悟空的家谱,是比较困难的。不可否认,他身上有中国固有的神话传统,但是也同样不可否认,他身上也有一些印度的东西。他同《罗摩衍那》里的那一位猴王哈奴曼(Hanuman)太相似了,不可能想象他们之间没有渊源关系。"

如何才能使问题的探讨更加深入,显然这需要新的材料与新的视角。太田辰夫《〈大唐三藏取经诗话〉考》提到《大日经序》中管理经典的猴子与《西游记》中猴子取经有联系;矶部彰又从玄奘—观音—大猕猴—护法神的观点提出新说。着眼于《西游记》连锁式的结构,日本学者注意到《目连变文》等变文由以苦难为核心的数个小故事连缀成整体缺乏完整性故事的结构方式带来影响。中野美代子在考证的基础上,着重指出《西游记》中出现了多种传说,但不应断定其中某一特定者为"最直接的《西游记》小说的母胎",而从来的研究,自鲁迅以来的各家都往往有将某一特定传说指为"直接的母胎"的倾向,这就有否定传说本身具有"充满难以避免的接续交织的富有生气的流动性"的危险。正是以这样的看法为基础,她论述考察了孙悟空周围三藏法师、猪八戒、沙悟净三个人物以及关于桃与人参果的传说,继而以《〈西游记〉的地理学》为题,考察了有关通天河、火焰山、热海等地理传说,深入到《西游记》的空间论,落脚在福建的猴王神信仰作为《西游记》故事与福建省结合的契机上。《孙悟空的诞生》第四部分题为

"渡海的孙悟空",分别就哈奴曼与孙悟空、从民间故事的猴子到猴行者、孙悟空的诞生与旅行三个方面,展开了对孙悟空形象的最后定型与流传的探究。中野美代子强调指出,只要"求法的猴子"的形象确立猴行者没有诞生,没有一个强大的冲击力从侧面作用,便不能把胎动的婴儿引导降生,而这便是从南方传来的《罗摩衍那》里的哈奴曼。史实上的玄奘经中亚到了印度,而从印度环南海到了福建的哈奴曼,刺激了中国原有的民间故事里的猴子们,由此,一个全新的猴子从花果山顶的石头里诞生了出来。

中国人的思考样式是中野美代子一贯关心的题目。在《中国的妖怪》(岩波书店,1983)一书中,她以象征皇帝权威的龙、麒麟之类的怪兽到孙悟空这些众多的妖怪为对象,力图说明在这些妖怪身上包蕴的种种宇宙论的意象是从中国人怎样的思考样式中产生出来的。在研究中,她运用了《山海经》等中国文献,吸取了艺术史学、文化人类学等领域的成果,以解明妖怪形象存在的依据。她的新著《西游记的秘密——道与炼丹术的秘密》(福武书店,1984)实质上也是一本探讨中国人思考样式的著述。在她看来,一眼看上去荒唐无稽、胡说乱说的小说《西游记》实际上是由一些沉醉于解释世界的形而上的欲求的人们编写的庞大的教科书,而且它是充满着道与炼丹术的象征与隐语的教科书。在该书的跋中,她说:"想起来我对《西游记》的接近,在文学学院派的领域之中,可以说是从孩子似的好奇心出发的。为什么猴子会飞呢?而且为什么一飞就是十万八千里呢?脑子里装满了孩子似的朴素的疑问。这些疑问本身,就很像编出这部小说的人们解释世界的欲求。"①全书分孙悟空的诞生与再生、西游记的隐秘学、西游记的社会学、西游记解剖学札记,对许多中国人习以为常的细节作了饶有趣味的解释。

对空间意识的嗜好使中野美代子时时把眼光从文学本身转向思维的场所。在《边境的风景》一书中,她曾自称杂学癖一贯植根于"空间志向症"(或者说嗜好)。这种杂学癖,使她这位研究中国文学的人在中国文学研究中不能不从对时间的惑溺中逃遁出来,转向对形形色色的空间与认识的旅行。她认为,自古以来成为不顾安危打通丝绸之路的人们无意识的原动力,是围绕文化多样性的宏伟的好奇心,是强烈的文化意志。而且人的文化意志,比国家的力量更重大。1991年福武书店出版的《龙宅风景

---

① 中野美代子《西游记的秘密》,东京:福武书店,1991年,第289页。

画——中国人的空间设计》①,是从"中国的山水画为什么不画地平线"这样一个使美术家发笑的疑问引发的,涉及中国人的风水思想等,另一本随笔《葫芦漫游录——记忆中的地志》着重探讨的也是中国人的空间意识。

中野美代子在给笔者的信中曾说:"优秀的中国文化不仅是中国人的,也是世界的,恰是因为具有世界上的人们能够理解的普遍性,所以受到万人所爱。"她也谈到对中国研究者的希望:"对于中国的小说研究者,我希望他们能够虚心地阅读海外的研究成果,不仅是日本,在欧美也有很多非常出色的中国文化研究者,特别是最近,杰出的著作出了不少。"

---

① [日]中野美代子著、吴念圣译《龙居景观——中国人的空间艺术》,银川:宁夏人民出版社,2007年。

第五章
中国文学理论研究的前驱与后继

远在1300多年以前,中国的文学理论便已被日本的文学家所援引袭用,并成为那里建立民族文学理论的推动力与参照系。日本文学家不仅从中国诗文中领会中国人的艺术见解,而且通过钻研《文赋》《诗品》《文心雕龙》《沧浪诗话》《诗薮》等著述接触到批评家们的文学思想。日本对中国古代文论的研究,主要是翻译、评论与比较研究,也包括考辨对本国文学的影响、版本研究与校勘、注解或校释等,内容十分丰富。陈中凡、罗根泽、郭绍虞、方孝岳等中国学者曾从铃木虎雄、青木正儿等人的著述中积极汲取新的资料、方法和见解。80年代以来,中日两国文化研究者加强了学术交流,打破了各自封闭的格局,由日本学者论著引发的《文心雕龙》与《诗品》文学观是否对立、《文选》与《文心雕龙》的相互关系以及佛教对刘勰影响等问题的讨论,促使我国学者对以上问题作更深入的探讨。60年代京都学者为中心,吸收不同国籍学者展开的《诗品》研究,在共同研究方面为我们提供了可资借鉴的经验,而几代日本文论研究者的丰硕成果,一定程度上扩展了我国研究者的视野与思维空间。不足的是,目前我国对日本研究成果的译介,一般出于横向借鉴的目的,还没有将它们当作中国文论跨文化研究、海外汉学本身的产物来看待,也就妨碍在比较诗学的深度来理解这些成果。

第一节 以《文心雕龙》为重心的
中国中世文学思想研究

铃木虎雄博士是日本近代最早对《文心雕龙》展开研究的学者。他在1926年发表了《敦煌本〈文心雕龙〉校勘记》,稍后的1928年又发表了《黄叔琳本〈文心雕龙〉校勘记》，它们的贡献在于对《文心雕龙》原文的校定。20世纪三四十年代，日本有关中国古代文学理论的研究一片沉寂，只有少数论文出现，这其中包括太田兵三郎《〈文心雕龙〉余韵论的形态》(《汉学会杂志》第3卷第1号，1935）、近藤春雄《支那文学论的发生——〈文心雕龙〉与〈诗品〉》(《东亚研究讲座》第95辑，1940），可谓寥若晨星。

第二次世界大战结束以后，中国古代文学理论研究的荒芜局面逐渐被打破，若干大学不约而同从研读《文心雕龙》入手展开六朝文学理论的研究，这其中包括以斯波六郎（1894—1959）为核心的广岛大学、以吉川幸次郎为核心的京都大学和以目加田诚为核心的九州大学。若言其成果，广岛大学主要有斯波六郎的《〈文心雕龙〉范注补正》（广岛大学中国文学研究室出版，1952)、《〈文心雕龙〉札记》（1953、1955、1956、1958年分四次分别刊载于广岛大学出版的《支那学研究》第10、12、15、19号）以及冈村繁（1922—2014）的《〈文心雕龙〉索引》（广岛文理科大学汉文学研究室出版，1950）；京都大学主要有吉川幸次郎《评斯波六郎〈文心雕龙〉原道·征圣篇札记》、高桥和己（1931—1971）《刘勰〈文心雕龙〉文学论的基本概念的研究》(京都大学《中国文学报》第3号，1955）；九州大学主要有目加田诚的《六朝文艺论中的"神""气"问题》（九州大学《文学研究》37号，1948）、《刘勰的风骨论》(《九州大学文学部创立40周年纪念论文集》，1966）、目加田诚门下的林田慎之助也发表了《汉魏六朝文学论中"情"与"志"的问题》(《目加田诚博士还历纪念中国学论集》，1964）、《〈文心雕龙〉文学原理论的若干问题——关于刘勰的美学思想》(《日本中国学会报》19号，1967）等出色的论文。

《文心雕龙》的译注工作在第二次世界大战时便已开始。东京立正大学的户田浩晓（1910——   ）除撰写了《〈文心雕龙·练字篇〉的现代意义》(《斯文》第24卷第11号）等论文外，主要致力于译注和版本研究。在斯波六郎的鼓励和支持下，在版本研究方面户田浩晓陆续发表了《黄叔琳本〈文心雕龙〉校勘记补》、《〈文心雕龙〉何义门校宋本考》、《关于〈文心雕龙〉梅庆生音注本的版本异同问题》等论考（1951、1954、1960年载于广岛大学《支那学研究》7、11号以及23、24合刊号），先后发表了《〈文心雕龙〉的文章载道说》(《立正大学文学部论丛》8号，1958)、《〈文心雕龙·练字篇〉的修辞学》(《大东文化大学汉学会志》1号，1958)、《从神思到沉思——〈文心雕龙〉与〈文选〉》(《大东文化大学汉学会志》14号，1976）等。

最早的《文心雕龙》译注,出自目加田诚之手,他在九州大学出版的《文学研究》第 35 辑(1946)、第 40 辑(1950)、第 41 辑(1951)、第 47 辑(1953)、第 60 辑(1961)、第 62 辑(1963)上,连续六次发表了《文心雕龙》的译注,后来又加以补订,将全书的全译收入《中国古典文学大系》第 54 卷《文学艺术论集》中,1974 年由东京平凡社出版,同年,户田浩晓的《文心雕龙》(全译)上卷也收入东京明治书院的《新释汉文大系》第 63 卷,1978 年下卷也作为该大系的第 64 卷出版了。而在此之前,1968 年东京筑摩书房《世界古典文学全集》第 25 卷与《陶渊明》合卷已收进了京都大学兴膳宏的《文心雕龙》全译。所以,准确地说,着手译注较早的是目加田诚,而最早的全译本却是兴膳宏的译本。除以上提到的学者以外,发表过《文心雕龙》研究成果的还可以拉出一个不短的名单:加贺荣治(有《中国古典解释史——魏晋篇》,劲草书房,1964)、金谷治、船津富彦、星川清孝、安东谅等。

在前面提到的学者中,有的始终把中国文学理论的研究放在重要的地位。像船津富彦(1915—)在 1959 年日本中国学会第 11 届学术大会上曾作《论苏东坡的诗画论》的报告,1962 年参加"《诗品》的综合研究",负责"《诗品》中诗人系统的研究"。60 年代中,发表了《关于李充的〈翰林论〉》(《内野博士还历纪念东洋学论文集》,1964)、《昭明太子的文学意识》(《中国中世文学研究》5 号)、《论表现在梁代文学中的形似说》(早稻田大学《东洋文学研究》,1967)、《论王船山的文学思想》(《日本中国学会报》21 号,1969)等论文;70 年代,连续发表了《论李贽的文学批评》(早稻田大学《东洋文学研究》19 号,1971)、《有关〈随园诗话〉的几点特殊性》(《东方学》46 号,1973)、《论苏东坡的虚构诗》、《朝鲜诗话》等论文,并出版了《中国诗话研究》(东京八云书店出版,1977)。小尾郊一(1913—)与他情况略有不同,是致力于六朝文学研究而涉及六朝文学理论的,著有《中国文学中所表现的自然与自然观》(岩波书店,1962),曾在 60 年代发表《陆机〈文赋〉的意图所在》(《广岛大学文学部纪要》28 号,1968)、《昭明太子的文学论——以〈文选学〉为中心》(《广岛大学文学部纪要》27 号,1967)等。

第二次世界大战后从事中国古代文学理论研究的学者,主要活跃于 50 年代至 70 年代的斯波六郎等人有些先后谢世,有些年事已高,至今仍活跃在学术界的有兴膳宏(1936—)、林田慎之助(1932—)以及更年轻的釜谷武志(1953—)等人。我国已有彭思华编译的两本书介绍兴膳宏的文学成果，即《兴膳宏〈文心雕龙〉论文集》（齐鲁书社，1984）和《六朝文学论稿》（岳麓书社，1986）。这里只对1988年筑摩书房出版的兴膳宏所著《中国的文学理论》（《中国の文学理论》）及近年的成果略加评述。

《中国的文学理论》探讨的是以6世纪前半叶的六朝梁为中心，上溯前汉下至唐代中叶的约一千年的中国的文学理论。虽然从中国漫长的文学历史来看，它不过是以其中的一半为对象，但作者认为，文学理论的基础事实上在这个时期已经奠定，而且最富特色的理论成果也多产生于这一时期，因而将本书定名为《中国的文学理论》。本书收有15篇论文，据其内容分为五部分。该书后记对全书作了全面介绍。

本书所收论文，大都收进了彭恩华翻译的《兴膳宏〈文心雕龙〉论文集》（齐鲁书社，1984）、《六朝文学论稿》二书中，现将未收入的四篇，略述其要。

第一部分首篇的《六朝期文学观的发展——以体裁论为中心》（第一、二章，题为《"文学"与"文章"》，发表于1988年出版的《佐藤匡玄先生颂寿论集》，第三章以下未发表）可说是全书的总论，考察了大体相当于今天一般称为"文学"一语的"文章"这一概念及其范畴，先秦以来经过怎样的过程变迁确立的。作者以为，这虽然是从语汇的"户籍调查"说起，追溯历史的沿革，但在旧中国包括了所有体裁的"文章"，早已不能代表"文学"这一概念的时候，文学革命发生了，这一事实仍然是应当充分注意的。诚然，也有作为"Literature"译语的文学能够涵盖什么范围这样一个问题，但"Literature"一语本身实际上也具有极其复杂的性质，进一步深入，这里著者愿采用慎重的态度。"文章"一语，具有综合的、离心的视点，力图广泛地包含由语言表现的一切样式，而另一方面，又具有增强对特定的韵文样式特别是五言诗的爱好的向心的视点，作者正是努力从中发现形成六朝文学理论发展特征的重要原因。在这篇总论描绘出的构架之下，展开以下各论。

《从文学理论史上看到的〈文赋〉》（初次发表于《未名》，第7号，1988），从陆机《文赋》提出的几个问题中，选出想象力论与声律论，追溯它们投在文学理论史上掀起的波痕。这些作为继承性的论点应当通时性地占有一个位置；其他的论点也包含在内，特别是对于《文心雕龙》，发挥了很大的影响力。

《王昌龄的创作论》（《中国诗人论·冈村繁教授退官纪念论集》，

1986)与《〈文镜秘府论〉里〈文心雕龙〉的反映》(《古田教授退官纪念中国文学语学论集》,1985)两篇,探讨的是收入空海所编《文镜秘府论》的文学理论。以为《文镜秘府论》全部是空海的创作的观点至今似乎还根深蒂固,而实际上他起的是编者的作用,除了三篇序以外,所有文章都是从各种书籍中抄录出自六朝至唐中期的中国文学理论而分几类编纂成篇的。兴膳宏表明,如认为整理的方法还不错的话,它作为弥补中国文学理论空白期的资料是可以充分利用的。《〈文镜秘府论〉里〈文心雕龙〉的反映》是作为 1984 年中日学者《文心雕龙》学术讨论会的报告起草的,李庆、邵毅平翻译,刊于《中华文史论丛》1985 年第 2 期。两篇论文都是在译注《文镜秘府论》全书时写成的。兴膳宏关于《文镜秘府论》本身的看法,见于《弘法大师空海全集》第 5 卷的有关此书的解说。

《〈古今集〉真名序札记》(初载《文学》1985 年 12 月号)就纪淑望撰写的《真名序》如何学习中国的文学理论,如何消化在自己的论述之中,以及另一方面与作为先声的中国理论之前有哪些不同,试图从构想、理论构造、语汇等方面加以阐明,兴膳宏尽可能从新角度提出问题。

林田慎之助从 20 世纪 50 年代开始从事中国古代文学理论的研究,1961 年在日本中国学会第 13 届学术大会上作了《颜之推的生活与文学论》的报告,60 年代先后发表《汉魏六朝文学论中的"情"与"志"的问题》(《目加田诚博士还历纪念中国学论集》,1964)、《南朝放荡文学论的审美意识》(《东方学》27 号,1964)、《裴子野〈雕虫论〉考证——六朝时期的复古文学论的构造》(《日本中国学会报》20 号,1968)。70 年代是他成果丰硕的时期,发表的论文既包括中世的文学思想,也涉及唐宋的文学论。主要有《两汉魏晋辞赋论中的文学思想》(九州大学《文学研究》71 号,1974)、《朱子的文艺论》(收入东京明德出版社《朱子学大系》第 1 卷《朱子学入门》,1974)、《韩愈的文章表现论》(九州大学《文学研究》72 号,1975)、《葛洪的文艺思想》(九州大学《文学研究》74 号,1977)、《唐代古文运动的形成过程》(《日本中国学会报》29 号,1977)、《〈典论论文〉与〈文赋〉》(九州大学《文学研究》75 号,1978)、《钟嵘的文学观念》(九州大学《中国文学论集》7 号,1978)等。

1979 年创文社将林田慎之助的《中国中世文学评论史》收入东洋学丛书出版。这是著者在中国文学研究上的处女论文集。在自序中作者谈到,从他以中国中世时代的文学思想史,特别是汉魏六朝的文艺理论为课题起,大致已有15年之久。在这一领域中,确已有许多优秀的中国学的先贤,在各自的视角与方法上,取得了独具特色的研究成果。例如铃木虎雄的《支那诗论史》,青木正儿的《支那文学思想史》《清代文学评论史》,郭绍虞的《中国文学批评史》,朱东润的《中国文学批评史大纲》,罗根泽的《中国文学批评史》等。由于这些研究,中国古典文学中的文艺理论、文学思想的资料得以被挖掘与介绍,这给后来的中国学研究以很大的刺激和影响。不过十分遗憾的是,精心发掘的资料毕竟停留在平面性的整理与解说上。具体来说,第一,支撑个别的文艺理论的审美意识、伦理观的由来,还没有当作产生出它的批评家的内部问题来有机地把握,还没有从批评家的生活与思想的状况中,分析其文艺理论形成的过程和其立论必然性的契机。第二,文艺理论往往起始于从文学创作的原理论到印象主义的文艺时评之类,通过作品的鉴赏,自觉认识到与那一时代的文学与思想关联的内在的必然性,这是经常的情况,也就是说,尽管有必要进行尽可能复原某位批评家在时代的什么文学、怎样的文学责任之下,将其置于怎样的文学视角等等的学问的操作,但是,这样的操作都是不够的。第三,在编纂《文选》等书的背后,有编者强烈的批评冲动在起作用,这当然成为面对那一时代的文艺思潮的文学意志表现的"场",而在中国文艺批评家的研究视野中,还没有把这些编者的批评美学的问题当作对象。这里考虑到的几点,是由于从来在这一领域的研究没有超越通史的范围而产生的缺陷,同时这些也是著者在从事研究时不断摆在面前的课题。著者认为,从魏晋经六朝到唐初的时代,是中国文学思想,特别是文艺批评学的成熟期。革命后的新中国的古典文学研究者,把这一时代的文学看作贵族文学,有一概轻视的倾向。然而如果这一期间的文学活动不能受到正确鉴赏与评价的话,恐怕便不能从根本上理解中国文学思想与形式美的核心。

第二节 唐宋文论研究述要

提到唐代文论研究成果卓著的学者,首先应当注意的是吉川幸次郎、船津富彦与铃木修次(1923—1989)等人。吉川幸次郎在一系列文章中讲到他对中国文学及文学理论根本特点的认识,他在京都大学文学部最后讲课的记录《杜甫的诗论与诗》载于东京筑摩书房出版的《展望》101号(1967),已译成中文。船津富彦先后发表了《〈诗式〉校勘记》(《东洋文学研究》第 1 号,1953)、《关于今本〈诗式〉的疑问》(《日本中国学会报》7 号,1955)、《论司空图的"酸咸之外"》(《东京支那学报》第 5 号,1959)等一系列有关《二十四诗品》、《诗式》的研究成果。铃木修次的《王昌龄的诗风与诗论》,收于东京大修馆书店出版的《汉文教室》79 号,又见 1973 年东京凤出版社出版作者所著《唐代诗人论》卷上。此外,小林健志曾翻译《二十四诗品》,堤留吉编有《白乐天的文学理论及其主张——资料编》(敬文社,1961)。论文方面,安东俊六的《陈子昂的诗论与作品》(《九州中国学会报》第 14 号,1968)、中津浜涉的《关于吴兢的〈乐府古题要解〉》(《日本中国学会报》第 23 号,1971)等,都值得一读。

在宋代文论方面,学者的兴趣相对集中,以诗话研究最热,例如:《中世文学论的新展开与宋代诗话》(芳贺幸四郎著,《史潮》第 48 号,1953)、《围绕六一居士诗话的诸问题》(船津富彦著《东洋文学研究》第 6 号,1957)、《〈沧浪诗话〉源流考》(船津富彦著,《东洋文学研究》第 7 号,1959)、《〈沧浪诗话〉研究》(横山伊势雄著,《东京教育大学文学部纪要》62 号,1967)、《沧浪诗话》(荒井健译注,朝日新闻社《中国文明选》第 13 卷《文学论集》,1972)、《〈沧浪诗话〉与〈潜溪诗眼〉——宋代诗论札记》(京都大学《东方学报》44 号,1973)、《关于诗话辑本》(仓田淳之助著,《入矢、小川教授退休纪念中国文学语学论集》,1974)、《沧浪诗话》(市野泽寅雄译注,东京明德出版社,1976)、《"隐""秀"表现的感觉语言的研讨——以宋代诗话为中心》(冈本不二明著,《中国文学报》第 28 号,1977)、《北宋诗话中的典故运用论》(船津富彦著,东洋大学《东洋学论丛》,1978)、《〈六一诗话〉译注》(丰福健二译注,《武库川国文》第 16 号,1979)、《围绕欧阳修诗论的几个问题》(船津富彦著,《东洋学论丛》〈东洋大学文学部纪要 37〉,1984)、《〈六一诗话〉的完成》(丰福健二著,《小尾博士古稀纪念中国学论集》,1983)、《〈六一诗话附录〉札记》(中)(丰福健二著,《武库川国文》23,1984)。

80 年代中叶以来,唐宋文论研究的局面基本没有大的改观。文论研究处于老一辈学者老骥伏枥、奋力耕耘,新生力量尚在成长的阶段。釜谷武志等中青年学者已取得了一批成果,在不远的将来可望有新的突破。

从下面两篇论文中,或许我们可以了解一下日本文论研究者的一般风格。

一、伊藤正文由诗作入手的盛唐诗文学论特性探索

论述唐代文学批评史运用的资料,主要是诗论著述与作诗入门书(包括空海《文镜秘府论》),史论家撰写的文论、传论之类,所谓"尚古派"的人们撰写的各种散文(也包括文集的序),而将个人的诗作相互联系起来,作为考察的对象,却一直较少进行。伊藤正文(1925—1995)《盛唐诗表现的文学论的性格》①,试图抓住见于个人诗作的诗论,将其还原成该作家本身的作家论、作品论,进一步将它与同时代人、与前后时代的作家比较对照,以更综合性地更确切地理解作家作品。

伊藤正文这篇论考采用的方法,是从《全唐诗》里摘出认为足以构成批评史的诗句、诗题及诗序等,重点放在诗论上而以盛唐期为中心,因而,论考的目的不在于对盛唐人、盛唐文、选唐诗诸方面作资料性的考察,而主要注重将初唐诗里见到的讨论的提示,以作为随时代推移的批评史发展、对比的对象。论考以各位诗人明确而有意识地写进诗句的前人名、源于前人的作品体式、作品名以及同时代的人名、源于同时代人的作品体式、作品名等等,作为调查考察的主要对象,将见于盛唐诗里的诗论和诗句依照的典故关系相比较。②

论考希望通过盛唐诗人的作品,一并探讨一下盛唐期文运隆盛的缘由,以及这在文学批评上具有怎样的意义。为了方便,文中分为诗一般论、体式论、各时代文学概观论、三百篇论、楚辞论等各章来论述与诗歌文学基本特性有关的问题。文中正面论述以盛唐诗人为直接对象,注意他们在诗作中怎样对待各种文学遗产,以怎样的方法去继承发展文学遗产的,同时也有的部分力图通过参照盛唐、中唐之交的使人们的文学论去揭示从盛唐向中唐的发展过程。在各章末尾,论考对杜甫都做了个别论述,因为伊藤认为,由盛唐期向中唐期移行过程中,杜甫的诗文论同时具有普遍性和独特性,比其他的盛唐诗人的诗文论更强烈与浓厚,以此来弥补本篇论考不时陷入的平面性与概念性。③

---

① 原载《日本中国学会报》第9集。
② 《日本中国学会报》第9集,第101页。
③ 同上。

诗的一般性问题。伊藤正文列举了盛唐诗人在诗中引入"言志"说的实例,强调了张说"诵诗闻国政,讲易见天心"的观点。身处初唐盛唐之交,作为宫廷诗人而一度活跃的张说,不论是在文学史方面,还是在批评史方面,都是比较重要的人物。唐代诗人从《文心雕龙》《诗品》《雕虫论》等六朝诗论,唐代的《毛诗正义》等书中受到影响,是以非常自觉的姿态来批评诗、作诗的,尤其是见于高适、岑参、李白诗中对诗本身的崇高评价和赞誉。"析造化""性灵""风骨""雕虫"等字句所显示的对诗的内部性质的再次自觉,以及随着靠近其内部性质的凝视,而对诗自身对象的新的迫近等,是特别值得注目的。①

体式。在"尚古派"渐占势力的盛唐期,诗题上附有"古"字的"拟古""效古""览古""怀古""古意"一类的诗作较预想少。同时,以《咏史》为题的,盛唐期可以读到相当的数量,这也可视为当时文人潜心文史的产物之一。②

对各代作品、诗人的论评。总论各代的极少,几乎都是有名的。调查初盛唐诗的结果,诗人在作品中提及的作者、作品名,除毛诗、乐府的一部分外,有关自周至梁初的文学遗产大部分是《文选》所载的作品乃至作者,这或许是诗这种形式必然产生的结果。《文选》包括十分丰富的作品形式和内容,甚至可以说,根据这部文学作品和它给予的文学观念,用权威的名义,曾经进行了一种文学规范化的工作。考虑到初唐诗里出现的作者名和作品名,大部分与《文选》所收相一致,这样的推想便不是不能成立的了。③

关于《诗经》。初盛唐相比较,盛唐可能因诗歌意识高扬,该期常表现出对于继承文学遗产的真挚批判态度,就有关《诗经》来说,盛唐期在量的方面具压倒多数。伊藤正文谈到,在文学史上,高适是这一期诗人中继李杜之后值得注意的人,仅赋予"边塞诗人"之名而在批评史上埋没其名,这是不公平的。正如在高适、刘长卿、岑参等的诗句中所见到的,本期常将同时代的人与《诗经》《楚辞》联系起来,选作比拟的对象来进行评论。④

关于楚辞。在调查范围内依然是不俟盛唐期便没有进行楚辞本身直接的摄取,这大概是因为初唐的诗潮倾向于"主事"吧。伊藤正文在这一

---

① 《日本中国学会报》第9集,第105页。
② 同上书,第106页。
③ 同上书,第108页。
④ 同上书,第111页。

部分对比了李杜的诗论,认为李更富赞叹性,杜则更富批判性,这或许是由于各自资质不同决定的。①

伊藤正文将本论考视为研究过程的一个阶段,资料也只局限于诗作,因为尽可能不下结论,不怕陷入烦琐罗列的弊病,有的部分只停留在对他所选择的资料作些提示。本文是著者参加以吉川幸次郎、小川环树两位博士为中心的综合研究《唐宋时代文学批评史研究》时的成果之一。

二、林田慎之助从人事脉络入手的唐代古文运动形成过程复原

明人胡应麟《少室山房笔丛》曾将萧颖士、李华、元结、独孤及活跃时期确定为古文运动的始动期,而宋代陈振孙《直斋书录解题》也提出过陈子昂起源说。郭绍虞将唐代古文运动的兴起,追溯到刘勰的《文心雕龙》,罗根泽说西魏末年苏绰学《尚书》诰命文体已开始制作古文,钱冬父也曾接受罗根泽的说法,把古文运动的准备期的探求工作推入苏绰与隋代李谔的文论中。林田慎之助看出近代诸家的特点,是从文学思想史抽出贯通韩柳文学观的载道主义文学论系谱,根据各祖型中发现的类似性,从中寻觅其源流,这种方法是随意性的,因为他们并没有把唐代文体改革作为具体历史状况中必然发生的自觉的思想和文学的改革运动来认识。换句话说,从8世纪后半叶到9世纪初叶的中唐时期,给中国散文史带来划时期的价值转换的文体改革为什么会勃然兴起呢? 而且为什么直到清末古文还固定作为中国知识分子的主要文体呢,这些问题恰恰无人过问。林田在《唐代古文运动的形成过程》中甚至挖苦说,如果以随意归返先祖为乐的话,何必限于刘勰、苏绰、李谔,在韩柳奉为文体改革规范的先秦及汉代的散文里寻其源流,当然也是可能的。②

林田慎之助强调指出,所有文学运动的研究,有先行于它的时代政治社会状况,有意识到与之对应的文学的或思想的课题的文学集团的存在,对于在此情况下运动发生始动的必然性,必须有基本的认识。那种缺乏这样的基本认识、徒然超脱于时代与思想的状况、依赖在文学史上追溯成其

---

① 《日本中国学会报》第9集,第113页。
② 初载《日本中国学会报》第29集,收入《中国中世文学评论史》,林田慎之助著,创文社,1979年,为该书第6章第2节。

源流的类似的祖型来探求唐古文源流的方法,其结果,便是始终进行的是似是而非的学问式的操作。①

与此相对,林田慎之助认为胡应麟的唐代古文始动说,将其作为运动史来把握,虽对其形成过程恰恰没有加以详细分析,但它的正确性正被天资聪颖的文学史家特有的敏锐深刻的洞察所证实,是具有充分说服力的真知灼见。也就是说,若以位于唐古文运动顶点的韩柳为起点,反过来追溯在其先行时代与韩柳直接联系的思想的、文学的人事脉络的话,必然要寻绎到李、萧、元、独诸公。本论考具体以韩愈及其长兄韩会为起点,着手于挖掘古文运动形成过程的人事脉络关系的传记性操作。②

论考指出,韩会恰是将李、萧、元、独的文风和韩愈联系起来的重要人物,是与梁肃比肩而得以位于推进古文运动的中枢的古文家。据《唐书·李华传》可以推断,由于叔父韩云卿的推挽,韩会年轻时便成为李华文学集团的一员。又据《唐书·萧颖士传》等重新整理通过唐古文运动人事脉络的形成过程,在以元德秀为顶点,聚集于李华、萧颖士、苏源明之下的各文学集团之中,贾至、颜真卿、元结、独孤及、柳识、皇甫冉等许多优秀的古文家,英才辈出,如果将这称作第一古文家集团的话,那么在第一集团之中的韩会、梁肃、沈既济、萧存,可称为安史之乱的"战后的一代",他们成为新的文人官僚而登场,由彼此的人事脉络之中。形成了第二古文家集团,继承始动期的古文改革,展开更加强有力的运动,再以第二文学集团的人事脉络为媒介,涌现出韩愈、柳宗元,由他们形成第三古文家集团,唐代的古文运动便渐渐迎来了完成期。③

论考以与韩愈相联系的前驱古文家群像及其人事脉络为基轴,论述了他们之中的安史之乱体验和古文改革的相互关系,证明在形成其人事脉络的古文家们的文学思想之中便已可发现构成韩愈文学思想核心的原型。同时,论考进一步指出,试观前驱古文家散文文脉本质之时,也会发现,他们还没有像韩愈那样,达到用不同于当时口语的、富于阔达自在变化的、有说服力的古文创作的水平,依然频繁地使用四六言节律的对句表现,还没有形成摆脱骈文束缚的充分自由的文体,这大体是韩柳以

---

① 日本中国学会编《日本中国学会报》第29集,东京:日本中国学会,第107页。
② 同上。
③ 同上书,第110页。

前古文家的散文共通的特点，呈现出文体改革意识先行而文体表现尚未跟上的试行阶段特有的现象。①

论考指出，前驱古文家大体都是由于安史之乱前后政治上的要求而进入官界的中小地主阶层出身的文人官僚。正因为如此，他们亲身感受到了魏晋以来贵族官僚独占的骈俪文华美文脉的弊害。士大夫的意识桎梏于华美文脉的框架里，若不变革贵族官僚维持下来的旧体制，便不能适应新的现实，作为文学本身的问题，就必然紧紧抓住变革骈文体的工作。最后论考再一次强调指出，所有时代的文学运动都发生在具体的时代状况相互关联之中，具有自觉推进它的强有力的文学集团的人事脉络和思想，其开始作为运动发挥功能而逐渐接近于文学革命的完成。尽管如此，以往以唐代古文运动作为对象来探讨时，都无视具体的状况与人事脉络，或者无视与文学思想的总体的关系，把类型现象作为线索，在辽远的时代求其源流，这样进行的研究操作，除了炫耀博学之外，没有多大的意义。②

当年青木正儿十分重视文学评论史的探讨，因为他认为，整体思潮动向，大抵以评论形式出现，所以，阅读评论是了解思潮的捷径。他还打比方说，思潮是底流，评论乃是荡漾于表面的波涛。是深渊还是浅滩，虽然根据水波也能知道，但是渊底深浅、湍石多少，从表面却未必能够看透，这正是青木正儿侧重于评论的原因。③ 伊藤正文的上述论文，是力图通过诗歌中对前代作品的评论，来观察唐代的文学思潮，具体来说，是探讨诗人是怎样通过评论《诗经》《楚辞》等来表达自己的艺术主张的；林田慎之助则强调重视具体状况和人事脉络与文学思想的总体的联系，在明察波涛以探底流的思维方式上，可以说是与青木正儿一脉相承的。

第三节　松下忠明清诗论研究

50年代以来，专注于明清文论研究的日本学者是以日本大学的松下忠、东洋大学的船津富彦、广岛大学的横田俊辉为代表。

代表明清时代诗论的格调说、性灵说、神韵说曾给日本江户时代的诗

---

① 日本中国学会编《日本中国学会报》第29集，东京：日本中国学会，第121页。
② 同上。
③ 《清代文学评论史》，东京：岩波书店，1950年，收入《青木正儿全集》，中译本，杨铁婴译，中国社会科学出版社，1988年，第2页(序)。

论以巨大的影响,因而,为了研究江户时代的诗论,便必须首先搞清这三派诗说。在这方面,已有铃木虎雄博士的《支那诗论史》、青木正儿博士的《清代文学评论史》等专著。不过,两著对王世贞、袁宏道诗论都语焉不详。铃木虎雄在格调说方面,详细探讨了李梦阳、何景明、李攀龙的观点,对王世贞之说只一笔带过,说"王世贞的议论与李于麟大致相同,以其止于补于麟之缺,故今不赘述"。后来桥木循发表了《王弇州的文章观及其文章》(《支那学》第1卷5号),也只接触到了王世贞的一个方面。松下忠(1908—1994)《江户时代的诗风诗论——明清诗论及其摄取》下编《明清诗论》第一章着重提出以下看法:一般认为格调说与性灵说是完全对立的,而王世贞的主张与袁宏道的主张却并非无关;袁宏道的主张是从当时古文辞派的代表者王世贞为中心的诗文论中萌芽的;而王世贞的诗文论至晚年提倡"调剂论",以至于由古文辞说嬗变而与性灵说结合了起来。

"调剂论"是松下忠对王世贞晚年文学主张所做的概括。王世贞晚年在评论当时文人时常用"衷之""汰取""调""融""折中""谐""斟酌""折其衷""兼之"等语,如"剂华实,约事景""和而甘且善剂也""宽严适剂""调剂甚难"之类,表明一种将对立的事物调整统一的意向,其中使用最多的是"剂"字,故松下忠把这暂称为"调剂论"。松下还指出,王世贞主张调剂的动机,大致有两个,其一是基于明末文坛分裂与古文辞说缺陷的现实的时代的要求,其二是出于世贞的文学观。世贞与以往的古文辞派观点不同在于主张"诗文变迁论",因而反对以时代分优劣、以代废人、以人废篇。从王世贞"调剂论"的内容来看,包括南北文学折中、古今折中、古文辞派与古文派折中;同时,世贞的"调剂论",又不仅是文学方面,他还力图调剂诗文与经学(《陈子吉诗选序》),在思想上调剂儒、道、佛(《胡子衡斋序》),甚至在政治上也屡用调剂一语(《与许相公》)。王世贞的"调剂论"形成了一个体系。①

在谈到袁宏道诗说与王世贞的关系时,松下忠说:

> 宏道的性灵说,作为崭新的主张虽然耸动世人耳目,在实质

---

① 松下忠《江户时代的诗风诗论——明清诗论及其摄取》下编,东京:明治书院,1969年,第875—899页。中文译本有范建明译《江户时代的诗风诗论——兼论明清三大诗论及其影响》,学苑出版社,2008年。

上,是以古文辞派的代表者王世贞为中心的当时的诗文论为先踪而产生的。也就是说:其一,在诗文论上,王世贞虽然没有像袁宏道那样专门提倡性灵说,以"性灵"一语为中心发展为体系化的诗文论,但在宏道之前,作为诗文论的一部分,已开始主张"性灵";其二,宏道的性灵说,不是宏道的创造,实际在宏道反对的古文辞派的代表者王世贞的诗文论中已有其萌芽;其三,王世贞开始主张性灵,提出与宏道之说类似的看法,是50岁以后晚年的事,是从古文辞派诗文论向公安派诗文论演进的时期,而从王世贞向袁宏道的转化之中,正可把握其变迁的过程,这在中国诗文论史上具有重要的意义。①

袁中郎的诗歌理论,在江户时代虽然激起元政、山本北山等人强烈的共鸣,但后来的古贺精里、斋藤拙堂等人,虽并未抹杀日本汉文家学习袁徐推动汉文摆脱涂泽模拟而走向真率的作用,却对《四库全书提要》所论中郎之罪深信不疑,强调"七子犹根于学问,三袁则惟恃聪明。学七子者,不过膺古;学三袁者,乃至矜其小慧,破律而破度,名为救七子之弊,而弊又甚焉"、对钱虞山论中郎之弊所言"雅故灭裂,风华扫地"也奉为笃论。《拙堂文话》卷2说:

  袁公安之文,取讥大方,如前篇所言,然笔路畅达,意言俱尽,如《灵岩记》、《拙效传》诸篇,非凡手所辨,文章之道亦广,天地间存此种作亦何妨!俱其避庄重而就轻巧,陷入俳调,不可为后进模范耳。②

看来,拙堂虽不否认中郎佳作有传世的价值,却囿于大方之论,仍视"避庄重而就轻巧,陷入俳调"为中郎之失,江户时代汉学者们对中郎评价的差异,或许也是现代日本学者热心谈论中郎的原因之一。

20世纪以来,山下龙二、入矢义高、原田宪雄、菅谷军次郎、毛塚荣五

---

① 松下忠《江户时代的诗风诗论——明清诗论及其摄取》下编,东京:明治书院,1969年,第985—986页。

② 池田四郎次郎、滨野知三郎、三村清三郎编《日本艺林丛书》,1972年,第23页。

郎等学者先后发表论文,或辨中郎性格与其时代的关系,或论他生活与文学的矛盾,或明公安派与阳明学派之联系,或批判地探讨从公安派到竟陵派的演进,然惜未从全豹。松下忠《江户时代的诗风诗论——明清诗论及其摄取》下编《明清诗论》第二章始对中郎诗论作全面考察,着重指出,中郎为反对近代文人弊习即古文辞派而主张性灵说,但他并没有连古文辞派的"复古说"也一起排斥。他对唐宋以来的复古说抱着承认的态度。他推许宋诗,私淑白苏,倡言性灵的用心,在于追求真实的诗文、个性的人格的诗文,自由地表现真情的诗文、新奇而有变化的诗文,而以趣为主的诗境论也是他诗论的重要组成部分。

松下忠花了很大篇幅,力图澄清前人对中郎的指责。首先,中郎到底有没有学问?受《明史》及黄宗羲的影响,江户时代汉学者古贺精里曾批评那些追随袁徐等人的日本汉文家"则张打油、胡钉铰之所耻而弗为,浅俗鄙亵之极,文雅扫地"。近人古城贞吉《支那文学史》认为公安派包括中郎"幽怪诡异之文出于空疏浅薄之徒云云"(515页),松枝茂夫、内田湖南等也都谓中郎为无学之士。与此相反,松下忠却明确表示,对中郎的这些非难,是苛刻而稍欠公正的,那些对公安、竟陵派末流的指斥,并不适合于首倡者袁中郎。松下忠从中郎的儒学、佛学、论学问与诗文的关系几方面阐述了中郎学问的特点,对毛塚荣五郎《袁中郎的矛盾》(《日本中国学会报》第9集)提出的袁中郎"学问上的缺陷,是儒道佛三学没有很好统一起来,不免驳杂,多有矛盾之处"表示赞同,又着重指出中郎主张潜行密证,留意韬光敛迹,勿露锋芒,与那些逞才扬己、沽名钓誉的人相比,这是真正探求学问的态度,"抱着这样的态度,恐怕能够免除'无学''空疏'之弊吧"。松下忠进一步指出:站在现代的新的立场的时候,与黄宗羲同样非难中郎"无学",是有些苛刻的,今后应当纠正以往的非难。①

其次,对于中郎作品及性灵说的批评,自明末以来也延续不绝。日本尾藤二渊谓其"鄙俚浅近"(《正学指掌》),古城贞吉沿袭《明史》的说法,"其文戏谑嘲笑,杂用俚语……卑陋秽芜之辞亦上士人之口云云"(《支那文学史》,515页)。铃木虎雄博士也说:"袁钟之诗流,欲救肤廓之弊而陷于轻佻纤诡之弊者也"(《支那诗论史》),内田湖南也没有否认对中郎轻佻

---

① 松下忠《江户时代的诗风诗论——明清诗论及其摄取》下编,东京:明治书院,1969年,第958页。

浅露的责难。值得注意的是入矢义高在《从公安到竟陵——以袁小修为中心》(《京都大学人文科学研究所创立廿五周年纪念论文集》) 中提出的新看法。入矢义高赞同小修论中郎诗文"如锦帆解脱,意在破人执缚,故时有游戏语"的意见,断言中郎本意并不在游戏笔墨。松下忠进一步补充说,在批评公安派的议论中,轻俳、轻佻、浅露、浅近、纤诡、幽怪、诡异等尖刻的责难,中郎生前已对这些倾向不断提起注意,警惕自己,他已意识到这些弊害,主张超越它们,写出真实的诗文,受到小修批评的《锦帆集》《解脱集》都是中郎早期的作品,那些责难对于公安派末流是恰当的,但原封不动地强加于中郎身上,并不是公正的做法。

  松下忠对中郎的"诗文变迁论"格外重视。中郎的诗文变迁论包括两个观点,一是"代有升降,而法不相沿",一是"古今不可以优劣论",这一变迁论是他主张性灵说的论据,也是他不仅以汉魏盛唐诗为理想而提倡宋诗的依据,在考察后世对中郎的批判方面,这是不可忽略的方面。松下忠一再引用袁中郎在《雪涛阁集序》中阐释的"法因于弊而成于过"的思想,指出中郎主张性灵说,要以诗文之阔大、情实、个性、新奇为目标,从他的诗文变迁论的观点来看,遵循中郎主张的性灵说的诗文,或为"莽",或为"俚",或为"狭小""不根",甚至包括"浅露"或"诡异"的流弊,这是难以避免的自然的趋势。总之,松下忠突出强调的是,在批判中郎的时候,追究的只应是这些倾向,而不能抹杀性灵说的本旨。①

  另两位专注于明清文论研究的学者也以诗论研究为主。船津富彦著有《论李贽的文学批评》(早稻田大学《东洋文学研究》19 号,1971)、《论王船山的文学思想》(《日本中国学会报》21 号,1969)、《有关〈随园诗话〉的几点特殊性》(《东方学》46 号,1973) 等论文,并曾将他过去有关诗话的研究整理写成《中国诗话研究》(东京八云书房出版) 一书。横田辉俊自 1962 年以来,先后在广岛大学文学部纪要的第 20、26、28、37、38 号上发表了《杨慎的诗论》《公安派的文学论》《胡应麟的诗论》《明代文学理论的发展(一)》《明代文学理论的发展(二)》等论文,1975 年东京明德出版社出版了他译注的《诗薮》。

---

  ① 松下忠《江户时代的诗风诗论——明清诗论及其摄取》下编,东京:明治书院,1969 年,第 925—929 页。

第六章
中国文学研究的比较文学新视野

　　日本研究比较文学的学者如小林正等人,曾经祖述法国学派梵·第根等人的观点,认为拉丁文学、希腊文学是法国文学的母胎,是其教养的一部分,因而它们不能成为比较文学的对象,同样,明治以前的日本文学与中国文学的关系,也应当排斥在比较文学的研究领域之外。这种观点忽略了这样一个事实:在历史上,中日两国既有密切往来之时,也有锁国隔膜之期,但各自文学的发展却不曾激流骤止。日本平安时代的物语、中世的长篇叙事诗文学和能乐等古典戏剧,以及近世时期井原西鹤等人反映町人生活和情感的作品,都显示了鲜明的独创性,忽略了日本文学在作家队伍、艺术趣味和接受者层方面的特点,就难以对古代的中日文学关系做出准确的估价。战后小林正等人的观点逐渐失去影响,日中文学的比较研究发展为比较文学界成绩卓越的部分。日本著名历史学家贝塚茂树的观点,代表了多数研究者,他们不把中国思想文化的影响仅看成中国文化传播的结果,而更看重日本敏感地摄取外来文化的特性,认为"那种对于外来文化的敏感,可以说是日本生就的文化素质的一个方面"。贝塚茂树曾说:

　　　　我先前曾经使用过中国文化波及日本的说法,以中国为中心,文化扩展到东亚世界,那是联想到投石于平静的水池表面,波纹呈圆形向四面八方扩展的情景。但是,中国文化的波及当然不该看作是无心的水波,文化是由有心的人们经过许多人、向另外的人传播的,由于人们具有不同的精神准备,传播的情况颇为不同。

　　日本文学史上的许多作品,是日中两国文学因子的结晶,因而比较研究的成果不仅有益于日本文学研究的深入,有些也使我们获得了中国文学研究的新视野。

第一节　日中比较文学研究

比较的方法。比较文学的方法是日本战后文学研究中兴起的新方法之一,战前虽有土居光知、阿部次郎、野上丰一郎等人的提倡,但毕竟势单力薄,颇为寂寥。而战后几十年间,日本的比较文学,特别是日中比较文学发展迅速,已蔚为大观。1948年日本比较文学学会成立,《比较文学研究》《日本比较文学会报》《比较文学》等杂志虽以日本与西方的比较研究为主,但也发表了不少有关日中比较文学方面的论文,而日本文学与中国文学研究者辛勤垦拓、精心撰写的一批论著,更把研究逐年推向新境。随着比较文学理论在日本学术界立稳脚跟,研究中国文学与日本文学的人都从中有所吸取。这主要表现为三个方面,即将比较方法运用于中日两国文学的研究;重视对日本汉文学及其日本语文学关系的探讨;以及中日文学关系日渐成为一门成绩显卓的学问。

引入比较方法,不论是研究日本文学的人,还是研究中国文学的人,也不论是论古还是析今,这种倾向已经十分普遍。对于日本人来说,中国文学作为一种外国文学,很容易在研究中与其他的外国文学采用相同的角度"等量齐观",因而把中国文学放入世界文学的视野中去考察的著作,往往力求在广阔的背景中取材料求同异。中野美代子的《孙悟空的诞生——猴子的民间故事和〈西游记〉》便被认为是一本久不多见的正宗的论考。作者在宏大的构思之下,涉猎了包括欧洲境内的各种传说、画像、古今东西的文献资料,"俯瞰亚洲全城",被评为具有"播弄时空的立体的鸟瞰图或智慧的空想旅行记的趣味"。《比较文学新视野》(八木书店,1975)是一部汇集日本与西方文学比较研究多项专题研究的论著,其中有多处涉及在世界文学的范围内研究中国语言文学的内容,譬如日本诗歌的英译、汉译的比较,"山"在中西文学中的意蕴,世界各国的初恋诗等等。作者木村毅视野广阔,但由于对中国古今文学不如对西方文学熟悉,妨碍了对某些问题的透彻阐发。

总的来说,日本的比较文学研究法国学派的影响更大,但美国学派的平行研究也正日渐为学者所重视。《中国文学的比较研究》(汲古书院,

1986)的编者古田敬一(1921——)充分注意到比较文学在80年代中国的发展和中国学者的看法,主张折中法国学派和美国学派的观点,树立扬弃两者的第三种方法论,他说:"与思想研究的情形一样,在东方,中国的文学理论必须担负它的职责。之所以这样说,是因为中国的思考法,从来是以综合性为其特长的。"唐代文学研究者松浦友久(1935—2002)便是常常采用折中法国学派与美国学派的方法从事中国诗歌研究的学者,他的《唐诗语汇意象论——唐诗札记》①与《中国诗歌原理》②在"打开诗歌语言的深层"的工程中,借用了自己日本古代文学的根基。前书探讨了唐诗诗语的诸相,力图考察中国式的思考与感觉的倾向、与日语文化的异同等,他论述的问题如为什么《长恨歌》不作《长怨歌》,为什么中国的厌战诗、反战诗中没有出征士兵的孩子登场,为什么日本和歌中不见咏唱"蛾眉""断肠"等,都是站在与日本古典诗歌比较的角度发现、提出问题的。后书围绕诗与时间、诗与性爱、诗与政治、诗与评价、诗与节律、诗与对句、诗与诗型、诗与音乐等题目,就各国诗歌的基本主题,来考察中国诗歌的实态,多方对照,旁征博引,为比较诗歌学的建立,提供具体的路标。

　　日本汉文学研究,也是日本中国文学研究的一个方面。当然,作为日本的"第二国文学",许多重要的研究著述也出于日本文学研究者之手。早在半个多世纪以前,日本文学博士芳贺矢一(1867—1927)在其所著的《日本汉文学史》"总说"中便高度评价了汉文学对日本民族文学发展的作用,提出了"在我国(按:指日本)研究汉学,比起研究希腊、罗马,是更为必要的事"的看法,这里所说的汉学,当然也包括汉文学。继芳贺矢一之后,神田喜一郎(1897—1984)的《日本汉文学》(岩波书店,日本文学史16,1959)、山岸德平的《日本汉文学研究》(有精堂,山岸德平著作集1,1972)、猪口笃志的《日本汉文学史》(角川书店,1983)、冈田正之的《日本汉文学史》(共立社书店,1920;增订版吉川弘文馆,1954)、户田浩晓《日本汉文学通史》(武藏野书院,1957)、和岛芳男的《日本宋学史的研究》(吉川弘文馆,1962)、入矢义高的《日本文人诗选》(中央公社论,1982)、金原理的《平安朝汉诗文的研究》(九州大学出版社,1981)、后藤昭雄的《平安朝汉文学论考》(樱枫社,1981)等著作,都系统地对日本汉文学的发展及对日本民

---

① [日]松浦友久著,陈植锷、王晓平译《唐诗语汇意象论》,中华书局,1992年。
② [日]松浦友久著,孙昌武、郑天刚译《中国诗歌原理》,辽宁教育出版社,1990年。

族文学的影响追根溯源。日本学者对于从近江奈良朝直到现代汉诗文,进行着注释、整理和综合研究等方面的工作,不断发现一些新材料,修正着自己对日本文艺与汉文学的关系、汉文学流变的认识。仅日本的填词研究,神田喜一郎便写出了长达千页的《日本填词史话》。由于中国学者往往仅把日本汉文学视为模拟文学,认为对中国人来说没有艺术借鉴的价值,便不大注意其演变发展的历史,这样的看法阻碍我们对日本学者的成果做出精当的评价,也给我们的日本文学的研究留下欠缺。

日本的中日文学关系研究较我国时间早、队伍齐,有不少值得介绍的成果。幸田伴露、青木正儿、盐谷温、吉川幸次郎等都曾撰文探讨古代中日文学因缘。水野平次的《白乐天与日本文学》(大学堂书店,1982)、金子彦二郎的《平安时代文学与白氏文集——句题和歌、千载佳句研究篇》(培风馆,1943;增补版,1961)和《平安时代文学与白氏文集——道真的文学研究篇》(讲谈社,1948,第1册;艺林社,1978,第2册)、石崎又造《近世日本的支那俗语文学史》(清水弘文堂书店,1967)、远藤实夫的《长恨歌研究》都有较大影响。战后这一类著述层出不穷,小岛宪之的《上代日本文学与中国文学》(上、中、下,塙书房,1962—1965)、神田喜一郎的《在日本的中国文学》、中西进的《〈万叶集〉的比较文学研究》、增田欣的《〈太平记〉的比较文学研究》、久松潜一的《歌论与中国诗论》、神田秀夫的《日本文学与中国文学》(古代)、麻生矶次《江户文学与支那文学——近世文学的支那的原据与读本的研究》(1946年;1955年更名《江户文学与中国文学》,由三省堂出版)、诹访春雄、日野龙夫等编的《江户文学与中国》、广田二郎的《芭蕉与杜甫——影响的展开与体系》(有精堂,1990)、大林太良的《日本神话的比较研究》、伊藤清司的《日本神话和中国神话》等等,这些都是探讨中国文学在国外命运的人不可不读之书。平安朝文学研究家川口久雄的汉文学研究具有鲜明的中日文学关系史研究的特色,他的《平安朝日本汉文学史的研究》(上、下)(明治书院)、《平安朝的汉文学》(日本历史丛书36,吉川弘文馆,1981)、《西域之虎——平安朝比较文学论集》(吉川弘文馆,1974)、《花之宴——日中比较文学论集》(吉川弘文馆,1980)以及《敦煌变文的素材与日本文学》等著作都使人耳目一新。

中日比较文学研究理所当然把翻译研究置于重要位置,其中对历代翻译(包括直译与转译、自由翻译、窜改与改编)等资料的整理,是这一研究的基础。资料的清理本身有时可直接给人提供有益的启示。1929年早稻田大学曾编辑出版了《物语支那史大系》，收录了江户时代流传的中国军谈（据中国历史演义改写的小说）17 部。1984 年以后，汲古书院又影印出版了《近世白话小说翻译集》，所收作品包括《通俗醉菩提传》《通俗隋炀帝外史》等 11 部。这些译本历来被称为"通俗物"，它们与现代的外国文学作品翻译不同的是，其中杂有大量节译、改写、扩写、缩编的部分。江户时代的作者和读者，都受到这些"通俗物"的影响而提高自己的小说意识，而且正是由于江户时代的人们通过它们认识了白话小说进步的小说性，才使明治时代的日本人具有了迅速地接受西欧小说的基础。由于这些译作对于日本近世小说的比较研究具有的重要意义，汲古书院这一套影印本装帧考究、印制精美，对于研究中国白话小说来说，自然也是可贵的资料。

1983 年 10 月，日本学者建立了研究中日文学关系的学术团体——"和汉比较文学会"，该团体是一个"希望对日本古典文学与汉语文化圈的文学及文化的比较研究的进展有所贡献而设立的新学会"。日本古代、中世的古典研究，常常在汉籍（中国的或用汉字书写的书籍）中找出类似的事例、典据，列举出来，采用注释的形式，同时进行"和汉"的比较。这一团体的学者，期望继承自古以来的传统，进而搞好与汉文有关的日本文学的跨学科的综合研究，"以确立成为日本文学研究核心的新古典学"。该学会成立后，立即实施了多达 8 卷的丛书出版计划，论著选题涉及各时代日本文学与汉文学的关系，包括和汉比较文学的构想、上代文学与汉文学、中古文学与汉文学、近世文学与汉文学、和汉比较文学研究诸问题等方面，各卷中颇有些立论精辟的新论。

还有一点值得一提，就是对中国以外的学者研究中国文学的新作，日本学者很重视及时翻译介绍。1959 年，羽仁协子翻译了匈牙利的东方学者弗·特盖依的《中国悲歌的诞生》，这是较早使用比较文学的方法来研究中国古代文学史的一部著作。这部书似乎没有引起当时中国学者的注意。1980 年，白川静在他《中国的古代文学》（中公文库本、中央公论社）中，尽管说它"明显地随处可见早产儿的破绽"，但对于展开中日、中西文学的比较研究，却表示了浓厚的兴趣，特别谈到提倡中日比较文学的必要。白川静作为一位中国古文学研究家，一位著有《金文通释》《甲骨文集》等多种以古奥文字材料为对象的著作的学者，却对中日比较文学的发展寄予了极大的希望。他或许可以说是日本百年来吸收西方的观点方法不避其新、研究东方学问不厌其古的学者中的代表之一吧。

现代学术的发展,正是在拆除各种世代横亘的隔阻往来的城垣。许多课题的解决,呼唤着文学研究领域的国际合作。例如,对佛教文学的研究,近代东西方文学关系的研究、对国外汉学的研究,都有多国学者携手合作的天地。纵观日本的中日文学关系研究,已显露出从分散的、实证的、零碎的走向团体的、理论的、系统的研究的趋势,而在中国,这一研究也开始起步。1987年,在长春建立了中日比较文学研究会,与日本学者积极开展学术交流,全国及各地的日本研究机构及学术团体,也有一些学者对此表示了兴趣。这一切都在酝酿着中日两国学者共同深入研究的条件。然而,要想真正实现卓有成效的长期交流合作,还有待于两国学者不折不挠的努力。

第二节 日中比较文学的方法论思考

以上谈到的日中比较文学著述,研究方法各异。学者们在进行具体问题探讨的时候,同时也在推进着方法论的更新。对于中国文学研究者来说,比起那些具体的结论来说,更有必要注视的正是这些方法论的优劣得失。现就出典论、引喻论、本质论、复原法、历史学方法与民俗学方法的结合、口头传说证据论等择要简述,以备参照。

一、出典论。所谓出典论是有关源泉(典据、出典 Lessources)的研究,探讨见于受信者的源泉,孤立的源泉的主题、细部、思想,一位作家享受的集合源泉或得益于他国的一切源泉。小岛宪之(1913—1998)《上代日本文学与中国文学》等是出典论的代表性成果。小岛宪之认为,为了探讨甲乙两国文学(或两国以上)的交流关系,即贷与和借用的关系,有必要站在借用者的立场,逆向地回顾原本贷与者一方,为此就必须由借用者(享受者)去回溯与发现直接的发出者,换句话说,就必须探查成为源泉的作品(作家、文学流派等),这种源泉(出典、原据)的探查,原本与"源泉论、出典论"(Crénol ie-krnsoorce)相关联。在甲国与乙国由海洋或山岳地带隔绝的情况下,两国之间各自不同的文化发展起来,文化的国境即语言的国境、文学的国境之中一般也产生明显的差异,而有时由于某种契机,文化使节的翅膀穿越文化的国境将甲国的思想文艺等载往乙国。特别是一方文化正在前进的情况下,摄取他国文化而自己享用是顺理成章的。出典论限定在文学方面考辨甲乙两国不同领域相互的文学关系,是为跨越文学国境的出发点、发信点的作家（或作品、文学思想等）相当于"发信者"（发出者 Lémetteur），相反，到达点处于接受者立场的人们相当于"受信者"（享受者、摄取者 Le receptenr）。小岛宪之提出的出典论，以追究"直接的出典"为基础，但这却是极为困难的工作，需要采取慎重的态度，特别是将中国诗歌与日本诗歌相互比较的时候，文学上一般相通的偶同、同想、类想、类似（similitude）等甚多。例如小岛宪之举出《万叶集》中石河大夫上京赴任时播磨妃子赠给他的一首和歌："君なくばなぞ身装饬はむくげなる黄杨の小櫛も取らむとも思はず"（《万叶集》，1777），这首和歌杨烈中译本译作"君去身何有，梳妆谁为容。黄杨梳子小，匣内已尘封"。《代匠记》举出《诗经·卫风·伯兮》"自伯之东，首如飞蓬。岂无膏沐，谁适为容"作为出典，也还有人提到《史记》、《文选》中刘休玄《拟古诗》等，现代注本都引用这些说法，但《玉台新咏》卷一徐干诗中有"自君之出矣，明镜暗不治"（《室思》）；"君行殊不返，我饰为谁荣"（《情诗》）。究竟哪是直接的出典，还是偶然同想，实难于判断。如果是作注释，只需提到《卫风·伯兮》就行了，而作为出典论的研究，却是以寻找各种语句的出典为出发点，将许多确凿的出典综合统一起来，逐渐搞清发信国（源泉国）的文学与受信国（享受国）文学的影响交流关系，以构成比较文学一个重要目的的国际文学史的部分。他认为出典论在比较文学的方法上占有十分重要的地位。

我们前面提到的著述里面，属于出典论探讨的占有相当大的比重。从文化心理上来分析，日本学者并不拒绝"先进文化外来"的思想，而对烦琐的考证又往往不厌其烦，力求滴水不漏，因而至今不少古典名著都已做过了精细的出典论研究，然而这类著述又往往容易陷于资料罗列，对出典的辨析与推断时有臆测之言，许多还有待于理论的剖析才能上升到比较文学的高度。

二、引喻论。日本学者一直在进行指出作品中外来影响的工作，从江户时代学者契冲的《代匠记》中便能读到他呕心沥血的业绩。然而，仅做到这一点，即在探讨作品的时候仅谈到与以往作品的联系，指出一些类似的地方有时是不够的。中西进（1929—　）在研究《日本书纪》时发现，执笔者引用中国典故，有些时候并不是停留在润饰文字上，而可能有更深的意图，因而把着眼点放在论析引用对于作者与作品究竟意味着什么的问题上。他提出，应当重视在将典故作为暗喻来运用的研究，笔者由于引用哪个典故的不同而表现方法也不同，不能只发现类似的地方便心安理得，毋宁说，出典的指出仅是工作的开始，例如，《日本书纪》在壬申之乱的记述中引用了《汉书·光武纪》。从《光武纪》引用的部分，是描写王莽包围光武（刘秀）的军队的，它用在描写大友皇子方面，一般的看法把王莽当作反叛者，《日本书纪》的执笔者这样引用，不能不认为是将天武一方正统化，而说明大友政权的王莽性质。但是现实中是王莽掌握着篡夺来的王权，称得上继承汉室血统的不过是景帝第五世孙的刘秀，正在对"新"政权起兵造反。如果不以血统为轴心，则刘秀便并非正统化。或许对这个问题《万叶》歌人柿本人麻吕有所考虑吧，他在描写大海人皇子时用了那一段《光武纪》中的文字，便有将王莽正统化的意思和对刘秀的批判。中西进通过对《日本书纪》引用《汉书·景帝纪》有关吴王濞的语句描写大津皇子的反叛一事的剖析，指出《日本书纪》的作者在运用典故的方法中，是将大津与濞相比，反映出应当赦免大津罪过的主张，虽然述作者湮默无闻，但他们在被分派书写文章任务的时候，以自己的教养为武器明确地发表了自己的政治见解，引用古典的行为，便是使隐含这种意图的文字注入寓意。因而，中西进指出，《古事记》、《日本书纪》、《万叶集》中中国典籍的出处便意味着挖掘出其中隐藏的主张，必须理解别有的文字作为暗喻作用于表面文字的方式。

引喻论是出典论的深化。中西进的《万叶与大海彼岸》（角川书店，1989）的有些文章便是采用这种方法来讨论《万叶集》等古典名著与中国文学、韩国歌谣的相互联系，该书获得和辻十郎奖。

三、本质论。许多日中比较文学的著述都出于日本文学研究者之手，从中国文学的立场来看，未必没有不能首肯的地方，立足于中国文学研究者角度真正阐明的尝试还不为多。《平安初期的日本汉诗的比较文学研究》（大修馆，1989）的作者是研究中国古典文学的教授菅野礼行（1929—），他提出，中国文化与日本在各个时代关系密切，但因为这本是具有独特文化的两国之间的联系，接受中国文学的情况也是复杂多歧的，因而本书所谓的比较文学方法并不意味着单纯的出典论、表层的比较论。中国文学与当时汉诗的本质有多深的关系？或与当时作者们的审美意识的形成有怎样深切的关系？如果不深入到这些问题，根据比较文学进行的研究，便达不到目的，而且还必须明确在讴歌唐风文化的时代风潮中日本独特的东西是什么，从而在探究日本汉诗本质的过程中，看清具有明确中国文学特质的侧面。总之，依据中日之间文学的本质论，日本汉诗的性质也得以明了。菅野礼行选择了历来被称为"国风暗黑时代"而不大回顾的平安初期的汉文学为课题,精查中日两国浩繁的作品,对其相互关系与各自的独特性作了论析。

四、复原法。为了更深入研究神话,就必须对蜕变为历史记载或寓言的神话素材加以复原。法国古代史家马伯乐在1924年发表的《书经中的神话传说》一书,将长期作为儒家经典的《书经》中有关"为太阳赶车巡行太空的羲和的传说"和"有关开天辟地的重黎的传说"以及"大禹治水的传说"等,从神话学上加以解释,依仗他对海外古代史及神话学的通晓,对神话学展开了比较研究,在中国神话研究中独辟蹊径,对海外中国学者多有触动。铁井庆纪《水蛭神话、火之迦具土(按:即火神)神话与中国》、御手洗胜《神农与蚩尤》,伊藤清司《蓬莱岛神话与牵引国土的神话》等都是利用中日神话的平行研究以推进神话的复原,大林太良等依据比较的方法,从《山海经》中后稷葬地百谷自生的记载,探讨中国的农作物起源传说,而后又分析了日本《古事记》中杀死"大气津比卖神"型的谷物起源传说,认为当把这种神话从根本上与烧荒耕耘、播种五谷的文化联系起来认识。他还引用了佐佐木高明的论点,详细说明了应当从中国南方去寻求日本刀耕火种的源流,明确日本神话的体系。

在复原中国神话的时候,除去经典史书的比较研究之外,尚有甲骨文、金石文以及考古学上同时代的遗物和壁画等。王国维曾提出将上述这些资料加以比较的"双重证据法"。白川静(1910—2006)《中国的神话》(中央公社论,中公文库,1975)正是采用正面研究方法与实物分析的资料结合的佳作。诚如伊藤清司所强调的,当论述涉及神话传播的体系时必须注意以下几点:即两个民族文化在性质上的类同;就资料的比较而言,重复概率高的材料要比孤证更具有真实性和规律性,更可显示各种神话传承的结构和各种复合因素间相吻合的精确度。

五、历史学方法与民俗学方法的结合。白川静将历史学方法与民俗学方法作为《诗经》研究的必要的辅助科学。西周、春秋期的社会史研究自不必说,就是所传历史事实本身,仍有许多没有充分整理,而有关中国古代生活习俗的民俗学研究,几乎处于不足为据的状态。这方面的研究,或许要在就诗的构思、表现的民俗学研究的基础上,以诗篇作为中心的资料来考虑其体系的完成,而这种研究的最终目的,就是要把诗篇作为文学来理解,历史学方法和民俗学方法无非是为此目的的预备性手段。

白川静试图将《诗经》《万叶集》放在一起来考察,把它们看作是古代歌谣的结晶,他认为"古代歌谣既是该民族面对的即将诀别的过去的尾声,同时又是奔赴新的历史的序曲","古代歌谣的世界诞生于古代氏族社会业已崩溃,而在它新的统一之上形成古代国家的过程中",因而,尽管《万叶集》与《诗经》有前后长达1500年的绝对年代的巨大间隔,构成了将两者同样作为古代歌谣时代来看待的庞大障碍;但是,"历史上的时期的特性,是由历史发展的条件决定的,因而,年代的因素并不是绝对的问题"。白川静提出:"如果看到它们两者在各自占据的历史位置上有相通之处,因而在文学发生基础的本身上有共通的地方,那么恰恰应该把这些地方作为比较文学第一位的视点。"他进一步指出,《诗经》和《万叶集》都是拥有民谣基础的产物。他的结论是,这两部诗歌集里可以看到的共通特性,无疑说明了古代歌谣乃是特定历史时期精神世界的产物。

　　通过《诗经》《万叶集》中以鸟、采草、衣物为发想的若干歌谣的对比,白川静认为两者之间有着显著的亲近性,类似的例子还有以析薪、水占、渡水,以及其他天象为发想的,或者通过祝贺歌等形式的。它们显然是以民俗性的内容为基础的发想和表达。如果认为可以建立所谓"万叶民俗学"的话,那么对《诗经》的作品,也能够建立起"诗经民俗学"的领域。两者都是建立在古代民俗浓厚的遗存之上的,这使得它们有可能进行这样的对比。

　　六、口头传说证据论。伊藤清司提出,在比较神话学研究中,对典籍记载的"复原法"要参照民间的口头流传。在民间传说的流传过程中,神话色彩减弱、蜕化、质变等是难以避免的,但也存在着阻止神话变形的因素,他特别注意到大陆边疆少数民族地区,虽长期受到汉民族的文化影响,却仍然保留着自己古老的信仰和独特的风俗习惯,并且残留着浓重的神话传承因素。例如,黎族创世神话中有天地创造之初大地置于三条大鱼之上的说法,联系长沙马王堆帛画中地下界的情景,就不难解释为那是有关支撑大地的英雄与大鱼的神话。对《列子·汤问》中有关禹疆的传说加以分析,并联想日本《出云风土记》中有关"八束水臣津野命神牵引国土"的传说,可以看出他们均属于同一类型的传说,并均源于远古把大地看成是飘浮的大鱼的观念。村上顺子《中国南部少数民族的洪水神话》,分析了中国西南地区苗、瑶族的同胞婚洪水型神话的概要。伊藤清司相信,这种比较研究不仅仅是为了求得神话传承的复原和考证,论述其含意及体系,同时也对分析考证编入《古事记》、《日本书纪》中的日本神话的早期形态具有参考价值。

第三节　中日比较文学与中国文学研究

他山之石,可以攻玉。中日比较文学对于中国文学研究多可赞襄,小而言之,对中国文学域外传播史、古籍整理及文学史研究皆有裨益;大而言之,则有助于拓宽研究者思维空间,树立开放的研究心态,推动跨文化、跨学科的文学研究。

中国文学是世界文学之一树,它在国外的命运,理应得到中国学者的深切关注。然而,中国学者很少拿出像样的研究,而且国外学者的成果也未能及时介绍过来。对于中国文学固有传统与独特道路的僵化理解与超度强调,使对此漠不关心的研究者大有人在。打破这一局面,当首先从清理中国与周边国家、民族之间的文化、文学关系着手,而中日比较文学正可为中国文学域外传播史提供丰富的资料,为建立跨国度的广汉文化史、广汉文学史体系进行基础的准备。

大量研究资料表明,六朝至隋唐的中国小说在周边国家早有广泛的传播。大致成书于1104年至1108年间的《江谈抄》引"玄都馆之瘦马"的典故出《太平广记》卷31《李遐周》(出唐郑处梅《明皇杂录》),书中载王生读《史记》一则,引李玫《纂异记》中"三史王生"的故事,今见《太平广记》卷310,又引武帝李夫人事有"阆野之石"一语,实出《太平广记》卷71《童仲君》(出王子年《拾遗集》),据此,《太平广记》于12世纪初传入日本并非没有可能性。田中隆昭《源氏物语　历史与虚构》(勉诚社,1993)认为,《源氏物语》讲述的是"虚构的历史",是在强烈地意识到日本的《六国史》与中国史书的情况下写成的,它采用了中国史书以及与之密切联系的传奇或志怪的叙述方法。唐代传奇或在此之前的志怪小说都是以历史的事实与虚构交错的形式来讲述未曾外现的历史内幕,《源氏物语》吸收了这样的方法,一改传奇只有短篇的格局演变为长篇故事,既纳史实于现实的王朝史延长线上,而又与之分离创造出虚构的历史。据田中隆昭考证分析,从《史记》《列女传》到《古镜记》《补江总白猿传》《离魂记》等,都曾对《源氏物语》作者人物设置、情节调度、叙事手法、事理褒贬有所影响。这样看来,最迟在10世纪前后,唐代及唐前小说已在域外有广泛的传播,这对于纠正历来以诗文为中心来观察文学的文学史观或许是一个推动。

古籍整理工作是保存优秀文化遗产、发展民族文化的重要一环，沧桑多变，岁月冲刷，历史上散佚流落的古籍不可胜计。日中比较文学在挖掘流散异域的古代文献方面，提供了一条渠道。据后藤昭雄(1943—)在《八世纪日中文化交流的一个事例》中介绍，秘藏于大阪府河内长野市真言宗金刚寺的《龙论抄》引载的《淡海居士传》，谈到淡海三船所注《起信论》传入中国，唐灵越龙兴寺祐觉读后手不释卷，通过返回日本的遣唐使传去赞诗一首："真人传起论，俗士著词林。片言复析玉，一句重千金。翰墨舒霞锦，文花得意深。幸因星使便，聊伸眷仰心。"传文中又载，淡海三船作《北山赋》，住（原文作"主"，疑当为"住"之误）大理评事丘丹见赋，再三叹仰："曹子建之久事风云，失色不奇，日本亦有曹植耶？"曾为赋诗："儒林称祭酒，文籍号先生。不谓辽东土，还成俗下名。十年当甘（疑当为"共"）物，四海本同声。绝域不相识，因答达此情。"祐觉、丘丹这两首诗在《全唐诗》、市河世宁《全唐诗逸》以及王重民等编的《全唐诗外篇》（中华书局，1982）等书中皆未载录。《龙论抄》所引《淡海居士传》新出佚文不仅证实了奈良朝末期阿弥陀净土信仰的渗透，而且为《全唐诗》的补遗提供了新材料。

还有一个例子。《都氏文集》是日本平安朝著名汉学家都良香的诗文集，其卷五载他写的《卢思道赞》："有随（当作"隋"）墨客，此是户公。行倪情简，外明内融。三春词露，八采文虹。微官不乐，寄志孤鸿。"请注意"八采文虹"一句。北齐高洋（文宣帝）死后，朝中文士奉命各作挽歌十首，择优录用。卢思道所作十首，被采用八首，当时人称他为八采卢郎。另说当作"八米"，采为米字之讹。关中语岁以六米七米八米分上中下，"八米"取既多且好的意思。从《卢思道赞》"三春词露，八采文虹"来看，都良香所读原本作"八采"无疑，而这里"采"又谐音"彩"，三春、八彩相对。这首赞词为宋朱翌《猗觉寮杂记》主张原为"八采"又添一例证。元稹《重酬乐天》诗："百篇书判从饶白，八采诗章未优卢"，尚以"八采"为是，而李商隐《祭长安杨郎中文》"孙金卢米，百赋千诗"，则从"八米"。都良香的《卢思道赞》在整理《北史》时可备一证。

在目前出版的各种中国文学史中，包括权威的文学史著作在内，涉及中外文学关系的部分，如佛经翻译、近代翻译文学、中国文学的域外研究等，以及历代反映汉民族与异民族交往的文学都语焉不详，颇乏笃论。资料的缺乏、研究的欠缺、观念的封闭都是其中的原因。描写外国历史与人物的作品,自然必须搞清本事,而依据国外材料创作的诗歌或小说,更需通过与原作的比较,认识创作者的意图与独创。黄遵宪曾取材赤穗四十七义士的事迹写出《赤穗四十七义士歌》,据笔者考证,这是以江户时代汉学者室鸠巢所撰汉文《赤穗义士录》的序文为据创作的,与原作对照,长诗突出强调了武士集体献生的精神、捐躯复仇的壮举,而淡化了原作中臣食君禄,当为君死的主仆观念,赋予义士为民除害的正义性。黄遵宪写过一首《近世爱国志士歌》,据查,里面写到的十三人不仅有幕府末年的勤王者、经世家、先觉者、开国论者,而且还有僧侣、画家、汉诗人、歌人等,甚至有江户时期"百姓一揆"农民暴动的领导者,从时间上看,有些与明治维新根本没有关系,而黄遵宪热情地讴歌他们,以"国家兴亡,匹夫有责"的理念来与日本式的爱国观念相切合。这些事实,不仅有助于理解黄遵宪是怎样以中华民族的精神去介绍日本的历史与人物的,而且对于认识他晚年的思想艺术追求也是有益的。

东南亚篇

第一章
东南亚中国文学研究综述

在世界文化和文学发展史上,中国文化、印度文化、伊斯兰文化和希腊文化四大体系都曾经起过重要的作用,这早已成为东西方学人耳熟能详的共识。世界各国和各地区的文化与文学的发展,在不同历史时期,大都受过其中一种或若干种文化的直接或间接的影响。因此,这些国家和地区的民族文化或文学,在研究自身规律和体系建构的过程中,都不可避免地对主要的影响源进行顺藤摸瓜式的逆流探索,以便得出一些颇有见地的结论。尤其是东方各国和各地区自进入20世纪以来,民族意识普遍觉醒,对自身文化或文学中的某些构成因素,进行了深刻的反思式透视,努力寻觅那些域外的浸润成分。而作为东方文化三大主潮之一的中国文化,自然而然地成了亚洲各国,尤其是东亚和东南亚各国学者在这种努力中,分外关注的热点和敏感问题。

由于地理和历史的原因,东南亚成了中国文化严重渗透的地区之一。长期以来,这一地区各国的学者对构成中国文化的重要一翼的中国文学,进行了许多卓有成效的评论和研究。但是微观角度者居多,宏观视域者甚少;个体把握多,总体把握少,造成这种局面的根本原因在于相互间的文学交流、对话与沟通的渠道不甚畅通。鉴于研究资料匮乏,想要摸清东南亚各国自近现代以来对中国文学研究的脉络,确有隔岸观火之感叹,难以全面把握。尽管如此,对东南亚各国20世纪以来的中国文学研究概况进行梳理,仍有将雨闻雷的感奋。

就一般而言,域外文学对本体文学的渗透与影响,主要有三种途径,即通过文化、宗教、政治的波及。而中国文学进入东南亚地区,则主要是因为政治和文化的因素,其对主体文学及其审美情趣方面的影响深远而且广泛。由于东南亚不少国家曾是西方的殖民地或半殖民地,所以一些西方学者,如法国著名学者克劳婷·苏尔梦博士(1938—　)等,先期注意到中国文学对越南、泰国、菲律宾和印度尼西亚等国文学的影响研究。而东南亚各国学者则也致力于在本国的各国文学现象与审美心理等方面寻找那些与中国文学有关联的蛛丝马迹,并对由华人或其后裔传递过去的中国作家作品进行评价,对翻译过去的作品进行评价,从而形成一股活水,流注中国文学研究领域。随着中国与东南亚各国诸多的方面的交往日益密切,这股活水汇成不小的潮流,正在由汩汩水响,而汇合成阵阵轰鸣,形成20世纪东南亚各国研究中国文学的方兴未艾的新局面。

第一节　东南亚中国文学研究基础

东南亚各国的中国文学研究形成以下明显的特征。

首先,这一地区的国家大都翻译、移植、翻版了许多中国文学作品,许多作家或评论家都对这一现象进行了从实践到理论的探讨,并往往在译介过来的作品前言中对该作品及其作者的许多创作情况等,都有不同程度的评价,其中不乏切中肯綮的观点。越南曾根据中国文学作品改写成不少的字喃韵文作品,其最早问世的时间虽然难以确定,而现存的改写本一般又不超过19世纪下半叶,但实际上,这种文学类型的黄金时代是18世纪至19世纪。而翻译散文作品,则直到20世纪初期,在拉丁化越语(即国语)推广之后才开始。据不完全统计,自1905年至1950年,已经得到确认的作品有300部之多。在泰国,皇室成员对中国文学的兴趣分外浓厚。早在17世纪,一些中国剧团就特许在泰国宫廷演出中国戏。1802年左右,拉玛一世(Rama 1)王朝时,《三国演义》的译本就开始出现,此后又相继译出大约近300部汉文小说。这些作品的翻译,是自拉玛一世至拉玛五世(1782—1910)执政期间,在宫廷官员的资助下进行的。以后这些译介活动才由出版社和报社来承担。1921年才开始正式出现在报刊上连载的中国历史小说译作。第二次世界大战以后,除了重印或重译中国古典小说以外,泰国又译介了大量的武侠小说。柬埔寨目前所能发现的中国文学传播的印迹,是出现于19世纪中期的手抄本。在注有抄录日期的两部手抄本中,分别注明为1860年和1897年。直至20世纪20年代后期,中国小说的新译文才在报纸上刊出。第一部连载的历史小说《三国演义》是在30年代中期才出现的。和泰国类似,第二次世界大战以后,报刊上也连载小说,

60年代末期,报刊上才出现武侠小说。在马来西亚和印度尼西亚,《薛仁贵征西》于1859年被译成爪哇语,至目前为止,这是中国小说在该地已知的最早译本。19世纪70年代以后,《三国演义》《水浒传》《西游记》《聊斋志异》以及《海瑞小红袍全传》《包公案》等公案小说、志怪小说和武侠小说等各类型的作品,几乎全被翻译、改写成马来语。据不完全统计,至1960年,竟达759种之多。这种译介中国小说的热潮,无疑推动了东南亚各国对中国文学的深入研究。

其次,中国古典小说自12世纪以来就流行于东南亚,并通过华裔作家作为传媒,对该地区的文学发展产生积极的影响,这是该地区各国20世纪以来对中国文学进行研究的一个重点。中国小说最早进入越南,有一部分是由中国移民带去的。1934年,越南黎朝时曾下令禁止从中国输入书籍,但19世纪后期,越南有些韵文字喃小说曾在广东省,主要是佛山县(今佛山市)印刷的。在版本扉页上都印有西贡发行者姓名。可见中国的不少书籍之所以能在越南传播,和中国的移民不无关系。如越南著名翻译家李文馥(1785—1849)即是一位华裔越南人,他是汉文与字喃兼通的名作家。虽然对20世纪20年代的译者情况了解不多,但从以"华人"为笔名的李玉兴有大量译作的情况来分析,一些中国人和华裔越南人都曾发挥过不少作用。泰国第一部中国小说的泰译本译者昭披耶帕康(1750—1805)即是福建人的后裔。至20世纪20年代后,新一代的有名译者,也多为对泰文和汉文都颇谙熟的华裔泰国人。在柬埔寨,19世纪翻译中国小说的译者多为曾在佛教寺院里学习写过诗的福建人后裔。步其后尘的20世纪的翻译者也是兼通中柬两国文字的华裔。东南亚诸岛国早期译介中国文学的活动也多由华人后裔主持。其先辈多来自福建,本人则自幼在家接受中国式的私塾教育,如林庆镛(1873—1938)和钱仁贵(1890—1978)等。考察20世纪30年代以前的马来语常见的翻译方法,也有由译者和通晓汉语、但无马来文写作能力的读者合作进行的。这些早期的译者大多是受出版商委托而从事翻译活动的,当然也有主动将中国小说译为马来文的译者。20世纪初的大部分译者都是"侨生"①华人,如吴兆元(1890—1956)、王金铁(1893—1964)及陈泽和(1894—1948)等。此外,还有一些生平事迹鲜为人知的女译者,如陈香娘、李栾莲娘、潘银献女士和陈芳碧小姐等。上述事

---

① "侨生":即指印度尼西亚土生土长的华人后裔或华人与印度尼西亚人所生的混血儿。

实表明,自20世纪以后,越南、泰国、柬埔寨、马来西亚和印度尼西亚等东南亚国家的译介中国文学的活动确实经历了一次惊人的发展变化过程。译者大多依附于报纸和评论性刊物,并为他们提供连载的译作,而其中大多为华裔,这无疑为研究中国文学提供了便利的条件,而研究的结果则更科学,更有说服力。

最后,东南亚各国的现代文学研究者,鉴于各自民族文学中散见的中国文学成分,而纷纷把目光扫视到中国文学作品上,并对其产生了程度不同的研究兴趣。在越南,曾有不少有智之士针对像16世纪阮屿的汉文作品《传奇漫录》一类成功的汉文小说,未能得到应有的地位而大声疾呼:"……数十年来,国语(指越音用拉丁字母拼写)文学起而代之,汉文学已成死文学……其地位虽失,然其潜力犹存,况其占吾国文学史上之位置垂二千年,安可置之不论乎?"①越南一位大学教授于1957年曾致函黄轶球先生说:"在我们国内,自以前到现在,一些负责讲述越南文学的人,都认为民族文学就是'国语文学',至于古典文学,重视的也只限于喃文。对于一部分的汉文文学,被列为一种特别文学,不能称为'民族文学'而只称为'越南汉文文学',……所以这一观点,直至现在,还在教育界中普遍流行。"②事实上,即使是越南的"国语文学",除去文字以外,其思想内涵、伦理道德、故事情节等,极少有能够完全摆脱汉文学、文化影响的作品。因为"没有一种文学是自身俱足的。……在每一种文学的背后,都有一个巨大的传统隐然若现:这个传统以共同的承担,同享着一种文化"。③

泰国拉玛一世至拉玛五世(1782—1910)期间,自译介中国古典文学名著《三国演义》和《西汉通俗演义》开始,不仅受到广大读者的热烈欢迎,而且还形成了流行的所谓"三国文体"。④ 继后又翻译了《水浒传》、《西游记》、《封神演义》等大量作品。尤其是拉玛六世时期(1910—1925),据泰国教师协会出版的《中国历史故事泰文版编委序言》中说:"中国历史故事,不论是哪一类,都拥有为数众多的读者,男女老少均爱不释手,有如一日三餐必不可缺。所以所有报纸至少连载一部中国历史故事(即古典名著),以吸引读者……"迄今中国文学名著在泰国依然很有读者市场。

---

① 启明氏《越人汉文文学之管窥》,西贡华文《经济周报》,1951年。
② 《越南古典文学名著成书渊源》,《暨南学报》1982年第1期。
③ [英]亨利·基弗《比较文学》,李有译成,成文出版有限公司,1980年,第3章,第39页。
④ "三国文体"即章回小说体及其修辞手法。

缅甸读者与越南、泰国和其他东南亚国家的读者不同，最初是通过英译本对中国文学有所了解的。据缅甸学者考证，至1894年，中国文学作品《包公案》和《聊斋志异》中的一些故事才被缅甸人J.A.貌基和一署名为蒲甘栗敦宏（译音）的华侨，直接从汉文合作译成英文，取名《天朝之境》，由仰光德瓦茨印刷厂出版。可是这本书在当时的反响并不大。随着缅甸民族意识的觉醒与争取民族独立斗争的高涨，在民族主义和爱国精神的影响之下，缅甸的文化人和读者对与自己国家有着相同命运的中国尤感亲近，渴望通过中国文学了解中国，并为自己寻求一种精神共鸣和参照物。另一方面，广大华侨和华裔青年随着文化水平的提高，也愈来愈重视缅文的学习与其文学的研究，并涌现出杜生浩（1864—1930）等著名的华裔学者。这就为他们直接将中国文学成就译介给缅甸读者奠下了基石。

老挝现代文学中的某些特点，尤其是创作方法，明显受到了中国现代战争文学的深刻影响。有些甚至可以说是直接的借鉴和模仿。不少文学作品的主题思想、人物塑造、故事结构等，都与某些中国文学作品有着惊人的相似之处。20世纪60年代至70年代中期，老挝的许多文艺工作者和新闻工作者曾络绎不绝地来到中国，与中国的文艺工作者进行了广泛深入的交流，切磋技艺，更增进了对中国现代文学的深刻了解。他们将这一收获运用到自己的创作实践中去，使中国文学的艺术之花，在异国他乡结出丰硕的果实。

20世纪以来在柬埔寨问世的一些中国古典小说译本，被学者认为可能是从泰文转译的。1960年以后，在柬埔寨出现的武侠小说则可能是从越文转译的。尽管如此，自60年代以后，广大市民对中国小说的兴趣与日俱增，以至于很多倾向于中国文学作品的作者，开始构思创作柬埔寨自己的历史小说，有些作者则直接从中国武侠小说中寻求所谓的创作灵感。于是中国的文学内容堂而皇之地进入到柬埔寨的作品中。

在马来语世界，学者穆罕默德·萨勒·宾·柏朗于1894年曾针对中国古典名著《三国演义》的教育意义问题，给一位侨生华人写信说："我非常喜欢读中国故事书，尤其喜欢《三国演义》，因为它包含许多有价值的东西，包含着连为王室效忠的那些官员也应该倾听的暗示和寓言。"[①]新加坡学者曾锦文（1851—1920）于19世纪90年代后期发表《三国演义》的马来

---

① 《中国传统小说在亚洲》，国际文化出版公司，1989年，第33页。

文译本时,认为它是中国历史的一部杰作。许多读者也都持有这种观点,他们写信给《三国演义》的译者,指出该书是"中国有价值的史书,无论是对侨生华人还是懂马来文的当地人,都是有用的"。可见《三国演义》一书长期以来在许多马来语读者中间都是被视为历史书来读的。20世纪以来,马来人和印度尼西亚人更加喜读这些故事。进入60年代,在印度尼西亚出现了一种中国武侠小说"土著化"的倾向,许多作者将其素材置于印度尼西亚社会的历史背景中创作小说,形成一种新的武侠小说模式。

第二节 东南亚中国文学研究趋向

东南亚各国由于受中国文化影响的范围与程度不尽相同,因此,在对中国文学的关注热点与研究角度上,表现出不同的趋向。中国文化对东南亚地区产生直接而深重影响的,大致上限于越南一国。这和越南在939年以前和中国维系着藩属关系,基本上属于中国文化圈的范畴有关。因此,中国文化包括中国文学的影响,早已渗透到越南民族生活的各个领域。其文学体裁如神话传说、传奇小说、韵文诗体、历史演义小说等,几乎无不随处可见中国作品的身影。而越南文人学士不仅自古就以写汉诗表达自己的志趣为高雅之举,而且不少人在古代或到过中国,或与中国学子有笔墨因缘。而近现代越南作家,由于中越两国山水相连的便利条件,更与中国文学保持着各种剪不断、理还乱的关系。所以越南对中国文学的研究,包括对唐诗、话本小说的研究,都具有颇深的造诣。正如有的越南学者指出:"在十多个世纪中,越南人用汉字表达自己的思想感情。在这漫长的时间里,大部分对民族意识、国计民生、文学发展有影响的重要文学作品,都是用汉文写成的,……在我们的民族还没有自己的文字,或者说还没有自己的正式文字时,这些著作就是越南的。"① 即使是对中国现代作家作品的研究,由于历史和传统等诸多因素,越南在东南亚地区也是首屈一指的,也是译介中国现代作品较早、较多的东南亚国家。

泰国虽然不像越南那样和中国有山水相连之便,但事实,由于它的统治者较早地提倡对中国古典小说的译介,因此,对中国文学的研究较其他东南亚国家有开风气之先的优势。

---

① 《越南文学史初稿·序》,越南文史地出版社,1957年。

东南亚不少国家都和历史进程中的中国有各种亲缘关系。许多中国人曾因诸多原因而流徙到东南亚一些国家。早在1813年英国人编纂的《缅英词典》中就曾收入"胞波"一词。在缅甸,"胞波"(意为同胞)是缅甸人民对华人、华侨的美称,至今仍在沿用。他们往往称华人为"胞波基"("基"意为大、老)、华人小孩为"胞波雷"("雷"意为小)、华人姑娘为"胞波玛"("玛"意为女性)等。泰国现今的人口中有十分之一左右为华裔。印度尼西亚和马来西亚的华裔更多。这些华人或华裔不仅在居住国有相当的经济实力,而且渴望从中国文化中发现自己民族意识的根及其传统特征。而文学首当其冲地成为沟通相互间联系的最佳媒体。中国文学在东南亚华人社会颇有市场,研究中国的作家作品,甚至成为一种令人注目的时尚。这种倾向在东南亚各国中,只有菲律宾例外。华人虽然在那里也居住了若干个世纪,并对16世纪末发展起来的印刷业发挥过重要作用,但至今难以发现中国文学流播的迹象,其研究文章更少得可怜。这和当地华裔作家通常用西班牙文写作,直至近年来才用当地土著语言写作不无关系。

武侠小说以其通俗性和趣味性吸引了广大的东南亚读者。其翻译热潮约在1924年率先在越南和印度尼西亚拉开序幕。这种题材和体裁的小说风格左右了东南亚一些国家的创作倾向和研究方向。虽然越南和印度尼西亚两国的读者因审美趣味的差异而选择了不同的译本,但二者互有取长补短。《五女兴唐》一书1924年在马来出现译本之后,1927年越南也有了译本。而由平江不肖生(向恺然的笔名)所著的《火烧红莲寺》于1931年走上中国银幕之后,1935年即被译成越南文,1938年则又被译成马来文。第二次世界大战以后,金庸、梁羽生等人的武侠小说,不仅在越南和印度尼西亚,而且在泰国和柬埔寨等国的报刊上不断翻译连载,并辑印出版。译者往往在译本序言中,对这些作家作品有各种各样的介绍、评价,形成一种独特的批评视角,终于成为东南亚地区武侠小说研究之一翼。

总括分析,东南亚各国对中国文学的研究还不够系统和平衡,也不够广泛和深刻。但是由于这一地区和中国的地域、民族、历史文化等方面的多种关联,使得它们对中国文学的研究又处于一种随手拈来而并不隔岸观火的自由与洞察程度。由于各国对中国文学的译介与接受的范围不同,因此,对中国文学的研究所选取的角度也不尽相同。尽管如此,它们一般都表现出对中国文学文化的一种亲炙心态,一种企图摸清中国文学在本国的发展脉络以及审美批评规律的探索精神。

第二章
越南中国文学研究面面观

由于越南和中国有地利、人和之便,越南对中国文学熟悉的程度和研究的深广程度,在东南亚堪称首屈一指。它对中国古典文学研究的历史最悠久,对中国现当代文学的研究几乎是面面俱到。只是由于众所周知的原因,两国学术信息交流一度受到人为的限制。探讨越南对中国文学的研究这一问题时,有时会觉得结论一清二楚,但佐证材料又不够充分。随着中越两国在政治、经济、文化等方面的交流日益加深,这些研究空白将会及时得到补充。

据越南正史记载,自10世纪以来,大量的中国诗歌、散文和文学名著就已传入越南。如《诗经》《离骚》《乐府诗集》《唐诗》《宋词》等等,早已广泛流传。一些元曲和明清小说中的故事也很早就有了越文译本。早在14世纪末,《四书》《五经》等作品就有了越文译本。而至18世纪,由于光中皇帝的重视和支持,又出版了各种儒家经典著作的越译本。这些著作及其他一些诸子百家的作品成为当时越南学者的主要研究对象。出于对中国文学的尊重,越南许多古代诗人模仿唐诗韵律作诗,按照词牌曲调填词。不少越南古典戏曲的剧本都取材于中国古典文学名著,如《史记》《三国演义》《水浒》《东周列国志》等。这些传统一直延续到近现代,使20世纪后的中国文学研究有了极为广阔而深邃的历史背景。

第一节 中国古典小说研究

越南对中国古典小说的研究,是和其在越南的译介与改编分不开的。人们或者可以从各种译本的序言中发现学者对中国古典小说的评价,或者可以从越南主题相似的文学作品中找到与中国原著的关联。越南译介、改写中国古典小说表现出自己的民族特色。他们善于将中国长篇古典小说翻译、改编成符合大众审美情趣的叙事诗形式。如《金云翘传》《花笺传》《玉娇梨》《二度梅》等,几乎连书名一起袭用。他们还经常将中国古典小说中的故事改编为越南各种戏曲,这其中不排除参考了中国古典戏曲的可能性。尤为突出的例证是,越南是先有三国故事戏,后有《三国演义》译本的。在英国博物院收藏的50多种越南木刻版剧本中,有9种是关于三国故事的。它们虽然未刻明年代,但据其用喃字夹杂汉字写成的形式分析,估计为19世纪前的剧本。剧目有《三顾茅庐》《江右求婚传》《花烛传》《荆州赴会》《华容道》《截江传》《当阳长坂》等。继后,仅1910年至1944年,越南就出版了有关三国故事的剧本21种。也有一些字喃作品是改编中国剧本而成书的,如元杂剧《西厢记》被改编成《西厢传》、明传奇《玉簪记》被改写成《潘陈》、元杂剧《汉宫秋》被改写成《王媚传》等。在改写中国传奇小说的过程中,《白猿传》和《女秀才移花接木》分别被写为《林泉奇遇》和《女秀才传》等。这些作品曾引起越南文学史家的高度重视。作家文新(1913—　)曾在《越南文学史的研究工作》一文中写道:"大家知道,越南文学在发展的过程中,曾经产生了不少人们常称为无名作家的作品,这些作品是《王谣传》《潘陈》《二度梅》等,这些文学作品是越南文学中的健康的部分。把这些作品排除出了越南文学史的范围之外,将会使越南民族的文学历史缺少了一个重要的部分。……但是,这些作品到底是在哪一个历史时期出现的?它们的意义和价值如何?这些都是相当复杂的问题。"① 对这些源于中国古典小说的无名氏作品出现的时间、意义、价值等问题进行研究,是越南文坛至今亟待解决的问题。

越南古典文学典范作品《金云翘传》又名《断肠新声》,是阮攸(1765—1820)参考了中国清初青心才人所著的同名才子佳人小说《金云翘传》写成的长诗,情节略有得体的删削。这种作品历来受学者推重。越南当代文学史家高度评价说:"《金云翘传》是越南诗歌艺术的高峰,是使用民族语言的卓越范例……诗人从人民的语言中创造出无比清新、精湛而又非常委婉、隽永、高雅的文学语言。"②

在记载越南民间故事和传说的《岭南摭怪》中,《金龟传》描述瓯貉国

---

① 河内《新越华报》1961年3月30日。
② 越南社会科学委员会编《越南历史》1971年。

安阳王在筑城御敌时,随筑随崩,有一能人言的金龟帮助他筑成螺形城垣,故名螺城。越南著名学者陶维英教授在研究这一传说后指出:"将载于《太平御览》卷931关于四川的另一传说:'张仪司马错破蜀克之,仪因筑城,城终颓坏,后有一大龟,从砌而出,周旋行走,因依龟行所筑之,乃成'来比较,我们认为我们的传说曾受到这个传说的影响,其中并增加了金龟和螺城的部分。"他还进一步推理说:"安阳王在瓯雒筑城与以前张仪在成都筑城一定都遇到了同样的困难。"①《金龟传》在越南流传得相当广泛且久远。此后,又有历史小说《金龟传》问世,洋洋千言,内容大增,描写更为细腻。近年来,它又被改编成戏剧在越南舞台上演出,有关的研究论文也不断在越南杂志《文学研究》上刊登,但论及其流变的文章很少。追根溯源,这则传说在晋干宝《搜神记》卷13《龟化城》和宋苏轼《物类相感志》中均有相似记载。

从目前已知的材料来分析,《三国演义》和《西游记》传入越南的时间为最早。虽然具体时间难以考订,但早在字喃时期就已有了《西游记》改写本的事实,足以说明《西游记》早在近代以前就已传入越南。越南文拉丁化以后不久又有了新译本。河内普通出版社1961年根据北京作家出版社1957年排印本翻译出版的《西游记》共8卷100回,对原作略有删节。书中附有《吴承恩的思想、生活及其〈西游记〉的来源》《〈西游记〉的思想意义》《〈西游记〉的艺术成就》《〈西游记〉的评论与研究》四篇文章,对《西游记》一书的美学价值给予了充分的肯定,成为越南研究《西游记》的权威性文章。

《三国演义》早在18世纪就已流传到越南,越南著名诗人吴时仕(1726—1780)曾写有《奉准撰三国各回诗并赞题障风屏》组诗。从各回回目判断,他所用非毛宗岗修订本,而为《三国志通俗演义》本。20世纪初,《三国演义》的各类译本不断出现。其最早的全译本是著名汉学家、翻译家潘继秉(1875—1921)的《三国志演义》(1909年,河内出版)。著名学者邓台梅先生(1902—1984)在谈及《三国演义》对其影响时说:"我的祖父曾对我的叔父们说:'金圣叹好评小说,人多薄之。'可是我发现大人们仍喜欢看小说,所以我也看起小说来。开始,我顺手抓到《三国》。真太好了,我完全被它迷住了! ……对那些所谓'天下大事'……都略过去了。可是

---

① 《越南古代史》,科学出版社,1959年,第88页。

看到有关曹操、孔明的段落就不同了,连吃饭时都不愿把书放下。我读着、读着,快乐与悲怆轮番叩击我的心扉。记得有一次,夜已深了我还在读,祖母醒过来把书抽走,逼我上床才算罢休。……"①

《水浒传》传入越南的时间,与传入日本、朝鲜相比较,似乎晚了些。与《三国演义》和《西游记》的越译本相比,也稍后。从目前发现的材料来看,1906 年至 1910 年西贡才出现阮安姜的译本,稍后又有阮政瑟(1869—?)、阮杜牧(1866—1948)的译本在西贡和河内两地出版。较为著名的译本是罗辰的附有插图的 70 回节译本,1960 年由河内明日出版社出版,共 3 卷 67 回。译者在译本序言中评价说:"《水浒》在中国古典文学宝库中占有重要的地位,被列为四部杰出作品(《三国演义》《西游记》《红楼梦》及《水浒》)之一。《水浒》一直在中国社会上广泛流传,美国作家赛珍珠将《水浒》译成英文,使《水浒》列入世界文学名著之林。因而,《水浒》为千百欧亚读者所熟知。《水浒》是中国古典文学中一部具有现实意义的作品。它歌颂了正直人的自强自立,不甘受朝廷束缚,不愿做昏庸君主奴仆的精神。《水浒》就像一颗珍珠,它不仅是中国人民的骄傲,也是亚洲人民的骄傲。"②罗辰的评论强调了作品的现实意义,即官逼民反的叛逆精神。这对于和中国人民有相同命运的越南人民来说,有发自内心的共同的审美感受。

《聊斋志异》最先由翻译家阮政瑟译出,并于 1916 年至 1917 年在西贡出版问世。后又有汉学家阮克孝(1888—1939)1939 年 11 月在河内出版的译本,包括《任秀》《张诚》《赵城虎》《红玉》《鲁公女》等 18 篇作品,集为《聊斋志异》第 1 卷,此书 1957 年由河内明德出版社重印。阮克孝号伞沱,自幼攻读汉文,14 岁时就能歌善赋,颇富文才。但他一生不得志,仕途坎坷,婚姻受挫,于是作诗写文,借以排遣心中的忧郁和苦闷之情,其经历和心态与蒲松龄颇多相似之处。伞沱酷爱《聊斋志异》一书,和其作者一样,也想从花妖鬼狐的艺术世界里求得某种心理平衡和安慰。但是由于晚年生活穷困潦倒,他怀着满腔孤愤,过早离世,仅译出其中的 18 篇。他在 1937 年为 1939 年出版的《聊斋志异》节译本所写的序言中,曾高度评价说:"《聊斋》一书,可与阮攸先生的名著《金云翘传》相媲美。《金云翘传》

---

① 《在学习和研究的道路上》第 2 集,河内文学出版社,1969 年,第 191—192 页。
② 《中国古典小说戏曲名著在国外》,学林出版社,1988 年,第 71 页。

中的许多情节,内容毫无重复,《聊斋》中的许多故事也都不相雷同。蒲松龄的知识渊博,文笔精炼流畅,运用典故自然恰切,因而他的作品非常引人入胜,令人爱不释卷。"伞沱将中国名著《聊斋》与越南名著《翘传》相比较,指出《聊斋》中的许多故事不相雷同的艺术特色。然而这正是《聊斋》情节曲折变幻、笔笔圆转、一波三折所产生的艺术魅力。《聊斋》引人入胜的原因,伞沦认为还在于其"文笔"与"用典",他点出在白话小说早已大行于天下,而淹息已久的文言小说能得以回光返照,恰恰有赖于《聊斋》这种溶新鲜口语于古奥文言、拈俗谚于生活的语言风格之妙处。

《儒林外史》的越南文译本是潘武和汝成根据人民出版社1959年的版本合译的。由河内文学院文化出版社于1961年出版,共55回。在书前由两位译者署名写的《序言》中,对这部作品的"作者""作品的现实性""民主思想"及"艺术性"等四个问题进行了较为全面的介绍、分析与评价。其中写道:"1954年12月11日中国文艺界在吴敬梓逝世200周年纪念会上,肯定施耐庵的《水浒传》、曹雪芹的《红楼梦》和吴敬梓的《儒林外史》为中国古典小说中最有价值的作品。清代同治年间一位小说评论家曾说:慎勿读《儒林外史》,读之乃觉身世酬应之间,无往而非《儒林外史》! 由此可见这部小说艺术效果之强烈。鲁迅在《中国小说史略》中肯定《儒林外史》是一部讽刺社会的小说,认为它的讽刺艺术是空前绝后的。"译者在肯定了《儒林外史》"为中国古典小说中最有价值的作品"以后,进一步指出小说的讽刺意义。序中所说:"慎勿读《儒林外史》,读之乃觉身世酬应之间,无往而非《儒林外史》!"是清同治年间惺园退士写于《儒林外史》齐省堂增订本的序中之语,源于清嘉庆八年(1803)刊行的卧闲草堂本的"回评"中。越南译者认为这句"回评"十分精辟地概括了这部社会讽刺小说的意义与影响。因为这部作品所展现的封建社会儒林群丑图,能使读者重新认识社会美丑,并引起对所讽刺的形形色色社会现象的怀疑与不满,使作品随着封建末世的日趋腐朽而愈来愈深入人心。

在论及这个译本的翻译工作时,潘武与汝成又对《儒林外史》的语言艺术给予了高度评价:"《儒林》的文字别具一格,有史家文字的特色,遣词造句,往往包含着批判和讽刺意味。这样的文字表面看来朴实无华,仔细推敲,却能感到作家驾驭语言的高度艺术技巧。这种情况也使人联想到吴敬梓之前的司马迁和吴敬梓之后的鲁迅的笔锋。所以《儒林外史》的文字可以说是一种最难译的文字。因为语言严谨,微妙,我们对在越南不常见的名词作了些注释,同时,在遇到一些耐人寻味的章节时,怕表达不出作者的深远含意,我们又增添了一些解说。《儒林》这个译本是第一次在越南介绍和译述,在翻译过程中我们得到裴纪老人的指教,译文尽力做到忠实于原文。"译者认为《儒林外史》以史家的文字,即寓褒贬于其中的春秋笔法,求得批判讽刺的艺术效果,而这种语言风格可逆源司马迁,流韵鲁迅。中国小说史家一般认为小说中的现实主义讽刺"晋唐已有",而"迨吴敬梓《儒林外史》出,……说部中乃始有足称讽刺之书"。但译者将这种艺术风格上推下延,实为独创。序中所说小说语言表面看来朴实无华,仔细推敲却不尽然是有道理的。因为书中手法是白描,而幽默诙谐尽藏其中,即鲁迅先生所谓"无一贬词,而情伪毕露","戚而能谐,婉而多讽"。而译者认为小说语言严谨、微妙,却正合鲁迅"诚微辞之妙选,亦狙击之辣手矣"的评价。

第二节 《红楼梦》研究

《红楼梦》一书传入越南的时间,相对其他古典名著而言不算太早,但它一经翻译成越南文以后,就引起了广大读者和评论家的广泛注意。越译本《红楼梦》的前 80 回是由武培煌、陈允泽译出,后 40 回由阮育文、阮文烜译出。1962 年至 1963 年由河内文化出版社出版,共 6 册。这个全译本是根据人民出版社 1957 年的版本译出的。卷首有越中友好协会会长裴纪于 1959 年 4 月写的"前言"。裴纪(1887—1960)是越南著名汉学家、文学家。因精通汉文,留法归国后在河内高等师范学校讲授汉文。他曾多次访问中国:推崇中国古代的灿烂文化,他译介过很多中国古典作品,并多次校订和注释《红楼梦》有"越南的红学家"的赞誉。逝世前还完成了《三国演义》的校订和重写序言的艰巨工作。

裴纪所写的前言,是迄今所能见到的、以越南文介绍和评价《红楼梦》这部小说的最珍贵的文字。前言中在谈及翻译这部作品的目的时,就对《红楼梦》进行了高度评价。前言说:"为了促进中越两国的文化交流,文化出版社翻译了 120 回本的《红楼梦》敬献给读者。对这部内容丰富、艺术瑰丽、情节曲折、幽默的小说是件不容易的事情。在此我们感谢译者为翻译此书所付出的代价。"裴纪评价这部名著"内容丰富、艺术瑰丽、情节曲折",可谓恰如其分,但认为其"幽默"却值得商榷。《红楼梦》作为中国现实主义艺术高峰的一个标志,它真实地描写了在贾府"富贵流传,已历百年,奈运终数尽,不可挽回"的特定情境和氛围中,那些少男少女因感情纠葛而产生的不尽烦恼,以及贵族后代在这块行将崩溃败亡的腐恶土壤上,为家道兴衰所付出的辛劳。他们尽管展示出种种令人同情的人性美和美好追求,但毕竟都难以摆脱封建大家族必然没落的悲剧命运。书中虽偶有描写王熙凤向黛玉作善意调侃一类的情节,但全书中心还是着重对封建现实进行悲剧性的批判,具有悲剧美学的深度。因此,认为《红楼梦》是"幽默的小说"的评价恐怕失之真确。

前言的主要篇幅是从"《红楼梦》的内容""《红楼梦》的艺术"和"《红楼梦》的价值"三个方面对作品进行评说。在论及《红楼梦》的内容时,裴纪认为:"《红楼梦》是以神话故事开场的",因描写对象的侧重点不同,而有《石头记》"《情僧录》或《风月宝鉴》"《十二金钗》"《金玉良缘》"等书名。"小说中男人有235人,女人有213人。人物成分也很复杂:主人、奴婢、亲人、近邻、穷者、富者、痴者;又经过异常的变故,有时欢乐高兴,有时担惊受怕;既有繁荣豪华的景象又有没落衰败的情景。虽说只讲几家的家境,但清楚地反映了封建制度的真面目和在那个制度下的社会生活。由此可见这本书的内容是很丰富的。"他能从个人生活故事中找出家族史的盛衰,进而认识到这些"反映了封建制度的真面目",是难能可贵的。在论及《红楼梦》的艺术时,裴纪不仅注意到,"故事紧扣其名'梦':第一回展现了梦幻之境,在以后的许多回里也反复出现梦境,如宝玉梦幻太虚境(5回),秦可卿托梦王熙凤(13回),宝玉梦见晴雯(77回),袭人梦见宝玉(120回)……"而且进一步指出:"梦境是假以表现真情"的创作意图。他还从作品"塑造了众多人物形象","写了许多繁杂的事件","包括多种体裁的诗、歌、词、杂曲、谜语、对联"等三个主要艺术特征入手,进行阐述,得出"《红楼梦》的写作艺术是高超的"正确结论。

《红楼梦》的价值是裴纪重点评述的内容。他指出:"《红楼梦》内容丰富、艺术精湛,可以说这就是对它的评价。但只是这样说还不全面。"他认为"要想正确地评价《红楼梦》,我们首先要看书中的意味",那么,他所指的这个"意味"又是什么呢?裴纪进一步分析道:"作者把爱情和情欲的界限写得清楚明白""这有寓意警世之作用"。而宝黛的爱情悲剧,意在"强烈谴责贾府的封建家法"。由此可见,书中的"意味"即《红楼梦》不只是讲爱情故事,而它的宗旨是谴责封建社会"。因为通过许多生动人物和典型事件的烘托描写,"我们对贾府的穷侈极奢、仗势弄权、买官卖衔、伤风败俗就看得清楚了。一个封建家庭就如此荒纵颓败,那皇家官僚如何挥霍无度就可想而知了"。因此,"这是一部揭露统治阶级丑恶面目的小说"。为了进一步强调"书中的意味",裴纪还指出:"在书中作者特意描述了被统治阶级毁灭的美好心灵",如鸳鸯、紫鹃、焦大、包勇,尤其是刘姥姥等。因为"被统治阶级美好品质被看的越清楚,统治阶级的丑恶面目被揭露的就越深刻"。这些评论较为集中反映了越南汉学家对《红楼梦》一书的初步了解和认识,在50年代末期的域外红学界,应该说是比较深刻并有一定新意的。

从总的方面分析,越南对中国古典小说的研究,虽然还只限于一些名著的译本序中的评价文字,并未形成研究的群体和力度,但是其发展趋势是良好的。评价愈来愈中肯、明确,研究也愈来愈广泛、深透,使人感到对中国古典文学的研究日趋理论化和系统化,研究队伍也逐渐壮大。近年来所研究的问题,不少已涉及现当代作品的评价热点,如作者与作品的关系、读者对作品的接受、小说作品的通俗性问题、古典小说美学问题、审美趋向与本文叙述角度及技巧问题,尤其是评价中国古典小说需要有鲜明的当代意识和当代性思维特点等诸多问题。在激动与感奋之余,使人觉得随着文化与文学交流的不断深拓,中国古典小说研究在越南会取得更大的成果。而越南作家通过对中国古典小说的研究与解读,借鉴、融化中国传统的艺术手法和创作思想,重铸自己的文学,这不仅丰富了民族文学的宝库,而且也会提高文学鉴赏水平,这应该说是中越文学、文化交流史上的一大幸事。

第三节　唐诗研究

中国唐诗在越南的传统和研究由来已久。史载越南人姜公辅即在中国学习,并在唐为官。他被贬为泉州别驾时,曾和因避乱来泉州的中唐诗人秦系,在九日山隐居唱和达13年之久。唐代许多名士,如沈佺期、杨巨源、张籍、杨衡、贾岛、许浑等,都有与越南来唐学子或离唐赴越友人唱和的诗篇。长期以来,越南文人不仅在所写的汉语诗歌中,大量借用了唐诗中的词、典故,即使他们用本民族的文字——字喃写成的国音诗中,也有不少唐诗的用语。而国音诗的韵律也因完全仿照唐诗的格律,常被称为唐律。

许多越南文人常常把唐诗中的题材、素材、典故和语言等,成功地运用于自己的创作中。唐代的诗人李白、杜甫、白居易等深受越南人民的喜爱,而崔颢的《黄鹤楼》一诗几乎是人皆能诵。大诗人阮廌(1380—1442),阮攸(1765—1820),阮廷炤(1822—1888),阮劝(1835—1909),胡春香(19世纪),秀昌(1870—1907)等的创作,都得益于唐诗的影响。出于对唐诗的喜爱,越南文人代代相袭,不断地译介唐诗。1907年,河内督学甚至还举行过翻译杜甫《秋兴》诗的大赛,可见当时对唐诗的译介已蔚然成风。尤其是潘辉咏译的《琵琶行》,伞沱译的《黄鹤楼》都达到了很高的水平,给越南读者带来奇特的艺术想象力,使之油然而生出激情。而吴必素(1894—1954)所译的《唐诗》(西贡开智出版社,1940)则无可争议地被认为越南唐诗最好的译本,流传广泛,影响颇大。1930年至1945年期间,越南文坛出现了一个颇有声势的新诗运动。尽管这是一个现代化、西方化、反传统的现代新思潮,但是其中坚作家,如春妙(1917—1985)、辉瑾(1919—2005)等人的作品,仍然明显带有唐诗的印迹。其他诗人,如世旅(1907—1989),秀肥(1900—1976),刘仲庐(1912—1991)、制兰园(1920—1989)等,也都曾将唐诗中的素材和某些艺术要素运用到自己的诗作中,起到很好的艺术效果。当代诗人南珍(1907—1967)曾指出当代越南文坛的事实:"非常熟悉的唐诗余音又出色地融合到赋予新内容的更自由、更恰当的越南诗句中。"据不完全统计,自20世纪以来,越南出版的唐诗译本和研究书目竟达27种之多(不包括再版本),很多译本的序言就是译者或唐诗的专家学者翻译、研究唐诗的成果。尤其是现当代以来,越南对唐诗的研究已逐步深入,并达到很高的水平。

最著名的唐诗翻译家、汉学家吴必素曾指出:"在中国,谈到诗,人们常常提及唐诗,而很少提起汉诗、晋诗、宋诗、明诗。同时,唐诗在传入我国的文化中占据领先地位。"他还进一步指出:"可以最清楚地看到的是唐诗多数是妙在它的骨气,然而遣词造句尚未润饰得很好。唐代的文章则辞藻华丽、含义深刻,但又缺乏雄浑气魄,有时还有些萎靡。只有盛唐时期,那些诗文既没有前后时期的缺点,还包含有前后两时期的优点。"吴必素的评论,虽然未必都很公允,有些观点还没有讲透,但这些评价毕竟是域外人的看法,不失为一个衡量唐代诗文的新尺度。

黎友桥评论唐诗说:"诗要表达自己的志向。《唐诗300首》问世后,诗人都纵情吟诵,只有古人情感真挚、旷达,所以笑声、言语都能成为文章。

情和景都是独到,诗写成这样水平真是卓越,无与伦比。唐代近体诗在叙事中融合了比兴手法,描绘外形又能传神,一句诗表达成百个意思,仔细阅读可以知道许许多多景色,诗文艺术达到这样的水平真是奇妙!"①

陈重金在《唐诗》译本中指出:"唐诗是最好的诗",他认为:"汉文诗则应数唐诗最好,抒情风雅、含蕴深邃,使人读后产生浩然之气,即是说颐养人们真正的高尚情操。……唐诗犹如镶嵌着宝石、象牙的古玩。精雕细刻,越看越觉得美,永不乏味。这些唐诗又寓意高深,可以吟咏消遣或者深深思索回味无穷,对陶冶性情十分有裨益。……诗之妙处是在情与文。古人曰:'情生于文,文生于情',即是说,情生文,文生情。情与文的丰富是盛唐诗的特征。"②黎友桥和陈重金都注意到唐诗中的"情",是其美感的主要源泉,但是黎友桥强调的是"情中之景",而陈重金则着眼于"情中之文",其实情景交融,情文并茂恰恰是唐诗的两大妙处,同样植根于"诗言志"的传统。

南珍在所选《唐诗》第一集中指出:"在中国诗坛,唐诗占了一个很重要的位置,可以说在古代中国,唐诗的辉煌成就是前所未有的。尽管不知多少变动曾毁坏了许许多多人民的文学遗产,而如今我们仍保留了2300多位诗人的48000余首诗。留下的这一大批诗,内容丰富、艺术卓越,足以能够表明这是中国诗歌的黄金时代。同时使之堪与诗经、楚辞、宋词和现代中国诗一起列入人类最优秀的诗歌行列。……唐诗的最大特色是内容极其丰富,广泛反映了社会生活,它不同于只反映君臣奢侈生活小圈子的六朝诗。六朝诗只有左思、陶潜、鲍照,由于出身贫寒,与穷苦人接触多,所以他们的诗反映了时代的现实。至唐代,除了一些世袭的诗人,广大诗人都是被压迫之人民的子弟。他们上学、中试,登上政治舞台。这些唐朝士子由于生活在喜爱文学的时代,喜爱诗歌的时代,所以也同样被熏陶为诗人。他们的作品渐渐深入群众及一些并不想用诗歌来步入仕途的人们。"③南珍论述了唐诗在中国诗坛的重要地位,是中国诗歌的黄金时代。并进一步指出唐诗之所以形成内容极其丰富,反映社会生活深刻广泛的原因,主要在于诗人们出身贫寒,接触社会广泛,具有人民的生活基础。这是

---

① 胡士侠编《唐诗》,胡志明市庆和综合出版社,1922年再版。
② 《唐诗》,西贡新越出版社,1944年版,1971年再版。
③ 《唐诗》第2集,河内文学出版社,1962年版,1987年再版。

有一定道理的。

尹继善在《中国古诗考略》中论及唐诗唐律时指出:"到了唐代,对偶规律更加严格。沈佺期、宋之问的诗律严谨、格调稳健,后又定出五言八句。至七言律诗,都是由唐代人作,与五言诗不一样,以第一句押韵做正格,不能押韵做表格,七言绝句也如此。后人评论近体诗,则唐诗被分为:初唐、盛唐、中唐、晚唐的近体诗,大部分以律诗为主。这种区分本来是没什么意义的,但因为方便,人家使用也没什么害处,只要知道断代划分处,绝对没有明确的一定的界限。"阮克非在《中国文学》第一集中论及唐诗的诗法。他认为:"唐诗与其他诗一样,广泛使用了倒装和净略,十分注意结构、布局。唐代诗人很早就提出:'起、承、转、合','起结','起伏','呼应','一气'。唐律诗中,一个字是一个结构单位,一个字的意义,只是在同一行诗里字与字的关系中,或者在对仗诗行里,这个字与它相对应的字的关系中,起着锦上添花的作用。当然,关于构词、语法方面的特点本身,在上述几条中没有什么价值,不能像资产阶级符号学那样,绝对化地强调唐律诗合成要素的能动性。只有与生活、与人民紧紧相联系,并且有才华的诗,才可以很好地使用这些方法来表现适合的内容。"尹继善和阮克非在研究唐诗的过程中,都注意考察了唐诗的韵律和结构问题。后者还反对以符号学的方法来解构唐诗,提倡诗要反映生活。唐诗正是形式与内容的完美结合,才被后人所师传。

近年来,越南文坛的汉学家和评论家已不满足只是在一些唐诗的专论中,探讨有关唐诗的美感和影响问题,而是更及时、广泛地在一些报纸杂志上著文论述有关唐诗所涉及的深层内容。

曾翻译过《唐诗》(1972)和《金圣叹评唐诗》(1990)的陈重珊,在谈及《唐诗的丰富性》时,认为:"关于体制这是温习古风、完成近体和创制辞曲的时期。诗的精神是儒家的人本秩序和精神、老庄的自然爱情以及佛家的超脱欲望。……"胡士协于1976年在《祖国杂志》上发表《关于〈千家诗〉集》的文章,指出:"《千家诗》中各诗的题材都是唐宋诗文中的永恒题材,如送别、感遇、咏怀、咏物和写景,最多的是描述自然风景。雄伟辽阔的山川,繁盛的花草树木,在唐宋诗人的妙笔之下,美丽的自然景色千姿百态,在这风花雪月面前,人会产生强烈的感触。"梁维处在《唐诗的余音》一文中指出:"读一首唐诗,特别是四绝、五律或七律,有时人们要倾听它的余音,想象它的笔画和色彩,使你感受到诗的总体形象。

……另一方面,由于诗、乐、画连在一起的传统,一首好的唐诗总是给你以声调、笔画的启示,这就造成了唐诗的深远的余音。"他认为应该从以下几点来理解唐诗的余音:"在感受方式上,唐诗注意探索人和自然之间的统一性和交流。在构思方面,那个抒情的'我'字常常融合在自然风光之中。在表现方面,诗的三个要素,诗、乐、画常常眷恋一起成为一体。在结构方面,唐诗简练、严谨、韵律对仗,语言的启示比描述多,意在言外。"最后,作者总结道:"我们所说唐诗的余音,是指中国古典诗歌的独特意味,集中体现在唐宋诗歌的代表作中。唐诗把《诗经》中的真实、朴素、楚辞的抑扬及典雅,汉乐府的豪爽等精华汇集并且升华,因为佛教盛世的开放思维,进而使诗歌进入黄金时代。"心敏释于1992年出版的《觉悟》杂志上著文论述《唐诗中的古迹》时说:"千年之后或更长时间,唐诗总是中华和全人类的不朽诗文。时代随着历史而流逝,时局不知有多少变迁沉浮,然而唐诗却依然是一朵永不凋谢的盛开的花朵。确实如此,两千年来,每当重读唐诗时,都觉得有一种新的意境,使人激动不已。"紧接着,作者进一步分析了唐诗与佛教的关系。"说起唐诗,我们会联想到这个时期的佛教,这个时期中国的佛教在学术上或翻译方面都是兴盛与辉煌发展时期。最突出的是禅宗开始开花结蕊,这个宗派对时代有很大影响。因为它有特殊的范畴,纯粹带有中华佛教的特性,所以几乎所有唐代诗人都或多或少地通过禅宗受到佛教影响,同时几乎所有诗作对人生都有真实的认识。这里还有一种愿望:挣脱人生的污浊环境,在这充满喧嚣与痛苦的世界里建造一种完全安静的生活。"[①]

上述几位汉学家对唐诗的评论,表现出越南文坛对唐诗的研究已进入其美学实质的深层及理论层次。已从以往的译介性语言和感性认识升华到文学研究的逻辑分析与理性探索。

越南评论最多的唐诗主要有《黄鹤楼》《枫桥夜泊》《琵琶行》等,而且译诗的水平很高。这与译者和读者的心境以及诗中所描写的意境迎合读者的审美心理等因素有关。当代诗人济亨(1921—)于1987年的《文艺报》上撰文论及唐诗的翻译。他说:"八月革命前(1945年8月),在新诗运动中,除了国内诗、西方诗,我们还喜欢读唐诗,尤其是伞沱把唐诗翻译出来后(1933)。我们常常提到他译的李白、杜甫、白居易等人的诗,或者一

[①] 此段落中几处引文均参见《唐诗》,胡志明市庆和综合出版社,1992年再版。

起吟诵由伞沱翻译的崔颢《黄鹤楼》的六八体诗'昔日黄鹤已飞走,千载白云今仍游'。"可见唐诗在新诗运动中仍大有读者,而且造就了一批诗人。张永衡于 1992 年在《觉悟》杂志发表文章,评论张继《枫桥夜泊》一诗。文中写道:"长安京城淹没在弥漫的烟雾中,与安禄山军队欢呼胜利之声混合在一起,预示唐明皇的黄金时代到了衰微时期。当皇帝逃到险要的蜀地,悲痛地静听行宫寂静的雨声时,诗人张继,御史台进士,未及赶上护驾逃难,无奈乘船飘泊流落到江南。是夜,在枫桥桥头,胸中怀着忧郁心情,看着外面凄凉的景色,挥笔写成绝妙诗句,流传于世。"作者进一步分析诗中意象:"此诗充满了万般隐事,描写了凄惨的情况;月落反映了社会走下坡路的形象;乌鸦啼叫凄凉,好似孩童在骚乱期间发出的呻吟声;黑暗的天空笼罩着霜雾,淡淡的月光照射,伴着渔家微弱的灯火,犹如鬼影在移动;河边的树木也在唱着哀怨的曲调,姑苏城在睡梦中。突然耳际传来了缓缓的钟声,寒山寺钟声好似浓郁的甘露,冲淡了躺在冰冷船上的、四处飘泊的流浪人的烦闷……"作者在史实的基础上,充分发挥了想象力,但又进行逻辑推理,将当时张继的心情溶于对诗句的解读之中。译者对诗的分析已进入诗人的心底,令人信服。至于白居易的《琵琶行》,在越南研究的论著更多。自 20 世纪以来,收入唐诗选集中的不计,仅以《琵琶行》命名的带有评注的译本就有四种,其中 1953 年河内世界出版社出版的《研究和评论〈琵琶行〉》的译本较有学术价值。而潘辉咏所译注的《琵琶行》至今仍令人赞叹不已。

越南研究较多的唐代诗人主要有杜甫、李白、白居易、王维等。杨广涵在《越南文学史要》一书中,评价"李白是一位有非凡天才的诗人"。"他在诗中常常描述他认为使他产生厌世的事物:其一,人世短促,人生易老,死之将至。其二,情趣之事并不长,富贵景象不永久。其三,人世恶毒、心肠坏,一生不论何时,即使是高兴时,也伴随着忧愁,同时又有死的阴影追随,所以他借饮酒吟诗来消愁。"作者评价他的诗句,"激烈、痛切,也有狂妄味道,同时又有深切的忧伤情绪"。作者基本把握了李白创作思想的主脉,但对李白鄙夷权贵、憎恨黑暗势力强调得不够,其他评论者也有此偏颇。吴仕士在《英言诗集·序》中,评价说:"白居易的讽喻诗几乎都是确实的、明快的,闲适诗十分轻松……","他的灵气至今正在悄悄地支持着我们。"正是白居易那些"气质越过云霞,色彩胜过织锦"的《长恨歌》《琵琶行》,使他将白居易视为"先辈",并甘愿"投入白氏门第"。可见时人对白居易其人的推崇,对其诗的理解。简志在《文学百科》中,从"诗佛和画僧"的角度评价了王维的才华。作者认为:"他的画是诗,诗是画,苏东坡评论王维诗画时所说:'诗中有画,画中有诗'这一观点十分恰当。"作者如果能进一步评价王维的"佛性"与"僧性"在其诗、画中的深刻蕴含,对于这一诗人的把握可能就更全面而且深刻了。

越南研究较为深刻的唐代诗人是杜甫。他一人的诗集,仅20世纪以来就翻译出版了3部。最早的译本是由让宗翻译,于1944年河内新越出版社出版的《杜甫诗》。1962年河内文学出版社出版了由黄忠通介绍、章政注释的《杜甫诗》。1976年河内教育出版社出版了由陈春堤编辑的《杜甫诗》。在对杜甫其人其诗的研究中,一个突出的特点就是几乎都是在与李白的比较中,分析杜甫诗的,总的倾向是扬杜抑李的。这和越南人民长期处于灾难深重的现实之中是分不开的,因为杜甫诗总的特点就是社会现实与个人生活密切结合的现实主义精神。

章政在《唐诗》第2集中比较性地论述了李白、杜甫两位诗人各自的艺术特色。他认为:"李白的诗浪漫,总的说是健康、积极的,诗的内容和风格反映了他的生活方式、性格和思想。……李白的诗有豪放、旷达的品格,他的诗的风格与其思想内容、他的人品紧紧相联系。他的诗句安排不很严密,词句也不修饰,有种自然美。"这种评价的字里行间虽无明显的贬义,但比起他对杜诗的评价就有了差距。他说:"杜甫诗真诚、深入人心。全是一些不可言传、只能意会的诗句。""读他的诗,能领悟到他的人生、他的思绪。很多地方,他只是叙事,但这些事情的本身就包含许多意义,不用多说什么。他爱憎分明、悲喜分明,他从不演戏。一些讲述他自己、妻儿、兄弟、朋友的诗是这样,另一些讲述别人的诗也是这样。"作者论述他的为人与诗风,强调一个"真"字,这种评价是很高的。

黄忠通(1928—)在《杜甫诗》中论及"杜甫的诗声"时说:"杜甫的诗声是从中国唐代人民无比痛苦之中发出来的,所以它已成为饱经战争创伤的中国封建时代的标志。……人们称他为诗圣、诗史家、集大成之家,是人民诗人、现实主义诗人、社会诗人、爱国诗人等,然而,多少桂冠,戴在这位大诗豪头上,好像还与他的美的心灵、丰富的诗歌、绝妙的语言不相称。"对杜甫这样高的评价应该说是公允的。现代评论家怀青(1909—1982)在《怀青选集》中表达了自己对杜甫诗的认知。"李白是个仙人,杜甫是个凡人。但这个凡人饱经沧桑,同情人民,特别是有一支妙笔。所以李白的诗使我们能在云雾中逍遥,杜甫的诗则让我们体验生活苦辣之情。"

阮献李在《中国文学史大纲》中,比较评论了李白与杜甫的诗。他认为:"李白描写自己的幻想,杜甫记述社会的真相。李白的才华由于天资多份,杜甫的才干是经验的积累。当饮酒醉兴致来时,李白挥笔即成锦花;当见情动心时,杜甫挥毫字字都挥洒热泪。读李诗我们想飘然成仙,读杜诗我们想皱眉哭泣。"相比之下,李杜二人的特色一清二楚。对于李杜二人是否能分出伯仲时,作者说出了下面几句有明显倾向性的话语:"李比杜强,还是杜比李强?我们不能决断,俩人都是奇花,都是国色天香,一人一个姿态。但有一条,谁都认为李的诗有人是'敬而远之',而杜的诗谁都'敬而爱之'。李白还有人指责他颓废,而杜甫则每个时代都钦佩。"

编辑出版过《杜甫诗》的陈春堤在分析"杜甫对现实的看法"时,认为"由于杜甫本人与现实生活紧相连,所以他有新的看法"。"从前的或者与他同时代的诗人中,很少有人像他那样广泛而深刻地叙述人民的痛苦。他本人也饱经了生活的苦难。他的苦难也是大家所受的苦难。他的诗文来自倾圮的房屋中,来自由于孩子饿死,由于饥馑疾病而发出的哽咽的哭声。多少篇诗也就是多少个生活故事,源自历史的变迁和本身的环境。"即是说:他的诗创作于对人民的疾苦有深刻了解的基础上,融合了他同情人民的疾呼与呐喊之声。他对现实的看法是深刻的,也是准确的。作者还总结道:"杜甫的天才特点使他有自己的个性和本领,直至现在还对世界进步文学产生影响,那就是运用了唐代的艺术精华来为被压迫的劳动群众和贫苦人服务,正因为为这个正义目的的服务,使得唐诗的抒情性更加绝妙,艺术价值更加增高。"作者认为杜甫的诗才之所以能够得到充分的发挥,是因为他成功地运用了唐诗的艺术精华为人民服务,即为人生而艺术。又正是为了这个正义的目的,才使得唐诗艺术达到高水平。

20世纪以来,越南对唐诗的研究,不论客观条件有何变化,其热情有增无减、其水平日渐提高。越来越多的越南学者对唐诗影响越南文坛的事实,不仅取得共识,而且试图找出某种规律,并上升到理论层次进行总结。随着中越两国政治经济文化交流呈现出的愈来愈密切的趋势,越南学术界对唐诗的研究,也会进一步深入。正如越南当代学者陈清淡所说:"世界上恐怕很少有像唐诗与越南诗歌这样特殊的关系。唐诗——并不是全部中国诗歌——对越南诗歌有丰富、悠久和美好的影响,不仅是古代,而且甚至现代。可以说,每一位越南大诗人对唐诗都负有或多或少的深重感情债。

（人们说在越南诗歌中有'唐源''唐魂''唐腔'等等）""到了现代，唐诗诗魂融入越南诗歌至少有三个途径：直接、间接和再创造。""越南现代诗人，甚至不一定是诗人，在许多场合接受唐诗像接受越南诗那样，认为是用母语写出的诗，至少认为它是自己国家留下的文化遗产。"[①]他的这种认识不仅是实事求是的，而且颇具代表性。它将成为一种强大的学术驱动力，使越南学界的唐诗研究继续向着纵深发展。

第四节　现代文学研究

越南文坛对中国现代文学的认识与研究，基本是从译介"鸳鸯蝴蝶派"的文艺作品开始的。该派是以主张娱乐性、消遣性、趣味性为标志的文学流派，通俗化和商品化的创作倾向几乎是这个流派所有作家的共同特征。他们在1908年左右写情小说流行的基础上，先后推出一批与这种思潮相适应的，以表现哀情、苦情、忏情、孽情、妒情、惨情等"哀感顽艳"为文风的作品，其中首推徐枕亚（1889—1937）的《玉梨魂》影响最大。该书于1911年出版后风靡一时，并赢得不少多愁善感者的喜爱。其后，社会类、历史宫闱类、武侠类、侦探类等作品又夹裹其间，共同形成该派主流。这一过程完全被移植到越南。1930年，《玉梨魂》被吴文篆翻译为拉丁化越语，并在河内出版。1932年，阮光创翻译了徐枕亚的另一部小说《雪鸿泪史》（河内出版）。1939年阮南通又翻译了他的《余之妻》（河内出版）。作为"鸳鸯蝴蝶派"文学的武侠小说、历史宫闱小说等，更是一拥而上，继1917年于西贡出版的陈公献翻译的《锋剑春秋》之后，在二三十年代出版了上百部。1930年，中国武侠小说盛极一时，武侠影片也达全盛，《火烧红莲寺》尤为著名，同名小说1935年在河内有了译本，可见两国文化交流之迅速。

自第二次世界大战以来，金庸、梁羽生等人所写的武侠小说开始在越南南部的一些报刊上翻译连载，并辑印出版。金庸的《笑傲江湖》以写武林门派争斗，夺取武坛盟主的生死决斗为主要内容。在《明报》连载时，西贡的中文报、越文报和法文报，居然有21家同时转载。南越国会辩论时，

[①]　《唐诗》，伞沱译，TPHCM文学研究教学会，1990年。转引自《唐诗》，胡志明市庆和综合出版社，1992年再版。

甚至常有议员指责对方是"岳不群"（意即伪君子）或"左冷禅"（意为企图建立霸业者）的事。武侠小说中的人物被政坛所引用，说明作品反映人生社会的深度。中国鸳鸯蝴蝶派一类的作品能够在越南长期流传，并产生强烈影响，不仅说明中越两国传统文化存在着悠久的渊源关系，也从审美角度反映了中越两国相近的历史进程和共同的文化心理素质。

越南北方最先将中国现代文学中进步作家的作品译成越南文。早在第二次世界大战结束前的几年，越南就已有报纸开始译介中国的新文学作品了，主要是曹禺的戏剧和鲁迅的杂文、小说，如鲁迅的《阿Q正传》，曹禺的《雷雨》《日出》，郭沫若的《女神》等。不久之后，茅盾、巴金、老舍的作品也相继被译介到越南。

1945年越南民主共和国成立以后，尤其是中国解放，极大地促进了越南出版界译介中国文学作品，特别是现代文学作品的热情。几乎所有现代文学的重点作家作品都被译介给越南的读者了。据不完全统计，越南文学出版社出版的书目主要有：《鲁迅小说选集》《鲁迅杂文选集》《鲁迅作品选》，《郭沫若剧本集》《郭沫若诗》《短篇小说选集》（郭沫若），《子夜》、《春蚕》（茅盾），《家》（巴金），《老舍剧本选》，《雷雨》、《日出》（曹禺），《叶圣陶短篇小说选集》，《太阳照在桑干河上》（丁玲），《三里湾》（赵树理），《山乡巨变》（周立波），《上海的早晨》（周而复），《夏衍剧本》，《苦菜花》（冯德英），《田汉剧本选》，《创业史》（柳青），《红岩》（罗广斌、杨益言），《红旗谱》（梁斌），《草原烽火》（乌兰巴干），《战士与祖国》（魏巍）等。此外，周扬的《新人民文艺》、《为创作更多更好的文艺作品而奋斗》，康濯的《创作谈话》等理论著作也被翻译出版。1964年，由中国社会科学院文学研究所余冠英、钱锺书、范宁分别主编的三卷本《中国文学史》也由越南文化出版社出版，为越南学者研究中国文学提供了大量的资料和信息。这些中国文艺理论的译介出版，使越南学术界对中国作家认识文学在社会生活中的作用，如何创作小说、剧本以及抒情诗中的构思等问题，都有了理性的认知。

从总体上分析，越南译介出版最多的是中国现代文学大家鲁迅和郭沫若的作品，自然对这两位作家作品的研究也较其他作家作品为深刻。当然这只是相对而言，如果与日本对中国现代作家作品的研究相比，就逊色得多了。

早在20世纪40年代，鲁迅在越南就已不是陌生的域外作家了。著名汉学家、文学评论家邓台梅（1902—1984）于1944年就出版过论述与评价鲁迅其人及其作品的著作《鲁迅》。同年，他在河内出版社出版的另一部论著《现代中国文学中的杂文》一书中，对中国现代文学中的杂文，尤其是鲁迅笔锋如刀、切中时弊的杂文，给予了中肯而重点的评价。邓台梅对鲁迅及其作品的研究为后继者开辟了道路。

50年代，越南文坛译介、评价鲁迅的学者主要是作家、文学家潘魁（1887—1959）。就一般而言，肯定鲁迅杂文成就的评论家或研究者都是以鲁迅的小说成就为基点来进行评价的，其意在说明，鲁迅的杂文无论是其写作技巧，还是其意义蕴藉，都堪与其小说媲美。1956年，潘魁翻译的《鲁迅杂文选集》由文艺出版社出版，将越南杂文研究的水平推向一个新高度。译者本着"自己可以读懂，并能把握原作的含义，且可为越南读者消化理解的文章"方可入选的原则，从鲁迅的13本杂文集中，精心选取了39篇介绍给越南读者，希望鲁迅杂文那种嬉笑怒骂、释愤抒情的犀利文风，能够对刚刚从半殖民地半封建社会脱胎出来的当时越南社会产生一种"警醒"作用。1957年，潘魁翻译的《鲁迅小说选集》第二集在作家出版社出版，为深入鲁迅小说的研究层次奠下了新的基石。

60年代至80年代，为越南文坛提供研究鲁迅及其作品资料与"武器"的，是著名的鲁迅作品的翻译家、研究者章政。他先后翻译出版了鲁迅的《故事新编》（文化出版社，1960）、《呐喊》（文化出版社，1961）、《鲁迅杂文选集》（文化出版社，1963）、《鲁迅小说选》（文化出版社，1972）、《阿Q正传》（文化出版社，1982）、《鲁迅作品选》（文化出版社，1989）等。尤其是他根据中文版何凝编选的《鲁迅杂感选集》（青光书局，1933）、开明书店三卷本《鲁迅选集》（1951）以及中国青年出版社出版的四卷本《鲁迅选集》（1956）编译成的三卷本《鲁迅杂文选集》，蔚为大观、功力不凡。译者从《坟》《热风》《华盖集》《华盖集续编》《而已集》《三闲集》《二心集》《南腔北调集》《伪自由书》《准风月谈》《花边文学》《且介亭杂文》《且介亭杂文二集》及《且介亭杂文末编》中，以能够针砭越南当时社会弊端和适应读者审美水平为标准，有的放矢地选取了224篇杂文辑纳其中，犹如披沙拣金。此外，第一卷中还选用了回忆性散文集《朝花夕拾》，第二卷中选用了散文诗集《野草》。全书所选收的杂文数量和取材范围相当浩繁广博，无论是论质还是论量，都堪称是越南文坛译介鲁迅杂文的一大系统工程。异域的学者用不同的语言编选、译介某个作家的作品，这不仅是一种需要性选择，而且也是对作品分析、研究的透视角度。他们根据自身的价值标准、审美指向，对作品进行取舍，用本民族的语言撰写成文章，试图让读者对作家作品有更深的理解。章政对鲁迅作品的译介、研究是系统的。他在前人的基础上，已将鲁迅的历史小说、短篇小说、散文诗、回忆散文以及杂文等各种体裁的作品，几乎全部涉猎、译介。翻译成了他的一种研究评价手段，编选显示出他独特的审美评论尺度。鲁迅作品在越南的研究，因同属于一个文化系统，所以影响这种研究的社会历史条件几无不同。虽然研究者个人的素质、兴趣、研究手段等方面因人而异，会影响研究深度和状态，但是千方百计想阐释作品底蕴的努力，是每个研究者无法回避的、日日常新的主题。显然，越南文坛对鲁迅作品的研究，还有待于进一步深入。

第五节　郭沫若研究

在越南知识界，不知道作家和学者郭沫若其名的人甚少。在文学界和社会科学界，人们对他的了解更多一些。其著作在越南文学界和学术界影响之深，是中国的其他人所难以匹敌的。越南不少大学、文学院、历史研究所、考古学所、哲学所和其他一些相关研究机构的图书馆，收藏了数量相当可观的郭沫若著作的中文原著。众多的学者在对其进行着认真仔细的研究。藏书中包括由人民文学出版社于1957年至1958年之间陆续出版的《沫若文集》以及该社1959年出版的《沫若选集》。除此之外，其著作的单行本在越南文学院图书馆藏有《文史论集》（人民出版社，1961）、《屈原赋今译》（人民文学出版社，1953）、《沸羹集》（新文艺出版社，1951）、《新华颂》（人民文学出版社，1953）、《天地玄黄》（新文艺出版社，1951）、《雄鸡集》（北京出版社，1959）、《百花齐放》（人民出版社，1959）等。考古学所图书馆藏有：《青铜时代》（人民出版社，1957）、《金文丛考》（人民出版社，1954）、《中国人类化石的发现与研究》（科学出版社，1955）、《奴隶制时代》（人民出版社，1954）、《中国古代社会研究》（科学出版社，1960）、《中国史稿》（北京出版社，1962）等。郭沫若的其他专著，如《甲骨文研究》《殷周铜器铭文研究》《屈原研究》《历史人物》《胡笳十八拍讨论集》等，在各大图书馆或个人藏书中也不难发现。实力雄厚的专门研究机构和丰富充足的原始资料，为郭沫若研究创造了良好的物质条件。

在越南，郭沫若作品的越译本也非常多。他诗集中的一些诗篇已被收入各大学的文科教程，如《女神》《星空》《瓶》等。其他著名的诗章，如《地球，我的母亲！》《凤凰涅槃》等，也为不少读者所熟悉。郭沫若被译成越南文出版的其他作品还有：《屈原》（陶英珂、红山译，文化出版社，1960）、《郭沫若诗选》（文化出版社，1961）、《郭沫若短篇小说选集》（黎春武译，文化出版社，1961）、《虎符》（胡浪译，文化出版社，1961）、《郭沫若剧本集》（何如译，文化出版社，1962）、《郭沫若诗集》（潘文阁、南珍译，文学出版社，1964）、《红旗歌谣》（潘文阁、裴春伟译，文学出版社，1965，郭沫若、周扬合著）、《地下的笑声》（陈黎创、胡俊黏译，文学院出版社，1970）等。由此可见，郭沫若的作品不仅深受越南人民的喜爱，而且是学术界研究的重点。

1960 年，郭沫若在《文艺报》（中国）第 15、16 期上，发表了题为"现代诗中应有铁"的文章，表达了他读越南胡志明主席诗集《狱中日记》后的感想。越南学术界立即注意到他对《狱中日记》从内容到形式、从思想性到艺术性等各方面所进行的极为精辟，但又恰如其分的分析和评价："我曾多次反复阅读了这部诗集。它并不单纯是诗，而且是一部诗写的历史，一位革命家的自画像，一部用诗写成的自传。一百篇诗作（1960 年由人民出版社出版的《狱中日记》诗集，只选了 100 首诗），每一篇都非常生动地勾画出一位才华出众、谦和简朴、意志坚强的老一辈革命家——胡志明同志的形象……有些诗写得十分绝妙，若将其置于唐诗宋词之中，着实令人难以分辨。"这篇论述胡志明其人其诗，并将其诗与唐诗宋词等量齐观的文章，被译成越南文郑重刊登在 1960 年 12 月出版的重要刊物《文学研究》第 12 期上，引起很大反响。因为是诗人评诗、论诗，尤其是郭沫若这样文名很大的域外诗人，会具有更大的说服力。

郭沫若在越南影响最大的作品，莫过于他古为今用的历史剧。早在 60 年代，越南文译本《屈原》《虎符》《卓文君》《王昭君》《棠棣之花》《蔡文姬》，就已拥有大量读者。《虎符》和《屈原》很早就被中央改良剧团和南方的改良剧团改编为越南古典戏剧。它们多年来历演不衰，深受观众的喜爱。《屈原》在河内大戏院演出时，场场都吸引了广大观众，并给他们留下了极其深刻的印象。昔日楚国的爱国英雄屈原，对于广大越南观众来说并不陌生，因为他的《楚辞》早在越南读者手中流传已久。之所以能够引起观众审美情趣的关键，还在于作者以其史学家的深刻理解力和艺术家的卓越才华,非常合理而无牵强附会之意地将时代精神的新生气息,熔铸于笔下的历史人物身上,使其栩栩如生地再现于舞台。越南社科院文学院范秀珠副教授指出:"引起观众深思的另外一个原因就是作者在重新评价历史人物时所特有的新颖观点。郭老歌颂了历史上那些极其有才华的并敢于掌握自己命运和爱情的女性,在剧本中及舞台上重新塑造出她们的美好形象。例如卓文君、王昭君、蔡文姬、武则天等等。作者曾对这些女性以及和她们同命运的广大妇女给予非常合情合理的评价:'她们的才能也并不亚于男人,而她们之所以能够成才,乃至成为强于男性的人,正是因为她们是不肯服从男性中心道德的叛逆的女性。她们不是因为才力过人而才成为叛逆者,而是因为她们成了叛逆者,所以才能有所发展……'(《写在〈三个叛逆的女性〉后面》)只要谈起郭沫若的历史剧,没有人会不谈及作家的渴望妇女解放和妇女寻求自我解放的思想。"[①]这是越南文学评论界以当代西方女性主义文学批评方法评价郭沫若历史剧中女主人公形象之一例,是力图改变越南社会长期形成的以男性批评标准来衡量女性社会价值的传统思维方式的一种尝试,也是对传统的性别角色定型观念的前所未有的冲击。评论者注意到历史剧中的女主人公是在浓重的男性文化氛围中迷失自我以后,由于作者的"重新塑造",女性解放意识觉醒而成为社会传统的"叛逆者"。评论者认为这是郭沫若的一种"新颖观点",而且是"合情合理"的,因为这是人的一种复归。

越南评论界还注意到郭沫若在重新评价历史人物曹操时所提出的新见解,即"曹操对中华民族和中国文化的发展曾做出了巨大贡献"。邓台梅在 1959 年 10 月第 25 期《文艺周报》上发表的题为《蔡文姬——郭沫若的话剧新作》和华榴在 1963 年第 4 期《文学研究》上发表的《郭沫若历史剧中的古为今用问题》等文章,都反映了越南学术研究界对郭沫若历史剧创作中的理论观点,由一般性关注到进行深入研究。因为郭沫若自己就曾在《蔡文姬》剧本的序言中声明:"我写蔡文姬的主要目的就是要替曹操翻案……着重歌颂曹操的爱惜人才。"越南学者认为,尽管大多数像这样充满革新思想的历史剧尚未能在越南舞台上演出,但仅只《屈原》一剧上映,就足已轰动一时,令越南观众为之倾倒。这样分析,当然并非意味着郭沫若

---

① 《作家郭沫若与越南》,田小华译,见《郭沫若与中国现代文化的发展国际学术讨论会论文集》,北京 1992 年 11 月 14—18 日。

的历史剧现已过时,范秀珠指出:"假若今天《屈原》能在越南舞台重新上演的话,现今的越南观众依然能够理解剧中所反映出来的内容,如赞颂爱国主义精神,反对外来的吞并阴谋,正义与邪恶势力之间的残酷斗争,浅近而狭隘的个人利益与整个民族长远利益之间的斗争……这些内容都是些值得人们深思并引以为戒的问题。"[1]郭沫若的历史剧创作理论就主张:"史学家是发掘历史的精神,史剧家是发展历史精神,历史研究要'实事求是',史剧创作则要'失事求似'。"而《屈原》在越南也能获得如此成功,正是在"失事求似"这一精辟见解指导下,历史剧创作追求历史精神并融于时代精神的表现。

与历史剧相比,郭沫若的诗在越南远不如在中国那样名声大、有影响。虽然他的诗选和诗集都已出版,有些诗篇甚至还成为教科书的内容,但是要通过译本被读者间接理解与欣赏,自然不如舞台上演出的戏剧更为直观。更何况"诗歌向来十分难译,不少译者对作品十分喜爱然而翻译却并不成功,有些甚至还损害了原著。新诗就更加难译,弄得不好,会令读者感觉像是在读散文"。"在某一个国家同另一个国家进行文化交流的过程中,经常会出现不同程度的走样。当一些非常著名的原作被转译成为一种语言时,很可能却会收到完全相反的效果。作品犹如一花一果,若是将它移植到其他地方,即欲使它依然鲜艳、甜美,这就不仅需要移植者的技艺,而且还需要具备适合其生长的土壤,这就是接受国的社会环境。正因为如此,才会导致《金云翘传》在中国和越南大不相同。"[2]越南学者自觉地运用媒介学和接受美学的观点探讨包括郭沫若诗在内的一些中国作品之所以在越南远不及在中国有影响的原因。尽管如此,越南学者还是注意到了"他的许多情诗的感情十分浓烈(如《夜中分手》、《地球,我的母亲!》等),这种爱情被升华为对大自然,进而成为对故乡,对国土的爱恋。他的诗在形式上有许多的创新,具有不少新思想和新词汇"。[3] 这恰恰肯定了郭沫若早期诗作中那种从内容到形式无不充满向传统挑战的革新精神。

越南学者认为:"时至今日,在中国,对郭沫若的小说的评价仍不能像

---

[1] 均见《作家郭沫若与越南》,田小华译,见《郭沫若与中国现代文化的发展国际学术讨论会论文集》,北京 1992 年 11 月 14—18 日。

[2] 同上。

[3] 同上。

对他的诗歌和历史剧那样高。"①理由是,在《中国现代文学手册》②的越译本中,丝毫未提及对郭沫若小说的评价。另外,沈从文也曾直率地指出过郭沫若的小说创作在思想和艺术方面无可置疑的局限性。③ 实际上,《中国现代文学手册》并非唯一权威性的评论郭沫若作品的著作,而沈从文对郭沫若小说的评价也仅仅是一家之言。自郭沫若小说问世以来,中国文坛就从不同的审美角度对其进行了褒贬不一的评论。贬者如沈从文等,褒者如钱杏邨等。而最近十余年来,中国文坛对郭沫若小说的探索与研究不断深入,开拓的层次与方位也比过去显得深广。人们普遍指出他受日本私小说、心境小说、自我小说及弗洛伊德精神分析学的影响,所创作的小说是成功的,具有独特色彩。对越南学者在郭沫若小说上的研究局限,不应过于苛求,因为中越之间毕竟有过文化交流不畅的短暂时期,他们不可能找到全部有关郭沫若的论述,并进行通变式研究。

　　1961年,越南汉学家黎春武在编译《郭沫若短篇小说选》时,显然参考了中国文学史家丁易在《中国现代文学史略》④一书中的某些观点,他写道:"郭老的小说是一种半小说半散文式的抒情创作。在这里,我们常常看不出严谨的小说结构。《月蚀》便是一个明显的例子。他的小说世界并不宽广,题材也不外乎两类:个人的感怀和渺无边际的幻想……尽管在后期,郭沫若小说的领域有所拓展,但必须强调指出,就是在初期,郭沫若小说的创作意图也并不仅仅限于个人情感的狭小天地,而正相反,郭沫若小说中强烈的反抗精神和热切地渴望祖国的富强,追求自由民主的精神的反映;作者个人的感慨同帝国主义和封建主义压迫下的中国人民的感慨是相通的。"⑤越南学者针对上述两种观点所包括的截然不同的内涵,又对郭沫若的小说进行了更为深层的分析与探讨。

　　黎春武从《沫若文集》第5卷⑥中收集的郭老自1918年至1947年创作的总数为38篇的小说中,精心选编出12篇译介给越南读者。其中有关

---

① 《作家郭沫若与越南》,田小华译,见《郭沫若与中国现代文化的发展国际学术讨论会论文集》,北京1992年11月14—18日。
② 此书为刘献彪先生主编,中国文献出版社,1987年。
③ 《论郭沫若》见《郭沫若研究资料》上册,中国社会科学出版社,1986年,第7682页(原文注)。
④ 中文版《中国现代文学史略》,作家出版社,1955年。
⑤ 《郭沫若短篇小说选集·前言》,河内文化出版社,1961年。
⑥ 中文版《沫若文集》,人民文学出版社,1958年。

于历史题材的4篇,抒发自我感受的7篇,另外一篇是具有象征寓意色彩的《一只手》。这些作品确实反映了郭沫若小说创作的思想主旨和艺术成就的不同方面,具有一定的代表性。事实证明,这些小说多年来一直令越南读者陶醉不已。因为他们除却可以从中体验到作者本人的一些生活经历以外,"吸引广大越南读者的关键在于小说中流露出来的真挚而奇特的情感,如感人肺腑的诗一样的情感、专一的情感、为所爱的人而做出高尚牺牲的情感、有时又表现为隐秘的情感等等。"①尽管不少中国学者将郭沫若小说分为"寄托小说"与"身边小说",抑或是分为"怀古的、经济苦闷的、爱情的三类",并注意研究他的情绪和心理,但不得不承认,越南学者仅对译介的12篇小说中所表达出的作者主观情感,就进行了如此细致准确的区分,这不能不说是具有新意的。

有些越南学者还从叙述学的角度分析、对比了郭沫若自传和小说创作之间的联系。如传记文学《黑猫》中,他婚后3天便离家出走,并写有一首诗的情节被写进《漂流三部曲》;自传小说《我的童年》中,他7岁时想去触摸他新婚堂嫂的手,这一细节也被写进《叶罗提之墓》中。在他《写给成仿吾的信(孤鸿)》中,他讲述了自己为计划写《洁光》而重返日本的考虑,以及他被迫将《歌德全集》拿出当了5块钱的事。而在《漂流三部曲》中则有了主人公也曾为了《洁光》而辗转无眠,《行路难》中则也出现了主人公被迫用《歌德全集》换了5块钱的情节。因此,研究者得出这样的结论:"若说郭沫若的自传也是小说创作,就不如说小说也是郭沫若自传的一个组成部分,也就是郭老本人生活经历的一部分。"不仅如此,许多老一辈批评家也向人们证明了:"郭沫若的创作,不论是自传、戏剧还是诗歌,都可视为三位一体的。"越南研究者还进一步指出,研究结果表明:"不仅是郭沫若小说与自传之间的界限,而且连他的小说同散文之间的界限也被抹杀了。因此,假如一味地将某种经典的或现代的文艺理论模式生搬硬套于郭沫若的小说,从而得出褒贬之言,那实在是未免有些牵强。其实这些东西正是郭沫若小说的独到之处。"②这种结论的得出,表明越南学者研究的力度和深度。因为很明显,郭沫若的创作是特定的历史产物,是他希图通过感情抒

---

① 《作家郭沫若与越南》,田小华译,见《郭沫若与中国现代文化的发展国际学术讨论会论文集》,北京1992年11月14—18日。

② 同上。

发的折光表现生活,进而达到艺术真实的一种努力。其自我的形象、感情、表现等,在他的作品中都具有了排他性的美学意义。他往往从自我对生活的真实感受出发,将诗情、哲理、隐私等编织在一起,以自己最擅长而又最宜于表现自己深刻感受的艺术形式,全盘托出,令人得到积极的审美感受。"越南读者珍重郭老这种'自然而真实'的情感。……如果说郭沫若的诗同广大越南读者还存在一定的距离的话,那他的小说可以说起到缩短这种距离的作用。通过小说,读者把握到了那个时期,一代年轻的知识分子的思想脉搏,他们为了洗刷头脑中封建主义、奴隶主义思想的影响,为了国富民强而积极地寻找学习与行动的道路。"①

就作品而言,每个时代都会拥有它自己的读者;每个国家、每个民族也都会拥有它自己的读者,郭沫若的作品自然也不例外。翻译者、学者、评论家,首先也是读者。他们将自己对作家作品的解读、阐释,纵向贯通,横向连接起来,使一位作家、一部作品能够引起更多读者的关注与兴趣,并获得审美享受。这不仅是读者的希望,也是作者的目标,它为人类相互沟通找到一种相互理解的文本,一种对话的语境。越南学者希望更多地了解郭沫若的作品,更深地研究其本义,以便促成一种文化交流的氛围。越南学者对郭沫若研究已经取得的成果,势必会影响促进中国文学的本体研究,对于两国的学术界都是功盖千秋的盛举。

---

① 《作家郭沫若与越南》,田小华译,见《郭沫若与中国现代文化的发展国际学术讨论会论文集》,北京 1992 年 11 月 14—18 日。

第三章
泰国中国文学研究一瞥

泰国大规模译介中国文学作品,在东南亚各国中开风气之先。译成泰语的中国文学作品在泰国流传至今,已有200多年的历史。因此,泰国对中国文学的研究是以大量译介中国文学作品为先导的。最先对中国文学、戏剧产生浓厚兴趣的,是泰国的皇室成员。早在17世纪,就有不少中国剧团在泰国宫廷演出过取材于中国古典文学作品的"中国戏",并享有盛名。许多中国古典文学的故事开始在泰国深入人心。继后泰国译介、研究中国文学作品的势头在宫廷皇室的支持下,一浪高过一浪。大约分成三个时期,即泰国文学界所称的:"《三国》时期""鲁迅时期""金庸、古龙时期"。笔者分析研究认为应扩大为"中国古典通俗小说时期"、"中国现代文学作品时期"、"武侠小说时期"。这样区分使人一目了然地看到泰国文坛一个时期的译介、评论、研究中国文学的热点。当然,这几个时期不是泾渭分明、可以截然分开的,只是说明一个时期的主流走向而已。在三个时期中,属第一个时期的中国文学作品流传时间最长,作品最多,影响最深远,研究者也最多,分析也较深入。

第一节 中国古典通俗小说研究

据泰国学者研究考证,早在曼谷王朝拉玛一世(1782—1809)时期,中国古典通俗小说即已开始在泰国传播。拉玛一世就很欣赏《三国演义》的文笔,并认为书中的斗智艺术颇有现实意义。因此指令当时主管贸易和外交的本隆大臣[①]主持资助翻译《三国演义》(泰文发音是《萨姆柯克》,即

---

① 本隆大臣(1750—1805),福建人后裔,封号昭披耶帕康,精通中泰两国文字。

《三国》)。泰国成为东南亚唯一将中国小说的翻译工作委派给高级官员负责的国家。这部第一次用散文形式而不是用诗歌形式翻译的作品,复兴了自14世纪以来被忽视数百年的泰国散文风格。当时,泰国缺乏在中泰书面语言交流方面高水平的华人和泰人,因此,翻译工作只能由两方文人合作完成。先由华人口译成泰语,再由泰人整理记录稿,最后由文学造诣较深的昭披耶帕康为主,编辑、修饰、定稿。译本《三国演义》中的人名和地名是按潮州方言译音。受《三国演义》影响最早的泰国文学作品是被泰国人尊为诗圣的顺通蒲(1786—1855)完稿于1828年之前的叙事长诗《帕阿派玛尼》。他不仅将泰国文学作品中传统的主人公帝王将相变为平民,而且成为将中国古典小说融于作者构思里的首创者。据泰国学者研究,这首25500行的长诗吸取了《三国演义》的"不以细腻见长,而以粗笔勾勒见工"的角色描写手法,塑造了帕阿派玛尼和娘瓦里的形象。其中《三国演义》中对刘备的描写、孔明临终前传授姜维"连弩之法"等,均能在长诗中发现相似之处。据泰国有关论著研究,当时被编译成的《三国》共87回,自55回以后,翻译的文笔风格不同于前,推断可能是昭披耶帕康1805年去世后,由他人主持编译的,但已难以考证出其姓名。这种被后人称为"《三国》文体"的白话散文体,用词浅显易懂,辞藻华丽,语句短小精悍,对话没有引号,不押韵,不以句分行,但分段、分章。它删掉《三国演义》中章回回目和章回结尾承上启下、对仗工整的偶句,以及章回起首的"话说""却说"和结尾的"欲知后事如何,且听下回分解"等不适应泰国传统的章回小说文体特征,形成一种有独特风格的散文体。因为《三国》文体是在翻译《三国演义》的过程中产生的,它又吸取了其中章节明快、结构紧凑,文中多比喻、格言等优点,所以给泰国读者耳目一新的感觉。

  《三国》译出后,以其恢宏的构思、曲折的情节、广阔的场面,以及书中所提供的大量的有关政治、历史、军事、哲理、人生等多方面的知识、经验、教训等,深受泰国读者的喜爱。另外,由于译文多从本国国情和语体色彩出发,不硬译、直译,译文显得既得体、贴切,又生动、形象,使之成为家喻户晓、妇孺皆知的作品。泰国统治者也对此书很重视,不仅将它列为泰国将领学习战略战术的必读作品,而且还将它作为历史教科书和学生写作的范本。有如此广泛的读者基础,《三国》自然成为泰国学者研究的对象。白拉宾·马诺麦维波在论及《三国》等译本的编译者对中国古典通俗小说原作的把握时,曾评价说:"每一部作品至少要经过二人甚至四人之手才能译成,……最后定稿的作品多是高质量的。他们对中国历史小说并不采用逐句翻译的办法,而是采取译述的形式。一个最好的例子就是在第一个时期(拉玛一世至拉玛五世,1782—1910)里译成的《三国》。它是《三国演义》在拉玛一世在位时的译述本,译文非常优美,以至曾被当时的文学社推为'最佳散文小说'。"①看来《三国》就是《三国演义》的译述本,不是逐句翻译而成,是意译而成的,而且以后的不少中国古典通俗小说也都是这样被译成泰文的。另一部中国古典通俗小说明万历时甄伟所撰的《西汉通俗演义》,也是在拉玛一世支持下,由后宫亲王资助、主持翻译的,取名为《西汉》。它虽于1806年即已译出,但由于原作和译本均缺少描写、不够生动,因此,并未能取得与《三国》比肩的文学成就和社会反响。但是这两部古典通俗小说的翻译毕竟揭开了泰国译介、研究中国文学的序幕,并对泰国文学的发展产生了很大影响。

据研究泰国文学的域外学者林英强所著的《泰国的文学与艺术探微》所提供的目录来计算,从拉玛一世至拉玛五世(1782—1910)。译成泰文的中国古典通俗小说有30部。② 据泰国学者丹隆亲王统计,从拉玛二世至拉玛六世(1809—1925),有32部中国古典通俗小说被译成泰文。这两组数字基本上是一致的。这些译本主要有《水浒传》《西游记》《红楼梦》《金瓶梅》《聊斋志异》《东周列国志》《东汉通俗演义》《封神演义》《西晋》《东晋》《南宋中兴通俗演义》《隋唐演义》《两宋志传》《五代史评话》《五虎平西前传》《说岳全传》《罗通扫北》《薛仁贵征东》《说唐后传》《英烈传》《大红袍》《岭南逸史》《西游记》《包公案》《清史演义》《元史演义》《武则天》《五虎平南后传》等。这些译本虽然数量不十分大,但是在当时的条件下,已颇费辛劳。拉玛三世(1825—1851)期间始有泰文印刷机,以前翻译小说流传只能靠手抄本,但是真正初具规模的印刷活动是拉玛四世(1851—1868)后期开始的。1865年,一家由西方人开设的"冒叻莱印刷所"首次批量印刷《三国》,共95部。拉玛五世(1868—1910)时期,曼谷的三家大印刷所中就有两家印刷包括中国古典通俗小说在内的各种书籍。继后出现了一家由泰国人经营的专印中国古代通俗小说的"乃贴印刷所",还出现

---

① 《汉译泰的翻译风格——从〈三国〉追溯到〈Krabic Rai Thiem Thean〉(〈K.R.天舌〉)》摘要。
② 《东南亚研究学报》第5集,新加坡,1969年。

了几家印刷中国作品的印刷所,但印刷数量都不大,因此译本的流传受到了局限。拉玛六世(1910—1925)期间,随着印刷业和教育事业的发展,报纸和杂志成为中国古典通俗小说广为流播并对泰国文学产生较大影响的媒介体。据泰国有关统计资料表明,拉玛五世末,即20世纪初,全国各种报刊只有59种,而拉玛六世时激增至165种,其中除2种报刊外,其余各报刊都竞相连载中国古典通俗小说,以迎合与日俱增的读者审美阅读的需求。这种趋势在20年代初达到高潮,持续了近10年之久,像《三国演义》这样的畅销书,无论是全译本还是节译本,都屡印不衰。仅1935年至1940年几年的时间里,以描写孙刘与曹操斗智的赤壁之战为内容的书就几次重印,竟发行了25万册之多。斯威思古曾对这部书的泰译本所获得的成功做过简短的评论。他说:"这部书(《三国演义》)首先是与新一代中泰优秀分子的政治起义——实际上已控制了全国的起义有联系;其次是无论中国人或泰国人对书中所述军事领袖间的会谈以及征服叛徒的精心谋略都非常欣赏;还说这些人从书中学到的谋略能帮助他们追踪和了解自己的统治者当前的政治。"①这三点评论恰如其分地说明了《三国》在泰国备受人民欢迎的原因。

20世纪20年代,中国古典通俗小说在泰国的传播达到高峰期,读者需求量很大,翻译小说出现供不应求的现象。于是,1925年至1937年间,许多泰国作家竞相模仿"《三国》文体"创作了一批被泰国文坛称为"模拟中国古代通俗小说"的作品。这类作品的题材,包括主要角色的名字、主要地名等,都取自中国古典通俗小说或中国史籍。它们无论是表现主题、结构情节,还是塑造人物、运用文体等,从内容到形式都是在模仿中国古典通俗小说的基础上,虚构而成的,如《孟丽君》《钟王后》等。这种风习蔓延到20世纪40至60年代,泰国作家取材于《三国》中的人物或事迹,按所要表现的主题创作了一批作品,如《伶人本三国》《咖啡馆本三国》等。直至70年代,作家乃卡差还于《国旗报》上连载发表了在表现手法上颇受《三国》影响的长篇小说《广阔的暹罗国土》,轰动泰国。上述这些作品与中国古典通俗小说之间的各种渊源或源流关系,已引起泰国学者的广泛注意。他们纷纷撰文分析、探讨、比较,有的还写成论著,进行开拓性研究,表现出泰国学者对中国古典通俗小说,甚至对中国古典文学了解与研究的深度。

---

① 《中国传统小说在亚洲》第33页,国际文化出版公司,1989年。

中国古典通俗小说对泰国的影响极其深远,尤其是《三国演义》和《红楼梦》。1914年,泰国前皇家研究院委任一个委员会评选泰国最优秀的文学作品,译本《三国》是7部作品中的一部。近百年来,《三国》中的部分章节一直被选入中学语文范本,甚至有时在高等学校新生入学考试时,还要经常出一些关于《三国》中的题目。早在中国古典通俗小说被大量译介、传入泰国时期,《红楼梦》也进入泰国,并被译成泰文,但至今未发现这部早期的泰译本。据现在能寻觅到的材料来分析、推断,《红楼梦》流传到泰国的时间大约在拉玛二世时期,即1809至1825年之间。《红楼梦》的价值和《三国演义》不一样,是逐渐被泰国学者认识的。泰国学者对《红楼梦》的研究,始于20世纪40年代末,60年代左右,泰国杂志上曾连载发表过素·古拉玛娄希的夫人翻译的《红楼梦》,可惜这项巨大长期的工程最后未能完成,但毕竟又一次将《红楼梦》介绍给泰国读者了。1975年,中泰建交,推动了《红楼梦》的译介与研究。1980年,泰国曼谷建设出版社出版了泰文版《红楼梦》的摘译本,共40回。是泰国瓦叻塔·台吉功依据王际真的英文节译本翻译的。摘译本删去大量难译又难懂的诗词典赋,也删去一些次要人物和相关的情节,使读者难以通观原著的全貌和人物间的有机联系,无疑损害了原著的思想价值和艺术成就。泰国当代著名诗人他威·瓦拉迪洛和他北京大学毕业的妻子为弥补这一缺憾,正合作翻译全译本《红楼梦》,他威认为:"《红楼梦》是伟大著作,不可删节,连大量的诗词也必须认真译注。"他觉得,"张飞、曹操、诸葛亮已经是泰国家喻户晓的英雄人物,怎么可以不介绍林黛玉和贾宝玉呢?"[①] 短短几句话可以看出,泰国汉学家对《红楼梦》这部名著的学术价值已有充分的认识,它的出版,必将带来泰国红学研究的春天。

《红楼梦》的描写比较典雅,人物之间的关系错综复杂,因此,对于一般读者来讲,其影响远不及具有历史真实感的《三国演义》。但是,泰国学者对《红楼梦》的评价却并不肤浅。泰国的华文报刊发表过一些有关《红楼梦》研究方面的文章,但大多为评价和消息类,未能达到有理论分析的研究专论水平。最先译介《红楼梦》的多为泰籍华裔作家。早年毕业于燕京大学,后在北京图书馆工作多年的女作家陈燕英在40年代就潜心研究《红楼梦》和老舍的《骆驼祥子》,并在泰文刊物《沙炎沙迈》上发表两组评价文

[①] 《〈红楼梦〉在国外》第59页,中华书局,1993年。

章,曾享誉文坛。她战后曾获泰国国家文学奖。为促进泰中两国的文化文学交流做出了贡献。另一位研究红学的著名华裔学者是张硕人博士。他研究《红楼梦》的论文,发表在曼谷《世界日报》文艺版上,内容是解释"一从二令三人木"的。此后,《泰商日报》副刊、《朝晖杂志》等报纸杂志上,也相继发表过一些有关《红楼梦》的研究论文。其中最有影响、最有代表性的当数张硕人。他研究《红楼梦》的近30篇论文结集为《中国古典文学〈红楼梦〉研究点滴》,由泰国国光图书杂志社于1983年8月出版。该书的中心论题是《红楼梦》里的重要人物(主要是金陵十二钗正册)的形象分析和结局的研究。他主张"读《红楼梦》处处要疑",因为《红楼梦》是中国古典文学中一部包罗万象的巨著"。以此为契机,他认为,"玉带林中挂"暗寓了林黛玉"悬梁自尽"的结局;"金钗雪里埋"暗寓了薛宝钗"冻死荒郊"的结局等等。与索隐派、考证派不同的是,他深掘十二钗判词和曲文中的寓意,阐释出新意。他还以"多读多疑方为贵"为原则,指出脂评本《红楼梦》第78回至80回非曹雪芹原作,这一独到的发现,在中国红学界的版本研究者中尚未有人论及。

  在泰国,不仅华裔学者对《红楼梦》有深湛的研究,即使是本国汉学家对中国这部名著也颇有研究。瓦叻塔·台吉功在他翻译的泰文版《红楼梦》的前言中指出:"《红楼梦》是一部伟大的文学作品。自古以来,人们都认为这部作品是中国文化宝库中的一颗珍珠。这部作品通过描写四大家族和塑造的450多个人物形象,反映了当时中国社会里的各个阶层形形色色的人物的不同风貌,从而揭示了18世纪中国封建社会,正在日趋衰败,并必然走向灭亡的历史总趋势。"[①]泰国译者能对中国这部旷古奇书有如此深刻的理解,并高度肯定了《红楼梦》在世界文学发展史上的地位,以及在中国文化宝库中的价值,难能可贵。这一评论不仅传递了泰国一般读者对这部作品深刻内涵和精湛艺术理解、认同的信息,而且从学者研究的视角,揭示出这部名著的美学价值和社会价值。另一位泰国汉学家洛·拉维旺1980年2月20日在泰国报纸上发表了《评〈红楼梦〉》一文,这篇书评也是泰文版《红楼梦》卷首的序言。它共分成五部分。第一部分,在扼要介绍了作品主要内容的基础上,指出:"宝黛爱情故事并不是《红楼梦》的重点,曹雪芹的目的是通过栩栩如生的人物形象和生动感人的故事情节,再

---

① 《〈红楼梦〉在国外》第62页,中华书局,1993年。

现当时中国封建社会的真实面貌。"①可见作者开篇就抓住了这部作品的主脉,曹雪芹只是以宝黛爱情为中心线索来贯穿全书,意在深刻昭示封建正统思想的腐朽实质。在这部分里,拉维旺还分析了主人公贾宝玉和林黛玉的形象。他认为:"宝黛之间的爱情悲剧,虽然主要是当时社会造成的,但另一方面封建文化的毒害和他们个人性格上、心理上的软弱性,也是一个重要的原因。"他在认识到宝黛爱情悲剧典型性的同时,不仅指出封建文化毒害的客观原因,而且也点明他们主观个性上的弱点。这是一种从共性到个性的辩证的分析方法。第二部分,在分析《红楼梦》产生的历史背景时,作者认为它"是当时历史条件下资本主义萌芽的产物"。并进一步指出:"中国的官僚资本家的形成,同泰国初期的资本家的形成是有共同点的。但与欧洲已经发展到了民主主义的高级阶段的资产阶级相比,却有极大的差别。"这实际是将《红楼梦》中所表现的阶级关系置于封建社会末期到资本主义初期的过渡阶段。第三部分,在分析《红楼梦》成书的哲学背景时,他认为《红楼梦》"是中国封建思想文化发展到一个成熟阶段的产物","是儒、佛、道三者并存,但以道家思想影响更为突出。我的看法,曹雪芹撰写《红楼梦》是以道家思想为基础,同时又杂有佛家的思想"。他认为小说中的妙玉、柳湘莲、贾敬,乃至宝玉的最终出家,"正是作家所受道家思想影响的必然结果"。他由分析儒、道、佛三种哲学派别对中国社会的长期影响,到分析作品主人公的命运,从而得出上述结论,具有一定的说服力。第四部分,从曹雪芹的身世和思想入手,分析了贾府作为封建社会的缩影,没落的过程和必然趋势,从而指出:"曹雪芹是以道家和佛家的思想来观察社会,剖析社会,因而是违背历史发展的规律的。曹雪芹的主张不是积极的反抗,而是消极的回避、忍耐、和解,整个社会是在一种'改革'(不是革命)中去赢得发展和前进。这是曹雪芹的思想局限,也是《红楼梦》的局限。"拉维旺在分析的基础上指出作家作品的局限性,且具有一定的深度,实属不易,但结论也显得偏颇,我们毕竟不能以现代的观点去苛求于古人,不能以刻舟求剑的态度来发现真理。第五部分,作者评价,《红楼梦》的语言艺术,反映了"中国文化成就达到了多么高的水平",作品本身的完整性,"显示出这部文学名著的不朽之处",而小说的情节结构,"衔接连贯又十分紧凑,宛如优美的古代画"。这些结论是作品艺术魅力所致,决

---

① 《红楼梦学刊》1990年第4期,第273—284页。以下引言均见此文。

非溢美之词。洛·拉维旺的这篇长文,名曰书评,实为研究论文。它从《红楼梦》的作者、内容、人物等多方面,进行了微观至宏观的深刻分析,得出不少有独特见解的结论。与红学研究发达的国家相比,还未达到群体的层次和新论的水平,但它不失为一篇研究专论。这与《红楼梦》在泰国传播的广泛程度是相适应的。

20世纪20年代以来,随着报刊业的勃兴,散文体的中国古典通俗小说的译本、模本、创作等风靡泰国文坛。如久负盛名的民办报纸《京华报》刊登了以明朝万历年间一位公正廉洁、为民申冤的清官为题材的长篇小说《左维明》,《暹罗民众报》刊登了中国小说《郭龙云》《忠豪传》等。这种潮流势必会影响到正处于生成期的泰国现代文学。泰国文学史家松蓬·玛德素指出,在泰国现代文学诞生初期,"唯有文学中新创的中国翻译作品和孟族翻译作品应该算是对文学的变化发生作用。因为它使人们熟悉了一种非诗歌体文学,并为以后文坛所接受"。① 泰国学者对中国古典通俗小说译本的作用进行如此高的评价,这在当时有一定的代表性。不足之处在于,首先,"新创的中国翻译作品和孟族翻译作品"应理解为两种作品合而为一种新的散文体文学。其次,应该承认,《三国》和同样以散文体翻译的其他中国古典通俗小说,无论其影响还是数量都远远超过孟族翻译作品。它使文坛和读者所接受的也主要是"《三国》文体""《拉差吉拉特》文体"。② 松蓬所说"对文学的变化发生作用"的这个"变化",是指泰国文坛当时正处于以诗歌体为主的古代文学向以散文体长、中、短篇小说为主的近现代文学转换的关键时刻,而以"《三国》文体"译介的大量深受泰国读者欢迎的中国古典通俗小说,无论其影响还是数量都远远超过孟族翻译作品。它使现代泰国作家目睹了这样一个事实:以这种散文体写成的作品,更能适合读者的审美趣味和阅读心理。以出版中国内容的小说而名声大振的哇他那努恭出版社,于1933年至1934年出版了由宦良·触巴干编写的以东周列国时期齐王之女田无貌为主人公的小说《田无貌》。泰国前总理、著名作家克立·巴莫(1911—1995)就在"《三国》文体"的影响下,于50年代编译过《慈禧太后》一书。他在深入研究中国古典名著《三国演义》的基础上,著有影射50年代泰国政治的历史小说《资本家版本三国演义》

---

① 《现代泰国文学》,欧定萨多出版社,1982年。
② 拉玛一世(1782—1809)指令昭披耶帕康翻译的泰国孟族历史小说。

《终身总理曹操》以及《孟获》等作品。这不仅说明中国古典通俗小说对泰国现代文学发展的推动作用,而且也表明泰国学界对它们的研究达到了怎样的深度,只可惜很难见到这种研究的理论性文章问世。

第二节 中国现代文学研究

第二次世界大战期间,泰国銮披汶政府和日本缔结同盟条约,向英美宣战。战后,百废待兴的泰国不得不给英国以一定的战争赔偿,在政治和经济上再次受到雪上加霜的打击。当时一部分中上层知识分子对未来悲观失望,对现实不满,产生了一种看破红尘的消极悲观思潮。而由于科学社会主义思想在泰国的传播,一部分进步作家向前迈进,在自己的作品中明确提出社会的主人是人民的进步思想。文艺理论家社尼·绍瓦蓬(1918—)等还提出"艺术为人生"的进步口号。在这种大趋势中,泰国进步作家相继翻译了中国现代著名作家鲁迅、茅盾、老舍、巴金、郭沫若、赵树理、曹禺等人的作品,如《阿Q正传》(1952),《狂人日记》《祝福》《故乡》《伤逝》《药》《春蚕》《林家铺子》《白杨礼赞》《骆驼祥子》《月牙儿》《柳家大院》《家》《春》《秋》《雾》《雨》《电》《奔流》和《李家庄的变迁》等。这些具有强烈反封建意识,呼唤民众觉醒的新文学作品在泰国广大读者中产生了巨大的影响。《骆驼祥子》(1947—1948)被评为"是一本表现北京穷人的生活,象征心灵洁净与变化的社会斗争之小说"。林语堂等作家的作品也有译作问世。此外,一些通晓英文的译者开始翻译评价中国作品的英译本或西方作者所著的有关中国题材的作品。如赛珍珠(1892—1973)的书在泰国读者中就颇有市场,这反映出泰国人民渴望了解中国的心理。号称中国通的索·古拉玛洛赫(1908—1978)有不少小说取材于中国,或以中国为背景,如《北京——难忘的城市》(1940)、《中国自由军》(1950)等。在前一部作品里,他"自供胡适是他的老师,对胡适十分景仰"。1972年再版此书时,书前附有一篇《促使我写北京的动力》的文章,说明其创作意图是为了"重新唤起人们对耶稣、孔子、孟子思想的信仰"。

80年代,泰国的文学批评界深刻地认识到:"在'四人帮'猖獗时期,文学艺术成为他们的宣传工具,那个时期文艺批评的理论观点很受限制,在一段时期里,中国的新文学曾一度成为政治的工具。"①基于上述认识,他们对中国现代老一辈作家格外推崇,于是形成了对巴金和丁玲等作家作品进行研究的热潮。1983年10月11日,黄元在泰国《中原日报》上发表了《读丁玲的〈我的生平与创作〉》一文,步其后尘,金兆于同年11月2日的《中原日报》又发表了《丁玲的代表作》一文。二人对丁玲这位一贯主张进步的女作家的生平与重要作品,进行了恰如其分的肯定与评价。戛拉楚也曾在泰国最受欢迎、最有影响的杂志《沙炎呐评论》周刊(1980年9月21日)上发表了具有重要社会反响的《中国名作家巴金》一文。其内容尽管主要以译介为主,还不能称为是带有理论色彩的专论,但毕竟是在新形势下对其人其作品的评论,具有一定的代表性。1981年4月,泰国加杜加出版社出版了道良勒迪全面论述巴金及其作品的专著《巴金——旧中国社会革命的火种》,为泰国文坛和评论界进一步评论巴金其人,以及大量译介其作品铺平了道路。可惜至今未能发现这部书,也难以做出更细致的评价。

在诸多评论、研究巴金的文章中,泰国汉学家呦育·真通奇利在《家》的泰译本序言中,对巴金其人及其《家》的评价颇有代表性。

他高度评价了这部小说并认为:"它可以说是一部杰作,或者说它不但是中国文学宝库的一颗明珠,而且是世界文学宝库的一颗明珠。如果说俄国列夫·托尔斯泰的《战争与和平》沉重打击和动摇了俄国旧制度的话,那么《家》在这方面的影响也可以与之相辉映。"②毫无疑问,这一评价高度肯定了《家》这部小说在中国文学史,乃至世界文学上的崇高地位,表达了泰国学者对这部作品的深刻思想内涵和丰富的美学价值的理解和认识。尤为可贵的是,他将《家》和《战争与和平》相提并论,并认为二者可以"辉映"媲美。事实上,他肯定了这两部名著等量齐观的社会历史意义。他在进一步肯定《家》的世界意义时,列举了它在美国纽约发行的经巴金重新修订过的《家》的英译本。在法国,巴金的著作译介的最多,《寒夜》有M.C拉尔莉尼夫人(译音)的译本,《憩园》有埃尔·鲁尔米昂(译音)与华人女士白叶桂(译音)的合译本,巴金的《第四病室》和短篇小说集即将翻译出版,《家》有华侨李治华(译音)的译本等等。可见呦育·真通奇利对巴金作品在国外译介的情况十分关注,并了解巴金这位伟大的作家及其作品的

---

① 《家》泰文译本序,新时代出版社,1980年。
② 同上。

世界性影响。他还在序言中为读者提供了另一个信息,以说明巴金及其作品的世界意义,即"法国的作家团体以及瑞典诺贝尔文学奖评奖委员会准备提名巴金为即将到来的这次诺贝尔文学奖的候选人"。这不仅说明他对有关巴金的各种问题在世界文坛的动态无一不关心,也表明他确信巴金及其著作理应得到世界性的广泛承认。这些评论使巴金和他的作品很快在泰国的读者和评论家中引起注意,为当代泰国文坛掀起的译介巴金作品的热潮,起到了推波助澜的作用。

昑育·真通奇利还从历史渊源上回顾了中国文学对泰国的影响。他明确表示,"我国过去的几部古代文学著作,不管是《三国演义》①还是《水浒》,都是我们从中国引进的宝贵文学遗产。从这可以看出两国间文学方面的相互影响之深及历史之悠久。"他自豪地称《三国》和《水浒》为"我们过去的几部古代文学著作"是有原因的。首先,早在1805年以前,《三国演义》就被译成泰文,即《三国》,继后,《水浒传》也译成泰文,名为《水浒》。100多年以来,泰国人民一直把这两部译文小说视为本民族的"宝贵文学遗产"。其次,这两部译文作品因为译介较早,已不是现在概念上的"翻译"了,实际是一种"译述",一种"编译",其中包含了不少泰国作家译者创造性的劳动。以此看来,将这两部作品称为泰国自己的文学遗产也不无道理。昑育·真通奇利还针对泰国当时部分读者对中国现当代文学的偏颇理解,而强调《家》的重要认识价值和深刻社会意义。他指出:"我们国家的读者大都在一定范围内注意和理解中国文学。有些人认为中国文学只是关于武打功夫方面的故事,或者错误地认为中国文学一定是充斥政治标语和口号,宣传政治信仰,特别是中国的政治。"而"《家》不在那个范围里",这不仅纠正了泰国读者种种片面的认识,更重要的是,他以《家》为例,向读者展现了中国现当代文学的巨大成就,表现出自己对中国文学全面、深刻、系统的理解和分析研究的学术视野。

他详尽地分析了《家》所产生的时代背景。当时,在帝国主义列强的支持下,"军阀混战割据,各省争权夺势"。俄国、日本、法国、美国、英国等趁机建立或扩大自己的势力范围,瓜分中国。五四运动、中国共产党成立、孙中山领导辛亥革命、国共合作北伐、蒋介石叛变等等,在短短的十几年里,中国处于动荡之中。年轻的一代在西方民主思潮、俄国社会主义思潮

---

① 《三国演义》译成泰文被称为"《萨姆柯克》",即中文《三国》。此为汉译者之误。

等各种新思潮的影响下,"试图寻找一条强国的道路","力图寻找一条摆脱黑暗的道路"。因此,他对《家》出现的必然性与可能性作了极为准确而又非常客观的剖析与判断,并立意颇新地比喻说:"那时候(1919—1931,笔者注)的中国就像一个家,一个行将四分五裂的大家庭。"这一形容非常恰当。作为一个局外人,一个"家"以外的陌生人,居然能以如此深邃的目光看清"家"中的弊端,只有睿智是不够的,这是他长期研究中国文学的结果。作为学者和评论家,叻育·真通奇利从"1931年,巴金执笔著书反映社会现状"的小说《家》中,探索到的一切,远甚于中国这个"家"中的有些人;他以对现在中国社会,乃至中国现代文学史的清晰了解,断言"当时中国新文学开始形成"。他认为《家》在中国最大的社会现实意义在于"使中国青年开拓了视野,促使他们去寻找一条新路"。他明确说明《家》中的不足之处:"没有一个答案。"巴金自己也不否认,《家》的不足之处,"就是没有给青年指明道路"。尽管如此,叻育·真通奇利还是发现了《家》的巨大美学价值。它"仍不失为一股巨大的动力,推动新时代的人们为了社会新生活去进行社会变革"。他在序言中还进一步肯定了巴金这部名作在中国文学史上的重要地位,高度评价说:"我仍认为,小说《家》是中国处于十字路口时期的社会缩影,是一部完美的、价值很高的文学著作。这部作品可以说是'中国的杰作'"。如此切中肯綮而又不失精当客观的评论,表现出作家在分析大量资料之后的洞察力和判断力。没有对中国社会的深刻认识,对《家》这部作品的精辟分析、认真研究,就不可能做出这样准确的价值判断。

  叻育·真通奇利对今后泰中两国的文化、文学方面的交流,抱有极大的信心。因为泰中两国人民之间的友好往来,两国文学间的相互影响是源远流长的。他认为:"如果说我们两国在政治和经济制度方面尚存分歧的话,但我们仍有很多方面可以进行有益的交流,这样不仅有益于现代的人们,而且将有益于后人。"他把一部文学作品《家》的翻译出版,视为是正在两国之间进行的"有益的交流"的一个组成部分,使前人之功不可没,而利益披及后人,有学者的胸襟。而"泰语界对《家》译本的承认并不是一件难为情之事",因为"巴金的著作在国际上得到广泛的承认"。这些话语和评论中无不包含着他研究中国文学所形成的深层次的思考和透彻理解。

第三节　中国武侠小说研究

泰国自20世纪五六十年代开始大规模引进中国武侠小说,很快就又形成一个更为高涨的翻译、介绍与阅读武侠小说的热潮,以至泰国有些人产生了这样的错觉,即"认为中国文学只是关于武打功夫方面的故事",①这当然是片面的认识和理解。但是从另一方面也说明这样一个事实,即中国武侠小说在泰国广泛流行。

据泰国学者白拉宾·马诺麦维波的研究结果表明:"从中国翻译过来的作品,其中最受欢迎的是武侠小说。介绍给泰国读者的首译本是在1957年。这些武侠小说是同时以成册出版和报刊连载两种形式发表的。直到今天,武侠小说的译作,仍然很受欢迎。现在,大部分译作都译自金庸和古龙等人之作。"②泰国的"武侠小说热"离不开金庸为代表的"新派武侠小说"的推动。针隆·披那卡所译金庸《射雕英雄传》(泰文译名《玉龙》)于1958年在曼谷首次发行,书店购者如云,此书多次再版。一时间港台新派武侠小说的译本席卷整个泰国。泰国华文报发表的题为《金庸小说的一大突破》的评论指出:"金庸武侠小说的一大突破,就是采用内功。"即"利用'内力修为'代替了法术,就整个令人耳目一新。而且金庸小说中人物的内力都源来有自。既要勤修苦练,又要有种种机缘,但绝没有偶然性。"这就是金庸之所以成为武侠小说一代宗师的原因。但是有些武侠小说的质量很粗糙,风格不统一。造成这种情况的原因,主要是由于武侠小说的需求量大,而翻译工作的时间紧迫,所以有些译者甚至是把口述的打字译稿,直接送出版社印刷发行,其译文风格和用词的"混杂"的程度可想而知。泰国学者白拉宾·马诺麦维波批评这种倾向说:"一些武侠小说的译文,风格几乎是'混杂'的,它们模仿《三国》的笔调,但又不能贯彻始终。""结果是,武侠小说泰译本的词汇和风格就形成了它的样式:句子结构与汉文相同,对某些汉语词汇和书中人的用语都逐句直译,致使它们所包含的更深的含义被忽略过去。然而,对武侠小说迷们来说,这类表达方式也是

---

① 叻育·真通奇利《家》泰文译本序,新时代出版社,1980年。
② 《中国传统小说在亚洲》第238页,国际文化出版公司,1989年。

可以读得懂的"。① 其实自拉玛一世时译述《三国演义》开始,近200年来,《三国》文体、所用的词汇和艺术表现风格就已被视为汉译泰的典范,已经被泰国读者所接受。所以,对那些武侠小说迷们来说,那种模仿《三国》文体翻译的武侠小说,尽管有种种不如人意之处,却仍然可以理解。可惜的是这种"混杂"的译本风格,容易使语句中所包含的深层含义受到忽略,从而影响对作品内容的接受与理解。好在武侠小说的读者只注意情节的勾魂摄魄,而极少探讨作品深刻的社会内容。

  泰国学者在研究了中国武侠小说的内容和读者的阅读心理以及译者的创造性劳动的动机之后,认为造成武侠小说在泰国风行的原因,主要在于泰国虽然经济迅猛发展并成为亚洲的第五条"小龙",但是其经济和文化的发展是不平衡的,作家的创作活动并未受到应有的重视。文化的提高,文学审美的净化等,都受到一定的制约。为数不多的专业作家为生活所累,不得不去寻找另一种适于他们生存的道路。而他们创作的作品远远适应不了读者审美阅读心理的需求,于是只好从中国武侠小说中选取题材,随手拈来,为武侠小说的盛行,起到了推波助澜的作用。另一个重要原因,武侠小说把"武林"塑造成一个独特的世界,作者在这个世界里更典型、更深刻、更有趣味性地反映着社会与人生,所描写与暴露的正义和非正义之争,武林门派、各种势力之间的钩心斗角,夺取武坛盟主的生死决斗,无一不是对古今中外社会政治生活中不顾一切夺取权力的客观洞察与卑劣行径的嘲讽与鞭挞。金庸就曾坦率地讲过:"在我设想时(这些人物)主要不是武林高手,而是政治人物。"还有一个原因,数千年来,人类的文明史始终伴随着战争、征服、反抗,而这一切都依赖于自身的本领。于是武术这种独特的人体文化就孕育培养出共通的精神气质和文化审美心理。事实上,近代以来,亚洲人民普遍遭受着帝国主义的侵略、侮辱和蹂躏,中国人更是被骂为"东亚病夫",于是中国武侠小说中对中国武术的夸张性描写,对那些受压迫、被侵略的弱者来说,起到了心理平衡的作用。这一点不仅在泰国,在东南亚许多国家都具有普遍意义。尤其是读者从优秀的中国武侠小说所包含的深刻的生命意义、命运感的美学内涵,以及武林豪杰重义重诺、舍己为人的高尚品德中,获取的精神滋养,是其他作品难以给予的。读者阅读、欣赏、接受武侠作品,能够从身临其境的直观火爆热烈的打

---

① 《泰译中国文学作品》,《中国传统小说在亚洲》第239页,国际文化出版公司,1989年。

斗故事到进入探讨人生命运,对待命运和哲理的深层人生意识,从参悟人生哲理到接受劝世训诫,客观上符合了泰国国教——佛教那种劝善积德的宗教理教,满足了人们的某种宗教心理需求,这可能就是中国武侠小说在泰国之所以有如此强烈的艺术感染力的原因所在。

  70年代,"新派武侠小说"拥有了更多的读者群,于是专门译介武侠小说的翻译家也应运而生。奥·纳曼仑和努·诺帕叻就是其中的佼佼者。他们承认,是中国武侠小说传统中所包含的人生哲理使他们乐此不疲地阅读和翻译。至80年代末期,风靡泰国文坛达30年之久的"新派武侠小说"才出现减弱的势头,但武侠小说作为中国文学的一个支脉,作为中国文化的一种独特媒体,在有文化、文学需求的国度里是永远不会销声匿迹的。

第四章
缅甸中国文学研究通览

1885年,缅甸沦为英国殖民地属印度的一部分,中缅文化、文学方面的交流受到了阻隔。直至1948年初脱离英国统治获得独立,中缅两国的文学因缘才逐渐密切起来。在这半个多世纪里,缅甸民族文学遭到摧残。由于殖民统治的奴化教育,英文在缅甸广为施行,西方文学充斥缅甸文坛,因此,缅甸与越南等一些东南亚国家不同,对中国文学的了解与研究借助了不少英译本。1894年,缅甸人J.A.貌基和一署名蒲甘粟敦宏(译音)的华侨,曾把中国古典通俗小说《包公案》和《聊斋志异》中的一些故事,直接从汉文合译成英文,取名为《天朝之镜》,由仰光德瓦茨印刷厂出版,尽管它影响并不大,但毕竟使部分缅甸文化人了解了中国古代文学之一斑。另一方面,广大华侨和华裔青年也开始重视缅文的学习与研究,涌现出杜生浩(1864—1930)等著名学者,这就为他们这些华裔学者直接将中国文学译介给缅甸读者准备了条件。在此基础上,缅甸学者评论家才有可能对中国文学进行研究。

第一节 中国现代文学研究

关于中国文学作品直接译成缅文的最初时间、最早由哪个出版社出版,或发表、连载于何种报刊等问题,至今在缅甸文学界因实难考查,而尚无定论。但一般学者和评论家认为,自20世纪20年代末30年代初,缅甸发生"实验文学运动"时开始,文学界就已对研究中国文学产生了兴趣,并主动和直接地受到五四新文化运动的影响。中国五四新文化运动提倡以接近人民大众的语言——白话文描写现实生活和斗争,反映人民民主革命的要求。新诗也采用白话,冲破旧体诗格律、音韵对创作的束缚。被认为是缅甸"实验文学"发端的自由体白话诗《缅桂花》(1928)的作者佐基(1908—1990)也是"实验文学"运动的倡导者之一。他于1960年曾对中国学者说:"当时除了缅甸古典碑铭文学的优良传统以及本国爱国主义运动对实验文学运动的参加者产生了很大影响外,他们还在英文杂志上看到了中国五四运动文学主将鲁迅、郭沫若等人的作品。这些对他们的创作思想产生了不小的影响。这种影响,我们在实验文学作品中可以清楚地看到,即炽烈的爱国热忱,清新、明快、朴实的写作风格和浓郁的生活气息。"①中国现代著名作家聂绀弩(1903—1986)1923年在缅甸仰光《觉民日报》、《缅甸晨报》当编辑时,就曾读到过"五四"时期在北京出版的《新青年》。由于五四运动新文化运动期间的这些影响,缅甸"实验文学"在诗歌方面主张不受旧诗韵律的严格规定和句式长短的限制,提倡写自由诗,以便能尽情地抒发个人情感。在散文方面反对冗长烦琐、晦涩费解的旧文风,提倡简洁、朴实的新文风。在创作内容方面则主张文学应该反映时代生活,要成为时代的镜子等等。缅甸著名作家、评论家达贡达亚(1919—)在评论受中国文学影响的"实验文学"运动时指出:"'实验文学'运动虽然没有强烈的反殖民主义性质,但是实验派的作家们扬弃了传统的封建思想和旧的形式,首倡了近代缅甸文学中的浪漫主义的创作方法。我们认为这是文学思潮高涨时期,它对新生的一代有着巨大的影响。"②对"实验文学"运动的肯定,实际上也是对中国"五四"新文学成就的间接承认。

第二次世界大战以后,缅甸民族民主革命运动空前高涨,涌现出一批反映人民要求完全独立,建设新生活愿望的年轻新作家。1946年创刊出版的杂志《星》不仅用大量的篇幅介绍中国的文学作品,而且开始介绍中国的文艺思想和思潮。鲁迅先生等进步作家的创作思想与代表作品越来越多地被介绍给缅甸读者,直至1951年,就有100余篇中国作品与读者见面。

与此同时,毛泽东同志的《在延安文艺座谈会上的讲话》也被介绍给缅甸文艺界。《讲话》的发表,在缅甸文艺界引起巨大反响,对当时开展的新文学运动起到了指导、推动、促进的作用。缅甸文艺工作者在学习,研究了《讲话》中的关于"文艺必须为工农兵服务的思想""人民生活是文学艺

---

① 《国外文学》1983年第4期,第101页。
② 《缅甸文学现状》,《外国文学参考资料》1957年第5期。

术的唯一源泉的思想""文学艺术家必须到群众中去,到火热的斗争中去的思想"以及"批判继承文学艺术遗产的思想"以后,普遍给予了重视和肯定。许多进步的作家和评论家纷纷在自己的创作和批评实践中,表现出对《讲话》主旨的理解。他们表示:"新文学应该是站在劳动阶级一边。批判当今资产阶级社会,反映群众革命斗争和群众生活的,不满足于当前社会制度,而是向前看的、进步的。这就是新文学的主张。"①作家觉昂(1928—)在谈及"新文学"时也曾说:"一切具有进步世界观的作家都应该站在被压迫者一边进行创作,应该通过小说揭露资本主义的罪恶、压迫和剥削。小说要描写工人农民为自身解放而进行的推翻资本主义制度的斗争。这就是文学界新兴力量所要求的新的文学主张。"②《讲话》无疑帮助了当时一些进步的作家和批评家进一步加深了对新文学本质的认识,并使新文学对以后二三十年的缅甸文学的发展,起到积极作用。另外,在《讲话》精神的鼓舞下,以达贡达亚为代表的一些进步诗人,一方面提倡新文学的创作主张,一方面发表了大量对后世有深刻影响的诗歌。评论界认为:"概括起来,他们的观点是:缅甸社会饱经战争的各种历程,到了战后时代又有了新的内容。我们按照新时代的需要来反映新内容时,必须创造新的语言、新的形式。新的内容必须包括反映穷苦百姓的生活。诗歌必须为人民。"③尽管达贡达亚的"新文学"主张最初只是侧重于形式的新颖,对文学创作中一些带根本性的问题,并未作更多的阐述,但是由于有《讲话》为指导,人们在展开争论和创作实践的基础上,终于认识到新文学必须为人民,这是缅甸当代文艺界的一大进步。

  中国的现代文学正是在缅甸新文学运动蓬勃发展的过程中,被大量译介给缅甸读者的,作家和评论家也逐渐有了更多借鉴、研究、批评的素材。缅甸学者山吞在《缅甸文学与新中国》④一文中曾指出,至1951年时,缅甸已翻译出版了不下100篇中国文学作品。积极发表这些作品的杂志主要有《星》《新文学》《人民》等,一时间形成一股热潮。20世纪40年代后期、50年代初期,缅甸著名作家达贡达亚、杜阿玛(1915—2008)、曼丁(1916—1997)、德钦妙丹(1921—)等,先后翻译发表了鲁迅、蒋光慈、赵树理、刘

---

① 缅甸《新文学》1950年2月创刊号。
② 《缅甸文学史》,北京大学出版社,1993年,第245页。
③ 《上缅甸作家协会文学座谈会发言稿集》,1964年。
④ 缅甸《人民杂志》第21期,曼德勒,1951年。

白羽、秦兆阳等中国作家的短篇作品。最早专集出版的缅译中国文学作品有：节译本《骆驼祥子》(1947)、改写剧本《白毛女》的小说(1950)。此后，中国现代作家作品译本的出版、一发不可收。主要有：《新儿女英雄传》(1953)、《阿Q正传》(1953)、《火光在前》(1956，刘白羽著)、《日出》(1962)、《跟随毛主席长征》(1964)、《暴风骤雨》(1965)、《山乡巨变》(1965)、《子夜》、《屈原》(1966)、《创业史》、《鲁迅小说选》(1974)等。此外还有鲁迅的《故乡》、赵树理的《传家宝》等。缅籍华裔作家貌廷（1909—　）不满足于仅仅翻译介绍中国文学作品，他还对中国文学进行了较为深入的研究。1972年，他在编译的《世界小说选》中，精心选入了一些中国著名的小说，反映出他的审美观。1973年，他耗费了不少精力撰写的论述东、西方文学的专著《世界文学简编》出版。书中专门用了半卷（约合中文六七万字）的篇幅，系统地评述了中国文学的发展史，重点论述了各个时期著名的作家及其代表作。这部著作对于缅甸文坛研究中国文学起到了重大的促进作用。这样大规模地翻译、评价中国文学作品，是符合中缅两国文学交流需要的。缅甸文艺界普遍认为："文学要为缅甸的社会主义服务，成为对人民进行思想教育的重要工具"，"要发展民族文化并吸收外国的先进经验"。① 中国文学，尤其是现代文学作品由于所描写的社会现实生活与缅甸极为相似，所以对缅甸人民来说，是外国文学中最有益的营养。

随着缅甸作家、评论家对中国文学了解、研究的不断加深，缅甸学者发觉中国文学的体裁和题材等，都不同程度地被一些缅甸作家所借用或模仿。如著名作家吴腊(1866—1921)于1913年发表的小说《茉莉花》的写作方法，就有中国章回小说的痕迹。该书每章结尾的"欲知后事如何，且听下回分解""正是……""诗曰：……"之类的写作程式，都是中国章回小说中常见的。另一名大作家貌廷的著名小说《鄂巴》和鲁迅的《阿Q正传》相对照，从主人公的形象、人物的关系、故事的结尾等，都有明显的雷同。因此有些华侨作家在把《鄂巴》译成中文时，将书名译为《阿八正传》。② 缅甸学者注意到这样的事实，自20世纪40年代后期独立以来，译成缅文的中国文学作品与日俱增。从缩写、改编到全文翻译；从短篇小说翻译到长篇

---

① 缅甸《劳动人民日报》，1979年6月28日。
② 黄绰卿《中缅两国人民友好文化交往》，载《新仰光报》(中文)1960年10月6日。

作品译著；译文的体裁，从小说到剧本、诗歌；从翻译中国文学理论到撰写中国文学简史；对中国作家作品，从个别的翻译介绍到系统的评价研究。这一切都表明，缅甸学术界的中国文学研究正在逐步深入，有朝一日会进入研究专论的理论层次。

第二节　吴登佩敏与《在延安文艺座谈会上的讲话》

吴登佩敏(1914—1978)是缅甸著名作家、文学评论家、社会活动家，早年曾任缅甸共产党总书记、反法西斯自由同盟总部副秘书长。缅甸独立后，历任人民团结党总书记、缅甸作家协会副主席、主席、缅文《先锋报》总编辑等职。1937年，年仅23岁的作者就以巨大的魅力，甘冒天下之大不韪，在第一部长篇小说《摩登和尚》中，揭露佛教界的种种黑暗，从此蜚声文坛。他是一位多产作家，一生创作了不少长篇、短篇小说和剧本等，几乎没有一个缅甸读者没有读过他的作品。

早在20世纪30年代，随着民族意识的觉醒和民族独立运动的高涨，马克思列宁主义关于科学社会主义的思想逐渐在缅甸传播。吴登佩敏不仅自觉接受了马列主义，积极从事宣传工作，而且运用马列主义观点考察、分析、评论文学发展史上的各种带有倾向性的问题。当时的缅甸文坛，文艺理论和文学批评等问题，很少有人问津，评论研究文章更是寥若晨星。他在这方面起到了先驱、启蒙作用。1937年，在发表传记作品《吴龙传》[①]时，他曾撰写了题为《古代的叛逆作家们》的序，初次表现出他的文艺思想。他将现代缅甸大诗人德钦哥都迈称为"现代最大的叛逆作家"，以表明自己的反抗意识。在论及作家的政治倾向性问题时；他明确表示："有人说新闻工作者、小说家、诗人不应有党派意识，不能参加某个组织；报纸、小说也不应有党派意识，不应受某个组织的影响。我坚决而且永远反对这种主张。"因为作为一个"进步作家"，就应该为"民族的独立、贫苦人的幸福"而写作。"进步文学"就应该反映广大工农劳苦大众的真实生活，并启迪他们的觉悟，而这一切无不表现出作家的倾向性。这篇文章是他运用马列主义观点分析、评论缅甸文学的首次尝试。在此基础上，他才有可能接受

[①] 吴龙(1872—1964)，笔名德钦哥都迈，缅甸著名爱国诗人。1950年，被缅甸政府授予"卓越文学艺术家"荣誉称号。1953年，荣获斯大林国际和平奖金。

毛泽东同志《在延安文艺座谈会上的讲话》一文中提出的进步、革命的文艺观。

早在抗日战争期间，吴登佩敏就曾受缅甸革命组织的派遣与委托，前来中国联系中缅共同抗日的有关事宜，并在重庆会见过周恩来同志。因此，他对中国共产党及其党的文艺思想并不陌生。50年代前后，在新文学运动的热潮中，毛泽东同志的《在延安文艺座谈会上的讲话》产生了重大的影响。1948年1月，吴登佩敏在《加尼觉》杂志独立节专刊上，发表了题为《使历史倒退的作家们》一文。他提出："包括文学在内的艺术，不仅应像照相一样反映人的社会、人的生活，而且应该引导人们去求得生活的变化和进步。"他还诘问道："谁是最坚决反对帝国主义的呢？是农民、工人和城市贫民。可是，在缅甸有没有站在劳动大众一边的文学呢？"这里，他提出了文艺为劳苦大众的重要问题。1949年，他发表了论著《毛泽东的教导》一书，比较详尽地介绍了毛泽东的名著《新民主主义论》。同年9月，他在《同志》杂志上发表了题为《关于今日人民文学的种种问题》的文章。他阐明了自己对"人民文学"本质的理解，认为"站在包括农民、工人、城市贫民、摊贩、职员和其他劳动人民在内的广大人民一边，在人民解放进步事业中起鼓动、组织作用的，或是在反对人民的敌人的斗争中起积极作用的文学，便是人民文学"。这些评论观点，体现了他"文学必须为人民、必须创作对人民有益的文学"等一贯主张，也是他领会到的《在延安文艺座谈会上的讲话》中的一个基本思想。

1956年12月3日，时任缅甸作家协会主席的吴登佩敏在作家节纪念大会上发表的讲演，可视为是他对《讲话》的深刻理解。① 他首先讲到对待文学遗产的态度问题。他认为无论是采取全盘肯定或者是全盘否定的态度都是不正确的。他以"没有字母'瓦'，便拼不出'维'的音"，这句妇孺皆知的缅甸成语做比喻，说明如果不继承文学、文化遗产，就无法创建具有民族形式的文学和民族形式的文化，这样一个大道理。其次，在讲到文学要联系群众—生活时，他说："如果把继承过去的精华比喻为树苗扎根，那么联系当今社会、当今人民的生活，就等于给树浇水、吸取空气、晒太阳、施肥料一样。如果树木离开了水、空气、阳光就不能生存，脱离了人民的生活就产生不了文学。"他还说："如果我们真正要反映人民的生活，那么我们能

---

① 引文见于《缅甸文学史》，北京大学出版社，1993年，第245页。

写作的事情就像人口那样多地大量存在着。"他以形象的比喻说明了文学创作之树如果想长青不衰，就需要有人民生活作水、空气、阳光、养料，否则，就产生不了文学。人民生活是创作的源泉。最后他进一步指出："我们的人民大众是我们的恩人。报答恩人的最好办法是深入研究人民的生活经验，在我们创作的文学作品中反映人民生活的各个方面，跟人民一起参加开创新生活的斗争。"可见他对《讲话》中关于文学与人民生活、作家与人民群众的密不可分的关系，有多么深刻的认识。

吴登佩敏在他后期的一些评论文章和 1956 年 12 月 3 日作家节纪念大会的演讲中，屡次提及的，诸如文学创作的源泉是人民生活、文学应该为工农大众服务、学习外国经验与接受民族传统应该批判继承、衡量文学作品的政治标准等问题，都是他对《讲话》精神的理解、研究、消化和运用。这些观点在当时具体的历史条件下，是完全正确的，它为以后缅甸文学的评论工作准备了理论准绳。可见《讲话》对吴登佩敏以及缅甸广大文艺界的影响。缅甸《威达意》文学杂志主编，诗人敏有威（1928—　）将吴登佩敏称为"人民作家"，并评论说："一个作家使自己的作品真正为广大人民所喜爱，这是很不容易的，可是吴登佩敏是做到了这一步的，他不管写什么都能非常吸引人，具有强烈的艺术感染力。他与人民在一起，为人民而创作。"①

新中国成立以后，吴登佩敏于 1952 年来中国参加亚洲及太平洋区域和平会议。回缅甸后不久，他发表了游记《再见吧，旧时代！》，高度赞扬了中国社会主义革命和社会主义建设的巨大成就，记述了中国 1949 年以后翻天覆地的变化。1953 年，袁静、孔厥的著名长篇小说《新儿女英雄传》由敏昂（1916—　）和华裔作家拉吴合译成功。小说出版后，缅甸社会广大人民，尤其是文学界人士纷纷发表谈话或撰写文章表示祝贺，并给予很高的评价。吴登佩敏在为《新儿女英雄传》的缅译本所写的序言中高度赞扬说：这部小说"不仅为缅甸读者提供了欣赏真正人民性文学作品的机会，也为缅甸作家创作人民性的文学作品提供了学习的榜样"。② 他最关注的是这部作品的人民性问题，也正是《讲话》的另一个核心内容。1956 年，应中国作家协会的邀请，他率领缅甸作家代表团再次来中国访问。一并参加了

---

① 《人民作家吴登佩敏》，载于缅文杂志《妙瓦底》1978 年 2 月。
② 《新儿女英雄传·序》，缅甸敏昂书社，1953 年。

纪念鲁迅先生逝世20周年的纪念活动,表示了对中国人民亲近友好之情。1958年,他在代表作、长篇小说《旭日冉冉》一书中,又一次流露出对中国人民同情、敬佩的感情。小说的第五章中写道:"日本帝国主义正在入侵四分五裂、软弱落后的中国。具有反帝精神的我们缅甸人民能不同情和关心遭受侵略的中国吗?同时,中国人民那种不畏强暴;团结一致、同仇敌忾、不屈不挠进行斗争的精神,又反过来鼓舞了我们。他们用大刀长矛反抗手持现代化武器的敌人的行动,也鼓舞了赤手空拳的我们不再惧怕手持洋枪的英国人。"吴登佩敏对《讲话》的分析、研究与接受,正是建立在他对中国人民的革命斗争的深刻了解的基础之上的,也是建立在人民是历史的主体这一进步的唯物主义历史观之上的。

第三节 妙丹丁与中国文学

妙丹丁(1926—)是缅甸著名作家、翻译家,原用名妙丹,1961年发表小说《泥泞中的荷花》时,改用妙丹丁。先后获得文学学士、法学学士学位。1946年以后,曾与达贡达亚等作家一起,在《星》杂志上提出"新文学"的口号,成为缅甸独立初期新文学运动中的主要人物之一。在这期间,他开始接触到高尔基、鲁迅等苏联、中国的进步作家的作品及其文艺思想。他相继在《进步报》《新文学》《文学》《新国家》《月》等报纸杂志担任编辑与总编辑。早期主要从事创作活动,后期则侧重于外国文学的翻译介绍工作。1949年6月,他在《星》杂志上发表处女作、短篇小说《苦难的人》。以后他又相继发表了《黑暗世界》(1960)、《第十次进狱》(1961)、《妙南达,跟我走吧!》(1963)、《幸运》(1972)、《狡黠世界》(1975)等长篇小说,以及《妙丹丁短篇小说集》(1972)。著名长篇小说《刀山敢上,火海敢闻》以反映青少年吸毒问题为主题,歌颂工人阶级代表人物的无私无畏,暴露了走私船主一类人的自私卑鄙。小说自1973年出版至1988年以来,已再版了5次,并被改编成广播剧和电影剧本,还曾译成日文出版。其作品描写生动、语言质朴、内容进步,深受缅甸读者的青睐和好评。

他的最大成功还在于翻译文学方面的成就。如曹禺的《雷雨》《日出》,老舍的《茶馆》,斯诺的《西行漫记》,韩素音的《毛泽东与中国革命》,高尔基的自传三部曲《童年》《人间》《我的大学》等。他还曾于1973年和1982年分别因成功地翻译了托尔斯泰的《战争与和平》和米切尔的《飘》,

荣获缅甸政府颁发的国家文学奖中的小说翻译奖。1988年,他又因呕心沥血译出中国古典名著《红楼梦》,而第三次荣获翻译文学奖这一殊荣。目前中国另一部古典名著《水浒传》也正在他的笔下翻译中。

1988年2月10日,《中国文化报》刊登了"《红楼梦》缅文译本在缅甸出版发行"的消息。妙丹丁在59岁高龄时,终于又了却了他的一桩夙愿。这位学识渊博而辛勤耕耘的学者,对中国人民和中国文学素来怀有深厚的情感。早在1961年,他赴瑞典参加世界和平大会的归途中,就曾访问过中国,并会见过著名文学家郭沫若、茅盾、巴金和曹禺等人。中国丰富博展的文化、古老悠久的文明、绚丽多彩的文学,无不给他留下难忘的印象。与此同时,他从当时的中国英文杂志上,发现了有关介绍古典文学巨著《红楼梦》的文章,使他对这部作品产生了极为浓厚的兴趣,渴望了解它曾感动过无数中外读者的原因。于是他千方百计得到了一部在英国伦敦出版的英译本《红楼梦》,并花费了大量的时间进行阅读和研究,迫切想了解书中的诸多奥秘。据王丽娜考证,伦敦在60年代以前只出过两种版本。一是1929年由伦敦劳特莱基出版公司出版的王际真翻译的英文节译本《红楼梦》;译本据1922年上海同文书局出版的120回全书译出。因是节译,译本分39章,371页,但颇受当时读者推重。二是1958年由劳特莱基与基根·保罗出版公司在伦敦出版,由英国弗洛伦斯·麦克休与伊萨贝尔·麦克休姐妹合译的英文节译本《红楼梦》。译本据1951年弗郎茨·库恩的德文节译本转译,共582页。这两种版本都颇有读者市场,目前尚不能断定妙丹丁最初觅得的译本是伦敦出版的哪一种版本,因此,也无法推断他研读《红楼梦》时所受影响的倾向性。

妙丹丁在两次获得翻译文学奖之后,下决心将中国这部最伟大的巨著译介给缅甸读者。为了译好这部名著,他事先阅读和研究了许多有关《红楼梦》的资料信息和评论文章,并因此而涉猎了某些中国哲学以及中国古代建筑等问题的书籍。1983年,在经过充分准备之后,他开始着手翻译《红楼梦》。他所使用的底本是北京外文出版社1978至1979年出版的120回英文全译本。这部全译本是由中国著名翻译家杨宪益和他的出生成长于英国的夫人戴乃迭合译的3卷本。此译本前80回是根据有正书局戚蓼生序本译出,后40回是根据人民文学出版社1959年版译出。杨宪益夫妇为此付出了艰苦的劳动,以极其严肃认真的态度对《红楼梦》原书的内容和文字进行了深入细致的研究,因此译文流畅、准确,水平较高,深受英语世界读者的欢迎。妙丹丁面对这样高水平的英译本,也力求将其译成完美的缅文。在翻译过程中,他反复琢磨推敲遣词用句,务求尽善尽美。每遇疑难问题便不耻下问地向通晓中国历史文化和古典文学知识的师友们求教,态度极其严谨。为了高标准地将《红楼梦》译出,他在即将完成的一年多的时间里,几乎将自己的全部心血和热情都投入到翻译工作中去,有时甚至外出时也带着《红楼梦》的英译本,百忙之中也要抽时间进行仔细的研究和反复的斟酌,仿佛走入了《红楼梦》所描绘的艺术世界。在他孜孜不倦、废寝忘食地努力下,长达9册,3169页的缅文《红楼梦》全译本,终于在1988年由缅甸新力出版社出版了。它是迄今为止缅甸翻译文学作品中最长的一部,中国驻缅甸记者吕济民先生从仰光发回的专电中说:"这是中缅文化交流中呈现出的一朵奇葩。"①

缅文版《红楼梦》出版以后,在缅甸引起很大反响。尽管全书售价高达63美元(合378缅元),但仍令读者爱不释手,踊跃购买。缅甸文坛的评论家也对这部新译作给予了高度的评价与肯定。他们普遍认为缅文《红楼梦》的译文"具有很高的水平,它不仅忠实原著,保持了作者的风格,而且文笔流畅优美"。这不仅是对译者的赞誉,也是评论界对《红楼梦》内容和风格的承认与接受。缅文版《红楼梦》的出版为早已名声大振的妙丹丁又一次赢得了荣誉。他在接受缅甸一家官方报纸的记者采访时,兴奋地说:"我对翻译工作有着浓厚的兴趣,它把缅甸文学和世界文学联结在一起。"②确切地说,将中国名著《红楼梦》译成缅文,是将缅甸文学和中国文学"联结在一起"了。妙丹丁以高瞻远瞩的学术视野来审视翻译工作,认为它之所以能够将民族文学和世界文学联结在一起,是因为它具有使人类能够交流思想、传递信息的工具功能。他想使缅甸了解世界,这可能也是他后期致力于翻译外国文学作品的根本原因。

在缅甸文坛,对《红楼梦》这部世界经典名著的美学价值的研究与评价,主要反映在妙丹丁与中国驻缅甸记者吕济民先生的一席谈话中。妙丹丁认为:"《红楼梦》是世界文学宝库中一部杰出的著作。书中描绘的四大家族由盛到衰,反映了封建社会走向瓦解,有深刻的思想内容。'它的艺术水平很高,对人物的描写细微,刻画了各种人物的典型性格,具有普遍性,

---

① 《瞭望》周刊海外版第12期,1988年3月21日。
② 《红楼梦学刊》1990年第2辑,第220页。

现实生活中也可以找到他们的影子。"在这段评论中,他以评论家、学者的角度,指出《红楼梦》的美学价值主要在于它是人类文化遗产中的一部分。其认识价值在于书中四大贵族家庭由盛及衰,反映了封建社会走向没落的历史趋势。其典型意义在于人物的性格和遭遇在当时社会具有普遍性。这些观点在缅甸评论界有一定的代表性。妙丹丁接着说:"另一方面,《红楼梦》全书贯穿着的爱情故事,情节十分精彩动人,也曾引起缅甸青年读者的兴趣。我想,把《红楼梦》译成缅文,让缅甸读者能欣赏这部世界古典名著,是一件很有意义的事。"妙丹丁这篇评论文字虽然并不博大深邃、妙语惊人,但毕竟是缅甸文坛上所能见到研究性成果。期望缅文版《红楼梦》的问世,能够带来缅甸文坛研究中国文学的春天。

缅甸作家、翻译家、学者妙丹丁与中国文学的不解之缘,一定会在即将出版的缅文版的《水浒传》中得到进一步的赓续与发展,其研究也会有更新的成果。

第五章
新加坡中国文学研究热点

由于历史的原因,新加坡现在的人口中,华人占大多数。他们在很多方面都保留了中华文化的传统。早期迁移去的华人曾带去了大量的中国古典小说中的故事。但是中国文学作品真正在新加坡得到广泛传播,受到重视与研究,却离不开马来文的译介,这也说明中国文学作品的影响,已不仅局限于侨生华人范围了。19世纪末20世纪初,新加坡侨生华人便开始译介中国古典文学作品;除《三国演义》外,主要有《二度梅》《包公案》《忠节义》和《卖油郎》的合集以及《今古奇观》《反唐演义》《雷峰塔》等。早期比较著名的翻译家有曾锦文(1851—1920)和林福志等。曾锦文于1892年至1896年分30卷将《三国演义》译成马来文译本,受到文坛各界欢迎。他强调了该书所具有的教育启示作用,并指出这部小说不失为中国历史的一部杰作的事实。很多学者、评论家及读者对此都有共识,他们在给译者的信中说《三国演义》是"中国有价值的史书,无论是对侨生华人还是懂马来文的当地人,都是有用的"。可见当时研究者的目光,还只停留在将《三国演义》视为一部有教育意义的史书这一较为浅显的层次上,并未形成对作品美学进行价值判断。曾锦文的友人曾在信中评价他的翻译之功时说:"要把《三国》这样的书译成拉丁化马来文,是只有极少数有真才实学的人才能企及的。要译完这样一部巨著,就好像要把一座大山搬开那样困难!……为把《三国》译好,他呕心沥血,进行了不懈的努力。"

据法国著名汉学家克劳婷·苏尔梦博士(1938—)的研究结果表明,1889年至1939年间;马来半岛华人用拉丁化马来语译著的中国古典通俗小说有93种之多,这些作品几乎都是由新加坡出版社出版的。面对文坛的这种形势,有些讲英语的华人不以为然。陈德顺就曾指出:"在海峡出生的华人中间最近出现了一种新的文学,即用拉丁化马来语翻译的中国优秀小说。历史小说《三国志》《说唐》《征东》《征西》《反唐》，还有一些分量较轻的小说如《雷峰塔》《二度梅》等已经译成马来语，进入了侨生华人社会。"不过他最后说："作为华人文学成就的代表；……这些译本是完全不够的。我也不相信译者会要求读者给他们以如此高的评价。"上述评论文字说明这种译著中国古典通俗小说之风已经形成"一种新的文学"，不可小觑，另外也表明有些讲英语的华人对这些作品评价不高。而苏尔梦博士则认为："不管你对它的价值作如何评价，这些资料就足以证明有必要对这种文学进行研究。"但是"不能从文学批评的角度去阅读这些作品；因为阅读它们也许会使你感到失望，但你可以从语言学和历史学的角度去阅读"。① 这样的研究在20世纪80年代初有了新成果。青年学者张丽珍在自己的硕士论文《论侨生华人翻译的中国通俗小说》中，尤为突出地探讨了《乾隆游江南》的翻译问题。在此基础上，作者又写了一篇题为《侨生华人的译作——〈乾隆游江南〉》的论文。② 文中以《乾隆游江南》为研究对象，探求了一部中国古典通俗小说的马来文完整的译本有哪些特点。文中以两章的篇幅分别论述了译者所用的马来语、借词、语法术语及与原文对照中可以发现的马来语译文的特点等。这是一篇典型的从语言学角度研究马来语译文和原作文本之间关系及特点的论文，将引导同类研究进入一个高深层次。

第一节 《红楼梦》研究

中国古典名著《红楼梦》在新加坡的传播与研究，有较深的历史渊源和文化基础。虽然在新加坡迄今尚未发现有任何摘译、节译、全译的马来文《红楼梦》，但是这部令任何中国人都可以为之自豪的伟大之作及其有关人物故事，还是广为传播，并成为学者的研究重点。《红楼梦》进入新加坡的主要渠道是港台地区、中国大陆，文字主要是中文、英文。中文有早期的脂评抄本的影印本，也有各地出版社出版或翻印的各类版本。英文则有英国牛津万灵学院研究员、中文教授戴维·霍克斯翻译的五卷全译本，也有中国杨宪益及其夫人戴乃迭合译的三卷全译本。这种情况促进了《红楼

---

① 《中国传统小说在亚洲》第348、349页，国际文化出版公司，1989年。
② 《汉学论文集》，转引自《中国传统小说在亚洲》第329页，国际文化出版公司，1989年。

梦》研究的发展与深入。20世纪50年代,《天方周报》《时代报》《文艺报》《小说》丛刊等,均有关于曹雪芹与《红楼梦》的研究文章发表。其中,堪称先声的是《天方周报》1955年7月第44期起连载的王昆仑先生（1902—1985）研究《红楼梦》人物的系列文章:《红楼梦三烈女》《王熙凤论》《史湘云论》《探春论》。其足音未远又有程远、金果、辛之、任辛等人的红学研究文章相继发表。

任辛（1921—2010）,原名吴之光,笔名尚有方修、观止等,祖籍广东省潮州。他是新加坡著名评论家,也是新加坡系统研究《红楼梦》的第一人,称之为红学家不为过誉。他不仅在诗文评论集《炉烟集》和《两经轩杂文》中著有咏红诗篇和红学研究文章,而且著有红学论文集《红楼梦简说》。书中共收有9篇研究文章,针对《红楼梦》的思想内容、作者问题、高鹗补作问题、索隐派红学批判问题、脂评和新发现的《红楼梦》抄本问题等,进行了广泛深入的分析研究。其中有两篇文章从《红楼梦》第一回内容的昭示、清人笔记的记载、曹雪芹友人的诗文、脂砚斋的批语等四方面进行探讨,批驳了潘重规教授在《红楼梦新解》①一书中所写的《红楼梦》非曹雪芹所做的结论。另有两篇文章研讨高鹗续书问题,他同意俞平伯的观点:"在功效上看,实在是红楼梦的护法王,万万少他不得的。"并严肃指出:"高鹗补作红楼梦是事实,这一点无论如何是不能抹杀的;不管他的行为是否光明正大,也不管他的修改与补作是否高明。因此,如果有人不顾这种事实,想否定高鹗是后40回红楼梦的作者,以便利于解释自己某一观点,建立自己的奇特的理论,那么,我们站在尊重事实的立场上,是有必要加以批评的。"②虽然他认为高鹗续补《红楼梦》后40回是"功罪参半",但从上述的结论文字来分析,他的态度是基本肯定的,即"功大于过",这也才合了他所引俞平伯的话。《红楼梦简说》一书还将红学研究中的诸多流派,分为"猜谜""考证""分析"三大派。他在批评"猜谜拆字"研究《红楼梦》的方法和观点时说:"现在,大家都知道红楼梦是一部高度现实主义的古典文学巨制,不是谁的族谱或传记,更不是猜谜或拆字的教材。书中的描写,当然免不了渗着若干曹雪芹的家事,以至于当时若干人物的行状;因为一个文

---

① 潘重规教授,台湾学者,曾到新加坡南洋大学讲学。他著的《红楼梦新解》曾由新加坡青年书局1959年出版。
② 《〈红楼梦〉在国外》,中华书局,1993年,第78、79、80页。

艺家,特别是采用现实主义的创作方法的作家,总是以他的生活经验为创作的基础的,他的作品含有若干真人真事;正是非常自然的现象;……稍微有点文艺写作经验的人,更易于认识这一点。"①这表明任辛是以唯物主义的观点评论红学研究的,而且具有一定的理论深度。他的这些红学研究文章,既有作家敏锐的观察力和杂糅杂文的辛辣的散文笔法,又不乏学者的严谨学风和丰富资料,因此深受读者的重视与好评。《红楼梦简说》这部1960年由新加坡青年书局出版的红学著作,表明了50年代新加坡学者的红学观点,对60年代后的新加坡红学研究起了积极的作用,至今仍不失其重要的意义。

20世纪70年代至80年代,新加坡的红学研究已经很深入了。1973年,克劳斯和彼得·凯平合著的《红楼梦新释》自印出版。这部英文论文集虽然只论述了《红楼梦》的作者、小说的主题和社会性等方面的问题,却说明红学研究已扩大到英语读者和学者中间,自然会反映出这部中国名著在不同读者审美接受语境中的不同美学价值。这期间,国立新加坡大学中文系教授皮述民也陆续发表了一些考证性的红学研究论文,较有影响。后结集为《红楼梦考论集》由台湾联经出版事业公司于1984年6月出版。集中所收《略论红楼梦的家史成分》《补论畸笏叟即曹頫说》《红楼梦"棠村序文"的商榷》《脂砚斋与红楼梦的关系》《红楼梦一书五名解题》《贾宝玉与金陵十二钗》《论红楼梦甄府的意义与结局》等研究文章,都在重资料、重实证的基础上,不发虚狂臆断之词,而是小心谨慎地提出自己的真知灼见。他坚持认为:"事实上,想把曹家的史事,——和书中的描写排比印证的人,没有不弄到焦头烂额,前合后不合,此对彼不对的。甚至想根据脂批来做种种考证的人,也碰到同样的麻烦,'横看成岭侧成峰',某几条批语集合起来,好像能证明某一回事,但别人总能找到另几条批评来反驳。"他还列举了一系列"虚构例"来说明《红楼梦》中家史成分的极不纯粹,并得出结论说:"由于家史的成分不纯粹,所以书中所记,决不能一体当作史料来看,如'雪芹生卒与红楼年表'那样,以为书中'不独人物情节是追踪撮迹,连年月也竟都是真真确确的',实在是过于歪缠了。"②由此可以看出,皮述民先生既不同意将曹家的史事——和书中的描写相印证,也不同意根据脂评

---

① 《〈红楼梦〉在国外》,中华书局,1993年,第78、79、80页。
② 同上。

来考证,因为这两种研究都可找到反证,由此也可以说明,《红楼梦》中的家史成分极不纯粹,因而也不能作为史料来对待。80年代末,他又发表了《释"造衅开端实在宁"——兼论曹雪芹处理苏州李家素材的原则》一文。他首先从"宁荣王府;荣府壮大"的读者感受入手,说明曹雪芹"对宁荣两府,他比较偏爱荣府"。"他不但多写荣府,少写宁府,甚至对这两家同时走向衰败的原因,也要归罪于宁府。"①作者又从隶属秦可卿名下的册词和曲词中找到实证。册词中写道:"漫言不肖皆荣出,造衅开端实在宁。"曲词的两句是:"箕裘颓堕皆从敬,家事消亡首罪宁。"作者经多方考证认为,这"宁府"实指苏州李家。因为"从曹、李家关系之密切,'一荣俱荣,一枯俱枯',而两家最终同时走向败亡,作者曹雪芹认为首先应归罪于宁府这一意义上看,宁府是象征着苏州李家的"。接着从考证的角度出发,不仅曹李两家的关系已密切到荣枯与俱的程度,而且进一步考证出贾敬和贾母均为李家之人;从贾珍影射了李家的李鼎,到"笔者认为'可卿事件'的罪魁祸首;应该是李鼎"。最后,作者得出结论认为:"苏州李家的事迹确是大量的被用为红楼梦的小说素材,不过,都已化整为零,甚至改头换面,这两点,似可视为他(曹雪芹)处理苏州李家素材的原则。"这篇在国际《红楼梦》研讨会上发表的论文,可以说代表了80年代新加坡学者研究《红楼梦》的学术水平;是融索隐派、评点派、新红学派三派为一体的研究,为90年代新加坡的红学研究拓宽了道路。

第二节 中国现代文学研究

由于新加坡的华人占多数,因此中国现代文学的作家作品传播很广,影响也较深广,研究者占有资料也很方便。早在1928年,新加坡的《南洋时报》上就刊载过署名"灵谷"的《郁达夫的小说》的研究文章。后因郁达夫曾于1938年末客居新加坡,任《星洲日报》副刊编辑,后又兼编《文艺》《教育》等周刊,1941年又任《华侨周报》主编等,在当地颇有影响。所以在他于1945年8月被日本宪兵杀害之后,新加坡学者对他文品和人品的研究文章日渐增多。1948年9月3日《星洲日报·星云》发表了署名柳风的研究文章《论郁达夫的诗》。1958年7月1日新加坡南洋热带出版社出版

---

① 《红楼梦研究集刊》第14辑,第267—283页,以下引文均见此注。

了由李冰人、谢云声编的《郁达夫纪念集》，除收有回忆其人其事的文章外，研究文章主要有志苇的《郁达夫的旧诗》；李阳的《郁达夫和他的作品》、陆丹林的《郁达夫的诗词》、乔志钧的《郁达夫的文学生涯》等，对郁达夫的作品进行了较为全面的评价。1958年12月南洋热带出版社出版了《郁达夫集外集》，郑子瑜、李冰人分别为此集写了序，并在序中评价了其中所收诗文的价值。1963年10月南洋学会出版的《东都习讲录》中收有郑子瑜《论郁达夫的旧诗》一文，对郁达夫的旧诗给予了很高的评价。1972年，任辛又以笔名方修在《郁达夫抗战论文集》序中，对郁达夫旅居新加坡期间的文学作品进行了客观的研究与承认。指出这些"心血所铸的作品"，迄今"却大部分仍无单行本"。一般人认为郁达夫在新加坡期间只写了一些旧诗词和几篇游记，其实"最重要的倒是一批短小精悍的政论"，"其次则是一系列的文艺短论"，"这两部分作品，少说也有百数十篇，目前尚散落在战前的星洲、总汇、星槟各报的副刊上面"。"所以，本地人士目前如想研究郁达夫，第一项工作应该是搜集郁氏留在星马的大批遗文，编辑一册较为完整的郁达夫南游集。"①方修认为，郁达夫在新加坡期间所写的政论之所以重要，是因为它们"不但在数量上比起他同时期的其他样式作品如游记、诗词等要丰富得多，而且在思想内容上也远非那些游记或旧诗词所能企及，甚至比他南渡前在中国的一般作品显得更加坚实"。"这些政论散文显示，郁氏晚年的思想似乎有着一番飞跃的进步。青年时候那种感伤的浪漫主义色彩减退了，中年时期那种名士型的闲情逸致消失了，代之而起的是严肃平实的议论、坚定乐观的态度以及为正义为和平而献身的大无畏精神。"作者注意到，这些政论散文是郁达夫一生作品中很重要的一部分，也是研究其文学生涯不可忽视的一个环节，他的研究不仅弥补了研究郁达夫的学者在这方面的种种不足，而且为全面、准确地评价其创作思想，提供了宝贵的资料，也为新加坡的郁达夫研究者指明了方向。

在新加坡诸多研究郁达夫的学者中间，郑子瑜（1916—2008）的研究较有成绩。他原是福建省龙溪人，抗战前在上海主编《涟漪》和《九流》杂志。1936年底曾在厦门拜见过郁达夫，颇为敬仰。1938年定居新加坡。他对中国的修辞学很有研究，著有文史专著《中国修辞学史稿》。他对晚清诗人黄遵宪以及鲁迅、郁达夫等现代作家研究精深，被誉为"知识渊博的学者

---

① 《郁达夫抗战论文集·序》，1977年2月星洲世界书局初版。以下引文均见此注。

和作家"。文学评论集有《鲁迅诗话》、《人境庐丛考》、《东都习讲录》、《诗论与诗记》等,还编有《郁达夫诗词集》等书,此外,还著有散文集、杂文集多部。1962 年起先后被聘为日本东洋研究所研究员、早稻田大学研究院及大东文化大学研究院教授等。1962 年,他应日本各大学及研究所与汉学会之邀前往讲学时,曾写有《论郁达夫的旧诗》,文中认为,"达夫的旧诗,受宋人的影响最深,这可能是因为他所处的时代,与宋朝有若干仿佛之处。但宋诗主说理,而达夫诗却是道情取胜,我想最大的原因,是因为宋代诗人,喜欢以散文入诗,这就正合达夫的脾胃了"。① 作者在文末的结论中说:"平心而论,达夫的诗,无论从哪一个角度来看,都比宋诗要好得多,这真是'青出于蓝而胜于蓝';也正如刘勰的《文心雕龙》所说:'盖文体通行既久,染指遂多,自成习套。'若说达夫有心要模仿古人,那就未免太小觑达夫了。"作者认为郁达夫只是喜为旧诗,随手拈来,"自成习套"而已。宋诗因以理入诗,作诗"言理而不言情",远比汪洋恣肆、诗情横溢的唐诗成就要逊色,难称一代之文学,尽管如此,宋诗在中国文学史上仍占有重要地位。作者认为郁达夫的诗"比宋诗要好得多",可见对其评价之高;郑子瑜在《郁达夫诗出自宋诗考》一文中,又对郁达夫的旧诗出处进行了考证,他认为主要出自宋诗。作者分析道:"达夫少时只读唐诗。"后因对同是杭州府属下的清康熙末年诗人厉鹗(1692—1752)非常崇拜,爱屋及乌,自然也喜欢他所撰制的《宋诗纪事》和《南宋杂事诗》、因而对宋诗就有了极其深刻的印象。作者认为"'染指既多,自然习套'这也许是达夫诗出自宋诗的一个更为可能的原因"。在文中,作者将郁达夫出自宋诗的部分,一一列出,多达 40 余处。早在 1936 年底,郑子瑜在厦门拜见郁达夫时,就曾表示他有意写一篇《郁达夫诗出自宋诗考》的文字,郁达夫未曾否认他的诗与宋诗的因缘,只是笑着说:"什么时候大作写成了,请寄给我一看。"作者在 37 年之后才完成此作,并得出与 10 年前《论郁达夫的旧诗》一文中相同的结论。能将郁达夫的旧诗进行如此细致的整理、考证、分析,并给予如此高的美学评价,可见郑子瑜对郁达夫的偏爱了。

60 年代,新加坡对中国现代文学研究较有深度的文章还有出自黄应良(1933—)之手的《闻一多的新诗论》。黄应良是生于香港的新加坡诗人和评论家。1960 年毕业于南洋大学中文系,后曾在教育部任职,现任新

---

① 《论郁达夫的旧诗》,见《东都习讲录》1963 年 10 月南洋学会出版,以下引文均见此注。

加坡作家协会理事。主要诗集有《中国的小诗》《时间的河流》《心境的展示》等。这篇《闻一多的新诗论》不是论闻一多先生的新诗,而是论他在新诗理论上的贡献。作者认为:"在新诗方面,他有他一套很完整,有系统而富于建设性的理论和主张。"①闻一多先生的这些理论和主张,并不是集中地发表在一篇文章里面或一部论著中,是散布在他的若干著作中。作者在仔细研读了这些文章之后,横观纵览,摘录排列,总结归纳出以下六大要点:"一是确定新诗在中国文学史上的地位;二是探讨新诗的新内容与新形式;三是建立新诗各方面的理论;四是批评新诗各方面的时弊;五是提出中国新诗人应具的态度和眼光;六是暗示新诗的进路和未来。"他认为闻一多先生了解新诗在中国诗史上未来的地位与价值,预见到新诗有"光明锦绣的前途",因此他努力去探讨、钻研、发现新诗的新形式和新内容。新形式即"重新做起"的诗、"不像诗"的诗。新内容即"像小说,像戏剧"一样的多姿多彩,繁富而有味,"能使人兴奋,使人感到亲切的内容"。在第三个要点之中,作者认为闻一多要在"新诗的格式、音节、修辞、内容和艺术各方面"建立起新诗的理论,这其中不乏许多新的见解和建设性的主张。作者肯定了闻一多先生以郭沫若新诗为例批评中国新诗西洋化的时弊。正确的新诗应该有如下的美学本质:"它不要作纯粹的本地诗,但还要保持本地的色彩;它不要作纯粹的外译诗,但又尽量地吸收外译诗的长处。他要做中西艺术结婚后产生的宁馨儿。"闻一多先生这段话,不仅对当时的新诗创作,乃至当今诗坛的创作都具有重大的理论指导意义。他实际上指出了中国当时新诗人所应具有的正确的创作态度、方法以及深邃、宽广的美学视野。作者认为闻一多先生暗示人们:"新诗若要有光明的前途,而成为一种独立的艺术",就要"带着'诗的格律',向着小说戏剧的道路前进。这样,在未来,新诗必能开出美丽灿烂的花朵,成为广大人民的艺术文学"。这种暗示在中国诗歌发展史上已成为确凿的事实,当今的诗歌创作未能脱离闻一多先生在半个多世纪以前提出的理论前提。应该承认黄应良这篇研究文章的理论意义。

80年代,新加坡现代文学研究领域出现了吴桑格的《巴金和俄罗斯文学》一文。早在1946年4月13日,新加坡《风下》周刊第十九期,曾发表过

---

① 《闻一多的新诗论》,见《论马华文艺的独特性》,新加坡南洋大学创作社,1960年10月版。以下引文均见此注。

金丁的文章《〈人民是不朽的〉与〈虹〉》，对茅盾的两部作品进行对比研究。而吴桑格则是从比较文学影响研究入手，对巴金和俄罗斯文学的关系进行研究。

在第一部分绪论中，作者从"巴金对俄罗斯文学的基本观点""克鲁泡特金和俄国革命者""屠格涅夫、阿志跋绥夫和路卜洵"三个方面，概括了巴金所受到的俄国文学的影响。他认为："如果说，俄国革命者使巴金了解到他们对人的要求，是应具有堂吉诃德式的品质，那么，屠格涅夫、阿志跋绥夫和路卜洵的小说则向他揭露了许多俄国知识分子的心理上的病态——他们往往由于幻想和错觉、愤世嫉俗和绝望而走向毁灭。巴金小说中的知识分子表现出内心的真诚和思想上的矛盾彼此纠结，现实、幻想、希望和绝望混合在一起。这些都和俄国作品中的同类人物有许多共同之处。他们的'非英雄主义'，如我们将在后面的讨论中所见到的，使得他们比起那些真实的恐怖人物，更类似俄国小说中的主人公。"①很显然，作者重点研究了巴金与影响他的俄国作家作品之间在艺术形象塑造上的相似性，并进一步分析了这些相似的形象有哪些类似的美学品格。

在第二部分中，作者考察分析了"在巴金那些独立不羁的知识分子形象中——这点他早期作品中的中心主题——受到俄罗斯文学中相似的人物形象何等程度的影响，以及巴金对他们是怎样进行自己的创造的"。经过大量的实事求是的分析，作者发现了巴金笔下的主人公不仅涂有深浅不一的"俄国色彩"，而且存在着一一对应的关系。由于"《工人绥惠略夫》与《灭亡》有惊人的相似之处。两个故事都是围绕爱与憎、复仇与毁灭这一主题"。作者首先发现"这两部小说中的两个主人公在第一次出场时就很相似。他们那冰冷的、望人欲穿的目光，带着痛苦的神情，使人一见便难以忘却"。接着，作者又分析他们性格的转变，"这两个人都放弃了他们先前认为爱能拯救世界的信仰，而开始憎恨所有的人"。最后作者对他们的性格发展进行定位分析："结果这两部小说中的主人公都把以启示录形式来拯救社会，给人类以正义，看作是自己天经地义的责任。""这两个主人公在行动上、思想感情上，对世界和生活的总看法上、人与人之间的关系上以及他们最后的命运和导致这种命运的环境上，也都有着明显的相同之处。"

---

① 美国《中国文学》1981年3卷1期，转自《巴金研究在国外》，湖南文艺出版社，1986年。以下引文均见此注。

经过如此多层次的分析,作者显然可以轻而易举地得出这样令人信服的结论:即阿志跋绥夫笔下的绥惠略夫,是巴金成名作《灭亡》中杜大心的原型。为了支持自己的总的观点,作者又分析了一个颇具说服力的例证。"认真地比较一下,不仅可以看到《新生》和《灰色马》存在着很多相似之处,而且可以看出巴金故意用'新生'作为自己的小说的名字,以便与'灰色马'形成鲜明的对比。"借此说明,《灰色马》中的佐治是《新生》中李冷的原型。作者分析说:"在小说的前部,路卜洵笔下的佐治和巴金笔下的李冷,有着许多相同的地方。""这两个人都是感到幻灭的革命者,他们在生活中没有目的。""他们两人都是完全为私欲所驱使的孤狼。他们与他们周围的人没有任何相同的东西。""他们两人都发现周围的一切都是可憎的,因而跳出生活,用无止无休的愤世嫉俗的眼光来看待人类生活。结果都变成了极端的理性主义者,认为他们的法律才是法律。这时他们的忧虑,他们的推理过程几乎相同。"《新生》采用了日记的体裁,《灰色马》也是用日记形式写成,但《新生》不是《灰色马》的中文翻版,因为巴金要借用《灰色马》来表现自己的创作思想。在佐治一直走人生下坡路的同时,李冷却走上"一条斗争向上的道路"。"这两个主人公在小说的结尾时都死了。临死前,他们都幻想着自己头上戴着'荆棘的冠'。但是对佐治来说,这是一顶死亡之冠,对李冷来说却是一顶荣誉之冠,虽然两个人都坦然地对待死亡,但佐治的态度是那样的冷漠、孤寂;而李冷的镇静却体现了爱和崇高。"《新生》对《灰色马》的背离,是巴金经过认真细致的思考后构思成的。作者认为,巴金苦心孤诣地促成李冷的转变,以便使人们看到"新生活的希望之光:在那千千万万被摧残的生命的痛苦经历和悲惨命运之中,一个崭新的中国正在兴起"。在这部分中,作者最后比较了《爱情三部曲》和《罗亭》,指出:"周如水和吴仁民两个人的形象合起来便构成了一个完整的中国式的罗亭。""周如水没有罗亭那种流利的口才和激情,却有着罗亭那种矛盾的心理:可以为事业和原则而献身,却不能为某种具体的事和某个人承担义务。我们还可以看到在女主人公的自然、主动的爱情面前,这两个人都犹豫了、退却了,完全地失去了勇气。"而在吴仁民身上"有一种特有的自相矛盾:夸夸其谈,却没有自信心;热情洋溢,但不讲究实际;道德上敏感,却不能信守,这种种特征都可以在罗亭身上找到"。作者认为:"巴金有意识地借用并改写了这个著名的俄国典型,来描写当时发生在中国的类似现象,尽管他笔下的主人公们的痛苦和他们处理问题的方法依然是中国式的。"巴金对俄国文学的接受,从人物塑造方面来分析,主要有三种表现形式:一是直接翻版,二是演变原型,三是保留基本特征。作者认为"这一切都明显地说明了巴金在创作初期从俄国文学中获益匪浅"。

在第三部分中,作者进一步分析了巴金之所以着重从俄国文学中寻找创作素材的原因。"当时中国有许多知识分子目睹了使俄国与西欧相脱离的历史过程,因此他们渴望中国发生同样的变革。他们感到俄国文学中的冲突、矛盾和结局正是他们自己所关心的,这奠定了他们倾心于俄国作家的基础,同时也奠定了他们接受俄国文学影响的基础。"而巴金无疑就是这些知识分子中的一员。他以自己丰富的艺术想象力描绘出自己对时代的理解,尽管悲愤,但也不乏生气、锐气。作者吴桑格能对巴金早期的创作有如此深刻的分析,不能不说已经达到了很高的水平。

新加坡对中国文学的研究,不会停留在20世纪已有研究成果的水平上。

第六章
印度尼西亚中国文学研究

19世纪中叶以后,印度尼西亚土生华人开始在报刊上将中国的一些宗教书籍、古典通俗小说、历史小说、武侠小说、言情小说等,译成中华—马来语①和爪哇语、望加锡语等方言,这些作品开始被介绍给印度尼西亚各地的土生华人。据学者统计,19世纪70年代至20世纪60年代,印度尼西亚华人翻译家共译介了759部中国作品。其中的《三国演义》、《聊斋志异》、《山伯英台》和武侠小说,不仅深受土生华人读者欢迎,而且也吸引了大量印度尼西亚读者。1949年,蒙丁萨里在《中华诗集》一书中,将《诗经》以及李白、杜甫、苏东坡等中国著名诗人的诗歌41首译成印度尼西亚文。这是印度尼西亚学者首次从翻译的角度认真评价中国诗歌。

自1859年,《薛仁贵征西》被译成爪哇语以后,印度尼西亚学者对中国文学的研究即以开始。他们企图从渗透着孔孟儒家学说的中国古典作品中发现能为我所用的营养。尤其是大量的土生华人译者,更迫切希望从中能觅得或追回自己民族的文化底蕴和传统意识,以抗拒西方文化日甚一日的侵蚀。另外如此大量的翻译或改写中国文学作品的实践,也造就了一批华裔作家。他们开始以当地社会发生的真人真事为素材,用当地语言创作,至19世纪末20世纪初,印度尼西亚文坛出现了一种别具一格的新文学,即华裔马来文学。荷兰学者德欧教授深刻地指出,华裔马来文学"在当今印度尼西亚文学发展史上是个关键的一环"。印度尼西亚学者就从关注大量的中国文学译本和华裔马来文学作品的角度,开始对中国文学进行研究并逐渐深入下去。

---

① "中华—马来语"即华人讲的马来语,其基本语法属于马来语,吸收了大量汉语(闽南方言)借词。主要为土生华人使用。

第一节　中国古典小说研究

　　据研究者认为,东南亚诸岛国的翻译活动多是由华人后裔承担的。他们祖籍多是中国福建,而本人则自幼在家接受中国式的私塾教育,如望加锡的林庆镛(1873—1938)和西爪哇的钱仁贵(1890—1978)等。有时翻译工作也由译作者与通晓汉语但缺乏马来文写作能力的读者合作完成,如李锦福(1853—1912)的译作,就是在他的朋友陈起南和戴百泰的协助下完成的。这种译介中国古典小说的方法,在20世纪30年代以前的马来语世界极为普遍。20世纪初的大部分译者是那些曾在当地中华会馆所设的中学里受过华语文学教育的侨生华人,如吴兆元(1890—1956)、王金铁(1893—1964)、陈泽和(1894—1948)等。

　　虽然译作者众多,但适应当地读者阅读审美要求的中国古典小说却较少,于是在东南亚诸岛国早期的翻译活动中,往往会出现用不同方言出版的同一部小说或同一个内容的译本。如《梁山伯与祝英台》,1873年出现第一部爪哇文译本,相继又有马来文、巴厘文、马杜拉文等多种译本问世。研究者还发现,许多译本都是根据原来尚存的爪哇文和马来文的原始译本移植转译而成的。对这些译本进行研究还会发现,中国古典小说在几经译介的传播过程中,情节结构往往被改得支离破碎。这些译者的自由度很大,有再创造的意味。他们可能略去诗句,有时甚至略去章回回目,有时还会删掉一些描述环境和人物的段落。学者在详细分析、研究、比较了《李世民游地府》的六种译本后发现,马来文译本都略去了冗长的头衔、官员的称谓以及地府中各类人物的衣着服饰色彩等相同的细节。而对于十八层地狱和可怕的酷刑等部分段落的描写,马来文译本却颇忠实于原文,这显然是出于吸引读者兴趣的考虑才这样做的。

　　为了吸引读者,使原作的故事情节能同读者所熟悉的文学类型相一致,有的译作者还自行增加了一些内容。如1884年在巴达维亚(雅加达)出版的《王昭君》译本中的许多段落里,中国的王昭君居然会用纯粹的马来诗歌形式——板顿诗(Pantun)来抒发自己的忧伤情怀。著名的翻译家钱仁贵曾于1910年至1913年期间,在报纸上分62次将《三国演义》全本翻译出来。他在译文的序言中简略扼要地说明他进行翻译时所遵循的原则:"努力使译文忠实于原文,又能适合读者的口味。"译文中还附有一幅地图,标上与故事有关的地名,并着意将原著中的纪年换算成公元日期,将原文中的旧地名和现代新地名加以对照解释。其实,在19世纪末印度尼西亚出现《三国演义》的节译本以后,东南亚诸岛国的不少学者都对它进行了介绍性评论。著名学者穆罕默德·萨勒·宾·柏朗(1841—1915)在马来语读者范围里曾提及过有关这部作品的教育意义。1894年,他在写给一位侨生华人的信中曾评论说:"我非常喜欢读中国故事书,尤其喜欢《三国演义》,因为它包含许多有价值的东西,包含着连为王室效忠的那些官员也应该倾听的暗示和寓言。"明显可以看出,他非常重视这部作品的儒家正统思想,并想以此为当时社会寻觅出政治上的借鉴与训诫意义。直到20世纪,这部长篇巨著在印度尼西亚人中间仍拥有广泛读者。据说苏加诺总统也曾多次读过这部小说,可见其对不同层次的读者都表现出巨大的艺术感染力都有审美教育作用。J.B.郭(John B. Kwee)在自己的博士论文《印度尼西亚侨生华人的汉文马来文学(1880—1942)》中,曾指出在印度尼西亚考察时的巨大收获。他说:"使我感到高兴的是,我偶然发现了《王昭君》这部小说,这也是我祖母爱讲的那个故事。这本书有594页。我读完这本书时,不由得对我祖母的记忆力感到敬佩。这部小说的主题、情节和人物同40年前我祖母告诉我的一模一样。"可见当时汉文马来文学的读者对中华文化、文学的深爱,尤其是像王昭君这样爱国的巾帼英雄,更令全域外的华人永生难忘。

  1948年至1959年,印度尼西亚的大多数译介的中国古典文学作品,在最后以书本的形式出版以前,几乎都在报纸上和专门刊载汉文小说的杂志上发表过。读者渴望阅读的主要是中国古典小说(尤其是历史小说),也有少部分武侠小说。这些作品的译著对读者以及当地文学的发展都有很大的影响。在迫切想读到历史小说的读者中,以华裔读者为主。评论家以为,这些侨生华人从未脱离过中国的传统文化。由于舞台上的演出以及"业余的"或专业的说书人的复述,使历史小说中的传统文化内涵,不断地敲击着这些侨生华人的心房,并持续地影响着他们的思维方式与生存方式。这些小说通常反映了较为传统保守的思想意识,以至于有的评论家,如Y.W.马所说,这些小说一般告诉人们的"显然是佞臣在祸国误君。读者很少怀疑事情发生的原因,很少怀疑帝王在为其自身、为其臣民带来灾害方面负有责任"。① 他认为这些历史小说的主题不外乎"国家的安危与改朝换代",从而宣扬一种爱国主义思想,在这一点上,它和侨生华人在心理上有了沟通。

《西游记》也是印度尼西亚人民非常熟知的作品。100回的《西游记》马来文全译本,早于1895年至1896年分别在巴达维亚(雅加达)和三宝垄出版,继后又由爪哇的孔教会以《西游真诠》之名出版。译者胡永强在序言中直言不讳地说明,他翻译这部小说的目的"是要解释小说中某些段落的'内在含义',尤其是涉及中国原著的那些典故,同时也可以把中国哲学的一些精辟之处解释清楚"。要达到此目的,这不仅需要丰富的中国文化历史知识,还必须对中国儒家思想和佛学有深刻的了解,译者具备这些条件。他如此呕心沥血地解释作品中的这些"内在含义","希望以此来说明《西游记》是一部严肃的、有意义的文学作品,同时也让读者了解古代中国的丰富的精神遗产"。能将《西游记》视为一部"严肃的、有意义的文学作品",是对这部神话小说的幽默诙谐色调的理论升华。它虽然通俗易懂,为读者所喜闻乐见,但它决非"雕空凿影"的荒诞之作。这是译者兼评论家的胡永强对这部佛教神异小说有精深分析理解的缘故。他的译本被认为是所有马来文翻译的中国古典小说中翻译得最准确、最完整的一部佳作,也是唯一一部大胆将汉文著作中的诗词译成马来文的译著。

荷属东印度政府于1908年成立了巴莱出版社,在出版的一批大众读物中,有两卷是描写梁山伯与祝英台爱情故事的。印度尼西亚学者台台·奥托姆评论这部译作时说:"这个故事的核心是少女祝英台和少年梁山伯的爱情故事。……在其发源地中国,这个故事早在公元四世纪时就已经为人所知了。围绕这个核心情节,经过中国和其他国家的富有想象力的作家的解释,出现了许多不同的版本。"他的论文指出这部译作的爱情主题,并阐明了一个中国故事终于演变为印度尼西亚故事的过程。尤其是原作中的中国风土人情被加进了许多现实的地方色彩。如两人初次相逢时竟互相握手;梁山伯死后,梁母竟用祝英台送的钱做生意等。研究者认为这些改动,实际上如同是对原作的改编。他们在分析这些已经变异的故事细节时,发现了作品实质性的变化。

---

① 《中国历史小说:主题与内容概述》,《亚洲研究杂志》,第34卷,第2期,1975年2月。

第二节 中国武侠小说研究

印度尼西亚的研究者认为,中国历史通俗演义与侠义故事(后来所指武侠小说及其各种流派),主题上有交叉,但不可混为一谈。历史演义中的主人公是率兵战斗于疆场的文官武将,而在侠义故事中,主人公往往是为了个人的某些利益而行动的游侠,通常是单枪匹马地战斗。历史演义集中描写主人公的文韬武略,而侠义故事则集中地写英雄好汉的忠义与个人的勇气。当然,这两类小说中都有可能渗入一些荒诞不经的东西。历史演义小说之所以能在印度尼西亚包括其他国家的华裔中不断地激发起民族情感,可能就是因为它们所包含的深刻的使命感的美学内涵,使读者在自觉不自觉之中产生一种民族延续意识和民族传统意识。这种氛围笼罩着整个华裔社会,使生活在其中的人们产生感情和心理上的共鸣。而侠义故事和武侠小说盛行,部分原因是教育的普及,人们需要有更多的消遣读物;更重要的原因恐怕还在于,伴随着政治变革而发生的社会变革极其有限,人们对此感到不满。正是武侠小说中所描写的那些自行其是的英雄豪杰,使那些无法在自己的生存空间里干一番事业的读者从中得到某些精神满足。正如印度尼西亚著名武侠小说家许平和谈及他创作武侠小说的目的时所说:"武侠小说可以自由地进行抨击,易于塑造正反两方面的人物,就如爪哇皮影戏那样。屡遭挫折与失败的社会欲造反不能,只好通过阅读武侠小说来发泄胸中的不满。坏人失败,好人胜利,读者满意,他会情不自禁地高呼:'Nah Lu!(哼,他也有今天!)'"[①]他发自内心的这番评论,恰恰是对武侠小说盛行原因的最准确的概括。

据研究者分析,20世纪20年代以后,中国武侠小说就逐渐开始风行印度尼西亚。汉文中称为的武侠小说在马来文称作 cerite silat,目前尚无法得知汉文和马来文的这种称谓,源于何时。但学者 R.J.威尔金逊(R.J. Wilkinson)已证实 silat 一词见于19世纪的手写本。cerita silat 一词的出现较晚。克劳婷·苏尔梦考察所知,这一名词第一次被用来表示现有的意义是在1933年,当时它被用于1930年创刊的《小说宝库》杂志的新刊名中。使用 cerita silat 一词看来是为了与 cerita kiam Hiap(汉文"剑侠小说")一

---

① 印度尼西亚《罗盘报》,1981年4月12日。

词竞争。1930年何乃全创办的杂志中曾使用过Kiam Hiap("剑侠")一词。近年来这些词被cerita Kongfu所取代。Kongfu是汉文中"功夫"的意思,被学者认为是从香港传去的。它由原来指"手艺、技巧、技艺",而在武侠小说中专指英雄好汉们的武艺。梁友兰的文章《剑侠故事的影响》还曾对cerita silat的原文和译文在主要包括印度尼西亚在内的东印度群岛地区,受读者欢迎的详情进行过介绍。[①]

据不少研究者声称,"这类小说是清朝末年在中国发展起来的,1919年后风靡各地",而后逐渐蔚然成风,形成"哪里有中国人,哪里就有功夫小说"的局面。早期的主要作品之一是石玉昆的《三侠五义》(1879),又名《七侠五义》。此书1928年至1929年由黄金长第一次译成马来文在报刊上连载。苏三碑乐得(Susan Blaler)的博士论文《评〈三侠五义〉及其与〈龙图公案唱本〉的关系》,曾对初版原著及以后各种版本的流传都有研究定论。魏绍昌对此种武侠小说于1919年在印度尼西亚的流变也有进一步的探讨。研究者无法确切探知中国武侠小说的成书年代,因而也无从估计原著初版与马来文译本初版之间究竟相距多长时间。中国武侠小说的译文通常是在《新报》《镜报》《生活》《小说》等报刊上刊载的,同时也常以书本形式,辑几个故事发表。印度尼西亚刊载武侠小说全译本的第一种杂志出现于1930年,初名《小说宝库》,四年后易名为《武侠小说》,由著名翻译家陈德和(1894—1948)在万隆创办。1931年,翻译家何乃全在打横创办了《剑侠小说月刊》等,当时中国武侠小说马来文的译作者多达40余人,如还珠楼主(1903—1961)等。因武侠小说颇能迎合当地一般读者的阅读审美心理,以至于一般被称为"现代中国文学"的代表作品译本竟很少有人问津。1942年日本占领印度尼西亚,使这种大规模的翻译武侠小说的活动,突然间停下来,直至第二次世界大战后才得以恢复,武侠小说在报刊上又重获光明。

50年代末及60年代初,由于政府的干预,武侠小说在印度尼西亚报刊上连载的译介活动被禁止,出版社开始出版武侠小说的译本。1964年左右,武侠小说的翻译家兼作家许平和在梭罗创办自己的出版社《回声》。1965年以后,由于读者的大量需求;又重新出现大规模出版武侠小说的活动。其中改编和模仿汉文武侠小说的风气日盛,形成一种中国武侠小说

---

① 参见《新报》周刊,第16卷,804,1938年8月27日,第31页。

"土著化"的趋势。在中国武侠小说的影响下,一种新的武侠小说"传统"或者更确切地说是"模式"正在印度尼西亚形成。评论界曾对以这类"模式"进行创作的著名作家许平和评价说:"尽管许平和一生当中没有去过中国大陆,但他有意识地选择中国为其武侠小说的背景,因为这样一来,他就可以尽情地讽刺而不致危及自己的生存。他可以在小说中对政治发泄心中的不满,甚至痛骂一顿,也不会影响他的创作生涯。因为被他攻击和咒骂的是古代的中国政府。如果他直接议论本地的问题,那就非倒霉不可。"①许平和创作的发生在中国大陆的小说无疑完全是虚构的,只要尽量使之与印度尼西亚地方化结合起来,这类以中国为背景的虚构故事就会受到印度尼西亚广大读者的欢迎。这种创作模式逐渐形成了一种武侠小说的传统。

一般认为在印度尼西亚研究中国武侠小说的权威学者是现任教于新加坡国立大学的廖建裕博士(1941—　)。由于他是印度尼西亚人,因此对印度尼西亚的文学发展、研究投入了很大热情。他曾发表了多篇论述中国武侠小说在印度尼西亚的文章,如《金庸的武侠小说在印尼》(《联合早报》,1984年11月3日)、《梁羽生的武侠小说在印尼》(《联合早报》《星云》副刊,1984年12月18日)、《古龙的小说在印尼》(《联合早报》《星云》副刊,1985年3月14日)等。他在《印尼武侠小说概论》一文中,以翔实的材料,精辟的分析,全面探讨了中国武侠小说在印度尼西亚流行的原因,论述了印度尼西亚文中国武侠小说对印度尼西亚通俗文学与社会生活的深刻影响,展望了印度尼西亚文武侠小说在未来的生命力和前途。他深刻地指出:"印尼文武侠小说(如果连同已译成印尼文的中国演义小说包括在内)已有将近100年的历史了,这可以说是中国通俗文学的移民。最初,这是移民文学的一部分,但逐渐地它变成了土生华人文学的一个环节。随着土生华人文学的愈加印尼化,武侠小说也有'愈加印尼化'的趋向。不过,与其他土生华人文学有点不同,印尼文武侠小说的精神与故事多数还带有颇浓厚的中国文化的色彩。但是,在语言与表达方式方面,毫无疑问它已是印尼化了。"②这段规律性的总结,不仅适用于印度尼西亚,可以说适用于所有以华裔为主要民族的国家和地区。

---

① 印度尼西亚《战争》月刊,1980年3月2日。
② 见《南洋与中国》,南洋学会,1987年。

廖建裕还在《印尼武侠小说家——许平和》一文中评价说:"许氏因为没有中文根底,没能直接翻译中国或港台的武侠小说,可是他对中国的武侠小说的故事情节了如指掌,很可能他熟读了印尼文版的武侠小说,也看了许多港台的武侠片,然后重新'消化',再加上自己的想象,于是写成了相当独特的印尼文武侠小说。在他的武侠小说中,往往可以看到金庸、梁羽生、倪匡以及古龙的影子。"[1]这段文字可视为中国武侠小说对印度尼西亚文坛影响的最好的例证,在这种影响下,印度尼西亚派生出一批许平和式的当地作家,促进了印度尼西亚文学的发展。廖建裕在《战后功夫小说在印尼》一文中,选用了颜威嘉亚(金庸小说某些译本的改编者)对金庸作品的评价,来说明自己的观点:"金庸是功夫作家中的佼佼者。他的举世知名的作品在十部以上,我们很难断定这些作品中哪一部最好。也许可以说,《神雕》最使人激动,《倚天屠龙记》最使人神经紧张,《天龙八部》最错综复杂,《雪山飞狐》最扣人心弦,但最优美而富有浪漫色彩的是他的《射雕英雄传》。"[2]

武侠小说至今仍在印度尼西亚受到欢迎,尤其是受到华裔的欢迎,这种审美趋势会促使学者的研究继续深入下去。正如学者甫榕·沙勒曾经撰文指出:"印尼华人马来语文学作品中有一批从中国古代文学作品改编或翻译过来的,其中尤以武侠题材的最受欢迎,有几篇极为印度尼西亚人所熟悉,并且已成为全体人民的共同财富。例如《梁山伯与祝英台》在巴厘已经成了民间故事。华人马来语改编的故事中最出名的是《三国演义》。假如认为上述文学作品的对象只是华裔,那就大错特错了,因为实际上其他阶层的人们也很喜欢它。"[3]中国古典文学于是逐渐成为印尼人民不可或缺的精神食粮。正因为如此,印度尼西亚的中国文学研究会越来越深入。

---

[1] 香港《华人》月刊,1986年12月号。
[2] 《中国传统小说在亚洲》,国际文化出版公司,1989年,第463页。
[3] 《中国印度尼西亚文化交流》,北京大学出版社,1999年,第80页。

欧 美 篇

第一章
20世纪中国文学西播的背景与现状

中国文学在欧美的传播,经过几个世纪的缓慢发展,进入20世纪,尤其是20世纪下半叶之后,便呈现出了前所未有的繁荣景象。这表明中西两种迥然不同的文学和文化的碰撞,正在日益广泛而深入地展开。其中有很多现象,并不见于同质文化圈内两个国家间文学和文化的交流,因而在世界文学关系史和学术史上具有特别重要的意义。面对中国文学的这一段西播历史,我们理应认真加以考察,加以总结。

第一节 西播肇始和早期译介

根据史书上的记载推测,中国和欧洲的接触可以上溯到公元前数百年,①绵延至今,已有20多个世纪。但在这漫长的中西交通史上,中国文学的西播究竟始于何时,却因史料缺乏而依稀难辨。13世纪,柏郎嘉宾②、马可·波罗等欧洲人曾经到过中国,尚且撰有史著或游记传世,但他们的兴趣在外交、宗教或贸易方面,而不在文学。据称,16世纪葡萄牙国王赠给罗马教皇利奥十世(1513—1521年在位)的礼物中,有一部汉籍在内,③后人却不知是哪种典籍,其下落如何。尽管如此,这件事还是清楚地表明,当时欧洲已经开始珍视中国书籍。16世纪中叶,葡萄牙学者巴罗斯④在中

---

① 据称,希腊历史学家希罗多德和克特西亚斯均曾提及中国。参见方豪《中西交通史》(一)台北,1955年,第71—72页。
② 柏郎嘉宾(一译卡皮尼,1180?—1252),意大利人,欧洲第一个访问蒙古帝国的天主教使者,著有《蒙古人史和鞑靼人史》一书。
③ 详见拉克(D.F.Lach)《欧洲形成时期中的亚洲》第2册,芝加哥,1977年,第227页。
④ 巴罗斯(João de Barros,1496—1570),葡萄牙人文主义者、历史学家,著作有《亚洲十年史》(1552)等。

国仆人的帮助之下,又开始以汉籍为资料进行著述,可惜他的大部分著作已经失传。稍后,西班牙学者门多萨较多依靠东行者的报道,写成《中华大帝国史》(1585)一书,①引起了西方的注意。伊比利亚半岛遂成为欧洲的第一个汉学研究中心。

与此同时,已沦为西班牙殖民地的菲律宾则是中国文化西播的中转站。在未叩开中国的大门之前,西方的东行者多半逗留于此,跟着侨居菲国的华人学汉语,读汉籍。1590年,第一部汉籍西译在这里问世了。译者系西班牙天主教多明我会教士胡安·科沃(Juan Cobo,1529—?),他按闽南方言的译音,自取汉名"嘀呱嗦"(或"嗦高茂",今通译为"高母羡");所译之书为明人范立本所编的《明心宝鉴》,这是一本辑录箴言妙语供儿童学习之用的童蒙读物,带有很强的文学性。② 因此,高母羡所译一书也可视为中国文学以西文面貌播扬于欧洲的滥觞。

明清之际,随着西方天主教传教士的陆续来华,中国文学西播史又掀开了新的一页。传教士当时采取适应中国以弘扬西教的方针,登陆伊始便着儒服,习儒礼,读儒书。为了使西人(尤其是准备来华者)更好地了解中国文化,不久,他们开始以拉丁文(偶尔也用其他语言)翻译包括《诗经》在内的儒家经籍,如金尼阁译《五经》、柏应理编译《西文四书解》(但未译《孟子》)、卫方济全译四书。17世纪末叶至18世纪初叶,法国传教士频繁来华,随即出现了法国渐渐成为欧洲汉学中心的时代。他们涉及的知识范畴比以前更广,译介的数量更多,学术研究也转向了比较深入的层次。他们仍以儒经译介为主,其中涉及纯文学作品者,有白晋的《诗经研究》(稿本)、马若瑟的《诗经》选译和《赵氏孤儿》节译、钱德明的《盛京赋》(清帝弘历作)注译、孙璋的《诗经》译注(稿本)等。

在这两个世纪里,来华传教士的活动和译介,对于欧洲初始汉学(Proto-sin-ology)的创立和"中华风"(chinoiserie)的流行,起到了十分重要的作用。一方面,欧洲有一大批学者和作家,如基歇尔、斯宾诺莎、沃尔夫、伏尔泰、约翰逊博士、哥尔德斯密斯、歌德等等,通过传教士,直接间接地受

---

① 门多萨(Gonzalez de Mendoza,1545—1618),西班牙历史家。1580年,他奉命出使中国,因中途受阻未抵目的地。在墨西哥,他得到了西班牙传教士关于中国的报道,后在罗马据以撰成此书。至16世纪末,门著已有意、拉丁、法、英、德、荷等多种译本。

② 详见旅法华裔学者陈庆浩《第一部翻译成西方文字的中国书——〈明心宝鉴〉》一文,载于台湾期刊《中外文学》第21卷第4期(1993)。

到了中国文化的影响。著名的例子是伏尔泰和歌德。当马若瑟的《赵氏孤儿》译本载于杜赫德所编《中华帝国全志》(1735)而流传时,伏尔泰看到了这个剧本,盛赞其中所含的儒家道德,并亲自改编为《中国孤儿》(1755),把它搬上了舞台。这在当时引起了轰动,有人称它是欧洲戏剧界的"中华风"。① 歌德在读了中国古典小说和诗歌之后,则不仅写了《中德晨昏四季词》(1827),而且产生了关于融合全人类共同精神财富的"世界文学"的想法。另一方面,还有一些从未涉足中国的学者或者亲炙其学,或者受其启发,进而为播扬中国文化做出自己的贡献,成了当地的汉学先驱,如托马斯·海德、安德雷阿斯·米勒、多尔普罗、汤姆斯·帕西等。他们之中也有人译介中国文学,如米勒译有《汉文选释》(1685),帕西编辑、转译《好逑传》(其中有葡文译文),并编辑《中国诗文杂著》(1762)。当然,由于接受者的观点、趣向不同,再加上文艺界的"中华风"颇多夸张、荒诞的描述,也有一些人拒斥中国文化或中国文学。

19世纪是西方的中国文学研究逐渐从综合性中国文化研究中脱颖而出的转折时期。在这个世纪中叶,发生了使中华民族蒙受耻辱的鸦片战争,西人开始透过腐败政府来观察中国形象,并对中国文化大加贬责。就整体而言,许多国家的汉学研究转入了低潮。然而,清末国门大开增加了西人亲自东来接触中国文化的机会,而且许多人一经濡染,便被它那种丰富而深刻的内涵所吸引。他们或者规劝西人"不可自障眼目,而无视人们夸大其丑、忽视其美的事实",②或者依旧在憧憬着中西文化交融的远景。在这种情况下,中国文学的西播还是取得了一些成绩。首先是学术研究的性质发生了如下变化:早时传教士的几种拉丁文译本,被转译成了广大读者得以接近的普通语言,如德国诗人兼学者吕克特(Friedrich Ruckert)转译孙璋的《诗经》译稿;除个别例子外,以本国语言为媒介的新译作也日渐增多;而且学者们(包括传教士和越来越多的非宗教界人士)对文学作品的研究,日益远离了神学内容。这样一来,带有浓厚宗教色彩的学术研究,基本上完成了向世俗学术的转变。其次,学者们适应了汉学自身发展的要求,使得中国文学西译稍呈蓬勃发展的势头。这个时期,散文、诗歌、戏曲、小说的译介均有一定程度的拓展,各国均出现了一些名家名译,如雷慕沙

---

① 参见雷蒙德·道森(Raymond Dawson)《中国变色龙》,伦敦,1967年,第118页。
② 翟理斯(Herbert A.Giles)《中国随笔》,伦敦,1876年,结论部分。

(Abel Remusat)翻译《玉娇梨》,儒莲(Stain-slas Julian)翻译《灰阑记》(1832),巴赞(Antoine Bazin)大量法译中国戏曲,德理文(De Saint-Denys)译介唐诗、《离骚》和白话小说,卫烈亚力(Alexander Wylie)撰写《汉籍解显》(1857)等等。尤其值得一提的是,英国汉学家理雅各(James Legge)在晚清文士王韬的帮助下,费时十余年,完成了《中国经典》(1861—1872)这部巨译。全书分五卷,包括《论语》《大学》《中庸》《孟子》《书经》《诗经》《左传》等书的英译。在《诗经》译注前,译者附写长篇"序论",详细介绍三百篇的采编、流传、内容、版本、笺注、传序、格律、音韵以及其他有关的背景知识,并粗略地讲述了中国诗歌发展的情况。此书出版后震动了西方汉学界,理氏因此而获得法国第一届奖励汉学研究的儒莲奖,并与后起之秀法国顾赛芬(S.J.Couvreur)、德国卫礼贤(R.Wilhelm)一起被尊称为"汉籍欧译三大师"(莫东寅《汉学发达史》)。此外,这个世纪还出现了一些汉学杂志,如《亚洲学报》(1822年创刊,下同)、《英国皇家亚洲学会会报》(1823)、《美国东方学会会报》(1843)、《中国丛报》(1851)、《中国评论》(1872)、《通报》(1890)等,为中国文学的翻译和研究提供了园地。

在19世纪行将结束之时,在一部《诗经》英译本的扉页上出现了这样一段话:

> 如果汉学家使我们接近中国古典文学,使我们看到其中真正与我们有关的东西,即不仅是古老的、而且是永葆其青春的东西,汉学研究就会很快赢得公众的尊重,而与印欧学、巴比伦学和埃及学相伴。没有任何理由使中国依然如此陌生,如此远离我们共同的兴趣。
>
> ——缪勒《十九世纪》①

援引者和被援引者显然都在期待着汉学研究的新未来。这一面向新世纪的瞩望,并未等待很久便得到了比较满意的回报。

---

① 参见詹宁斯的《诗经》韵译,伦敦、纽约,1891年。缪勒(Max Müller,1823—1900),德国东方学家,后在英国定居,编有《东方圣书集》(共51卷)。另一位《诗经》译者艾伦(Clement F.R. Allen)也曾援引这段话(引文稍短)充作其译本,伦敦、纽约,1891年的卷首语。

第二节　20世纪中国文学西播的历史背景

中国文学的西播绝不是孤立的文化现象,它有自身的发展规律,也受着种种客观因素的制约。纵观整个汉学发展史,尽管各国的情况有所不同,但其总的趋势一般均不外是由中国文化的综合研究向单科研究分流,包括文史哲的分流和语言文学混合研究的分流。文学研究独立门户,而且愈来愈深、愈细,是汉学研究进一步发展的必然结果。进入20世纪以后,全世界的人文环境发生了一系列重大变化,如政治风云的变幻、文化论争的深入、学术思潮的活跃以及科学技术的进步等等,则构成了中国文学西播的历史背景。

对于西方来说,中国文化是个历久而弥新的论题。很早以来,在实事求是的汉学家之外,就存在着欢迎或者拒斥中国这两种态度,因此也相应地有"爱华者"(sinophile)和"厌华者"(sinophobe)之分。20世纪初叶,这两种态度依然明显地对立着。前者对中国自有见解,如英国学者迪金森(G.Lowes Dickinson)访华后在致友人书中声称:"他们才是按照自己的方式、自己的习惯实行民主的人民——他们极其自重,极有礼貌,极为友好,决不违背心愿去做自认无理的事。如果这样的人民经济条件再好些,而不失去这些品格,那么就会出现一个我们星球上所能出现的最美好的社会。"①这种带有"中华风"情调的报道,以及小说家笔下以中国为题材的描述(如赛珍珠的《大地》),虽然总有这样那样的失真,但能吸引西方读者对中国文化和中国文学的关注。

一些思想家则站在更高的立场上思考东西方文化问题,而第一次世界大战的爆发——它集中暴露了西方社会的矛盾,从根本上动摇了西方人自认比他人文明、进步的观念——更有力地触发了这种思考。早在1905年就自称是"世界公民"的法国伟大作家罗曼·罗兰,曾经开诚布公地向泰戈尔表示:"要拯救欧洲,单靠他自己是不行的,这一点已经看得很明白。亚洲的思想从欧洲的思想获得教益,同样,欧洲的思想也需要亚洲的思

---

① 致小说家福斯特书,转引自上述道森的著作,第211—212页。

想。"①未过几年,英国大思想家罗素就中国问题,又明确地提出了文化"互补"说:

> 历史上不同文明的接触,常常证明是人类进步的里程碑。希腊学习埃及,罗马学习希腊,阿拉伯学习古罗马帝国,中世纪的欧洲学习阿拉伯,文艺复兴时期的欧洲又学习拜占庭。有许多例子,学生比老师还要好些。至于中国,如果我们把它视为学生,情况也是如此。

他甚至批评西方人在中国面前不能降贵纡尊,"做不到从人而学"。②在第一次世界大战之后,强调东西文化融合互补的主张,起到了振聋发聩的作用,成了世界文化交流史上的最强音。

与此同时,也就是法国象征主义诗歌运动波及欧美之时,一代新诗人——意象派正在孜孜不倦地尝试着东西诗歌的融合。他们对后象征主义进行改造,从而提出了三条新的诗歌创作原则:一是直接处理主客观"事物";二是绝对不使用无助于呈现的词语;三是组织带有音乐性的诗句,而非带有节拍器节奏的诗句。中国和日本的意象诗歌适能体现这些原则,西方意象派倡导者便向东方诗歌的艺术宝库来寻求样板了。"埃菲尔小组"(意象派组织之一)成员弗林特(F.S.Flint)在《新时代》(1909年12月)上褒奖一位诗人说,他"志在探索一种新的表现方法,即像日本诗歌那样,每逢感受强烈时,主要是借助意象来传达"。埃兹拉·庞德得到费诺罗萨(E.F.Fenollosa)的中诗译注和诗媒研究的遗稿后,一面整理发表译作《神州集》(1915),一面宣传汉字所代表的新诗学(详见本编第二章)。女诗人艾米·洛厄尔(Amy Lowell)则与知晓汉语的诗友合作,发表了一部中诗英译选集《松花笺》(1921)。他们不满足于传统的译法,每每独出心裁地进行翻译,庞德在这方面尤为活跃,并有不少后继者。无怪格雷厄姆(A.C.Graham)认为:"中诗英译艺术是意象主义运动的副产品。"③不管这句话真实到何等程度,一个西方诗歌流派深刻地影响着中国文学的西播,以致在

---

① 罗曼·罗兰致泰戈尔书(1919年8月),转引自张隆溪编《比较文学译文集》,北京大学出版社,1982年,第159页。
② 罗素《中国问题》,伦敦,1966年,初版于1922年,第185页。
③ 参见格雷厄姆《晚唐诗》所载"中国诗歌的翻译"一节,巴尔的摩,1965年。

其全盛期以及稍后的一段时间里涌现出了许多中诗西译选本,却是无可争辩的事实。

第一次世界大战后的二三十年,西方汉学又见新的起色。这时美、英、法、德诸国均有多所大学开设汉语课程,并且积极延揽人才,购置图书,创办刊物。而东西交通的便利,也促进着中西文化的交流。华人西去求学、访学者为数不少,一些知名学者和作家如林语堂、洪业、王际真、熊式一、蒋彝、老舍、罗大冈等,或者讲学授业,或者撰文译书,为西方汉学的发展做出了不可低估的贡献。西人来华者数量也不少,他们亲炙华风,潜心治学,还与华人合作建学校、创学会、办刊物、印图书,中国本土一时成了西方汉学的中心之一。

可惜好景不长,不久又爆发了席卷全球的第二次世界大战。战争破坏了教学和研究的正常秩序,阻断了业已形成的国际学术交流,摧毁了学校、图书馆等设施,还给某些汉学家本人带来灾难。法、德情况尤为严重。战前法西斯猖獗于德国时,强行将一大批汉学家赶出了国门,知名学者西门华德(Walter Simon)、霍古达(Gustav Haloun)、艾伯华(Wolfrem Eberhard)等也在被逐之列。巴黎失陷以后,法国山河破碎,百姓涂炭;葛兰言(Marcel Granet)陷在危城之内,终以忧郁辞世;马伯乐(Henri Maspéro)则代子受罚,竟被法西斯折磨致死。及至战争结束时,德国柏林、莱比锡、格丁根的汉语讲座和法兰克福的中国学院已不复存在,一些图书馆的汉籍馆藏也蒙受了巨大损失。而法国由于研究机构遭到破坏,几位名家又相继逝世,实力大大减弱,已经失去了领导世界汉学的中心地位。

战后西方各国积极恢复汉学研究,这时一个对中国文学西播产生强大驱动力的政治事件发生了,那就是中华人民共和国的成立。中国作为东方文明的代表,继往开来,自强不息,令举世刮目相看,在西方呈现出了一个崭新的形象:

> 今天,中国是共和国;马克思主义经典取代了过去官吏必读的儒家说教。而且,一看到这头醒后易怒的巨狮如何举步,全世界就要不寒而栗。①

---

① 1961年,霍克斯就任牛津大学中文教授演说辞。

这个形象与19世纪的相比,已经判然不同。西方越来越深切地感到,欲图解决世界问题,缺少中国不行,不了解中国不行,不了解中国的传统文化和当代文化也不能做出合乎实际的结论。因此在20世纪下半叶,欧洲、澳洲和北美的绝大多数国家都开设了汉语课程,其中汉学基础比较雄厚的国家,还形成了人数较多、阵容较强的专业研究队伍。美国对人民中国的成立特别敏感,它出于政治上的考虑,在1958年通过了所谓的"国防教育法案",拨款资助东亚(尤其是中国)语言文学的学习和研究。本来就幸免于二战兵燹的美国汉学,从这时起遂得到了突飞猛进的发展,未出一二十年,设有东亚语言课程的大学由二战时的几所增加到五六十所,专业人员(包括博士生)由一二百人增至四五千人。1958年至1973年这段时间,被称为美国汉学的"黄金时代";随后由于经济原因而稍有低落,但影响不大,直到目前美国汉学依然保持着蓬勃发展的势头。客观现实表明:20世纪下半叶,整个西方汉学和中心已由法国转移到了美国。

除了政治因素外,战后的学术因素也极为有力地推动了中国文学的西播。众所周知,在比较文学界原本是法国学派的一统天下,他们以实证主义为哲学基础的影响研究,必然波及本国和外国的汉学研究。事实上,法国学者伯希和(Paul Pelliot)、马伯乐、葛兰言、戴密微(Paul Demiéville),德国学者富兰阁(Otto Franke)、卫理贤,瑞典学者高本汉(Bernhard Karlgren)等人,无不是出入群籍,精研原文,考据史实,参证文物,体现着一种科学实证的治学精神。不过,西方的影响研究仅仅重视被目为一体的欧美文学,而把中国文学研究以及其他类似的研究排除在西方学术主流之外。这种态度(它与清代保守派所谓"夷狄蛮貊"之外并无文化的倨傲,如出一辙)既是欧洲中心主义的产物,又反过来助长了这种保守态度的蔓延。在20世纪50年代,比较文学美国学派隆然崛起。他们强调作品的文学性和艺术性,倡导平行研究,即跨越学科界限和国家界限将作品进行比较,有人还大胆选取毫无关联的东西方文学作为比较对象。欧洲中心主义开始动摇了。在这种情况之下,中国文学对于世界文学有何贡献的问题,渐渐成了汉学界关注的焦点。美国学者海陶玮(J.R.Hightower)以"中国文学在世界文学中的地位"为题,撰文作了回答。他认为,中国文学源远流长,且有不少精品,其地位十分重要,堪与欧洲文学相媲美;而且,它对于比较文学研究能够做出"宝贵的贡献":

将不同的文学比较研究,而根本不去理会其互相影响,甚至明知二者之间决无直接影响时亦然。这样的比较研究有什么用处呢?我相信久而久之,我们也许会发现什么是文学中恒常不变的因素——也就是说,当人们用语言刻意经营文学作品时,这种因素就会藉着形式、体裁、比喻及手法而出现。这方面的发现可以帮助我们替文学找到新的定义,而这个定义当然比以前凭一小部分人的文学经验更令人满意。①

显而易见,这是平行学派的主张在汉学研究领域引起的反响。西方的学术探索一旦以文学性和艺术性(而非关联性)为鹄的,中国文学在世界文苑中的地位就随即提高了。

另一方面,20世纪在西方涌现出了名目繁多的文艺理论,它们此起彼伏,更迭频繁,有些似乎也受平行思潮的影响,既试图在中国文学里找到立论的根基,又试图以之为解剖对象,来证实自身的广泛适应性。于是,自中西文学接触之初即已产生、后来却长时缓慢发展的西论中用,在平行学派崛起后突然异常活跃起来。这种贯通中西的学术思潮,也使人日益认识到,若无中国文学这块瑰宝,便得不到世界文学的全璧。

总之,在20世纪尤其是在20世纪下半叶,中国文学的西播因遇到有利因素大大超过不利因素的良好机运,而呈现出来的前所未有的繁荣景象,是中西文化交流史上的必然产物。

第三节 20世纪中国文学西播的基本走向

任何处于成长状态的事物,无不透露着某些标志发展趋势的消息,20世纪中国文学的西播自然也不例外。现在我们就来考察一下这一文学现象的内在情况,梳理其基本走向,辨明其构成因素间错综复杂的关系,并在可能的地方总结出带有普遍性的客观规律。我们从五个方面加以说明。

---

① 海文载于《比较文学》第5卷(1953),转引自宋淇编《英美学人论中国古典文学》,香港,1973年,第263页。

一、总体格局：中心与辅翼

如上所述，西方汉学在20世纪上半叶以法国为中心，下半叶以美国为中心。西方的中国文学译介与研究，作为它的一个分支，情况也大致如此。不过，两个中心因历史和地理条件不同而有不同的特点。法国汉学发轫较早，进入20世纪仍绳绳相继，薪尽火传，几位大家仍在奉献着力作，如沙畹（Edouard Chavannes）译《史记》(1895—1905)、顾赛芬译《春秋左传》(1914)①、葛兰言撰《中国古代的节日和诗歌》(1919)、考狄尔（Henri Cordier）编《中国书目》(1904—1924增补版)等等。但在人力与文学成就上，法国与同时期的英、德等国相比，虽较突出，差别却并不悬殊。汉学中心转移到美国后，情况发生了重大的变化。据不完全统计，美国目前讲授中国文学的教授、副教授就有上百人之多，而且每人均有译著或论著传世。享誉国际学界的大家巨擘（包括最近谢世者）亦有一二十人，如赵元任、洪业、陈世骧、海陶玮、艾伯华、夏志清、余国藩、周策纵、薛爱华（E. H. Schafer）、刘若愚、韩南（Patrick Hanan）、宇文所安（Stephen Owen）等。美国人力之雄厚、著作之众多是西方任何国家都难以比拟的。其他欧、美、澳洲诸国，最近几十年来也正着力发展汉学，在中国文学的翻译和研究方面，也做出了不少成绩。但从总的情况来看，这种以美国为中心、以西方其他国家为辅翼的科研力量配置格局，将会长时期地保持下去。

二、中西碰撞：融合与并峙

中国文学远播欧西决非孤立而在的文学现象，归根结底是中西两种文学乃至两种文化的碰撞，而这种碰撞的初始目的和终极结果不外乎两种类型：一是融合，一是并峙。前者明显反映在文学创作领域，后者则集中表现在学术研究领域。

反映在文学创作领域里的融合，小至个别创作借用意象，袭取意匠，大至一个群体或几代人遵奉某种外来的创作原则，情况是千差万别的。例

---

① 19世纪末沙畹与人合译的《西游记》(1895)、顾赛芬所译的《诗经》(1892)等书，在20世纪初也很流行。

如,王红公模仿杜甫诗意象,奥尼尔化用道家思想,布莱希特翻新中国古典戏剧美学,垮掉派作家施奈德移植寒山诗,意象派和现代派改造中国古典诗歌等等,①展示着一片光怪陆离的景象。所有这些例证,几乎都是吸取异于本国文学的因素,而且除了个别的、局部的直接借用外,多半要进行加工、改造,最终创造出来一种非中非西、亦中亦西的事物。这是一种西化的中国文学,用比较文学的术语来说,是中国文学的一种被扭曲了的幻象(mirage)。幻象,自然经不住保真尺度的衡量,但它自有其特殊的价值,即对播出国来说,被扭曲的文学因素恰恰突现了它的文学特质,而对接受国来说,扭曲正是引进外来文学的一种方式,扭曲往往可以得到外来文学的精髓。

在严肃的学术研究领域,我们也可以找到主张或实际进行中西融合的例子,但数量并不多。西方文学理论在构建时,偶尔选用中国文学作品作为立论的根基,如苏珊·朗格的符号学美学选了韦应物的诗,理查兹阐释"实用批评"时,则援引了《中庸》和《论语》里的论述。② 这是一种情况。另一种是寻求共同诗学,其途径有二:或从中西文论里辨识相似点,或如海陶玮所说,从中西作品里升华出广泛适用的"新的定义"(参见上文)。海氏所论,实际上正是类比研究的目的。不过,世界上似乎并不存在完全相同的事物,因此研究者在类比证同的过程中,也往往进行对比辨异。这样一来,从中西两种作品的相似点进而总结共同规律或升华万应定义的试图,就不那么乐观了。

正因为如此,西方汉学界倾向认为,中国文学这一异质文化的产物可与西方文学构成一种双峰并峙的关系。在这种认识的指导下,西方学者的中西平行比较研究重在辨异而非证同,其结论则表明并峙多于融合。即使在常识认为两者极其逼肖的地方,西方学者也能分辨出诸多歧异来,如陈

---

① 王红公(Kenneth Rexroth,1905—1982),美国当代诗人;奥尼尔(Eugene O'Neill,1888—1953),美国当代戏剧家;布莱希特(Bertolt Brecht,1898—1956),德国当代戏剧家,他看了梅兰芳体现中国古典戏曲美学的表演,而创造了"间离效果"手法;施奈德(Cary Snyder,1930—),美国当代诗人。

② 参见苏珊·朗格(Susanne K.Langer):《情感与形式》,中译本,中国社会科学出版社,1986年,第245页;以及理查兹(I.A.Richards,1893—1979)《实用批评》,伦敦,1973年,第284、292页。

世骧辨析"诗"与"Poetry",浦安迪辨析"小说"与"novel"。① 至于共同诗学,不少学者也认为十分遥远,而把中国文学作为西方理论的参照系,使之起矫正作用:"……正因为大多数亚洲文学与西方没有一般的联系,所以,它们可以充作矫正之物,修订我们在一方天地关于西方文学史、文学理论、文学批评、方法论和艺术技巧放之四海而皆准的设想。"②

综上所述,中西两种文学互相碰撞时,产生了种种融合关系和并峙关系,其细节可图示如下:

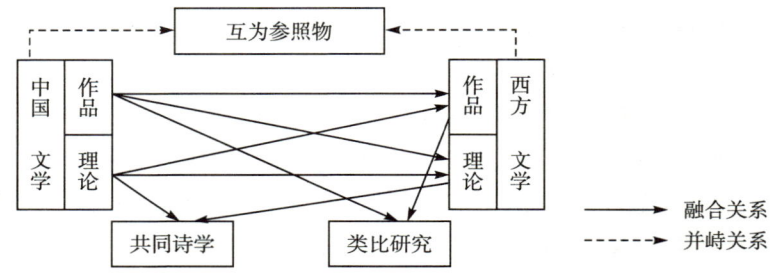

三、专业探索:拓展与深化

从媒介学的角度看,西方传播中国文学的主要途径是翻译。而为了更好地把握中国文学,除在译本里增添评介和注释外,还须进行深入而细致的学术研究。从译介为主发展到译研并重,正是20世纪中国文学西播的另一个基本走向。

翻译和研究均面临拓展与深化的问题。它们拓展的趋势是,从名家名作到一般作家作品,从浅易作品到深奥作品,从作品选到总集或全集,从古典文学到现当代文学,从文学作品到文学批评和理论,从大陆港台文学到海外华文文学,从基本研究到辅助研究等等。但中国文学典籍卷帙浩繁,西方学者恒有译有未足,研有未尽之感,因此翻译永远不会被研究所取代。

---

① 详见陈世骧《〈诗经〉在中国文学史上和中国诗学里的文类意义》一文,载于白之(Cyril Birch)编《中国各体文学研究》,伯克利,1974年;浦安迪《中西长篇小说类型再考》一文,载于香港期刊《新亚学术集刊》创刊号(1978)。

② 孔雅瑟(Arthur Kunst)《亚洲文学》,转引自杨立宇等编书目著作《中国古典小说》,波士顿,1978年,第156页。

学术研究主要是面向学者或专家,它的拓展具有独到之处,例如,新资料(如敦煌写卷)、新版本(如《红楼梦》海外藏本)发现后继起的研究,关于翻译文学(如林纾)、中外文学关系史等等的研究。

深化是指翻译和研究在纵向中掘进,乃至发生质变。两者的深化方向也有所不同。就翻译而言,许多学者边实践,边谈译艺,涉及汉语语法特点,中译外的可能性、方法和技巧等问题,归纳译艺的通则和理论。还有人从本体论角度,揭示翻译主体兼为译者、隐含读者和阐释者的三种功能。显然,翻译的深化方式是由实践向理论的升华。研究的深化受专业知识、学术思想和研究手段的制约,这三者在 20 世纪均得到了很大的进展,60 年代,傅海博(G.Herbert Franke)回顾西方汉学史时说,19 世纪的德国汉学仅仅具有"业余水平",尚未达到英国学者所谓的"专业水平"。[①] 70 年代,刘若愚评《辛弃疾》一书时则认为,英语世界的中国诗歌研究已从业余欣赏过渡到了专业批评。与此同时,格雷厄姆还认为,新近出现的对单篇诗歌进行细致的形式分析,是西方汉学界的新鲜事。[②] 在最近一二十年,各种文类研究均有长足的发展,终于获得了独立的品格和鲜明的个性,这是一种由从属到独立、由幼稚到成熟的深化方式。另一方面,关于研究的反思(即研究之研究)也在悄然进行,它的表现形式是书评、论辩和梳理学术史。目前,它还缺乏自身的理论建设,有待于进一步发展。

专业探索的拓展与深化是同一事物的两个不同侧面,它们相辅相成,共同促使中国文学的西播走向细分化和精致化。

四、治学方法:继承与创新

研究方法的形成与学术思潮密切相关。法国学派引导西方汉学 200 年,早就在培植恪守实证主义的治学方法。他们讲求引经据典,信而有征,无论是考证,还是撰史、释义、品鉴,都要落到实处。这种方法在 19 世纪末、20 世纪初,经顾赛芬、沙畹、伯希和、马伯乐等大师的亲自实践而臻于极致。这应该说是西方汉学研究的传统方法。后来法国的后起之秀有所革新,如葛兰言研究《诗经》,是根据社会学理论着重剖析它的民俗、宗教

[①] 参见傅海博《德国大学里的汉学》,威斯巴登,1968 年,第 3 页。
[②] 这两篇书评均载于《亚非学院院刊》第 35 卷,但依次在第 3 期和第 1 期。

等层面,并从毫无关联的其他民族的诗歌创作平行取证。但总的看来,后继者的革新并没有改变这种方法的基本原则。在法国之外,这种方法也颇有影响,如翟理斯、顾维廉和卫礼贤分别撰写中国文学史,高本汉注释《诗经》,薛爱华研究游仙诗,均是明显的例子。不少人认为,唯有如此治学,方能捕捉到中国文化或文学的精义,因此直到今天它仍然受到重视。薛爱华曾经明确地主张,当今的汉学研究应该回归到"汉学"(sinology)的本义上去,即进行"汉语研究,特别是古代汉籍研究",换言之,"汉学即是有关……汉语文献的语文学"。①

然而,新型研究方法的流行与继承传统的努力已经形成了鲜明的对照。20 世纪是西方文艺理论十分活跃的世纪,诸如意象主义、新批评、结构主义、叙事学、现象学、符号学、比较文学等批评流派,频繁更迭,盛极或泯。它们强有力地冲激着西方的中国文学研究,许多学者迎合时尚,大胆尝试新型研究方法,以致使西论中用成了西方中国文学研究的一大特色。不过,他们的尝试,尤其是并不罕见的生搬硬套,招来不少非议。薛爱华的批评,不啻是在釜底抽薪:

> 照我看,他们的学术活动似乎主要是进行一种不扎实的唯美主义研究,其根基是庞德、费诺罗萨和比尼恩的"东方主义"。有时他们援用老式而优美的文学传记,以支持他们的研究,但一般说来,纯文学允许自由漂移,漂离任何历史时代,漂离特定环境,漂离关于语言和文本的正规研究。这些学者,志在娱人。②

显而易见,薛氏仍以实证主义为正途,以符合历史实际和文本真义为治学的最高境界;而新方法的采用者自有其治学原则,他们重在揭示文学性,构建新美学,因此还是为文学的鉴赏、批评和研究,从多种层次、多种方位提供了新的透视角度,不可一概视之为随心所欲的"漂移"。况且治学方法总归是要向前发展的,那些失败的或带有瑕疵的尝试,并不代表学术沿革的发展方向。目前,西方许多学者仍在积极寻求方法论上的创新,包括传统方法与新兴方法的结合,即在辨清文本真义的同时,将

---

① 薛爱华《汉学:历史与现状》,载于《传统文化与现代化》1993 年第 6 期。
② 同上。

之纳入新的理论框架。

可以说,传统方法仍有强大的生命力,而西论中用也有广阔而美好的前景。

五、学术活动:自省与交流

任何学术发展到一定的阶段,总会产生总结过去、以利未来的自省意识,20世纪西方的中国文学研究,以过去长久的历史为背景,以当今丰富的实践为对象,日益普遍而深入地开展着自我省察、自我检讨的学术活动。这具体地表现在如下几个方面:第一,书评数量不断增多,质量也不断提高。一书出,每有评,即评价、辨伪、指疑、正讹等等,凡应评者,无所不及。西方刊物多载书讯、书评,也是它们的一个特色。书评有长有短,篇幅长者甚至可以成为一部著作,如余宝琳的《中国诗歌传统中的意象读法》(1987),被人称作"评书之书"。第二,共同商榷或互相论战的现象屡有所见,如夏志清和普实克(Jaroslav Prvsek)关于中国现代文学的交锋(详见下文)。商榷和论战本是检讨他人,但就整个西方汉学来说,仍属自省范畴。第三,梳理学术史的意识在不断增强。目前西方虽无学术史专著,但不乏对西方《诗经》学、先秦诸子研究、唐诗研究、明清小说研究的梳理。西方目录学著作很多,有些还穿插考镜源流、辨章学术的内容。应该说,这些均可取为撰写学术史的原始资料。值得注意的是,西方学术的自省并未局限于本土的研究,而是以中国、日本或俄苏为背景。由此看来,他们的自省带有很强的国际性。

西方的学术交流有内部交流和外部交流之分,而两者均包括访学、考察、交换学者、搞合作项目、召开学术会议等活动,较有特色的是外部交流。西人搞中国文学研究,走中国路线当然被视为主要途径,但日本汉学既有长期的积累,又有雄厚的实力,因此走日本路线者也大有人在。近一二十年我国实行开放政策,中西(或东西)学术交流正在日趋频繁,这于中、于西均是十分有利的事。西方学者之所以重视学术交流,是因为他们在搞某一课题研究时,不仅力求尽可能多地掌握原始资料,而且力求把古今中外具有代表性的第二手资料,也搜罗齐全,不使遗漏。在这方面,再次显示了西方学术的国际性。

第二章
汉字诗学

自从中国文字传入欧洲以来,西方学者在相当长的时间内一直对它抱有神秘之感,认为它们是记录宇宙万物蓬勃生机的深奥莫测的符号,值得认真加以解读。这种态度不仅影响到了他们的中国文化观,而且影响到了他们的诗歌观。有的学者从汉字形体结构出发,进而延伸到语言、意象和句法诸层次,试图建立一种特殊的诗媒理论——汉字诗学。

第一节　费诺罗萨的理想和名义

汉字诗学的基石是费诺罗萨的名文《汉字作为诗歌媒介》,顾名思义,可知它是根据汉字建立起来的一种诗歌理论。

欧内斯特·F.费诺罗萨(Ernest Francisco Fenollosa,1853—1908)是美国诗人、文艺理论家,在世纪之交曾数次赴日讲学。这期间,他研究中国和日本的传统艺术,撰有《中日美术史纲》和《能剧——日本古典戏剧研究》等著作。① 由于在保护日本的传统文化方面做出了突出的贡献,他受到了日本政府的嘉奖。与此同时,他还结识了一些汉学家,跟着森槐南学习过汉语和汉诗,请有贺长雄做他的助手,从而与中国文学也结下了一段奇缘。他认识了 200 多个汉字的偏旁部首,学习了大量中国和日本的诗歌;他常常一面读中国诗,一面讨论美国诗人爱默生;在谈到李白时,他曾经说:"大自然、人、伦理、道家的幻想和释家的虔诚,无不作为自然而然的朋友而进

---

① 《中日美术史纲》,纽约,1911 年,由费氏遗孀交给出版社出版;此前有日人有贺长雄的日译本,名为《东亚美术史纲》,东京,1909 年。《能剧——日本古典戏剧研究》,伦敦,1916 年由庞德根据费氏手稿整理、裒辑而成,因此发表时有他们二人的署名。

入他的诗篇。"①不过,他并没有深入学习下去,只是学到了一些基本常识,但由于他具有艺术家的慧眼,才认定汉字是他长久以来一直在寻找的十分理想的诗歌媒介。

原来,他志在"更新艺术的个性和个性的艺术",欲图寻找一种诉诸视觉的形象语言,或者说是一种"视觉诗",使所有读者能够自由体验艺术家的匠心。② 他认为,西方的分析性思维不符合艺术的本质,艺术所需要的应该是综合性思维。综合性思维不需要抽象语言,而是——

> 需要一种富于包孕的语言;一些丰富多彩、饶有趣味、意义隽永、表达充分的词语,其中心充荷着密实的意义,一如原子之核,然后向广袤无垠的空间放射光芒,一如巨块星云。③

诗歌语言就具有这样的特点。然而,在他看来,拼音文字受字形、语法、逻辑等要素的限制,本身不无缺点;而汉字这种表意文字,却包含着一个栩栩如生、直接可见的意象世界,天然地充盈着盎然的诗意。于是他在1908年去世前的某个时间,写下了一篇题为《汉字作为诗歌媒介》的论稿,盛赞汉字的形象性、动态感、隐喻性和字与字之间关联烘托的性质。

后来,这篇文章(以及费氏的其他一些手稿)落到了现代派诗人艾兹拉·庞德(Ezra Pound, 1885—1972)的手中。他稍微做了整理,并且根据题旨添了一个醒目的副题——"诗歌的艺术"和一篇类似编者按的小序,将全文发表在1919年的《小评论》上。他在序中强调,"这里不是简单的语言学上的讨论,而是关于所有美学的基本原理的讨论"。1936年,他又附写了一篇简短的前言,肯定费氏文章对研究英语动词的贡献,略述自己对几个常见汉语动词的看法,便使它以单行本的形式面向读者。原来他认为,费诺罗萨"是一位既不自知也不为人知的先驱者"(序言),但经他大力宣传以后,费氏这篇文章已成为蜚声文坛的名文。

在《汉字作为诗歌媒介》中,费氏首先指出了英美长久"忽视和误解东

---

① 《中日美术史纲》(出处同上),第119页。
② 参见劳伦斯·柴索姆(Lawrence W.Chisolm)《费诺罗萨:远东和美国文化》,纽黑文、伦敦,1963年,第215页。
③ 参见费氏《美术的性质》,载于《莲》第9期(1896,春);转引自上述柴索姆的著作,第216—217页。

方文化中较深刻的问题"的不幸,强调中国有高度的文明,有双倍于他们的文献资料,并且认为中国人民是理想主义者,是重大原理的实践者,其历史在开创目标崇高、成就卓然的世界方面,堪与地中海沿岸人民的历史相媲美。因此,他接着说:"我们需要他们最好的样板来充实我们,这些是在艺术中、在文学中以及在其生活悲剧中神圣化了的样板。"

他也反对把中日诗歌目为近似娱乐、寻常而幼稚、难以立于世界严肃文学之林的观点。他认为,中国虽然在几个世纪之前就颇多地丧失了创造性的自我和关于自我生活的洞见,但其原始精神仍具有生命力,仍在成长着,表现着,而且将原来所有的新颖之处传到了日本。他觉得介绍中国诗歌不无乐趣。

不过,他的主要目的在于建立汉字诗学,所以他在转入正文时写道:

> 我的论题是诗歌,不是语言,但诗歌的根基在语言之中。研究像书面汉语那样十分不同的语言时,有必要考察那些组成诗学的普遍的形式因素,如何生发出有用的养料。

显然,他试图从汉语的文字层次进入语言层次,然后再进入诗学层次。他的诗学理论以汉字的形象性为基点,由此引申出了如下三个主要论点:

其一,运动说——诗歌应传达力的转移;其二,隐喻说——诗歌的本质在于隐喻;其三,弦外之音说——诗歌应富有附加的意蕴。

下面,我们逐项加以评介。

第二节 关于"运动说"

在这篇文章里,费氏不仅赞同美国诗人爱默生所谓"词源学家发现,死去久远的词曾是绚丽的图画"的观点,而且进一步指出,汉语从单字到句子无处不是形象化因素,无处不是活生生的意象。首先,在他看来,汉字乃是运动或动作的"速记图画",有时几个字联合起来还能模拟连续的动作。他举例说,"人见马"(按:他分析的是繁体字)三字,从个体上看,"人"用两足站立;扫视空间的眼睛和奔跑的腿合而成为"见",代表勇敢的人;"马"站立起来,则依靠四条腿。从整体上看,它们传达了一连串动作——人站立着,眼睛在张望,看见了马——的某些本质特征。他还认为,汉语的动词特别多,而且分工细腻,例如表现"悲哀"的动词竟然有几十个,连莎士比亚的诗剧也相形见绌。除动词外,名词和形容词也是事物与动作合成的图画,亦可做动词用。甚至一些非意象性词语也含着动的因素,例如介词"由"等于"引起",连词"和"等于"叠加"。一些抽象的动词写出来也能带有具体的诗意,如"有",即是"用手从月亮上抓取"。总之他认为:"汉语词语像大自然一样,是活的,有创造力的,因为事物和动作在形式上不会分离。"

那么,诗歌媒介充满动的因素究竟有什么优点呢?他回答说,在物质世界里,"光、热、重力、化学亲合、人类意志,无一不是力的再分配"。施动者通过动作作用于受动者的现象,是普遍存在的,其过程由始至终贯穿着力的传递。反映这一过程的语句,最接近自然的本来面貌,因而最富有诗的性质。所以,诗歌在形式上应该是"一种既规则又灵活、像思想本身一样可以塑造的程序",以便表现力以种种方式而作用的自然现象。以及物动词为核心的语句,体现了一种戏剧性的连接力量,是最为理想的诗歌语言。

费诺罗萨特别重视动词,特别强调诗歌应该逼真地反映自然,其立足点未出西方传统的模仿说。亚里士多德曾经说过,诗人"和画家与其他造型艺术家一样,是一个模仿者"(《诗学》)。然而,诗人摹写自然,目的不在于反映大自然千变万化的客观规律,而在于反映人类命运与自然的关联,或者人观察自然的情趣。因此诗人描写大自然的动态,也描写大自然的静态,而且似乎更倾向描写富于戏剧性的静中之动,或动中之静。试看以他物之动写雾之静:

> 小山已经融化,
> 道路没在软墙下,
> 那软墙在蠕蠕地爬。

——马吉·皮尔西《静静的雾》

写山岳之静:

> 夜间云朵吻其额,

不发呻吟不长叹。

——哈姆林·加兰《山岳是孤独者》

写山林之静：

蝉噪林逾静，
鸟鸣山更幽。

——王籍《入若耶溪》

反过来看，诗人又以"回看射雕处，千里暮云平"（王维《观猎》）来衬托风劲弓鸣、鹰疾马骤的渭城之猎；以"人闲桂花落，夜静春山空"（王维《鸟鸣涧》）来突现乍见月色而时时鸣叫的山林之鸟。它们均是以动写静的例子。这种对立因素的互相转化，也就是说一方为另一方所用，或者两者互相补充，互相映照，乃是诗歌艺术中比较高的境界。正如古人所指出的那样："动中有静，寂处有音"是"诗之绝类离群者"。① 其实西方人看待静，也不是一概把它视为绝对的静态。尼采在讨论希腊文明时曾经说过，它的静态"乃是一种动的Dionysus（酒神）的精神所祈求的一种静的Apollo（太阳神）式的一种表现"。按照郭沫若先生的解释，这种"静"是一种"活静"，而"活静是群力合作的平衡状态"。② 不过，西方诗论不像我国传统诗论那样，特别强调动静二元的互相转化或相反相成。费氏基于模仿说，且专注汉字里的形象，自然难以揭示中国诗歌艺术的奥妙。

第三节 关于"隐喻说"

诗歌不仅要栩栩如生地反映自然界与人类社会种种活动的本来面貌，而且要挖掘现象后面的真实和奥义，其语言也就不能仅仅诉诸视觉，还必须具有深探事物本质的力量。所以，费诺罗萨认为，虽然汉字之内的形象，汉语字词（尤其是动词）所传达的动态，都是可以直接"视见"的，但如果止于此，"汉语就是一种贫乏的语言，汉诗就是一种狭隘的艺术"。适得其

---

① （清）吴雷发《说诗菅蒯》，见《清诗话》，上海古籍出版社，1978年，第905页。
② 参见郭沫若致宗白华的《论中德文化书》，载于《文艺论集》，北京，1979年，第11页。

反,汉语和汉诗确实还能传达"看不见的东西"。他说:

> 人们会问:汉语是如何从纯图画般的文字建立起思想结构的呢?对于西方那些认为思想与逻辑范畴有关,而且谴责直接依靠想象才能的普通人来说,这种技艺似乎是不可能存在的。但汉语正是以其独特的材料,利用古代种族所使用的同一程序,从视见之物过渡到了未见之物。这一程序就是隐喻,就是利用物质的意象暗示非物质的关系。

实际上,他在此是想提倡一种新的诗歌美学。他认为:"语言的全部微妙的要旨就建立在隐喻的基础之上。"从汉字字源学上看,哪怕是抽象词语,也不乏基于运动的词根。但原始隐喻并非从武断而主观的过程中涌现出来,而是根据自然界相关事物的客观联系而生成的。关联比其所依附的事物更真实、更重要。每种事物均可充当沟通的渠道,但不通过类比,而是通过结构的同一性互相关联。大自然为其本身提供了沟通的线索。如果世界上没有足够的应合、共鸣和同一性,思想就会营养不良,语言就会束缚在明显的事物上,也就不会有什么桥梁,借以从已见之物的较微细的真实转移到未见之物的较重大的真实。

接着,他更明确地说:

> 隐喻,这个大自然的揭示者,就是诗歌的本质。已知的解释暧昧的,宇宙间充满了神话。已知世界的美与自由提供了一个样板,生命孕育着艺术。一些美学理论家设想,艺术和诗歌旨在处理一般和抽象,这是错误的。中世纪的逻辑学把这一错误观点强加给了我们。……诗歌之所以优于散文,是因为它以同样多的词语给我们以更多的具体的真实。其主要手法——隐喻,既是自然的本质,同时又是语言的本质。诗歌之自觉所为,即是原始种族无意识之所为。文学家尤其是诗人运用语言的主要工作,即在于按照古代事物的发展路线去体验。……诗歌是世界上一种古老的艺术;诗歌、语言和对神话的关注,三者一起成熟了起来。

隐喻对于诗歌无疑是十分重要的,甚至可以说:"没有隐喻,就没有诗。"（W. 斯蒂文斯语）不过，费氏孜孜以求的是，汉字和汉语所反映出来的隐喻的根基、特点和作用。他清楚地表明，他相信书面汉语不仅吸收了大自然的诗歌特质，进而以之建立了隐喻的框架，而且以本身逼真如画的性质，保持着它最初的有关造物的诗意。其生机，其活力，远远超过了任何表音语言。

"隐喻"是个古老的话题。其西文"metaphor"源于希腊文"metaphora"，前缀"meta"有"过来"之意，词根"pherein"（"phora"的字源）则有"携带"之意。隐喻显然是指此物特点被带到或转移到他物之上，以致他物被说得仿佛就是此物的语言过程。① 自亚里士多德以降，论说者代不乏人。费氏基于汉字的论述与传统观点相比，有一些不同之处。首先，他从汉字字源学的角度探寻隐喻的根基，这对使用拼音文字的西方人来说，是难以想象、难以做到的（关于"metaphor"本身的来源考是另一码事）。他在此为隐喻找到了一个物质基础，即"相关事物的客观联系"。隐喻最初不是由人为的"携带"或"转移"而生成，而是自自然然地生发。正是在这个意义上，他才说隐喻是自然的揭示者，是诗歌的本质。其次，西方学者在讨论中世纪诗歌时，认为隐喻和逻辑是分不开的：

> 在某种意义上，随着诗人们越来越自觉地努力把诗歌的创造性与逻辑联系起来，隐喻也变得越来越注重逻辑性了。隐喻可以在一种逻辑基础上大量创造出来，隐喻本身就源于一些逻辑基础，所有的比较都必须有赖于某种逻辑基础才能进行。②

他却认为，中世纪逻辑学所倡导的艺术与诗歌处理一般与抽象的理论，是一种错误观念。他旗帜鲜明地声称："诗歌与科学而非与逻辑保持一致。"既然隐喻是诗歌的本质，它也就实在难与逻辑"保持一致"了。再次，西方还有一种传统观点，即认为隐喻是语言的附加物，运用隐喻必然会牺

---

① 参见特伦斯·霍克斯（Terence Hawkes）《论隐喻》，高丙中译本，昆仑出版社，1992年，第1页。

② 同上书，第32页。

牲语言的"明晰"与"鲜明",反之亦然。① 但他认为,就汉语而言,隐喻是直接存于这些客观事物的"速记图画"之中的,是从"视见之物"向"未见之物"的过渡。这实际上是在表明:隐喻的存在未必会以牺牲语言的"明晰"与"鲜明"为代价。

在费氏看来,这种特殊诗媒所构成的隐喻并不是孤立之物、呆滞之物,它还有某种能动的作用:

> 诗歌语言总是振荡着一层又一层的弦外之音,振荡着与大自然的共鸣,而在汉语里,隐喻的可见性往往使这种性质带有最为强烈的力量。

所谓"弦外之音"(overtone),是指在诗歌主旨之外的某种意蕴、某种情调或某种艺术效果。他认为,汉字所赐予的"隐喻的可见性"是"弦外之音"强烈振响的原动力。他举例说,在"日升东"(按:他分析的是繁体字)三个字中,左边有太阳在闪着光;另一边,是树木的枝杈和太阳的圆脸;中间的日轮,则已凌驾在地平线及其附着物(树桩)之上了。整个气氛通过"日"这个形象而浑然融合了起来,恰似在主旋律之外响起了起陪衬、烘托作用的"弦外之音"。诗歌之所以胜过散文,主要是因为诗人选择了那些其弦外之音精致而明晰地交融和谐的词语,并将它们并置起来。所有的艺术都遵循着同一种法则:所谓水乳般交融,在于弦外之音的精致的平衡。

人们由此不难看出,费氏又在试图建立另一种美学原则。虽然从理论上讲此说无懈可击,不过,他描述的毕竟是一种十分理想的境界。事实上,单靠汉字并置一种方法似乎难以尽善尽美,即使它们偏旁部首相同,也不一定会产生美妙的"弦外之音"。因为在中国传统诗学里,连用形貌近似的汉字并不算妙技,因而有"缀字属篇"应该"省联边"之说:

> 联边者,半字同文者也。状貌山川,古今咸用;施于常文,则龃龉为瑕。如不获免,可至三接。三接之外,其字林乎?
> ——刘勰《文心雕龙·练字》

---

① 参见特伦斯·霍克斯(Terence Hawkes)《隐喻论》,高丙中中译本,昆仑出版社,1992年,第43—44页。

像"逍遥近道边,憩息慰惫懑"(黄庭坚)之类的诗句,在通常的情况下,是不会得到古今读者的激赏的。不独汉字如此,拼音文字亦可利用字体形貌而制造出某种效果,如现代派的"图画诗"、"立体诗"。① 但这些诗歌犹如我国古代的"神智体",均近乎文字游戏,难以成为诗歌创作的正宗。其实取得弦外之音的办法多种多样,譬如声调韵律(双声、叠韵、平仄等)、措辞造句、篇章布局等等,均可加以利用。正常的"弦外之音"能够很好地配合"主旋律",而不是喧宾夺主,旁出侧逸。试看斯温伯恩《普洛塞班的花园》的最后一节:

> 那时是星星要醒,不是太阳,
> 天光一点也没发亮;
> 大海不再摇晃呐喊,
> 声息、物影,一无闻见——
> 枯叶、春叶踪迹全无,
> 不见白昼,也不见它的事物。
> 唯有那永恒的睡眠,
> 在一个永恒的夜晚。

美国美学家苏珊·朗格(Susanne Langer)对此评论说:"……连续的否定句带着单调的'没——不——无',就是没有最后两行,也几使整节诗如陷入沉睡一般。否定词因而起到了创造性的作用。此外,字面的意义由于一直在排斥浮现出的思考,这就使这些思考暗淡无光(褪了色)、徒具形式(已无安定),用来对照正面陈述的事实——睡眠。"②这是一个主旋律和弦外之音巧妙配合的例子。

无论如何,费诺罗萨把"弦外之音"当作诗歌美学的一种原则提了出来,还是有所贡献的;只不过他应该着眼于更广阔的艺术领域,而不应该仅仅盯住汉字的形貌不放。

---

① 这样的例子不胜枚举,例如未来派主张用几种颜色、二十种大小不等的字模来印刷;阿波利奈尔的《被杀的和平鸽》一诗,排成了利刃刺入鸽子的形状等等。

② 参见苏珊·朗格《情感与形式》,中译本,中国社会科学出版社,1986年,第14章《生活及其意象》。

第四节 庞德的"鼓吹"与实践

1921年,庞德自编《艾兹拉·庞德鼓吹集》(纽约)时,同时收入了费诺罗萨的那篇振聋发聩的文章。这件事颇具象征意义,因为庞德确实是费氏理论的不遗余力的鼓吹者。

艾兹拉·庞德这位西方现代派的鼻祖,注定要以革新诗坛积习为己任。他与志同道合的诗人结成团体,艰难地开拓着新诗发展的道路,由于他们特别重视意象的运用,后来人们称之为意象派。意象派的视野相当广阔,诸如西方古典诗歌、希伯来圣诗、希腊诗歌、日本俳句等,均引起了他们的关注。而在1913年庞德得到费氏手稿以后,他无疑由此窥见了一种理想诗歌的样板——中国意象诗。1914年,庞德脱离意象派而另立门户,积极倡导"旋涡主义"。这种创作方法继承了意象主义的基本精神,仍以意象为核心,但意象的作用已被描述得益加重要了:

> 意象不是思想,而是光焰四射的关节点或聚焦点,是我能够而且必须称之为旋涡的东西——奔腾不息的思想即由此出发,经此穿行,并面此而来。[①]

有人认为,"旋涡主义"的创立是因为接受了法国抽象派艺术的影响,然而,如果考虑到"意象"即为具象的"诗语",就不难看出,这段论述与费氏诗媒论之间存在着关联。所不同的是,费氏强调整个诗语应该具体生动、含蕴丰富,他则强调具象诗语——意象应该如此。

如上所述,1919年庞德代为首刊《汉字作为诗歌媒介》时,庞德不仅加上了副标题"诗歌的艺术",指明其探索美学原理的性质,而且大声疾呼,要人们重视这篇文章中所揭示的艺术本质、所阐明的理论和原则。除此而外,他还证实了作者的预见性:"在欧美,人们不应该把他视为一味搜寻舶来品的猎奇者。他脑海里总是满装着东西方艺术的平行和比较。在他看来,舶来品一直是激发创作多产的一种手段。他期待着美国的文艺复兴。其观点的生

[①] 庞德《旋涡主义》,原载于《双周评论》第96期,1914年9月;转引自柴索姆《费诺罗萨》,第225页。

命力可用下述事实做出判断:虽然这篇文章写于他逝世(1908)前的某个时间,我现在却不必要更改其中有关西方情况的论述。其后的艺术运动已经实实在在地证明了他的理论的正确性。"①庞德所暗示的"西方情况",乃是指"英国和美国如此长久地忽视和误解东方文化中比较深刻的问题",或者更具体地说,乃是指"不把中日诗歌……算在全世界严肃的文学创作之内"。②另一方面,生命短促如昙花一现的意象派,虽然从东方古典诗歌汲取了一些营养,但其奉献的诗作却良莠不齐,他们时常遭到批评和诘难。这说明西方的诗歌革新还远远没有完成。因此,在庞德看来,费氏理论不仅具有现实意义,而且仍然具有指导意义。

然而,真正理解费氏理论的奥义也并非易事,十余年后他在貌俗实雅的小册子《阅读入门》(1934)里还说,费诺罗萨也许立论太早,使人难于把握。他认为,费氏触及到了东西方思维方式和语言运用的歧义点的根底。他举例说,如果要欧洲人为某物下定义,那就经常远离他们谙熟的东西,而弄得越来越抽象。你问:什么是"红色"?他就回答:是"颜色"。你再问:什么是"颜色"?他就回答:"是光线的振动,或者是光线的折射,或者是光谱的分区。"中国人在回答什么是"红色"时,则把某些事物的图像放在一起,如"玫瑰""樱桃""铁锈""火烈鸟"。因此,代表"红"的汉字,实际上来自人人皆知的事物。他强调说,这就是费氏讲过的深刻道理:如此书写的语言如何而又为什么必然地保持着诗性。他生前可惜没来得及把这种见解总结为方法,然而,"这正是研究诗歌、文学或绘画的正确途径"。③

庞德宣传费氏理论还有一个重要的做法,那就是在翻译和创作中创造性地加以运用,通过实践来证明费氏理论的生命力。于是,汉字诗学在庞德(以及他人)身上最终落到了实处。

按照费诺罗萨的说法,拼音文字要比表意文字抽象得多,可是西方诗人又不得不用拼音文字进行创作,那么,如何使用天生不济的拼音文字来体现表意文字的特点呢?寻找解决办法的使命,历史地落到了天才诗人艾兹拉·庞德的身上。他在翻译原则上,似乎也服膺费氏的观点:

---

① 庞德为费文所撰的小序,时在1918年。
② 同上。
③ 庞德《阅读入门》,伦敦,1934年,第19—22页。

诗歌翻译的目的是诗歌,而不是辞书里的语词定义。

——《中日美术史纲》

不过,他自己也有另外的发挥,他认为,诗歌有可译者,有不可译者,根据情况决定取舍是翻译的"唯一技巧"。① 实际上,他却常常超出这一原则,为追求某种艺术目的而硬性地使译文衍生出新意来。正是在这里,汉字诗学得到了实践,并得到了发展。他所译的《神州集》《诗经》以及所写的《诗章》,提供了大量的例证。且看他如何英译李白的《登金陵凤凰台》一诗的。原诗是:

凤凰台上凤凰游,凤去台空江自流。
吴宫花草埋幽径,晋代衣冠成古丘。
三山半落青天外,二水中分白鹭洲。
总为浮云能蔽日,长安不见使人愁。

他的译文是:

The phoenix are at play on their terrace.
The phoenix are gone, the river flows on alone.
Flowers and grass
cover over the dark path
    where lay the dynastic house of the Go.
The bright cloths and bright caps of Shin
Are now the base of old hills.
The Three Mountains fall through the far heaven,
The isle of White Heron
    spilts the two streams apart.

Now the high clouds cover the sun

---

① 语出《法国诗人》,原载《小评论》第 4 卷第 10 期(1918);参见叶维廉《艾兹拉·庞德的〈神州集〉》,普林斯顿,1969 年,第 70—71 页。

And I cannot see Choan afar
And I am sad.

——《神州集》第 13 首

  这首诗的译法起码有两点值得注意：第一，译者突出了费氏称作"生动的图画"的东西——视觉意象，如"花草""衣冠""白鹭洲"；第二，他将原诗诗句分成若干个较小的视觉单位，如"吴宫—花草—埋幽径"，从而强化了它们的独立性，使之在并置后互相映带，生发新意。后一种处理方法，即将意象或经验单元平列、并置起来，省略了其间的关联成分，这在西方传统的作诗法里，打破了语法严谨、逻辑性强的句型，是很新颖的。原诗拆散开来的一个个"部件"，犹如汉字里带有具象性的偏旁部首；而一行行新诗句，犹如用这些"偏旁部首"组合而成的汉字；整首诗则像一个个汉字的连缀，产生了戏剧性的流动感。具体意象和戏剧性的流动感，正是费诺罗萨所说的汉字固有的诗歌性质。为了追求这种效果，庞德有时不顾原诗的意思而生硬地切割诗句，拆成片断，例如他把"惊沙乱海日"（李白《古风》之六）句译为：

Surprised. Desert turmoil, Sea sun.

  若从译文推求原意，已属难事。这对不懂汉语的西方读者来说，也许反倒增添了几分异国情调。除此而外，他处理单个汉字时，还使用过"拆字"译法，这与费氏相比，可以说是有过之而无不及。例如，他译《诗经·静女》一诗时，把"静女"译成"青思之女"（Lady of azure thought），"娈女"（"静女其娈"）则译成"丝言之女"（Lady of silken word）。庞德把自己所做的种种努力，总而称之为"表意文字的方法"，而且自认是一种"科学方法"。

  然而，如果用严格的学术标准来衡量，他所谓的"科学方法"显然是名不副实的，无怪屡见招来学者的"假字源学"之讥。甚至可以说，这种生硬的拆字法似乎在故弄玄虚。何谓"青思之女"？何谓"丝言之女"？颇令人费解。不过，如果站在文化交流的立场上看问题，这种做法却具有深远的意义。因为在较大规模的文学借鉴中，从移植外来文学到完成本国文学革新之间，往往需要对移植对象进行一番脱胎换骨的改造。而改造的目的，也不仅仅是要它消极地去适应新的文学环境,而是要它以新鲜的生命力去刺激旧有文学的发展。换句话说,改造不仅仅是为了寻找两国文学得以嫁接的基点,更重要的还是为了寻找激发嫁接点萌生新枝芽的活性因素。所以,我们不应该一味地拘泥学术标准,而应该根据文化交流的规律,来肯定这种创造性在吸收外来文学方面的意义。

第五节　费氏理论对学术的影响

上文所述庞德积极宣传并且实践费氏理论,以推动西方现代诗歌发展的事实本身,即是这种理论实际产生的影响。不过这多半与诗歌创作有关,下面,我们从学术角度观察一下费氏理论波及的范畴和程度。

在学术领域,费氏理论所起的作用有积极方面,也有消极方面。其积极方面在于:它打开了西方诗人和批评家的眼界,怂恿他们去探索中国的诗歌艺术,因而是中国文学西播的一股推动力量。他的句法论(以动词为中心),他的汉字形貌分析(特别是通过庞德的实践而衍生出来的翻译方法,如拆散整句、并置句中成分、减弱句法关系和逻辑关系等等)均给学者以启迪,继之仿效或进而开拓者时有所见。更值得一提的是,费氏名文在西方的诗歌批评界也引起了一定的反响。英国学者唐纳德·戴维(Donald Davie)认为,这篇文章"也许是当代英文文献中,唯一可与锡德尼的《为诗一辩》、《抒情民谣集》序和雪莱的《诗辩》这些昔日伟大的诗歌宣言相提并论的论文"。[①] 他还本着费氏"句法即运动"的观点去研究西方古代诗人,并且发现"若以这种观点对莎士比亚加以观照,莎剧就显示出了无与伦比的活力"。[②]

不过,费氏理论在学术界所起的消极作用也是很明显的。他不讲六书造字的规律,凭空想象汉字偏旁部首或基本笔画的意义,再加上庞德从实践上推波助澜,终于铸成了西方汉学界解说和西译中诗的"拆字法"。如果说庞德是在生硬拆解,望文生义的话,那么还有一种更奇特的做法,这就是艾米·洛厄尔(Amy Lowell)和弗洛伦斯·艾斯库(Florence Ayscough)在《松花笺》中所用的重复偏旁部首法。艾斯库久居中国,熟悉中国文化;她

---

① 唐纳德·戴维《连贯的力量:英文诗歌句法探讨》,伦敦,1955年,第33页。
② 同上书,第55页。

选来古诗,逐字直译,并且附上原诗及其偏旁部首;然后寄给大洋彼岸的意象派诗人洛厄尔,让她参照这些资料,"搞出一种尽可能接近原文的东西"。① 应该承认,《松花笺》这部英译基本上符合原诗的意思,但在使用"拆字法"的地方,便出现了严重的偏差。例如,她们译"骏马似风飙"(李白《塞下曲六首》之三)一句:

  Horses!
  Horses!
  Swift as three dog's wind!

  且不说译者们以"三犬之风"译"飙"字如何令人陡生疑惑,即使就"马"用复数而言,也令人觉得十分滑稽。因为此诗末句云:"功成画麟阁,独有霍嫖姚!"显然,诗人在歌颂汉代的嫖姚校尉霍去病将军。他的坐骑只能是匹马,而非"群马"(Horses)。译者们把"骏"字中的"马"旁与"骏马"之"马"等量齐观,纯粹是拆字法引起的误解。除此而外,西方学者解释中国诗歌时,有时竟然也采取这种方法。例如,程纪贤认为,中国诗人并不忽视汉字形貌的引发力量。他说,王维写下"木末芙蓉花"(《辋川集·辛夷坞》)句后,便给人以树木正在开花的视觉意象:首字,一棵树;次字,有物自枝端而生;三字,钻出了一个蓓蕾;四字,蓓蕾绽开;末字,花完全开放了。他还进而指出,在汉字的视觉形貌(所示)和辞典意义(所指)的背后,还隐藏着一种微妙的蕴含,即人在思维中进入了这棵树,参与了它的变态过程。其道理即在汉字本身:"芙蓉"二字均有"人"在场,而"花"中之"化",无非是人在顺天乘化。于是诗人以简省之笔,重新创造了一串神秘的体验。②不难看出,这是从文字沟通诗学之尝试的余绪;探索者旨在揭示中国诗歌的本质,所提供的却是一些似是而非的特例。总之,诸如此类的探索,明显反映出了根据特例难以建立通则的矛盾。在《中国诗艺》(芝加哥,1962)一书中,刘若愚以较大篇幅解说六书造字,指出西人无视汉字内有表音因素是其错误的根源,这取得了正本清源的效果。

  费诺罗萨根据汉字的形象特点,推断中西诗歌创作的思维方式有所不

---

① 参见洛厄尔和艾斯库合译的《松花笺》,波士顿,1921年,第2页。
② 参见程纪贤《中国诗歌的写作》,巴黎,1977年,一书的"导言"。

同,也使一些学者越来越偏离客观实际。譬如叶维廉曾拾起这一话题,并发挥说:

> ……我们应该了解到象形文字代表了另一种异于抽象字母的思维系统:以象构思,顾及事物的具体的显现,捕捉事物并发的空间多重关系的玩味,用复合意象提供全面环境的方式来呈示抽象意念……①

就实际情况而言,诗歌作为语言艺术的一种,无论以什么样的文字为媒介,都必然是一种形象思维,正如使用拼音文字的俄国批评家别林斯基所说:"诗歌不是什么别的东西,而是寓于形象的思维。"(《伊凡·瓦年科讲述的"俄罗斯童话"》)古今中外,诗人们无不捕捉生活里乃至想象中的形象,而捕捉书写符号里的形象写入诗歌,仅仅是诗歌创作中的一种文字游戏。从发生学上看,文学的产生远比文字为早,人类有了语言,文学创作也就有了表达媒介。那些"还不是用文字来记载的神话、传奇和传说的文学"(马克思语),只能靠口耳相承的方式世代流传。远古时期史诗创作和咏唱,也属于这种情况。文字对于诗歌以及其他所有的文学创作,在绝大多数情况下,仅仅起一种符号作用。就汉字而言,它在发展过程中,从摹写实物的图画,逐渐范型化、抽象化,最终凝为方块字,变成了一种符号。所谓"文字者,所以为意与声之迹也"(陈澧《东塾读书记》),指的就是这种作用。西方有的学者也持同样看法,譬如登博(L.S.Dembo)就曾说过:"中国人识文认字的习惯,同其他民族相比,看不出有多大的不同;远古流传的表意'图画',只以其抽象内含而引起现代人的注意。"②由此来看,那种认为汉字(或汉语)特别宜于表达"诗歌思维"的观点,几可说是站不住脚的,更不能说唯有象形文字才代表着那种特殊的思维体系——"以象构思"。

综上所述,我们认为,依照严格的学术标准来衡量,费诺罗萨以及庞德等人所推阐的汉字诗学,只能算作准学术研究。

---

① 叶维廉《东西文学中模子的应用》,载于《饮之太和》,台北,1980年,第267—268页。
② 参见登波《艾兹拉·庞德的〈孔子颂诗集〉》,伯克利,1963年,第24—25页。

第三章
中国诗歌研究

中国诗歌从古至今经历了两三千年的发展历程,拥有众多名垂青史的诗人和无数光辉灿烂的诗篇,这在世界文学史上公认是绝无仅有的一例。在西方一本广为流传的中诗英译选《白驹集》里,编者罗伯特·佩恩(Robert Payne)向读者做了如下的描述:

> 要想了解一个民族,最好的办法莫过于读她的诗歌。中华民族自有史以来即吟诗作歌,并且一直认为诗歌是自己文化中的奇葩……
> ……他们把诗歌语言织造得比最柔软的丝绸还要柔美;他们谨慎地培养自己的感知能力,若是尚未敏锐到听着花瓣飘落的声音比帝国的坍塌还要震耳,那就决不肯罢休。……他们所创作的诗歌,超过了世界上其他所有民族的诗歌的总和。①

这种看法很具有代表性,它道出了中国诗歌的韵致之雅、蕴含之深、技法之精,以及数量之多。不难想见,中国何以在西方赢得了"诗的国度"的美誉。

第一节 西方译苑中的诗国风貌

正因为中国的诗歌创作源远流长,卷帙浩繁,西方学者迄今为止尚未全面地展开研究,但与其他文类相比,中国诗歌却堪称是译介最盛、研究最

---

① 罗伯特·佩恩《白驹集》序言,《中国古今诗选》,纽约,1947年。

细的一种。

西方学者特别重视作为中国诗歌源头的两部诗集《诗经》和《楚辞》。《诗经》西播起步早而历时长,既是西方中国文学研究的源头,又是其曲折发展、逐步深化的一个标志。从明清之际到20世纪上半叶,这部诗集已有西文全译本十余种,且有专论多部。理雅各、高本汉、亚瑟·韦利和庞德的英译本、顾赛芬的法文和拉丁文合译本、吕克特(Friedrich Rückert)的德译本,曾经产生过较大影响,有的至今仍是汉学家案头的必读书。诗人译《诗》,别具一格,如吕克特和庞德所译,其影响主要在西方诗坛。几位研究者也各有专攻和特色。麦克诺顿(William McNaugh-ton)的《诗经》(纽约,1971)重在全面介绍;多布森(W. A. C. H. Dobson)的专著《〈诗经〉的语言》(多伦多,1968)和几篇专题论文,均如书名所示,集中研究三百篇的措辞用语;葛兰言的《中国古代的节日和诗歌》(巴黎,1919)及王靖献的《钟鼓集》(伯克利,1974)则分别提出了远古民歌创作的两种设想;此外,还有人讨论中国传统的和西方新兴的《诗经》学。相对而言,《楚辞》西译数量较少,而且多半是散篇选译;译介最多的是《离骚》,其次是《天问》;部头较大的有鲍润生(Franz von Biallas)的《九章》德译(1936年谢世前完成),韦利的《九歌》英译(伦敦,1995),霍克思的《楚辞》英译——《南方的歌》(牛津,1959),这是唯一的一部全译本。20世纪六七十年代以来,英美学者写出了一些较有分量的论著,大体上讨论如下问题:一是屈原其人的真实性;二是《楚辞》与巫术活动的关系;三是《楚辞》的艺术形式;四是《楚辞》诸篇的思想内容。西方学者把握中国诗歌,一般均从这两部诗集起步,正如霍克思所说:"我们所拥有的中国古典诗歌方面的知识,几乎全部建筑在《诗经》与《楚辞》的研究上。"①

汉魏六朝是中国诗史上重要的过渡时期,西方学者正在敏感地捕捉这时中国诗歌在形式和内容上的新变化。从楚声短歌到汉乐府,从田园诗到游仙诗,从吴声歌到宫体御制,从民间歌谣到文人创作,代表作品均有介绍。安妮·比勒尔(Anne Bir-rell)的《中国汉代民间歌谣》(伦敦,1988),选译两汉诗歌70余首;《古诗十九首》已见两种译本,即桀溺(Jean-Piérre Diény)的法译(巴黎,1963)和何沛雄的英译(香港,1977);傅乐山(J. D. Frodsham)与程曦合编的译诗集,虽题有英文书名《中国诗歌选》(牛津,

---

① 霍克思《〈楚辞〉——南方的歌》总序,牛津,1959年。

1967），但实际所译不外是两汉魏晋南北朝诗歌；南朝徐陵编辑的诗歌总集《玉台新咏》，也由安妮·比勒尔译成了英文（伦敦，1982）。这个时期的一些名家，往往有专书探讨。例如，高德耀（Robert Joe Cutter）等研究曹植，缪文杰研究王粲，侯思孟（Donald Holzman）研究阮籍和嵇康，海陶玮（James R.Hightower）、戴维思（A.R.Davis）等研究陶渊明，傅乐山研究谢灵运，马瑞志（R.B.Mather）研究沈约，马约翰（John Marney）研究江淹等等。而傅汉思（Hans H.Frankel）剖析乐府诗的艺术特点，桀溺探索"古诗"起源和中西诗歌比较以及孙康宜综论六朝诗风，也都是重要的研究课题。

唐宋诗词，气象万千，诗人词家，灿若繁星，其西播由诗及词，先易后难，不仅历久不衰，而且日趋繁荣。目前西方拥有的译本和专著，已不可胜数。唐宋诗歌的译研，其最盛者首推王维、李白、杜甫、白居易和苏轼几位大家，而孟浩然、高适、寒山、李贺、韩愈、柳宗元、杜牧、梅尧臣、黄庭坚、陆游、范成大、杨万里等二三十位诗人，也有长文或专书译论。也许受女权主义的影响，女诗人薛涛和鱼玄机得到了西人重视。就翻译而言，英、法、德、意、捷、匈、瑞典诸文种，均拥有多种唐诗选译本，足见其传播之广；许多学者，如英语国家的亚瑟·韦利、华兹生（Burton Watson）、宇文所安（Stephen Owen），德语国家的德博（Günther Debon）、柴赫（Erwin von Zach），法国德理文（Hervey de Saint-Denys）、程纪贤，瑞典马悦然（Goran Malmqvist），意大利马格里尼（Mario Attardo Mag-rini），匈牙利陈国（Csongor Barnabás）等，也因翻译唐诗（及其他作品）或享誉本国，或蜚声寰宇。西方的唐诗研究应该说始自德理文，他在19世纪就出版了《唐代诗歌》（1862）一书。降至20世纪，由于注者蜂起，评家辈出，一批学有专长、独擅一面的专门家，陆续崭露头角。洪业的杜甫诗详注（1952）以深厚功力轰动学界，十余年后又曾再版。高友工、梅祖麟合写两篇长文（分别载于《哈佛亚洲研究》第31、38卷），细剖近体诗的句法、意象、隐喻、典故等因素，也是唐诗研究界的力作。薛爱华（Edward H.Schafer）长于钩沉索隐，他有直接间接涉及唐诗的著作多种，均从文化交流或宗教信仰角度入手。后起之秀宇文所安则撰写了《初唐诗》（1978）、《盛唐诗》（1981）及《孟郊和韩愈的诗歌》（1976）三本书（均在纽黑文出版），广泛探讨唐代各时期的诗歌作品。他除了描述所论诗人的艺术个性外，还注重说明各时期的艺术特色，以及其间因承流变的脉络。以一人之力开拓如此广大的研究领域，这在西方汉学界是很少见的。总之，关于唐宋诗人的生平遭际、创作活动，关于唐宋写景、隐逸、边塞、行旅、讽喻、咏怀等代表作品的思想内容和艺术特色,均有较深入的研究。相对而言,西方唐宋词研究的成绩不如唐宋诗那么突出,近几十年才一改旧貌,变得活跃起来,译介、研究全面而深入者近 20 家。李清照,举世公认是我国最伟大的女诗人,因此译研甚多。胡品清所撰李氏评传(1966)一书,被列为美国大型世界作家丛书第五种,中国作家系列第一种。汉学家的研究,包括敦煌曲子词、词家名作、词的起源、南宋词风的转变等几个热点。目前西方词学虽有不少薄弱环节,但正在弥补之中,国际专题研讨会大型文集《中国词的口吻》(伯克利,1994)的出版,也许将是西方词学转盛的标志。

金元明清诗歌的译介,相对要逊色些,但有几个重要译本和几个研究热点值得介绍。杨富森和梅茨格(C.R.Metzger)的《元诗五十首》(伦敦,1967),成书较早且选诗较广;杰罗姆·西顿(Jerome B.Seaton)编译的《长生之酒》(安阿伯,1978),如副题所示,是"元代道家的饮酒诗";罗郁正和舒威霖(William Schultz)所编《待麟集》(布卢明顿,1987),选译清代 72 家的诗词作品,规模之大,前所未有;而查维斯(Jonathan Chaves)的《晚期中国诗歌选》(纽约,1986),则是元明清三代的译诗集。研究热点包括"曲"作为诗体和大家作品的研究。施文林(Wayne Schlepp)的《散曲的技巧和意象》(麦迪逊,1970)、柯润璞(J.I.Crump)的《上都乐府》(安阿伯,1983)及其续集(1993)、拉德克(K.W.Radtke)的《元代诗歌》(虽云"元诗",实为小令;堪培拉,1984)等著作,均对"曲"体做了较细致的研究。在受到重视的诗人中,只有元好问、贯云石、高启、袁宏道、纳兰性德、袁枚、龚自珍、黄遵宪、王国维等十余家。这些诗人的研究也都带有评传性质,即生平和诗作一并加以介绍。

自五四新文化运动开创新纪元以来,中国诗坛发生了巨大的变化。西方学者从创造社、新月社、象征派、中国诗歌会以及边区和沦陷区、新中国成立初期和新时期等地域或时代的诗人群体中,选取代表作品,以译笔展示 20 世纪中国社会的风云变幻、中国诗人的心路历程或者中国新诗艺的新巧别致。其中郭沫若、徐志摩、闻一多、李金发、冯至、何其芳、北岛、顾城以及台湾的纪弦、痖弦、余光中等诗人,多得西方读者的青睐。

西方的中国诗歌研究,从广义上说,还包括译介、注释和鉴赏在内,所有这些研究方式各有不同的目的和特点。

译介类似于纂辑,旨在直接而真实地反映诗人的创作成就、作品内容或艺术特色,而评传作者常常选择某些作品,充作诗人生平遭际诸阶段的具体标志。选译有不同的方法,精品选译一直占有主导地位,全译则限于作品数量较适中、地位较重要的诗人。遴选作品除了以名家名作为尺度外,还有按照主题而编选者,如"写景诗""边塞诗""隐逸诗""饮酒诗"等等。如果编者饶有雅兴,还会在封面题上"春花秋月"、"潺潺溪水"之类的书名。翻译方法也是多种多样,不胜枚举。上述"拆字法"是个特例,此外还有所谓的"对译法""原型法""音节对应法""意象突出法""弹跳格法"等等。如何处理中国诗歌的意象,往往关系到译文的成败。亚瑟·韦利认为"意象是诗歌的灵魂",并且主张翻译时"既不增添自己的意象,也不删减原作的意象"。(《论翻译》)这一原则是根据中国传统诗歌的具体特点而提出来的,因此他的中国诗歌英译极富创造性:意象密集时,先逐字对译,然后再按英语语法组织、顺通;意象疏朗时,则采用轻重无序的"弹跳格"(Sprung Rhythm),以应和意象出现的节奏;即使采用"押头韵法"或模仿西方诗歌风格,也在洋味之中保持中国诗歌意象的鲜明和生动。

  辅助和引导阅读的注释和鉴赏,有深有浅,随读者对象的程度而定。注释一般是解说僻词、习语、史实、掌故、异物、风俗等等。较深者具有研究性质,如同我国传统的笺注,且看海陶玮解说清真词:

    寒食:先是禁火冷餐,清明时则以榆柳取新火。
    脂车:见《诗经·何人斯》,指乘行将发轫。
    高阳俦侣:《史记》载:郦食其瞋目叱使者,得见刘邦。
    琼壶敲缺:《世说新语》载:王敦酒而咏,咏而击壶。①

  鉴赏不求全面分析,而凭兴之所之,随意而谈,傅汉思所撰《梅花与宫女》(纽黑文,1976)堪称这类著作的典范。这部书选取诗词曲赋百余篇,就主题、诗型或评点或比较,精妙剖析,俯拾皆是。但如此评点、解说,正如书评作者所见,则是渊博有余而综合不足。②

  严格意义上的学术研究,则是指就诗人诗作、诗史诗论等内容,进行深入而细致的探讨。作品评论最为常见,涉及诗体、诗艺、诗蕴、诗思等。这

---

① 海陶玮《周邦彦词》,载于《哈佛亚洲研究》第37卷(1977)。
② 参见魏玛莎(Marsha Wagner)的书评,载于《中国文学》第1卷(1979)。

一种研究最突出的特色是其方法论的灵活多样。诚然,按照我国传统方法辩识匠心、疏通章句也令人心向往之,因为愈华化愈见其功力,但绝大多数学者还是喜欢中西比较和移植西论(这些方法将在下文重点介绍)。"横看成岭侧成峰",由于视角的转换,中国诗歌更显得婀娜多姿,蕴深意远。评传著作旨在对传主进行全面评价,所用方法不外"纪才行""书事迹""录言语""假论赞"(刘知几《史通·叙事》)四途。诗歌既然言志、缘情,那么品鉴诗作和品藻人物的结合,也就是不可避免的了。西方学者为中国诗人所写的传记,目前已有数十种,其中不乏叙事详明、评论允当的佳作,如侯思孟的阮籍传、洪业的杜甫传、亚瑟·韦利的白居易传、胡品清的李清照传等等,皆已得到了好评。香港著名学者饶宗颐称赞侯氏的史笔之才,他说,如果阮籍地下有灵,"自当惊知己于千古也已"①。在中国诗歌研究领域,还有一定数量的考证实例,所涉内容一是诗人,一是版本。这种研究更需博览群书,精于钩稽,如吴其昱的"寒山"考辨(他认为其人乃隋唐之际的名僧"智岩",但也有人指出吴氏的证据不足)。② 如果缺乏可靠的资料,学者们也会揆情度理,对人物做出定性分析,如海陶玮认为司马迁所记的屈原,是"文学型"而非"历史型"人物。③ 版本考证则涉及文本真伪、错简、字源等问题,在中国诗歌研究领域并不多,伊根(Ronald C. Egan)分辨欧阳修词集是否杂有伪作是比较罕见的一例。④

迄今为止,西方的中国诗歌研究已拥有众多的专家,已取得了丰硕的成果,目前正朝着广泛、细致和深入的方向发展。

第二节　抒情诗歌的艺术特色

诗艺即诗歌艺术,每一著名诗人都有自己独特的诗艺,而西人的有关研究,也不乏真知灼见,但限于篇幅,在此难以一一介绍。我们所要评介的是,整个中国诗歌或其细类置于西方诗歌的背景之上或者进行相互比较、对照而显示的艺术特色。西方学者辨识中国诗歌诗艺的奥妙,实质上是一种诗体研究,但由于有西方诗歌作为参照,又比常规的诗体研究更加丰富

---

① 引自饶氏"题辞",弁于侯思孟《诗歌和政治——阮籍的生平与作品》(剑桥,1976)卷首。
② 参见吴其昱《寒山研究》,载于《通报》第95卷(1957)。
③ 参见海陶玮《屈原研究》,载于《京都大学创立廿五年纪念文集》,京都,1954年。
④ 参见伊根《欧阳修的文学作品》,剑桥,1984年,第5章。

多彩。这些研究论及诗质、诗媒、诗思、诗境、诗观、诗律等多种内容,尽管其探索并非尽善尽美,但所涉研究范畴,可以说是已经包罗很广了。

关于中国诗歌的基本特质,一般认为它是一种抒情性很强的诗歌,自与西方诗歌大异其趣。刘若愚在《中国文学艺术基础》一书里明确地指出:

> 中国诗歌的抒情性(也就是非叙事性和非戏剧性)最为突出。当然,叙事诗并不乏见,但它们从来不会写得像西方史诗那样长。戏剧诗的出现相对而言要晚一些,而且总与散文交织在一起。于是,中国诗歌与历史上以戏剧和史诗为主要类型的西方诗歌,形成了鲜明的对照。①

西方汉学家长期以来(尤其在 19 世纪)一直存在着偏见,认为中国缺乏史诗是其文学具有局限性的一种表现。随着研究的深入,中国诗歌的丰姿日渐被揭示了出来,他们终于认识到中西两种诗歌各具特色,完全可以"分庭抗礼"(海陶玮语)。

诗歌是语言艺术,自然以语言及其书写符号即文字为表达媒介,关于从汉字引申出诗歌美学的研究,上文已有交代,在此不再赘述,下面主要介绍西人所见中国诗歌诗语的种种特点。他们的诗语研究可分为两个层次:一是汉语作为必不可少的表达媒介,二是措辞、典故、意象、象征等诗语作为行之有效的艺术手段。但在其具体论述中,这两种内容常常沟通起来,而一并加以解说。在他们看来,中国诗歌诗语具有如下特点:

一、有些诗句无主语,增加了移情和当下的效果

周策纵认为,中国传统的诗歌观"诗言志",要求诗人以自我为出发点进行创作,但他们在对待自然的态度上,不是向往天人对立,而是向往天人合一。他们意识里的最高境界是自我与万物的协调一致,这即是"求物我各得其自然,也共得其自然"。他们所写的诗歌也就产生了"直寻"(钟嵘)、"不隔"(王国维)的趋势,出现了"无我"之境或"忘我"之境。诗中不

---

① 刘若愚《中国文学艺术基础》,北希图埃特,1979 年,第 2 页。

常用第一人称代词,就是这种特点的一种反映。例如贾岛的《寻隐者不遇》:"松下问童子,言师采药去。只在此山中,云深不知处。"这个发"问"的人其实是诗人自己。杜牧的《山行》、李商隐的《乐游原》亦属此类,乘车者自指,却无须说出是"我"。主语省略使诗歌直接与读者关联,使读者更容易与诗人认同,最后取代诗人而径入诗的境界,这样便增加了移情效果和"当下"(immediacy)效果。① 刘若愚说,中国诗歌的这种非个人性和普遍性,反衬出西方诗歌以"我"为中心和囿于世俗的性质。华兹华斯说"I wandered lonely as a cloud"(我曾经像一片云朵般孤独地漫游),中国诗人则可能说"行如浮云"。前者所记乃是受时空限制的一次个人体验,后者所记则是普遍适用的一种情景。②

二、中国诗歌特殊的句法特点(如极少用冠词,常省略动词,不区分性、数、时态,不求累加修饰语等),使意象倾向物性而带有原型意味

高友工和梅祖麟发现,中国诗歌里拥有大量的双音节偏正词组,如"黄金""白雪""明月""长河",其中充当修饰语的形容词,只起强调或限制作用;再如"炎风""香稻",则明显使中心词(或者说整个意象)倾向物性;名词做修饰语,如"雪峰""锦帆""玉槛""竹帘",仍然呈现中心词的性质,即色彩或者其他可感知的特点。这样便产生了一种奇特的现象:单纯意象即使不带修饰成分,也依然笼统地代表着自身的某些性质。譬如说"天",它空虚、碧蓝、恢宏、辽远;而在"片云天共远,永夜月同孤"两句中,因语境的关联,"天"成了"恢宏""辽远"性质的负载物。在联合词组中,有些词具有壮美性质,如"乾坤""日月""风云""关山",有些则具有秀美性质,如"鱼鸟""燕雀""蒲柳""稻粱"。单纯意象这种倾向物性的特点,使读者抛开了它们的具体所指,而去注意其原型意味。此外,中国诗歌诗语的其他特点也有助于形成原型意味:第一,名词意象不缀冠词,也没有数的区别,即具有不定指的功能。"山"就是"山",不是"这座山""那座山",也不是"这群山""那群山",它代表性质相同的类属,而不代表特指的事物。第二,诗

---

① 参见周策纵《诗词的"当下"美》,载于台湾中国古典文学研究会编《古典文学》第 7 集下册,台北,1985 年。
② 参见刘若愚《中国诗歌艺术》,芝加哥,1970 年,第 41 页。

句一般只有五、七言,难以像西方诗歌那样,对单纯意象加以多重而细腻的修饰。正因为这种诗句罕有细节之累,所以它们指涉特定事物的能力不大。由原型意象组成的诗歌,充盈着"梦幻般的抽象"和"无所不在的朦胧"。①

三、意象并置可产生多种美学效果

意象并置(Juxtaposition of imagery)是指诗句中两个或几个意象不用任何关联成分而直接罗列起来,如"葡萄美酒夜光杯"。叶维廉认为,诗歌中的并置意象具有绘画性、雕塑性和蒙太奇效果。例如他说,雕塑艺术依赖三维空间展示物体的结构与外貌,而诗歌意象并置或并发所形成的雕塑美,实际上是多重透视产生的立体效果。王维《终南山》即提供了多种观察角度:"太乙近天都"——远看,仰视;"连山接海隅"——远看,俯仰皆可;"白云回望合"——进山时回顾;"青霭入看无"——进山时观看……读此诗如同环绕一件雕塑品,可以自由观赏,山的重质感由于空间的时间化或时间的空间化,变得可触可感起来。②

刘若愚认为,诗歌是语言和境界的双重探索(《词的若干文学特质》)。中国诗人也长于开拓诗境,从人间到天国,从人事到自然,其诗笔无所不至;透过这些五色斑斓的境界,读者还会体察到活跃而深邃的诗思和炽热而缠绵的诗情。他把中国诗歌境界分作"自然之境"、"仙境"和"人境"。他说,人生与自然间的关系在中国诗歌里占有重要地位,绝大多数诗人视人生为大自然的组成部分;但在他们笔下,两者的关系却以不同的方式表现出来。有时以自然比况人类活动,有时则借以反衬人生境况,还有时让自然共享或曲达人类感情。中国诗歌仙境不像西方那样突出,诗人在此可能会写"天"、写"帝"、写自然神灵。但中国诗人对至爱亲朋有着深厚的感情,写亲人、写友人、写恋爱者,无不一往而情深。在人生之境,还常有咏怀、吊古、隐逸、伤时、咏战等作品,其中最重要的是诗人的历史感。中国诗人体验历史犹如体验个人生话,或者以自然的长存反衬时代的兴衰,或者

---

① 参见高友工、梅祖麟《唐诗的句法、措词与意象》,载于《哈佛亚洲研究》第31卷(1971)。
② 参见叶维廉《艾兹拉·庞德的〈神州集〉》(普林斯顿,1969)一书,以及《中国古典诗与英美现代诗——语言与美学的汇通》一文,载于叶氏所编《中国古典文学比较研究》,台北,1977年。

哀叹伟业壮举如过目烟云,或者看见久远的战场、想到久逝的美物而落泪。于是便产生了怀古诗,以抒发家国之思,黍离之悲。①

中国诗观有较多内容是中国诗艺的集中表现,西方汉学家对此也提出了不少见解,但诗观属于文学理论和批评范畴,我们留待下文加以介绍。至于西方的中国诗律研究,目前仍处于译介多而评论少、因袭成说多而创见少的状况,这些内容对我们来说是诗学常识,在此也就无须评述了。

第三节　中国诗史的若干侧面

西方虽然还没有正式的关于中国诗歌发展的通史或断代史专著,但他们并不缺少求实的、辩证的历史眼光。在西方有不少《中国文学史》之类的著作,使读者从中得以窥见中国诗歌发展的轮廓,也有不少专题著述,就中国诗歌发生史、流变史和中外诗歌交流史,做出了一些值得注意的推测和论断。

一、关于诗歌发生史

《诗经》是一部远古时代的诗集,是中国诗歌发展史的源头,关于它的创作过程,迄今尚无定论,西方学者提出了三种假说讨论这一问题。

20世纪初叶,葛兰言在《中国古代的节日和诗歌》一书中把《诗经》(主要是《国风》)当作民间歌谣,选例60余篇,分作"乡村主题"、"村民之爱"和"山川之歌"三部分做了剖析。他认为,这三部分的主题虽然各有侧重,但都不外是关涉自然景物,如草木虫鸟、风雨霁虹;关涉农村生活,如收获、伐薪、渔钓、采野菜;关涉爱情行为,如幽会、誓盟、挑逗、信物、争吵、别离;以及关涉交流旅游及其场所,如登高、涉水、舟渡、车马、聚宴、歌舞等等。根据这些主题,并参照其他民族的口头创作活动,他断定上述诗歌是古代岁时节庆中灵感来袭的产物:其一,这些诗歌源于一男一女的应答对唱;其二,对歌时,青年男女互相挑战,或表示爱情,因即兴歌唱的不同而有不同的诗歌;其三,在节庆中,人们一边举行其他比赛,一边进行情歌比赛;其四,歌赛在不同村庄的青年男女中进行。

---

① 参见上引刘若愚的《中国文学艺术基础》和《中国诗歌艺术》两书。

他认为,这些诗歌带着源于仪式的痕迹,依然保留着某些神圣的联想意义,它们在宫廷仪式上演唱,并与歌颂王朝和祭礼的诗歌编为一册。后来,它们才成了道德说教的工具,成了象征和寓言。他还认为,《诗经》里的角色缺乏个性因素。如"君子""孟姜""静女""淑女""有一美人""所怀之人",都不是特定的个人,实际上是些情感母题。景物描写也很少变化,乡村主题所提供的自然景物,尽管看来很真实,但仍然不过是些现成引用的套语。民间歌手的创作有两种方法,一是"应含"(correspondence)法,所写之事与自然之物相应合,如《郑风·溱洧》首二句:"溱与洧,方涣涣兮。士与女,方秉蕳兮。"这种共轭句(yoked phrases)的字数、节奏都很对称,而且一部分写自然、一部分写人。每句都有独立性,可作为一个整体而存在,因此对应句不必一一相续,允许插入其他成分,而组成新的共轭句。原初对立和插入新句使歌谣的创作得以自由灵活。二是重复法,或是只字不变地重复原句,靠新句推动诗思的发展,或是稍变原句,使诗思呈阶梯形发展。① 葛氏著作是较早的一种研究。

  陈世骧从字源学角度探讨"诗"字和"兴"字的原始意义,从而揭示中国抒情诗歌的起源和艺术。他说,"诗"之古字为象形字,摹写顿足击节之状,显然与原始的舞蹈艺术有关,并且通过舞蹈,音乐与诗歌结合了起来。从古人训"颂"为舞容者的说法,从《宛丘》《东门之枌》《伐木》《宾之初筵》诸篇的描述,可以看到舞、乐、歌三者的合一。"兴"的古字,为四手承盘之状,中间的形符描摹旋转,与"般""槃""盘"同义。而金铸之"兴"字,尚有形符"口"嵌入,说明众人举物时口中发声。"兴"便是它的拟音,属"邪许"之类,亦如英文的"heave-ho"。由此可以想象,古人环列而舞,众手擎物,舞到兴浓之时,便口出"兴"声,断断续续地呼喊。这时,眼下之物或偶然事件一旦象征此时此刻的感情,领头人便会立即受它们的激发,用较多的词语将这种感情连贯起来。这即是歌谣(诗歌)的原始起源。那些词语往往组成"兴"语,以之开始一首歌,并确定其韵律和情调。"兴"作为诗体的基本特点,蕴含着诗歌的社会功能和诗歌的内在特质。这原始的呼喊,经过许多世纪的演变,形成了种种诗歌技巧。他又指出,在甲骨文和钟鼎文里虽无"诗"字,但见于《尚书·金縢》,也见于《诗经》中《巷伯》《卷阿》和《崧高》三篇。这三篇作于西周鼎盛时期。可见诗歌作为一种文学艺术,

---

① 参见葛兰言《中国古代的节日和诗歌》,巴黎,1919年。

在那时已经洋洋大观矣。而在西方文学理论的创始期,柏拉图只区分了两种文学类型——"叙述"(指史诗中的叙事文字)和"模仿"(指戏剧作品),亚里士多德基本上也作如是观。尽管古希腊也有大量的抒情诗作,他们却未曾从文类学意义上予以重视。因此,站在世界文学的立场上看,中国的抒情诗应该与古希腊的史诗、戏剧一起成鼎足之势。①

第三种探源研究是王靖献的专著《钟鼓集》,它明显依据帕里—劳德理论进行推阐、解说,我们将在第四节予以介绍。

中国山水诗起于何时,文学史家早有论述,傅乐山对这一看似已成定论的问题提出了自己的看法。他说,刘勰所谓"宋初文咏,体有因革,庄老告退,而山水方滋"(《文心雕龙·明诗》)和钟嵘所谓"永嘉时,贵黄老,稍尚虚谈。……爰及江表,微波尚传,孙绰、许询、桓、庾诸公评,皆平典似《道德论》,建安风力尽矣"(《诗品序》)的论断,在当时颇具代表性。许多学者认为,山水诗的成因在于诗风陡转,排斥玄言,而谢灵运出现后,即成山水大家。直到清初,还有人(如王士禛)袭用这一观点。其实,这是一个粗率的误断,谢诗不过是数百年创作实践的总结。东汉灭亡之后,道家突然兴盛起来,受它的影响,崇尚自然渐成时尚。这时的文人既流连山水,又心存魏阙,象征着情感与理智的分裂。正是在这种"文明人对文明不满"(洛夫乔伊语)的情况下,产生了山水诗派。曹操的乐府诗《观沧海》是较早写山水的例子,但它缺乏说理成分,诗中景物未被赋予象征意义,感情也没有获得超脱。赋对于山水诗的形成有所贡献,如嵇康的《琴赋》,这种文类首先用来表达诗人对大自然的体验。左思的两首《招隐诗》以五言写成,十分类似真正的山水诗。左诗写于正始初年,也是正统的玄言诗出现之时。玄言诗人孙绰、许询的诗作,不乏山水诗质,甚至要胜过左诗。他们以及江淹、殷仲文、谢混等人的一些诗作,虽然藻饰嫌重、玄言过多,但在风格上已明显见出与后来山水大家的承继关系。佛老交融,取代儒教,使中国的思想界得到了解放;再加上晋室东渡,迎来了旖旎山水,足堪唤起时人对大自然的新体验。在4世纪中叶,一群诗人和画家聚集在山明水秀的浙东会稽,曲水流觞,饮酒作诗。在兰亭修禊诗中,庾阐的《三月三日临曲水》是第一首体验深刻的山水诗。这首诗趣味清新,意象生动,宛如出自谢灵运

---

① 参见陈世骧《〈诗经〉在中国文学史上和中国诗学里的文类意义》,载于白之所编《中国各体文学研究》,伯克利,1974年。

之手。庾阐现存诗18首,大半韵情味雅,而且融有玄言,堪称元嘉诗人的先声。时人湛方生、江逌等人的诗风,也与庾诗相近。湛氏的《还都帆》、《帆人南湖》、《天晴诗》数首,展示了早期山水诗最优美的特质。因此,认为山水诗突然出现在5世纪的说法是靠不住的。① 我国学者范文澜也认为"写山水之诗,起自东晋初庾阐诸人"(《文心雕龙·明诗》注),他虽没有展开讨论,但其立论时间稍早于海外学者。

关于词的起源,历来众说纷纭。20世纪20年代中日学者关于律绝嬗变而为词的研究,直接诱发了西人追溯词之源头的兴趣。1953年,白思达(G.W.Baxter)于大洋彼岸遥相呼应,支持他们的看法。他说,早在南朝时,文人就模仿杂言乐府吴声歌播之乐曲。但这种习尚经隋入唐而渐衰。据杜佑《通典》称,"自长安以后,朝廷不重古曲,工伎渐缺",开元中北人李郎子学唱南曲,自他死后,"清乐之歌阙焉"(卷146)。这时胡乐传入已久,乐调又复杂多变,而所用歌词却几乎全为今体诗。如遇曲长词短情况,则加添衬字以就曲拍。不过,这是指宫廷里或上流社会的演唱方式,在南方民间吴声歌却从未衰歇,大约在贞元之后,刘禹锡、白居易等诗人汲取民歌营养,才开始自由创作长短句。② 敦煌曲子词的发现和整理,给探源研究以新的启发。1970年,陈士铨发表《词之起源再探》一文,辩驳词源于律绝的观点。他说,胡适有几个论断,如词起于中唐,《天仙子》《倾杯乐》等五曲乃后人所创、非盛唐旧物,《三台》《调笑》等六曲创于韦白刘李(德裕)之手,皆不确。吴曾云:"明皇尤溺于夷音,天下薰染成俗。于时才士,始依乐工拍担之声被之以辞,句之长短,各随曲度……"(祝穆《事文类聚》卷24,引《能改斋漫录》)可见玄宗朝即有创作长短句的实践。关于所涉乐曲,陈氏援引史著、类书、杂著、诗集、敦煌写卷以及今人考证,以证胡氏之误。他认为,文人以长短句填词早于刘白,其事于开元、天宝年间已见活跃;当时律绝与长短句均可入乐,两者并行于世,决不能说后者是前者的衍生之物。③ 在80年代,魏玛莎又提出了词源于民间文化之说。她探讨了南朝民歌、初盛唐音乐、唐代歌妓表演、士大夫与歌妓乐工的接触等文化现象,并对敦煌曲子词与文人词作了比较。她由此暗示,词在早期以民歌和民间

---

① 参见傅乐山《中国山水诗的起源》,载于《大亚细亚》第8卷(1960)。
② 白思达《词体的起源》,载于《哈佛亚洲研究》第16卷(1953)。
③ 陈士铨《词之起源再探》,载于《美国东方学会会刊》第90卷第2期(1970)。

音乐为温床,在形成期又借鉴民间词风格,终于发展成为一种精美的新诗体。①

二、关于诗歌流变史

涉及中国诗歌流变的史论,以中盛唐诗风和唐宋词风发展变化的研究最有特色。

宇文所安撰写的《初唐诗》和《盛唐诗》两部著作,均花费一定篇幅梳理宫体诗的发展脉络,并阐述它的影响。古人认为宫体诗"伤于轻艳"(《梁书·简文帝纪》),宇文氏却展示了远比"轻艳"为丰富的风格特点,因此他宁可称之为"宫廷诗"。他说,在六朝和隋代的诗坛上,逐渐形成了两种对立的创作倾向:宫廷诗派重视措辞、雅正和智巧,而与之对立的诗派(后来发展成为复古诗派)则喜欢抒写深情或蕴含说教、关乎政治的诗歌。唐开国后,这两种诗派均有新的发展。唐太宗一面倡导道德说教,一面倡导宫廷诗风,于是两种倾向始有脆弱的结合。初唐四杰除杨炯外都程度不等地摆脱了宫廷诗风,这表现在主题上,也表现在形式上。在武后和中宗朝,由于作诗场合的增多,题材的日渐丰富,新诗体也日趋定型化。杜审言、沈佺期、宋之问等宫廷诗派代表,为这一诗体增添了更多的个性成分。② 他承认初盛唐诗歌有着明显的区别,譬如说初唐讲究得体,盛唐则意欲破格;宫廷诗人效力于贵族社会,盛唐诗人则眷恋下层社会;宫廷诗人为拘泥形式而自豪,盛唐诗人则喜欢平直的风格。但他强调初唐诗与盛唐诗的连续性,认为不能割断盛唐扎向昔日诗歌的根底。他说,盛唐开始时只是默默无语地反叛着初唐,没有宣言,没有对前一时代的斥责。事实上,盛唐第一代诗人甚至很少承认初唐先驱的存在,而宁可越过他们,遥望更古远的先辈。然而,反叛是关系密切的一种表现,尽管盛唐发生了种种变化,它的源头还是一清二楚的:它继承了初唐的诗歌传统。盛唐律诗源自初唐宫廷诗,盛唐古风直接因承初唐诗人陈子昂和当时的复古诗学,盛唐七言保留了许多盛于武后朝的七言诗旨、道德说教和措辞惯例,甚至咏物成规、别离慰语、写景笔法,也都具有初唐的根基。他根据这些认识,明确

---

① 参见魏玛莎《莲舟——词在唐代民间文化中的起源》,纽约,1984年。
② 参见宇文所安《初唐诗》,纽黑文,1977年。

提出应该破除"盛唐神话",即不应将盛唐等同于两位诗坛巨擘——李白和杜甫,而应把盛唐诗风看作是具有多种表现的、难以界定而又易于渗透的实体。①

西方的唐宋词发展史研究,目前尚不充分,甚至可以说还没有正式的词史专著问世,但确有几本书提供了透视词发展变化的历史角度。它们是:孙康宜的《词的演变——从晚唐到北宋》、林顺夫的《中国抒情传统的转变——姜夔和南宋词》和方秀洁的《吴文英和南宋词艺术》。②

孙康宜综论词从晚唐到北宋的发展,选取温、韦、李、柳、苏五位词人,分别作为某一阶段或转捩点的代表。她说,词的基本性质由温、韦培植而成:强调色情与美感境界,强调上下片的结构功能。李煜代表着小令创作的鼎盛时期,叙事入词是他的创新,这对词的发展至关重要。柳永积极创制慢词,从而打破了词坛多唱小令的局面。柳词多领字,多叙写外在事件,并努力谐美音律、俗化字面(其实俗中有雅),在当时独树一帜,并扭转了词的发展方向;而柳词的连贯章法和自我抒情口吻,影响也颇大,支配着慢词诗学达200余年。词一旦到了苏轼手中,诗词樊篱便不复存在。一种觉醒的新精神,一种对人生的沉思,蕴含在苏词之中,并借感情投射(投情于他人、于事物)体现出来。苏词的语言和意象运用造诣极高,革新了意象化表现法。通过苏轼,词在整个诗坛上的地位得到了提高。总之,词作为一种新诗体,为迎合某种表现的需要而产生,在发展中不断扩大视野,但又始终保持其基本性质不变,因此创造出了一种独特的美感世界。

林顺夫和方秀洁侧重讨论咏物词。林氏认为,南宋经济繁荣而政治腐败,许多文人不得踏入仕途,只好寄身施主门下,吟诗赋词,过着隐士般生活。在这种社会背景下,13世纪初词坛上产生了一种独特的审美情趣——"离我就物"(the retreat toward the object),即欲图避开广大的经验世界,向着细物(微型世界)退却,由它们透露抒情自我的消息。这体现着中国抒情风格的转变,姜夔是个代表人物,其后继者如史、吴、周、王、张等,均有此倾向。

方氏对咏物词的渊源流变作了更加详细的讨论。她说,《文选序》就

---

① 参见宇文所安《初唐诗》,纽黑文,1977年。
② 林著(1978)、孙著(1980)和方著(1987)均在普林斯顿出版。方氏还撰有一篇涉及词史的论文,题为《吴文英的咏物词》,载于《哈佛亚洲研究》第45卷第1期(1985)。

赋的写作提及"咏物"概念,由赋而诗,咏物之作于齐梁、隋唐宫体中再扬其波,并进而演成文字游戏。初唐诗坛清风徐兴,有人始借咏物以寓意,如骆宾王之咏蝉,陈子昂之咏兰。咏物诗的逞才遣兴和象征寄托两种潜能,均影响着咏物词的发展。词在早期重感情沟通,重意象协谐,铺排描述手法显然不合所用,因此自晚唐起大约200年几乎不见咏物之作。牛峤咏燕和鸳鸯,欧阳修咏石榴,柳永咏黄鹂、杏花、海棠和柳树,实属凤毛麟角。若不计特例,可以说苏轼及其文友开创了咏物词风,他们聚首遣兴时,每每将物拟人以抒发感情。周邦彦对咏物风格的发展也有所贡献,他扩大了拟人法的应用范围。他和苏轼常常通篇拟人,但在视物为人的同时,亦表明自我为抒情主体,正在对物沉思。苏词尤其如此,如咏杨花的《水龙吟》。周词有时变化人、物关系,始创物中见人的移情式应和法,如《六丑·落花》。咏物词一旦形成,便被南宋词人承袭下来,大量进行创作。在姜、吴、周、张、王等词人手里,移情法走到了极端,他们以物为隐喻,曲传个人情愫。于是,咏物词一步步走向暧昧与晦涩。吴文英是这一转变过程的代表人物,从《声声慢·咏桂花(第二首)》《杏花天·咏汤》《琐窗寒·咏兰》等词作,可以窥见自我渐隐的转变过程。至南宋覆亡,其遗民因帝陵见掠而唱和,咏物词全部变成了兴寄之作。这一词体就这样从描述层次转向寓托层次,发展到合乎逻辑的终点,因而也跻身到了正统的言志作品的行列。

三、关于中外诗歌交流史

所谓交流史,对保持文学联系的任何一方而言,都存在引进和外播两种流向。

在中国诗史上,第一次大规模地引进、模仿外国诗歌,发生在20世纪二三十年代,西方学者对此有多种论述。其中,张振翱的《冯至》(波士顿,1979)、许芥煜的《闻一多》(波士顿,1980)、高利克(M.Galik)的《中西文学碰撞的里程碑》(威斯巴登,1986)、奚密的《现代中国诗歌》(纽黑文,1991)等书,或多或少地论述了西方对中国诗歌的影响。这些著述大多倾向辨认西方渊源,譬如说强调瓦莱里对梁宗岱、魏尔仑和拉弗格对王独清、里尔克对冯至、阿波利奈尔对艾青、奥登(早期)对穆旦、象征主义对李金发、何其芳等等的影响。但也有学者看到借鉴关系十分复杂,强调外来因素和本国传统对诗人的共同影响。

奚密就卞之琳的创作实践作了分析。她说无论在中国还是在西方，人们常把卞之琳视为 30 年代介绍西方现代派诗歌的先驱。事实也确实如此。1929 年他进入北京大学后，主要是学习英文，但他对法国象征主义诗派很感兴趣，也广泛阅读从浪漫派到现代派的诗歌。在求学期间，他还结识了中西兼通的何其芳，也发表过艾略特《传统与个人才能》的中译文和一本英美法诗歌选译《西窗集》。后来，他又迷上了叶芝、里尔克和瓦莱里。50 年代，还在北大与燕卜荪有过交往。他写诗时，处理意象、诗境和代言人，运用反讽、暧昧等技巧，无疑受到了西方的影响，但他受过良好的教育，熟谙佛老哲学，这些传统的修养也会反映在他的诗作里。《圆宝盒》一诗，即是两种因素共同影响的产物。她认为，尽管卞之琳之借鉴两种文学，常常是不自觉的，而不是自觉的，常常是模棱的，而不是明确的，但两者的共存绝非偶然。它们不仅可以和谐相处，而且互相发明，共同得以强化。因此，只是辨认影响的渊源是不够的，必须研究诗人如何将这两种影响熔为一炉。

关于中国诗歌外播，西方的研究并不多见，迄今为止大体上只形成了两个明显的热点问题：中国古典诗歌对西方现代诗派的影响和诗僧寒山对美国"垮掉的一代"的影响。前者论述稍多，分别从不同侧面描述这一文学现象。在本编第二章，我们所提及的柴索姆《费诺罗萨：远东和美国文化》一书，即是其中一例，它实际上描述了这样一条中诗西渐的传播链：

日本学者→费诺罗萨→庞德（和其他意象派诗人）

这条传播链所荷载的内容，该章也作了介绍，在此不再赘述。

第四节　灵活多变的研究方法

中国诗歌种类繁多，形式多样，意象生动，蕴含深厚，经得住种种视角的观照与探索，因此它在西方拥有多种多样的研究方法。下面所述仅是比较重要的几种。

一、帕里—劳德理论的应用

帕里—劳德理论是关于口头诗歌创作的理论，又称"套语理论"。荷马史诗研究者米尔曼·帕里（Milman Parry）和艾伯特·劳德（Albert B.

Lord)发现,远古史诗并非由一人所作,而是经过口耳相传,不断加工而成。那些口吟诗人自幼跟人学习作诗技巧,了解故事内容,熟记老套的词语、事件和描述。及至他们独立表演,便能脱口而出,即席演唱。套语和套语结构帮助他们组织诗句,老套事件和描述帮助他们构建整首诗歌。① 这一理论不仅推动了荷马史诗的研究,也被移植于上古至中古其他史诗和种种民间诗歌的研究。美籍华裔学者王靖献又移用于《诗经》研究,写成《钟鼓集》一书。

所谓"套语",原是指"在同样韵律条件下,习惯用来表达某一特定的基本思想的一组词语"。② 王氏根据《诗经》的特点,划出了六类"套语"。它们是:其一,数首诗中重复出现的诗句,如"悠悠我思""既见君子";其二,一首诗中重复出现的诗句,如"赠之以勺药""慆慆不归";其三,语义相同而字数不一(因配合韵律)的诗句,如"我心伤悲兮"和"我心伤悲"、"之子归"和"之子于归";其四,只有感叹词变化的诗句,如"乃如之人兮"和"乃如之人也";或者只有修饰语变化的诗句,如"卉木萋萋"和"卉木萋止";其五,义近而字不同的诗句,如"其叶菁菁"和"其叶青青";其六,义同而字不同的诗句,如"食我农人"和"食我农夫"。

"歌谣中重复出现的事件和描述性片断"③则是"套式"。④ 它是一束可以延展的思绪,如"思维的库房"一般,吟唱一经开头,后面的语句便可滔滔不绝地流淌出来。王氏认为,《诗经》里也有一些"套式",如《邶风·谷风》《小雅·谷风》等所写的弃妇怨。它的模式一是以"谷风"起兴;二是回忆愿意嫁人育子的初衷;三是前后对比:先是与丈夫守贫,富裕后反遭遗弃;四是叙说丈夫有了新欢,便休了自己;五是叙说自己到田间(或登山)去恸哭,并假装采野菜;六是叙说夫妇和谐的原则,有时还设喻警告未婚女子。

根据套语在《诗经》中复现的比率,以及对这部诗集中套语和套式的分析,王氏推出了如下一些结论:

---

① 参见劳德《咏唱故事的人》,纽约,1970年,第4—5页。
② 同上书,第4页。
③ 同上。
④ 这一概念有多种西文名称,如 theme(主题)、motif(母题)、type scenes(典型场景)、topoi(老套话)等。显然,它们分别代表某一内涵,很难用其中一名总括其余。因此,暂且译作"套式",与"套语"对举,以俟佳译。

（一）《诗经》基本上属于口头创作。

套语句占总字数的21%，超过了西方定性分析所提出的标准。

（二）《诗经》与音乐有关。

语气词虽无实义，在套语中却不可随意增减，这是为了满足韵调的要求。

（三）在《诗经》中可以看出从口头创作到书面创作的过渡。

这部诗集辑有带"作歌"字样和带"作诗"字样的诗篇。前者的套语比率比后者高许多，更接近《国风》风格。这说明"歌"和"诗"已开始分流。《小雅》中《四月》《节南山》和《巷伯》以及《大雅》中《崧高》和《烝民》诸篇，标明由"君子""家父""寺人孟子"或"吉甫"所作，他们已不可能是民间的口吟诗人，而是进行书面创作的文人了。这些诗的套语比率比全集略高，说明在过渡时期，"作诗"的文人仍在使用通俗的套语。

（四）套语研究有助于确定创作年代的先后。

套语理论认为，套语比率越高，诗歌越古老。《颂》诗中《周颂》《鲁颂》和《商颂》的比率，分别是15.1%、16.8%和2.6%。由此可证，多布森（W.A.C.H.Dobson）所谓成诗时间由《颂》而《大雅》而《小雅》而《国风》的说法①，是靠不住的。

（五）套式与兴极其相似。

在《诗经》中，兴的技巧是先言他物以引起所咏之词。套式亦如此，它总有一个套语（或俗套意象）起兴，再引出下面的故事。

（六）口述诗歌自有其创作方式、审美标准，不能用书面创作来衡量。

套语、套式帮助口头创作者记忆、思维，所以它们一直口耳相传，这与书面创作中的抄袭不同。在口耳传承中，它们有时可能与语境不相协调，如英国古诗《芬斯堡》，说一个人战死屋内，却用"盘旋的渡乌"来渲染气氛。《诗经》中也有类似的现象，如《邶风》和《鄘风》中的两篇《柏舟》，写女主人公的抗议均以"泛泛柏舟"开篇，其情调与"泛泛杨舟"（如《小雅·采菽》）适成对照。怨妇不一定去泛舟，也不一定能够分辨是"柏舟"还是"杨舟"。为了引起预想中的效果才这么做，这是一种"虚构的叙事故事"（the narrative myth），是非写实性的。

---

① 这是多布森在《语言学证据和〈诗经〉创作年代》一文中得出的结论。该文载于《通报》第51卷（1964）。

这种方法旨在根据措辞和构思的雷同现象,来推测远古口头创作的实况。由于它强调诗歌创作的传统性和口头与书面文学的连续性,这种方法既可用于诗歌发生史研究,又可用于时间晚近的民间说唱文学研究,如魏玛莎在《莲舟》中据以考察词如何源于民间文化。

二、诗歌意象研究与鉴赏

意象研究是西方普遍流行的一种诗歌赏析方法。这一研究有时也试图建立意象本体论,如刘若愚在《中国诗歌艺术》中所做的意象分类。他认为,中诗意象按其性质可分为单纯意象和复合意象。单纯意象指的是能引起肉体感觉和脑中画面的意象,它们仅仅起描述和联想作用。例如《诗经·静女》的几个意象:"隅"暗示亲昵与幽隐,"彤管"暗示音乐与欢乐,"牧"暗示户外生活的自由自在,柔软洁白的"荑",则使人联想到诗中女子皮肤的白皙,进而暗示青春和贞洁。复合意象是指两件事物的并置、对照、替代或彼此假托。因此,它有并置意象、比较意象、替代意象和转借意象四个亚类。

意象统计法是意象研究中一种重要的操作方式。华兹生(Burton Watson)在《中国抒情风格》(纽约,1971)一书中,以《唐诗三百首》为抽样本,对其中自然意象出现的频率作了统计。统计结果表明,总称意象如"木""花""草""鸟"的出现次数相当多,而特称意象如"柳""莲""蓬""雁"的出现都相对较少或少得多。据此他指出,这意味着唐代诗人写景,多少是在粗线条地勾勒自然风光,并不是以细腻的笔触进行描绘。诗人的兴趣,与其说是呈现在眼前的景物,倒不如说是约定俗成的比喻和象征。应该指出,对于这种方法来说,抽样本有无代表性,必然会影响统计结果;而且如此统计,在一定程度上割裂了意象与语境的联系,有时反倒遮掩了诗人选取和运用意象的匠心。但这种方法毕竟提供了一个研究比兴手法之演进、诗歌意象之具体性的新角度,如果运用得当,还是能够发现隐藏在字面之下的某种奥秘。

利用意象鉴赏诗歌的例子如恒河沙数,不胜枚举。我们可选取刘若愚《北宋主要词人》(普林斯顿,1974)中的片断,加以说明。他认为,晏殊、欧阳修、柳永、秦观、苏轼和周邦彦六位词人,笔下均有多姿多彩的意象。晏词的比较意象感情强烈,如"秋露坠,滴尽楚兰红泪"(《谒金门》);有时情景交融,无分谁比喻谁,"雨条烟叶系人情"(《浣溪沙》)、"此情拚作、千尺游丝,惹住朝云"(《诉衷情》)。柳词的比较意象变化多,结构巧。有时是实物相比,如"云涛""火云""膏雨""月华如水";有时是虚实相比,如"蕙质兰心""好梦狂随飞絮,闲愁浓胜香醪"(《西江月》)。欧词意象时见有谐音、双关效果,如"此意如何,细似轻丝渺如波"(《减字木兰花》),"丝"与"思"谐音。秦观名句"自在飞花轻似梦,无边丝雨细如愁"(《浣溪沙》),打破了以实喻虚的常规,令人耳目一新。秦词中的转借意象也新颖工巧,脍炙人口,如"山抹微云,天粘衰草"(《满庭芳》)、"微雨后,有桃愁杏怨,红泪淋浪"(《沁园春》)。苏轼常说"世事一场大梦""人生如梦""古今如梦""人生如寄""人生底事,来往穿梭"等等,集中反映了这位词人对须臾人生的看法。周词化用俗套意象,偶见引人入胜的例子,如"雪浪翻空,粉裳缟夜"(《水龙吟》)、"晕酥彻玉"(《玉烛新》)等。

三、新批评研究

新批评是第一次世界大战后在英美兴起的批评流派。这一派别有众多成员,竞相创立新说,铸造新术语,提供了多种观察作品的视角。他们特别强调作品的内在结构和内在价值,认为作品是独立自主的实体,无须从作家生平、写作背景等外在因素去观察。他们还提倡"细读法",即深入文本的措辞意象去发微抉隐,在"架构"(structure)和"肌质"(texture)间探寻作品的妙谛。四五十年代,这一流派雄踞美国文坛,盛极一时,不久即告衰落。但直到今天,学者们仍然经常运用它所留下的种种方法。

英国学者燕卜荪创立了"歧义"①说。在《七种歧义类型》中,他指出,"歧义"是一个陈述的细微的语义差别,这种差别可以引起读者的不同反应。中国诗歌句法灵活,多用意象而较少连接成分,比西方诗歌更有较强的暧昧性,这给汉学家运用"歧义"分析诗歌提供了方便。例如,就王维《过香积寺》"泉声咽危石,日色冷青松"句,梅祖麟分辨了如下几种读法:一是,因果关系式读法——危石使泉声咽,青松使日色冷;二是,时空条件式读法——泉声咽于危石之上,日色冷于青松之间;三是,另一种因果关系式读法——泉声使危石咽,日色使青松冷。

---

① "歧义",ambuguity,又译"多义""模棱""含混""暧昧"等。

他还认为,条件式读法比因果式读法为好,因为前者可给人以生动的画面;后者则要把诗歌变成散文,把艺术变成科学,从而把含蓄变成露骨。①

美国学者泰特创立了"张力"(tension)说,他用它指诗歌"内含"和"外延"间所形成的力量。在他看来,优秀诗歌的整体性在于抽象和具体、普遍概念和特定意象的有机结合。但后来这一术语的应用有所延伸,一般指"在严肃和幽默之间的平衡,或'冲突应力的集合',或对抗趋势的和谐,或是其他任何'冲突中见稳定'的模式"。(M.H.阿伯拉姆斯《文学术语词典》),高友工、梅祖麟在分析"落日故人情"句中的"故"字时说,这个字至少有两种意义:一种是"已故、逝去",一种是"持久,长存"。因此,它本身之内就存在着逝去与持久的张力。当"落日"与"故人情"并置时,这种张力便得以加强。②

新批评还常用"悖论"一语来分析诗歌技巧。"悖论",paradox,一译"矛盾语",指似非而是的陈述,即表面上看似矛盾或荒谬,仔细推敲却有意义。它原是一种古老的辞格,到了新批评手里,扩大了应用范围,由辞格而升为诗歌语言本质特征的描述语:"悖论是诗歌不可不用的语言,而且是正合诗歌使用的语言。科学家的真理要求语言清除一切悖论痕迹,而诗人所表达的真理只能用悖论语言。"(C.布鲁克斯《精制的瓮:诗歌结构研究》)傅汉思关于杜甫名句"千载琵琶作胡语"(《咏怀古迹》之三)的解说,堪称是悖论观照下的趣解。他分析说,琵琶的"胡语"一语双关,每层意思又都包含着一种悖论。一方面,琵琶曾是胡人的乐器,由中亚行旅带到中国。此后便广为流传,既可独奏,又可为乐府歌曲伴奏。因此,提及琵琶很宜于联想歌咏王嫱北嫁的乐府《昭君怨》(以及近"千载"之后的仿作)。但由于音乐"语言"为两族人民所共享,即运用和理解它不受民族疆界所限,"千载琵琶作胡语"一句就是悖论性的了。另一方面,这支胡曲又描绘了王嫱不寻常的处境:她虽为中国人,却不得不作为单于的阏氏住在匈奴。这种举目无亲的异乡环境强加于她,并且变成了一支胡曲。在此,使这个人物形象产生悖论性的原因则是:这首诗是以中文写成,而非以"胡语"写成。该诗最后一联也因而巧妙地表达出了王嫱自身的悲剧冲突:外表是单

---

① 参见梅祖麟《文法和诗中的模棱》,转引自黄维梁《中国诗歌纵横论》,台北,1977年。
② 参见高友工、梅祖麟《唐诗的语义、隐喻和典故》,载于《哈佛亚洲研究》第38卷(1978)。

于阗氏（非自愿的），而内心却忠于中华文明。①

新批评的细读法，不一定非涉及这些术语不可，只不过它们常被采用而已。许多体现诗歌技巧的因素，如安排意象的时空关系，均可靠细读法辨认出来。且看傅汉思如何分析王维的一首《田园乐》：

> 桃红复含宿雨，柳绿更带春烟。花落家童未扫，莺啼山客犹眠。

他说，在这首诗里，有几种互相对照的情况，它们通过诗句而取得了平衡。这些对立因素是：日和夜，雨和晴，枝头着花和花瓣飘落，地上的残英和扫去的残花，以及山客的眠和醒。这首诗的瞬间，因依附过去曾有但未得延续的事物，展望必将发生却尚未来临的事物，而维持着过去与未来之间的精巧的平衡。②

四、巴罗克风格分析

"巴罗克"是英文 baroque 的音译，原指欧洲 16 世纪末至 18 世纪初的建筑与装饰风格，以及 17 世纪的音乐风格。它用于文学批评虽然始于 18 世纪末，但直到 20 世纪三四十年代，才在文学研究领域占有一席之地。在六七十年代，它又开始被用来研究中国文学。刘若愚将孟郊、韩愈和贾岛与英国玄学派诗人相比（《中国诗歌艺术》），开了移用巴罗克的先河。第一次明确使用这一术语的傅乐山，在其讲稿《中国文学新透视》(1968)里，试图根据韩孟诗找到一个背离中国诗歌主流的巴罗克诗派。次年，刘若愚再次提出巴罗克可用于中晚唐诗歌的主张（见其《李商隐诗歌》）。麦克劳德(Russell McLeod)则进一步将之付诸实践，写了《巴罗克作为中国文学的分期概念》一文。③ 至香港学者黄德伟的长文《对于中国巴罗克诗歌的界定》④发表，这一讨论基本上已告一段落。研究重点一在作品的风格，二在诗歌史的分期；研究对象主要是中晚唐诗人，有时还远及杜甫和五代词人。

---

① 参见傅汉思《梅花与宫女》，纽黑文，1976年。
② 同上。
③ 麦文载于《淡江评论》第 7 卷第 2 期(1976)。
④ 黄文载于《淡江评论》第 8 卷第 1 期(1977)。

麦克劳德根据西方的研究，概括了巴罗克的思想与风格特点。他说，巴罗克具有"分裂的个性感，个人的内在矛盾感；一面追求感官乐趣一面追求非凡愿望的倾向；优柔寡断、不愿畅所欲言的态度；强化了的人类形象，即大于生活的描写；人为的自然界；人生如梦幻之感，即其中出现的事物并非现实的一种景象；偏爱反衬和悖论的习惯；屡屡出现的近于语无伦次、无所节制的语调"。他还说，巴罗克风格常常涉及奇喻、迂曲语、矛盾修辞法、倒置修辞法、词语误用法等等。

海外学者认为中晚唐诗人（特别是孟郊、韩愈和李商隐）具有类似的风格。刘若愚指出，李诗的典型特点是"暧昧，……冲突而非宁静，色情与灵性间存在张力，为强化效果而追求超凡出众甚至怪诞，有藻饰、精细的倾向"。黄德伟就《锦瑟》诗作了更明确的解释。他认为，第一，诗里的时间并不是现象世界的模仿，而是一种结构因素。诗人从有限人生（"五十弦"也许指以往的五十年）遁入想象，体验到无限时空里的神秘的超生（"蝴蝶""杜鹃""珠""烟"）、永恒的幻景和无休止的流动（"梦""春""沧海""蓝田"），引生了一场浩大无垠的悲伤。从另一层意义上说，诗人或明或暗地运用历史与神话典故，构成了一种不明确的往昔；这往昔与首联里的现在、尾联里不定指的将来相结合，显示了该诗时间游移的结构。其中，由强烈的心绪唤起的持久的"感情"，通过理智的想象，变成了冥想的热情，因而依稀难辨，宛如蝴蝶之梦。第二，诗中反衬运用得很有效。"沧海"、"蓝田"两句，把毫无逻辑关联的事物并置起来，透露诗人在心绪如麻的情况下寻求协调与和谐。——这是该诗的基本结构。第三，以《锦瑟》为代表的李诗，在形式方面进行了多种开拓，以便使诗句的铺展符合思绪的活动。第四，《锦瑟》全然不用人称代词，口吻复杂，似是"他"或"她"在同时或交替独白，叙说对爱情破裂的悔恨与悲哀，或对生活的体验与看法。这构成了一种戏剧性场面，并使其中的对立因素暂时加以解决。其他技法，如运用奇喻、双关语等，也是该诗的巴罗克特点。

麦克劳德认为，杜甫的《绝句》两首带有分析式矫饰型诗风（巴罗克风格的一种）。因为诗人在花香景明中发现弥漫着"时令的和谐与逻辑"时，用的是分析式句式——因有"迟日"才见"江山丽"，因吹"春风"才知"花鸟香"，由于"泥融"，燕子就匆忙来去衔泥垒巢，由于"沙暖"，鸳鸯才幸福地双双安睡……而孟郊的《归信吟》，写泪墨为书，书去魂随，用语夸张，设想怪诞，实幻交织，终成奇喻。这也反映了诗人的分析式矫饰型风格。他还认为，韩、孟、贾等诗人喜欢"硬语"和奇喻，是杜甫诗风力求作"惊人之语"的进一步发展。黄德伟则认为，孟郊主要代表矫饰型风格——用字俭省，情感强烈，爱好沉思，多用悖论；韩愈主要代表鼎盛巴罗克风格——唱叹恣肆，用语夸张，爱好辩论。

  分期研究是建筑在风格研究之上的。关于如何划定中国诗史上的巴罗克时期，学者们的意见不很一致，有的所定时间较长，有的较短。大体说来，他们认为，中晚唐可视为巴罗克时期。

第四章
中国小说研究

关于中国小说,德国文豪歌德早就热情洋溢地发表过赞誉之辞,而在20世纪,随着研究的日渐深入,已见越来越多的西方学者更明确地意识到了它的文化价值和学术价值。正如美国学者狄百瑞(W.T.de Bary)所说:"无论对中国文学做何种探讨,古典小说都在作为中国文化传统的主要表现而引人注目,而且中国有一些小说应被视为世界文学中的重要作品。"[①]中国小说那种名目繁多的类型,那种细腻精确的笔法,那种浮世绘般的五彩纷呈的生活画面,那种蕴含丰富、旨趣深远的人生哲理和社会意义,无不吸引着西方学者锲而不舍地进行探索。而这正是西方的中国小说研究迅速繁荣起来的根本原因。

第一节 西方译笔下的小说世界

小说是兴起较晚的一种文类,其源头何在,迄今尚无定论,西方学者也像国内学者那样,把探源的触角伸向了比较古远的作品。一般认为,中国神话、传说和民间故事,对于理解和欣赏中国小说十分重要,因此,他们很注重这些文本的译介和研究。民俗学家自有专攻,但有时也能为小说欣赏提供背景知识,如艾伯华(Wolfram Eberhard)论述台湾小说与讲故事艺术的关联。[②] 先秦两汉的史传著作(包括稗史、杂传之类)与小说的关系比较明显,中外学者均有见于此,不过两者的侧重有所不同。西方学者重视《战国策》《左传》《韩诗外传》等书,我国学者却把《史记》也考虑在内,甚至声

[①] 引自狄百瑞为夏志清《中国古典小说》(纽约,1968)所写的前言。
[②] 参见艾伯华《简论中国的故事演说者》,载于 Fabula 第11卷(1970)。

称"《水浒传》方法,都从《史记》出来,却有许多胜似《史记》处"。(金圣叹《读第五才子书法》)其实在西方《史记》的译研甚多,但重要书目著作(如杨立宇等编《中国古典小说》)不见著录。这个时期的《列仙传》、《燕丹子》(创作年代尚未确定),分别有法译和德译,刘若愚的《中华游侠》(芝加哥,1967)还提到了《吴越春秋》的片断。魏晋南北朝时期的古典小说,无论是志人者还是志怪者,其名作均有译介,如《世说新语》《搜神记》《拾遗记》。此外,《冤魂记》(颜之推)、《西京杂记》(佚名氏)也受到了西方读者的欢迎。唐代传奇和变文,都是译介多而讨论少,变文译介更较传奇为少。爱德华(E.D.Edwards)所译《唐代散文作品》(伦敦,1937—1938)辑有多种传奇故事;亚瑟·韦利所译《敦煌民谣和故事》(伦敦,1960)则是根据我国辑本《敦煌变文集》(1957)选译了 26 篇。一些重要作品,如《游仙窟》《李娃传》《伍子胥变文》等,译介较多较详。

宋元明清的话本小说饶有情趣,又因篇幅短小,易译易读,所以在西方广为流传,是译出语种最全、译本数量最多的小说作品。译本皆为选译,往往是挑选名集里的名篇辑译成本。白之(Cyril Birch)的《明代短篇小说选》(伦敦,1958)选自《古今小说》,雷威安(André Lévy)的《雌狐之爱》(巴黎,1970)选自《二拍》,杨富森的《宋代话本小说八篇》(台北,1972)选自《京本通俗小说》,杜为廉(William Dolby)的《错占美女》(伦敦,1976)选自《三言》,这些名本选择均比较流行。名本全译迄今无见,只有茅国权所译《十二楼》(香港,1975)收有全部 12 篇故事,但译者并非逐句照译,而是采用译述方式节缩而成。散见于期刊和文集的单篇译例,数量就更多了,已经难以计数。此外,有些历代小说的合译本,如鲍吾刚(Wolfgang Bauer)和傅海波的《金匮集》(慕尼黑,1959)、王际真的《中国传统的短篇小说》(纽约,1944)等书,也颇具艺术特色,因此得以长时流传。尤其是王本,辑有文言和白话小说 20 篇,所涉题旨互不相同,几乎包罗了中国短篇小说所有的主题。

明清长篇作品的出现,是我国传统小说发展的极致。其精品数量虽少,但就质量而言,堪称世界文苑中的珍宝。正如海陶玮所说:"中国的《金瓶梅》与《红楼梦》,其范围之广,情节之复杂,人物描写之刻画入微,可与西方最伟大的小说相媲美。"①既然如此,西人以极大的兴趣译介这些小

---

① 海陶玮《中国文学在世界文学中的地位》,原载《比较文学》第 5 卷(1953)。

说,乃是情理中事。不过由于它们篇幅较长,波澜壮阔的生活画面也给译者带来不少困难,因此起初只能选译其中的片断,如孔舫(Franz Kuhn)的《金瓶梅》德译(1930)、韦利的《西游记》英译(名之曰《猴》,1942)、王际真的《红楼梦》英译(1929),均属这类节译本。早期仅见两种全译本,一是赛珍珠的《水浒传》英译(名之曰《四海之内皆兄弟》,1933),系70回全译本,不过译者仍有所删节;一是埃杰顿(Clement Egerton)的《金瓶梅》英译(1939),书中秽笔以古奥的拉丁文译出,1972年改为删节本再版。近二三十年,一些优秀的全译本纷纷面世,章回小说的艺术特色才得以充分展露。其中,雷威安的《金瓶梅》法译(1985)、余国藩的《红楼梦》英译(1977—1984)、霍克思的《红楼梦》英译(五卷本,1987年出齐)和李治华夫妇同一小说的法译(1981),译笔准确、精细,得到了广泛的称许。《三国演义》至今未见全译本,大概是难译的缘故。其他如《聊斋志异》《儒林外史》《封神演义》《官场现形记》《老残游记》《二十年目睹之怪现状》等等,也有为数众多的译例。

  小说是社会生活的生动画面,因此西方的中国小说研究,也有着像社会生活那样的广阔领域,举凡与小说创作有关的历史、社会、政治、经济、典章制度、风土人情、宗教信仰等内容,均在其视野之内。相对而言,一些名著的突出特点得到了比较充分的阐述,讨论《三国演义》则侧重历史事实,讨论《水浒传》则侧重社会内涵,讨论《金瓶梅》则多谈色情描写,讨论《西游记》则多谈神话故事……小说家如罗贯中、施耐庵、冯梦龙、凌濛初、李渔、蒲松龄、曹雪芹等,也都有或详或略的评传,介绍他们的生平际遇、创作活动以及对时人或后人的影响。以上这些研究基本上不出传统学术的框范,甚至几可说没有什么新鲜的观点。然而,在另外的许多课题研究方面,西方学者却勇于探索,多所建树。首先是版本考证。上文说过,这种学术需要谙熟中国典籍,西方也不乏精于此道者,雷威安辨认《京本通俗小说》的真伪,杜德桥(Glen Dudbridge)考察《西游记》的祖本、《李娃传》的异文,均言之凿凿,持之以据。确定作品的创作时间,是版本考证的一项重要内容,韩南(Patrick Hanan)就此批评中日欧美学者,不重视寻找书目文献方面的证据,而倾向从语言学角度追查引文的来历。其次是追溯小说的渊源与流变。梳理发展史,往往始自追本溯源,普实克的《中国通俗小说探源》①即属开山之作。后来其他学者又从社会背景、民间娱乐、文体特点等方面作了考察,提出了一些新的见解。他们的理论根据几乎总是取自西方,伊恩·瓦特(Tan Watt)的专著《长篇小说的起源》(伯克利,1957)即经常为人称引。但也有学者(如艾田蒲)坚持认为中西文化环境不同,小说起源不能一概而论。80年代初,韩南的《中国话本小说史》(坎布里奇,1981)问世,立即被学术界推许为力作。该书分设专章,讲述早期话本、中期话本以及冯梦龙、"浪仙"、凌濛初、李渔和"艾衲"的编辑或创作活动,由此可以辨明话本演变的轨迹。再次是研究口述文学的特点。变文和话本均有特定的听众对象,在西方学者看来,他们是口头创作的有机组成部分,对此十分重视。欧阳桢认为:"理解这些实际的或预想中的听众,正是明确理解这种小说(按:指变文)模式的关键,只有把握住这一点,人们才能开始鉴别一部作品是否像听众认可的那样优秀。"②最后是移植西论的种种研究,应该说这是最值得重视的一部分研究成果。西方学者移用西方新兴的文类学方法、叙事学方法、中西比较方法、原型与寓意批评方法,多角度、多方位、多层次地探索中国古典小说,令人耳目一新。我们将在下文概括介绍这些方法的操作过程及其得出的结论。

　　同古典小说相比,中国现当代小说在内容和形式上发生了很大的变化,而紧密联系民族命运、时代脉搏成了它的突出特色。与之相应,西方学者也给予时代背景和社会现实以较多的关注。于是,一些诸如"五四文学"、"沦陷区文学"、"边区文学"、"伤痕文学"、"毛后文学"等称谓,成了某一特定时期文学的鲜明标志。译研较多的小说家是:鲁迅、茅盾、巴金、沈从文、丁玲、张爱玲、赵树理、周立波、杨沫、浩然、王蒙,以及台湾陈映真、聂华苓、陈若曦、白先勇等。其中大多数均有专书予以译介或讨论,有些还不止一种。鲁迅西译最为充分,凡是中国现代文学译文集都选有他的作品,而且拥有几种专集。鲁迅研究有专著十余种,论文数十篇。莱尔(William A. Lyell)的《鲁迅的现实观》(伯克利,1976)、李欧梵的《鲁迅及其遗产》(同上,1985)和《铁屋中的呐喊》(同上,1987),代表着西方鲁学的水平。《鲁迅及其遗产》是一本编著,辑有名家论文十余篇。关于其他作家,

---

① 普文载于《亚洲研究》第11卷(1939—1940)和第23卷(1955)。
② 欧阳桢《杏子的味道:中国小说研究》,载于浦安迪编《中国叙事文学》,普林斯顿,1977年。

如高利克、陈幼石的茅盾研究,金介甫(Jeffrey C.Kinkley)的沈从文研究,梅仪慈的丁玲研究,胡志德(T. D. Huters)的钱钟书研究,杜迈可(Michael Duke)的当代小说研究,刘绍铭的台湾作家研究等等,也占有重要地位。而普实克、夏志清、许芥煜、卜立德(David E.Pollard)等一些学者,研究范围极其广泛,所论作家不止一人。由于研究对象的特殊性,西方学者在研究中往往要鲜明地表示自己的世界观、政治观和价值观,不同意见常常互栀争鸣,有时还会形成激烈的笔战。西方观点虽然并非铁板一块,但总起来看在很多方面与国内观点有着很大的区别。例如,夏济安写《鲁迅的阴暗面》(1964),李欧梵等对鲁迅遗产认识的偏颇,夏志清对钱钟书、沈从文、张爱玲的溢美之词,都是当时国内罕见的学术倾向。20 世纪中外文学交流给中国小说创作以巨大的影响,这些事实为比较文学的实证研究提供了丰富的素材;欧美、俄苏、日本与中国作家的关系,遂成了多种透视的重心。高利克的《中西文学碰撞的里程碑》(威斯巴登,1986)涉及小说家多人,堪称中外文学关系研究的代表作。

西方学术思潮多少支配着中国文学研究,这在小说研究界也有所反映,现举两例加以说明。从宏观角度看,有关小说结构特点、叙述模式、人物刻画、行文风格的研究,多半采用西方流行的理论和视角,如叙事学、风格学、结构主义。经过这些理论的剖析,许多前所未见的特点被揭示了出来。从具体实例看,由于女权主义的冲击,中国女作家群备受重视。杜迈可所编《中国现代女作家论集》(阿尔蒙,1989)、周蕾所著《中国女性与现代化》(明尼阿波利斯,1991)等书,即是这一思潮的产物。"女性"是女权主义关注的焦点所在,也是障碍女权主义研究深入发展的原因所在。因为"女性"这个术语的文学意义游移莫定,似乎明确存在,而又难以捉摸,正如英国女作家伍尔夫(Virginia Woolf)所指出的那样:"女作家的作品总是女性的,不能不是女性的,至不济也是很具女性的;而唯一的难题就在于如何确定我们用'女性'所指的东西。"(上述见杜迈可编著前言)主攻中国现当代小说的西方汉学家,也遇到了这一难题。

第二节 文类辨析:长篇小说与 Novel

我们习惯称《水浒传》《红楼梦》之类的作品为长篇小说,但中国的"长篇小说"与西方的 novel 是否完全等同?在《中西长篇小说类型再考》①一文里,浦安迪作了细致的分辨。

他认为,"长篇小说"和 novel 所指的作品,尽管有所区别,但基本特点是一致的,应该划入同一类型。首先就渊源而言,novel 是西方叙事艺术传统里的新产儿,其名称即含新颖性(novelty)。欧洲其他语言称长篇小说为 roman,这说明它是从 prose romance(散文传奇)发展而来。史诗、传奇和长篇小说,这三者可以纳入一个完整的叙事传统。中国的长篇小说,虽然不能与早期的史诗形式建立联系,却仍然有着自己的文学传统作为根基。一般认为,这根基就是先它而存或与它同在的口述文学——戏剧和话本小说。其实,那些叙事性史传著作对它的影响也不可低估,从主题到人物、到叙事技巧等等,它们都给长篇小说以丰富的营养。可见中国的长篇小说,同样是源远流长的新叙事类型。另一方面,尽管这两种中西小说自有渊源,但两者与其前身也有着明显的区别,尤其是从社会背景和思想史的角度加以观察,这种区别就更加明显。卢卡契称"长篇小说"为"上帝遗弃的世界里的史诗",就是既断言两种文类在本质上有相通之处,又暗示两者的区别在思想意识方面。这种区别把长篇小说与往昔关联史诗的那个"英雄"时代分割开来了。中国的长篇小说,虽然不具备欧洲同一文类的思想背景,但恰恰在其与思想史的关系方面,显示出中西两个传统具有惊人的相似性。

浦氏认为,就社会和文化背景而言,长篇小说的诞生,与都市化、商业化、工业革命、教育和印刷术普及有关。他说:"正如伊恩·瓦特在他那本小册子《长篇小说的兴起》里所描述的那样,这些因素相互结合,巩固了欧洲近代早期的中产阶级文化;相当有趣,在 16 世纪至 18 世纪的中国,也能看到一些十分类似于瓦特引为证据的社会史和文化史因素,那时这些因素也碰巧跟中国文化中一种可与西方长篇小说相比的叙事文类的兴起遇合了。"运用瓦特学说,也引起了多种误解,即以为长篇小说在本质上是"平民"文化的表现形式。中西学者对此均有误断。在中国白话小说写富商、写将领、写盗匪、写流浪者,还模仿市井瓦舍说书人的措辞,于是人们相信这就是真正的大众文学,至少也是新兴的中产阶级文学,不同于士大夫阶层所欣赏的古诗文。不过,中国古代那些伟大的长篇小说,并不就是"通俗的"反文化(counter-culture)作品,而是明清文人精神文明主体中的重要文

---

① 浦文原载《新亚学术集刊》创刊号,香港,1978 年;引文取自林夕的中译,稍有改动,林译载于周发祥编《中外比较文学译文集》,文联出版公司,1988 年。

献。它们的语言也并不就是普通的口语,而是一种将文言措辞和市井俗语熔为一炉的新文学语言。明清两代小说大家,多半被公认为擅写各种文言体裁的名家,正如乔叟、薄伽丘、但丁、弥尔顿既是用本民族语言叙事的先驱者,又是伟大的拉丁语作家。因此,可以这样说:

> 在中国和欧洲,长篇小说文体形式的出现,肯定都跟造就大批读者大众的深入而广泛的文化传播有关;但仔细研究东西方的作品后,就会发现,二者又跟上层文化传统中精妙的机智和透辟的眼光有更为密切的关系,而跟民间文学的知识面和审美观的关系不大。

另外,中西长篇小说诞生以后,都遇到了双重的评价态度——表面上予以谴责,甚至大肆攻击,实际上却喜爱它,甚至亲自创作它。

就表现方法而言,他说,中西长篇小说均以写实主义为基础,也就是以忠于某种生活现实的细节,去构筑一个想象中的世界。不过,写实主义有着极其复杂的含义,对之梳理,须辨明两个主要范畴:一部作品所描写的对象的性质和作品实际使用的描写手法。譬如说绘画,它给人以写实感的主要原因有时在题材,如一盘作为静物的水果,一个家庭场面,一个众所周知的历史事件等等;有时更在艺术家选取的技法,如以色彩浓淡来突现轮廓线,运用明暗来制造空间深度的幻觉,保持物体的"自然"比例和"自然"姿态,更重要的是,运用造成幻觉的透视法成规。而在以语言为媒介的艺术作品里,人们对于写实主义描绘的感受,就会变得更加微妙而复杂。从所写对象的性质来看,小说作品的写实印象来自读者比较"熟悉"的人生经历,即使故事背景比较陌生的作品,只要有丰富的细节描绘出人所熟知、寻常所见的场面,也会给人以亲近之感。制造这种感觉的手法是多种多样的,如工笔刻画局部细节,时间推移井然有序,叙事角度保持一致,以及强调事件的缘起和人物个性的真实可信。总之,"……长篇小说这一文类的基本特征之一,是它企图在故事中创造一个完整的'世界',那个世界符合读者思想上的、阅历上的或感受上的体验,而且它即使不完全为读者所熟悉,也还是真实可信"。

接着他又补充说,小说家在试图客观写实时,总是难免遇到一些"更为深刻的难题"。他迟早要陷入一种矛盾:"即客观现实须借观察那个现实的主观意识而存在,因此最终就离不开一个主观的、相对的观点。"正是基于这一点,长篇小说总是从现实出发,转而探索人生的难以捕捉的方面,或"下意识"的"诡谲无常"的方面。西方如此,中国的情况也是如此:

> 在明清两代,长篇小说始自认真探索历史因素,超自然因素和个人因素的相互关系,迅即转入探索梦想和清醒现实相互遇合的朦胧境界,或者个人理想和集体意识之间的紧张情势。

这一点也反映在作品中的主要人物身上,那种瑕瑜互见的主角屡屡出现;他们不是背时的人物,也不是当代小说里常见的"反英雄"(anti-heroes),而是卢卡契所谓的"矛盾人物"(problematic individuals)。"也就是说,他们不仅仅是面临问题,然后凭仗各自的胆略去解决问题的人物,而更为重要的,他们是作者通过其处境和感知对人生的真正意义提出异议的人物。"不难看出,为了塑造这种人物的性格,就必须采用反讽(irony)手法,而反讽叙事正是界定长篇小说的又一标准。长篇小说那种反讽锋芒,不仅针对作品中的人物,也针对作者自己,而且对他所描摹的整个世界的存在基础也表示怀疑。反讽观点的产生,则与长篇小说成长时期的整个思想背景密切相关。无论是在中国还是在西方,"长篇小说时代都跟可称为'批评时代'的那段时间相当一致;在所谓的'批评时代'里,广大艺术界和学术界的思想家对古典遗产进行了批评和重新评价,使它适应新的社会和经济现实,适应新的思想准则"。

他根据以上所述总结说:

> 首先,我们看到,许多西方学者所指出的长篇小说的兴起跟现代社会和经济发展间的关系,也颇为符合中国的长篇小说得以产生的背景。我们也看到,中国的长篇小说跟西方的长篇小说都以写实主义的表现手法为基础,但是写实主义的固有局限性使二者都日益偏向于人物性格和遭遇中的难题。由于作者要努力解决现实的本质性问题,长篇小说就以反讽技法为主要叙事手段,而且这一反讽透视在中国和西方最终都波及了两个传统中较为广泛的思想基础。……在中国和欧洲,长篇小说文体都跟广泛的批评研究同时并起,这进一步阐明了长篇小说杰作中所模写的现

实具有批评性质。

显而易见,浦安迪在此强调了中西长篇小说的若干相同之处,尽管他并不否认两者间有着多种不同。一般说来,西方学者还是喜欢分辨两者间的不同特点。

韩南认为,从长篇和短篇小说的关系着眼,可以看到中西两种文类的不同。他援引艾克亨堡的话说:"Novel 和 novella 并不是同质事物的不同形式;相反,两者相互间根本是陌生人。"Novel 是综合的,而 novella 却是单元素的。而且前者的源头是史书和游记,后者的源头则是轶事和小故事。中国小说自有特点,无论是长篇还是短篇,其来源、叙事形式和发展历史,均大体相同,唯一的不同之处是篇幅。① 由此可见,在起源问题上韩说和浦说稍有歧异,但两者可以互相补充。

刘若愚指出,就题材、体裁、表现方式、语言媒介和文学风格而言,中国传统的长篇小说具有"非均一性"(heterogeneous)。其表现是:在同一作品内,既有严肃场面又有滑稽场面,既写崇高之事又写可笑之事,既有现实态度又有想入非非,既用散文又用诗歌,既用文言又用白话。这一点与西方小说有所不同,但这种不同只是说明不同文化、不同时代有不同的审美标准和行为准则,并不意味着中国小说家迟钝而又粗疏。而且这种非均一性反映出作者迷恋于捕捉整个人生,捕捉它所有的方方面面,善的、恶的、喜的、悲的、美的、丑的以及失调的、荒诞的。就篇章结构而言,中国长篇小说具有短篇连缀的特点,其原因是:

> 中国的一些古典长篇是从结集的话本演变而来,自然不能期望具有单一的情节和统一的结构。甚至由个人执笔写成的长篇,也往往是缀段结构(episodic structure),而非统一结构。这与上述中国小说家对待人生的态度有关:既然他们承认人生乃一整体,那么,他们就希望尽可能多写人生的侧面,而非有所选择,只取可组成连贯而统一的结构的题材。如果说这些长篇小说看似毫无形式可言,那是因为人生本身就常常看似如此。②

---

① 参见韩南《中国白话小说史》,尹慧珉中译本,浙江古籍出版社,1989年,第23页。
② 参见刘若愚《中国文学艺术基础》第3章,第66—67页。

这种结构是否具有内聚力呢？刘氏对此语焉不详。浦安迪认为答案是肯定的，因为反复出现的叙事形式貌似外在于单一焦点，但在作品内，能够让人联想到人生经验的整体结构。所以在他看来，中国的鸿篇巨制也自有其内在的聚合力。① "缀段结构"是西方汉学家经常论及的一个话题，但在是否具有内聚力、内聚力何在等问题上，至今依然是众说纷纭。

第三节 小说研究的特点问题

中国小说研究涉及面十分广泛，有些问题学者们给了较多关注，或者经过了激烈争论，而形成了所谓的热点问题。这些问题有时是学术研究已臻深化的标志，有时则是某一研究行将深化的触媒。

一、普、夏之争②

60年代初，美国华裔学者夏志清出版专著《中国现代小说史》（伦敦，1961）之后，捷克学者普实克就其政治观点和研究方法提出了尖锐的批评；接着夏氏做出辩解，并进行批评之批评。③ 这件事始末延伸了两三年，是西方汉学发展史上的一件大事。那时世界上尚有两大阵营存在，它们壁垒分明，互相对立，所以普夏之争实质上是两种不同的文艺观在学术研究领域里的交锋。

普实克批评夏志清"在学术讨论中采取教条偏狭和漠视人的尊严的态度"，在评论作家时"首先注重的是政治标准，而不是从艺术上考虑"。其表现是：一方面，他明显"恶毒仇恨"左翼作家，如把鲁迅等人与濒危的"笨伯"扯在一起，以侮慢的口吻谈丁玲，以诋毁的语气谈富于战斗性的爱国主义文学，一笔抹杀解放区和1949年以后的文学，视其小说为"浅薄的、记录

---

① 参见浦安迪《中国叙事文学的结构问题》，载于《淡江评论》第6卷第2期和第7卷第1期合刊本（1975—1976）。

② 这段概述参考并引用了尹慧珉、尹宜《西方关于中国现代文学的一场重要论争》一文，载于《文学研究动态》1982年第16期。

③ 普文名为《中国现代文学史的根本问题和夏志清的〈中国现代小说史〉》，载于《通报》第49卷（1962）；夏文名为《论中国现代文学的"科学"研究——答普实克教授》，亦载《通报》，第50卷（1963）。

式的、伪造的现实主义";另一方面,他对周作人的汉奸行径却"异常宽容",并以类似的方式谈及林语堂等人。这种判然有别的态度,"反映出夏志清缺乏任何一国公民都天然具有的爱国心,也说明他不可能公正地评价文学在特定时期的社会功能和使命,不可能正确理解和表明文学的历史作用"。正是因为心存偏见,他才认为中国现代文学"总的说来是平庸的"。然而,事实是"中国现代文学是在反帝反封建的革命斗争中发展起来的;这场斗争对中华民族是如此的激烈和生命攸关,以致没有一个作家能采取中立,能像夏志清所希望的那样闲情逸致地'潜心于无个人目的的精神探索'"。

  普实克还指出,夏志清所采取的孤立的脱离历史的研究方法是非科学的,是主观主义的。由于采取这种研究方法,他对中国的文学革命、对文学遗产的现实意义以及对鲁迅和其他作家,产生了误解。他"不能明确地概括各个作家的特点,也不能指明他们之间的区别。他谈得多的是作家的为人和观点,而不是他们的创作个性和艺术特色。每谈一篇作品,照例只是先介绍一下故事梗概,再加几条主观论断。读完以后,很难看出各人作品的区别"。对鲁迅的论述也是如此,"在评介鲁迅的九篇小说时,夏志清用突出某些事实,隐瞒或回避另一些事实,或把某些并不存在的意义强加于一些事实的方法,使自己易于立论。他用一些似乎可信的笼统说法和一些纯属杜撰的解释掩盖甚至歪曲鲁迅作品本质的意义"。他对鲁迅最大的曲解,就在于把他描绘成一个"对现实的态度发生了分裂的人",把他所走的道路描绘成"一个狭窄的天才,经过动摇,走向创作力的衰竭"。

  在答辩文章里,夏志清否认自己带有政治偏见,抱有"教条偏狭"的态度。他强调,普氏虽提倡"科学""客观",却以主观偏见来批评他。他怀疑文学研究是否能像普氏所说的那样客观,是否能形成一个亘古不变的方法论。关于文学的功能,他说,文学"不仅要探索社会问题,而且要探索思想和政治问题;不仅要关心社会公道,而且要关心人的终极命运的公道。一篇作品探索问题和关心公道愈多,在解决这些问题时,又不是以教诲的、简单化的精神提供现成的答案,这作品就愈是伟大"。他仍然坚持中国现代小说"总的说来是平庸的"这一看法,并且认为其原因就在于"它先入为主的理想",及其"分散作家注意力的过于坚持的对人的关心"。普氏揭示"文学的社会功能""文学的历史使命""作家意图"等等,他却一概斥为新批评派所谓的"意图谬误",还援引温塞特(W.K.Wimsatt)和比尔兹利(M.C.Beardsley)的论述证明,"一个作家的意图,不管它能否给作品以价值,都不能用作判断文学艺术成败的标准,否则,就会造成'意图谬误',就会造成文学作品和它的源泉之间的混乱"。关于攻击左翼作家竟然"不顾人的尊严"的批评,他解释说,"我……反复强调必须同情和尊重每一个人",但中国作家大多数只同情"穷人和被压迫者","对于任何阶级、任何地位的人都可能成为同情和理解的对象的想法,在他们是陌生的"。他进而声称,如果坚持这样的批评原则还显得有"教条的偏狭","那么,我对一些拙劣作品的'偏狭',就不应该被视为政治偏见,而是对文学标准的执着;我的'教条',也只是坚持每种批评标准都必须一视同仁地适用于一切时期、一切民族、一切意识形态的文学"。有关具体作家的批评,他也做了辩解。经过一难一答,辩论就收场了。看来在一些重大问题上,双方由于根本立场的不同,不可能找到共同的语言。而夏氏所标榜的那种普遍适用的"批评标准",实际上是不存在的,他自己的实践就证明了这一点。

二、文学影响

自近代末期以来,我国翻译界大量介绍外国文学,使小说创作得到了多种多样的借鉴。西方多有考察这段中外文学关系史的研究,下面试举一例加以说明。

在《中西文学碰撞的里程碑》一书中,高利克详细阐述了外国文学作品对鲁迅、茅盾、巴金等小说家的影响,而他关于茅盾《子夜》创作的考察,更明确地显示了其影响研究的视野和思路。

首先,高氏分析了茅盾对待自然主义和现实主义的态度。他注意到了《从牯岭到东京》中的自述:"左拉对于人生的态度至少可说是'冷观的',和托尔斯泰那样的热爱人生显然只是正相反;然而他们的作品却又同样是现实人生的批评和反映。我爱左拉,我亦爱托尔斯泰。我曾经热心地……鼓吹过左拉的自然主义,可是到我自己来试作小说的时候,我却更接近于托尔斯泰了。"许多论者已经指出,茅盾最接近左拉和托尔斯泰,但高氏更强调左拉《金钱》对这位作家的影响。他说,《子夜》开篇确实近似托尔斯泰,但作家从他身上得到灵感后,立即与他分手了。作家写金融界的芸芸众生,写经营企业和股票交易活动,均直接以《金钱》为样板。不过在结撰情节时,作家与左拉也若即若离,因为左拉笔下的金融界生活更纷繁、更复杂。实际上,对《子夜》创作起重大影响的是居厄伯的《北欧神话》。在创作之前,作者曾写过《北欧神话ＡＢＣ》(1930),书中详细介绍了居著的内容。他写道,"北欧神话是庄严的和悲剧的","热和光明为善势力","寒冰与霜雪是宇宙间的恶势力"。两种势力互相斗争,致使众神走向灭亡,继而又有代表光明的新神灵诞生,是他的小说的系统结构。这是因为,悲剧因素和庄严因素贯穿着他的整个小说:通篇由"众神末日"的母题推动情节向前发展,最后又有"夜、黎明和白昼"母题介入,并且发挥着主导作用。除此而外,他将小说的名称由"夕阳"改为"子夜",也颇具象征意义。在小说中,提及"子夜"是在最后一次"死的跳舞"之后,"最后一战"之前,正值工业与金融统治下的"上海人大部分在血肉相搏的噩梦中呻吟"之时。这也与《北欧神话》所载的故事暗暗相合。那则故事说,夜神诺忒与其丈夫"黎明"生了个光灿灿的俊儿子,取名曰"昼"。高氏最后说,《子夜》完稿不久,茅盾在《我们这文坛》一文中写道:"天亮之前有一时间的黑暗,庞杂混乱是新时代史前不可避免的阶段,幼稚粗拙是壮健美妙的前奏曲。"这时他很可能想到了《子夜》和《北欧神话》。

　　高利克在此主要是想从小说的整体构思上来寻找作者所受的影响,而不仅仅满足于发现个别段落在描述手法或人物刻画上的借鉴。

三、台湾小说

　　台湾小说乃至整个台湾文学,欧美汉学界目前了解得还不算多,1990年在美国哈佛大学举办的国际研讨会上,甚至有人因为曲解了台湾小说家而使与会者感到不愉快。① 另一方面,截至20世纪80年代末,台湾小说已有作品选集和评论集数种在西方流传,如齐邦媛等编《台湾当代文学作品选》(小说专集;台北,1975)、刘绍铭等编《台湾短篇小说选,1960—1970》(纽约,1976)、福洛特(Jeannette L.Faurot)编《台湾小说评论集》(布卢明顿,1980)等。1991年在美国科罗拉多大学,郑树森、刘绍铭、葛浩文(Howard Goldblatt)等学者举办了台湾当代文学研讨会,会后并有文集编辑出版。从目前来看,西方的台湾文学(包括小说)研究已经渐趋活跃。

　　在《中国文学艺术基础》中,刘若愚对台湾小说作了概评。他说,台湾

---

　　① 参见王德威的讲稿《现代中国小说研究在西方》(林宗毅、袁美敏整理),载于《中国文哲研究通讯》第1卷第3期。

小说家由于必然要写中国的生活,自然不能全盘西化。不过,西方影响还是明显地反映在他们的创作中,如运用西方意识流、内心独白、倒叙技巧等。一些青年作家,在对待人生的态度上,还明显以存在主义者萨特、加缪等人为借鉴对象。一般说来,台湾老一代作家多以怀乡之情写昔日的大陆生活,而年轻作家自然爱写亲历、亲见的台湾生活。前者所写有时被斥为逃避文学,后者所写则被指为有乡土观念或地方色彩。两种作家均对人物心理很感兴趣,很少满足于纯粹交代情节或暗传寓托。因此大多数小说作品既呈现了外在的社会现实,又揭示了人物内在的思想感情。他们在描述现实时,采用种种情调,从绝望到希望,从讥讽到博爱,无所不有,有些作家(多为老年)表达爱国热忱,并且憧憬未来,有些作家(多为青年)则在沉思人生意义时持怀疑态度。在形形色色的口吻中,讽刺口吻似乎特别强烈,一些最成功的作品即以这种口吻写成。这也许是因为,运用讽刺手法暴露人类的缺点,要比正面回答人生问题来得容易些。近来一些土生土长的青年作家提倡"乡土文学",他们取材于当代台湾生活,特别是农民、渔夫、妓女等穷人的生活。这些作家的作品带有地方味,倾向现实主义,却不染感伤主义。他们的影响超出了台湾。

应该指出,"乡土文学"是一个经常出现的话题,在福洛特所编文集中就有多人论及。福氏说,"从根本上讲,'乡土文学'一词是指写普通百姓和地方风俗的文学,而与写大学生、小康人家主妇、军官等等的文学不同。"(福编前言)但她承认,这个术语的内涵和外延还有许多细微的区别,譬如说,有人把"乡土文学"与"浪子文学"对立起来,并视之为台湾小说中现实主义的两个根基。至于乡土文学作家,有人特别提到了王拓、杨青矗、王祯和黄春明。所谓"台湾作家",也仅仅是个方便的提法,其实情况也很复杂,他们是个来源不一、游踪不定的作家群。所谓"台湾小说",则一般是指用中文在台湾发表的作品。

第四节 模式与原型:探索深蕴的视角

无论是内容还是形式,小说作品都比诗歌作品复杂得多,它本身这种性质为多种多样的研究方法提供了用武之地。已见用于中国小说的方法有:心理学研究、结构主义研究、叙事学研究、文类学研究、比较文学研究、原型和寓意批评、风格学研究等等。上文介绍的中西"长篇小说"的辨析,即是文类学研究的例子。限于篇幅,下面我们再选介两三种。

一、叙事学研究

叙事学是研究叙事作品的一门学问,旨在探讨叙事的性质、方法、结构、媒介等内容。叙事理论历史悠久,但一直没有系统化,20世纪西方小说研究蓬勃发展,经过结构主义等思想深化后,注释理论终于建立起了较为完整的体系。1969年,法国文艺理论家托多洛夫在《〈十日谈〉语法》中,首先使用"叙事学"(Narratology)一词,并且说它是一门未来学科的暂定名。此后,这一名称被沿用下来。西方汉学家喜欢移用叙事学理论分析中国小说,有时也在本体论层次作些探索。

在讨论中国叙事文学的性质时,王靖宇试图寻找一种可以适用各国文学的"叙事范型"。他说,叙事乃是关于可接续事件的叙述,这些事件具有直线性,循序向前发展。但在阅读过程中读到新事件时,会不断回顾前面所叙的事件,对它们重新做出评价;而且还会从已知事件预想未来的结局。这种关系可图示如下:

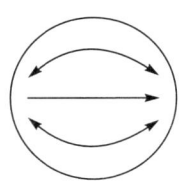

叙事范型

这便是叙事范型。它与抒情范型、推理范型相比,其特点就更加明晰。后两种范型如下图所示:

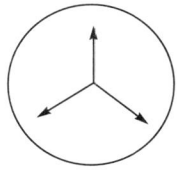

推理范型

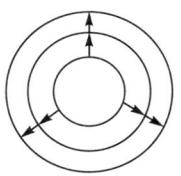

抒情范型

阅读抒情诗是个顿悟过程，有如向各个方向发射，而阅读哲学论文则是关于某一论点的知识逐步扩充的过程。在这两种过程中，哪一种也不包含情节的线性运动。范型是事物的基本形态，寻找范型具有重要意义。他援引罗兰·巴尔特的话说："如果不涉及共同的范型，我们怎能区别长篇小说与短篇小说、故事与神话、悬念剧与悲剧呢？……任何描述哪怕是最特定、最具历史性质的叙事形式的批评尝试，都暗含着这样一种范型。"(《叙事作品结构分析导论》)[①]不过，为巴氏所说的具体文类寻找范型的尝试，在西方汉学界还很少见。

二、结构主义研究

结构主义是当代西方最有影响的社会思潮之一，是进行社会科学和自然科学多种学科研究的方法论。结构主义始于20世纪20年代出现的俄国形式主义，中经布拉格学派进一步开拓，至60年代法国诸家（如列维—施特劳斯、巴尔特、德雷达）的新作纷纷问世而臻于鼎盛。它作为一种社会思潮，70年代中期已开始衰落，而作为一种方法论，却仍然受到了学术界的重视。

结构主义把语言视为文学作品表层意义的传达媒介，认为在表层之下，还隐藏着借助成规而形成的深层体系，它体现着文学与社会、与人生的深刻关联。因此结构主义在分析作品时，往往把作品的表层因素（如词语、意象、母题、音韵）拆解开来，重新组成某种模式或体系，使之阐明潜在的意义。

张汉良《杨林故事系列的结构分析》一文，是运用结构主义研究传奇作品的实例。下面是他的具体操作过程。首先，他将刘义庆《杨林》分解为两类母题：一类是静态母题，如主角、向导、入口、梦中经历等等；另一类是动态母题，如遇见向导、进入梦境、得偿心愿、梦觉后返回现实、作出对梦中经历的反应等等。然后他对照唐代的三部传奇作品，即沈既济的《枕中记》、李公佐的《南柯太守传》和任繁的《樱桃青衣》，观察它们母题的变化。这三篇的静态母题互不相同：

---

① 参见王靖宇《中国叙事文学的性质：方法论初探》，载于《淡江评论》第6卷第2期与第7卷第1期合刊本(1975—1976)。

母题	《枕中记》	《南柯太守传》	《樱桃青衣》
时间	开元七年	贞元七年	天宝初
向导	道士吕翁	二友人→二紫衣使者	僧→樱桃青衣→姑之四子
主角	文人卢生	游侠淳于棼	文人卢子
入口	枕窍	古槐穴→城门	精舍门→宅门
妻子	清河崔氏女	金枝公主	郑氏女
…			

　　动态母题虽不可改变，但母题和母题之间可以加入其他成分。如在《杨林》中，从"遇见向导"到"进入梦境"，仅寥寥数语，而《枕中记》夹入了吕翁与卢生的反复问答以及后者的倾诉情志，写得十分详尽。唐传奇增加母题即铺展故事的手法有三种：转换焦点（即中断人们习惯的预想，使俗套故事给人以新鲜之感），旁逸侧出（即托多洛夫所说的"不均衡地扩展一个情节的个别部分"）和设置铺垫（即在两个核心母题之间设置引导因素）。尽管母题有所变换、铺展，上述系列的传奇故事却有着共同的基本结构。这个结构可以看作是"追寻"和"领悟"两个原型题旨的组合。它们的结构关系如下图所示：

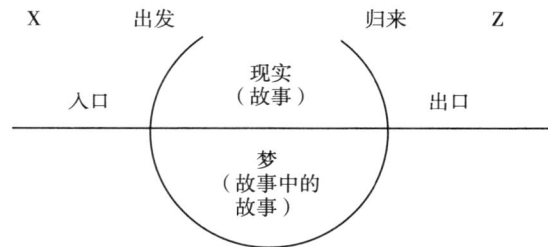

　　主角追寻完结，原来的思想得到了匡正，带着新认识回到了出发点。①结构主义学者认为，将作品拆解、重组的过程是他们参与再创造的过程。

三、原型和寓意批评

　　原型批评是从心理学分析演变而来的一种方法。瑞士心理学家荣格

---

① 参见张汉良《杨林故事系列的结构分析》，载于《新亚学术集刊》创刊号，香港，1978年。

认为,人类祖先的经验不断以"原始意象"的形式在种族的心灵上反复出现,这种积淀下来并沿传下去的原始意象,就是"原型"。换言之,原型是"我们祖先的无数典型经验所公式化了的结果",是"无数同类经验在心灵上的积淀物"(《论分析心理学与诗歌的关系》)。由于荣格的原型说具有先验性质,无法用实验加以证实,后来加拿大学者弗莱做了修正。他强调,典型的即反复出现的意象就是"原型"(《批评的剖析》),并且明确地说,"我以原型指文学作品里的因素:它或是一个人物、一个意象、一种叙事定式,或是一种思想,这些因素均可从范畴较大的同类描述中抽取出来"。(《布莱克的原型处理手法》)这种批评旨在分辨出作品里的原型,用它说明作品深潜的意义。寻找原型,常常涉及宗教仪式、神话、民间传说甚至古代的哲学思想。

浦安迪所撰《〈红楼梦〉中的原型与寓意》(普林斯顿,1976)一书,在探讨这部小说的寓意时采用了原型批评方法,试图寻找中国小说的叙事原型。他说,从宏观角度看,《红楼梦》整个情节既大捭大阖,突起突落,写尽两极变化,场景也乍喜还悲,刚聚又离,否泰交错无停。从微观角度看,每一回又都包含"悲喜""离合""盛衰""和怒""雅俗""真假""动静"这类分居极端的情节。这种结构原则他叫作"二元补衬",指对立因素互相济补、彼此替代。他接着又说,书中写到黛玉属木,宝钗属金,宝玉属土等等,也是为展开益加复杂的情节而设。就黛玉而言,她姓林,原为绛珠仙草,其居所是潇湘馆,……这些都应和她的属性。她是木属中的弱花,几次感花伤身,人花两照。进入火盛的夏季,木就要燃成灰烬:宝玉要"灰黛玉之灵窍",她也自编灯谜,暗射"焦首""煎心"的更香……肃杀金秋一旦来临,她便抱病卧床,奄奄一息了。黛玉一生恰是春天诞生、成长、直至死亡的一个完整的循环。而且黛玉气数将尽之日,正是宝钗生机勃发之时。论者把这种结构原则叫作"多项周旋",指多种相关因素相生相胜、循环不已。他指出,以上两种结构原则契合源远流长的阴阳五行宇宙观。曹雪芹的艺术手法之所以高超绝伦,原因之一就是他能够在百科全书式的表层叙述之下,又构筑了一个关于人生哲理的传统思想体系,从而使《红楼梦》意隐蕴深,成了中国寓言小说的典范。

第五章
中国散文、戏曲研究及其他

在这一章,我们介绍西方的中国散文研究和戏曲研究,它们均比诗歌和小说研究逊色些。同时,我们还要介绍西方的中国文论研究和中国文学史研究,因为在这两个范畴,他们也做出了不少引人注目的成绩。

第一节 中国散文研究

中国散文的西播何以比较迟缓,美国学者倪豪士(W.H.Nienhauser)从文类学角度提供了一种解释。他说,西方"散文"概念的形成有不同的文化背景。英文 prose(散文)源自拉丁文 prorsa oratio(直接谈)或 prorsus(直接),与诗歌 verse 相对,后者源自拉丁文 vertere(转弯)。因此 prose 的最大优点就是明晰,正如小说家乔治·奥威尔所说,优秀的散文"像窗玻璃一样"透明,不幸的是,这个术语在英文里已经带上了消极的意义,如"a prosy old fellow"(一个啰唆的老人),"a prosaic problem"(一个乏味的问题)。结果 prose 在西方批评中多遭忽视。这种态度也影响到了西方的中国散文研究,以致很少见到剖析散文作品的著述。①

不过,就目前的情况看,中国散文的西播出现了比较明显的起色。西人所译重点在先秦诸子、早期史传、唐宋八大家和现代作家。由于先秦诸子首先具有哲人品格,所以汉学界的文史哲研究备受重视,儒道法墨无不传于西方。其中刘殿爵的《道德经》《孟子》和《论语》英译,华兹生的《庄子》英译,福克(Alfred Forke)的《墨子》德译等等,均被翻译界所推重。有些著作的名译不止一种,如《道德经》,还有戴文达(J.J.L.Duyvendak)的法

---

① 参见倪豪士编《印第安纳中国传统文学指南》(布卢明顿,1986)所载《散文》一文。

译、卫理贤的德译以及初大告的英译。史传著作中,以《战国策》《左传》《史记》《汉书》诸书的西译较多。法国著名学者沙畹译《史记》,虽是选译,但精译详注,译文竟然有六卷之多。这部书完成于1895—1905年间,1969年又在巴黎再次印行。后来,华兹生对译介《史记》也做出了贡献。唐宋古文是我国散文史上的丰碑,但西方学者对八大家并非一视同仁,而是韩柳欧苏较多译介。刘师顺编译的《唐宋八大家文选》(香港,1979),遍选诸家(但篇数不等)旨在全面加以介绍。陆游《入蜀记》被全部译成了英文,也颇为引人注目。明清两代只有少数作家较受重视,如袁宏道、徐霞客、章学诚,现当代散文家的作品多见于选译集,个别作家有散文专集(如葛浩文英译萧红)或者诗文集(如杜博妮英译何其芳)。选译众家勒为一书,是西方学者的重要成果,这种译著有:马古礼(George Margoulies)的《中国古文》(巴黎,1926)、施瓦茨(Ernst Schwarz)的《凤凰笛调》(柏林,1973)、艾梅里(M.Valette-Hemery)的《中国写景散文》(巴黎,1987)等。重要的诗文合集有:翟理斯(H.A.Giles)的《中文选珍》(伦敦,1884;1923年于上海重印)、华兹生的《中国早期文学》(纽约,1962)、白之的《中国文学选集》(纽约,1965—1972)等。

辞赋介于诗文之间,在我国因骈散并称,一般视为散文的一种,而在西方多半被当作诗歌。吴德明(Yves Hervouet)称司马相如为"宫廷诗人",戴密微(Paul Demieville)编译《中国古诗选》(巴黎,1962)收有赋作,康达维(David R.Knechtges)英译"赋"一词选定了"rhapsody"(一种史诗)。① 辞赋西译为数不少,从荀子到宋玉、贾谊、司马相如、扬雄、班固、张衡、陶潜等赋家名作,均有多种译介。而句式参差、押韵自由的文赋,如杜牧《阿房宫赋》、欧阳修《秋声赋》、苏轼《赤壁赋》,更为西方的读者所喜爱。康达维翻译《文选》,即使遇到铺采摛文、夸奇炫才的大赋,也总是丝毫不爽,详加推敲,一时传为佳话。

西方的中国散文研究虽不多,但也涉及一些值得注意的问题。

第一,西方学者多采用文类学研究,试图深入揭示中国散文的结构特点和艺术特点。试举例说明之。刘若愚认为,古典散文大致可分为"叙事性散文""描述性散文"和"寓言"三种。中国古代佳作无论是叙事、记史,还是描景、写物,都多姿多态,各尽其妙。"寓言"这种文体,为哲学家所喜

---

① 参见康达维《汉赋——扬雄赋作研究》,剑桥,1976年。

爱,而且不乏富于文学价值的作品。庄子善写寓言,多有名喻传世,如"轮扁"故事,暗示一种"只可意会不可言传"的奥妙,他成了直觉理解的象征。① 蔡涵墨(Charles Hartman)也认为,"寓言"一语源出《庄子》。"寓"有"寄托"之意,"言"和"意"的分歧是中国传统寓言的基础,它们大致与西方的"vehicle"(媒介)和"tenor"(旨意)相当。隐蔽性是中西寓言的基本性质,作者也许不想、不能或者不敢直接表达内心所想。其缘由或是为了说教而使读者"挣扎一番",或是碍于习俗而不能直写敏感的题材,或是害怕遭到报复而诉诸象征手法。②

第二,有些学者从修辞学角度来透视中国散文。高辛勇说,中西修辞学均起源于演说术,后来逐渐被文学作品所吸收。两者基本上也都是分作两大种类:劝说性修辞(persuasive rhetoric)和装饰性修辞(ornamental rhetoric)。关于前一种修辞,《韩非子》《难言》《说难》《说林》诸篇和《荀子·非相》篇有所论述。《墨子》中也出现了像"侔""辟"这样的辞格。关于后一种修辞,最早可在《论衡》、《文心雕龙》等著作里找到有关论述。由唐至清,多家诗论经常涉及具体辞格。而且,中西修辞学在早期的发展中,与演说术、风格学、文类学、创作方法混淆在一起,是两者共同的特点。而根据现代学术的看法,修辞学仅仅涉及写作的语言技巧。③ 康达维就《战国策》分析说,这是一部游说言论的结集,它们虽然基于历史事实,诉诸历史人物,但无不具有虚构性质。如"苏秦以连横说秦"一段,显然不是实际生活中的话语,而是一篇高度精练、讲究修辞的书面文章。其特点一是夹用有韵律的四言句,构成了一种韵散并用体原型;二是采用纵横家的长技——列举事实,古希腊和古罗马的雄辩家也很重视这一辩说模式;三是采用种种重复手法(如连用某一词语或同义词),追求装饰或美饰语言的效果,以加强劝说的力量。此外,由于听者是君王,游说者不能一味地警告、训诫和批评,有时则采取迂回曲折的手法,即柯润璞所谓的"双重劝说"(doubled persuasion)。也就是提出正、反两种命题或意见,供君王选择,如桓臧说楚王伐秦一段。④

第三,作家探索日渐深入,从而提高了整个散文研究的学术水平。这

---

① 参见刘若愚《中国文学艺术基础》,北希图埃特,1979年。
② 参见上述倪编,"寓言"条。
③ 参见上述倪编所载《修辞学》一文。
④ 参见康达维《汉赋——扬雄赋作研究》,剑桥,1976年。

一点具体表现在如下三个方面：一是开始对作家做出全面而深刻的评价，二是开始以发展的眼光关照作家群体，三是开始钩玄索隐，解决一些疑难问题。试举例说明之。中国散文家(包括赋家在内)在西方得到深入研究者，只有扬雄、韩愈、柳宗元、欧阳修、苏轼等少数巨子。蔡涵墨的《寻求统一性的韩愈和唐代》(普林斯顿，1986)一书，是作家研究的代表作。全书分"韩愈生平""帝国政治""道统的一致性"和"风格的统一性"四章，而广阔的文化背景，细腻的文本与思想分析和独到的见解与结论是其学术特色。陈幼石的《中国古代散文的意象和观念》(斯坦福，1988)一书，则对唐宋八大家中的四大家——韩柳欧苏作了深入的研究，在其相互间的因承、影响之中，突出了他们不同的创作实践和理论主张。耿德华(Edward M. Gunn)长于现当代文学研究，他的近著《20世纪中国散文的风格和创新》(斯坦福，1991)，采用风格学研究方法，兼取历史角度，对这个时期散文创作在句法和修辞方面的新特点，作了分析和归纳。版本考证虽少，但亦有见其功力者。康达维在《司马相如的〈长门赋〉》①一文中，就该赋的真伪作了分辨。怀疑此作真实性由来已久，但各家说法不一，有人认为序是伪作，赋是真笔，却没有提供令人信服的证据。康氏从韵律、主题、措辞、讽喻几个方面，细加比较，最后才得出序伪赋真的结论。

第二节　中国戏曲研究

　　自从《赵氏孤儿》受到法国启蒙思想家伏尔泰的激赏以来，中国戏曲就断断续续地传到了西方，但直到20世纪才由于大量译介而得以渐呈异姿，并最终与西方戏剧交相辉映。白之说，中国辑录的杂剧是"全部希腊古典戏剧的四倍"，而且元代又是人类戏剧史上罕见的时代之一：

> 那时诗人、训练有素的演员和颇具鉴赏眼光的观众，幸运地心心相印。我们应该将伯里克利的雅典、伊丽莎白的伦敦或太阳王(按：即路易十四)的凡尔赛，比作13世纪的大都。②

---

① 康文载于《哈佛亚洲研究》第41卷第1期(1981)。
② 引自白之为时钟雯《中国戏剧的黄金世代：元杂剧》(普林斯顿，1976)一书所写的前言。

这种说法透露了西方学者特别重视元杂剧的消息。事实上,许多杂剧名篇(包括明代作品)如关汉卿的《窦娥冤》、白朴的《梧桐雨》、王实甫的《西厢记》、马致远的《汉宫秋》、李行道的《灰阑记》、乔吉的《金钱记》、康海的《中山狼》、徐渭的《四声猿》等等,均有译介,有的还不止一种译本。明清传奇名作如林,但因篇幅较长,文辞雅驯,西译较难,现有汤显祖《牡丹亭》和洪升《长生殿》的全译本,以及其他剧作数量不多的选译。明代剧作家西译者,还有朱有燉、梁辰鱼、高濂等人。清代李渔也是西译的重点,尽管其剧作大多数趣味不高。现代戏剧虽种类繁多,但选译比较全面,其中以郭沫若、田汉、李健吾、曹禺、吴晗等人的剧作较多译介。此外,中国戏剧西播者还有南戏(尤其是高则诚的《琵琶记》)、诸宫调、昆曲、木偶戏、秧歌等剧种。在众多译者中,德语译者福克(Alfred Forke)、洪涛生(Vincenz Hundhausen)、法语译者莫朗(Soulie de Morant)、李治华,英语译者熊式一、杜为廉(A.William Dolby)、时钟雯等,成就比较大,也多得读者的喜爱。

西方的中国戏曲研究正呈现着迅速发展的势头,现已拥有一二十部学术著作和大量专题论文。这些著述可分为如下类型:

一、翻译研究

戏剧是表演艺术,如何使中国戏曲的唱词译成西文后依然朗朗上口,是对翻译家较高的要求。白之《元明戏剧的翻译与移植》[①]即涉及了有关问题。

二、文类学研究

这种研究重在探讨中国戏剧作品的文类特点,如柯润璞的《元杂剧的成规和技巧》[②],刘若愚的《伊丽莎白时代与元代》(伦敦,1955)。

三、作品研究

这种著作比较多,有的侧重主题思想,有的侧重艺术手法,有的两者并

---

① 白文载于《东西方文学》第 9 卷第 4 期(1970)。
② 柯文载于《美国东方学会会刊》第 91 卷第 1 期(1971)。

重。彭镜禧的《元代七种公案剧批评》(安阿伯,1978)、瓦格纳的《当代中国历史剧》(伯克利,1990)、白之的《西施的戏剧潜力:〈浣纱记〉与〈蕉帕记〉》、卜立德的《李健吾和中国现代戏剧》①等,堪称作品研究的范例。

四、作家研究

西方关于中国剧作家的研究并不充分,只有关汉卿、朱有燉、孔尚任、李渔、田汉、李健吾等少数大家有专书或专文论及。斯特劳斯伯格(R.E. Strassberg)的《孔尚任的世界》(纽约,1983)、韩南的《李渔的创作》(坎布里奇,1988)、杜为廉的《关汉卿》②等,均对传主生平有较详的介绍。

五、戏剧史研究

相对而言,这种研究成果较丰,目前已有多种专著。不过,它们并不纯粹描述戏剧史,还用一定篇幅介绍作家作品,可说是一种综合性研究。日比科夫斯基(T.Zbikowski)的《南宋时期的早期南戏》(华沙,1974)、奚如谷(S.H.West)的《歌舞和叙事:金代戏曲的特点》(威斯巴登,1977)、时钟雯的《中国戏剧的黄金时代:元杂剧》、马克林(C.Mackerras)的《京剧的兴起》(牛津,1972)等书,均具断代史性质;而杜为廉的《中国戏剧史》(伦敦,1976),则是一部数十万言的通史著作,该书从周秦俳优一直叙至现代剧,史料甚详,堪与国内同时的戏剧史著作相媲美。

西方学者的中国戏曲研究,角度新颖,视野广阔,不乏独到的见解。刘若愚以西方戏剧作参照物,为中国戏曲归纳了如下六个特点:其一,它是一种多媒介的艺术形式,包括语言(唱白)、音乐(声乐与器乐)和表演(舞蹈、模拟与杂耍);其二,它大体具有非写实或非模仿的性质,其主要目的是表达情感或思想,而不是描述或模仿现实生活;其三,正因为它无意于写实,其所选语言灵活多变,从隽言雅语到口语方言,几乎无所不用;其四,中国戏剧家没有"悲剧""喜剧"意识,常常并用庄谐、悲喜、雅俗题材,中国没有

---

① 白文载于《中国戏曲研究会年刊》第10期(1981),卜文载于《亚非学院院刊》第39卷第2期(1976)。

② 杜文载于《大亚细亚》第16卷(1971)。

严格的西方意义上的悲剧;其五,中国戏曲每每从历史、传说或早期文学作品里选取素材,多半不是自行创造;其六,它无意创造高度个性化人物,而是满足于勾勒人物类型,而且把角色划分为"生旦净末丑",也难免使人物类型化。①

关于元杂剧的人物刻画,时钟雯作了更详细的说明,她认为,元杂剧里的许多人物都是典型人物,如才子佳人、清官污吏、忠良奸逆。剧作家依据一般性格的特点而加以描述,强调典型性,而不是遵循自然主义。西方剧作家则强调人物刻画的复杂性,认为个性特征是使人物形象丰满、生动的必需。在元代舞台上,典型人物之所以占压倒优势,是因为有三种传统在起作用:文学传统(古代作品提供了很多典型人物形象)、道德传统(强调礼教,因而有忠孝节义等典型)和戏剧传统(脸谱体系,宋代以来已形成这种固定程式)。不过,她又补充说,元代剧作家以其擅于表达的活力,还是创造了一些不落俗套、生气勃勃的艺术形象,如机智聪颖的红娘、俊俏忸怩的莺莺、生性鲁莽的李逵、机算超人的诸葛亮、善良而悲惨的窦娥等等。这是通过诗化表达、增添细节、运用传统预想、巧妙揭示人物动机与反应诸种手段而完成的。诗歌给科范与宾白以生气和热情,窦娥几段富于雄辩的唱词,展示了一系列内心活动:从悲哀、孤独到愤怒、绝望,再转而萌生希望。个性语言和行为,可使人物摆脱脸谱化。一般说来,元杂剧缺乏呈现人物行为动机的艺术表现,而关汉卿、王实甫等大家的作品是个例外。② 关于刻画人物,以上刘若愚和时钟雯的两种意见大同小异。后者更强调主要人物在剧作家(尤其是大手笔)的处理下,仍然具有某种个性化言行,这是颇具见地的。

第三节 中国文论研究

中国文论的西播主要是指中国古典文论,在西方学者看来,古典文论才最有民族特点。中国现当代文论也有所译介,如胡适、周作人、瞿秋白、毛泽东、周扬等人的著作。

中国文论的西播历史并不算长。明清之际随着先秦儒经(其中含有文

---

① 参见上引刘著。
② 参见上引刘著。

学观的萌芽)的西译,它开始了西播的历程。在 20 世纪上半叶,有零星著作传到了西方,如陆机的《文赋》、司空图的《诗品》、严羽的《沧浪诗话》,不过它们并未产生多大的影响。50 年代,译介始见活跃。这时《文赋》拥有三种英译本,刘勰的《文心雕龙》也开始以全译本的形式流传于世。《文心雕龙》的英文全译,是美籍华裔学者施友忠完成的;这是中国文论西播史上举世瞩目的一项收获,因为当时"甚至还没有现代汉语和日语的全译本"。① 中西理论术语差别很大,不易寻找对等词语进行转换,尽管汉学家对施译有所批评,但译者的创造性工作为中西理论术语的沟通提供了宝贵的经验。此外,译者还撰有长篇序言,设置了"刘勰之前文学批评的发展""刘勰及其文学理论"和"后人对《文心雕龙》的评价"三个章节,深入细致地介绍有关情况,大大增强了导读的作用。这时的期刊文章也不乏佳作,如陈世骧关于文论萌生和诗学与禅的研究,考证较深,辨析较详,在西方实属罕见;海陶玮的文论理论研究,则从文集编选中透视潜在的文学观,开了后人同类研究(如李又安的《作为批评家的中国编选家》)的先河。②

  60 年代依然是文论西播走向繁荣前的准备阶段。这时出现了几本部头较大的有关著作,包括专著、译著和编著。刘若愚的《中国诗艺》(芝加哥,1962)是部专著,介绍中国传统的诗歌艺术,多处涉及诗歌、诗语理论,并有"中国的几种传统诗观"一编,对中国文论进行分类研究。这透露出作者另辟蹊径以整理中国文论的意向,是他后来深入研究的初步尝试。霍克思认为,这本书填补了西方学术界的空白,"极有裨益",为他人的研究"设立了规范"。③ 德博(Gunther Debon)的《沧浪诗话》德译(威斯巴登,1962)也堪称力作,其影响所及远远超出了德语世界。译者是德国著名汉学家,喜攻中国传统的艺术理论和诗歌理论,这部译著是他早期的研究成果。书中导论占有较大篇幅,介绍历代文论的要点和所译诗话的内容;正文的注释也颇为详尽。周策纵的编著《文林》第一辑(麦迪逊,1968),广收名家人文科学论文,而涉及文论者有周氏本人论"诗"字的文章和卫德明

---

① 引自海陶玮的书评,载于《哈佛亚洲研究》第 22 卷(1959)。

② 陈世骧的研究为两篇文章,一篇是《中国文学批评探源》,载于《闪族和东方研究》第 11 卷(1951);另一篇是《中国诗学和禅学》,载于《东方》第 10 卷第 1 期(1957)。海氏的研究名为《〈文选〉和文类理论》,载于《哈佛亚洲研究》第 20 卷(1957);此外,在他的《中国文学大纲》(坎布里奇,1953)所载"六朝文学批评"一节中,也提到了文类理论。

③ 参见霍克思的书评,载于《亚非学院院刊》第 26 卷第 3 期(1963)。

论钟嵘《诗品》的文章。此外,尼维森(D. Nivison)的《章学诚的生平和思想》(斯坦福,1966)一书,也涉及了传主的一些文学观。

自70年代至今,中国文论的西播,无论是翻译还是研究,均呈现出了初步繁荣的景象。随着学术的进步、研究的深化,学术界对翻译的要求越来越高,有人甚至提出"一代应有一代的翻译"(黄兆杰)的主张。晚近问世的李又安(A. A. Rickett)《王国维的〈人间词话〉》(香港,1977)等书均属译研结合型。它们提供了有关论述的全部译文,以及涉及广泛的详注和说明。在研究方式上,它们与前期的译本并无多大区别,但在探索的深度和广度上有所增强。黄兆杰所编《中国早期的文学批评》(香港,1983),从《毛诗序》到《文选序》,选文13篇。译者未收先秦诸子,显然他以较强的文学性作为选文的尺度。

在研究领域有十余部著作和文集相继问世,这是中国文论西播趋于繁荣的重要标志。其中大致包括总体研究、断代研究和专题研究三种类型。在总体研究中,刘若愚的《中国文学理论》(芝加哥,1975)最富开拓性,因而也最具有代表性。论者试图使分类研究科学化,明确提出以修正了的阿伯拉姆斯艺术四要素说为理论框架,将中国传统的文学观点区分为"玄学论""决定论""表现论""技巧论""审美论"和"实用论"六种理论,并且分别梳理了它们的发展脉络,归纳了它们的主要论点,在可能的地方还作了中西诗学的比较。这部著作条理清楚,理论性强,赢得了普遍的赞誉,公认它标志着汉学研究的新水平。宇文所安的《中国文学思想的解读》(坎布里奇,1992)由讲稿加工而成,部头很大,旨在以要籍选介(当选而未选者仍有不少)的方式,为中国古典文论大致勾勒出一条发展脉络;他重点介绍了《毛诗大序》《典论·论文》《文赋》《文心雕龙》《(司空图)诗品》《沧浪诗话》《姜斋诗话》《原诗》等著作书末所附"基本术语汇编"颇具特色,选词60余种,并且作了简释和辨析,对读者多所裨益。1970年,世界各地汉学家云集美国维尔京群岛,共同研讨西方尚少知晓的文论问题。会后李又安选文八篇,结为一集,名为《中国的文学观:从孔夫子到梁启超》(普林斯顿,1978)。书中所论专题很多,包括孔子的实用观、历代的文"气"说,以及欧阳修、黄庭坚、王夫之、常州派、脂砚斋、严复、梁启超的文学观点。断代研究已有几种问世,如杜克义(Ferenc Tokei)的《中国三至六世纪的文类理论》(布达佩斯,1971)、刘渭平的《清代诗学之发展》(原为连载的期刊文章,后裒辑而成①)、王靖宇所编《清代文学批评》(中西合璧;香港,1993)。专题研究趣味多样,重点各异。王靖宇的《金圣叹》(纽约,1972)一书,是西方中国古典小说热的产物;它除了简述传主生平外,着重解说了他对杜甫诗、《西厢记》和《水浒传》的看法。就中国小说批评艺术的西播而言,这是论者继专文《"脂砚斋评"和〈红楼梦〉》②之后所做的另一种探索。陆大伟(David Rolston)所编文集《如何读中国小说》(普林斯顿,1990),则专门介绍传统的小说理论和批注艺术,有多位学者译介金圣叹、毛宗岗、张竹坡、卧闲草堂、刘一明和张新之,编者和浦安迪还对小说评点的渊源、发展史、形式特点和重要术语作了细致的说明。采取阐释学角度,能够触及文学理论借以形成的文化根底,中西比较诗学学者,往往由此加以探讨。弗朗索瓦·朱利安(Francois Jullian)的《暗示的价值》(副题为"中国传统诗歌阐释的原始类别";巴黎,1985),余宝琳的《中国诗歌传统中的意象读法》(普林斯顿,1987)等,均属此类著作。散存的中国文论研究数量也不少,主要是期刊文章和综合性文集的选文,其他则见之于文学史著作和作家研究的部分章节。

  这个时期的另一明显特点,是中国现当代文论已成研究对象。杜博妮的《现代中国对西方文学理论的引进》(东京,1971)和高利克的《现代中国文学批评的诞生》(伦敦,1980)两书以及其他多种论述,深入探讨了由西而中这一纷纭复杂的文化现象。皮克维支(P. Pickowicz)、杜博妮、佛克马(D. W. Fokkema)等人对马克思主义文艺观和毛泽东文艺思想的译研介绍,则构成了西方中国文论研究的另一道风景线。诚然,西方思潮对中国学人影响良多,但他们之中多半并未割断自己与传统的联系。卜立德选择周作人为典型,写成《一个中国人的文学观》(伯克利,1973)一书,即是探讨周氏的继承与创新,以及中西理论在他身上的融合。

  以上所述,是中国文论西播的外在变化。如果透过这一表面现象,我们可以发现,在其深隐层次还存在着一种内在的发展趋势。

  同任何国家的外国文学研究一样,西方各国的中国文学研究在打下一定的基础之后,便自然而然地开始追求更高的全而深的目标,而且这一倾

---

  ① 刘渭平系澳大利亚华裔学者,他的文章连载于台湾英文期刊《中国文化》第26卷第4期至第28卷第3期(1985—1987)上。

  ② 王文载于上述李又安的编著《中国的文学观》。

向在 20 世纪下半叶得到了强化。由文学作品扩展到文学理论是求全之必然,而为把握作品的奥义而诉诸理论,则是求深之必需。不过,西方学者每每谈到,他们一开始接触中国古典文论,就感到特别难以理解。因为中国文论是个特殊的"闭合体系":古代批评家铸造术语或建立理论时,一般只是借用意象或比喻加以描述,不下定义,也不作过多的解说,而读者因受同样的教育,一经指点,也就能够心领神会。中西两种批评话语形成了鲜明的对照,李又安援引夏济安的话说:

> 一般说来,中国的文学批评著作是写给聪明人看的。指出一个要点,一切都立刻变得明明白白,无须词费。而西方的批评著作,是写给迟钝人看的,因此需要清清楚楚地解释其中的原理。①

援引者并未被这段挖苦的评论所激怒,反而告诫西方读者要认真对待,不可一笑了之。那么如何克服这种理解上的困难呢?并非"迟钝"的西方学者还是在实践中摸索到了解决的途径。譬如说我国古人的"论诗诗",一般认为最为难懂,而魏世德在讨论元好问的论诗诗时,就提出了三条阐释的根据:先看看他在每一首中试图说些什么,再看看他在形成自己的观点时从前人那里吸收了什么批评思想,最后看看他写这些诗篇时利用了前人的哪些诗文。事隔未久,林理彰在其书评中又对此作了进一步的引申,认为要想把握"因时而变"、"因人而异"的批评术语,必须注意它们的交叉关系:

(一)某个批评家自己的著作系列;
(二)他所属流派或群体的价值观或其他观点;
(三)他所在文学创作史和批评史上的时期和阶段;
(四)当时学术话语的广阔背景(包括哲学著作和宗教著作);
(五)到那时为止的批评传统。②

---

① 夏济安《两首坏诗》,载于《文学杂志》第 3 卷第 3 期(1957)。笔者根据李又安的英译文回译而来,未能核对原文。
② 林理彰关于魏著的书评,载于《哈佛亚洲研究》第 47 卷第 2 期(1987)。

按照上述两种意见来把握中国古典文论,那么关于它的内涵、外延和存在条件的方方面面,就几乎无一遗漏地纳入了研究者的视野。

正是这种探索"广阔背景"的外向型研究,构成了西方的中国古典文论研究的一个特色。它有时被称作"理论背景"研究,具有鲜明的文化研究的性质。西方学者首先注意到了中西不同的宇宙观对文学理论所产生的影响。朱利安发现,中西两种阐释学之所以相去甚远,不仅在于西方的文学批评发端于叙事作品和戏剧作品的分析,而中国的文学批评发端于抒情经验的探索,而且在于中西世界观之间存在着难以逾越的鸿沟。在西方传统里,任何思想在任何层次上,均预先设想有一种二元分立的状态(dichtomy);而在中国传统里,任何思想——无论儒家的还是道家的——均设想有一种自存的、无分的宇宙,其中所有事物均在不停地互相作用,互相反应,如果它们同属一类,则尤其如此。① 在这样的基础上形成的诗学自然有所不同:西方诗学试图提供一种客观的作品分析,中国诗学却希望通过暗示来增加阅读时的快感。② 其次,西方学者也注意到了历史观念、宗教思想、言意之辨、文化风尚等因素,对于中国文学理论之形成与发展的直接作用。

不难看出,西方学者在探索中国文学理论的根底时,还采取了另一种颇有价值的做法,这即是中西诗学或中西文化的比较。20 世纪 50 年代,比较文学界的美国学派兴起以后,积极提倡平行研究,于是打破中西文化屏障,而对两种性质迥异的诗学进行证同辨异的探索,益加激起了西方学者浓厚的兴趣。在《语言·悖论·诗学》(林理彰整理;普林斯顿,1988)一书的序言中,刘若愚明确指出,两种诗学互相并置,可获相得益彰、深入隐微之效,有利于突现两种理论的特质,有利于明辨两种传统所含的潜理论和前理论,并且能够借以"摆脱欧洲中心主义和中国中心主义的干扰"。③ 经过初步实践,学术界便形成了两种极端的意见:一种在乐观地声称,"印象主义者、形式主义者、象征主义者和其他许多流派,均可在中国找到自己的同道"。④ 另一种则在保守地断言,两种诗学毕竟有很大的差别,难以寻

---

① 朱利安《暗示的价值》导言。亦见之于伊维德(W.L.Idema)的书评,载于《通报》第 75 卷(1989)。
② 同上,朱著结论部分。
③ 转引自伊维德的书评。
④ 李又安《王国维〈人间词话〉》序言。

找相同之处。朱利安甚至认为,只有在最基本的层次上进行中西比较,才能取得有价值的研究成果。也就是说,比较对象只能是决定诗学发展的基本观念,任何表层的比较都容易使人误入迷途。① 当然,更多的是介于两个极端之间的学者,他们既求同又辨异,既注意表层特征,又注意深层性质;还有人为建立"共同诗学",提出了一些具体意见。② 有比较才有鉴别,有鉴别才能更深刻地把握研究对象,中西比较诗学为汉学研究开辟了一块新天地。

总之,中国文论西播的内在运动有两条路线,一条是由作品到理论再到文化基础,一条是由单一研究到中西比较诗学。这两条路线互相交织,互相促动,共同使西方的中国文论研究走向深入。

第四节 中国文学史研究

20 世纪刚刚露出曙光,英国著名学者翟理斯就发表了他的《中国文学史》(伦敦,1901),这是第一部用英文撰写的中国文学史。但作者自称,无论在哪种语言(包括中文)里,它都是开山之作。其实不然,譬如说早在1880 年,俄国学者瓦西里耶夫已有同名著作问世;日本学者笹川种郎的《支那历朝文学史》(1898)也稍早些;此外,还有一些中国文学概说之类的著作,也或多或少地采用了历史角度的透视。不过,大概由于语种的原因,翟著的影响显然要大得多,我国学者对此书也有所关注。迄今为止,这类著作已经拥有数十种。按照马汉茂的看法,它们总共可分为三大类:一是广义的学术史,二是采用非科学方法的文学史,三是采用科学方法的文学史。他说,第一种不限于"纯文学",但白话文学和戏剧被排除在外;文学评价多以保守的孔子思想为所本。第二种只是间接受文学史方法的影响,并无明确观念,往往是"不自觉"而为之;编纂方法不科学,无引得,所用资料不完善;不采用东西方权威学者的意见。第三种与现代文学理论有密切关系,因此能够避免一般文学史在方法上的缺陷。③

---

① 朱利安《暗示的价值》导言。亦见之于伊维德(W.L.Idema)的书评,载于《通报》第 75 卷(1989)。

② 详见李菲佛(Andre Lefevere)《迈向共同诗学的若干策略》,载于《新亚学术集刊》创刊号,香港,1978 年。

③ 参见马汉茂《欧美文中国文学史评介》,载于《书和人》第 79 期(1968)。

马氏的意见基本上是正确的,但需要根据西方学者的实践,作进一步的补充和说明。现代学术的进展使学者们越来越清楚地看到,要想撰写一部经得住时间检验的中国文学史,单有历史眼光是不够的,撰写者还要处理好如下几种关系:

一、"杂文学"与"纯文学"的关系

撰写文学史必然会牵涉到对于"文学"性质的认识。我国古代史哲典籍以及种种杂著,大多具有较强的文学性;而古人虽然很早就有"文笔"之辨(如刘勰《文心雕龙·总术》),以致使今人视为是在区分"纯文学"与"杂文学",①但现代意义上的"文学"概念,在很大程度上仍然应该算作舶来品。② 另一方面,西文"Literature"(文学)一词尚有"文献"之义,其包容更加宽泛。这些关于"文学"性质和含义的看法,影响到了西方撰写中国文学史的工作。他们所撰,尤其是早期的著作,多杂有哲学和史学等典籍的评介,翟理斯甚至把药书也写在了书内。马古礼认为,这种不辨学科的做法必然会歪曲中国文学的形象;譬如说哲学,它无疑对文学产生过很大的影响,但也不能喧宾夺主,取而代之。真正的文学研究的基础在于:辨明"思想与文类的关系和演变,创新与模仿的比例,作家特征与时代倾向,以及政治事件对文学倾向的影响"。③

二、历史观、批评理论与文学史的关系

撰写文学史自然离不开文学史观,而文学史观又往往以历史观为基础。所以,法国哲学家泰纳和马克思主义的决定论以及达尔文的进化论,作为修史作传的基本原则,长期以来一直在或明或暗地发挥着重要作用。所谓"决定论",主要是指认为文学的发生和演变必然受着外在客观条件的制约,而呈现出种种不同的面貌。前者将外在条件归纳为种族、环境与

---

① 郭绍虞《中国文学批评史》,上海古籍出版社,1979年,第72页。
② 参见胡志德《从文到文学:晚清散文理论的发展》,载于《哈佛亚洲研究》第41卷第1期(1987)。
③ 转引自理查德·克拉克(R.C.Clark)的书评文章《中国文学史研究方法》,载于《民族文学评论》第6卷第1期(1975)。

时代三个要素,后者则以辩证唯物主义和历史唯物主义为根基,发展成了重要批评模式"社会—历史式"批评。在东欧诸国的汉学家中,普实克、杜克义等人所写的中国文学通史或断代史,均带有明显的马克思主义历史观的倾向。①

近几十年来,上述决定论受到了来自不同方面的挑战。首先是有人倡导"突发论",与决定论形成了鲜明对照。这实质上是"偶然"与"必然"的矛盾,照突发论者看来,偶然事件中未必含有必然的规律。其次,有人似乎已觉察到决定论太偏重宏观意识,而倾向寻找比较细微的观察点。例如,亚瑟·洛夫乔伊(Arthur O.Lovejoy)特别强调思想史研究的重要,并且指出了思想史与文学发展的关联。他研究思想史并非如常规那样关注较大的哲学体系,而是关注见之于不同形式的思想单元以及它们通过历史的结合。② 再次,有人宁可从文学作品内在的形式因素寻求着眼点,由此出发来考虑问题,这代表着研究重心由外在向内在的转变。他们在此打开了一个引进各种文学理论的豁口,使文学史研究趋于多样化、细腻化。当然,他们在具体的操作过程中并不排斥外在因素的考察与剖析。这些思潮对于西方中国文学史的撰写均有所冲击,尽管就我们所知尚且无人明确表示自己信奉这样的史学观点。

在其名著《文学理论》一书中,韦勒克和沃伦把文学研究分作文学理论、文学批评和文学史三个部类,但他们也认为,"文学批评和文学史二者均致力于说明一篇作品、一个对象、一个时期或一国文学的个性",将"二者分离的一般做法对两者都是不利的"。③ 美国汉学家白之做了将两者结合的尝试;他所编《中国各体文学研究》辑入了十余篇这样的文章,并且试图表明"文学批评和文学史作为互相支撑的学科而融合了起来";他甚至认为,鉴于目前尚无令人满意的中国文学史著作,这本书倒可以加上个副题:"中国文学史论文集"。④ 书中所选文章,采用了跨文化研究的视角以及多种文学理论所提供的视角,来观照文学发展的脉络,确实展示了两者

---

① 马汉茂对这类文学史颇有微词,"因为他们有政治思想倾向和天真的幻想对于文艺发展的光明未来。再者,他们断然主张集体的创作力以及大作家的阶级关系"。(原文如此;参见上引马文。)这显然是一种偏见,西方有许多学者对普实克等人的社会—历史式批评持肯定态度。
② 参见伊莎贝尔·里弗斯(Isabel Rivers)《文学和思想史》,载于马丁·科伊尔(Martin Coyle)等人所编《文学和批评百科全书》,伦敦,1991年,第941—942页。
③ 韦勒克、沃伦《文学理论》中译本,刘象愚等译,三联书店,1984年,第6、39页。
④ 参见白编(伯克利,1974)序言,第1—2页。

结合的活力。

三、文类史与文学史的关系

  白之认为,如果要撰写中国文学史,"就有必要密切注意文学类型的性质、定义、演变、范畴和效果。唯有如此,我们才会超越现有史著的水平,那些著作每每局限于传记资料,局限于简述'代表作品'的特点"。① 应该说,把重心放在文类之上是写好文学史的关键,马古礼的《中国文学史》"散文卷"和"诗歌卷"(巴黎,1949—1950)、杜为廉的《中国戏剧史》等著作,就突现了这一治学原则。不过,如果要撰写综合性的通史,似乎还应该强调各文类的联结与交织,它们单独的或平行的兴衰与演变。一般说来,某种发展趋势、某种时代精神和时代风格是它们共同的体现。②

  在我国古代的著述中,以史观文或文史结合的研究并不罕见,这是因为要说明文学事件的发生、发展或终结,就不能不追溯过去。不过,到了近代,我国学者受到西方学术的影响之后,才着手撰写专门性的文学史著作。有趣的是,自林传甲的文学史(1904)问世以来,我国学者反而后来居上,单是大部头的通史著作就有很多种。而在 1979 年,美国几位学者计划撰写一部堪与《牛津英国文学史》相媲美的大型中国文学史,③但事隔十多年,这部书仍未见刊行于世。

---

  ① 参见白编(伯克利,1974)序言,第 1—2 页。
  ② 黄德伟撰有《时代风格与文学时代的划分:关于中国和欧洲文学史理论与实践的研究》一文,颇有价值,可参看。
  ③ 参见康达维等《中国文学史撰写通则》,载于《中国文学》创刊号(1979)。

俄苏篇

第一章
俄苏中国古典文学研究概览

第一节 古典诗歌研究

俄国人直接从中文接触中国诗歌,最早可追溯到 18 世纪初①。但对中国古代诗歌经典作品较为正式的译介与研究则始于 19 世纪后半叶。最早进入其研究视野的是《诗经》。第一篇《诗经》单篇译文发表在 1852 年《莫斯科人》杂志第 1 卷上,题为《孔夫子的诗》。30 年后,老一代汉学家 В.П.瓦西里耶夫(Василий Павлович Васильев,汉名王西里,1818—1900)院士于 1882 年在圣彼得堡出版了《〈诗经〉译注——瓦西里耶夫教授〈中国文选〉第三册注解》,其中选录了不少《诗经》的译诗。沙皇俄国时期发表的《诗经》译文,还有米勒的译作(最初发表于《国民教育部杂志》1861 年第 2 期)和米哈伊洛夫的译作(载《诗集》,1862 年柏林版和 1890 年圣彼得堡版),共 5 首,后来收入《中国、日本和它们的诗歌》(1896 年)一书。此外,在 1914 年出版的叶戈里耶夫和马尔科夫编译的《中国之笛》一书中,还收有《诗经·淑女》篇的译诗。

1917 年十月革命后,俄罗斯对中国古典诗歌的介绍与研究进入了一个崭新的阶段,出现了大量译作和研究论著,成为俄国汉学—文学研究中蔚为壮观的一个分支。截至 80 年代末,俄罗斯共出版中国古典诗歌专集、

---

① 1793 年,莫斯科出版的文学作品选集《趣味、理智与情感读本》第 10 册上,发表了一首用俄文音译的中国诗歌:"从南来了一群雁,/有成双的有孤单。/成双雁,靡靡唱,声嘹亮/孤单雁,/留在后头飞不上。/不看成双只看孤单,/看孤单,/也是与吾的凄凉一般雁。"译者在说明中写道,这首诗的译文是他在"本世纪初"完成的。据此可知,至迟在 18 世纪初,俄国人就已直接从中文接触到中国诗歌了。

合集或选集约 38 种(不包括再版及收录有中国古典诗歌作品的文学史、教科书)。其中年代较近、收录较全的专集有:《诗经》(什图金译,1957 年)、《屈原诗集》(费德林主编,阿列克谢耶夫、艾德林、费德林、蒙泽列尔、帕纳秀克等译,1956 年)、《七哀(曹植诗集)》(切尔卡斯基译,1973 年)、《陶渊明诗歌集》(艾德林译,1972 年)、《李白抒情诗选》(吉托维奇译,1955 年,1962 年再版)、《杜甫抒情诗集》(吉托维奇译,1967 年)、《王维诗集》(苏霍鲁科夫译,1979 年)、《白居易诗集》(艾德林译,1978 年)、《苏东坡诗词集》(戈鲁别夫译,1975 年)、《陆游诗集》(戈鲁别夫译,1960 年)、《李清照〈漱玉词〉》(巴斯马诺夫译,1970 年,1974 年再版)和《辛弃疾诗词集》(巴斯马诺夫译,1959 年,1961 年再版)等;比较重要的选集有:《乐府·中国中世纪抒情诗选》(瓦赫金译,1962 年)、《中国古代诗歌与散文》(《世界文学大系》古代东方诗歌与散文分册的一部分,1979 年)、《中国诗歌集(四卷本)》(郭沫若、费德林主编,1957—1958 年出版)、《唐诗三人集(李白、王维、杜甫诗歌三百首)》(康拉德作序,1960 年)、《宋代诗歌》(戈鲁别夫、巴斯马诺夫、切尔卡斯基等译,B.A.克利夫佐夫序,1959 年)、《中国古典诗歌集》(艾德林译,1975 年)、《梅花开(中国历代词选)》(巴斯马诺夫译,1979 年)、《中国 8—14 世纪抒情诗歌集(王维、苏轼、关汉卿、高启)》(斯米尔诺夫编,1979 年)、《中国 3—14 世纪写景抒情诗集》(谢曼诺夫主编,谢曼诺夫、别任等译,李谢维奇作序并注释,1984 年)和《碧玉阶(中国明代诗选)》(斯米尔诺夫译,1989 年)等。从中不难看出,中国古典诗歌最重要的作家作品,在俄国几乎都有了翻译介绍;而其中的热点,则是对公元 3 世纪前的诗歌(按:主要是《诗经》《楚辞》和汉乐府)和唐诗的译介与研究。

  在研究专著方面,自 50 年代以来俄罗斯汉学家共发表中国古典诗歌研究专著 17 部,其中比较重要的有费多连柯(Николай Трофимович Федоренко,汉名费德林,1912—2000)的《〈诗经〉及其在中国文学中的地位》(东方文学出版社,1958 年版)、《屈原:创作渊源与问题》(科学出版社,1986 年版),李谢维奇(Игорь Самойлович Лисевич,1932—2000)的《古代中国的诗歌与民歌(公元前 3 世纪末至公元 3 世纪初的乐府)》(科学出版社,1969 年版),切尔卡斯基(Леонид Евсеевич Черкасский,汉名车连义,1925—2003)的《曹植的诗》(东方文学出版社,1963 年版),艾德林(Лев Залманович Эйдлин,1910—1985)的《陶渊明和他的诗》(科学出版社东方文学总编室 1967 年版),马里亚温(Владимир Вячеславович

Малявин，1950——　　）的《阮籍》（莫斯科，1978年版），费什曼（Ольга Лазаревна Фишман，1919—1986）的《李白：生活与创作》（东方文学出版社，1958年版），谢列布里亚科夫（Евгений Алексадрович Серебряков，1928—2013）的《杜甫评传》（国家文学出版社，1958年版），达格丹诺夫（Геннадий Баторович Дагданов，1948—2002）的《王维创作中的禅宗佛学》（科学出版社西伯利亚分社，1984年版）和《在中国中世纪文化中的孟浩然》（科学出版社，1991年版）等。

除上述成书的译作与研究专著外，在报纸杂志或论文集上零星发表的单篇译诗和论文还有许多，数目难以确计。仅据1970—1985年15年间的统计，在《外国文学》《今日亚非》《贝加尔》《新世界》《星》等杂志和《中国语文学问题》《东方文选》等文集中，共发表中国古典诗歌译作29次（每次篇数不等）；在《远东文学研究的理论问题》《中国"社会与国家"学术讨论会文集》《亚非人民》等刊物、论文集或译著中，发表研究论文约140多篇，占俄罗斯汉学家同一时期中国古典文学研究论著总数的近四分之一。值得注意的是，80年代以来俄罗斯汉学家对中国古典诗歌的研究，除了以往的传统课题外，还出现了一些填补空白之作。像六朝时期的谢灵运、鲍照、嵇康、沈约、庾信，金代的元好问、明代的高启等人的诗歌创作，都有人在进行研究，呈现出在研究深度与广度上不断拓展的态势。

1994年，俄罗斯圣·彼得堡东方学中心出版了女汉学家 M.E.克拉芙佐娃（Марина Евгеньевна Кравцова，1953——　　）的新著《古代中国诗歌：文化逻辑分析的尝试》。这部学术专著以对中国古典诗歌的两部经典文献《诗经》和《楚辞》的研究为基础，探讨了中国古典诗歌发展的起源和中国诗学传统的形成等问题。其人类文化学视角迥异于俄苏汉学—文学研究以往惯用的社会学批评方法，令人有耳目一新之感，是俄罗斯汉学家研究中国古典诗歌的最新成果。

第二节　古典散文研究

在俄文中，"散文"（Проза）一词既指狭义的艺术性散文，也指一般非艺术性的应用文章。并且在艺术性散文这个含义中，有时还包括小说。因此，面对俄罗斯汉学家所说的"中国散文"（Китайская проза），必须具体问题具体分析，不可一概而论。

如果就广义的散文概念而言（中国古代的"散文"概念也包括泛指一切直言散行的文章），则中国古典散文远播俄罗斯可以追溯到17世纪初。明万历四十六年（1618年），俄国托木斯克的哥萨克伊万·彼特林奉当地督军之命，经蒙古到达北京，返国时带回万历皇帝的文书。此后到17世纪中叶，俄国使臣又先后两次带回清顺治皇帝给俄国沙皇的复信。这些官方文书，可以说是俄国人最早接触到的中国散体文章。但由于俄国方面无人通晓中文，这些文件被长期束之高阁。俄国成语中有一个说法，称无法理解或难懂的东西为"中国文书"（Китайская грамота），大概就是由此而来的。

清雍正五年（1727年），清政府根据中俄恰克图条约，在北京建立了俄罗斯馆，接待俄国的传教士和留学生。当时来到我国的东正教教士和俄国留学生，有不少后来成了著名的汉学家和学者，如伊拉里昂·卡里诺维奇·罗索欣（И.К.Россохин，1717—1761）和阿列克赛·列昂契耶维奇·列昂契耶夫（А.Л.Леонтьев，1716—1786）等人，就翻译了不少中国的哲学论著和文学作品。罗索欣返国后在圣彼得堡俄国科学院教授汉语和满语，列昂季耶夫则翻译了《大学》《中庸》等书和《易经》的一部分。这样，作为中国古代散文开山作品的古代经书和诸子散文，通过俄罗斯早期汉学家的译介，最早进入了俄罗斯读者的视野。

最早对中国先秦诸子散文做出系统介绍和研究的是老一代汉学家瓦西里·巴甫诺维奇·瓦西里耶夫。1880年，瓦西里耶夫出版了他的世界上第一部中国文学史《中国文学史纲要》。该书在"儒学的第一个时期"部分，除了介绍"孔夫子及其贡献"、"儒家的宗教及政治"等内容外，还分立几节讲述了《诗经》《春秋》《论语》《孝经》《尚书》和《孟子》等先秦典籍。瓦西里耶夫是按照文学就是一切文章典籍的总和的观点来向俄国读者介绍中国文学的。他尤其指出儒家典籍在整个中国文化中的重要地位，他说："正如我们所见到的，在整个中国文明的基础上，在全部广博而多种多样的中国文学中，有着创造了为敌对学说或者为被它所轻蔑的作品（小说）也几乎是必需的自己的语言和表达方式的儒学，除了儒学以外，还能以说别的什么开始吗?"①在瓦西里耶夫看来,儒学是整个中国文明的基础,儒家典籍是中国文学最基本的内容,因此,他将儒家思想及其典籍作为《中国文学史纲要》阐述的重点,完全是顺理成章的。

正因为在瓦西里耶夫那样的老一代汉学家看来,不了解中国的先秦典籍尤其是儒家典籍,就无从了解中国古代的思想和文化,因此先秦诸子散文在俄罗斯被译介得最早,数量也最多,几乎所有篇目都有了全译或节译。

先秦诸子散文最早被译成俄文的是瓦西里耶夫译的孔子《论语》(载《中国文选第二册注解》,彼得堡,1884年版)。其次为老子的《道德经》,有德·科尼西的译本(载《哲学与心理学问题》1894年第3册)。科尼西另节译有《孝经》(俄译名《论孝敬父母的书》,载《哲学和心理学问题》,1896年第3册)。十月革命前出版的诸子文选还有波波夫译《中国哲学家孟子(译并注)》(1904年)、《孔子及其门徒的格言(译并注)》(1910年),阿·伊凡诺夫译《韩非子》(载《中国哲学资料引言,法家,韩非子》,1912年)和丹尼尔(西维洛夫)未发表的《道德经》译文(见《敖德萨图书志学会通报》1915年第4卷第5—6册:《丹尼尔(西维洛夫)档案资料中未公布的〈道德经〉译文》)。

十月革命以后翻译出版的先秦诸子散文及后世理论家、思想家的议论散文大约有30种,内容较完整且年代较近的有:《易经》(休茨基译,1961年);《论语选》(波兹德涅耶娃译,载《东方古代史文选》,1963年);《老子》(节译)(杨兴顺译,载《东方古代史文选》,1963年);《孟子选》(波兹德涅耶娃译,载《东方古代史文选》,1963年);《庄子》(第1—33篇)(波兹德涅耶娃译,载《中国古代的无神论者、唯物论者、辩证法家》,1967年);《荀子》(节选)(什节因译,载《管子(翻译与研究)》,1959年);《管子》(什节因译,东方文学出版社,1959年);《商君书》(佩列洛莫夫译,科学出版社,1968年);《孙武兵法》(康拉德译,科学出版社,1958年);《吕氏春秋选》(波兹德涅耶娃译,载《东方古代史文选》,1963年);《战国策》(瓦西里耶夫译,科学出版社,1968年);《礼记·乐记》(鲁宾译,载《东方各国音乐美学》,1967年);《列子》(1—8卷)(波兹德涅耶娃译,载《中国古代的无神

---

① В.П.瓦西里耶夫《中国文学史纲要》,圣彼得堡:斯塔修列维奇印刷所,1880年,第3页。В. П. Васильев : Очерк истории китайской литературы. С-Петербург: Типография М. М. Стасюлевича, 1880.

论者、唯物论者、辨证法家》，1967年）；《史记》（维亚特金等译，科学出版社，1972年）；《论衡》（选译）（杨申娜译，载《东方古代史文选》，1963年）；《典论论文》（阿列克谢耶夫译，载《中国文学（论文选）》，1978年）；《圣贤著作选·中国古代散文》（收有《论语》《孟子》《礼记》《道德经》《庄子》《列子》《淮南子》《抱朴子》《申子》《墨子》《孙子》《韩非子》《吕氏春秋》《国语》《战国策》《朱子》等中国古代典籍的选译）（苏霍鲁科夫等译，李谢维奇编选，1987年）等。

对中国古代艺术散文的译介和研究做出重大贡献的是瓦西里耶夫的弟子В. М. 阿列克谢耶夫（Василь Михайлович Алексеев，汉名阿理克，1881—1951）。阿列克谢耶夫在1910年任彼得堡大学编外副教授时，为了教学需要，编写了石印的《中国语音学文选》。文选的基本材料来自于中国清代作家蒲松龄的《聊斋志异》，这成为他以后在《聊斋》方面的巨大研究工作的序曲，也为他翻译中国古文积累了经验。就在这一年，阿列克谢耶夫第一次发表了用白俄罗斯文译的《聊斋》中的两篇小说，从此开始了他富有成效的中国古典文学作品翻译活动。

中国古代艺术散文的第一篇俄文译文是阿列克谢耶夫在1910年翻译的《春夜宴桃李园序》①（俄译名：《诗人李白歌颂大自然的散文诗》）。А. 艾德林评论阿列克谢耶夫的这篇译文说：“它在很多方面都是极为有趣的：同其高度艺术性结合在一起的语文学特点，并且可以断言，像这样的译文在汉学中还是第一次作出。”②

苏联时期出版的艺术散文俄译本不多，主要有以下几种：

《中国古典散文》，阿列克谢耶夫译，科学院出版社，1958年；

《中国古典散文（第2版）》，阿列克谢耶夫译，科学院出版社，1959年；

《入蜀记》，谢列布里亚科夫译，列宁格勒出版社，1968年；

《中国散文代表作》，阿列克谢耶夫译，载《东方文选》第二卷《白天的星星》，莫斯科艺术文学出版社，1974年版；

---

① 阿列克谢耶夫在《中国散文代表作》所收李白《春夜宴桃李园序》（载莫斯科艺术文学出版社1974年版《东方文选》第二卷《白天的星星》Дненая звезда: Восточный альманах, вып. 2. М., 1974.）一文的说明中说："由我在1910年翻译的这部作品"。

② 《阿列克谢耶夫院士译：中国古典散文》，第二版，莫斯科：科学出版社，1959年，第9页。"Китайская классическая проза в переводах академика В. М. Алексеева", изд. 2-е, Изд. АН СССР, М. 1959.

《远东古典散文》,文艺出版社,1975年;

《韩愈柳宗元文选》,索科洛娃译,文艺出版社,1979年。

《中国古代诗歌与散文》(《世界文学大系》古代东方诗歌与散文分册的一部分,其中收有司马迁、贾谊、赵壹等人的散文和辞赋作品),文艺出版社,1979年。

上述各书中收录中国古代艺术散文作品最多的是阿列克谢耶夫译的《中国古典散文》。该书由苏联科学院出版社于1958年和1959年先后出了两版。其第二版中收入的作品有屈原的《卜居》《渔父》;宋玉的《对楚王问》《风赋》《高唐赋》《神女赋》《登徒子好色赋》;司马相如的《长门赋》;汉武帝的《求茂材诏》;司马迁的《报任少卿书》《太史公自序》《滑稽列传》《酷吏列传序》《屈原列传》《伯夷列传》《外戚世家序》《孔子世家赞》《五帝本纪赞》《秦楚之际月表》《高祖功臣侯年表》《管晏列传》《游侠列传序》;李陵的《答苏武书》;王羲之的《兰亭集序》;陶渊明的《桃花源记》《归去来辞》《五柳先生传》《闲情赋》;谢庄的《月赋》;王勃的《滕王阁序》;李白的《春夜宴桃李园序》;刘禹锡的《陋室铭》;李华的《吊古战场文》;韩愈的《杂说》《获麟解》《祭鳄鱼文》《进学解》《柳子厚墓志铭》;柳宗元的《种树郭橐驼传》《送薛存义序》《桐叶封弟辨》《捕蛇者说》《梓人传》《永州韦使君新堂记》《小石城山记》《贺进士王参元失火书》;欧阳修的《秋声赋》《醉翁亭记》;周敦颐的《爱莲说》;苏轼的《稼说》《前后赤壁赋》《喜雨亭记》《石钟山记》以及刘基的《卖柑者言》等共67篇,堪称中国古典散文精品之汇萃。它为俄罗斯汉学家及一般读者了解和研究中国古典散文创造了有利的条件。

在对中国古典散文的研究方面,成书的专著不多,如果把研究诸子散文和史传文学的著作算作散文研究之列的话,有以下四部,即杨兴顺的《中国古代哲学家老子及其学说》(莫斯科—列宁格勒,1950年版)、克罗尔(Юрий Львович Кроль,1931—)的《历史学家司马迁》(莫斯科,1970年版)、马里亚温(Владимир Вячеславович Малявин,1950—)的《庄子》(莫斯科,1985年版)和特卡琴科(Григорий Александрович Ткаченко,1947—2000)的《〈吕氏春秋〉中的宇宙、音乐、礼仪、神话和美学》(莫斯科,1990年版)。此外,还有三篇语文学副博士学位论文,即:古萨洛夫(В.Ф. Гусаров,?—2001)的《韩愈的散文遗产》(1971年)、波梅兰采娃(Л·Е· Померанцева,1938—)的《论公元前2世纪中国的古代文献——淮南子》(1972年)和特卡琴科的《作为文学文献的〈吕氏春秋〉》(1982年)。

单篇的研究论文有三十多篇,这个数目远比不上俄苏汉学家对中国古典诗歌和小说的研究,并且涉及面也比较窄,主要集中在司马迁《史记》和韩愈散文上。比较重要的论文有:维亚特金（Рудольф Всеволодович Вяткин, 1910—1995) 的《司马迁〈史记〉的艺术观点》(载《第16次中国"社会与国家"学术讨论会文集》,1985年第1册);古萨洛夫的《韩愈散文风格的词汇特点》(载《远东文学研究的理论问题》,1970年)、《韩愈散文的功能对仗》(同上,1970年);克罗尔的《司马迁的文学理论与文学实践》(载《中国的历史与文化》,1974年);波梅兰采娃的《司马迁传记的对话特点》(载《远东文学研究的理论问题》,1980年第2册)、《〈淮南子〉与司马迁传记中的人和世界》(载《第16次中国"社会与国家"学术讨论会文集》,1985年第1册)等。此外,泛论中国古典散文的论文还有戈雷金娜（Кира Ивановна Голыгина, 汉名郭黎贞, 1935—2009) 的《论中国非情节散文"古文"的体裁》(载《远东文学研究的理论问题》,1970年)、《中国非情节散文"古文"的体裁分析》(载《亚非人民》,1973年第4期);马尔德诺夫（Александр Степанович Мартынов, 1933—) 的《论中国哲学、政治和艺术文章中的相似现象》(载《远东文学研究的理论问题》,1976年);尼基金娜（Тамара Никифоровна Никитина, 1929—) 的《古代中国文章的结构》(载《列宁格勒大学学术论丛》,1980年第23辑,第7分册)和李福清（Борис Львович Рифтин, 1932—2012) 的《中国散文》(载《远东古典散文》,1975年)等。

第三节　古典小说研究

中国古典小说为俄国读者所了解,最早是通过法、德等国文字转译的。据 П.Е.斯卡奇科夫编《中国书目》,1827年在俄国出版了《玉娇梨》片断(译自法文),1832年至1833年出版了《好逑传》(先有英译,转成法译,再译成俄文)。联系到德国诗人歌德在1827年同爱克曼的一次谈话中提到中国传奇(按:一般认为此即《风月好逑传》),可知这类小说当时在欧洲各国都是比较流行的。并且歌德在谈话中还指出,这类作品在中国并不是最好的作品。可见当时欧洲人正是通过他们所见到的在中国居于二、三流的作品,对中国古典小说产生了浓厚的兴趣和景仰之情,并由此激发了搜寻和研究中国小说的热忱。俄罗斯汉学家对中国古典小说的关注,也正是在这样的背景下产生的。

1832年,一位名叫帕维尔·库尔良德采夫的俄国驻北京宗教使团学员因病回国,带回一部《石头记》手抄本,共三十五册(现藏俄国科学院东方学研究所圣彼得堡分所)。这是最早传入俄国的一部中国古典小说原著。此后,同一届使团中的另一位学员 A.И.柯万科在返国后用"德明"的笔名,在1841—1843年的《祖国纪事》杂志上撰写了10篇题为《中国纪行》的文章。其中在1843年第26期杂志上发表的第九篇文章中,作者翻译介绍了《石头记》第一回的开头部分。这大概是俄译《石头记》的最早文本了。

到19世纪后期,在俄国开始出现了《聊斋志异》个别篇章的译文,如1878年《新作》杂志上介绍了《水莽草》,1883年老一代俄罗斯汉学家瓦西里·巴甫洛维奇·瓦西里耶夫翻译了《阿宝》《庚娘》《毛狐》等《聊斋》故事。此外在1894年他还发表了唐代传奇小说《李娃传》的俄译。

1880年,由瓦西里耶夫主编的世界上第一部中国文学史《中国文学史纲要》问世。书中论及的中国古典小说有《列侠传》《搜神记》《太平广记》《聊斋志异》《水浒传》《红楼梦》《金瓶梅》《品花宝鉴》《好逑传》,以及历史演义小说《开辟衍绎通俗志传》《东周列国志》《前后七国志》《三国志通俗演义》等。在评述中国的长篇小说时,瓦西里耶夫对《金瓶梅》《红楼梦》等反映世态人情的小说表现了浓厚的兴趣。他认为"最优秀的长篇小说是《红楼梦》"①。他对中国古典短篇小说的具体评论虽着墨不多,但时有新颖精辟之论。如他在介绍蒲松龄的《聊斋志异》时,提到其中的一篇《罗刹海市》,一个落难书生因善写文章而娶了龙王的女儿。他认为这其中的内涵绝不仅仅在于才子佳人终成眷属的故事本身,而是传达了中国人一个重要的性格特征——自信。而中国人处处都表示出对这种自信的崇敬,比如唐玄奘到西方取经的史实,就被中国人在小说中用许多奇异的叙述把他塑造成英雄。②

第一位把毕生精力主要用于研究中国文学的俄罗斯汉学家是瓦西里耶夫的弟子瓦西里·米哈伊洛维奇·阿列克谢耶夫。阿列克谢耶夫在中

---

① B.瓦西里耶夫《中国文学史纲要》,圣彼得堡:斯塔修列维奇印刷所,1880年,第159页。
② B.瓦西里耶夫《中国文学史纲要》,圣彼得堡:斯塔修列维奇印刷所,1880年,第158页。

国古代诗歌、散文和诗论等方面的研究中都颇有成绩,古典小说研究主要致力于蒲松龄的《聊斋志异》。他一生共翻译了158篇《聊斋》故事,编有四部《聊斋》作品选集,即《狐魅》①(1922年)、《魔僧》②(1923年)、《异史》(1928年)和《异人故事》(1937年)。这些译作经译者的不断修改,精雕细刻,现在已成为俄国翻译中国古典小说的范本。以各种名义结集再版次数之多,在俄译中国古典小说中也堪称首位。

从阿列克谢耶夫发表第一部《聊斋》选译到20世纪40年代,俄罗斯汉学界对中国古典小说的翻译、介绍与研究尚居于草创阶段。这一时期近30年间俄国共出版中国古典小说俄译本7种,其中独占鳌头的是阿列克谢耶夫的4部《聊斋》选译。此外还有沃斯克列辛斯基(Дмитрий Николаевич Воскресенский,汉名华克生,1926—)译注的《儒林外史》(国家文学出版社,1927年版)、列文译自法文的《侠义风月传(好逑传)》(国家文学出版社,1927年版)和泽德巴姆译自德文的《二度梅》(莫斯科,联邦出版社,1929年版)。

50年代,中华人民共和国的成立和中苏两国当时的亲密关系,给俄罗斯的中国古典小说研究带来了空前的繁荣。从50年代初到60年代中期的十多年间,俄罗斯共出版和再版了中国古典小说俄译20多部。其中最重大的收获有帕纳秀克(Владимир Андреевич Панасюк,1924—1990)译的《三国演义》(两卷本,国家文学出版社1954年版)、《红楼梦》(两卷本,国家文学出版社,1958年版),罗加乔夫(Алексей Петрович Рогачев,1900—1981)译的《水浒传》(两卷本,国家文学出版社,1955年版,1959年再版),以及罗加乔夫与科洛科洛夫(Всеволод Сергеевич Колоколов,1896—1979)合译的《西游记》(四卷本,国家文学出版社,1959年版)。也就是说,四部最有代表性的中国古典长篇小说杰作的俄译,都完成于此时。此外,在此期间问世的中国古典小说俄译本还有费什曼、蒙泽列尔(Георгий Оскарович Монзелер,1900—1959)、齐别罗维奇(Изольда Эмильевна Циперович,1918—2000)译的《镜花缘》(科学院出版社,1959年版)、谢曼诺夫(Владимир Иванович Семанов,1933—2010)译的《老残

---

① 俄译名《Лисьи чары》。чары 意为"魔力、吸引力、诱惑力",故这里译作《狐魅》。
② 俄译名《Монахи-волшебники》,Монахи 是"僧人"(复数),Волшебники 是"魔法家、术士、巫者"。二者合成一词,意思是"僧人—魔法师",即"有魔法的僧人",所以这里译作《魔僧》。

游记》(国家文学出版社,1958年版)、《今古奇观》(选译本,齐别罗维奇译,科学院出版社,1954年版;两卷本,维尔古斯①、齐别洛维奇译,东方文献出版社,1962年版)、《孽海花》(谢曼诺夫译,国家文学出版社1960年版)、《说岳全传》(帕纳秀克译,国家文学出版社,1963年版),以及费什曼(Ольга Лазаревна Фишман,1919—1986)、古什科夫、左格拉夫、沃斯克列辛斯基等人翻译的唐代传奇、宋明话本、拟话本的选集等。总之,50—60年代的翻译热潮使大部分中国古典小说中的优秀作品有了较为完善的俄译,这就为俄罗斯汉学家深入研究中国古典小说打下了坚实的基础。

70年代以来,俄罗斯汉学家对中国古典小说的译介进一步扩展,出现了一些填补空白之作。如马努辛(Виктор Сергеевич Манухин,1926—1974)译的《金瓶梅》(两卷本,1977年)、费什曼译的《阅微草堂笔记》(1974年)、《新齐谐》(《子不语》)(1977年)、帕纳秀克译的《三侠五义》(1974年)、《三遂平妖传》(1983年)和戈雷金娜译的《浮生六记》(1979年)等。此外,李福清和李谢维奇等人译的《紫玉(中国一至六世纪小说集)》(1980年)、吉什科夫(Александр Александрович Тишков)译的《异怪故事(唐前传奇集)》(1977年)、巴甫洛夫斯卡娅(Людмила Кузьминична Павловская,1926—2002)译的《新编五代史平话》(1984年)以及沃斯克列辛斯基译的多种中国古代话本集,也是十分引人注目的作品。这些新译作的出现,使中国古典小说的全貌更为完整地展现在俄国读者面前。

60年代中期以后俄罗斯汉学家对中国古典小说的介绍与研究同50—60年代初相比,一个突出的特点是研究工作的大大加强。越来越多的汉学家从单纯的翻译和述而不评的介绍转向深入的研究,出现了一些在观点和方法上都颇为新颖独到的研究力作。这方面最早出现的专著是女汉学家О.Л.费什曼的《启蒙时期的中国长篇小说》(科学出版社,1966年版)。该书分析和论述了从《西游记》到《儒林外史》、《镜花缘》等一系列明清长篇小说。以后陆续问世的研究专著有热洛霍夫采夫(Алексей Николаевич Желоховцев,1933—)的《中国中世纪的城市小说——话本:起源和体裁

---

① 维尔古斯,Виктор Андреевич Вельгус(1922—1980),历史学副博士,自1960年至1978年任苏联科学院民族学研究所列宁格勒分所研究员。

的若干问题》(1969年)、李福清的《中国的讲史演义和民间文学传统——论三国故事的口头和书面异体》(1979年)、谢曼诺夫的《十八世纪末至二十世纪初中国章回小说的演变》(1970年)、李福清的《从神话到长篇小说:中国文学中人物形象的演变》(1979年)、戈雷金娜的《中国中世纪的短篇小说:体裁的起源及其演变(八至十四世纪)》(1980年)以及费什曼的又一部专著:《十七至十八世纪中国的三位短篇小说家:蒲松龄、纪昀、袁枚》(1980年)。

  单篇的研究论文在70年代以后更是大量涌现,仅据从1970年至1985年的统计,这期间俄罗斯汉学家共发表中国古典小说研究论文150多篇,涉及中国古代神话、六朝志怪(如《搜神记》等)、唐传奇(如《补江总白猿传》《柳毅传》《任氏传》等)、宋代话本、宋元平话(如《新编王代史平话》《大唐三藏取经诗话》《秦并六国平话》《三国志平话》等)、明代传奇(如《剪灯新话》)、拟话本(如《清平山堂话本》《三言》《二拍》等)、明代长篇小说(如《三国演义》《水浒传》《西游记》《封神演义》《金瓶梅》《三宝太监西洋记通俗演义》《隔帘花影》《三遂平妖传》《英烈传》等)、清代长篇小说(如《聊斋志异》《阅微草堂笔记》《新齐谐〈子不语〉》等)。可以说,中国古典小说的发展历程,在这些研究中已描出大致的轮廓。

  20世纪后期俄罗斯汉学家对中国古典小说的研究有两个值得注意的特点:一是他们并不完全追随中国学者的研究热点,而是能够另辟蹊径,选择一些即令中国本国也较少有人研究的题目来作为自己的课题(比如鲍列夫斯卡娅(Нина Ефимовна Боревская,1940—)对《三宝太监西洋记通俗演义》的研究,沃斯克列辛斯基对《金瓶梅》的续作《隔帘花影》的研究等等);二是在研究方法上,比之五六十年代的研究有了很大的更新。如果说俄罗斯汉学家对中国文学的研究基本上采用的是社会历史批评的方法,那么在他们近年来的研究中,尽管仍以这种方法为主,但已融入结构分析法、符号学、统计学、考据学、校勘学方法,以及系统论方法等等。其中经常采用的是比较方法。宏观的整体把握、系统的全面考察与微观的深入探索相结合,这就使他们的研究能时时见出新意。

第四节　古典文论研究

　　同古典文学研究相比,中国古代文论研究在俄苏汉学—文学研究中不能算是十分活跃的领域。但如果从1916年俄国新汉学的奠基人瓦·米·阿列克谢耶夫在彼得格勒出版的硕士学位论文《中国论诗人的长诗——司空图(837—908)〈诗品〉》算起,70多年来,经过几代汉学家的不懈努力,俄罗斯的中国古代文论研究还是取得了令人瞩目的成就,推出了一批有价值的研究成果,培养和造就了一批以此名家的专门人才。

　　对于外国学者来说,研究他国的学术文化,首要的、基础性的工作,是对原著的翻译介绍。在这方面,俄国汉学界取得了颇为可观的成绩。许多包含着丰富的文艺思想史料的中国古代典籍,如孔孟、老庄、荀子、韩非、《吕氏春秋》等先秦诸子的著作,在俄国都有较为完善的全译本或节译本问世。就专门的古代文论著作而言,在俄国也有了《乐记》(鲁宾译)、《典论·论文》《文赋》《诗品(司空图)》(均为阿列克谢耶夫译)等在翻译水平上堪称上乘的译作出版。这就为俄国汉学家研究中国古代文论创造了必要的前提。

　　在对中国古代文论的研究方面,首先必须提出的就是B.M.阿列克谢耶夫院士的开拓性的贡献。瓦西里·米哈伊洛维奇·阿列克谢耶夫是一位渊博的汉学家,他在1916年发表的论司空图《诗品》的专著,是一部划时代的著作。自此之后,对中国古代美学和文艺思想的研究,日益引起俄国汉学界的兴趣。40年代,阿列克谢耶夫发表了他的系列论文《诗品—画品—书品,诗人—画家—书法家,中国的三部曲》,同时完成了两篇对中国古代文论同西方文论进行比较研究的论文:《罗马人贺拉斯和中国人陆机论诗艺》与《法国人布瓦洛和他的中国同时代人论诗艺》。阿列克谢耶夫的这几篇论文,以其材料的丰赡、论证的严谨、观点的新颖,特别是研究方法的大胆创新,在俄罗斯汉学—文学研究史上留下了光辉的一页。

　　阿列克谢耶夫之后,俄罗斯的中国古代文论研究在李谢维奇、戈雷金娜、波兹德涅耶娃(Любовь Дмитриевна Позднеева,1908—1974)、沃斯克列辛斯基等汉学家的努力推动下,得到长足、稳健的发展。五六十年代,可以说是积累、酝酿时期。前面提到的许多中国古代典籍的翻译,大部分完成于此时。这些译著,从选材、题解到注释,特别是那些只选了片段而需要在注解中综述原作内容的译品,都凝结着译者的心血。所以它们不仅仅是翻译,同时也是研究成果。这一时期也发表了为数不多的一些中国古代、近代文艺理论的研究论文,主要有李谢维奇的《中国古代文学思想史片断》(1962年)、戈雷金娜的《林纾的美学观》(1964年)、《二十世纪初中国文艺美学思想史(王国维和鲁迅)》(1965年)、《十九世纪和二十世纪初中国文艺理论的基本倾向》(1966年)和克利夫佐夫(B.A.Кривцов,1921—1985)的《王充的美学观点》(1961年)等。

  70年代以来,俄罗斯的中国古代文论研究渐趋活跃。仅据1970至1985年15年间的统计,俄罗斯汉学家共发表中国古代文论研究论文和专著约40多篇(部),其中比较重要的专著和论文有:К.И.戈雷金娜的《十九世纪至二十世纪初的中国美文学理论》(专著,莫斯科,1971年)、B.A.克利夫佐夫的《论刘勰的美学观问题》(论文,载《远东问题》杂志,1978年第1期)、Д.Н.沃斯克列辛斯基(华克生)的《艺术虚构的概念及其在早期"俗小说"理论中的地位》(《中国十六至十七世纪美学思想史》片断),(载《远东文学研究的理论问题》,1978年)、И.С.李谢维奇的《古代和中世纪之交的中国文学思想》(专著,莫斯科,1979年)、А.Д.波兹德涅耶娃的《论三至六世纪的中国诗论及其哲学基础》(论文,载《莫斯科大学学报》1971年第14集)、С.А.谢罗娃(Светлана Андреевна Серова,汉名谢雪兰,1933—)的《黄幡绰的〈明心鉴〉和中国古典戏剧美学》(专著,莫斯科,1979年)等。这些论著所涉及的问题相当广泛,像中国古代文学理论批评中的一些重要派别、重要作家和理论家的文学观点、重要的理论命题或概念范畴以及重要的文论著作,如《诗大序》、曹丕《典论·论文》、陆机《文赋》、刘勰《文心雕龙》、钟嵘《诗品》、司空图《二十四诗品》、王士禛《渔洋诗话》、王国维《人间词话》等,都有人作了专门的研究。时间跨度上起先秦,下至清末;研究的角度则包括总体研究、专题研究、对个别作家作品的单项研究,以及比较研究等等。其中苏联科学院东方学研究所研究员伊戈尔·萨莫依洛维奇·李谢维奇在1979年出版的专著《古代与中世纪之交的中国文学思想》,可以说是近20年来俄罗斯汉学家研究中国古代文论的具有代表性的杰出成果。尽管在这些研究中还存有不少断带或许多空白,有些研究也还有待深入和完善,但俄罗斯汉学家的中国古代文论研究毕竟具备了一定的规模,形成了一定的序列,这就为未来研究的深入打下了坚实的基础。

第二章
两大民族心灵的沟通
——俄苏对中国古典诗歌的接受与研究

第一节 矗立在中国文学源头的两大艺术丰碑
——《诗经》与《楚辞》

中国文学的两大源头——《诗经》和《楚辞》,是古代中国人民奉献给世界文化宝库的两座具有"永久的魅力"的艺术丰碑。对它们的研究,历来受到俄国汉学家的高度重视。

俄罗斯汉学家研究《诗经》的最早论著是 В.П.瓦西里耶夫院士1882年在圣彼得堡出版的《〈诗经〉译注——瓦西里耶夫教授〈中国文选〉第三册注解》,其中选录了不少《诗经》的译诗。瓦西里耶夫是西方汉学家中抛开传统注释,将《诗经》看作是人民创作(特别是其中的《国风》)的第一人。他认为《诗经》是"中国精神全部发展的基础",选译了《诗经》中大量抒发情感、反映社会现实的诗歌,将其归纳为"婚礼之歌""爱情之歌""嘲讽之歌""抒情之歌(原文作'阿那克里翁①'之歌)""哀怨之歌""官吏公事之歌""谋生之歌"等等,分类介绍并加以注释。他还着重分析了《诗经》的艺术魅力,指出:"从纯粹全人类的角度看,《诗经》具有多么高级的价值。在相距我们如此遥远的年代,即便认可是在孔子时代,其他民族有哪个能如

---

① 阿那克里翁(英文 Anacreon 又作 Anakreon,约公元前570—约公元前480),希腊亚洲部分最后一位伟大的抒情诗人。其诗作现仅存片断,虽然他很可能写过严肃的诗篇,但后人主要引用他歌颂爱情、美酒和狂欢的诗句,称之为"阿那克里翁诗体"。

此生动而鲜明地表现日常情感和这个被称作'粗鄙村夫'①的民族在其日常生活中所经受的一切呢?"②

  苏联时期,B.M.阿列克谢耶夫院士在研究和普及《诗经》方面做了大量的工作。他于1948年4月在列宁格勒大学(今圣彼得堡国立大学)东方系中国语文学教研室的一次学术讨论会上作了题为《用俄文翻译中国古代经书〈诗经〉的前提条件》的报告③,对《诗经》的俄译工作,提出了原则性的指导意见。他在概略回顾了《诗经》俄译的历史之后,指出当时比较好的译本有以下五方面优点,即:

  (1)总体意旨上忠于原文;

  (2)采用俄国古诗的韵律;

  (3)照顾俄国一般读者的欣赏习惯,不使其充满过于艰深晦涩的异国情调;

  (4)避免一般欧洲人所希望的那种肤浅的民俗学阐释,不把诗歌翻译成表达浅薄爱情、性欲的东西,而是保持趣味与情感的高雅;

  (5)不在译文中掺杂过多的专业化的汉学研究,而把这些东西放到注解和附录说明中去,以保证译文的完整性。④

  从以上各点不难看出,阿列克谢耶夫对于《诗经》俄译的基本主张,是力求保持原作作为文学作品的艺术完整性,同时采取适合俄国读者欣赏习惯的表达形式,使一般读者能凭自己在本民族艺术土壤上形成的审美感觉,品味到原作的审美意蕴,获得美感享受。而不是用简单的文字对译方法,把原作变成支离破碎的、只有具备专门的汉学知识的人才能理解的、枯燥陌生的东方学文献材料。这一基本主张在阿列克谢耶夫以及他的学生们日后对中国诗歌的翻译中,得到坚持和发扬,成为俄苏汉学家翻译中国古典诗歌的一个特点。

  阿列克谢耶夫在报告中还对以后《诗经》及其他中国古典诗歌的翻译工作,提出了十点设想,或者说十个有待进一步努力去实现的目标。如根

---

  ① 原文为"сермяжная братия",直译是:"粗衣伙伴"。"сермяжный"是"сермяга"的形容词,指家庭手工编织的本色粗呢,为俄国旧时贫苦农民外衣的材料。故这里转义译为"粗鄙村夫"。

  ② B.瓦西里耶夫:《中国文学史纲要》,圣彼得堡1880年版,第33页。

  ③ 该报告内容摘要载《苏联科学院公报》,文学与语言部分,(Известия АН СССР. Отделение литературы и языка)1948年第7卷,第三分册。

  ④ 此处系据原文意译,参阅上书第271页。

据中国诗歌的不同内容选用不同的俄国诗歌格律;努力传达中国诗歌原有的格律特点;探索如何准确传达中国诗歌通过简洁的表意文字表达的情景的丰厚意蕴;如何通过译文反映出原文的节奏等等。阿列克谢耶夫本人在其后的翻译实践中,努力就这十点目标做了探索与试验。这十点目标的提出,也对其他俄罗斯汉学家翻译中国古典诗歌的工作,产生了重大影响。

在阿列克谢耶夫有关中国文学的许多论著中,都对《诗经》发表过不少有价值的见解。总起来说,阿列克谢耶夫的《诗经》研究超过其前辈的地方,是他特别强调《诗经》巨大的艺术价值,认为《诗经》表现出原始的直率与天真。

十月革命后出版的《诗经》单篇译文有奥列宁译《中国诗人的〈诗经〉选·压迫》(载《银幕》,1925年的45期);波兹德涅耶娃译《七月》《硕鼠》(载《世界古代史文选》,1956年)和波兹德涅耶娃、斯特拉塔诺维奇译的《七月》等14首(载《东方古代史文选》,1963年)。

1957年,苏联科学院东方学研究所中国文学研究室研究员 A.A.什图金(Алексей Александрович Штукин,1904—1963)完成了对《诗经》的俄文全译(《诗经》,科学出版社1957年版)。这个译本不但是《诗经》的第一部俄文全译本,而且用著名汉学家费德林的话来说,也是"第一流的译作"。① 同年还出版了由 Н. И.康拉德(Николай Иосифович Конрад,1891—1970)院士作序的、同一位译者译的缩编本《〈诗经〉选译》(国家文学出版社出版)。在这个版本的序言和译者后记中,论述了翻译中国古代诗歌作品的一些原则。

1958年,苏联科学院通讯院士 H.T.费多连科(汉名费德林)在莫斯科出版了他的学术专著《〈诗经〉及其在中国文学中的地位》。这是世界上第一部由中国以外的学者撰写的研究《诗经》的专著。全书共166页,除"前言"和"结束语"外,分为6章,第一章论述了《诗经》的起源,第二至五章分别介绍《风》《小雅》《大雅》和《颂》,第六章论"《诗经》的诗学和中国诗歌传统"。书末"附录"有对《诗经》四个部分的简要介绍,并附有详细的中文《诗经》目录。

---

① 费德林《〈诗经〉及其在中国文学中的地位》,莫斯科:东方文学出版社,1958年,第29页 Ши Цзин и его место в китайской литературе.Москва: ИВЛ,1958.

费德林指出："《诗经》是表现在诗歌语言中的中国人民的精神。就《诗经》本身的认识价值和艺术成就来说,它可以与《伊利亚特》和《奥德赛》、《罗摩衍那》和《摩诃婆罗多》、《伊戈尔远征记》等世界文学名著并列。"①

费德林从现实主义的文艺批评观出发,把作品与时代、社会紧密联系起来进行考察,从而高度评价了《诗经》的巨大认识价值。他指出:"《诗经》所揭示的中国人民的古代历史,也许要比许多描写中国古代的历史著作、民族学著作以及其他著作都要充分和深刻得多。"同时,他又指出,由于《诗经》内容的丰富性及其反映生活的多面性,使得《诗经》这部古代典籍具有多方面的研究价值。从历史学角度看,可以把它看作是一部内容丰富的历史资料,从中可以了解中国古代的社会制度、社会关系、民俗风情以及西周时代物质文明的发展情况;从哲学角度看,它又是一部儒家经典,从历代对它的大量注疏材料中,可以看出儒家内部各派的斗争以及儒家思想的演变;而从语言学角度看,又可以把它看作是古老的汉语典籍,用它所提供的珍贵材料可以研究古代语音、古汉语的历史及其演变。②

费德林还特别注意分析《诗经》的艺术特色。他在专著中对《诗经》的体裁和艺术风格作了详尽的分析,并论述了它与民间口头创作,如民歌、民谣、故事、谚语、传说、格言、寓言等的关系。在论述《风》《雅》《颂》的艺术特点时,费德林用了很大篇幅介绍古诗的韵律和词汇特色,表现了他深厚的汉学功底。通过对《诗经》艺术特色的分析,作者以赞美的口吻写道:"《诗经》首先无可争辩地向我们证实:从西周(公元前1122—前770年)初年至'春秋'(公元前772年—前481年)中叶这段时期内,中国人的民间口头文学创作,已经具备了高度艺术的诗歌形式,而且充满了正义和人道主义思想、尖锐的冲突和深刻的社会主题。"③作者在专著末尾的结束语中指出,《诗经》是"以后三千年中国文学史中现实主义的最初阶段,是中国文学优良传统的开端。"④

在《楚辞》研究方面,屈原作品被译成俄文的已有近十种。如《卜居》、

---

① 费德林《〈诗经〉及其在中国文学中的地位》,莫斯科:东方文学出版社,1958年,第39页。
② 同上书,第142—144页。
③ 同上书,第144页。
④ 同上书,第145页。

《渔父》(阿列克谢耶夫译,载《星火》杂志,1953年第24期,又载《中国古典散文》,莫斯科1959年版)、《哀郢》(艾德林译,载《新世界》,1954年第4期)、《九歌》《九章》(吉托维奇译,载《中国朝鲜诗歌选》,1958年)和《湘夫人》(同上译者译,载《列宁格勒文艺作品选集》第6册,1953年)等。入选篇目最多而且比较流行的译本是1954年出版的《屈原诗集》(该书于1956年经修订扩充后再版)。其中选译了《离骚》《九歌》《天问》《九章》《卜居》《渔父》和《招魂》,共七篇作品,并附有相应的注释,以及译自《史记》的《屈原传》。译注者有阿列克谢耶夫、古托维奇、艾德林和费德林等。宋玉作品被译成俄文的有《对楚王问》《风赋》《高唐赋》《神女赋》和《登徒子好色赋》5篇,载入阿列克谢耶夫主编的《中国古典诗歌》一书,1959年出版。

俄罗斯汉学家中第一个开始对楚辞进行研究的是B.M.阿列克谢耶夫院士,他的工作主要集中在翻译和注释方面。1943年,阿列克谢耶夫的研究生费德林以研究屈原的论文获得博士学位,其论文题目是:《屈原的生活与创作研究》。这篇论文后来被译成中文,分别于1944年和1946年发表在中国的《中原》和《中国学术》杂志上。从那以后,费德林发表了一系列屈原研究论文,并主持编纂《屈原诗集》,成为俄国汉学家中研究屈原问题的权威人士。在1954年出版的《屈原诗集》一书的序言中,费德林高度肯定了屈原创作的爱国主义性质和人道精神,强调指出了屈原对善与正义的力量必胜的信心以及他在民族文化史中的作用。费德林还对中国清末学者廖平和后来的胡适等人认为屈原作品是后人伪作、甚至否定屈原本人的存在的观点进行了反驳。他在1958年写的《屈原问题》(载《苏联汉学》1958年第2期),以及80年代写的《屈原:存在与著作权的可信性》(载《远东问题》1983年第3期)、《屈原:假说与无可争论的事实》(载《远东问题》1983年第4期)等文章中,以对现有材料的详细分析,论证了屈原个人的真实存在和他创作作品的确实性。

1986年,莫斯科科学出版社出版了费德林的专著:《屈原:创作渊源与问题》。该书分两大部分,共四章12节。第一部分"源头",第一章"论中国神话",下分四节:"中国神话的主题特点""世界与生命在大地上的起源""中国神话的文明英雄""神话中的国土主题"。第二章《诗经》,分四节:"《国风》""《雅》"与"《颂》""《诗经》的诗学""《诗经》的音乐观"。第二部分"诗人",分两章,第一章"屈原的生平";第二章"(文学)遗产的问题",下分四节:"《离骚》""《天问》""《招魂》"和其他作品。附录收有俄罗斯著名女诗人安娜·阿赫玛托娃译的《离骚》。

  作者在前言中指出:"每个民族、每一民族的人民,都在这样或那样的程度上,为全人类艺术珍品宝库带来自己的贡献。"而"屈原的创作正属于这样的具有世界历史意义的文化现象"。① 他回顾了自己了解屈原并产生研究兴趣的过程。他说,他第一次听到屈原的名字是在 30 年代末,在 B. M.阿列克谢耶夫院士举办的研究生班里。当时阿列克谢耶夫给了屈原以极高的评价。费德林写道:"……B.M.阿列克谢耶夫强调了屈原创作对于全部中国诗歌的奠基意义,而我无限感谢自己卓越的导师,是他为我打开了通向伟大的中国诗人世界的大门。"②

  以后,费德林作为当时苏联派驻中国的外交官,来到中国抗战期间的临时首都重庆。在那里,他结识了许多中国文化名人,特别是与郭沫若建立了密切的联系。作者写道:"正是在中国,通过研究屈原的遗产,使我更好地明白了,《诗经》和《楚辞》这两部互相联系的文献,对于研究是最重要的著作。"③他说:"同中国的历史学家和文学家们在一起,我逐渐理解了,人的勇气——崇高和善良的品质。正是这种在命运打击和灾难时刻经常表现出来的强有力的勇气,使屈原这位诗人和爱国者本人,能够在经历惨痛遭遇的时候,还为捍卫自己的祖国和人民而大声疾呼。"④

  通过研究,费德林认为,"中国神话和《诗经》是屈原创作的两个主要源头"。⑤ 因此他这部专著从讨论中国神话和《诗经》入手,分析了屈原创作的渊源和他本人作品的思想和艺术特色。

  除费德林外,俄罗斯汉学家中还有 Л.З.艾德林、Е.А.谢列布里亚科夫等人对屈原创作进行过研究。艾德林在 1953 年发表论文《中国的人民诗人屈原》(载《东方研究所简报》,1953 年第 9 卷),文中论述了屈

---

① 费德林《屈原:创作渊源与问题》,莫斯科:科学出版社,1986 年,第 3 页。Цюй Юань: Истоки и проблемы творчества.- Москва: Издательство 《Наука》, ГРВЛ, 1986.
② 同上书,第 5 页。
③ 同上书,第 6 页。
④ 同上书,第 7 页。
⑤ 同上书,第 18 页。

原诗歌的人民性和革新创造,并附有作者本人对屈原作品的译文。谢列布里亚科夫的论文《论屈原和楚辞》(《古代中国文学》,莫斯科1969年版),对《离骚》和屈原其他作品的艺术特点和形象体系进行了分析。

1994年,圣彼得堡"东方学中心"出版了女汉学家 M.E.克拉芙佐娃的学术专著:《古代中国诗歌:文化逻辑分析的尝试》。该书在对《诗经》《楚辞》多年深入研究的基础上,从文化人类学角度探讨了中国诗歌发展的起源和中国诗学传统的形成。全书理论部分分为上下两编。上编"诗歌与文化:从古代中国的人类文化情境角度看中国诗学传统的形成",分为四章,分别论述了"古代中国的书面诗歌文献""古代中国的民族起源问题""古代中国中央区域的文化"和"古代中国南方区域的文化:楚国的宗教传统"。下编"古代中国的诗歌创作:起源、进化道路和社会意义功能",分三章,论述了"在中国古代遗迹中的诗歌创作""在儒家传统中的诗歌创作"和"古代中国南部的诗歌传统"。作者在本书序言中指出,现有的许多汉学—文艺学研究著作大多"局限于研究诗人的生平、文学创作史,对它们的思想和艺术特点给予叙述,和对作品做出带有与中国传统注释相应的注释的翻译"。[①] 并且很多研究者把中国文学现象看成具有独立的性质,从而"引起整个文学过程的虚假的非连续性"。[②] 针对这种情况,作者提出了对文学作品进行文化逻辑分析的基本原则和任务,即"要求注意最广泛的历史文化范围的事实"[③],把诗歌同"产生它的地区的一切精神生活"联系起来。[④]

克拉芙佐娃的这部新著,比之以往俄苏汉学—文学研究惯用的社会政治视角,有不少创新之见,从中可见近年来俄罗斯汉学研究的新动向和新水平。

---

① M.E.克拉芙佐娃《古代中国诗歌:文化逻辑分析的尝试》,圣彼得堡:"东方学中心",1994年,第12页。Кравцова М. Б. Поэзия Древнего Китая: Опыт культурологического анализа. Антология художественных переводов.-СПб.: Центр 《Петербургское Востоковедение》, 1994.
② 同上书,第12页。
③ 同上书,第13页。
④ 同上。

第二节　民间创作与中国诗美

俄罗斯民族悠久的现实主义文学传统,以及俄苏文学理论对文学人民性问题的一贯强调,造成俄苏汉学家在研究中国古代诗歌时特别注重民间文学传统的特定视点。这尤其表现在他们对汉魏六朝乐府与文人拟乐府诗歌的研究上。

俄苏汉学家中第一个对中国汉代乐府诗进行翻译和研究的是列宁格勒大学教授 Ю. К. 舒茨基(Юлиан Константинович Щуцкий, 1897—1938)。他于 1935 年翻译了《孔雀东南飞》,译作题为《古诗为焦仲卿妻作(中国三世纪的长诗)》,收入康拉德主编的《东方:中国与日本文学》(莫斯科—列宁格勒,1935 年版)。他在为这首诗写的说明中特别指出"这是一部民间的创作"。

1957 年,苏联国家文学出版社出版了由郭沫若和费德林主编的《中国诗歌选集》第一卷。其中收录了约 20 首汉乐府诗,主要有:《有所思,乃在大海南》《孤儿行》《上山采蘼芜》《迢迢牵牛星》《饮马长城窟》《陌上桑》《十五从军征》《青青陵上柏》《东门行》《病妇行》《董娇娆》《孔雀东南飞》《驱车上东门》《悲愤诗》《客从远方来》等。

在汉乐府译介与研究方面做过大量工作的有科学院东方学研究所研究员 Б.Б. 瓦赫京(Борис Борисович Вахтин, 1930—1981),他于 1959 年以论文《汉代及南北朝乐府——中国诗歌的典籍》获语文学副博士学位。在此之前写有论文《乐府的起源》(载《苏联汉学》,1958 年第 3 期),论述了中国古代乐府机构的起源与活动问题。他的论文《论〈平陵东〉歌》(载《远东》,莫斯科 1961 年版)、《汉代民间文学》(载《古代中国文学》,莫斯科 1969 年版)等,论述了民歌与民间仪式的联系问题。1974 年,瓦赫京通过对《玉台新咏》的研究,发表论文《中国中世纪文学中的人与自然》(载《远东文学研究的理论问题》,莫斯科 1974 年)。此外,他还在 1959 年编辑出版了《乐府,古代中国民歌选》,书中附有序言和注释。这本书中的一些优秀译作后来又再版于 1969 年,改名为《乐府,中世纪中国抒情诗选》。

在乐府诗歌研究方面下力较多的还有东方学研究所研究员李谢维奇。他在这方面的论文主要有:《乐府及其在中国文学史中的地位》(《世界文化史通报》,1961 年第 4 期)、《古代中国的民间格言与诗歌》(《中国语文学问题》,莫斯科 1963 年)、《论古代中国民歌与诗歌的相互关系问题》(《纪念康拉德院士 70 寿辰文集——历史语言学研究》,莫斯科 1961 年)等。他的副博士学位论文题为《中国古代诗歌与民歌的联系(公元前三世纪末至公元三世纪初民间的和文学中的乐府)》,1965 年答辩通过。李谢维奇这些论文研究的大多是前人没有涉及过的乐府中的单篇作品。

1969 年,李谢维奇出版了他在中国古代诗歌研究方面的总结性的专著:《古代中国的诗歌与民歌》(莫斯科,科学出版社出版)。该书分三章,分别论述了"公元前三世纪末至公元三世纪初的民歌创作""文人乐府的兴起与发展"和"乐府诗的艺术形式"问题。作者在本书引言中指出:"以曹植和陶渊明、杜甫和李白、白居易和元稹的创作为代表的中国古代诗歌,以其描写的细腻、词汇的丰富及形象的奇妙而令人惊叹。"而中国诗歌的这种美往往来自于民间创作。因此,"为了更好地了解中国诗歌,应该试图全面、具体地研究这些联系"。①

在论汉代文人乐府的兴起与发展的第二章中,李谢维奇提出"汉代合唱歌曲《今有人》是对屈原《山鬼》的加工"②的观点。他指出,中国学者中"只有萧涤非在他的《乐府诗》(按:即萧涤非的《汉魏六朝乐府诗》)中注意到这两篇作品惊人相似的事实。可是他分析的目的是在于证明五言诗产生于《楚辞》。他没有注意到,在它们之前,已经很有趣地证明了古代中国集体与个人创作的紧密联系"。③ 李谢维奇认为屈原的《山鬼》也是来自于民间,所以从《山鬼》到《今有人》都体现了文人创作与民间创作的紧密联系。在"文人乐府的形成"一节里,作者指出:"对民间歌曲的加工和模仿,在古代中国乐府机构和文人乐府体裁形成之前很久就出现了,屈原、宋玉和其他楚国诗人的尝试走在汉代文人乐府使用民歌材料之前。"④

在指出文人乐府与民歌联系的基础上,李谢维奇进一步论述了它们之间存在的区别。他说:"这种区别首先是在体裁结构上。"尽管在文人乐府和民歌中都既有抒情作品,也有叙事作品,"但在文人诗中抒情作品明显占

---

① 李谢维奇《古代中国的诗歌与民歌》,莫斯科:科学出版社,1969 年,第 3 页。Лисевич И.С.Древнекитайская поэзия и народная песня.М:изд.Наука, 1969.
② 同上书,第 83 页。
③ 同上书,第 84 页。
④ 同上书,第 87 页。

优势,这特别表现在汉末(建安之前)"。① 此外,上述两种诗歌在性质上的区别还表现在反抗的强度上。他以汉乐府诗《东门行》《平陵东》同曹植的乐府诗对比来说明这个问题。李谢维奇指出:"在民歌中,冲突是按现实方法来解决的。在其中回响着积极的反抗,呼唤用暴力来回答暴力。"他说:"汉代诗人在自己的创作中利用《平陵东》诗的仅曹植一人。可是在他那里,民间作品的主题得到了完全独特的解释。在民歌中,贪婪的官吏抢光了主人公,而到了绝望地步的他,要卖掉最后的小牛犊,以便给自己买把剑,在这个不公平的世界上,不幸的人只有依靠它了。(按:李谢维奇此处所述是据瓦赫京著《论〈平陵东〉诗》)但在曹植就这个情节写的诗中,是另一种情况,它叙述的是游仙:在那里,主人公乘着带翼的龙飞翔,他想去尝一尝神奇的灵芝,以便得到长生,成为与仙人相同的人。"② 就此,李谢维奇得出自己的结论说:"在曹植那里反抗是消极的,他努力追求离开这个罪恶的世界,在那里他看不到任何的改善。"③

建安诗人中最受俄国汉学家重视的是曹植,他的诗作翻译较多,也有不少研究论著。其他诗人如曹操、曹丕、蔡琰、王粲、陈琳等,也有零星的译介。

曹植作品最流行的俄译选本是《七哀——曹植诗集》,切尔卡斯基译,1962年出版,1973年经扩充后再版。其他译作还有:叶戈里耶夫和马尔科夫译《美女篇》(载《中国之笛》,1914年版);吉托维奇译《薤露篇》《七步诗》《泰山梁甫行》《赠白马王彪》等(载《中国古代抒情诗集》,1962年版);阿达里斯译《洛神赋》《弃妇诗》,茹拉甫列娃译《野田黄雀行》《怨歌行》等(载《中国古代诗集》,1957年版)。

研究曹植诗歌的专家是科学院东方学研究所研究员 Л.Е.切尔卡斯基 (Леонид Евсеевич Черкасский,1925—2003)。他于1962年以论文《曹植的诗》获语文学副博士学位。1963年该文作为专著出版。切尔卡斯基研究曹植的其他论文还有《曹植的政治观与文学观》(载《中国、日本,历史语文学研究——纪念康拉德院士70周年诞辰文集》,莫斯科,1961年)、《罗

---

① 李谢维奇《古代中国的诗歌与民歌》,莫斯科:科学出版社,1969年,第154页。
② 同上书,第161页。笔者按:宋郭茂倩《乐府诗集》第28卷"相和歌辞"三载曹植《平陵东》:"阊阖开,天衢通,披我羽衣乘飞龙。乘飞龙,与仙期,东上蓬莱采灵芝。灵芝采之可服食,年若王父无终极。"
③ 同上书,第163页。

马的流放者与魏朝的漂泊者,奥维德·拿索与曹植》(载《历史语文学研究——纪念康拉德院士75周年诞辰文集》,莫斯科,1969年)和《曹植诗歌中的人》(载《曹植,七哀》,莫斯科,1973年版)等。

切尔卡斯基在《曹植的诗》一开头就表明他写作本书的目标是:"展示曹植诗歌同形成诗人创作道路的民间诗歌的有机联系,他的诗歌的创新性质,它们的美学价值,以及还要确定曹植在中国文学史中的地位。"① 他指出:"曹植的诗是中国古典诗歌杰出的一页。"曹植当时的诗歌在艺术上的特点是"从叙事向抒情转变,五言诗形成和在民歌基础上的诗歌体裁——乐府的建立"。而在思想内容上,当时"诗歌的特点则是高度的人道主义,热烈、激昂。对现实现象的批判态度,对国家命运的关心,是它不可分割的特点。而这些特点特别充分和深刻地在这个时代最卓越的诗人曹植的创作中表现出来"。②

《曹植的诗》一书共分四章:第一章"建安文学",介绍了从汉末建安时代开始至公元二三世纪的中国文学状况,指出建安文学在中国诗歌史上的巨大作用。文中肯定了曹丕《典论·论文》在中国文学史上的贡献,并详细讨论了"建安风骨"问题。作者在这里把"风骨"译成"风格"(Стиль),并指出,中国人所谓"建安风力"与"建安风骨",其"意思是一样的"③。他采用阿列克谢耶夫的译法,把"骨"译成"Остов"(骨架)。他认为,"风"的意思是"诗歌作品的精神";而"骨""应被理解为诗的结构、构造"。④ 切尔卡斯基指出:"'建安风骨'这个词首先指的是建安诗歌的浪漫主义精神,是受一系列原则所制约的特点的发展与形成。"⑤

第二章"诗人的生平",讨论了曹植的生平思想与文学观。作者指出,曹植一方面"认为文学是值得崇敬的事业,……文学的特点是使人英名不朽";而另一方面,他"自己所幻想的要把自己一生献给的却不是文学,而是军事和政治活动"。⑥ 切尔卡斯基指出,曹植很推崇民间文学,他"要求以严肃的态度对待文学著作,在诗歌方面细致工作。他特别注意在诗作中

---

① 切尔卡斯基《曹植的诗》,莫斯科:东方文学出版社,1963年,第3页。Черкасский Л.Е. Поэзия Цао Чжи.М:ИВЛ, 1963.
② 同上书,第3页。
③ 同上书,第23页。
④ 同上。
⑤ 切尔卡斯基《曹植的诗》,莫斯科:东方文学出版社,1963年,第25页。
⑥ 同上书,第45页。

表现出真实、真诚和思想与情感的激昂"。① 作者对"中国的文学史家们高度评价曹丕的批评观,但对他弟弟的观点却带有轻视"表示了某种程度的不满。他认为,曹丕固然是中国文学思想发展史上的一个重要人物,"但不能断言,曹丕和曹植的观点有着尖锐的不同"。② 他总结说:"曹植高度评价了文学,正确理解它的社会功能,……文学体裁的特点与个性,文学批评的重要性,以及在艺术语言方面细致工作的必要性。"③

第三章"曹植的诗歌遗产",是对曹植诗歌作品的系统介绍。第四章"民歌与曹植",论述了诗人所受到的《诗经》、乐府和古诗的影响,以及中国诗歌如何从四言诗逐步过渡到五言诗。在介绍曹植拟乐府诗的第三节里,作者分析了曹植所作与乐府诗同题的《平陵东》。他说:"在诗人(按:指曹植)那里,坟墓引出了另外的意思,死亡使他联想到永生、天国之门和飞龙、仙人的国土——蓬莱,在那里他采摘有魔力的草——灵芝,并像东君一样,成为不朽的人。"④

切尔卡斯基在自己专著的结束语中说:"曹植生活和创作在 17 个世纪之前,但他的诗直到今天也没有失去其美妙。在中国人民的古代遗产中,它们占有显著的位置。曹植的诗以其真诚、真实和对人类的爱,为今天的读者所珍视。诗人的名字已被列入中国诗歌真、善、美的优秀代表之中。"⑤

第三节 探索中国诗歌"黄金时代"的丰厚宝藏

对中国古代诗歌的"黄金时代"——唐代诗歌的研究,是俄苏汉学家研究中国文学的一个热点,涉及的范围最广、成果也最为丰硕。第一位在唐诗研究方面做出贡献的是 В.М.阿列克谢耶夫院士。他在 1916 年出版的专著《中国论诗人的长诗——司空图的〈诗品〉》(彼得格勒,1916 年版)在俄苏汉学—文学研究中具有里程碑式的意义。司空图《诗品》是一篇诗学理论著作,同时又是一组精妙绝伦的组诗,对它的翻译和研究,显示了作

---

① 切尔卡斯基《曹植的诗》,莫斯科:东方文学出版社,1963 年,第 46 页。
② 同上书,第 48 页。
③ 同上书,第 49 页。
④ 同上书,第 110 页。曹植诗见 296 页注①。
⑤ 同上书,第 147 页。

者深厚的汉学功底。

除司空图以外，阿列克谢耶夫院士还注意研究其他唐代诗人，其中最著名的是对李白诗歌的翻译、介绍和研究。他翻译、介绍李白诗歌的译作有：《古代》(1923年)、《四行诗(按：即绝句)选》(1925年)等。这些译诗，以其翻译的准确和高度的艺术性而著称于世。阿列克谢耶夫通过对李白诗歌的翻译，第一个向俄国读者展示了李白在中国诗歌中的革新作用。

经过阿列克谢耶夫以及他的学生 Ю.舒茨基和 Б.瓦西里耶夫(Б. А. Васильев,汉名王希礼,1899—1946)等人的开拓性的工作，俄国读者在二三十年代就已初步认识了中国唐代诗歌巨匠，如李白、杜甫、王维、白居易、孟浩然等人的作品，了解了这些诗人生活与创作的一般情况，并且有了体现这些诗人创作特色的，既保持原作风采又有高度艺术性的，一些代表性作品的译诗。

40年代，一批当时年轻的俄国汉学家相继完成了以唐代诗人为研究课题的学位论文，如 Л.З.艾德林的《白居易的四行诗》(1942年); Л.Д.波兹德涅耶娃的《元稹的〈莺莺传〉》(1946年); О.Л.费什曼的《欧洲对李白的学术研究》(1946年)等。这以后，开始有不少研究唐代诗人及其创作的论著问世。

1949年，苏联国家文学出版社出版了艾德林的译作《白居易绝句集》(1951年再版)。这本书经过不断扩充，曾多次再版。到1965年改名为《白居易抒情诗集》再版时，共收入了白居易的122篇作品，其中包括《秦中吟》《新乐府》《绝句》《杂诗》和两首长诗——《长恨歌》与《琵琶行》。在《白居易绝句集》一书中，艾德林第一个采用了由他本人提出的翻译中国古代诗歌的原则：抛开原作韵脚的束缚，但同时使节奏和词汇最大限度地接近原文。在这本书的序言里，译者概括地介绍了诗人白居易的文学生涯，肯定了白诗的人民性和社会意义，并拿白居易与杜甫的创作进行对比，指出白居易以其诗歌的明了与朴素开创了唐诗发展的新阶段。

1956年，苏联国家文学出版社出版了由吉托维奇(Александр Ильич Гитович, 1909—1966)翻译、Б. И. 潘克拉托夫(Борис Иванович Панкратов, 1892—1979)作序的《李白抒情诗选》(1957年再版)。1958年，苏联科学院东方学研究所列宁格勒分所研究员女汉学家 О.Л.费什曼发表了她研究李白的专著：《李白：生活与创作》。这是一本普及性的小册子,仅有 50 页左右,但它是苏联第一本全面评价李白的读物。作者在书中对李白的生平及其诗歌创作,作了较为全面的介绍。费什曼特别强调了李白诗歌创作中爱好自由的主题。她指出,在李白那里如同在其他中国诗人那里一样,虚构是对他的理想所不能容忍的现实的修正。李白诗歌中酒的主题和对畸形人的颂扬,是对充斥于他周围的不合理现实的独特的抗议。站在这个立场上来看待李白的道家隐居思想,作者认为这是对儒家的束缚个性的反抗。总的来说,费什曼认为李白的诗歌是现实主义的,反映了他当时的"时代生活和人民的愿望",而他的语言则是朴素的,并接近于当时的口语。

1958 在苏联还有另一部论述唐代诗人的专著问世,那就是列宁格勒大学东方系教授 E. A. 谢列布里亚科夫(Евгений Александрович Серебряков,1928—2013)的《杜甫评传》。

对于中国文学史上这位伟大的现实主义诗人,俄国汉学家很早就产生了研究的兴趣。早在 1920 年,阿列克谢耶夫院士就提出过一个庞大的翻译中国作家优秀作品的计划,其中包括"全中国都敬重的伟大杜甫的诗"①。这以后,俄国汉学家翻译了许多杜甫的诗歌作品。零散的译作不算,比较集中的有 1955 年出版的《杜甫诗选》(吉托维奇译)和 1960 年出版的《唐朝三位诗人:李白、王维、杜甫》(吉托维奇主编,莫斯科东方文学出版社出版)。俄罗斯著名女诗人阿赫玛托娃也翻译过一些杜甫的诗,1967 年出版了由她翻译的《杜甫抒情诗集》。

谢列布里亚科夫的汉学研究的重点是宋代诗词,但他早期的研究工作却是从杜甫研究起步的。1954 年,谢列布里亚科夫以论文《八世纪伟大的中国诗人杜甫的爱国主义与人民性》获副博士学位。《杜甫评传》一书就是以这篇论文为基础扩展而成的。

谢列布里亚科夫在自己的专著中着重评价了杜甫诗歌的思想性。他在《评传》的"前言"中写道:"西方和旧中国的资产阶级文艺家力图把杜甫说成仅仅是形式上的大师,而绝口不谈他首先是爱国主义诗人,是中国最早的真正的人民诗人之一。他热爱普通人,为他们贡献了最优秀的

---

① 见《东方文学》论文集,莫斯科,1920 年,第 2 卷,第 31 页。

《杜甫评传》一书共分为四章,分别以"在家乡""长安十年""哀伤与愤懑的诗"和"流浪的岁月"为题,依次叙述了诗人早期的生活,在首都十年的活动,安史之乱时期的见闻与感受,以及晚年漂泊南方的情况。作者指出,杜甫每一时期的诗作都是同国家的政治生活紧密联系在一起的。

　　谢列布里亚科夫认为,杜甫从年轻时起就在祖国诗歌各种互相对立的流派与传统中做出选择。他选择的是从屈原、陶渊明到初唐优秀诗人一脉相承的传统,并由他加以发扬。因此,杜甫"在中国诗歌上打开了新的光辉灿烂的一页"②。作者指出,早在长安时期,杜甫诗就已开始表现出暴露社会的基调。

　　谢列布里亚科夫在专著中详细分析和评述了杜甫的《自京赴奉先县咏怀五百字》《兵车行》"三吏"、"三别"、《闻官军收河南河北》《茅屋为秋风所破歌》等一大批代表作,认为"杜甫希望看到祖国的土地从侵略者手中解放出来,因而他的诗中便大大加强了爱国主义基调"③。同时,由于杜甫接近人民,"在诗中歌颂普通人的精神美和鞭挞官吏的残暴"④,这就使他的诗具有人民性。

　　谢列布里亚科夫指出,杜甫也写过不少吟咏自然的诗,特别是在漂泊西南时期。他认为"杜甫写村居生活的诗,比陶渊明还要质朴和鲜明","他很少采取书卷气的形式和文绉绉的词语。他能轻松地、从容不迫地表达自己的内心感受"⑤,因而杜甫"大大丰富了中国的山水诗"⑥。作者还评论道,在杜甫的山水诗中"歌颂祖国大地之美、歌颂普通农夫的生活基调,往往同诗人对于自己命运和国家大事的思考交织在一起"。⑦

　　通过对杜甫不同时期、不同类型诗歌创作的分析,谢列布里亚科夫指出:"杜甫是唐代'社会派'诗歌的创始人,这一派诗人深化了杜甫的创作

---

① 谢列布里亚科夫《杜甫评传》,莫斯科,1958 年,第 4 页。Серебряков Е. А. Ду Фу: Критико-биографический очерк. М. 1958
② 同上书,第 13 页。
③ 同上书,第 101 页。
④ 同上书,第 102 页。
⑤ 同上书,第 118 页。
⑥ 同上书,第 104 页。
⑦ 同上书,第 103 页。

原则,创作了许多社会题材的诗歌。"①

在唐诗研究方面发表过意见的还有 H.И.康拉德院士。他在 1960 年为《唐诗三人集(李白、王维、杜甫诗歌三百首)》一书写了一篇序言,其中分析了这三位唐代大诗人的诗歌传统,并就此指出整个唐代诗歌的一般倾向。他认为李白、王维和杜甫这三位诗人所处的时代,按他的观点来看,相当于欧洲的文艺复兴时代。1966 年,康拉德院士又对杜甫的《秋兴八首》作了翻译和研究,写出《杜甫的〈秋兴八首〉》一文(载文集《西方与东方》莫斯科,1966 年版)。作者在文中探讨了杜甫艺术方法的复杂性,指出在他的创作中存在着内部的与外部的、过去的与当前的、个人的与社会的、现实的与幻想的等多种立场的混合与互渗,而诗人就是在这种多方面性中展现了个人与他的祖国的命运的主题。

苏联科学院西伯利亚分院布里亚特社会科学研究所研究员 Г.П.达格丹诺夫是以研究唐代诗人王维成名的后起之秀。他于 1980 年以《禅宗佛教对唐代诗人创作的影响(以王维和白居易为例)》的论文获语文学副博士学位。以后又发表了《佛学主题在王维创作中的反映》(载《中亚民族的佛教与中世纪文化》,诺沃西比尔斯克,1980 年)、《王维——禅宗六世祖师慧能的精神继承人》(载文集《传统中国学说中人的问题》,莫斯科,1983 年)等论文。1984 年,达格丹诺夫出版专著《王维创作中的禅宗佛学》(诺沃西比尔斯克,科学出版社西伯利亚分社出版),从王维诗歌创作与禅宗佛学关系的角度来研究王维,不仅谈禅宗佛学对诗人的影响,反过来也谈王维如何用诗来赞颂禅宗佛学,为王维研究开了新境界,促进了研究的深入。

1991 年,莫斯科科学出版社出版了达格丹诺夫的新著《在中国中世纪文化中的孟浩然》。该书共三章:"时代""创作"和"世界观"。作者在序言中指出,孟浩然"是中国古典诗歌'黄金时代'的最初阶段的代表"。在专著的第一章里,作者"在中国唐代文化生活和它的首都长安的特点的背景下,确定了孟浩然在诗歌中的地位,展示了他的影响和他已为其同时代人承认的高度评价"。②

达格丹诺夫指出:"孟浩然的诗歌差不多包括了中国诗歌的一切传统

---

① 谢列布里亚科夫《杜甫评传》,莫斯科,1958 年,第 152、158—159 页。
② 达格丹诺夫《在中国中世纪文化中的孟浩然》,莫斯科:科学出版社,1991 年,第 6 页。Дагданов Г.Б.:Мэн Хаожань в культуре средневекового Китая .Москва;изд.Наука,1991.

题目,山水诗、友谊的主题,离别、酒的主题,和那后来进入大多数诗人创作的主题——世界观,首先这表现为在佛学影响下写成的诗。"①他认为:"孟浩然的创作遗产如同镜子一样反映了那个时代的历史文化背景。孟浩然创作的主题能有充分理由被看作是整个唐代的标志。"他说:"孟浩然是唐代诗歌特别繁荣时期的先驱,……他的同时代人高度评价孟浩然的诗歌,他的个性和生活方式,他们从中看到了模仿的榜样。"②我们说,孟浩然生当盛唐,有用世之志,但仕途困顿,以隐士终老。他洁身自好、耿介不阿的性格与节操,为同时代和后人所倾慕。李白曾有诗云:"吾爱孟夫子,风流天下闻"。他的创作开盛唐山水田园诗之先声,与稍后的王维并称"王孟诗派",其影响所及,自晚唐司空图、宋严羽,直至清王士禛"神韵说",形成中国古典诗歌理论与创作的一大宗派。达格丹诺夫的评论还是相当中肯的。

第四节 域外知音与异文化背景下的误读
——俄苏中国古典诗歌研究的特点

纵观20世纪俄苏汉学家对中国古典诗歌的译介与研究,可以看出以下一些特点,有长处也有不足:

首先,是现实主义批评观与考据式研究方法的结合。俄罗斯民族本身有着悠久的现实主义文学与文学批评传统,加之马克思主义文艺观的长期影响,这就形成了俄苏汉学家在研究文学问题时常有的"经验期待视野",即特别注重作品对社会现实生活的反映,注重作家与人民群众、与民间文学联系。另一方面,俄苏汉学家、特别是老一代汉学家中许多人的研究工作,又是在我国清代学术的影响下开始的。我国清代的"朴学"考据之风,自然会给这些师从"中国先生"的俄国学者以深刻的影响。俄苏汉学家从阿列克谢耶夫起,就十分重视作品与社会历史文化背景的联系,努力在社会生活、文化传统的大背景中展示作品的价值。他们的研究往往在背景材料上下很大功夫。从作家所处的时代、社会生活特点,直到他所接受的文学传统,他与同时代人的相互影响,以及他对后世的影响等等,论述面铺得

---

① 达格丹诺夫《在中国中世纪文化中的孟浩然》,莫斯科:科学出版社,1991年,第6页。
② 同上书,第216页。

很广。当年阿列克谢耶夫论司空图是如此,后来的切尔卡斯基论曹植的诗、李谢维奇论古代中国的诗歌与民歌,以及艾德林论陶渊明也是这样。这种宏观的研究视野,使得俄苏汉学家的研究一般具有比较宏大的气魄。但与此相联系的缺点则是,同大量的社会背景资料介绍、文献考据相比,对作品"本文"的研究则有时显得薄弱。

其次,是与中国本国研究的高度契合呼应。中俄两国的文学研究曾一度遵循着某种共同的思维框架来进行,这就使中俄两国的文学交流在一定时期内呈现为"共鸣型交流"的态势。具体说来,就是中国曾以从苏联引进的文学理论为指导来研究整理古典文学,而中国学者在这样的理论指导下形成的某些结论,又被俄苏学者引用来作为印证自己理论的例证。这样,在俄苏汉学家介绍和研究中国古典诗歌的著作中,特别是在他们五六十年代的著作中,就经常可见从正面肯定的角度来引用和转述我国学者的意见。中俄两国文学研究中这种见解高度一致的情况,一方面使我们在阅读俄苏汉学家的著作时,常常为中国学者的研究在海外有知音而感到欣喜;但另一方面又觉得其中缺少某种由于研究角度与方法的不同而带来的启发性和新鲜感,缺少由于不同观点碰撞而激发的思辨活力。当然,研究方法单一、观点陈旧、结论千篇一律的情况,在近年来的俄苏中国古典文学研究中,已经有所改变。但角度新颖、方法灵活、分析深刻的力作,目前尚不多见。

再次,是译介与研究在层次上的基础性与普及性。俄罗斯文化与中华文化是距离较大的远缘文化,俄苏汉学家所面对的读者群,不像日本、东南亚乃至北美华人社圈那样有接受中华文化的历史传统。俄国读者对中国的历史与文化往往比较陌生。因此俄苏汉学家研究工作的当务之急常常是向读者做普及工作。特别是对于堪称中国古典语言艺术顶峰的诗歌艺术,那深邃的意境、深奥的典故、需要大量文化背景知识才能理解的比喻、隐喻,加上汉字本身的繁难,能够向俄国读者解说清楚已很不容易。这就使俄罗斯汉学家的中国古典诗歌研究著作在我们看来往往显得一般性的介绍较多,真正深入透辟的研究还不够。同时,也正是由于中国古典诗词的艰深性,使俄罗斯汉学家对中国古典诗词的翻译解说,有时也存在着某种程度的疏漏或不妥。比如,陆机《文赋》中有一句"伫中区以玄览",阿列克谢耶夫在他的《罗马人贺拉斯和中国人陆机论诗艺》中把这句话解释为:"同'道'的神秘的等价物——'天机''中枢'融合在一起的诗人用阴间的'黑色宇宙'之眼去看世界"①。这里把"玄览"译作"用'黑色宇宙'之眼去看",明显的是拘泥于字句的"硬译",显得可笑。再如什图金译的《诗经·桃之夭夭》,将三个诗节的末尾句:"之子于归,宜其室家""之子于归,宜其家室""之子于归,宜其家人",分别译做"姑娘啊,你进家来做妻子,收拾卧房和屋子"(第1、2节)和"姑娘啊,你进家来做妻子,教自己家人有条理"(第3节)。② 这里,将"宜"译作"收拾"(Убирать)、"教导"(Учить),把"室家""家室"译作具体的"屋子、房间"(Дом、Горница),都是有待商榷的。《诗经》朱熹注曰:"宜者,和顺之意。室,谓夫妇所居。家,谓一门之内。"③可见所谓"宜其室家""宜其家室",主要意思是在使全家和顺,而非实指打扫房间。"室家""家室"的重心在人,所以最末一节归结为"家人"。这里充分体现了中国儒家文化重人和、强调"家和万事兴"的精神。单从字面意义将其译为"打扫房间",未免显得浅薄了。

最后,是研究视野的宏观性、整体性。前面说过,俄罗斯汉学家在研究中国古典诗歌时,十分注重作品与社会历史文化背景的联系。他们在研究中国古典文学作品时,常常超越作品"本文"规定的范围,而联系到古代中国人的世界观、中国人的全部文化观念体系去解说作品的言外之意。比如阿列克谢耶夫当年在翻译司空图《诗品》的第一品"雄浑"时,就从中国古人"道"的观念出发,把主体的创作准备解释为用混沌的宇宙元气所充实,这就较好地体现了司空图原著的精神。④但是,与这一特点相联系,俄国汉学家的研究,有时也存在着用某种事先形成的先入之见去诠解作品内涵的弊病。比如李谢维奇在他的《古代中国的诗歌与民歌》中,从民歌在反抗现实的态度上要比文人乐府激烈这一既定观念出发,解释乐府古辞《平陵东》末句"归告我家卖黄犊"为:这是说主人公"要卖掉最后的小牛犊,以便

---

① 阿列克谢耶夫《中国文学》,莫斯科:科学出版社东方文学总编室,1978年,第252页。Алексеев В.М.:Китайская литература.Москва:Наука,1978.
② 转引自李谢维奇《古代中国的诗歌与民歌》,莫斯科:科学出版社东方文学总编室,1969年,第189页。Лисевич И.С.:Древняя китайская поэзия и народная песня:(Юэфу конца III в. до н.э.-Начала III в.н.э.)Москва:Наука,1969.
③ 朱熹《诗集传》,上海古籍出版社,1980年,第5页。
④ 见阿列克谢耶夫《中国文学》,莫斯科:科学出版社东方文学总编室,1978年,第172页。

给自己买把剑,在这个不公平的世界上,不幸的人只有依靠它了"。①（按:李谢维奇此处所述是据瓦赫京著《论〈平陵东〉诗》——笔者）并由此得出结论说:"在民歌中,冲突是按现实方法来解决的。在其中回响着积极的反抗,呼唤用暴力来回答暴力。"②这种解释就很难说是原诗的原意,恐怕是超出作品形象客观规定范围的过度阐释了。

---

① 李谢维奇《古代中国的诗歌与民歌》,莫斯科:科学出版社东方文学总编室,1969年,第161页。

② 同上书,第162页。

第三章
文章千古事,得失寸心知
——俄苏对中国古典散文的译介与研究

第一节 辛勤的开拓者及其奠基作

在中国古典艺术散文的译介与研究方面,俄苏新汉学的奠基人 В.М. 阿列克谢耶夫做出了巨大的贡献。早在 1910 年,他就为俄国读者翻译介绍了李白的《春夜宴桃李园序》。从 30 年代初开始,阿列克谢耶夫投入了翻译和编纂被他称为"中国散文代表作"的中国古典艺术散文精品选集的工作。卫国战争期间,他和家人被政府转移到哈萨克斯坦的博罗沃耶,与妻子和两个女儿同住在一个房间里。就在这样艰苦的条件下,他每天从清晨到深夜都伏在用木板搭成的桌子上埋头翻译中国古典散文,甚至连儿子在前线牺牲的噩耗都没能使他放下手中的工作。由阿列克谢耶夫在战前和战争时期完成的中国古典散文译文在作者生前未能发表,直到 1958 年其中的一小部分才在《В.М.阿列克谢耶夫院士翻译的中国古典散文》一书中发表。该书于 1959 年出了第 2 版。

1974 年,莫斯科艺术文学出版社在《东方文选》第二卷《白天的星星》中收录了阿列克谢耶夫译的《中国散文代表作》,并附有 Л.艾德林写的序言。艾德林在序言中写道:"这些译作是惊人的和不可重复的。说它们惊人,是因为 В.М.阿列克谢耶夫罕见的知识给了每一个多义的汉字以深刻洞察的可能;……说它们不可重复,是因为其中反映和集中了严肃学者与精细文学家天才的译者的个性。"①阿列克谢耶夫本人在他生前写的自序

---

① 《东方文选》第二卷《白天的星星》,莫斯科:艺术文学出版社,1974 年,第 481 页。

中则说,这些由他翻译的中国散文代表作,"可能包括一些在情节方面比被神圣化了的古代抒情诗传统有意思得多的作品"。①

《中国散文代表作》共收入王羲之的《兰亭集序》、骆宾王的《冒雨寻菊序》、李白的《春夜宴桃李园序》、周敦颐的《爱莲说》、韩愈的《原道》《原性》《师说》、送温处士赴河阳军序》、柳宗元的《送僧浩初序》《送娄图南秀才游淮南将入道序》、欧阳修的《答吴充秀才书》《释秘演诗集序》、苏轼的《李氏山房藏书记》《宝绘堂记》、归有光的《吴山图记》、宗臣的《报刘一丈书》等16篇中国古典散文精品。

阿列克谢耶夫的这部译作,在所选作品的每一篇俄文译文之后,还附有一段对该作品的简短说明,简要介绍该作品的写作背景、它的写作主旨和思想内容、翻译的基本原则以及对它的评价。这也是阿列克谢耶夫自1916年翻译出版司空图《诗品》以来编译中国古代诗文作品的一贯体例。比如阿列克谢耶夫在王羲之《兰亭集序》译文后的说明中指出,由王羲之写的这篇序"从当时直到现在都是令社会喜爱的目标,并招来大批赝品"。他认为,这篇作品的"特别优点",是作者用来反驳当时清谈家们对生死问题观点的"哲理诗句"。② 他指出:"这部作品经历了16个世纪,在对中国年轻人和老人的影响上它是永不凋谢的和独一无二的"③。

阿列克谢耶夫对中国散文精品的翻译,总的来说比较忠实地表达了原文的意旨,并且注意了译文的艺术性,用他自己的话来说,就是:"用俄语音调反映了中国的韵律交替,并且译文是按照与原文对应的段落来如实配置的"④。不过,用中国人的眼光来检视,阿列克谢耶夫的俄译文在个别地方也有不够准确之处,比如李白《春夜宴桃李园序》云:"夫天地者,万物之逆旅。光阴者,百代之过客。而浮生若梦,为欢几何。古人秉烛夜游,良有以也。"阿列克谢耶夫译作:"你说:天和地,它们是什么?它们是成千上万生物的客店。而黑夜与白天又是什么?仅只是经过一个个世纪百年的客人。而在它们中间,生命漂浮在什么上面呢?在梦里。而生活在欢乐中,我们很多吗?古代的诗人手中拿着蜡烛,并带着它在夜间散步,这种想法真伟

---

① 《东方文选》第二卷《白天的星星》,莫斯科:艺术文学出版社,1974年,第495页。
② 同上书,第498页。
③ 同上书,第499页。
④ 同上。

大啊!"①把"光阴"译作"黑夜与白天","浮生若梦"译作"生命漂浮……在梦里",都是不准确的,有拘泥于单个汉字字义的"硬译"之嫌。

由阿列克谢耶夫译介的中国古代散文在俄苏汉学界享有崇高的评价。汉学家艾德林指出,这些散文精品不只给今天的人们以艺术享受,而且是了解在不同生存方式下生活的人们的思想和情感的宝贵材料。他说:"摆在我们面前的 B.M.阿列克谢耶夫的译文对于我们不能简单地归入伟大人民的古老文化,(它)不只是满足希望了解另一种人类思想成果的求知心,甚至不仅是对这种思想的美好的艺术表现的享受,而是同对各个时代人类生存方式的思考的会晤。"②艾德林举例说,比如读阿列克谢耶夫译王羲之《兰亭集序》,"虽然和他(按:指王羲之)一起在兰亭中的没有我们,在我们面前也没有'曲水流觞',但是这个被我们读到的俄国诗歌,(把我们)吸引到交谈中,充分赞同作者对公元前四世纪思想家庄子关于生与死相同、寿与夭无差别的思想的否定,并分享作者不可避免的不安,永恒的人类的不安"③(按即《兰亭集序》云:"故知一死生为虚诞,齐彭殇为妄作。后之视今,亦犹今之视昔。悲夫!")。

通过自己多年的潜心研究,阿列克谢耶夫总结出中国古典散文的主要特点,那就是在严格遵循古典规范的前提下形成的超越历史时空的连续性。他在 30 年代初为其《中国散文代表作》写的"自序"中写道:"中国艺术散文与我们的不同首先是在数量上,因为在 25 个多世纪期间内不间断和累积的书面文化,经历着一个比一个时期的繁荣。在对学习者的最严格的教育大纲中,他们应该无可争议地、甚至是模范地掌握(这种)书面语言。"他指出:"中国的书面文化是以不间断地对古代作品、对其风格和语汇的努力模仿而建立起来的。"由于中国古典散文一直严格恪守古代经典作品的规范,并且代代相传,从而"在人类历史上建立起独特的现象,……而且在二十世纪还使国家的文学艺术语言保持这种样子"。他说,中国古典文学特别是古典散文的这种连续性,使得现代中国知识分子尽管不再使用这种语言,但他们却"没有特别的困难就能阅读这样的文学"。④ 而这对于世界上使用其他语文的读者是做不到的。这就指出了中国古代书面语

---

① 《东方文选》第二卷《白天的星星》,莫斯科:艺术文学出版社,1974 年,第 501 页。
② 同上书,第 483 页。
③ 同上。
④ 《东方文选》第二卷《白天的星星》,莫斯科:艺术文学出版社,1974 年,第 495 页。

言(文言)在保存和延续民族历史文化方面的功绩,值得我们今天在普遍提倡白话文的时代,对文言文的历史地位和作用,加以认真的总结和反思。

第二节　先秦智慧的现代阐释

　　先秦诸子著作在俄苏最早被译介和研究的是儒家。但诸子中最受俄苏学者重视的还数老庄。早在帝俄时代,汉学家丹尼尔·西维洛夫(Даниил Сивиллов,1798—1871)就已译出《道德经》,后于1915年由扎莫塔依洛以《丹尼尔(西维洛夫)档案资料中未公布的〈道德经〉译文》为题予以发表(载《敖德萨图书志学会通报》1915年第4卷第5—6册第209—245页)。1894年又发表德·科尼西教授译的《道德经》,载《哲学与心理学问题》1894年第3册。19世纪俄罗斯文学泰斗列夫·托尔斯泰亲自选编的老子著作有两种:《列·尼·托尔斯泰选编,中国圣人老子格言》(1910年)和《老子——道德经或道德之书》(1913年)。

　　革命后出版的较为流行的老子著作是华侨学者杨兴顺翻译的三部:《中国古代哲学家老子及其学说》(1950年);《道德经节译》(收入《中国文学文选》,1959年)和《老子节译》(收入《东方古代史文选》,1963年)。

　　《庄子》也是俄苏汉学界非常重视的一部道家经典。全书33篇已由波兹德涅耶娃译成俄文,收入其所编《中国古代的无神论者、唯物论者、辩证法家》一书。

　　俄苏汉学家研究先秦诸子散文,大多是将其看作研究中国古代思想及古代汉语的资料,重在分析其思想内涵或对其作语言学角度的研究。从文学性、艺术性角度进行分析的尚不多见。1970年,女汉学家E.B.扎瓦茨卡娅(Евгения Владимировна Завадская,1930—2002)发表论文《〈庄子〉的语言哲学》(载《远东文学研究的理论问题》,莫斯科1970年),专门研究了庄子关于语言的学说以及庄子的语言哲学对中国古代诗学的影响,是与文学关系较近的一篇研究成果。

　　扎瓦茨卡娅的论文《〈庄子〉的语言哲学》首先以《庄子·外物》篇中的一句话:"吾安得夫忘言之人而与之言哉!"作为题记。她指出:"在中国传统文化中存在着两个语言体系:一种主要同儒家学说相联系,另一种则同道家—佛教哲学相联系。"前者认为语言万能,而后者"则断言在语言中说明神和真理是注定不可能的"。① 她说:"庄子的语言哲学与第二种观念相联系……正是庄子深入研究了关于语言的学说,揭示了它的诗歌本质并因此表现出对自己诗歌的有力影响和使诗人理解自己的使命。"②

扎瓦茨卡娅指出:"在庄子那里语言的概念是同这位思想家学说里的本体论和认识论紧密联系在一起的——'一'(Единое)的概念和'知—不知'的理论在很大程度上预先决定了《庄子》文章中语言概念的性质。"她说:"在庄子哲学中,语言是在本体论和认识论的立场上被理解的,并且后者特别被强调和研究。"③她指出:"庄子认识论的基本原则是'知—不知'。赞同这个理论,概念和词仅只被放置在现实的有限范围内。"④

扎瓦茨卡娅指出:"在《庄子》中语言是在同世界其他方面的大量对比中表现出来的。其中最重要的是实与名的对比(《庄子·逍遥游》:'名者,实之宾也。');语言的有用与无用的对比(《庄子·逍遥游》:'今子之言,大而无用,众所同去也。');语言与其他交际形式的对比(《庄子·齐物论》:'其以为(言)异于鷇音,亦有辩乎,其无辩乎?')……"等等。⑤她说:"庄子认为世界的全部多样乃是用各种名字表示的唯一实体的变体。按照他的见解,这些变体仅只存在于话语中,在现实中并不存在这些东西,无论是原因还是结果,——它们仅只是名字,因此它们是非现实的。"⑥她说,在庄子的语言哲学里,"名、形式显示为一的个别表现。而这种个体化是一的基本创作原则:事物、人、名实质上只是一的实体的形式"。⑦ 扎瓦茨卡娅指出:"《庄子》中最高的智慧是理解和克服名、形式的个别性并使之与一(最高实体)统一。"⑧由于名、形式并"没有被庄子理解为是现实的"。它们的伎命仅只是体现最高的真实"一",所以"'忘'的概念在庄子的认识论中几乎是最重要的(按即庄子曰:'言者所以在意,得意则忘言')"。⑨ 她进一步

---

① 《远东文学研究的理论问题》,莫斯科,1970 年,第 48 页。Завадская Е. В.: Философия слова в 《Чжуан-цзы》. В кн.: Теоретические проблемы изучения литератур Дальнего Востока. М: 1970.

② 《远东文学研究的理论问题》,莫斯科,1970 年,第 48 页。

③ 同上。

④ 《远东文学研究的理论问题》,莫斯科,1970 年,第 49 页。

⑤ 同上书,第 50—51 页。

⑥ 同上书,第 51 页。

⑦ 同上。

⑧ 同上。

⑨ 同上。

指出:"庄子在自己的语言概念中揭示了它的诗学性质:尤其是它的不合逻辑性和下意识性。"①这样,语言在庄子的语言哲学中,就有了与诗歌相通的本质。

扎瓦茨卡娅在文章末尾谈到庄子的语言哲学对中国以及世界文化的影响。她说:"庄子语言的哲学在中国文化中得到最广泛的传播。在中国没有哪一个诗人或文学理论家不是这样或那样地表示了自己同这位思想家的语言哲学的关系:或是分享它(如司空图);或是善意地嘲笑它(如陶渊明);或是尖锐地否定它(如韩愈)。"而"对于欧洲的庄子天才的崇拜者和他的学说的研究者来说,理论与诗歌的结合很容易产生智慧"。② 作者特别指出庄子语言哲学对俄国文学研究的影响,如:"在本世纪初 B.M.阿列克谢耶夫揭示了丘特切夫③和司空图在语言感觉上的深刻的和谐;Л.З.艾德林听出了在白居易和勃洛克、陶渊明和普希金那里语言使命的接近;Л.E.切尔卡斯基指出在奥维德④和曹植之间的相似之处;……"⑤等等。

扎瓦茨卡娅在文中还指出,庄子语言哲学的许多论点与现代世界一些知名的语言学大师,如 Л.维特根斯坦⑥、A.塔斯基⑦等人的观点极为接近,因此她在文章最后写道:"庄子的语言哲学是世界文化遗产的实际部分。它包括一系列问题和解决,这些问题吸引了众多时代、众多民族的学者。"而"它的语言哲学,特别是语言的诗歌本质部分,有时候听起来则是很现代的"。⑧

---

① 《远东文学研究的理论问题》,莫斯科,1970年,第53页。
② 《远东文学研究的理论问题》,莫斯科,1970年,第53页。
③ 费德尔·伊万诺维奇·丘特切夫(1803—1873),俄国诗人,彼得堡科学院通讯院士,倾向泛斯拉夫主义。他的哲理诗表达了社会历史和个人命运产生矛盾的悲剧感,也反映了诗人的惶惑心情。他以深刻的心理分析诗见长,也是抒情风景诗大师。
④ 奥维德·拿索(公元前43—约公元18),古罗马诗人。晚年在流放中写有《哀歌》和《黑海零简》。俄罗斯汉学家 Л.E.切尔卡斯基曾将其与曹植对比,著有论文《罗马的流放者与魏朝的漂泊者,奥维德·拿索与曹植》(载《历史语文学研究——纪念康拉德院士75周年诞辰文集》,莫斯科,1969年)。
⑤ 《远东文学研究的理论问题》,莫斯科,1970年,第53页。
⑥ Л.维特根斯坦(Ludwig Wittgenstein 1889—1951),奥地利哲学家、逻辑学家、分析哲学的代表人物,1929年移居英国。提出制定人工"理想"语言的方案,这种语言的原型就是数理逻辑语言。把哲学理解为"对语言的批判"。
⑦ A.塔斯基(Alfrid Tarski,1902—),波兰逻辑学家、数学家,逻辑语义学的奠基人,利沃夫—华沙学派主要代表人物之一,1939年移居美国。
⑧ 《远东文学研究的理论问题》,莫斯科,1970年,第53页。

1990年,莫斯科科学出版社出版了Г.А.特卡琴科的专著《〈吕氏春秋〉中的宇宙、音乐、礼仪、神话和美学》。这是俄国汉学界研究中国先秦典籍的最新成果。

葛里高利·亚历山大洛维奇·特卡琴科是俄苏汉学界的新人,多年来致力于《吕氏春秋》的研究。1982年以论文《作为文学文献的〈吕氏春秋〉》获语文学副博士学位。在此之前还发表过《〈吕氏春秋〉十二纪的教化功能》(载《苏联科学院东方学研究所研究生学术报告会文集》,莫斯科1976年)、《〈吕氏春秋〉中的三章》(载《东方语文学问题》,莫斯科1979年)等论文。

《〈吕氏春秋〉中的宇宙、音乐、礼仪、神话和美学》一书共五章,分别论述了"宇宙发生的美学""宇宙的音乐""美与丑:宇宙、社会与个人的功能与功能失调""艺术与技巧""神话与仪式"等五个专题。作者在专著中着重研究了由《吕氏春秋》在公元前3世纪提出的世界模式。他说:"世界模式是一个在文化学中被广泛接受的术语。这个术语通常指的是,为这种或那种文化所具有的,关于世界、社会和人的,并在这种文化的体现者的意识中建立起一定的无矛盾的图画的观念的总和。"他认为,《吕氏春秋》提出的这种世界模式,"与自然主义者——阴阳家的思想方法相联系"①。他特别指出《吕氏春秋》自然哲学的美学观与民间口头创作的关系,他说:"分析自然哲学的美学观点引起找出它们极深的民间口头创作的根。比如,为'前个人'的诗歌——《诗经》所特有平行原则,被《吕氏春秋》的作者们作为自然的天与人的统一和相互联系的自然哲学原则而再建。""在民间歌曲创作中广泛采用的艺术方法,在自然主义者那里得到了基本的世界观原则的地位。"②

特卡琴科在专著中还指出中国古代存在着"经典的"和"反经典的""两种基本的世界观体系"。而《吕氏春秋》的作者们则力图调和它们,使之"互补"。他说,《吕氏春秋》的作者们"对宇宙起源神话的自然哲学的曲解",引起"唯理主义"的和"肉欲"的两种观察世界的角度,而这两种角度

---

① 特卡琴科《〈吕氏春秋〉中的宇宙、音乐、礼仪、神话和美学》,莫斯科:科学出版社,1990年,第237页。Ткаченко Г.А.Космос, музыка, ритуал: Миф и эстетика в《Люйши чуньцю》. Москва: Изд.Наука.Главная редакция восточной литературы, 1990.

② 同上书,第240页。

是"在自己的未来前景中与古典主义和浪漫主义的精神意图相适应"的。①

第三节 史传散文:史书与传奇的比较分析

在中国古代史传散文中,司马迁《史记》是颇受俄罗斯汉学家重视的一部著作,译介与研究的人都比较多。俄国汉学的奠基人比丘林早年曾写过文章《历史笔记——史记》加以介绍(当时为手稿,1950年收入《古代中亚各民族历史资料集》第一卷)。著名汉学家康拉德于1965年发表论文《波里比阿和司马迁》(载《古代史通报》1965年第4期,后收入论文集《西方与东方》,莫斯科,1966年),将司马迁与古希腊历史学家波里比阿加以比较,其研究视角颇为新颖。著名汉学家艾德林在为《中国古典散文》一书写的序言中指出:"我们很难在古代中国文学中把诗与散文分开。"他举的例子就是司马迁的《史记》。他说:"这是散文,但充满了一切诗的因素,并总是服从于自己的内部韵律。"他指出:"司马迁可以被认为不仅是伟大的历史家,也是中国艺术散文的开创者。"②

女汉学家 Л.Е.波梅兰采娃曾以《史记》《汉书》和葛洪《神仙传》中对淮南王刘安生平事迹的记载为例,探讨了中国古代史传散文的特点及其与传奇小说的关系。

波梅兰采娃的主要研究领域是《淮南子》。她于1970年发表论文《淮南王刘安的历史传记及对其生平事迹的不同说法》(载《远东文学研究的理论问题》,莫斯科1970年版),比较分析了司马迁《史记》中的《淮南王安传》、班固《汉书·淮南厉王长传》中对刘安事迹的叙述以及葛洪《神仙传》中的《刘安》三篇传记。

波梅兰采娃指出:"在中国历史上,刘安是作为道家哲学家和汉代权力之争中一个微不足道的小角色这两种相反的性质出现的。这两条线索组成了刘安传记的核心。"③在司马迁的《史记》中,"司马迁是以对淮南王的

---

① 特卡琴科《〈吕氏春秋〉中的宇宙、音乐、礼仪、神话和美学》,莫斯科:科学出版社,1990年,第240页。
② 《中国古典散文》,莫斯科:科学院出版社,1959年,第19、21页。
③ 《远东文学研究的理论问题》,莫斯科,1970年,第54页。Померанцева Л Е Историческая биография хуайнаньского князя Лю Аня и её житийный вариант В кн: Теоретические проблемы изучения литератур Дальнего Востока.М:1970.

简短评述开始传记的(按即:'淮南王安为人好读书鼓琴,不喜弋猎狗马驰骋。亦欲以行阴德,拊循百姓。')。……在此之后司马迁紧接着讲述了淮南王的阴谋思想是怎么产生的。(按即:'及建元二年,淮南王入朝,素善武安侯,时为太尉,乃逆王霸上,与王语曰:"方今上无太子,大王亲高皇帝孙,行仁义,天下莫不闻"。即宫车一日晏驾,非大王当谁立者?淮南王大喜,厚遗武安侯金财物,阴结宾客,拊循百姓,为畔逆事。')"。她说:"司马迁从容不迫地、详尽地叙述许多年阴谋的历史,深入事件的细节,展示出淮南王既顽固又犹豫不决。司马迁没有站在刘安一边:他揭发了刘安的非正义性,不愿意听取自己盟友明智的理由。"她指出,司马迁"又不是直接写出这些,而是通过淮南王的活动,引用(他们的)言语和对话,其中还不乏对历史的回顾,就其形式来说,使人想起哲学论文的历史相似物"。① 也就是说,在司马迁的人物传记中,是通过对人物言语行动的描写来展示人物性格,并且人物语言颇具哲理性和历史感。

波梅兰采娃认为,班固的《汉书》总的来说保持了司马迁的模式,但"叙述明显地更为质实和简短"。班固"省略了言语和对话,只保存了事件的基本线索。可是某种程度扩大了有代表性的开头部分"。② 如补充了在刘安宫中豢养着几千宾客,刘安接近武帝宫廷并得到皇帝的垂青,经常参加宫廷宴会,在那里进行哲学的讨论和与诗人们切磋诗艺,以及淮南王组织编写了三部书等等。她指出:"尽管有所有这些细节,但在班固那里传记的基本部分是用于阴谋的历史。"她说,对于司马迁和班固这两位历史家来说,"不驯服的、好斗的淮南王的历史是有教育意义的。而司马迁在自己通常的篇末概述中说的话也不无目的(按即:'太史公曰:"仍父子再亡国,各不终其身,为天下笑。"')"。③

接下来,波梅兰采娃分析了葛洪《神仙传》里的《刘安传》④。她说:"在葛洪《神仙传》里的《刘安传》是另一种激情。传记的作者看来不是以司马迁《史记》而是以班固《汉书》为目标",因为"他的引言的内容就证明并引用了《汉书》中的话"。但是《刘安传》与《汉书》的区别"在引言部分就已

---

① 《远东文学研究的理论问题》,莫斯科,1970年,第55页。
② 同上。
③ 同上。
④ 波梅兰采娃把这种传译作"Житие"。俄文中的 Житие 一般是指圣徒的生活记述、言行录,与前面所说史书中的传记(Биография)不同,我们把它译作"传奇传记"。——笔者

经很明显了"。如果说,班固是和司马迁一样,仅只单纯地叙述刘安不喜欢上流社会的娱乐,而更倾向与科学和艺术活动,那么葛洪是在同其他王子终日忙于饮宴和打猎的对比中介绍刘安的这一特点的。波梅兰采娃还指出,在葛洪的《刘安传》中"没有阴谋的历史"(按:即淮南王曾策划谋反),只是说:"淮南王曾经在皇帝面前被有罪廷臣的虚假告密所诽谤,并应该被处死"。《刘安传》还推翻了班固《汉书》说刘安最终是自杀了的说法,并且说:"《汉书》中没有提到刘安成仙,怕的是后人尊敬他,丢下国家大事,追寻刘安的道路。"①

波梅兰采娃发现在《刘安传》中增加了许多史书传记中没有的细节,并且从传中所记刘安本人的话里,可以"知道有关他生活中的某些新东西"。如他"从很小的时候就读了'道'和'德'。他努力挣脱尘世的束缚,带着书箱远遁山林"等等。波梅兰采娃指出:"这种现象为一切传记文学(Житие)所特有"②。她引用俄国近代历史学家 B.O.克柳切夫斯基③对俄国传记(Житие)的论述来说明这一特点:"小事进入第一稿是机械的,原封未动地保留它的本文,甚至不去掉由它带入故事的那些不恰当的东西。"④

波梅兰采娃指出:"从中国文学史的观点来看,传奇传记最有意思的是展示了举世公认其艺术优点的司马迁传记与7—9世纪小说之间发展的中间阶段"。"传奇传记有目的地脱离'历史性',在我们面前表现出勇敢的创举——在叙述一个人生活的框子里依靠虚构,它将被唐代小说所接受"。⑤

波梅兰采娃在文章最后写道:"传奇传记的出现就这样证明自己作为'传'体裁的新品质。"她说:"在历史传记与在不同历史阶段存在的传奇传记之间有着复杂的关系。"比如在俄国文学中,历史传记渗透进传奇传记,而传奇传记又影响了历史传记的形式和内容。她说,尽管这个想法并不包括中世纪中国文学,但"观察(中国)传奇传记与小说的直接联系"还是令

---

① 《远东文学研究的理论问题》,莫斯科,1970年,第56页。
② 同上。
③ B.O.克柳切夫斯基(1841—1911),俄国历史学家,俄罗斯资产阶级自由主义历史编纂学的主要代表,著有《俄国历史教程》、《古罗斯贵族杜马》等著作。——笔者。
④ B.O.克柳切夫斯基:《作为历史资料的古罗斯圣徒传》,莫斯科,1871年,第15页。
⑤ 《远东文学研究的理论问题》,莫斯科,1970年,第59页。

人颇感兴趣的。比如《神仙传》中的《吕洞宾》和沈既济的小说《枕中记》就使用的是同一情节。① 她的这一观点，对于我们研究中国古代小说，特别是历史小说的发展演变过程，是有一定启发性的。

第四节　中国古典散文的句法特点

70年代以来，运用科学方法研究文学问题在俄苏汉学界蔚成风气。В.Ф.古萨洛夫从词汇和句法分析入手研究中国古典散文的风格特点，就是这方面有代表性的研究成果。

古萨洛夫是列宁格勒大学东方系的副教授，1971年以论文《韩愈的散文传统》获语文学副博士学位，20世纪70年代曾担任过苏联驻华使馆官员。他的研究方向主要在唐代散文。1970年出版的《远东文学研究的理论问题》载有他写的两篇论文《韩愈散文风格的词汇特点》和《韩愈散文的功能对仗》。以后又陆续发表了《作为一般方法论教条的中国古典文艺学传统》（载《中国社会与国家学术讨论会文集》，莫斯科1971年第2卷）、《论中国古典文艺学一般方法论教条的形成历史》（载《中国社会与国家学术讨论会文集》，莫斯科1973年）、《道家的天启与儒家的灵感》（载《远东文学研究的理论问题》，莫斯科1974年）、《韩愈"道"理论的一些观点》（载《东方书面文献》，莫斯科1977年）等论文。

在《韩愈散文的功能对仗》一文中，古萨洛夫提出从词汇和句法分析入手分析文学风格有四个标志，即"①文章中双音节词与双音节词组的数量；②"虚词"的数量；③词汇的使役用法情况的数量；④对仗的句子结构的数量。"② 为了进行比较，作者选择了四个有代表性的中国古典散文作家的作品，即作为秦汉散文代表的司马迁的《屈原列传》；作为六朝骈文代表的刘勰《文心雕龙·情采》；唐代古文风格奠基者韩愈的《原道》；和代表宋代散文风格的苏轼的《潮州韩文公庙碑》和《赤壁赋》。他的这篇文章，就是在第4点上通过对对仗句子结构的比较研究，分析以韩愈作品为代表的古文风格的特点。

---

① 《远东文学研究的理论问题》，莫斯科，1970年，第59页。
② 古萨洛夫《韩愈散文的功能对仗》，《远东文学研究的理论问题》，莫斯科，1970年，第67页。Гусаров В.Ф.Фукциональная параллель в прозе Хань Юя.- в кн.: Теоретические проблемы изучения литератур Дальнего Востока .М., 1970.

古萨洛夫在文章中公布他的研究结果是："在第一部作品里（其中不包括屈原的诗），在55个句子和1251个符号中正好有17个由390个符号组成的对仗结构，也就是说，包括在对仗段中的字符的数量占全部字符总数的31%。在第二部作品里，在30个句子642个字符中有26个对仗句594个字符（占93%）。在第三部作品里，51个句子1290个字符，有44个对仗句1018个字符（占80%）。在苏轼的两篇作品里有47个句子1200字符……其中30个对仗句805字符（占67%）。"

根据自己的研究结果，古萨洛夫指出："这种形式态度在这点上并不能揭示古文与骈文风格之间区别的本质，相反，证明了它们的接近。"①由此，他对包括中国本国的文学史教科书在内的认为"古文风格产生了对骈文风格的否定"的普遍看法提出了质疑。他指出："在古文风格中存在着大量对仗句（它是骈文风格最重要的特点之一）说明，古文风格在与骈文风格作斗争的同时，但没能最终战胜后者的规则，并在某种程度上被它所制约"②。

接下来，古萨洛夫以刘勰《情采》篇和韩愈《原道》为例，具体分析了古文风格句子建构的特点。他从《情采》篇中选出的例句是：

1. 夫²铅¹黛⁴所³以³饰⁴容²，
2. 而²盼⁴倩⁴生¹于²淑²姿¹，
3. 文²采³所³以³饰⁴言²，
4. 而²辩⁴丽⁴本³于²情²性⁴，
5. 故⁴情²者³文²之¹经¹，
6. 辞²者³理³之¹纬⁴，
7. 经¹正⁴而²后⁴纬⁴成²，
8. 理³定⁴而²后⁴辞²畅⁴，
   此³立⁴文²之¹本³源²也³。

（按：1.2.3.4.系指声调1声、2声、3声、4声，下同。）

古萨洛夫指出，上述"句子的部分乃是绝对对仗的"，他将其简称为АП（按即 Абсолюдные параллели 的缩写）。其"配置或者是交叉的（1—3，

---

① 古萨洛夫《韩愈散文的功能对仗》，《远东文学研究的理论问题》，莫斯科，1970年，第68页。

② 同上。

2-4),或者是临近的(5-6,7-8)"。而"这样整齐划一的结构在古文风格的作品中是划分不出来的"。①

作为对比,古萨洛夫接下来分析了选自韩愈《原道》的三段话:

Ⅰ.

1.博^{2}爱^{4}之^{1}谓^{4}人^2,

2.行^{2}而^{2}宜^{2}之^{1}之^{1}谓^{4}义^4,

3.由^{2}是^{4}而^{2}之^{1}焉^{1}之^{1}谓^{4}道^4,

4.足^{2}乎^{1}己^{3}无^{2}待^{4}于^{2}外^{4}之^{1}谓^{4}德^2。

古萨洛夫指出:"所有四句是按照一般的对仗法则构成的,它们相互区别的仅只是在每一个那里,由整个语句表示出的主语比另一个更为扩展。它们全体完成了对仗的基本功能——局部的逻辑的和整体语气的相关。这种对仗我们有条件地称之为接近适应的对仗(缩写为ППС)(按即параллель приближенного соответствия)"②。

Ⅱ.

1.仁^{2}与^{3}义^{4}为^{2}定^{4}名^2,

2.道^{4}与^{3}德^{2}为^{2}虚^{1}位^4,

3.故^{4}道^{4}有^{3}君^{1}子^{3}小^{3}人^2,

4.而^{2}德^{2}有^{3}凶^{1}有^{3}吉^2。

古萨洛夫说:"在第一段(即1—2句)里是部分的绝对对仗,而在第二段(即3—4句)里,有某些违反,它可能是被有意忽略的。"③

Ⅲ.

1.周^{1}道^{4}衰^1,

2.孔^{3}子^{3}没^4,

3.火^{3}于^{2}秦^2,

4.黄^{2}老^{3}于^{2}汉^4,

5.佛^{2}于^{2}晋^{4}魏^{4}梁^{2}隋^{1}之^{1}间^1,

其^{2}言^{2}道^{4}德^{2}仁^{2}义^{4}者^3,

---

① 古萨洛夫《韩愈散文的功能对仗》,《远东文学研究的理论问题》,莫斯科,1970年,第69页。

② 同上。

③ 古萨洛夫《韩愈散文的功能对仗》,《远东文学研究的理论问题》,莫斯科,1970年,第70页。

6. 不⁴入⁴于²杨²,则²入⁴于²墨⁴,

7. 不⁴入⁴于²老³,则²入⁴于²佛²。

古萨洛夫分析说:"从所引例子可以看出,古文风格的形成存在着多种结构。在第一种情况下这是一些由ППС链组成的句子,而第二种情况,句子是由АП组成的,在第三种情况可能是这样或那样的组合,在第二和第三种情况里可能有不对称的句子出现在开头、结尾或句子中间。可是缺乏统一的结构并不能否认一定规范的存在,结构本身就是靠它建立起来的。从上述三个例子中可以看出这种规范就是:第一,在对仗句结构中必须的内容。第二,这些句子按照严格的格式:ППС—ППС,АП—АП 组合在一起。"① 古萨洛夫对古文风格句法结构的这种分析,有助于文学风格研究的数理化、模式化,不失为一种有益的探索。

句法结构分析除了有助于科学地把握文章风格特色,对于研究作品还有哪些意义? 古萨洛夫认为句子结构,比如本文所讨论的对仗,在文章中还承担着表达意旨的实际功能,这就是他在本文标题中所说的"功能对仗(Функциональная параллель)"。从"功能对仗"的观点出发,古萨洛夫以韩愈《进学解》中"方今圣贤相逢,治具毕张"这句话的俄译为例,对老一代汉学家阿列克谢耶夫和康拉德的译文都提出了质疑(按:阿列克谢耶夫将这句话译作:"在我们今天,我们完美的国王和有高级官衔的大臣正好相遇,而就在现在,政府机构当然是全面地展开。"康拉德译作:"现在,我们的圣人和贤人互相遇到,管理的工具掌握了一切。")。而古萨洛夫认为,按照对仗的原则,上文"圣贤"与下文"治具"是对应的。既然上文"圣"与"贤"是同类成分,那么下文"治"与"具"也应是同类成分。他认为"治"在中国《辞海》的解释中有"地方政府所在地"的意义,因而应该译作"地方机关";而对于"具",他以韩愈《后廿九日复上宰相书》中说"天下之所谓礼乐刑政教化之具,皆已修理"为根据,认为是指"中央部门"。在这一理解的基础上,他把这句话译成:"现在,当圣人和贤人相遇,而地方机关和中央部门一切都全面展开。"② 可惜的是,古萨洛夫对上述韩愈所说"天下之所谓礼乐刑政教化之具"一句的理解是

---

① 古萨洛夫《韩愈散文的功能对仗》,《远东文学研究的理论问题》,莫斯科,1970 年,第 70 页。

② 同上书,第 72 页。

错误的,因此他对"治具"一语的新解释并不能成立。不过,他提出的"功能对仗"原则,对于准确理解和阐释中国古典散文中某些句子的意义,还是有积极意义的。

第四章
探索东方诗学的奥秘
——俄苏汉学家对中国古代文论的接受与阐释

第一节 俄苏中国古代文论研究的开山著作
——阿列克谢耶夫论司空图《诗品》

在俄苏汉学—文学研究界,有一部倍受推崇的里程碑式的皇皇巨著,那就是瓦·米·阿列克谢耶夫院士于1916年4月在彼得格勒出版的硕士学位论文《中国论诗人的长诗——司空图(837—908)〈诗品〉》(Китайская поэма о поэте-Стансы① Сыкун Ту, 837—908)。

阿列克谢耶夫的这部论著分为两部分。第一部分总标题"论长诗、它的作者和研究它的条件",下设四编19章,分别论述了《诗品》的概况、《诗品》的版本、司空图生平史料以及研究的方法。第二部分"翻译和注释",分两编。第一编是对《诗品》的翻译和注释,其中翻译采用了直译与意译两种形式,以便既能体现原作风貌,又能使俄国读者易于理解。第二编介绍了三部仿《诗品》的作品,即清代画家黄钺②的《画品》、书法家杨景曾③

---

① Стансы 本是俄国的一种诗体,音译为"斯坦司诗"。这是一种分成几节的诗,每一节用完整的复句表达一段意思。阿列克谢耶夫用这个译名,比较能概括《诗品》在形式上的特点,同时也便于俄国读者理解。在正文里,他又将《诗品》译作"Категории стихотворений"(诗的范畴)。

② 黄钺(1750—1841)字左田,又名左君,号壹斋、左庶子,安徽芜湖人。乾隆五十五年(公元1790年)庚戌恩科,授户部主事,因与和珅不和,告假回芜"掌教皖南北书院十载"。

③ 杨景曾(生卒年不详),字召林,号竹栗园丁,安徽六安人。分书法为二十四品,一一品评其佳妙。

的《书品》和文学家袁枚①的《续诗品》。对这三部作品,作者只是节选片断作了译注。

阿列克谢耶夫1916年对司空图《诗品》的研究与我国学者的论述最不同的一点,是他认为《诗品》论述的是创作主体——诗人方面的问题,具体地说,就是诗人在创作时不同的灵感状态,而不是如我国学者所普遍认为的那样:《诗品》"重在体貌诗歌的不同风格和意境,兼及某些艺术功用",同时"包括了诗歌创作的经验之谈"。② 他说:"在《诗品》中谈论的是诱发灵感到来的阶段"③,二十四"诗品"是"二十四种高级的诗歌灵感样式"④。因此,尽管他在翻译《诗品》的题目时,还是将其译作"诗的品类"(категории)或"诗歌作品的品类"(категории поэтических произветений),但他却把自己的专著命名为"中国论诗人的长诗",而不是"论诗的长诗"。虽然我们并不同意他把二十四"诗品"全部说成是诗歌的"灵感样式"(以后的苏联汉学家普遍把"诗品"的"品"解释为"美学范畴"),但阿列克谢耶夫从创作主体的自身修养的角度来挖掘司空图《诗品》的思想内涵,应该说还是部分地把握住了原作的主旨,有一定启发意义。

我们认为,司空图《诗品》确实不仅仅是论述了诗歌的各种风格、意境或艺术表现手法,它还以相当多的篇幅论述了诗人为要创造出某种艺术境界而在主观上必具的修养或蓄积。也就是说,在司空图看来,某种艺术风格的形成,并不仰仗篇章字句的推敲雕琢,并没有什么机械人为的法则,关键在于作家主观修炼到某种境界、具备某种气质。在司空图的二十四"诗品"中,起码有十一"品"谈到了这个问题。⑤ 比如第一品"雄浑",作者要求诗人"返虚入浑,积健为雄";第二品"冲淡",要求诗人"素处以默,妙机

---

① 袁枚(1716—1798),字子才,号简斋、随园老人,清代诗人。浙江钱塘人。著有《随园诗话》《子不语》等。
② 郭绍虞、王文生《中国历代文论选》第二册,上海古籍出版社,1979年,第215、216页。
③ В.М.阿列克谢耶夫《中国论诗人的长诗——司空图〈诗品〉》,彼得格勒,1916年,第9—10页。В. М. Алексеев: Китайская поэма о поэте- Стансы Сыкун Ту (837—908). Петроград: Фототипия и тип.А.Ф.Дресслера.1916.
④ В.М.阿列克谢耶夫《中国论诗人的长诗——司空图〈诗品〉》,彼得格勒,1916年,第14页。
⑤ 如《诗品》中的"雄浑""冲淡""沉著""典雅""洗炼""劲健""自然""豪放""超诣""旷达""流动"等。

其微"等等。至于第二十品"旷达"、二十四品"流动",更完全讲的是诗人的人生态度与思想修养的问题。从这个角度来看,阿列克谢耶夫把《诗品》归纳为"论诗人的长诗",还是有一定道理的。

还需要指出的是,司空图所说的这种诗人的主观修养,是在与"道"契合无间地交融中自然而然地达到的某种境界,而不是强制、被动、违背本性地建立起来的某种观念体系,也就是说,他崇尚的人格是"真"而不是"伪"。所谓"虚伫神素,脱然畦封"(《高古》)、"体素储洁,乘月返真"(《洗炼》)等等,无不强调的是这种境界。对诗人的这种修养,阿列克谢耶夫选择"Наитие"(灵感)一词来概括,尽管不一定确切(因为司空图所说的作家的思想修养,是通过长期修炼而达到的一种长期稳定的精神气质和人格境界,并非刹那间产生的灵感),但俄文词 наитие 所具有的"天启"的意义,却说出了作家这种修养是来自冥冥之中的某种玄机,是不期然而至的、非人力强求所能得的特点。从这里可以看出阿列克谢耶夫对司空图原著精神实质把握的深度。

把司空图的诗学主张与中国古代道家哲学中的"道"的观念联系起来加以考察,是阿列克谢耶夫1916年司空图《诗品》研究中最主要的心得。这一认识并且影响到他以后对中国古代文论其他著作的研究。阿列克谢耶夫指出:"在《诗品》中……经常使用的一个词是'道'"①。他做了一番统计之后说:"(在《诗品》中)'道'这个词出现了7次,而它的最接近的同义词和代用词'真',是11次"。② 此外,他说:"'道'还有另外一些表述,如'造化''真''真宰'等等"。可以说,"'道'存在于每一节诗,并在每一个标题中表现出来"。他认为,像"雄浑""冲淡""实境""形容"等题目,实际上都是讲的"道"。③ 阿列克谢耶夫指出:"这里的'道'就是'道'本身,它来自于道家的第一批神秘主义者(老子、庄子、列子、淮南子),是《诗品》经常采用的论点之一,它表示了作者一个主要的思想"④。由此,他得出自己的结论说:"在《诗品》中是以诗的语言歌颂了那种特殊的灵感,这种灵感,以自己的特征成为'道'的表征,而它的体现者就是得道的诗人——

---

① 《中国论诗人的长诗——司空图〈诗品〉》,彼得格勒,1916年,第10页。
② 同上书,第37页。
③ 同上书,第11页。
④ 同上书,第10—11页。

'道—诗人'。这部作品的全部内容都与此相联系"①。这就是说,在阿列克谢耶夫看来,《诗品》所说的各种"品"(也就是他所认为的各种"诗歌灵感样式"),全部来自于超时空的、处处冥冥之中的"道",并从不同角度、以不同特点体现着"道",是"道"的具体化。联系到前面提到过的,司空图对于创造不同风格而要求诗人必具的修养的论述,可以说阿列克谢耶夫的这一理解是符合司空图原著的基本精神的。

接下来,阿列克谢耶夫对中国古代思想家和文学家所神往的"道—人"或"道—诗人"作了具体的描述。他写道:"这种'道—人'或'道—诗人'存在于宇宙的远景和超思想的成就之中,……他是具有伟大精神的'高级的'人,他为伟大的思想和彻悟所浸透,他自满自足,处于沉默,是人群中的孤独者,古代的因素活在他的远离尘世的孤立的精神之中……"②阿列克谢耶夫对中国的"道—诗人"的这种理解,贯穿到他以后的所有中国古代文论研究论著中。像他在将近30年之后写的比较诗学论文《罗马人贺拉斯和中国人陆机论诗艺》《法国人布瓦洛和他的中国同时代人论诗艺》等,都把中国的"道—诗人"的理想看作是与西方文论相比的一个重大的不同点。

得"道"的诗人(或者其他艺术家)在宇宙的神秘力量——"道"的推动下,在一种物我两忘、超思维超感觉的状态下创造出巧夺天工的精美作品,这在阿列克谢耶夫看来,正是中国艺术的奥妙,也是中国美学和艺术理论的真谛。所以他把自己在后来40年代写的系列论文,即对司空图《诗品》、黄钺《画品》和杨景曾《书品》的研究,命名为《诗人—画家—书法家论自己灵感的奥秘》。他认为这三部著作最大的相同点,是它们都把老子学说中那种永恒的、超思维超感觉的"道"作为一个真正的艺术家的理想③。诗人、艺术家要与"道"融为一体,要成为"道—诗人""道—画家""道—书法家"。阿列克谢耶夫指出,了解中国艺术理论所揭示的这一奥秘,"在研究中国绘画和他的一切异国情调时,……未必不是合适的甚至是必需的"。④

---

① 《中国论诗人的长诗——司空图〈诗品〉》,彼得格勒,1916年,第13页。
② 同上书,第18页。
③ 参阅阿列克谢耶夫《中国文学》,莫斯科,1978年,第214页。В. М. Алексеев：Китайская литература．Москва：изд．Наука，1978.
④ 同上书,第200页。

通过对司空图《诗品》的深入研究,阿列克谢耶夫指出:"无论是从欧洲的还是从中国的观点来看,(司空图的)长诗都是具有卓越优点的文学个体,因此对它进行研究是完全必要的"①。他认为,司空图《诗品》完全可以"列入欧洲论诗人的长诗(贺拉斯、布瓦洛等)之林。……它应该在一般文学史中占有绝对光荣的地位"。②

在1916年阿列克谢耶夫的司空图《诗品》研究中,他已经注意到司空图《诗品》在中国美学思想史中的地位,注意到《诗品》同以后的其他艺术门类的理论著作的联系。具体来说,就是把《诗品》同后人仿其意而作的《画品》《书品》进行比较。阿列克谢耶夫这一研究构想的提出,最初是很偶然的。1914年,他的一名学生从北京给他带来一本书,书名《三品汇刊》,1879年出版,其中收录了《诗品》《画品》和《书品》。这一偶然的发现促使作者意识到,分别由诗人、画家和书法家撰写的《诗品》《画品》和《书品》,这三部不同年代、论述不同门类艺术的长诗,可以组合成一部统一的三部曲。

经过近30年的潜心研究,阿列克谢耶夫在1945年发表了他的系列论文的第二篇《中国山水画家——诗人论自己的灵感和自己的山水画》③,1947年发表了第三篇论文《书法家和诗人谈书法艺术的奥秘》④,并对司空图《诗品》作了重新翻译,至此,作者完成了他最初构想的主题:《诗品—画品—书品,诗人—画家—书法家,中国的三部曲》。他在为这个"三部曲"写的序言中指出:"它们(指《画品》和《书品》——笔者)的作品,绘画和书法的最有修养和教养的大师,没有找到比诗人司空图在自己的长诗中所用的语言更为有力的语言来表达自己的思想。尽管这首诗距离他们已存在了不少于一千年,但仍被他们当作经典来吸收。"⑤

通过这种对中国艺术理论的历史纵向和跨学科横向的比较研究,阿列克谢耶夫向俄国读者揭示了中国艺术的内在奥秘,提供了理解中国艺术和艺术理论的钥匙。更为重要的是,他所揭橥的这种宏观的、系统化的研究方法,不仅对俄国汉学界,而且对中国的研究工作者都是很有启发意义的

---

① 《中国论诗人的长诗——司空图〈诗品〉》,彼得格勒,1916年,第32页。
② 同上书,第30页。
③ 最初发表于1945年《星》杂志第12期。1978年收入《中国文学》论文集。
④ 最初发表于1947年《苏联东方学》第四卷。1978年收入《中国文学》论文集。
⑤ 阿列克谢耶夫《中国文学》,莫斯科,1978年,第171页。

贡献。

第二节 "对世界文学史互相适应的部分的认识"①
—— 阿列克谢耶夫和他的中西诗论比较研究

早在1916年研究司空图《诗品》的专著中,阿列克谢耶夫就曾明确指出,他写作这部书的目的是要"促使终止对于研究中国诗歌的玩赏态度而代之以更为科学的态度",以便把"中国诗歌的研究归入到……世界诗歌的研究"。② 正是出于这样的动机,他在20世纪40年代开始了对中西诗学理论的比较研究。1944年,阿列克谢耶夫发表了第一篇比较诗学论文《罗马人贺拉斯和中国人陆机论诗艺》③,四年之后,1948年,他又参考法国汉学家G.马古礼④的法文译本,对陆机《文赋》作了重新翻译。与此同时,在1944—1947年间,阿列克谢耶夫还拿法国古典主义理论家布瓦洛同中国明代学者宋濂和袁黄作比较,写成一批论文手稿。这一研究成果在作者生前未能发表⑤。1978年由他的同事和学生整理,以《法国人布瓦洛和他的中国同时代人论诗艺(Француз Буало и его китайские современники о поэтическом мастерстве)》为题,收入作者的论文集《中国文学》。

《罗马人贺拉斯和中国人陆机论诗艺》全文共分九节。第一节论述贺拉斯与陆机之间的可比性,说明作者进行比较研究的目的和理由。第二节简要介绍陆机的生平和创作,并着重说明《文赋》在中国文学史上的地位以及翻译这篇赋体论文的难度和意义。从第三节至第五节作者用三节篇幅论述了贺拉斯与陆机在诗学主张上的不同点。第六节和第七节论述了他们之间的相同点。第八节概述了陆机《文赋》的思想内容。第九节是对

---

① 同上,第249页。
② 《中国论诗人的长诗——司空图〈诗品〉》,彼得格勒,1916年,第Ⅲ页。
③ В.М.Алексеев: Римлянин Гораций и китаец Лу Цзи о поэтическом мастерстве.最初发表于1944年《苏联科学院公报》,文学与语言部,第三卷,第四分册。1978年收入《中国文学》论文集。
④ G.马古礼(Georges Margouliès,1902—1972),原籍俄国,曾在中国做过传教士,后侨居法国巴黎,著有(《〈文选〉辞赋译注》(Le "Fou" dans le Wen-siuan.Etude et textes,巴黎:保尔·古特纳Paul Geuthner 出版社,1926年)等汉学研究著作。
⑤ 20世纪40年代后期,由于个人崇拜和庸俗社会学的盛行,比较文学在苏联被宣判为"资产阶级的反动的文艺学",遭到毁灭性打击。阿列克谢耶夫的后一篇论文未能发表,可能与此有关。

全文的总结,并进一步指出了陆机《文赋》的伟大意义。

　　阿列克谢耶夫认为,贺拉斯与陆机的最大差别"在于他们长诗的语调"。①陆机较少教训性,他喜欢谈论理想诗人的理想作品,而这样的诗人是"神秘地与天融为一体并依靠最高的生命创造行为——'天机'而生活的"。②贺拉斯则不然,他的《诗艺》是直接写给戏剧作家的教导,所以他总像一个"稳重的教师"③在示人以法。在他们所继承的文学传统方面,贺拉斯没有陆机那么多的文学前辈,并且他的前辈都是外国(希腊)人。在贺拉斯的诗体书信中列举了许多希腊诗人的名字,而在陆机那里几乎没有提到任何前人,可是他的思想受前人"概括的影响却要比贺拉斯多"。④ 在他们研究的对象上,贺拉斯的是诗剧,而陆机的则是戏剧以外的"文";并且贺拉斯本人并没有写过他所讨论的东西,而陆机则以写作他所讨论的诗文而成名。在贺拉斯的《诗艺》中有对诗格、韵律等问题的论述,而这在陆机那里是空白。因为他的《文赋》是"精神和情绪的诗,而不是作诗法"。⑤ 贺拉斯对诗抱着中庸态度,他允许诗中有冗长或平庸的地方。(按《诗艺》中说:"作品长了,瞌睡来袭,也是情有可原的")。而这"对于陆机来说是致命的,并且还是不可容忍的粗俗",⑥因为他追求的是儒家思想的标志着高度成就的"正道"。阿列克谢耶夫还特别指出,造成贺拉斯与陆机诗学主张不同的一个重要原因是因为贺拉斯心目中诗的读者包括"所有的人"(按:如《诗艺》中提到"老人""高傲的骑士"等),而陆机的读者则是"博学的学者",是"站在正道上的高级的文学家",而不是"半文盲的大众"⑦。

　　关于贺拉斯与陆机论诗艺的共同点,阿列克谢耶夫指出,这"首先是古代的理想化"⑧。他们都表现出对古代圣贤的崇拜,这在贺拉斯是对苏格拉底,在陆机是对孔子。他们都要求诗的朴素、和谐与一致,反对诗人的恶习、粗野和不文雅的表述、矫揉造作的藻饰和空洞无物等等,并且陆机"在

---

① 阿列克谢耶夫《中国文学》,莫斯科,1978 年,第 253 页。
② 同上。
③ 同上。
④ 阿列克谢耶夫《中国文学》,莫斯科,1978 年,第 251 页。
⑤ 同上书,第 252 页。
⑥ 同上书,第 253 页。
⑦ 同上书,第 252 页。
⑧ 同上书,第 253 页。

方法上带有更大的决断和深度"①。他们都要求诗人应带着感情去创作，要对读者的心灵起作用，要能给人以益处和乐趣。他们都同样具有说服力地解决了诗人创作中自然美与艺术美的相互关系问题，这在贺拉斯那里是天赋与苦练的结合；而在陆机那里则是"志"与"文"，也就是"人的自然本性、精神财富"与"文雅的艺术的语言"的和谐结合。他们都主张在诗歌中"美"应占优势，只不过在陆机那里，"美"还有许多同义词，如"雅"、"丽""艳""藻"等等。此外，贺拉斯关于"条理分明"的思想，在陆机那里也得到热烈的赞同，他要求诗人具有"匀称的细致的准确性"②。

在对贺拉斯与陆机作了全面、细致的比较研究之后，阿列克谢耶夫不无赞美之情地得出自己的结论："站在中国人的长诗（按：指陆机《文赋》）的背景上，可以认为贺拉斯的信比中国人的诗更为主观。"陆机在其《文赋》中论述的一系列观点，"对于他的一切后继者一点也不是陈旧的东西。"他指出："今天对于理解中国的古典诗歌来说"，陆机《文赋》的时代"还远远没有结束。""并且它的语言对于所有懂得古代汉语的人也完全是可以明白的。"他说："陆机在其全部中国特点上，大概比已经进入我们以往的古典教育体系的贺拉斯对于我们的异国情调还要少。他所提供的世界诗人的心理学并不比那位罗马诗人（按：指贺拉斯）要少。罗马诗人为诗人写的要多于他论诗人的地方。而对后者的研究，陆机要多于贺拉斯"③。

《法国人布瓦洛和他的中国同时代人论诗艺》是阿列克谢耶夫在1944至1947年间写的论文手稿。由于仅只是手稿，所以对一些问题的讨论尚不充分，有些地方甚至只是只言片语的提要，但从中已能看出作者的基本观点。这篇论文的思路与上一篇基本相同，主要内容都是分别论述中西文论的相同点与不同点，同时概括介绍中国著作的思想内容。篇后附有对中国著作的翻译。不过，这篇论文同上一篇相比，有一个突出的进步，那就是作者对中西文论主张之所以不同的原因，作了较为充分的探讨。这就多少弥补了上一篇论文存在的不足。

阿列克谢耶夫选来同布瓦洛的《诗的艺术》进行比较的中国著作，是

---

① 阿列克谢耶夫《中国文学》，莫斯科，1978年，第254页。
② 同上书，第255页。
③ 同上书，第256页。

明代学者宋濂的《答章秀才论诗书》①和袁黄的《诗赋》②。他在这篇论文里对造成中西诗学理论不同的原因的探讨,是手稿中十分精彩的一部分。他指出:"布瓦洛是文艺复兴时代和十一至十二世纪(中世纪)休眠的产物,而在中国人那里一切都是在不间断地进行着和逐渐加强的。""在中国没有那种像(西方)古典文化崩溃和复兴的大变动。""中国的古典主义能以充分的生命生存,它消化一切,却没有被谁消化掉。孔子的逻辑和他的中国文化理论(加上他在多方面的古典教育中的实践)捍卫了中国的旗帜抵御一切外来的侵入。中国争得了按自己的方式生存的权利,而不用理会亚洲周围世界的生活。"因此,"布瓦洛乃是地中海式的进步,……他的《诗的艺术》是欧洲一切时代和国家的诗学。……而在中国,只为中国自己一个"。"中国人实际上只确信他们自己的文学规范而完全没有看到世界文学。""中国人在很多时候都是自我中心论者,布瓦洛崇拜两种人——希腊和罗马人,而中国人只有他自己"③。

阿列克谢耶夫还指出,造成中西诗学理论不同的另一个重要原因,是文学在西方很早就成为商品,所以布瓦洛要求诗人要"努力使自己的读者喜欢"(《诗的艺术》第一章)。而在中国,"书完全不是人人可以享受的",著书立说不是为了换钱,这就决定了中国的文学家不必考虑要迎合读者的趣味。因此,像布瓦洛所说的那样,有些诗人"拿着能手开玩笑,图自己收入增多"(《诗的艺术》第三章),这在中国是不可能的。至于布瓦洛在《诗的艺术》中表示痛恨的"诗人的蛮横、寄生、嫉妒、卑鄙和庸俗",中国人就没有这样的议论,"这并不是说中国人不反对这些问题,而是中国诗人作为高级的儒家文化的代表,不需要这样大声斥责"④。

阿列克谢耶夫指出,布瓦洛与他同时代的中国人(具体来说就是宋濂和袁黄)最大的共同点就是他们都醉心于古代的诗人,"把对千年之上的

---

① 宋濂(1310—1381),字景濂,号潜溪,明初文学家。浦江人。其文论主张的基本点是"明道致用""宗经师古"。他所说的"道"是封建圣贤之道,要求文章"正三纲而齐六纪"(《文原》)。《答章秀才论诗书》论述的是诗人要不要学习古人和怎样学的问题。
② 袁黄(生卒年不详),字坤仪,号了凡,明代学者。祖籍浙江嘉善,后定居江苏吴江。对天文、术数、水利、军政、医药等多有涉猎。著有《皇都水利》《评注八代文宗》《袁了凡纲鉴》等。《诗赋》系仿陆机《文赋》意而作,全篇用赋体韵文概述诗的本质、特点、社会作用以及写作要领等问题,文笔优美,但多半祖述前人观点,且有"巧而碎乱"之嫌。
③ 阿列克谢耶夫《中国文学》,第 274—275 页。
④ 同上书,第 276—277 页。

(古典作品)的合理模仿当作理想"。这在布瓦洛是对荷马,在中国人是对《诗经》。而他们之间最大的区别,是中国人所信奉的"道—诗人"的理想。这样的诗人"以世界的原素为生,他脱离庸人的鄙俗世界,而信奉纯净的独立的灵感——天启"。阿列克谢耶夫说:"这与布瓦洛是极不协调的,对于他来说,最重要的思想是合于理性的原因。"阿列克谢耶夫进一步分析了中国古代哲学、美学中的"自然"观念,指出它与西方近代"自然主义"的本质区别。他以庄子学说中的"自然"观来解释中国诗学中所说的自然,指出这种"自然""处于比道更高的地位",它"存在于理想的古代,是世俗大众生活的自然、大自然旋律的自然"。这样,"道—诗人"的"回归自然"就是要返璞归真,"顺从地模仿大自然的道",作一个"平民化的、天真的、高尚的人"——"野人",把"朴野与古风结合在艺术家的灵感之中"。① 阿列克谢耶夫指出,对这种灵感的强调,"重新鲜明地"把中国人"与布瓦洛区别开来"②。

阿列克谢耶夫对中西诗论的比较研究,体现了比较文学研究中"苏联学派"的一些特点,那就是不把比较的范围局限于影响研究,而是同时兼及类型学研究。苏联学派认为,文学的发展过程是受社会历史条件制约的,因此,人类社会历史发展的普遍过程的一致性与规律性,就决定了彼此并无直接影响联系的不同国家的文学(包括文学思想)在类型上的类似。同时,苏联学派还强调比较文学研究必须紧密联系社会历史背景和美学思潮来揭示不同国家文学的普遍规律和民族特色。这些,在上述阿列克谢耶夫的两篇论文中都能比较明显地看出来。

客观地说,产生于40年代的阿列克谢耶夫的这两篇比较诗学论文,由于年代较早,研究尚不充分,用今天的眼光来看,也还存在着比较明显的不够成熟和有缺陷之处。这首先表现在受他本人所占有的资料的限制,有些研究对象选择得不够典型,这就影响了研究的科学性。比如前面提到的阿列克谢耶夫论布瓦洛和他的同时代人论诗艺的文章,他用来同布瓦洛进行比较的"中国同时代人",就不那么典型。因为无论是从年代来说,还是从对一代文风的影响来说,用宋濂、袁黄来和布瓦洛作比较,都显得有些牵强。而这样得出的结论,就必然缺乏说服力。其实要作这样的比较,不如

---

① 阿列克谢耶夫《中国文学》,莫斯科,1978年,第277—278页。
② 同上书,第273页。

选清代的"桐城派"为好。因为他们之间不仅在年代上更为接近,在文坛的地位与影响更是足以匹敌。即便是在明代作家中寻找比较对象,选前后"七子"也比宋濂、袁黄要好。看来阿列克谢耶夫是受了他手头资料的限制,这不能不说是一种遗憾。

其次,阿列克谢耶夫对中国古代文论的研究,还受西方近代科学所惯用的公式化思维方式的影响,存在着用某种划一的公式去诠解复杂多变的中国文化的弊病。中国古代文论是一个相当庞杂的对象,不同时代,不同派别的理论家在论述文学问题时,即便使用相同的术语、重复类似的话头,其内在含义却可能大相径庭。"执一隅之解"去"拟万端之变",就难免要出差错。比如阿列克谢耶夫在他早年研究司空图《诗品》的专著中,曾注意到司空图的一个文学观念,即"道—诗人"。用这个观念来解说司空图一派的诗论,原本是不错的。但是,如果把这个观点看成是一个公式,用它来解说所有中国古代文学家的主张,就难免有"胶柱鼓瑟"之嫌了。像他在拿宋濂同布瓦洛作比较时,就专门以一节的篇幅,论述了中国人的"道—诗人"(按:这里的"道",是庄子一派的"自然之道")观念。然后说"如果把 nature 解释为自然,那么布瓦洛把古代(作品)看作是被说明了的大自然和自然性的观点,就完全是中国人所具有的。这时宋濂就是布瓦洛思想的传道士了(比他早了三个世纪)"①。我们说,宋濂文论主张中的"道"是儒家的封建圣贤之道。并且宋濂的《答章秀才论诗书》通篇讲的是诗人要不要学习前人,以及怎样学习的问题,并没有涉及阿列克谢耶夫在本文第五节中所说的什么"诗人返回自然……在强烈的灵感中……顺从地模仿大自然的'道'"②等话题(按:阿氏自己也说,那是庄子的观点)。阿氏之论,可谓无的放矢地"顾左右而言他"了。这说明用一个固定的公式去解说不同时代、不同派别的文论家的主张,是不妥当的。

尽管阿列克谢耶夫对中西诗学的比较研究还存在着一定的不足,但他对俄苏的中西诗学比较研究,还是作出了开拓性的贡献。他在这两篇论文中提出的一些观点,也颇富启发意义,应当在世界比较文学研究史上占有重要的地位。

---

① 阿列克谢耶夫《中国文学》,莫斯科,1978 年,第 278 页。
② 同上。

第三节　文化密码的破译
——李谢维奇论中国古代文论的重要概念范畴

1979年,莫斯科科学出版社出版了苏联科学院东方学研究所研究员伊戈尔·萨莫伊洛维奇·李谢维奇的专著《古代与中世纪之交的中国文学思想》,是作者在中国古代文论领域多年研究成果的结晶。

李谢维奇这部长达265页的专著主要讨论的是中国古代文学思想中一些最基本的概念、术语和范畴。他在本书序言里首先引用《庄子·秋水》篇中的一句话:"东西相反而不可以相无",来说明研究中国文化的重要性。他指出,长期以来许多欧洲人甚至一些著名的学者,都对中国的精神文化和中国人的社会心理存有浓厚的偏见。对于种种将中国的思想文化斥为肤浅、平庸的论调,他认为可以用鲁迅的话来一言以蔽之,那就是"门外文谈"。他引用阿列克谢耶夫的话说:"重要的不是我们看见什么,而是中国人看见什么。只有当我们最终找到了为什么中国人在那里得到充分的享受而我们感到的却只是迷惘的时候,我们才能开始发议论。"[1]因此,李谢维奇指出:"为了理解另一个民族的艺术,必须掌握建立在其基础之上的文化密码"[2]。

正是出于这样的动机,李谢维奇选了十多个中国古代文论中最重要的概念、术语或范畴,主要有道、德、文、气、风、风骨、赋、比、兴、颂、诗、小说等,在专著中进行了详尽的论述。

限于本书篇幅,这里仅对李谢维奇著作的前三章,即他对"道、德、文、气、风、风骨"的论述,作一简要的介绍。

先看"道"。欧洲汉学家对中国哲学中"道"这个概念的解释,历来有两种做法:一是试图从欧洲哲学中找出与"道"相应的概念,如法国汉学的奠基人让·比埃尔·阿伯尔·雷米萨特(汉名雷慕沙 Jean Pierre Abel Rémusat,1788—1832)把"道"翻译成希腊词"逻各斯"(逻辑),黑格尔把中

---

[1] 李谢维奇《古代与中世纪之交的中国文学思想》,莫斯科:科学出版社,1979年,第5页。Лисевич И. С.: Литературная мысль Китая на рубеже древности и средних веков. Москва: изд. Наука, 1979.引文见阿列克谢耶夫《在旧中国》,莫斯科:东方文学出版社,1958年,第53页。В сдаром Китае. М.: изд. Восточной литературы, 1958.

[2] 同上。

国的"道"解释为他自己哲学中的"世界精神"等等;另一种则是保留这个术语的具象性,照中文直译为"道路"(英语 The Way;俄语 путь),以使其具有多义性和比喻性;或者用叙述的办法,通过一系列概念和形象来说明它。李谢维奇认为,这后一种做法"更有成效"①。他表示赞同瓦·米·阿列克谢耶夫在1916年研究司空图《诗品》的专著中对"道"的描述:"道是本质,是某种静止的自在之物,是圆心,超认识与测度的永恒的点,某种唯一正确和真实的东西。……这种'道'作为最高的实体,是一切思想和一切事物的无为的中心,是诗歌灵感的主宰。"②

再看"德"。李谢维奇认为,"德"这个概念对于西方学者来说,理解起来比"道"还要困难。他指出:"如果说对于中国的思想家,'德'是比'道'更为可行的概念,那么对于欧洲的学者来说,情况却正好相反。……像'道'这样的概念在西方哲学中还能找到比较接近的相应物,而对于'德',却没有类似的概念"③。

为了向西方读者解释清楚"德"这个概念,李谢维奇首先从词源学角度对中国的"德"作了详细的考证。他采纳了美国学者 A. 威利在 1956 年写的《"道"及其能力》(The Way and Its Power)一书中的意见,认为这个词接近于古代的"播种"和"培育"。他根据汉字"德"字的字形分析说:"'德'这个象形字的写法是建立在会意的基础上的,从眼睛里生长出来的植物的叶柄。在眼睛图形的下边又补充了一个带点的心的图形,这中间可能解释为指示着通向另一个世界的出路,也可能是另一个意思:暗示着由我们的感官通向我们的认识的'生长'过程。"④尽管李谢维奇的这个解释是否正确还有待商榷,但他由此得出的关于"德"字含义的结论却很值得我们重视。他认为,"德""明确地指示出某种能力和它的实现"。⑤ "如果说'道'是种子,那么'德'就是幼芽,承受着一股未来发展的能量,这是自原始以来就存在于事物和现实中的不可见的程序的实现。"他还把"德"同印度哲学中的"羯磨"(因果报应)相比较,指出中国的"德""更强调了'程

---

① 《古代与中世纪之交的中国文学思想》,第10页。
② 同上。
③ 《古代与中世纪之交的中国文学思想》,第13页。
④ 同上。
⑤ 同上。

序化'"①。他说:"德也就是和谐,……在这种和谐中表现出在其自在之物(按:即道)中所具有的原始的决定性。"②这也就是说,"德"是由"道"所决定、所赋予的事物的一种能力、一种属性,它体现着和实现着"道",并使事物由于符合"道"而得以生存和发展。李谢维奇引用《易经》中所谓"天地大德命曰生"和《庄子》中的"生乃德之光",说明"在世界的进化中和谐与预定性的最高表现是生命"③。这也就是庄子所谓"物得以生谓之德"(《天地篇》)。李谢维奇对"德"的这些解释,是符合中国哲学中"德"这一概念的基本含义的。

接下来,李谢维奇对中国传统文学思想中一个最重要的术语——"文"进行了探讨。他仍从研究中国象形文字最初的图形含义出发,指出"文"的最初意义是"花纹"。他还引用《易·贲卦》中"刚柔交错,天文也"的说法,指出"文的观念同世界的自在之物——大道的观念有着紧密的联系"。④ 正因为"文""从总体上被看作是道的表现,是神妙的力量——德的一种表现形式",所以中国人总是以"极虔敬的态度来看待一切用它写成的东西"。⑤ 在对"文"的最初意义作了辨析之后,李谢维奇用了长达11页之多的篇幅,概述了中国古代"文"的观念由广义到狭义的演变过程。由于这部分内容对于中国读者来说是比较熟悉的,这里不再过多介绍。

从对中国古代"文"的观念深入而精确的把握出发,李谢维奇对如何用西方语言来翻译中国这一独特的文学理论术语的问题,作了颇有见地的探讨。这突出表现在他对《文心雕龙》一书书名的翻译上。《文心雕龙》一名,过去俄文一般译作"Резной дракон литературной мысли"("文学思想的雕刻的龙")或译为"Литературные мысли и резные драконы"(Н.Т.费多连柯的译法,直译为"文学思想与雕刻的龙"——笔者),李谢维奇指出:"心不等于思想,文也不是我们所理解的文学"⑥。他根据自己对中国"文"一词的独特认识,选择俄文词"письмена"("文字")来翻译中国的"文",把书名译作"дракон изваянной в сердце письмён"("在文字的心中被雕

---

① 《古代与中世纪之交的中国文学思想》,第14页。
② 同上。
③ 同上。
④ 《古代与中世纪之交的中国文学思想》,第16页。
⑤ 同上书,第17页。
⑥ 同上书,第18页。

刻出来的龙")。他的理由是:"文字(письмена)……既是文学作品的标志,同时又是文学的花纹。"①尽管李谢维奇的这一译法仍欠准确,因为所谓"文心",按刘勰自己的解释是"为文之用心",不能译作"文之心"。但他这种独立思考的精神和力图准确传达中国文论术语特殊含义的苦心,还是值得肯定的。

在本书第二章里,李谢维奇详细探讨了中国古代文论的另一个重要概念——"气"。他指出:"哲学概念'气'在中国文学思想中所起的作用,大概并不比'德'的概念要小;并且在创作过程的重要推动因素中,'气'几乎与'道'的概念一样重要"②。

为了便于西方读者理解,李谢维奇用来自古希腊的西方哲学术语"以太"(эфир)来翻译中国的"气"字。不过,正如我们在前边说过的,李谢维奇不主张用西方哲学概念来简单地对译中国古代文论术语。所以他在把"气"译作"以太"时,还经常保持对这个词的音译,直接译作"ци"。同时在"以太"之前,往往要加上一些修饰语,如本章题目所谓"有生命力的(животворящий)以太"等等。因为"以太"在古希腊人的观念中,仅只是一种静止的媒质;而中国的"气",李谢维奇通过对中国古代象形文字的考证,指出它是一种动态的蒸腾的元气。这种气又分作"阴"与"阳"、"清"与"浊"两个对立的方面,这两方面互相联系又互相转化,构成一种强大的宇宙风暴。这阴阳二气"在人心中汹涌激荡,并经过他闯入诗与艺术"③。

李谢维奇从中国古代道家把"气"看作是宇宙初始的混沌状态开始,详细论述了"气"在中国古代哲学和文学思想中的多种含义。他指出,"气"既是"物理的又是精神能力的"④。在李谢维奇对中国古代"气"的学说的论述中,最值得我们注意的,是他从古代中国人的世界观的角度,深入探讨了"气"的观念给中国古代创作论思想带来的独特内涵。他特别注意到《易传》中所说的"同声相应,同气相求",指出:"古代中国人的世界完全处在'共鸣'法则的统治下。对于用宇宙的以太构成和浮游在'气'的海洋中的同种构造来说,距离不是什么障碍,一种冲动可以无阻碍地传达给另一个。世界被看作是由'气'本身的性质产生的无数内部联系串联起来

---

① 《古代与中世纪之交的中国文学思想》,第46页。
② 同上书,第32页。
③ 同上书,第34页。
④ 同上书,第57页。

的。……这样一来,自然现象与人的行为就表现为相互的联系,而人的行为就以最为奇特的方式影响到大宇宙的状况。"①基于这一发现,李谢维奇令人信服地解释了中国古代的"养气"论、"虚静"论、"感物"论等一系列理论命题的独特含义。概括地说,就是在古代中国人的心目中,人对外物的感知不是一种消极被动的认识关系,而是一种能动的"感应"关系。只要主体心中蓄积、凝聚起一定的"气",就可以"感应"到用同种"气"构成的外物。李谢维奇引述了陆机《文赋》和刘勰《文心雕龙》的一些说法,如"其始也,皆收视返听","秉心养术,无务苦虑","神居胸臆,志气统其关键","关键将塞,则神有遁心"等等,指出:"这不是简单的比喻,而是世界观。诗人的心不是在假借意义上简单地包括宇宙,要知道通往无穷的大门就在其中。"②"培养自己的'气'并且会运用它的人的精神"方可以"神与物游"③。李谢维奇的这些解释,同西方学者李约瑟博士在其划时代巨著《中国之科学与文明》中对中国"有机体论"的世界观的论述,是一致的。它有助于我们把握中国古代创作论思想的奥秘,有助于我们进一步发现和认识中国古代美学和文学思想的民族特色。

在专著的第三章《宇宙的风——"风"和它在诗学领域的出现,关于"风骨"的争论》里,李谢维奇对中国古代文论中的"风"和"风骨"这两个概念,作了颇令人感兴趣的研究。按照他一贯采用的"原始以表末"的研究方法,李谢维奇首先探讨了中国古代象形字"风"的原始意义,指出:"古代象形字'风'是一面直角帆,……以后在它里面补充了一个意符——一个昆虫的图形,它具有唤起春天青草的生命力的作用"④(按《说文解字》释"风"字曰:"风动虫生",此李谢维奇解释之所本),这与西方人风的概念是不同的。接下来,他从对古代中国人世界观的全面了解出发,着重探讨了古代中国人"风"的概念有别于西方的隐秘含义。他引用庄子所谓"大块噫气,其名曰风",以及嵇康在《声无哀乐论》中所说的:"凡阴阳愤激,然后成风;气之相感,触地而发",指出在古代中国人的心目中,"风""似乎是某种宇宙力量的更为显著和强大的体现者和负载者,是天的使者、宇宙的呼

---

① 《古代与中世纪之交的中国文学思想》,第34—35页。
② 同上书,第45页。
③ 同上书,第46页。
④ 同上书,第64页。

吸"①。"气在人体内的循环是由于外部的气——宇宙之风的运动；而人的健康、他的平安、富裕、事业上的顺利和最终结果——他的命运，则完全依赖于这两个方面(按：指宇宙之风和人的气)"②。这样，李谢维奇就找到了古代中国哲学和文学思想中一些与"风"有关的概念——诸如"风水"、"风流"、"观风"，以及作为民歌的"风"等等的内在联系。而中国古代诗学中的一些著名命题，如："养气""观志""观风""文以气为主"等等，也都可以从中国人的这种"风""气"观念中得到合理的解释。

在详细探讨了中国古代文论中"风"的多种含义之后，李谢维奇指出："所有这些并没有什么新东西，只是重复着固定的风的概念……只是到了建立起'风骨'观念的刘勰的时代，才把新的意义带进关于'风'的文学评论"③。于是，他接下来便进一步论述了在中国古代文论中极为独特的"风骨"概念。

"风骨"是中国古代文论研究中争论颇多的一个问题。在这一章里，李谢维奇就介绍了中国学者如黄侃、刘永济、范文澜、王达津、舒直等人的意见。对这些意见，李谢维奇有自己独立的思考和分析，他特别对我国五六十年代在机械唯物论和庸俗社会学影响下形成的把"风骨"研究简单化、现代化的倾向，表示了强烈的不满④。在全面研究了《文心雕龙·风骨》篇中有关"风""骨"的论述之后，李谢维奇得出了自己的结论，那就是："风、骨这两个字……结合在一起，成为一个统一的概念，就成了一个作为作品内部某一种核心的定义。没有它，这样的作品就不能站立起来，就不能被认为是真正的文学现象。"⑤那么，"风"和"骨"究竟哪个属于内容方面的因素，哪个属于形式方面的因素，就像我国学者在五六十年代经常争论的那样呢？在这里，李谢维奇站在现代科学思维的角度，提出了一个对于我们颇有启发的意见，那就是："在刘勰自己对文学作品的理解中，他推测出其中存在的三个方面：内部的、代表着作家本人的情感和思想；外部的、展现于我们面前的有形有声的形象；最后是某种中间的层面：在同第一个的关系上是外部的，而在同第二个的关系上又是内部的。这就是在刘勰

---

① 《古代与中世纪之交的中国文学思想》，第65页。
② 同上书，第69页。
③ 同上书，第88页。
④ 同上书，第96—97页。
⑤ 同上书，第88页。

那里对'风'和'骨'概念的、某种程度上已成为传统的解释。"①李谢维奇在这里试图从"中间层面"的角度来寻找解释"风骨"概念的出路,我们认为这个意见是可取的。

比如拿"骨"的概念来说,我国学者以往有人认为"骨即文辞",属于形式;也有人认为"骨即事义",属于内容。实际上从刘勰自己在《风骨》篇中的表述来看,这两种含义可以说都兼而有之,而又都不完全相等。"骨"是文辞,又不等于文辞。因为它并非泛指一切文辞,而专指那些"结言端直"的文辞。所以严格来说,它指的是文辞"言之有物"的实质性及其严整的结构与逻辑性。"骨"是事义,又不全等于事义,它是指与文辞相称、足以撑起全篇的"事义"的充实性与条理性。所以刘勰要说:"若瘠义肥辞,繁杂失统,则无骨之征也。"可见,"骨"相对于"情思"而言,它是情思的形式;而相对于"文辞"而言,它又是文辞的内容。所以,李谢维奇指出:"严格地说,在欧洲诗学中对于'骨'还没有准确的同义词"。他说:"在我们的时代,正好表现出把内容和形式范畴看作是多极现象的倾向。在这里,刘勰明显地超越了自己的时代。"②李谢维奇从现代美学的眼光,看到了刘勰"风骨"论跨越时代的巨大理论价值。他的这一见解,与 B.A.克利夫佐夫在1978年发表的论文《论刘勰的美学观点问题》③中对于"风骨"的论述,基本上是一致的。克氏也认为"风"和"骨"都包含着对内容与对形式的要求。但是李谢维奇对文学作品三个层面的划分,以及把"风骨"解释为中间层面的说法,比较更深刻,也更有说服力。应该说这是他对"风骨"论研究的一大贡献。

第四节 沿波讨源
——从中国传统文论的夕阳残照看其特点

1971年,莫斯科科学出版社出版了女汉学家基拉·伊万诺夫娜·戈雷金娜的专著《十九世纪至二十世纪初中国的美文学理论》。全书共分四

---

① 《古代与中世纪之交的中国文学思想》,第95页。
② 同上书,第89页。
③ Кривцов В. А. К вопросу об эстетических взглядах Лю Се // Проблемы Дальнего Востока. М., 1978. №1.

个部分:第一部分"桐城派和古代散文理论",主要论述"桐城派"的哲学基础以及桐城派文论与中国传统文学观念的关系。第二部分"十九世纪至二十世纪初的诗歌理论",首先介绍了中国传统诗学理论中"诗"的概念以及对诗歌创作过程的性质与特点的认识;然后重点介绍了"常州词派"的词论。第三部分"刘熙载的艺术理论",重点介绍了刘熙载《艺概》中对古文、诗、词、赋的论述。第四部分"新的文学——美学理论在二十世纪初的形成",论述了王国维和早期鲁迅的美学观。

戈雷金娜在专著的第一章"桐城派和古代散文理论"中,对中国清代的桐城派文论作了较为全面、深入而又细致的研究。这一章的主要内容包括:"桐城派的哲学基础""在桐城派代表人物的传统理论中美文及其体裁构成的定义""十八世纪和十九世纪前期的桐城派文论(方苞、刘大櫆、姚鼐等)"和"十九世纪后期桐城文论(曾国藩、林纾等)"等。其中介绍中国古代的"美文"体裁(也就是"古文")的一节,分别论述了"哲学性质的体裁和古典散文的纯文学形式"("论""说""驳""释""难""原""正文""考""解""序""跋""史""传""札记""赋"等)、"书信体和官方惯用体裁"("书记""檄移""章表""奏启""议对""奏议""诏令""书"等等)和"同履行民用与仪式功能相联系的体裁"("箴""铭""颂""诔""碑""墓志铭""哀""吊""啍""祭文"等等)。论述中大量引用了刘勰《文心雕龙》对各种体裁的定义并补以后世古文家特别是桐城派古文家的阐释,同时列举了许多中国古文名篇作例证,可以看作是一篇简要的中国古文体裁概论。

戈雷金娜指出:"桐城派的哲学基础是从……儒家传统中借用来的,他们对待文学的态度还是在公元一世纪时就由历史学家班固清楚地说出来了:'儒家者流……游文于六经之中,留意于仁义之际'(按:《汉书·艺文志》)。"[1]她认为桐城派文论家承袭的是从韩愈到朱熹一派的后期儒家代表人物的观点。她指出:"在古文修辞学的具体问题上,桐城派文学家的观点起源于韩愈在公元8世纪表述的立场。"[2]她说:"作为文学家的韩愈看到了对思想表达方式、风格和词语的重视态度的必要性。总的来说,新儒

---

[1] К.И.戈雷金娜《十九世纪至二十世纪初中国的美文学理论》,莫斯科:科学出版社东方文学总编室,1971年,第8页。Голыгина К.И.: Теория изящной словесности в Китае XIX-начала XX в.М.:Главная редакция восточной литературы изд.Наука.1971.

[2] 同上书,第7页。

家的奠基人朱熹也支持这种观点。他强调说,美文虽然保持了实用的意义,但同时又有独立的文学价值。而在18至19世纪对这个问题的争论,则是由桐城派领导的。"①

戈雷金娜认为,作为中国封建社会正统文学思想的儒家文论的一个重要特点,是把作家创造个性湮没到儒家之道的共同准则之下。而桐城派文论,作为中国封建社会传统文学思想的夕阳残照,则继续体现了这一特点。她指出:"桐城派作为过去时代的儒家信徒,并没有提高个性,而只是把它看作是同一水平的"。"在桐城派的理论中,作家任何时候也不能感到自己是自己思想的自由表达者,他所能做的仅只是跟随在为传统所承认的评价、观点和见解之后。"②

下面,我们重点介绍一下戈雷金娜对桐城三祖——方苞、刘大櫆、姚鼐的评论。

戈雷金娜指出:"方苞是桐城派的奠基人,他在桐城派的理论中差不多表现出极为保守的倾向。"③她特别着重分析了方苞的"义法"论,认为"义法"讲的是"描写的原则与风格"④。这里,作者对包括中国本国学者在内的许多人把"义法"解释为"内容与形式的统一"的说法提出了不同意见。她认为:"'义法'就是方法(Method),在这里'义法'——描写的原则——应该建立在儒家思想的基础上,它是对美学的功利性质的承认和对作品中所需要的思想的具体的要求。"⑤我们说,方苞《答申谦君书》云:"(古文)本经术而依于事物之理";《古文约选序》说:"盖古文所从来远矣,六经《语》《孟》其根源也。得其支流,而义法最精者,莫如《左传》《史记》……"可见方苞"义法"论所说的"言有物"与"言有序",都是有其具体内涵的。"义法"是对文章内容与形式的要求,或者说,是对文章内容与形式提出了一定的原则规范,确实不能简单归之为"内容与形式的统一"。因此,戈雷金娜把"义法"解释为"方法",是有道理的,值得中国学

---

① К.И.戈雷金娜《十九世纪至二十世纪初中国的美文学理论》,莫斯科:科学出版社东方文学总编室,1971年,第10页。

② 同上书,第11页。笔者按:作者对中国传统文论这一特点的认识,在她1972年写的另一篇论文《儒家美学理论中的创作个性概念》(收入《第三次中国"社会与国家"学术讨论会文集》和《中国文学研究在苏联》)中也有论述。

③ 同上书,第58页。

④ 同上。

⑤ К.И.戈雷金娜《十九世纪至二十世纪初中国的美文学理论》,莫斯科,1971年,第67页。

者重视。

对桐城派的第二位领袖刘大櫆,戈雷金娜写道:"在桐城派中,刘大櫆是一位有意思的理论家,他常常是勇敢的,并在某种程度上可能是不与那种要求过多的理性主义或狭窄的儒家思想性的儒家传统相联系的。"①她说:"在刘大櫆的理论中没有叙述创作过程,因为他认为作品的产生是很明白的事。然而他提出了灵感的问题,这确实是很独特的。"②。

戈雷金娜指出:"刘大櫆给了美文作品以新的解释。如果说方苞建立的理论基本上是以历史散文为例,那么刘大櫆所进行的则是对更为晚近的古代风格的美的典范,即韩愈、柳宗元、欧阳修的作品的研究。"③她写道:"(刘大櫆)把古代散文作品看作是一种复杂的现象。在刘大櫆看来,文学作品是由三个层面组成的,即:'神气'——这是文学的极为精细的部分;'字句'——作品的最粗糙的部分;以及音乐韵律的文采('音节')——这是位于精细的本质与词语的粗糙材料之间的中间部分。"④(按刘大櫆《论文偶记》云:"神气者,文之最精处也;音节者,文之稍粗处也;字句者,文之最粗处也。")

刘大櫆说过:"行文之道,神为主,气辅之"。(《论文偶记》)"神气"之说是刘大櫆文学三要素的核心,而这个概念对于外国读者来说,也最难理解和翻译。对此,戈雷金娜解释道:"术语'神气'是由两个部分构成的:'神'——首先是'神灵''良好的精神';而'气'——是处于运动状态的物质因素,在各个方面充分隐秘的生命力量。通常用'精神'(дух)一词来翻译。"⑤她特别指出:"在艺术理论方面的文章中,'神'是被作为一个评价的范畴来运用的,例如词组——'神品'(Божественные творения),它决不能理解成'神的创作'"。这里,戈雷金娜引用了阿列克谢耶夫在当年论司空图《诗品》的专著《中国论诗人的长诗——司空图〈诗品〉》中对中国古代文论中的"神"概念的解释,用阿列克谢耶夫的话来说,"'神'可能意味着'神仙的超感觉的力量''在心中的奇特精神''神秘的被理解的精神''凝

---

① К.И.戈雷金娜《十九世纪至二十世纪初中国的美文学理论》,莫斯科,1971年,第76页。
② 同上。
③ К.И.戈雷金娜《十九世纪至二十世纪初中国的美文学理论》,莫斯科,1971年,第69页。
④ 同上书,第69—70页。
⑤ 同上书,第70页。

聚的生命力''人的天才'等等"①。我们认为,戈雷金娜本人和她引用阿列克谢耶夫的话对中国古代文论中"神"这一概念所做的解释,基本上是符合这个概念原意的。

在"古典散文在姚鼐理论中的哲学理解"一节中,戈雷金娜论述了桐城派第三位代表人物姚鼐的文学观点。之所以采用这样一个小标题,是因为作者认为,姚鼐把"文学问题从直接的文学方面转移到哲学方面来给予独特的解释"②。她写道:"桐城派理论思想的繁荣通常是与姚鼐的名字联系在一起的。""姚鼐更为感兴趣的是文学和艺术家的本质,以及他们在社会中的作用问题。他的理论观点表现出对古代《易经》的倾心。"③

戈雷金娜指出:"姚鼐试图解决传统文学科学的主要问题之一——文与道的关系问题。"④在概括介绍了中国古代以《易经》为源头的阴、阳之道的观念以后,戈雷金娜写道:"姚鼐正是从这种观点来看待美文的。"⑤她引用姚鼐所说的"天地之道,阴阳刚柔而已。文者,天地之精英,而阴阳刚柔之发也"(《复鲁洁非书》),以及"吾尝以谓文章之原,本乎天地。天地之道,阴阳刚柔而已。苟有得乎阴阳刚柔之精,皆可以为文章之美"(《海愚诗抄序》)等言论,指出在姚鼐的理论中"文章乃是这些对立力量的体现"⑥。那么,"文"与"道"在姚鼐的理论中又是怎样统一起来的呢?戈雷金娜认为,在姚鼐的理解中,"文"与"道"并不是完全相等的,"因为道在他的体系中是现实的一般法则"⑦。她写道,如果说在方苞的理论中,作为"一般生活准则"的"道"与"文"的统一是"通过'文以载道'的命题被确定下来的……并且'文'被看作是'道'的某种从属物;那么姚鼐强调的则是现实的一般法则——'道'在文中的具体化"⑧。

---

① К.И.戈雷金娜《十九世纪至二十世纪初中国的美文学理论》,莫斯科,1971年,第70页,注27。
② 同上书,第77页。
③ 同上。
④ К.И.戈雷金娜《十九世纪至二十世纪初中国的美文学理论》,莫斯科,1971年,第79页。
⑤ 戈雷金娜《十九世纪至二十世纪初中国的美文学理论》,莫斯科,1971年,第78页。
⑥ 同上。
⑦ 同上书,第79页。
⑧ 同上。

接下来,戈雷金娜回顾了中国传统的儒家文论对文学本质的看法。她说:"关于文学本质的问题在传统理论中总是同对作者个性的理论相联系的。"①她写道,中国传统的儒家文论把文章的作者区分为"圣人"与"贤人";与此相联系,他们的作品也就分别被称为"作"与"述"。而"在姚鼐那里,没有把文学家分成圣人和贤人……因此,姚鼐就把儒家经典同时看成是'作'与'述'。"②这就是说,姚鼐比他的前辈更看重"文"的自身价值,并给了文学与文学家以更高的地位。戈雷金娜指出,在姚鼐的理论中,"实现天人统一",也就是"道"与"文"统一的途径,就是要求这些文学智者"把握住现实的一般法则"(按:即"道")、并"按必需的法则来行动"。她说:"姚鼐写道:被智者理解的和由天赐予他的道,同时也是他的创作力量。……按姚鼐的观点就这样实现了天与人的统一。"③这就是说,在戈雷金娜看来,姚鼐理论中"文""道"统一的关键就在于作者是否理解和把握了"道"。联系到姚鼐本人所说的"道与艺合,天与人一,则为文之至。"(《敦拙堂诗集序》)可以说戈雷金娜的分析是符合姚鼐文学理论的实际的。

在分析姚鼐的文学理论时,戈雷金娜特别强调了姚鼐对中国传统文论的新贡献,那就是"在桐城派中姚鼐是第一个把圣人看作是做文章的人",并且"把一切写出来的古代圣人的遗产都看作是艺术"④。她指出:"强调经典与古典散文的一致,姚鼐并没有说出新的思想,因为在儒家理论中,经典总是被包括在古典散文的范围里的"。那么,姚鼐的创新则在于戈雷金娜所说的,他"强调了经典与一切其他散文的一致"⑤。

正因为姚鼐是以一个文学家的眼光来谈论古文问题,所以接下来戈雷金娜指出姚鼐的另一个理论贡献是,他"在桐城派理论中第一个引进了美的思想"⑥。戈雷金娜分析姚鼐这样做的原因说:"这是与他把所有的文都解释为艺术相联系的。"⑦戈雷金娜指出,姚鼐提出美的问题"是因为他在努力把艺术与儒家思想在文学中的应有体现的必然性结合起来的同时,还

---

① 戈雷金娜《十九世纪至二十世纪初中国的美文学理论》,莫斯科,1971年,第79页。
② 同上书,第80页。
③ 同上。
④ 戈雷金娜《十九世纪至二十世纪初中国的美文学理论》,莫斯科,1971年,第81页。
⑤ 同上。
⑥ 戈雷金娜《十九世纪至二十世纪初中国的美文学理论》,莫斯科,1971年,第83页。
⑦ 同上。

认为文学家本人应掌握自己技艺的三个方面,即:了解事物的法则和现实的原则、成为研究儒家典籍……的能手和掌握文学的技术"。① 她认为在中国传统文论中,美的问题一般是在研究某一种体裁的作品时具体化地提出来的(按:比如过去《诗品》一类的著作所划分的"品")。像刘大櫆对"神气"的讨论,"归根结底是对美的讨论,但他没有概括出美的思想,因为他是在体裁论的框子里来考虑问题"。② 而姚鼐之所以能有新的理论建树,就在于他的理论能"脱离狭窄的体裁性而转移到哲学方面"③。

戈雷金娜这部专著中值得我们注意的地方,还有她对王国维美学观的论述。作者指出:"王国维正确地从叔本华哲学和康德美学理论的立场出发,表示反对意识形态与艺术的结合,因此也就是表示反对孔子学说的基本纲领。他把'低级的体裁'(按:指小说、戏曲)看作是写作艺术的高峰,并以此来动摇儒家。他的纯艺术思想在当时是进步的,因为他否定了桐城派狭隘的功利主义。"④

对于如何评价王国维美学思想的哲学基础——叔本华与尼采哲学的问题,作者写道:"在二十世纪初的中国,叔本华、尼采或者反动浪漫主义者的理论的作用与在西欧是不一样的。因为人们从中选择的主要是关于个性自由的学说。"⑤"在尼采那里,比起叔本华来,更多的是无所畏惧的斗争的坚定性,尼采是为他自己的阶级反对无产阶级革命的威胁,而在中国,他的歇斯底里式的激情却被领会为反对封建思想的斗争形式。"⑥这说明,一种理论、一种学说,在不同的国度、不同的时代,会因接受者理解和领会的不同,而产生不同的作用。处于资产阶级民主革命前夜的中国进步的思想家们,正是通过对叔本华、尼采哲学的"曲解",把这一腐朽反动的哲学变成自己向封建阶级斗争的思想武器,从而使这一学说在当时中国的历史条件下,显示出一定的进步性。笔者认为,戈雷金娜这一论述,对于我们正确评价王国维乃至早期鲁迅美学思想的哲学基础,都是有一定的启发

---

① 戈雷金娜《十九世纪至二十世纪初中国的美文学理论》,莫斯科,1971年,第83页。
② 同上书,第84页。
③ 同上。
④ 戈雷金娜《十九世纪至二十世纪初中国的美文学理论》,第221页。
⑤ 同上书,第222页。
⑥ 同上。

性的。

戈雷金娜在她的专著的结束语中指出:"伟大的十月社会主义革命对中国哲学和美学思想产生了思想上的影响,并促使马克思主义美学在中国产生和发展。然而,传统的中国文学理论并不只是具有历史的意义。……对于现代文学史家来说,民族的文学—美学思想,甚至在其反动的变体中间,如桐城派理论,都以其对中国文章的深入钻研、它的各种法则与特点的意义而令人感兴趣。"①这段话,说出了研究中国古代文学思想的现实意义,也说出了作者写作这本书的目的。

第五节 恢宏视野与文化隔膜
——俄苏中国古代文论研究得失诘论

通观俄苏汉学家对中国古代文论的研究,我们感觉他们的研究具有与西方汉学研究不同的一些特点。主要表现在:

首先,俄苏汉学家对中国人民和中国的学术文化,普遍怀有热爱、崇敬的感情。他们研究中国古代文论著作的目的,不是为了猎奇或展示中国学术思想的神秘、浅薄与不合逻辑,而是诚心诚意地要向世界人民介绍中国的智慧和思想宝藏,要在世界文化的宝库中为中国人争得应有的地位。像阿列克谢耶夫院士在他的研究论著中就不止一次地提出:"在欧洲诗学中应给中国诗学以一定的地位"②。这种对中国学术文化的热爱和崇敬,像一条红线,贯穿在俄苏汉学家的中国古代文论研究之中,并使他们能打破长期以来西方学者对中国学术文化的偏见,认真发掘和探讨中国古代文学思想的精华。

其次,俄苏汉学家在研究问题时,一般都能运用马克思主义的历史主义和辩证方法,注意考察一种学说、一种观点所由产生的历史条件,并且从宏观的视野,努力把握不同对象之间的内在联系。

俄苏汉学家研究中国古代文论时的宏观视野,具体表现在两个方面:一是在中国文论本身体系内的宏观把握;二是把中国文论放到世界美学和文艺理论的更大的时空系中,去作广泛的横向联系和比较。

---

① 戈雷金娜《十九世纪至二十世纪初中国的美文学理论》,莫斯科,1971 年,第 260 页。
② 阿列克谢耶夫《中国文学》,莫斯科,1978 年,第 281 页。

先说第一种情况:阿列克谢耶夫在40年代完成的《诗品—画品—书品》的系列论文,就是运用了这种方法。通过对产生于不同年代的几部著作的历史的纵向比较,阿列克谢耶夫找到了中国文学思想中某种亘古不衰的东西。此外,俄苏汉学家在研究中国古代文论的某些具体问题时,还经常超越文论本身的范围,而联系到古代中国人的世界观、中国人的全部文化观念体系,去寻找中国古代文论中各种观点、概念之间的内在联系,从而使自己的研究挖掘出更深层次的意蕴。这里不妨举个例子来说明:司空图《诗品》的第一品"雄浑"的前四句"大用外腓,真体内充,返虚入浑,积健为雄",我国学者有人译作:"伟大作品具有丰姿多彩的形式,其中充满真实具体的生活内容;复归自然能进入艺术的完全,刻苦学习才能写出雄伟的篇章。"①阿列克谢耶夫则译为:"伟大的作用外表不坚固,而我用真正的本质充实内部;我由空虚返回雄浑,积聚我的力量,其中有我的强力。"他还用散文体意译解释这四句说:"诗人就是整个世界、全天下、完整的宇宙,有其亘古长存的物质和某种能量。他的心灵为全部真实的本质所充满,就像出现于生命形成之前的伟大混沌。……这种事物的超真实本质完全地活在他中间,产生伟大的生命力。"②我国学者的今译,是从诗人与现实生活的关系着眼的,在某种程度上具有把司空图的理论"现代化"的倾向。而阿列克谢耶夫的翻译,从中国古人的"道"的观念出发,把创作主体的准备解释为用混沌的宇宙元气所充实,比较更符合司空图原著的精神。由此可见,联系理论家的全部思想、甚至从一个民族的哲学体系的角度来解释中国文论中的某些具体观点,从而挖掘出更为深刻的内涵,这是俄苏汉学家研究中国古代文论的一个特点和优点。

第二种情况,把中国文论放到世界的文化大系统中去观察和研究,更是俄苏汉学家惯用的做法。作为外国学者,他们是站在中国以外的角度,用属于另一种文化背景的眼光去观照中国的学术文化,这就使他们的研究从一开始就带上了比较研究的胎记。同时远距离观察的视角,也使他们时时看到中国之外其他国家的东西,并把这些对他们来说都是"外国的"东西,放到一种等价的地位上去进行比较。这种例子在俄苏汉学家的中国古

---

① 蔡其矫《司空图〈诗品〉》,河北人民出版社,1979年,第3页。
② 阿列克谢耶夫《中国文学》,莫斯科,1978年,第172页。

代文论研究中可以说是屡见不鲜。比如李谢维奇把中国的"德"同印度的"羯磨"(俄译 Kapma)进行比较;戈雷金娜拿王国维的境界说同佛教学说中的"五蕴"进行比较等。这种比较对于中国学者更好地认识本民族的思想遗产,确实具有开阔眼界的作用。

再次,俄苏汉学家在研究中国古代文论时,还特别注意学术研究与当代现实问题的衔接。当然,这既是他们的长处,同时也存在着一定的问题,如某一时期的研究服从政治上的指挥棒而损害了的科学性。但就其长处而言,俄苏汉学家的做法有助于提高像古代文论研究这样的比较远离现实的学术的当代价值。这里举个例子:了解20世纪60年代中苏论战的人都知道,毛泽东当年说过的一句话——"东风压倒西风",曾在苏联受到一些人的攻击,被扣上"大东方主义""煽动民族情绪""反苏倾向"之类的帽子。李谢维奇在《古代与中世纪之交的中国文学思想》一书中,根据他对中国古代阴阳元气论的研究,为毛泽东的提法说了几句公道话。他说:"在传统的中国的世界图画中,东方从来就是同光明、积极、'刚'的因素——阳相适应的,西方则是黑暗的。……来自于东方的风,这是阳的宇宙流,它在自己的本性力量上不能不战胜欧洲文明本质所固有的作为'西方'的元素——阴。……这个论点对于欧洲人来说是不合逻辑的,但从中国宇宙起源论的观点来看却又完全是无可争议和极其精妙朴素的。"[①]这就是说,毛泽东的提法并不是偏狭的意气之论,而是根据中国传统哲学所做的比喻的说法,这就有助于打消某些人强加给毛泽东的歪曲和误解。需要指出的是,作者提出这一见解时尚属中苏关系冷淡时期,能对毛泽东的言论给予客观公允的解释,这表现了一个科学工作者的良心和勇气。

最后,简要谈谈俄苏汉学家中国古代文论研究所存在的不足:

第一,俄苏汉学家的中国古代文论研究,受研究者所占有的资料的限制,有些研究对象选择得不够典型,这就影响了研究的科学性。比如前面提到的阿列克谢耶夫论布瓦洛和他的同时代人论诗艺的文章,就是如此。这不能不说是一种遗憾。

第二,俄国汉学家的中国古代文论研究,受西方近代科学所惯用的公式化思维方式的影响,存在着用某种划一的公式去诠解复杂多变的中国文

---

① 李谢维奇《古代与中世纪之交的中国文学思想》,莫斯科,1979年,第98页。

论著作的弊病。中国古代文论是一个相当庞杂的对象,不同时代,不同派别的理论家在论述文学问题时,即使使用相同的术语,重复类似的话头,但其内在的含义却可能大不相同。比如前边提到阿列克谢耶夫曾将司空图的"道—诗人"观念用于解说所有中国古代文学家的主张,就颇有"胶柱鼓瑟"之嫌。类似的问题在其他俄苏汉学家的论著中也时有表现。如李谢维奇在他的《古代与中世纪之交的中国文学思想》一书中,本着"对于古代和中世纪的中国人来说,风就是宇宙之气的运动,……风是处于世界以太('气')的运动之中的生死之源"①这一认识,将刘勰所谓"风动于上而波震于下"(《文心雕龙·时序》)解释为"用于表达宇宙的'一般状况'与文学的'时代精神'之间、世界之气的风暴与突发的诗歌灵感之间的联系"②。而实际上刘勰在这里说的"风"是指统治者政治教化的"世风",而非作为天地之气的"宇宙之风"。

　　第三,由于中国古代文论著作大多是用繁难的古代文言文或韵文写成的,原文的言简意赅、一词多义以及大量的用事、用典等等,使得即便中国人自己,在译解上都存在着许多困难。对于外国学者来说,更容易出现误译或解说失当的情况。在俄国汉学家翻译和研究中国古代文论的论著中,就存在着不少这样的失误(当然这也是一种可以谅解的失误)。比如陆机《文赋》中有一句"伫中区以玄览",阿列克谢耶夫在他的《罗马人贺拉斯和中国人陆机论诗艺》中把这句话解释为:"同'道'的神秘的等价物——'天机'、'中枢'融合在一起的诗人,用阴间的'黑色宇宙'之眼去看世界"③。这里把"玄览"译作"用'黑色宇宙'之眼去看",明显的是拘泥于字面的"硬译",显得可笑。再如《文赋》中说:"暨音声之迭代,若五色之相宣",这句话是比喻的说法,说文章声韵的配合,好比绘画中五色的搭配。阿列克谢耶夫在上述文章中则把它解释为"诗是由诗人绘成的图画"④,这明显是脱离上下文意的断章取义。并且把原文的比喻语"若"译成判断语"是(есть)",也不合适。

　　类似的例子还有不少,这里不再一一列举。总之,由于中国古文对于外国学者来说是一个巨大的障碍,俄罗斯汉学家的中国古代文论研究还存

---

① 李谢维奇《古代与中世纪之交的中国文学思想》,莫斯科,1979 年,第 68—69 页。
② 同上书,第 35—36 页。
③ 阿列克谢耶夫《中国文学》,莫斯科,1978 年,第 252 页。
④ 同上书,第 257 页。

在着许多有待解决的基础性问题,特别是许多中国文论名著(如《文心雕龙》这样的理论明珠)还没有被完整地介绍给俄国读者,这更需要中俄两国学者共同努力来逐步解决。我们期待着,随着中俄两国经济、文化交流的进一步发展,俄罗斯的中国古代文论研究能出现更大的繁荣,结出新的硕果。

第五章
新时期中国文学在俄苏

第一节 俄苏中国新时期文学研究概观

1976年10月,北京传来粉碎"四人帮"的喜讯,饱经忧患的中国人民终于摆脱了十年"文革"的噩梦,中国进入了新的历史发展时期,中国文学也进入了蓬勃发展的新时代。从那个具有伟大历史意义的日子到今天,中国人称之为"新时期"。这里介绍的,就是俄罗斯汉学家对中国新时期文学的接受与研究。

从1976年到1991年苏联解体的15年间,中国文学本身走过了一段曲折的道路;俄苏汉学家对中国新时期文学的研究,也经历了前后两个不同时期的转折。前期研究从1976年中国粉碎"四人帮"算起大致到80年代初。在这一时期的研究中,由于当时中苏两国的关系尚处于冷淡乃至敌对的状态,一贯受官方控制的俄苏汉学研究还习惯于用长期敌对状态下形成的眼光来看待中国文学;加之这一时期的中国文学本身由于刚刚走出"文革"阴影,确实存在着许多"左"的思想残余和艺术上公式化、概念化的弊病,所以俄苏汉学家对这一时期中国文学的评价,总的来说是低调的、怀有戒心的。他们此时对中国文学的研究,主要热衷于两个主题:一是在中国文学作品中寻找对他们所谓的"毛主义"的批判;二是注重研究作品对苏联的态度。很明显,这种研究基本上是围绕当时领导人的政治需要来进行的。它在某种意义上来说是从文学角度对中国社会政治动向的窥测和分析,并不是单纯的文学研究。在这一时期的评论文章中,还充斥着许多过去多年用惯了的带有敌意的词句,诸如"毛派领导人""反苏主义""民族沙文主义"等等。

80年代中期以来,一方面由于中国国内高举有中国特色的社会主义旗帜,在各方面取得了举世瞩目的成就,中国文学也在清除了"左"的、"右"的种种羁绊之后大步腾飞,涌现出一大批重振革命现实主义雄风的优秀作品;另一方面苏联领导层也调整了他们自己的国际国内政策,其中包括对华政策。这就促使俄苏汉学家对中国新时期文学逐渐由挑剔的观望,转向兴趣浓厚的介绍和研究。进入20世纪80年代以来,一批中国新时期文学作品开始被陆续介绍给俄文读者。到80年代中期,这种介绍已达到了一定的规模,除单篇译作外,还出版了一定数量的中国当代作家作品专集。从这时开始,俄苏汉学家对中国当代文学作品的研究,也由单纯的政治主题分析转为对思想内容和艺术特色的多方面、多角度的品评。以往那些带有敌意色彩的语汇也逐渐消失,而代之以较为中肯的评价以至热情的赞誉。

俄苏汉学家对中国新时期文学最先做出反应的,是М.Г.杰波里茨基在《远东问题》杂志1978年第3期上发表的文章《1977年的中国文学》。这以后,以专门研究当代中国问题著称的科学院远东研究所研究员А.Н.热洛霍夫采夫相继发表了《论中国文学中的一些现象》(载《远东问题》杂志,1979年第3期)、《论当代中国文学的方针》(载《远东文学研究的理论问题》,莫斯科,1980年)、《中国文学中的1976年"四·五"事件》(载《亚非人民》,1980年第2期)、《在十字路口上——今日中国文学》(载《文学评论》,1981年第1期)等论文。以上这几篇文章,代表了俄苏汉学家研究中国新时期文学前期阶段的主要观点。

进入80年代以后,俄苏汉学家对中国当代文学的态度开始有了变化。他们不再急于发表评论,而是比较冷静、客观地报道中国文坛上的新动向,同时开始了对中国新时期文学的翻译和介绍的工作。这期间热洛霍夫采夫在《国外社会科学》杂志上发表了一系列摘要介绍中国报刊对当代文学问题的讨论的文章①,对俄苏汉学家和一般读者了解中国文坛现状起了积

---

① 由热洛霍夫采夫摘译介绍的我国文学工作者评论当代文学作品的论文主要有:张冲的《论刘心武的短篇小说》(原载《北京大学学报》1979年第1期;摘介文章见苏联《国外社会科学》文艺学卷1980年第1期);孟伟哉的《有益的一课——关于刘宾雁的特写〈人妖之间〉》(原载《文艺报》1979年第11—12期;摘介文章同上刊,1980年第4期);《关于1979年中国短篇小说的争论》(原载《甘肃文艺》1980年第4期;摘介文章同上刊,1981年第1期);冯牧的《论1979年获奖的短篇小说》(原载《上海文学》1980年第5期;摘介文章同上刊,同期)、《对王蒙最近的六篇短篇小说的讨论》(原载1980年9月3日《人民日报》;摘介文章同上刊,1981年第3期)和张冲的《王蒙的新探索——论〈蝴蝶〉及其他六篇短篇小说描写方法的特点》(原载1980年9月28日《光明日报》;摘介文章同上刊,同期)等。

极的推动作用。

中国新时期文学作品第一个被完整地翻译介绍给俄文读者的是戴晴1979年在《光明日报》上发表的短篇小说《盼》(达维多夫、乌里扬诺夫译,载苏联《文学报》1980年11月19日)。这以后,《外国文学》杂志在1981年第11期上集中发表了一批中国当代作家的新作,有王蒙的《夜的眼》、李陀的《愿你听到这支歌》、韩少功的《月兰》、韶华的《舌头》、《上书》和李发模的诗《桥》。到1982年,中国当代作家作品的译作开始结集出版。第一部在苏联出版的中国当代作家小说集是以刘宾雁的同名报告文学命名的《人妖之间》(进步出版社1982年出版)。该小说集由热洛霍夫采夫和索罗金编选,收有王蒙的《夜的眼》、刘心武的《班主任》和《我爱每一片绿叶》、王亚平的《神圣的使命》、李陀的《愿你听到这支歌》、韩少功的《月兰》、韶华的《舌头》和《上书》、刘宾雁的《人妖之间》、李准的《芒果》等10篇作品。此外还有两篇非新时期的创作:王蒙的《组织部新来的年轻人》和陈翔鹤的《陶渊明唱挽歌》。

截至1989年,苏联共出版中国新时期中短篇小说集8部,除上面提到的《人妖之间》以外,还有热洛霍夫采夫编选的中篇小说集《一个人和他的影子》(青年近卫军出版社1983年版)、索罗金编选的《当代中国小说:王蒙、谌容、冯骥才》(《消息报》出版,1984年)、索罗金编选的短篇小说集《纪念》(1985年出版)、李福清编选的中短篇小说集《人到中年》(虹出版社1985年出版)、李福清编选的《冯骥才中短篇小说集》(虹出版社1987年出版)、热洛霍夫采夫编选的短篇小说集《相会在兰州》(青年近卫军出版社,1987年出版)以及哈赫洛娃编选的《中国当代短篇小说》(艺术文学出版社1988年出版)。这些作品集共收入中国新时期小说作品80多篇。此外还有切尔卡斯基译的一部诗集《蜀道难——中国50—80年代诗歌选》(虹出版社1987年出版),其中在"70年代末—80年代初的诗"一编中收入艾青、公刘、浪波、李发模、骆耕野、刘祖慈、吕剑、寥寥、苏叔阳、吴力均、方冰、方殷、方敬、傅天琳、韩翰、胡笳、黄永玉、赵恺、朱健等22位诗人近年写的30首诗。

此外,苏联出版的中国新时期中、长篇小说单行本共4种,即古华的《芙蓉镇》(谢曼诺夫译,虹出版社1986年版)、路遥的《人生》(谢曼诺夫译,青年近卫军出版社1987年版)、戴厚英的《人啊,人!》(罗日杰斯特文斯卡娅-马尔恰诺娃译,虹出版社1988年版)和张洁的《沉重的翅膀》(谢曼诺夫译,虹出版社1989年版)。

在对中国新时期文学的研究方面,截至1991年,俄苏汉学家共发表译介或研究性的论文近30篇,其中包括译作序跋、概括性评述和对个别作家作品的专题研究。其中李福清为小说集《人到中年》写的序言《论当代中国中篇小说及其作者》和他的论文《中国当代小说中的传统因素》、托罗普采夫的论文《王蒙小说中"未自我实现的冲突"》以及 Н.А.阿桑诺娃在1990年中苏文学关系国际研讨会上宣读的论文《古华的〈芙蓉镇〉与А·普拉东诺夫的〈地槽〉》,已由中国译者译成中文,分别发表在我国《文学自由谈》(1986年第2期)、《当代文艺探索》(1987年第2、3期)和《国外文学》(1991第4期)等刊物上。

1989年,莫斯科科学出版社东方文学总编室出版了苏联科学院远东研究所研究人员集体编著的《中华人民共和国的文学与艺术(1976—1985)》,这是苏联解体前系统论述中国新时期文学艺术的唯一的一部专著。参加编写工作的有索罗金、鲍列夫斯卡娅、盖达、托罗普采夫、思切夫、马尔科夫等人。全书共分六章,第一章:"在文学镜子中变化着的现实"(索罗金);第二章:"文学中的青年主人公和关于青年主人公的文学"(鲍列夫斯卡娅);第三章:"戏剧与时代"(盖达);第四章:"八十年代的电影:问题与解决"(托罗普采夫);第五章:"在探索革新道路上的造型艺术"(思切夫);第六章:"中国的创作界知识分子,'使用与再教育'问题"(马尔科夫)。这部专著可以被看作是苏联时期俄苏汉学家研究中国新时期文艺问题的概括性总结。

第二节 在文学镜子中变化着的现实
——新时期前十年中国文学的宏观鸟瞰

科学院远东研究所高级研究员 В.Ф.索罗金(Владислав Фёдорович Сорокин,1927—)为该所研究人员集体编著的《中华人民共和国的文学和艺术(1976—1985)》一书撰写的第一章《在文学镜子中变化着的现实》,分三个部分,对中国新时期前十年文学创作中的"伤痕文学""反思文学"和"改革文学",作了概略的论述。其中不乏中肯的分析和客观的评价,值得重视和参考。

在论述"伤痕文学"的本章第一部分里,作者首先回顾了粉碎"四人帮"之后最初阶段的中国文坛状况。他指出这一时期的许多作品,无论是诗歌还是小说,都还带有"文革"时期惯有的模式。"在当时的文学作品中,'四人帮'被描写成所有罪恶的唯一罪人。在短篇和中篇小说中,……同'四人帮'影响的斗争通常被描写成毛泽东的'正确'路线执行者反对'帮派'代理人,而后者最终被揭发和清除。"①而当时一些"应景"的诗歌则"是非常随机应变的对官方指令的响应。看一种杂志上的诗歌作品就可以准确无误地推断出其他刊物同一期上的内容"。②

在评论这一时期的中国文学时,索罗金特别提到1977年出版的姚雪垠的历史小说《李自成》第二卷。他以赞赏的口吻指出:"姚雪垠是老一代作家,他打算在六卷中描绘一个巨大的历史画面,就气魄来说,不仅在中国文学中,就是在世界文学中也很少匹敌。"③尽管《李自成》一书存在着明显的缺点,索罗金引用中国报刊上的评论说:"姚雪垠把李自成理想化和现代化了。"但他又指出:"当作者醉心于细节的时候,当他把叙述看作是自己的目的、允许情境的重现的时候,小说在逻辑性和完整性上是成功的。"④

接下来,索罗金论述了从1978年到1979年出现的一批在中国被称为"暴露文学"或"伤痕文学"的作品。被他着重介绍的有卢新华的《伤痕》、王亚平的《神圣的使命》、王蒙的《最宝贵的》和老诗人艾青的诗作《在浪尖上》。作者写道,在这些作品中"国家和人民的过去的部分真相进入了文学,而这个事实对文学本身、对于它与社会的关系,甚至从总的来说对于社会,都具有巨大的意义。它唤起了读者对作家的信任,提高了写作事业的威信"。"文学的公民性复兴了。作家们重新感到自己是需要的人,他们的思想激情、他们的生活眼光,开始找到更积极的回应。"⑤作者还特别赞扬了艾青的诗《在浪尖上》,认为"这是一部巨大的政治和诗的力量的作品"。他说:"叙事诗《在浪尖上》不仅是1987年的文学顶峰,也是诗人在

---

① 《中华人民共和国的文学与艺术(1976—1985)》,莫斯科:科学出版社东方文学总编室,1989年,第20页。Литература и искусство КНР(1976—1985)//Москва:《Наука》Гравная редакция восточной литературы.1989.
② 同上书,第20—21页。
③ 同上书,第21页。
④ 同上。
⑤ 《中华人民共和国的文学与艺术(1976—1985)》,莫斯科:科学出版社东方文学总编室,1989年,第24页。

长久的'沉没年代'之后创作的高峰。"①

索罗金在评论这一时期的创作时,特别指出这一时期中国的文学评论明显地落后于创作,也就是说理论思维滞后于对生活的形象思考。他以中国报刊上对王亚平的《神圣的使命》的评论为例,认为王亚平的小说实际上是对"文化大革命"的控诉,是提供了"国家在皇帝式的独断专行时代的画面",但1978年11月5日《光明日报》发表的一篇评论文章却说这部小说"歌颂了'文化大革命',因为它提高了人民的觉悟——群众在斗争中经受了锻炼,更加关心党和国家的命运,更好地学会区分敌我和真假马列主义"。索罗金指出:"评论者在部分上是正确的——就结果来看,经历了那场动荡的不少中国人确实学会了区分'敌我'和'真假马克思主义',只不过这不是他加在这些话里的意思。"②

本章第二部分谈"反思文学",作者指出:"这个流派在1978年就已经出现了。在1980年,'反思文学'成为即或不是最大量的、也是特别引起注意的文学创作的主题。"③索罗金在这一部分列举了大量的"反思文学"作品,并把它们分成几个类型:有反映知识分子在反右斗争中的遭遇的,如冯骥才的小说《啊!》、丛维熙的《遗落在沙滩的脚印》;有反映大跃进狂热造成的悲剧的,如张一弓的《犯人李铜钟的故事》;有反映"四清"运动的,如古华的《芙蓉镇》;有反映"文化大革命"红卫兵运动的,如冯骥才的《铺花的歧路》、郑义的《枫》等等。作者认为"近年来比较成功地反映动乱年代农村生活画面的一部长篇小说是周克芹的《许茂和他的女儿们》"④。除了以上被重点介绍的作品之外,作者在这一部分提到的"反思文学"作品还有30多篇,可见作者对这一时期中国文学了解和研究的范围之广。在对这些作品的内容作了概括介绍之后,作者写道:"作家和诗人在自己的创作中保存了关于黑暗年代的真实材料,这些材料具有异乎寻常的公民性和人性的价值。它们证明了'体验过的痛苦'没有被遗忘,证明受害者们在自己身上找到了精神力量来提高痛苦与抗议的声音。"他指出:"无可争论,

---

① 《中华人民共和国的文学与艺术(1976—1985)》,莫斯科:科学出版社东方文学总编室,1989年,第26页。
② 同上书,第24页。
③ 《中华人民共和国的文学与艺术》,莫斯科,1989年,第29页。
④ 同上书,第40页。

'反思'作品中有许多属于过去十年最优秀的文学成就之列。"①

索罗金进一步指出:"反思文学"作品"大部分属于1979—1980年。在最近两三年中,动乱年代的时间常常延伸到基本情节的最初经过。对这一时期的评价本身没有受到原则的改变,但一部分作家开始表示这样的思想:无论经历的磨炼有多么沉重,它们总还是有益的——使(作者)有可能研究一系列劳动者的生活、从这一方面了解现实情况,并且是那样深入,这未必不是在另一种情况下的成功。在他们的作品中相应地给了同情地对待无罪的'罪人'的人民中的好人,给了相互帮助与精神上支持的情景以很大的位置"。索罗金写道:"在一些作者那里,他们曾在那里被迫度过了很长时光的遥远地方的大自然、那里居民的道德和生活面貌的特点,开始受到较大的注意。"他认为在这一类作品中"有较高艺术水平的例子"是王蒙的小说《杂色》以及他的一系列回忆新疆生活的小说,此外还有史铁生的《我的遥远的清平湾》等。②

索罗金在这一章的第三部分评论了80年代以来中国反映当代生活、特别是改革题材的作品。他指出:"从中华人民共和国存在的最初年代起,就把准确地表现今天的现实、人民的劳动和战斗生活、他们在社会主义建设道路上的成就和对障碍的克服,看作是文学最重要的任务和第一天职。"但以后由于"左"的桎梏,片面强调阶级斗争,造成"实际上不能创作关于国家今天的情况、关于劳动群众生活的正确作品"。他说:"70年代末期现实主义传统复兴,把这一问题重新提到了日程上来……1980年以后,当代题材至少在数量上把'反思'(文学)排挤到了第二位。"③他认为这方面最突出的代表是王蒙的短篇小说《春之声》和刘宾雁的特写《人妖之间》。谌容的中篇小说《人到中年》也是"近年来流行的一部作品"。④

接下来,索罗金论述了中国新时期表现改革题材的作品,他说:"在文学中最早表现现代化与改革主题的是蒋子龙的中篇小说《乔厂长上任记》。"他指出,在这部作品中"第一个为那个年代的中国推出了一个新的、精力充沛的和勇敢的、清楚地了解当前任务并且相当坚强的、把自己的决

---

① 《中华人民共和国的文学与艺术》,莫斯科,1989年,第46页。
② 同上书,第46—47页。
③ 同上书,第47—48页。
④ 同上书,第49页。

定贯彻到生活中去的领导者的典型"。① 此外,在介绍蒋子龙的这部作品时,索罗金没有忘记说明作品中乔厂长的专业知识是"在苏联得到的"②。

在评论中国的"改革文学"作品时,索罗金列举了大约20篇左右作品,其中包括在中国有争议的张洁的《沉重的翅膀》和受到评论界普遍赞扬的柯云路的《新星》。通过对这些作品的巡礼,特别是在研究了反映农村改革和个体户生活的作品之后,索罗金发现了这样一个问题:"在近年来的文学中,重点首先是在人的个性、他的通过竞争——并且通常是在个体的或集体的而不是国营的经济部门中——而得以施展的个人主动性。在这种条件下,出场人物的思想就不能仍旧是不变的,其中不可避免的、并在一系列作品中能看到的一点,就是个人主义种子的生长,而同它的斗争经历了整个中华人民共和国的历史。很明显,对个人与社会、个人与集体的问题的理解正在变化。困难的是作家们还没有思考这个问题,而就我们所接触的作品而言,还不能建立起无论是对他们思考的方针还是对最终结局的观念。"③

我们说,中国的社会主义改革是一场深刻的社会革命,它所搅起的波澜决不仅仅限于经济领域,而必然波及社会生活的各个方面,其中包括人的意识和观念。改革的大潮在中国思想战线引发了许多新的问题,这些问题在中国作家对现实生活的形象反映中一时得不到清晰的解决,这是完全可以理解的;并且俄苏汉学家处于他们当时的社会条件和思想水平,对中国文学中反映出来的问题感到困惑,也是完全可以理解的。

索罗金在分析中国的"改革文学"时还指出:"在改革和'对外开放政策'的实施过程中出现的社会与道德问题越来越引起所有站在公民立场上的作家们的注意。"他写道:"社会上发生的变化自然反映在现实生活中、反映在家庭内的相互关系上,引起遵循着不同的生活观点、不同道德价值体系的人们之间的冲突。"他认为,张抗抗的中篇小说《北极光》是"第一批谈论这种变化的作品之一"。④

---

① 《中华人民共和国的文学与艺术》,莫斯科,1989年,第50页。
② 同上书,第50页。
③ 同上书,第60页。
④ 同上书,第60页。

对于在中国评论界引起争论的戴厚英的长篇小说《人啊，人!》①，索罗金写道："无可争论，如同中国评论所做的那样，戴厚英是否正确理解了人道主义在社会意识中的地位，它同马克思主义的关系。"但是，作者认为："作家以高度的道德标准来看待自己的出场人物的行为，谈论工作、友谊或者家庭的努力，不能不给人以深刻的印象。"②

在这一章里，索罗金还介绍了新时期中国文学中的军事题材小说，如徐怀中的《西线轶事》、李存葆的《高山下的花环》等。对这部分作品，作者的评论总的来说是低调的，但也有了一些认真的艺术分析。比如他说徐怀中的《西线轶事》"在情节上让人想起 Б.瓦西里耶夫的《这里的黎明静悄悄》"③。但同时他又指出："遗憾的是，'净化人的灵魂'和'教育社会主义新人'的过程在小说里是同反对一个社会主义国家的战争活动联系在一起的。"④这里不难看出俄苏汉学家当时的政治立场。

在本章的结尾部分，索罗金对中国新时期十年文学作了这样的估价，他写道："真实地再现祖国的现代生活，真实地理解摆在社会面前的任务以及解决它们的成就与困难，这对于在自己的旗帜上写着'为人民服务、为社会主义服务'的文学具有特别的意义。"他指出："不能不看到中国文学在这条道路上已经取得了显著的成就，特别明显的是当谈到不久以前过去的事件的时候。"同时，作者又指出："中华人民共和国的作家和评论家们自己也多次谈到不足和没有解决的任务，谈到没能充分地满足读者群众的合理期望。"⑤不过，作者表示相信，中国文学一定会沿着正确的道路取得"新的成功和新的成就"⑥。

第三节　文学中的青年主人公和青年主人公文学

由女汉学家、历史学博士 Н. Е. 鲍列夫斯卡娅（Нина Ефимовна

---

① 索罗金曾于1988年为莫斯科虹出版社出版的《人啊，人!》俄译本写过一篇代序，题为《关于人道主义的争论在继续》，概括介绍了中国评论界对这部书的争论情况。
② 《中华人民共和国的文学与艺术》，莫斯科，1989年，第61页。
③ 同上书，第63页。
④ 同上书，第65页。
⑤ 同上书，第66页。
⑥ 同上书，第67页。

Боревская,1940—　）撰写的第二章"文学中的青年主人公和青年主人公文学",专门研究了中国新时期文学中的青年题材文学。这一章也分为三个部分:中国青年题材文学中的"伤痕文学";反映上山下乡及知青返城后遭遇的"知青文学";以及青年文学中其他引人注目的主题。

作者在本章一开头就指出:"在中国,青年问题就是占全国百分之七十的居民的问题……青年就像石蕊试纸一样,在它的上面能显示出社会变革所发生的一切。"鲍列夫斯卡娅写道:"正是带着这些社会问题,中国70—80年代的青年走进了文学。"①

鲍列夫斯卡娅指出:"在所有把自己的作品转向青年读者的作家面前,提出了新的总要求——冲破主题方面的'禁区',把作品建立在性质上的新水平上;这样的作品不是简单的宣传,而是分析现象。"作者对中国新时期十年的青年文学作了这样的概括,她说:"写给青年读者的作品不只是充满了千百万人所遭受的命运的悲剧的痛苦,而且还有对过去时代痛苦经历的努力思考。为青年写的和写青年的文学从表现社会问题(70年代末期),转向80年代上半期优秀作品中的深入研究现代道德观点。"②

作者分析青年题材文学中的"伤痕文学"说:"在青年题材文学中也有自己的'伤痕文学',所不同的是这些中篇、短篇或长篇小说的主人公往往不是运动直接的,而是间接的受害者——那些被说成是'走资派'、'反革命'的人的子女。"作者指出:"关于青年的文学引出特别的、很有意思的主题——醒悟,当年的红卫兵的悔过,他们道德上的痛苦。"③她发现这类作品的主人公有一个特点,那就是中国青年作家孔捷生所说的,他们"是迫害者,同时又是牺牲者"④。

鲍列夫斯卡娅写道:"作为对立的人物,'迫害者'——红卫兵和'牺牲者'——被打倒的领导干部和知识分子的孩子们集合在70—80年代之交的一些作品中。明显的例子是叶辛的长篇小说。"她指出,叶辛关于70年代青年悲剧的一系列小说"概括了'十年动乱'中年轻人的经历"⑤。她引用中国报刊上的评论说,作为"伤痕文学"的一个组成部分的最早一批"知

---

① 《中华人民共和国的文学与艺术》,莫斯科,1989年,第68页。
② 同上。
③ 《中华人民共和国的文学与艺术》,莫斯科,1989年,第68—69页。
④ 同上书,第70页。
⑤ 同上。

青文学"作品"倾诉了(青年的)委屈和痛苦……这些作品的出场人物控诉了自己的屈辱、自己被浪费掉的青春。主要的还是'写出自己个性的丧失'"①。

鲍列夫斯卡娅在这部分论述中评论了叶辛的《磋砣岁月》、路遥的《人生》、梁晓声的《这一片神奇的土地》和孔捷生的《大林莽》等作品。她认为叶辛的小说与路遥的《人生》"在情节线索上有一些共同点:在这里和那里都有真正高尚的爱情的体现者,农村姑娘所表现的忠诚"②。她指出孔捷生的小说《大林莽》所表现的"巨大的悲剧性在于它还是70年代一代人命运的交响乐的一个音符,是探索对人的使命是什么的问题的答案的第一步"③。

鲍列夫斯卡娅注意到,反映"文革"期间中国青年命运的文学作品,开始表现出对新的人生哲学和价值观的探索。她写道:"同反人道的'文化革命'相对抗,青年文学的作者们试图捍卫个性的价值与自身价值,按照新的原则思考它的意义"④。她指出,一些作者通过自己笔下的主人公为挽救祖国的未来提出了各种可能的药方。如秦帆的《一封公开的信》提出要"科学",李平的《当晚霞消失的时候》的主人公认为要抛弃"左"的哲学而捍卫宗教,张辛欣的《在同一地平线上》则通过一个绰号叫"孟加拉虎"的艺术家表现了一个"只知道同现实做斗争的个人主义者"⑤。作者认为,在这方面成功的探索是张抗抗的中篇小说《北极光》。她说,张抗抗的小说"通过寻找爱情转为寻找生活的意义",而在这部作品中,作者通过一个人物之口"唤起年轻的虚无主义者对马克思主义学说的回忆:'人是社会关系的总和'"⑥。

鲍列夫斯卡娅认为在研究青年题材方面做出杰出贡献的还有陈建功。她指出:"如果说在他(按:指陈建功)早期的中篇小说《阴郁的天空》中,他还没有对怎样使他的主人公从精神上的叛逆走向醒悟的问题做出回答,那么在中篇小说《飘逝的花头巾》中,他以主要人物的形象……回答了这个

---

① 《中华人民共和国的文学与艺术》,莫斯科,1989年,第70页。
② 同上书,第71页。
③ 《中华人民共和国的文学与艺术》,莫斯科,1989年,第75页。
④ 同上。
⑤ 同上。
⑥ 《中华人民共和国的文学与艺术》,莫斯科,1989年,第76页。

问题。"①

鲍列夫斯卡娅指出,在反映 70 年代中国青年的作品中,还有一个常见的主题,就是"与'文化革命'无理智的罪恶力量相反的大自然的净化作用,它的美、它的理智"②。这在阿城的《树王》、孔捷生的《大林莽》以及影片《青春祭》中都有反映。除此之外,她还指出:"除了美与和谐之外,作家们还试图找到另一种价值标准,它能帮助年轻人在精神压迫的黑暗氛围中站起来。"她说,这种努力"明显地在阿城的另一部中篇小说《棋王》中得到成功"。鲍列夫斯卡娅指出,在《棋王》里"如同在《树王》里一样,有两种力量的冲突——清纯的人民智慧的泉源与现代野蛮人的愚昧的浊流"。她写道:"中篇小说《棋王》在中国得到很大共鸣,因为其中多年来第一次塑造了鲜明的、以其自身的不寻常性、天赋和丰富的内心世界吸引青年的正面主人公形象。"③

鲍列夫斯卡娅在这一章的第二部分评论了中国的"知青文学"。60 年代后半期大规模的"上山下乡"与 70 年代后期的返城大潮,使当年这批青年经历了两次巨大的生活落差的冲击。鲍列夫斯卡娅写道,对这一代中国青年来说,"在农村他们感到自己是多余的、受骗的和受压迫的,而城市的形象也只存在于幻影之中,显得是陌生的。因为返城的青年表现出来他们既没有受过教育,也没有专长,也就很难找到自己的位置"。她指出,反映当代这批中国青年这种痛苦的有青年女作家王安忆的《本次列车终点》。作者写道:"小说主人公在一定程度上开始意识到,城市本身不能成为'终点站',前面还有许多事情和周折。"鲍列夫斯卡娅注意到作品中主人公说的一句话:"人生的目的是幸福,而不是同困难做斗争。"并就此评论道:"这样一来,作者借主人公之口同宣扬在困难和贫困中生活、宣扬革命者所理想的长期'备战'的"左倾"分子的基本观点作了论争。"④

70 年代中国知识青年在城市与农村中生活两极之间的艰难抉择,还在路遥的小说《人生》中反映出来。关于对《人生》的主人公——农村青年高加林的评价问题,鲍列夫斯卡娅认为:"路遥……不是用一个意义来评价高加林,读者也不能用一个意义来看待他。应看到其中一部分是'新一代

---

① 《中华人民共和国的文学与艺术》,莫斯科,1989 年,第 76 页。
② 同上书,第 77 页。
③ 同上书,第 78 页。
④ 同上书,第 79 页。

农村青年的代表',而另一部分又是为自己的私利而斗争的孤独的人。"①

鲍夫斯卡娅认为,张承志在1982年写的中篇小说《黑骏马》是"关于红卫兵一代人的文学潮流中划时代的作品"。② 她指出,对于20世纪80年代的中国文学来说,小说主人公"形象的价值在于它是新的文学潮流中第一批没有反省的出场人物之一"。她写道:"体验过了个人的悲剧和一代人的悲剧,他找到了生活的意义在于带着知识的火炬走向自己的人民。他的观点是建立纯洁的、文明的、美丽的世界,在那里尊重人,在那里每个人都干自己想干的事。"③

鲍列夫斯卡娅指出:"张承志是一位有巨大内心狂热的作家,在他的作品中可以感受到诱人的多方面的大自然的强力和天才。"④她表示赞同一位中国评论家的意见,即在张承志的作品中,"诗人的狂热与学者的思考结合在一起。"她认为张承志的作品之所以引起中国社会的注意,首先在于其作品中洋溢着"为'失去的一代'所必需的主人公的生命力和乐观主义"⑤。同时,鲍列夫斯卡娅指出,在张承志的小说里有许多象征意蕴,如"人与火车——水与河流的波浪"等等。又比如"年轻人困难地修复一只碗,但有一片碎片大家都找不到"。她写道:"这是整个一代精神萎靡的年轻人的象征,他们从废墟中站起来,但全都永远地失去了某种最重要的东西。"⑥

在这一章的第三部分,鲍列夫斯卡娅首先讨论了中国青年文学中的爱情主题问题。她指出:"爱情是对抗'十年动乱'的迫害事件的光明的净化力量。同时,由于他们命运的特点,爱情在关于70年代青年的作品中又是造成悲剧的主要原因,经常是恋人中的一个死亡(如中篇小说《这一片神奇的土地》《大林莽》)等。"⑦

鲍列夫斯卡娅写道:"爱情在一些作者的作品中是救命的、生气勃勃的力量。"她说:"在叶辛的小说《磋砣岁月》和路遥的小说《人生》中,钟情的主人公——农村姑娘玉蓉和巧珍乃是真正的善良与忠诚的具体体现。"她

---

① 《中华人民共和国的文学与艺术》,莫斯科,1989年,第80页。
② 同上书,第81页。
③ 同上书,第81—82页。
④ 同上书,第82页。
⑤ 同上书,第83页。
⑥ 同上。
⑦ 《中华人民共和国的文学与艺术》,莫斯科,1989年,第83—84页。

进一步分析道:"在大多数作品中,发生在不同社会阶层出身的青年男女之间的爱情,经常是中断的、不能发展的。在复杂的社会原因的影响下,在他们之间幸福的婚姻实际上是不可能的。"鲍列夫斯卡娅指出:"关于这一点,遇罗锦在她的自传体中篇小说《一个冬天的童话》里作了痛苦而诚恳的自白。"①

接下来,鲍列夫斯卡娅分析了中国青年文学中关于青少年犯罪问题的主题。她指出,在"成长了的一代红卫兵"的文学潮流中,一方面反映了"他们的道德探寻,他们的精神净化,他们的哲学思考";另一方面"作家们在不同的技巧水平上以这种或那种程度小心地试图展示'十年动乱'对年青一代的有害影响,修正和追悔'犯过的错误',并以容忍和帮助对待悔过的人"。② 作者认为,在青年道德败坏问题上,"文化真空"所起的并不是最后的作用。更为重要的是青年人在"文革"期间吸收了大量有关教育和文化的极端错误的思想,诸如"教育是无益处的""任何文化,不是封建主义的就是资本主义的,或者是修正主义的"等等。她认为根据中国报刊对青少年犯罪问题的披露,中国文学仅只是"十分小心翼翼地、表面地接触到70—80年代的青年一代中的消极人物的描写"③

在这一部分里,鲍列夫斯卡娅以较大篇幅论述了中国新时期青年题材文学中所塑造的新一代青年主人公形象的问题。她首先概括了当代青年文学中所反映出的青少年"信仰危机"的情况,如张洁的小说《祖母绿》中的女主人公的儿子、刘心武的小说《醒来吧,弟弟》中的彭小雷,以及于珊的《女大学生宿舍》中的几位性格不同的大学生等等,然后介绍了中国作家们为解决这一问题所做的努力。她写道:"在寻找青年人道德复兴的刺激因素时,一些作家转向了50年代、充满光明与希望的时代。"④ 她以王蒙的长篇小说《青春万岁》和近年来写的中篇小说《如歌的行板》为例,指出王蒙的小说"不只是对那些在中华人民共和国成立初期建设社会主义的人的赞歌。这也是对他们的忠诚、他们的坚定信念的颂歌,而这些正是现代中国青年所不足的"。⑤对于当代中国青年形象的塑造,鲍列夫斯卡娅指

---

① 《中华人民共和国的文学与艺术》,莫斯科,1989年,第84页。
② 同上书,第86页。
③ 同上书,第87页。
④ 《中华人民共和国的文学与艺术》,莫斯科,1989年,第90页。
⑤ 同上书,第90页。

出,60年代那种雷锋式的理想化、单一化的个性已经在文学中消失,"许多大作家塑造了活生生的、复杂的青年形象"①。她认为蒋子龙的《赤橙黄绿青蓝紫》是"特别明白的和有才华的作品。作者在其中揭示了当年红卫兵的心理,同时又展示了他们再生的可能性"。② 鲍列夫斯卡娅认为中国当代作家在描写70年代具有复杂性格的青年方面是成功的,她指出:"在80年代中期之前,新时期文学已经在某种程度上认识了70年代一代青年的形象……建立起这一代人的集体肖像,在描写正面主人公方面达到了一定的高度。"③她还指出中国作家在塑造这一代青年的形象时,经常通过描写"古怪人物"和"令人吃惊的环境"来达到鲜明的个性化(按:如蒋子龙笔下的刘思佳和叶芳,张抗抗《夏天》中的女大学生岑兰喜爱普希金的诗等)。④

但是,鲍列夫斯卡娅认为,塑造80年代中国青年的正面典型,还是中国作家尚未很好解决的课题。她指出:"80年代中国新的社会和经济情况——个体和集体经济的增长,为作家研究新的心理过程提供了可能",但是,"让本身受过禁欲主义和自我牺牲思想教育的作家们给新的主人公——'改革者'、个体经济的代表以赞扬,是困难的"。⑤她指出:"谁能被看作是80年代青年的典型代表……当代中国文学本身还没有就这个问题做出回答。"她对当代中国青年题材文学的总的评价是:"总的来说,它赞同发生在青年一代性格和精神世界中的变化、为作为个性的人的权利而斗争。"但是,由于"80年代的现实……不只是社会的,而且还有道德气候的变化,个体企业家活动的自由产生了一系列新的社会矛盾"。这些新的社会问题"值得作家去分析它们",但作家中的"许多人拒绝明确地回答问题"。就此,鲍列夫斯卡娅评论道:"在许多作品中令人感到由于缺少明确的结尾而造成作家倾向的不确定性和不明确性。"她指出,许多作品"仅只是写出了社会现象,而没有作者的评价。青年主人公的形象经常是不定型的和矛盾的"。因此她写道:"塑造出正面的青年主人公形象——这是未

---

① 《中华人民共和国的文学与艺术》,莫斯科,1989年,第92页。
② 《中华人民共和国的文学与艺术》,莫斯科,1989年,第92页。
③ 《中华人民共和国的文学与艺术》,莫斯科,1989年,第95页。
④ 同上书,第95页。
⑤ 《中华人民共和国的文学与艺术》,莫斯科,1989年,第98页。

来的事情。"①应该说,博列夫斯卡娅的这一评论,还是基本符合我国80年代青年题材文学的实际情况的。

第四节　当代中国文学与传统的联系
——李福清院士论中国新时期小说创作

李福清本名鲍里斯·利沃维奇·里弗京(Борис Львович Рифтин, 1932—2012),自1987年12月起任苏联科学院通讯院士,2008年5月被选为俄罗斯科学院院士,去世前一直担任俄国科学院高尔基世界文学研究所亚非文学部主任研究员。李福清在中国文学研究方面涉猎相当广泛,曾写过大量关于中国原始文学、民间文学、通俗文学、古典文学和现当代文学的研究论著。他在60年代曾来我国进修,中国进入改革开放新时期以来,李福清又多次来中国访问和进行学术交流,结识了当代中国文坛上的一些著名作家,这就使他有条件搜集到有关中国新时期文学创作的大量第一手资料。1983年2月,李福清在苏联《文学报》上发表了由他本人翻译的冯骥才的短篇小说《高女人和她的矮丈夫》。此后,他又翻译了谌容的《人到中年》等其他中国新时期文学作品。除此之外,李福清还主持编辑了《当代中国中篇小说选》(莫斯科虹出版社1985年出版)、《冯骥才中短篇小说选》(虹出版社1987年出版)等中国当代作家的小说集。在进行翻译、介绍工作的同时,李福清对中国新时期的小说创作做了比较深入的研究。他在这方面的研究成果,集中体现在他为各种文集撰写的序言和一些单篇论文上。在当时大部分俄罗斯汉学家对中国新时期文学的研究尚处于翻译介绍和积累资料的阶段,水平较高的研究力作尚不多见的情况下,李福清的这些颇有深度和新意的研究成果就更显得弥足珍贵。因此,他的这些文章发表后,绝大部分很快被译成中文,发表在我国的文学刊物上,引起了我国作家和学者的高度重视。

李福清关于中国新时期小说创作的论著,主要侧重于两个方面:一是对所论小说作品的思想内容和主题意蕴进行概括的介绍和分析评价;二是着重探讨当代文学创作与中国文学传统的关系。前者是一般序跋性文章不可缺少的内容,后者则是李福清作为一个对中国古典文学有过深入研究

---

① 《中华人民共和国的文学与艺术》,莫斯科,1989年,第99页。

的汉学家发挥自己的学术优势而选择的一个颇为新颖的切入点。

先介绍李福清第一个方面的论著。

1985年,李福清为由他主编的《人到中年——当代中篇小说选》撰写了一篇长篇序言,题为《论中国当代中篇小说及其作者》。这部文集收录了冯骥才的《啊!》、王蒙的《杂色》、张一弓的《犯人李铜钟的故事》、鲁彦周的《天云山传奇》、谌容的《人到中年》、刘心武的《立体交叉桥》和蒋子龙的《乔厂长上任记》等7篇作品。因此序言中也就相应介绍了这7位作家及其中篇小说创作。

李福清在这篇序言里首先介绍和评论了冯骥才、王蒙等人反映"文革"悲剧的作品。他写道:"1977年以后,经历了'十年浩劫'迫害的人们开始发表他们真实生活的记录。"他把这些勇于写出生活真实的作家称为"大胆的人",并指出:"现在驰名全国的作家冯骥才就是其中的一位。"①对于冯骥才的中篇小说《啊!》,李福清说:"这是一声震撼人心的呼喊。"他指出,尽管这篇小说的故事完全是作家虚构出来的,"但事件竟能写得如此活灵活现和真实可信,却是因为数十起类似的事情和广大中国知识分子的遭遇,以及作者个人的体验都历历仍在目前"。②通过对中国当代文学作品的全面考察,作者发现:"冯骥才也好、当代中短篇小说的其他作者也好,都是把在那狂风暴雨般的人民遭受苦难的时期,各种人物的命运摆在自己的作品的中心。"由此,李福清得出结论说:"普通人的命运——这就是当代中国文学作品的基本内容。也许正是因为如此,中篇小说才成为表达这些作家意图最适宜的体裁。"③

除了反映"文革"以及"文革"之前的左倾路线造成的社会悲剧的作品之外,《中国当代中篇小说选》中还收入有反映当前普通中国人日常生活的作品,如谌容的《人到中年》、刘心武的《立体交叉桥》等。对这部分作品,李福清也表现出很大的兴趣。他指出:"谌容的小说可以说是提出了'救救知识分子!'的呼吁。……小说所要表明的并不是中国知识分子的物质生活方面需要改善,而是要表明:知识分子作为全民族财富中权利平等的一个组成部分,理应受到珍视。"李福清称赞谌容"在她的作品中准确

---

① 李福清《论中国当代中篇小说及其作者》(谭思同译),《文学自由谈》1986年第2期,第156页。
② 同上书,第157页。
③ 同上。

地抓住了她的女主人公和千百万中国知识分子病症的社会原因"。①对于刘心武的《立体交叉桥》,李福清写道:"刘心武的中篇小说不是简单地描绘当代北京的日常生活,而是提醒人们,中国劳动人民的生活应该改变,人们终究应该在正常的人的环境中生活。"②

　　蒋子龙的中篇小说《乔厂长上任记》是这本小说集中唯一一篇涉及改革题材的作品。李福清认为,这篇小说的"故事情节极为平淡",但是"蒋子龙真实地描绘了1976年,当'很大一部分人失去了过去崇拜的偶像'以后,大多数企业所出现的一片混乱的景象"。不过,李福清指出:"坦率地说,在改造工厂的落后面貌方面,他(按:指乔厂长)的胜利甚至过于轻易,过于迅速了。他究竟是如何达到这一目的的,作家没有在实践中展示,在这方面不难看出作品存在着一定的不足之处。另外比较明显的是一系列情节线索没有充分展开,缺少对人物内心世界深入的刻画,这大约正是蒋子龙创作风格的特点。"③但同时李福清又指出,蒋子龙创作最大的成功在于他"准确地把握住了时代的要求"。④

　　下面,重点谈谈李福清对中国当代小说创作与文学传统之间关系的研究。

　　前面说过,把中国当代文学创作与文学传统联系起来进行考察,是李福清发挥自身学术优势选择的一个颇为新颖的切入点。这种以历史纵深的眼光对中国文学所做的宏观把握,使作者的研究达到了一个新的高度、得出了许多有创意的阐释。1986年,李福清应邀参加在上海举行的中国当代文学国际讨论会,在会上作了题为《中国当代文学中的传统成分》的报告,受到与会者的普遍赞扬。我国著名作家王蒙指出,李福清"对于中国古典小说传统技巧在中国当代小说中的运用""分析得细致精当,在有些方面甚至超过中国人"。⑤

　　应该说,在李福清1985年为《当代中国中篇小说选》作序时,他的这种研究方法就已经初露端倪了。比如他在分析王蒙的中篇小说《杂色》时,

---

① 李福清《论中国当代中篇小说及其作者》(谭思同译),《文学自由谈》1986年第2期,第159页。
② 同上书,第160页。
③ 同上。
④ 同上书,第27页。
⑤ 《文艺报》1986年11月15日第1版,晓蓉文《王蒙盛赞中国文学国际讨论会》。

就特别指出了王蒙在这篇小说中运用的"新手法"与中国文学传统手法的联系。他写道:"在中篇小说《杂色》中,除了作品人物发自内心的声音之外,也经常出现作者自己的声音,……这些插叙溶汇到叙述当中,正如同中国古老的民间说书人向自己的听众不时来上一段说明性插话一样。"[1]在评论蒋子龙的《乔厂长上任记》时他也说:"蒋子龙更加倾向于过去几十年的——甚至几百年的——中国文学所盛行的、把描写人物的语言和行为放在首要地位的传统。"[2]可见,作为一个在中国古典文学研究方面有着深厚功底的汉学家,从他一开始面对中国当代文学,就已经在酝酿着这方面的思考了。李福清在1986年上海中国当代文学国际讨论会上发言的原稿,目前已由我国译者译出,刊载在《当代文艺探索》1987年第2期上,标题改作《中国当代小说中的传统因素》。作者在这篇论文中首先指出:"如果从总体上来谈七十年代末八十年代初的中国文学,那么,其总的倾向毫无疑义地是沿着世界现代文学的发展轨迹而发展的。……但是,要说中国当代文学与丰富深厚的民族传统没有任何与之相联系的表征或因素,那么,这种看法也是不正确的。"[3]李福清指出:"目前,这一问题还不曾得到研究",他只是依据他本人"对所浏览过的中国当代小说的一得之见"和他"与中国中年作家交谈中所听到的作家们的一些看法"来写成这篇论文。[4]

分析中国文学传统对当代文学的影响,李福清首先注意到传统文学在道德观念、题材和情节发展线索上对当代文学的影响。他首先以谌容的《人到中年》为例,指出:"在分析该书的题材时,重要的不仅仅是要估计到形式和风格等因素,还必须把传统的观点、传统的道德品质置于自己的视野之内。"他说,谌容的小说"虽然并不是按照传统写法写成(按照传统写法,她不仅应当从陆文婷的童年写起,还应当写到她的家庭、母亲等等),但是,在作家的人物身上却积淀有中国人民的道德品质"。[5] 李福清写道,作品中的陆文婷是一位"默默无闻、任劳任怨、承受了'文化革命'中及其以

---

[1] 《文学自由谈》1986年第2期,第158页。
[2] 同上书,第27页。
[3] 李福清《中国当代小说中的传统因素》(尹锡康译),《当代文艺探索》1987年第2期,第51页。
[4] 同上。
[5] 同上。

后年月里生活的种种艰辛和困苦,对工作和家庭忘我地奉献出自己的一切的女性形象"。李福清认为:"中国妇女传统的道德品质在小说中恰恰是表现在女主人公的家庭生活方面。"①

接下来,李福清分析了中国当代小说对传统题材的运用。他认为读冯骥才的《雕花烟斗》使人想起中国古代著名的"俞伯牙摔琴谢知音"的故事;而阿城的中篇小说《棋王》则与《二刻拍案惊奇》中的《小道人一着饶天下,女棋童两局注终身》在内容上"有着亲缘关系"。他指出前两个故事的共同之点在于:"一个普普通通的人,但却是一个真正的细腻的美的鉴赏者、真正的艺术鉴赏者"。而后两个故事的相似之处,就其"表层特征"而言则是"二者的主人公都是不顾一切地迷上了围棋的青年,都在寻找旗鼓相当的对手"。所不同的是,"话本主人公国能同时还要找一个堪与匹配的妻子",而"阿城的小说丝毫没有描写,也不可能描写爱情这条线"。②

李福清还进一步分析了《棋王》在情节构成上同中国文学传统的联系。他写道:"某一老道或老神仙……传授某种绝技是古老的中国文学传统的一个很有代表性的情节"。而《棋王》的主人公王一生"后来遇到了一个以卖废纸为生的老头儿,就是这个老头儿既把自己精湛的棋艺传授予他,又把一本自家祖传的棋谱给了他。"李福清说:"这里拣烂纸的老头儿自然是代替了从前的老道士老神仙之类的形象"。他认为:"王一生从捡烂的老头儿那里得到祖传棋谱这一点就更是中国文学传统的情节发展的处理手法。"③李福清还联想到冯骥才的短篇小说《鹰拳》,认为在《鹰拳》中"也有类似的情节———一位武艺高强的老者"。他指出:"……武艺高强的老人的出现是这么出乎意外,同样,他的消遁又是那么毫无踪迹。神仙及时相助、然后无影无踪的消逝是中国古老传说的一个很有代表性的特征。"④

除了以上所说中国当代小说在题材和情节层面运用传统模式的情

---

① 李福清《中国当代小说中的传统因素》(尹锡康译),《当代文艺探索》1987年第2期,第52页。
② 同上。
③ 李福清《中国当代小说中的传统因素》(尹锡康译),《当代文艺探索》1987年第2期,第53页。
④ 同上。

况之外,李福清还进一步探讨了当代小说在艺术描写方法上对传统的承袭。他说:"人物肖像描画是中国文学几百年中最具有传统性和最稳定的因素之一。传统的肖像描写通常都极为典型化,对人物作详尽的同时又是极其抽象的描写,人物面貌的描画通常都是用四字一组的现成套语。"李福清指出:"当然,中国当代文学从总体上给予我们的印象完全不是这样,它的肖像描写总的来说用的是具有现实主义特点的描写模式。"但蒋子龙的中篇小说《赤橙黄绿青蓝紫》在肖像描写上却明显承袭了古典小说的人物描写手法。他以小说中对主人公刘思佳工余时卖煎饼的描写为例:

> 他手脸干净,两眼有神,嘴上捂着大口罩,胳膊上套着雪白的套袖,身上系着崭新的围裙,头上戴一顶白布工作帽,就像是刚从大饭店里出来的一级厨师,潇洒俊逸,风度翩翩。

然后分析道:"在我们面前这当然是一个现代人,……可是这种描写的构建模式,在我们看来却是非常传统化的描绘模式。"李福清认为,可以把蒋子龙的这一描写同《三国演义》中关于吕布、关羽或者张飞的肖像描写来作比较。他指出:"首先,上面所引的那段描写,就和传统描写中先描写人物外貌,然后交代人物姓名这种模式相似……其次,在中国古代的长篇小说和演义中,人物衣着的描写常常代替人物外貌的描写",而蒋子龙对人物也是运用了"传统的依次的详尽的衣着描写"。此外,李福清还指出:"蒋子龙用'潇洒俊逸,风度翩翩'这样两句四字一组的成语来完成人物的抽象概括,与罗贯中用'相貌堂堂,威风凛凛'的非常传统化的描写手法也很相似。"①李福清还举了作品中对女司机叶芳的肖像描写,同样可以看出其中受传统影响的痕迹,从而说明中国文学传统的艺术描写模式对当代作家的影响决不是偶然的。

李福清关于中国当代文学与中国文学传统的关系的论述,为我们开辟了一个颇有兴味的研究方向。尽管如作者本人所言,他的探讨仅只是"开了一个头",但他提出这一研究构想的首倡之功是不可埋没的。特别是在

---

① 李福清《中国当代小说中的传统因素》(尹锡康译),《当代文艺探索》1987年第2期,第54页。

今天,研究五千年中华文化传统与现代化的关系问题,正日益引起中外学者的广泛兴趣。看来,我们很有必要在李福清提出的这个思路上继续钻研下去。

第五节　蜀道难
——中国当代诗歌所走过的艰难道路

俄苏汉学家对"五四"以来的中国现代诗歌,特别是1949年新中国成立后的当代新诗抱有相当浓厚的兴趣,到目前已有大量现当代中国新诗被译成俄文,并得到专门的评论和研究。最早结集出版的俄译中国现代诗歌选集有《东方红》(1951年)、《解放了的中国的诗》(1951年)等。许多著名俄罗斯汉学——文学翻译家,如 Л.З.艾德林、Л.Е.切尔卡斯基、А.基托维奇、И.戈鲁别夫等都参加过翻译介绍有代表性的中国现代诗歌的工作。其中切尔卡斯基在译介中国现代新诗方面的贡献特别突出。

列昂尼德·叶甫谢耶维奇·切尔卡斯基是俄国科学院远东研究所的高级研究员,1992年移居以色列,任耶路撒冷希伯来大学教授,2003年逝世。他早在1954年就编译出版过一部中国新诗选集《中国之声,中国诗人选集》(赤塔出版社出版),以后历经30年,先后编译有《红色浪潮,"五四"时期的诗歌》(科学出版社1964年出版)、《多雨的林荫道,20至30年代的中国抒情诗》(出版社同上,1969年出版。以下未注明者均为该出版社)、《五更天:30至40年代的中国抒情诗》(1975年、1979年出版)、《四十位诗人——20至40年代的中国抒情诗》(1978年出版)、《中国诗歌选》(1982年出版)、《蜀道难——50至80年代中国诗歌选》(虹出版社1987年出版)等中国现当代诗歌选集。切尔卡斯基编译的这几部诗集恰好构成一个系列,使俄文读者得以了解中国现当代诗歌近70年发展历程的概貌。

这里重点介绍费德林在1987年为切尔卡斯基翻译的《蜀道难——50至80年代中国诗歌选》写的前言《蜀道难》中对中国当代诗歌的评论,以及切尔卡斯基在1989年为《艾青诗选,太阳的话》写的序言中对艾青的论述。

《蜀道难——50至80年代中国诗歌选》一书共199页,分为"50年代"和"70年代末至80年代初"两大部分。前一部分收有艾青、闻捷、郭沫若、郭小川、顾工、公刘、戈壁舟、叶圣陶、柯仲平、李瑛、李季、田间、臧克家、邹荻帆、沙鸥、邵燕祥、袁水拍、严阵、严辰等33位诗人的81首诗作,还收有几首中国民歌和谜语。后一部分选录了艾青、公刘、浪波、李发模、骆耕野、刘祖慈、吕剑、寥寥、苏叔阳、吴力军、方冰、方殷、方敬、傅天琳、韩瀚、胡笳、黄永玉、赵恺、朱健等22位诗人的30首作品。在入选的50年代诗歌中,有相当数量的歌颂中苏友谊或表现苏联题材的作品;而在70年代末至80年代初的入选作品中,控诉和反思"文革"罪孽的诗则占有较大的比重,从中不难看出俄罗斯汉学家在文学接受中的价值取向。

著名汉学家H.T.费德林为这本诗集撰写的长达20页的前言《蜀道难》,可以看作是对中国当代诗歌发展概况的简要评述。

费德林在序言中首先解释了把诗集命名为"蜀道难"的用意。他指出,这个名字不仅是来自中国一个著名的乐府古题,而且"从广义上说,这个说法象征着不容易的、充满着变化无常的人生道路"①。费德林写道,50年代的中国新诗,是在"矛盾和复杂的情况下发展的"。② 他指出:"50年代的特点是发展国家的社会主义方针占优势","但那个时候已经出现了令人不安的倾向",如在"反右斗争"中"许多卓越的文化活动家遭到迫害"。③ 就诗歌方面的情况而言,费德林特别提到从1958年"大跃进"时期开始的新民歌运动。他把那些为"大跃进"作图解的"民歌"比喻为"从家用'炼铁炉'里炼出的生铁"。费德林认为,尽管当时出现了数量巨大的民歌创作,但这"不是由于诗歌发展的客观过程的力量,而是由于唯意志论者的行动"。④

在介绍50年代的中国诗歌时,费德林对郭沫若、艾青、田间、邵燕祥、闻捷、顾工、公刘等一批在中苏两国都享有很高知名度的诗人逐个进行了评论。这些评论大部分是从诗人创作的思想性着眼的,并且特别注意他们中有关苏联主题的创作。从中不难看出苏联老一代学者在文学研究中重

---

① 《蜀道难——50至80年代中国诗歌选》,莫斯科:虹出版社,1987年,第3页。Трудны Сычуаньские тропы -из Китайской поэзий 50 и 80 годов// Москва: изд.Радуга,1987.

② 同上书,第8页。

③ 同上书,第6页。

④ 同上书,第8页。

思想内容、轻艺术特色的思维惯性。但有些片断言论还算涉及艺术方面的问题。如费德林评论闻捷的反映新疆生活的组诗说:"它们贯穿着乐观的处世态度和对一切呈现在诗人眼中的新东西的贪婪的迷恋"①;评论顾工的诗道:"他的许多诗都建立在对比上,建立在从前与现在更与将来相对照上"②;评论公刘说:"他的诗形象而紧凑,……诗人擅长简短的、只有两三个诗节的诗。它们在形式上很文雅、内容上很深刻,从其中一些作品里可以感受到古典诗歌的影响。"③

对于70年代末至80年代初的中国诗歌,费德林在文章里着重评论了被称为"暴露文学"的作品。他说,这些诗歌起源于献给1976年"四·五"事件的"天安门诗歌",并指出:"这是一些渗透着真正的人的痛苦和对祖国命运的忧虑的作品"④。他写道:"这些用饱经忧患的心写成的诗句,其中每个字都是很久以前的真相的自白。"⑤

费德林在这篇前言的结尾部分指出:"'暴露文学'流派在当代中国诗歌中不是唯一的、甚至不是在数量上占优势的"。他写道:"中国当代诗歌创作的大多数是属于'四个现代化'问题的"。他认为这部分诗歌"常常在精神上过分乐观","这种态度的作品与粉碎'四人帮'后'新春'时期的热情洋溢的作品互相呼应"。不过论者又指出,那些"出版了严肃的诗歌的作者清醒地评价现在和未来的前景,他们了解不只是要吸引群众参加'现代化'计划的具体工作,而且还有对他们目的的理解的全部复杂性"。⑥ 可见费德林对当代中国诗歌的总体评价还是积极的和肯定的。

1989年,苏联虹出版社出版了由切尔卡斯基编选的最新一部《艾青诗选,太阳的话》。切尔卡斯基本人为这部诗集写了序言,代表了苏联时期俄苏汉学家对艾青及其诗歌创作的最新评价。

艾青是一位为俄苏读者熟知和喜爱的诗人,他的作品在俄苏一直受到很高的评价。早在1954年苏联就已出版了彼得罗夫的专著《艾青评传》。

---

① 《蜀道难——50至80年代中国诗歌选》,莫斯科:虹出版社,1987年,第13页。
② 同上。
③ 《蜀道难——50至80年代中国诗歌选》,莫斯科:虹出版社,1987年,第14页。
④ 同上书,第20页。
⑤ 《蜀道难——50至80年代中国诗歌选》,莫斯科:虹出版社,1987年,第23页。
⑥ 同上书,第22—23页。

书中描述了诗人的创作道路,称赞艾青是"中国革命的歌手、爱国诗人、文学中无产阶级国际主义的代表,苏联的忠实朋友"。

切尔卡斯基在序言一开头就指出:"艾青的诗歌创作是中国诗歌史上的一个完整阶段。……他的充满人道主义精神和对人民创造力的信念的长诗和诗歌很早就成为中国民族文化不可分割的一部分。"①与王六十年代俄罗斯汉学家的文学研究不同,切尔卡斯基并不把自己的评论局限在思想内容方面,而是同时顾及对诗人创作的艺术特色的分析。他在序言中写道:"诗人在自己的作品中使用过民歌的音调铿锵的旋律、古典体裁的严格的格律,但他认为自由体诗的自由韵律比所有任何一种韵律都好。"他说,艾青的诗歌经常采用"不断更换的韵脚",他的"诗歌的语言是富于比喻的但同时又是明白透彻的"。"诗人很少采用历史的和文化的回忆,以及某种程度上成为中国古典诗歌典范的古旧语词,但就'诗句本身'而论,他是民族传统的合理继承者。"同时,切尔卡斯基又指出,艾青诗歌创作的"形象是现代的,又与欧洲20世纪诗歌相联系"。②

切尔卡斯基在序言中系统回顾了艾青的创作道路,指出"艾青在战争年代的诗是他的创作中最富有成果的时期","在其中有光明与黑暗、真实与虚伪、人性与兽性力量的对抗","充满了痛苦与愤怒,但同时饱含着乐观主义和对战斗精神的歌颂"。③ 切尔卡斯基认为:"艾青在战争年代最优秀的书是诗集《北方》。这里没有战争场面,没有冲锋的士兵,但却如此真实可见地表达了战争的氛围,如此大规模地描写了在战争的旋涡中惶惶不安地生活的人民。"④

序言以较大篇幅评论了艾青在粉碎"四人帮"以后最新的文学活动。论者首先介绍了艾青在1978年11月发表的长诗《在浪尖上》,指出艾青的这篇作品"描绘了'四五'事件的英雄和刽子手,引导读者得出乐观的结论:'四人帮'的所作所为不止产生了红卫兵运动,而且也引起年青一代的抗议,提高了他们的政治积极性和公民勇气"。切尔卡斯基认为,艾青通过

---

① 《艾青诗选,太阳的话》,莫斯科:虹出版社,1989年,第5页。Ай Цин: Слово солнца // Москва: изд. Радуга, 1989.
② 同上。
③ 《艾青诗选,太阳的话》,莫斯科:虹出版社,1989年,第9页。
④ 同上。

这首长诗表明"在中国青年人已经成长起来了,他们经历过苦难与屈辱,但加速奔向自由和幸福"。①

切尔卡斯基说:"从 1979 年春天开始,艾青作品的主题和语调发生了变化,出现了带有哲学潜台词的冷静观察的作品。"他指出:"(艾青的)新的诗作贯穿着一个信念:总有一天祖国大地上的水和人民的眼泪都失去自己的苦味。"切尔卡斯基评论艾青这一时期的作品是"站在自己 70 多岁的门槛上评价所走过的道路,沉思降临到他命运中的极为艰难的经历。他努力树立关于人生价值的永恒的观念和对国家复兴的信念"。②他认为艾青的诗集《归来的歌》"是我们今天中国诗歌中的优秀作品,它尖锐、激烈、真诚……是艾青在过去的年代里紧张的思想劳动的活生生的证明"。③

通过对艾青 50 多年创作道路的回顾,切尔卡斯基在序言的最后提出了这样一个问题:"可以把这位中国诗人同 20 世纪世界诗坛的哪一位相并列?"论者写道:"诗人把自己卓越的年华献给了新中国的建设,他和自己的人民一起勾画出中华人民共和国 40 年道路的重负与胜利。艾青在反对日本侵略者和民族解放战争时期的诗,唤起对威胁着国家的危险的认识,令人感觉到对敌人的憎恨,使人产生勇气和坚定性。在击败日本帝国主义之后,艾青呼吁为中国的民主发展而斗争。他在 1949 年人民革命胜利之后的创作,激励着社会主义建设和对新人的教育。他在最近十年的作品包含着人道主义和国际主义的思想,证实了诗人高度的公民性和爱国主义,证实了他精神的坚定性和对自己人民创造力的信心。"切尔卡斯基指出:"这些品质都是为那些世界知名的诗人所素有的,如纳齐姆·希克梅特④、巴勃罗·聂鲁达⑤。"切尔卡斯基把艾青放在与这两位世界文化名人并列的地位,认为他们的作品都能"激起为这个世界所必需的良知和光荣感、勇

---

① 《艾青诗选,太阳的话》,莫斯科:虹出版社,1989 年,第 14—15 页。
② 同上书,第 15 页。
③ 同上书,第 17 页。
④ 纳齐姆·希克梅特(1902—1963),土耳其作家,社会活动家。土耳其革命诗歌的奠基人。1921 年加入共产党。多次蒙受土耳其政府迫害,在狱中度过 17 年。1950 年获国际和平奖。1951 年后旅居苏联。
⑤ 巴勃罗·聂鲁达(1904—1973),智利诗人,社会活动家。1945 年加入智利共产党,1958 年被选为智共中央委员,曾获世界和平理事会国际奖(1950)、国际列宁奖(1953)、诺贝尔奖(1971)。

敢和英雄主义、善良和希望"。① 这是来自异域评论家的对艾青一生创作与文学贡献的崇高。

---

① 《艾青诗选,太阳的话》,虹出版社,1989年,第18页。

附录一：世纪之交的俄罗斯汉学——文学研究

世纪之交，对于我们最大的北方邻邦——俄罗斯来说，不只是一个时间概念，还意味着政治经济体制的急剧转轨、官方意识形态的改旗易帜。曾是世界汉学一方重镇的俄罗斯汉学，在这风云变幻的多事之秋有怎样的变化？老的和新一代俄罗斯汉学家在想些什么、做些什么？这恐怕不只是中国学者，也是世界各国汉学家共同关注的问题。在世界迈进新世纪门槛的时候，笔者于1999—2000年受中国国家教育部派遣，到俄罗斯汉学的重要基地——圣·彼得堡访学一年，搜集了俄罗斯汉学的一些最新资料，结识了俄罗斯汉学界一批久负盛名的老学者和近年来崭露头角的学术新人。这里，就对世纪之交俄罗斯汉学—文学研究的最新动向，作一简要介绍，以供国内外学术同行参考。

一、困境中的固守与开拓

苏联时期的汉学研究，带有浓厚的官方色彩。自1968年起由苏联科学院东方学研究所和列宁格勒分所、列宁格勒大学东方系联合主办的、两年一届的全苏"远东文学研究的理论问题"学术讨论会以及会后在莫斯科、列宁格勒两地轮流出版的印刷精美的论文集；自1970年起由苏联科学院东方学研究所中国部主持、每年召开一次的"中国：社会与国家"学术讨论会；都使今天面对俄罗斯汉学窘境的人们，深为其往日的辉煌而唏嘘。今天圣·彼得堡三大汉学研究基地：俄罗斯科学院东方学研究所圣·彼得堡分所、圣·彼得堡大学东方系、俄国科学院图书馆圣·彼得堡分馆东方部，都面临着队伍老化、资料陈旧、工作条件极为艰苦的困境。经费不足、工资过低，致使年青一代的汉语人才纷纷改弦更张，另求发展。

但令人钦佩的是，有着光荣学术传统的俄罗斯汉学界仍有一批恪守清贫、坚持自己学术追求的学者，在坚守着自己的学术阵地。同时，俄罗斯作为一个文化大国，即使今天的出版事业再难回到当年苏联时的盛况，但面对庞大的文化素养较高的读者群,在困境中仍每年有汉学新作出版,延续着世界文化大国的风韵。拿远离现实的中国古典诗歌选集来说,近年来就有 И.С.斯米尔诺夫主编的《陶渊明诗选》(1999 年)、《唐代诗歌选》(1999 年)、《明代诗歌选》(2000 年)(以上均为圣·彼得堡东方学中心出版);И.С.李谢维奇主编的《中国山水诗》(两卷本,莫斯科蚂蚁出版社,1999 年版);Р.В.戈里申科娃主编的《杜甫,感伤诗百首》(圣·彼得堡水晶出版社,2000 年版);Г.Н.费拉托娃主编的《中国古典诗歌·杨柳枝》、《中国四行诗(绝句)·离别苦》(莫斯科编年史出版社 2000 年版)等问世。但这些选集在某种程度上纯属满足文化市场需求的、"炒冷饭"式的"短平快"出版物,谈不上翻译与研究的更新。其所选诗篇大多是苏联时期老一代汉文学翻译家 Л.艾德林、А.吉托维奇、М.帕斯马诺夫、Е.维克多夫斯卡娅、Г.雅洛斯拉夫采夫,以及女诗人 А.阿赫玛托娃的译作。诗集的序言也往往照搬苏联时期老一代学者写的论文。如《中国古典诗歌·杨柳枝》的序言用的是经过压缩的 А.艾德林于 1977 年写的一篇文章《中国古典诗歌》;《杜甫感伤诗百首》则以苏联老一代著名汉学家 Н.И.康拉得 1960 年写的一篇文章为序言。这一方面反映了对老一代学者成果的尊重,同时也可看出俄罗斯汉学翻译和研究工作后继乏人的窘况。

不过,在俄罗斯近年来出版的众多中国文学译著中,也有一些独辟蹊径的翻译与研究力作。如俄罗斯科学院东方学研究所圣·彼得堡分所研究员、女汉学家玛丽娜·克拉芙佐娃 1994 年出版的《古代中国诗歌》,圣·彼得堡东方学研究中心 2000 年出版的由 В.С.斯米尔诺夫翻译的《明代诗歌选》,圣·彼得堡结晶出版社 2001 年出版的圣·彼得堡大学东方系中国语文教研室副教授 А.Г.斯托罗茹克(汉名索嘉威)的学术专著《元稹——唐代诗人的生活与创作》等等,都可以说是创新或填补空白之作。克拉芙佐娃的《古代中国诗歌》一书除了在研究方法与视角上颇具新意外,一个突出特点是书中附录的从《诗经》《楚辞》到魏晋南北朝的诗歌,尽管许多篇章早已有老一代俄罗斯汉学家的俄译,但全由作者重新译出。克拉芙佐娃在《古代中国诗歌》一书中自述其翻译中国古典诗歌的原则说:"首先是最充分地保持原文的形式上的特点",比如将"原文的一行诗句转译成俄文诗的一行,并且其中有效词的数量接近于汉字的数量。"同时"在某种程度上保持原文的规模和韵律。"为此她"采用了最为多样的俄国韵脚系统的类型。"①在传达中国古典诗歌原文的文字特色方面，克拉芙佐娃也着实下了一番功夫。比如对楚辞中大量的同偏旁字，克拉芙佐娃巧妙地把它们译成同字母打头的俄文词，如将淮南小山赋《招隐士》中的"欿岑碕礒兮，碅磳魂硊"一句，译作："А кручи крутые кружат крутизною, Громат грозясь громоздятся горою."（啊，被悬崖环绕着的陡峭的峭壁，重山叠嶂巨大可怕。）②由此可见克拉芙佐娃在中国古典诗歌翻译方面独具的匠心和娴熟的翻译技巧。最近，圣·彼得堡科学出版社又出版了克拉芙佐娃的新著《永明诗歌》。该书完成于1986年，由于出版社经济困难，一直未能出版。现在经过15年尘封之后，终于面世，不能不说是严肃的俄罗斯汉学研究再度复兴的吉兆。该书重点研究了沈约、谢朓、王融、萧衍的生平与创作，旁及"竟陵八友"等南齐永明诗人的作品。探讨了永明诗歌的基本思想倾向及其题材、主题与形象，分析了永明时代的山水诗、应制诗、爱情诗和友谊诗，并论述了"永明声病说"等与诗歌韵律有关理论和创作实践问题。书中所论，不仅填补了俄罗斯中国古典诗歌研究的一项空白，即使在中国也是研究相对薄弱的领域。因此它的出版，实在是中俄文化交流的一件盛事。

二、研究选题的适时转换

与苏联时期受官方资助的学院派研究不同，今天市场经济条件下的俄罗斯汉学为了自身的生存与发展，必须关注研究选题的现实性、迫切性，必须考虑自己产品的市场卖点。以往远离现实、大而无当的研究选题自然难以为继，被迫中止，适时随俗的选题开始大行其道。一些出版社将以前的中国古典文学翻译和研究成果改头换面，拆装重组，标上一个时髦的题目上市炒卖。如莫斯科正方出版社在1993年推出过一部名为《中国色情》的文集，内中收有圣·彼得堡国立埃尔米塔日博物馆、莫斯科国立东方民族艺术博物馆、东方学研究所列宁格勒分所绘画馆收藏的中国和日本等国的春宫画。而其中收录的"中国色情文学"译文，多为苏联时期中国古典小说研究专家К.И.戈雷金娜、Д.Н.沃斯克列辛斯基（华克生）、В.М.阿列克谢

---

① М.Е.克拉芙佐娃《古代中国诗歌》，圣彼得堡：圣彼得堡"东方学中心"，1994年，第14页。
② 同上书，第16页。

耶夫、B.C.马努辛等人的旧译。老材料新包装,再加上中国文学与中国哲学、中国医学方面研究论文的融合,构成了一部图文并茂的"中国性学"大全,自然引起不少俄国读者的青睐。

本来,在苏联的中国古典小说研究中,对中国明清时代被禁"淫书"的翻译与研究一直是一个重要内容。较有影响的研究成果有沃斯克列辛斯基的《隔帘花影》①研究②;戈雷金娜对瞿佑《剪灯新话》、李昌祺《剪灯余话》的研究;马努辛和李福清的《金瓶梅》研究等等。最近莫斯科"古基亚尔-波列斯"出版社于2000年出版了老翻译家 Д.沃斯克列辛斯基翻译的《肉蒲团》③,书前附有沃斯克列辛斯基写的序言《中国唐·璜的命运》。译者把《肉蒲团》一书的主人公未央生与拜伦笔下的唐·璜作对照,指出:"李渔的小说更为深刻,因为它涉及许多激动现代人的重要问题,它具有自己的建立起一定哲学潜台词的观念、自己的构造。它通过多姿多彩的风流韵事的外表,流露出人类命运、人类使命和人的自身存在的重要主题的轮廓。"④

除中国的"性学""房中术"以外,《周易》预测、风水、相术等在政治动荡、经济低迷的今日俄罗斯也引起不少人的兴趣。近一两年问世的这方面的书出了不少。仅笔者在访学一年间见到的《周易》俄译本及研究著作就有大约四五种之多。此外还有"中国风水""中国相面术"一类的小册子。

面对政治经济改革遇到的种种难题,俄罗斯急于向各方面寻求摆脱社会困境的良方,古老的中国智慧自然也成为他们汲取营养的源泉之一。汉学研究为现实政治经济改革服务的方向,已在一些学者的研究中初露端倪。如1998年莫斯科俄罗斯科学院东方文学出版公司出版了被称为"莫斯科孔夫子"的俄国孔子学会会长列昂那多·谢尔盖耶维奇·佩列罗莫夫(Леонард Сергеевич Переломов,汉名嵇辽拉,1928—)的研究专著《孔子,论语》。作者在书后用中文写的论文《孔子学说与俄罗斯文化(十九世

---

① 一名《三世报》,作者丁耀亢,系改易《续金瓶梅》中人名与回目而成。
② 沃斯克列辛斯基《中国文艺散文作品中的佛教思想(17世纪长篇小说〈隔帘花影〉的宗教思想问题)》,载于《中国:历史、文化和史学》,莫斯科:科学出版社,1977年,第222—246页。
③ 又名《循环报》,旧题情痴反正道人编,作者生平事迹不详,当为明末清初人。俄译题为李渔著。
④ 《肉蒲团》,莫斯科:古基亚尔-波列斯出版社,2000年,第10页。

纪至二十一世纪)》中说:"戈巴契夫(按:戈尔巴乔夫)及盖达于改革之初,均以西方的国家制度,首先是美国形式为典范,其结果使俄罗斯陷入很深的经济、社会危机。……正因俄罗斯领导人无法选择正确的战略方向,使俄国现今处于痛苦的摸索状态。越来越多的政治家开始了解,俄国系一欧亚国家,不能不考虑中国文明化的经验。共产党人认为中共模式最适用于俄罗斯,而民主人士则认为是台湾模式。在此条件下,俄国政治家开始重视孔子的学说及儒家在该国现代化过程中所扮演的角色。至于俄国社会,其本身就像是脱离国家,找寻更有前瞻性的复兴之途,期盼能在孔子学说中得到解答。"①佩列罗莫夫在 1992—1993 年两年间出版了三本书:《孔子言论》《商君书》和《孔夫子:生活、学说及命运》,其中关于孔子的两本书各自印行了一万册。可见这类著作在俄罗斯受欢迎的程度。

　　孔子儒家的著作之外,中国先秦诸子著作在俄罗斯翻译研究最多的还数老子的《道德经》,这也是俄国汉学的一个传统。早在帝俄时代,汉学家丹尼尔(西维洛夫,1798—1871)就已译出《道德经》,后于 1915 年由扎莫塔依洛以《丹尼尔(西维洛夫)档案资料中未公布的〈道德经〉译文》为题予以发表②。19 世纪俄罗斯文学泰斗列夫·托尔斯泰亲自选编的老子著作有两种《列·尼·托尔斯泰选编,中国圣人老子格言》(1910 年)和《老子——道德经或道德之书》(1913 年)。面对当前动荡纷扰的社会现实,人类生存环境的日益恶化,重新唤起了俄罗斯人对提倡无为而治、人与自然和谐共处的老庄哲学的兴趣。仅笔者一年留学期间见到和购得的研究老子哲学思想和翻译《道德经》的著作就有五六部之多。这里有老一代汉学家的旧著,也有汉学新人的新作。如俄罗斯神智学协会环出版社 1996 年出版的 A.A.马斯洛夫的翻译与研究专著《道德经的世界》、莫斯科艾克斯莫-波列斯出版社和哈里克夫弗里奥出版社 2000 年联合出版的"世界思想宝库"系列丛书之一《道——世界的和谐》、圣彼得堡大学哲学东方哲学与文化学教研室主任 E.A.陶尔奇诺夫教授的《道家》③和《道家与道德经》④等。

---

　　①　Л.С.佩列罗莫夫《论语》,莫斯科:俄罗斯科学院东方文学出版公司,1998 年,第 458—459 页。
　　②　《敖德萨图书志学会通报》1915 年第 4 卷,第 5—6 册,第 209—245 页。
　　③　圣·彼得堡小鹿出版社,1998 年。
　　④　圣·彼得堡东方学研究中心,1999 年。

1999年,莫斯科俄罗斯科学院东方文学出版公司出版了俄罗斯联邦人文科学基金资助项目、俄罗斯科学院东方学研究所圣·彼得堡分所研究员 И.Ф.波波娃的新著《唐初治国之要术与思想》。书中讨论了唐代贞观之治的成就、唐太宗李世民的政治思想、唐代统治者处理与人民关系的方法、唐代的政治、经济、军事政策等问题,很明显都是当前俄国感兴趣的题目。

从事纯文学研究的汉学家在研究选题适时转换的潮流中,也在调整自己的研究方向。一个突出表现就是跳出单一文学研究的框子,与更广阔的文化领域接轨。像前面提到的克拉芙佐娃,其研究的主攻方向本是中国六朝诗歌,但现在正在作广泛的中国文化研究。她的专著《中国文化史》(1999年出版),被俄罗斯联邦教育部确定为全俄高等学校文化艺术专业教材,现已出版了第二版。目前她正全力以赴,进行更大部头的《中国艺术史》的写作工作。还有莫斯科国立人文大学东方语言教研室主任葛里高利·阿历克山德洛维奇·特卡琴科,他的研究方向本是中国先秦诸子散文,尤其是《吕氏春秋》。曾于1990年出版专著《〈吕氏春秋〉中的宇宙、音乐、礼仪、神话和美学》。1999年莫斯科亚非国家语言蚂蚁出版社出版了他编写的《中国文化词典》,发行两千册,在俄国社会也引起广泛关注。此外如莫斯科大学亚非国家研究所研究员 K.M.杰尔金茨基编辑的旅华俄侨 И.Г.巴兰诺夫著《中国人的信仰与习惯》(莫斯科蚂蚁出版社1999年出版),在中俄两国人民交往再度密切的今天,市场销路也很好。

三、研究思路与方法的革新

传统的俄罗斯汉学研究由于俄罗斯民族本身有着悠久的现实主义文学与文学批评传统,加之受苏联时期社会主义现实主义文学理论的影响,偏重于社会历史的研究方法。注重作品对社会现实生活的反映,注重研究作家与人民群众、与民间文学联系等。从现代俄国新汉学的奠基人 B.M.阿列克谢耶夫起,老一代俄罗斯汉学家的研究往往在背景材料上下很大功夫。从作家所处的时代、社会生活特点,直到他所接受的文学传统,他与同时代人的相互影响,以及他对后世的影响等等,论述面铺得很广。当年阿列克谢耶夫论司空图是如此,后来的切尔卡斯基论曹植的诗、李谢维奇论古代中国的诗歌与民歌,以及艾德林论陶渊明也是这样。这种宏观的研究视野,使得俄罗斯汉学家的研究一般具有比较宏大的气魄。但与此相联系的缺点则是,同大量的社会背景资料介绍、文献考据相比,对作品本文的研究则有时显得薄弱。

苏联解体以后,社会主流意识形态发生了很大变化,作为文艺学研究前沿的文艺理论首先出现明显的"路标转换"。正如莫斯科大学教授Л.В.切尔涅茨在他主编的《文艺学概论》一书的绪言中所说:"我国文艺学经历了迅速而急剧转变的时代。从一方面说,它摆脱了(在几十年时间里实行的)许多教条和神话,摆脱了残酷的意识形态监管,积极地与世界文艺学,首先是西方文艺学相联系。"同时"熟悉了俄罗斯美学思想的总体层面,不同方向文学批评的经验("机体论"的、"精美论"的、"民粹派"的、宗教哲学的等等)"。① 理论的多元化促使汉学—文学研究在研究思路与方法上也出现了许多创新之作与新的尝试。

上文提到的 M.E.克拉芙佐娃的《古代中国诗歌》,以中国古典诗歌两部最重要的文献——《诗经》和《楚辞》为依据,从文化人类学角度分析了中国诗学传统的起源及特点。克拉芙佐娃指出:"在现有汉学—文艺学的大多数著作中","研究者局限于研究诗人的生平、文学创作史,对它们的思想和艺术特点给予叙述和做出对作品的带注释的翻译,而这些注释特别是与中国注释传统相适应的。"因此,许多在科学研究中很熟悉的中国文学现象,"实际上还都被看成具有独立的性质,引起整个文学过程的虚假的非连续性。"②克拉芙佐娃认为:"艺术文学……是特殊的一般文化现象。它的存在形成于特殊的文学和超文学因素的整体性综合。而后者被理解为对其同时代诗歌表现出直接或间接影响的历史与文化现实的总和。""从自己发生的那一刻起,诗歌创作就不只是在文学事实的性质中存在"。③因此,要理解"被研究的诗歌传统的性质",就必须研究"它同产生它的地区的一切精神生活的内部联系","注意最广泛的历史文化范围的事实"。这也就是"对艺术文学的文化逻辑分析的基本原则和任务"。④ 她说:"为了揭示中国诗歌类型学的特点和文明的标志,必须了解其从古典时期开

---

① Л.В.切尔涅茨《文艺学概论》,莫斯科:高等学校出版社,1999年,第6页。
② M.E.克拉芙佐娃《古代中国诗歌》,圣彼得堡:圣彼得堡东方学中心,1994年,第13页。
③ 同上。
④ 同上。

始的发展的一般法则",也就是要"搞清中国文明的全部历史—文化特点。"①

1995年,俄罗斯科学院东方学研究所东方文学出版公司出版了该所研究员К.И.戈雷金娜的新著《太极——1至13世纪中国文学与文化中的世界模式》。书中运用神话原型学的观点和方法,把中国古代神话、诗歌以及后世的小说与远古时代的宗教祭祀仪式和占星术联系起来考察,提出了不少令人耳目一新的见解。如她分析《诗经·周南·关雎》,认为这首诗实际上是远古时代的占星记录。她写道:"('关关雎鸠,在河之洲')'关关'一词通常被解释为模拟声音。但很可能,这是祭司喊叫的某种声音的记录或者是'观'卦,它标志着由天帝控制的天空的一部分,在这种情况下就得到了'重卦——观'……转用'雎鸠'来标志,用的是九月的鸟,也就是黄道带'申'区;和六月的鸟,在这种情况下带着偏旁'且'写出的'无尾鸟'的标志,按照词典《尔雅》意味着'六月的鸟'。(按《尔雅卷六·释天》:"六月为且")在这个句子中,一个黄道带的标志是在十二地支体系中做出的,如果它同天帝相联系;而另一个是在十天干中,如果同它的'阴'相联系。句子'九月——六月',如果转移到记录记数天帝运行年头的系统,那就意味着'天帝运行七年,和阴运行六年'。天帝的七年叫作'涒滩',写作'君'加'水'旁和'难'加'水'旁。行星群'岁阴'(阴)的位置位于黄道带'申'的标志下,而行星本身位于'未'的标志下。"②"《诗经》的天上的一对一,这就是在'申'标志下的天帝和位于'未'标志下的反天帝,也就是在'大阴'的情况下,行星们一个加在另一个上面。"③戈雷金娜最后总结说:"诗歌的占星术观点按我们的观点来看,绝对是显而易见的,说明了仪式和'祭司的语言'是文化和艺术传统形成的强有力事实。"④尽管笔者对戈雷金娜的观点不敢苟同,但作为俄罗斯汉学——文学研究的新动向,她的这部著作还是值得重视的。

(本文最初发表于《俄罗斯文艺》2002年第5期,收入本书略有修改。)

---

① М.Е.克拉芙佐娃《古代中国诗歌》,圣彼得堡:圣彼得堡东方学中心,1994年,第14页。
② К.И.戈雷金娜《太极——1至13世纪中国文学与文化中的世界模式》,莫斯科:俄罗斯科学院东方学研究所东方文学出版公司,1995年,第37页。
③ 同上书,第38页。
④ 同上书,第39页。

附录二：当前俄罗斯汉学视野中的中国当代文学

　　文学是社会生活的镜子。文学，尤其是直接反映当前现实生活的当代文学，从来是各国人民相互了解的窗口，是各国之间相互获取对方社情民意情报的重要渠道。苏联作为一个世界大国，又是与中国山水相连的邻邦，历来重视对中国当代文学的研究。苏联解体后，继承其法统的俄罗斯尽管受严重经济危机的困扰，对中国当代文学研究的力度不可与当年同日而语，但中国当代文学依然是恪守学术阵地的俄罗斯汉学——文学研究工作者们关注的热点。这里，就对苏联解体后俄罗斯汉学界研究中国当代文学的情况，作一简要介绍，以供国内学者参考。

一、译介概况与整体综论

　　20世纪80—90年代，随着中国改革开放和中苏国家关系的正常化，曾经在俄罗斯掀起过一次译介和研究中国当代文学作品的不大不小的热潮。自80年代初至苏联解体的1991年，苏联共出版中国新时期中短篇小说集8部，诗集1部，中长篇小说单行本4种。介绍和评论中国新时期文学创作的论文近30篇。苏联科学院远东研究所还于1989年出版了《中华人民共和国的文学与艺术(1976—1985年)》论文集，系统介绍和研究中国新时期文艺现状，堪称一时之盛。但是，随后而来的东欧剧变，使正处于上升势头的中俄文学交流转入低谷。苏联解体后的15年来，只在1995年由莫斯科大学出版了一部中国当代文学作品集，2003年出版了圣彼得堡大学东方系教授斯别什涅夫(汉名司格林)翻译的冯骥才的《俗世奇人》，再有就是为庆祝圣彼得堡建城300周年，圣彼得堡作家协会与中国上海作家协会相约各自出版一部对方作家的文集。2003年在圣彼得堡出版了由A.罗季奥诺夫和E.谢列布里亚科夫教授领衔翻译和主编的《上海人——中国作家作品集》。这里除了经济危机，出版社和研究机构经费不足，汉学队伍老化，年青一代翻译人才急功近利，纷纷下海捞钱等原因之外，也有政治上的意识形态等方面的原因。正如圣彼得堡大学东方系青年汉学家阿列克赛·阿纳托里耶维奇·罗季奥诺夫在给笔者的一封信中所说:"现在我国读者对中国文学还存在一些偏见,觉得它有很强的政治性,但这种文学的时代早就过去了。"毋庸讳言,在苏联解体,俄罗斯社会主流意识形态公然倒向西方资本主义价值体系的社会语境中成长起来的新一代俄罗斯青年知识分子,对高举社会主义旗帜的中国是心存隔阂的。而翻译介绍中国当代文学,更多的是要靠这些青年汉学家。他们的兴趣所在、关注热点,直接影响着中国当代文学在俄罗斯的介绍与传播,影响着中国当代文学在俄罗斯的形象。

《上海人》一书的入选作品是由中国作家协会上海的分会提供的,所以无法从入选篇目上看出俄罗斯汉学家的观点。但该书书后附有俄罗斯著名汉学家、国立圣彼得堡大学东方系教授谢列布里亚科夫撰写的题为《崇敬与友好的体现》的长篇后记,从中可看出当代俄罗斯汉学家对中国当代文学的整体观感与评价。

谢列布里亚科夫在《后记》中指出:"中国的精神生活是令人感兴趣的和有教益的,复杂的和充满矛盾的。"一方面,"市场上充斥着适应受教育不充分和审美观点不发展的读者的商品。充斥着大量由中国作者翻译和编写的武侠小说,低俗的言情小说也大行其道。甚至出现了其作者无所顾忌地大写两性关系、公开描写色情的作品。"但另一方面,"与这种不能称作文化的俗文化、只不过是粗俗娱乐的工业品相反,天才的、睿智的和有廉耻的文学家,继续从事着不轻松的事业:试图全面思考 20 世纪在发生的历史和政治进程,想理解它们对个人命运的影响,努力为生活的定位提炼出有益的教训。"[①]

谢列布里亚科夫指出,中国社会改革之初出现的"伤痕文学","它们所提供的代表人物重现了'文化革命''悲剧十年'残酷的和生硬的政权。此后,"新的历史时期的体验、掀起新的激情和冲突以及揭露中国现代生活中深刻潮流的渴望,呼唤多种多样文学潮流的出现。"他指出,"新潮文学"和"后现实主义"文学"就具有了对自我选择和展示单个人境遇和心境的追求,对人类生活中罪恶和荒谬的敏锐直觉。"他说:"中国作家首先试图研究文学与现实联系、与社会政治道德结构联系的永恒的问题,在这种情

---

① E.A.谢列布里亚科夫《崇敬与友好的体现》,《上海人:中国作家作品集》,圣彼得堡:作家思想出版社,2003 年,第 331 页。

况下他们意识到必须脱离直线的和公式化的回答。"他指出,很多中国作家确信,"自己对世界的认识应转换成由探索和实践产生的艺术形式和题材。"他说:"在作品中绝对拒绝倾向性和令人厌烦的教训,作者们仔细地观察平凡的日常生活,和不少有趣的并有教育意义的普通人的心理特点和行为。"他指出,中国作家所创造的属于"无修饰的现实主义"的中篇小说、短篇小说和特写,"在读者那里找到善意的回应。"他认为:"倾向于心理主义在一定程度上说明了由国家内部'以人为本'政策带来的社会上对个人个性意义的承认。"而"'文化寻根'派提升了对中国人的民族心理特征的注意,有时对妨碍中国社会改革的民族性格的个别特点持批判态度。"他指出:"作者的幽默和自嘲在某种程度上化解了对民族性格与缺点的尖锐指责,使那些总是就痛苦的和棘手的题目与同时代人的对话变得轻松。"他说:"近年来,文学语言的现状和今后发展的问题激动着中国的作家,相当明显,理想主义强霸时代的文学风格和词汇不能以应有的准确表达现代生活的精神探索、反常性和动感。"他指出,在中国出现了"离开现实主义而走向由正在进入中国的外国艺术观念造成的方针,它被叫作'中国现代派'甚至是'后现代派'"。谢列布里亚科夫认为:"不同文学流派和方针的共存与竞争,它们的作用和影响在艺术舞台上经常变化,反映了国家各个层面人民的社会兴趣、需求和口味的复杂而多彩的画面。"①

  对于由中国作家协会上海分会编选,彼得堡大学东方系汉学家翻译出版的这本文集,谢列布里亚科夫只作了概略的介绍,没有评论和褒贬。他写道:"著名女作家王安忆的中篇小说《叔叔》,某种程度上用意识流方法介绍了中国知识分子的命运和情绪。彭瑞高的中篇小说《本乡有案》,以侦探小说的手法展示了地方官员在竞争高级岗位时的道德崩溃。不同作者的短篇小说为了解典型的现代中国小说,提供了很好的关于多种多样主题、社会和道德问题的概念。"谢列布里亚科夫特别指出这本文集的入选作品在艺术手法上的多样性,他说:"一些小说是用90年代流行的'朴素现实主义'手法写的,另一些则以回忆和思考过去大规模的同时又是国家和个人生活中的悲剧事件的方式存在,第三类把精力集中在出场人物的心理构

---

① E.A.谢列布里亚科夫《崇敬与友好的体现》,《上海人:中国作家作品集》,圣彼得堡:作家思想出版社,2003年,第331页。

成、情绪的急剧转变上。"谢列布里亚科夫指出:"在艺术短评和随笔中很有意思的文章是余秋雨以幽默和善意微笑写的,但也并非没有对这个巨大城市居民性格和心理的挖苦的《上海人》。"他同时指出,在作者余秋雨的话语里渗透着对上海人民的爱,他引用余秋雨在文中的话说:"上海人人格结构的合理走向,应该是更自由、更强健、更热烈、更宏伟。它的依据点是大海、世界、未来。这种人格结构的群体性体现,在中国哪座城市都还没有出现过。"①

2005年,莫斯科东方—西方出版社出版了由谢列布里亚科夫和圣彼得堡大学东方系青年汉学家A.罗季奥诺夫、O.罗季奥诺娃夫妇编写的《中国文学史指南》。这本书叙述的范围从公元前12世纪直到21世纪初,确实如书名所说,是帮助俄文读者了解中国文学发展历史的概略性的指南。书中从古代到1917年部分由谢列布里亚科夫教授撰写,1917年到1976年由阿列克赛·罗季奥诺夫撰写,1976年到21世纪初由奥克萨娜·罗季奥诺娃撰写。这里我们重点介绍罗季奥诺夫夫妇对1949年以后新中国文学的评论。

罗季奥诺夫夫妇是一对热爱中国、对中国人民抱有亲切感情的青年汉学家。他们的汉语水平很好,多次来过中国,亲自采访过一些知名的中国当代文学家,搜集过许多第一手的当代文学资料。他们对中国当代文学的总体评价,应该说是比较客观的。由罗季奥诺夫撰写的《1949—1976年的文学》一节中指出:新中国成立以后,"毛泽东1942年写的《在延安文艺座谈会上的讲话》的观点成为文学活动的基础。赞同毛泽东提出的主要标准,文学的价值主要在其政治适应性,作品内容必须反映阶级斗争,而它们的形式,要面向文化水平很低的普通大众的趣味和理解水平。"②为了适应新的要求,"像老舍、巴金、曹禺、叶圣陶这样的大师,自愿放弃了创作的独立性,而接受了新的文学和政治观点。"还有"一部分拒绝五四文学运动的现实主义方针、失去了创作灵感的作家,"则"表现为新作品数量的

---

① E.A.谢列布里亚科夫《崇敬与友好的体现》,《上海人:中国作家作品集》,圣彼得堡:作家思想出版社,2003年,第332页。
② E.A.谢列布里亚科夫、A.A.罗季奥诺夫、O.П.罗季奥诺娃《中国文学史指南》,莫斯科:东方西方出版社,2005年,第213—214页。

减少或是完全销声匿迹。"①他认为:"总的来说,文学对政治的从属关系表现出对中华人民共和国成立初期文学作品的艺术特色的否定性影响。心理深度的减少,解决矛盾的可信性的降低,公式主义和口号式甚至损害了那些卓越的语言艺术大师,如老舍、曹禺、赵树理和艾青等人的创作。"②

在概括介绍了50年代中期"百花齐放、百家争鸣"政策带来的文学创作的繁荣,"大跃进"年代提出的"两结合"创作原则对创作的影响,60年代出现的一批历史题材创作,以及"文化革命"极"左"路线对中国文学的毁灭性破坏之后,作者总结道:"时间表明,与50—70年代的中国文学相联系的文学从属于政治和背离现实主义是死路一条。"他指出:"1976年毛泽东逝世和粉碎'四人帮'之后来临的政治自由化,使有可能重建中华人民共和国的文学与'五四运动'文学传统的联系。"③

由A.罗季奥诺夫的夫人奥克萨娜·罗季奥诺娃撰写的《1976—2004年的文学》一节,对粉碎"四人帮"以后我们称之为"新时期"的文学,做了基本肯定的、正面的评价。奥克萨娜指出:"20世纪的最后20年在中国历史上是史无前例的国家发展成功道路的范例。从'文革'动乱后开始恢复,中国实际上走上了新的历史轨道。新时期中国文学也不例外。"④

作者首先回顾了1976年"四五运动"中的"天安门诗歌",指出:"这些诗歌的特点是斗争的真诚与激情。没有特别的美学修饰,天安门诗歌成为战斗艺术的典范。"⑤她说:"1976年10月揭露'四人帮'意味着中国社会新时期的正式开始。"而"在中国比之其他创作形式最早再生的是戏剧艺术。"她指出:"回归真正的现实主义道路的是苏叔阳的戏剧《丹心谱》的上演,它开始了新时期现实主义戏剧的强有力发展。"在小说创作方面,她认为"中国新时期文学的前锋是刘心武的中篇小说《班主任》和卢新华的短

---

① E.A.谢列布里亚科夫、A.A.罗季奥诺夫、O.Π.罗季奥诺娃《中国文学史指南》,莫斯科:东方西方出版社,2005年,第214页。
② 同上书,第215页。
③ 同上书,第219页。
④ 同上书,第238页。
⑤ 同上。

篇小说《伤痕》。"①

奥克萨娜指出：中国"新时期文学实际上是'五四运动'文学传统的复兴，它的经验毫无疑问支持文学家试图重新思考中华民族的现代历史。"她说："新时期得到复兴的文学的基本特点是从'革命现实主义与革命浪漫主义相结合'的倾向回归到批判现实主义道路。这一时期的大批作家采用的是几乎被新艺术手法剥夺的朴实的叙事，他们的目的就是建立有力的心理影响。"但同时她又指出："不能否认，小说的形成方针与大批诗歌、戏剧作品一样，处于同政治的紧密联系之中。"②

作者指出，中国在80年代中期大量译介外国文学和西方文化、哲学、艺术方面的著作，使中国摆脱了几十年来孤立于世界文学进程的状况。最早对新思想和创作方法做出反应的是北岛、江河、舒婷、顾城等现代派诗人。她指出："这一时期诗歌的特点是对人类命运的宇宙观点，它感兴趣的是作为哲学范畴的人与自然，它们的存在和相互作用。与此同时诗人对民族神话、传说、文化传统的关注也加强了，并在他们的创作中得到活生生的反映。"③

奥克萨娜认为，西方现代派文学对中国作家创作的影响，在小说方面最积极的成果是"在80年代中期的中国文坛上出现了影响巨大的'寻根文学'流派。韩少功被认为是它的创始人。"她认为："这一类小说作品的优秀典范是阿城、贾平凹、李杭育、张承志、王安忆的创作。"④

对于90年代以来中国文坛上出现的一些新现象，诸如新写实主义小说、"美女作家"、"网络文学"等等，奥克萨娜也作了基本上是正面的评价。她说："文学的平民化导致带有其传统的对普通人命运、对没有任何美化的人民生活、对极为详细的日常生活描写的重视的新现实主义创作在中国的发展。……这种实证主义小说最显著的代表是方方、池莉、刘震云、刘恒、邱华栋。"⑤她指出："同80年代后半期的先锋小说不同，文学语言中显露出对老练的、精雕细刻的描写风格的背离。90年代大量作品的语言是中

---

① E.A.谢列布里亚科夫、A.A.罗季奥诺夫、O.Π.罗季奥诺娃《中国文学史指南》，莫斯科：东方西方出版社，2005年，第238—239页。
② 同上书，第240页。
③ 同上书，第240—241页。
④ 同上书，第241页。
⑤ 同上书，第242页。

国居民现实语言的反映,有时它过于粗鲁,但从另一方面来看,又是自然的和通俗易懂的。"作者在文末总结道:"最近10年的中国文学显现出极为活动的和富有成果的发展,为说明它是整个中国文学发展的最重要时期之一提供了全部基础。"她说:"与所有国家一样,世纪之交的中国也对民族生活的不同领域做出总结。……中国文学带着将优秀的民族传统与对西方文化成就的创造性掌握相结合的大量艺术经验,走进21世纪。"①

这里需要指出,在对当前中国文坛新潮流、新变化的评价方面,老一代俄罗斯汉学家和年轻学者的观点是有所不同的。比如在2004年6月俄罗斯圣彼得堡大学东方系召开的纪念巴金诞辰100周年《远东文学问题》国际学术讨论会上,老一代汉学家、俄罗斯科学院远东研究所研究员А.Н.热洛霍夫采夫发表论文《当代中国文学中的巴金传统》,文中就对当前中国文坛上背离鲁迅、巴金开创的进步文学传统的倾向,提出了尖锐的批评。他引用现代俄罗斯新汉学的奠基人В.М.阿列克谢耶夫院士在1935年8月写的,但直到2003年才发表的一段话说:"欧洲主义在完全不正常的气氛和环境中,在革命的中国蔓延。人们的选择失去了标准,外来语借助混乱的思潮一拥而上,不可遏止地,无休止地,不加选择地,没有前途地,不经思索地涌入着。报纸成了可出售的,简直无耻至极,在这种情况下,在毁人名誉方面,连西方报刊都被压倒了。文学突然转向了模拟欧洲过去的文学思潮,这些思潮被混乱地搅成散发着低级趣味般腐臭的一堆。在偶然成功中形成的时尚,成了重点,由于众多的国耻、惶恐、悲观和无休止的长篇大论占满了全部文学评论的空间,并普及到了艺术和社会生活之中。甚至对文字都陷入了难以置信的曲解之中,对此很难想到当初的风格。"②热洛霍夫采夫指出:"这一大段摘自有70多年之久的文章的引文一点也没有过时。它不仅准确地描述了五四文学革命,而且还与中国当代文学的现状惊人的类似。"③

---

① Е.А.谢列布里亚科夫、А.А.罗季奥诺夫、О.П.罗季奥诺娃《中国文学史指南》,莫斯科:东方西方出版社,2005年,第243页。

② В.М.阿列克谢耶夫《中国文学著作集》第二册,莫斯科:俄罗斯科学院东方文学出版社,2003年,第276页。

③ А.Н.热洛霍夫采夫《当代中国文学中的巴金传统》,《远东文学问题:纪念巴金诞辰100周年国际学术讨论会论文集》,圣彼得堡:圣彼得堡国立大学东方系,2004年,第41页。

热洛霍夫采夫指出:"可以肯定,中国文学在20世纪80年代完成了自身发展中照例的循环,在90年代它又在新的层次上重复20世纪二三十年代的文学状况。在今天的中国,欧洲主义的确淹没了中国的社会思想。而在21世纪又见到了过去欧洲文学思潮令人难以置信的混乱的混合物。在中国出现了销量几百万册的年轻作家,如,其中的少女作家兴致勃勃地将自己写成成年人,并以自然主义式的爱情愉悦的细节吸引成熟的年轻人。严肃的作家并不愿意承认这些人是自己的同行,而为了继续进行报酬丰厚的文学活动,这些年轻人也没有加入中国作协的必要。"①

热洛霍夫采夫指出:当前"在中国文坛上,这类西方商业模式下的畅销书作者,引导着与老一代作家全然不同的生活方式,具有另外一套文学和道德价值,这一现象不能不引起年长作家的沮丧与惶恐。如果说,90年代的一些流行作家,如贾平凹、王朔,还被视为作协成员的话,那么,近三年里这些作协之外的年轻作家获得的则是时尚的声望。"热洛霍夫采夫批评道:"在这些中国畅销书中包含了一切在西方流行的东西:大众文学,女性和爱情小说,只不过放到了中国背景中,带上了中国特色。在这些体裁的作品中,性爱场面是必然有的,在我看来,对于年轻读者来说,这才是主要的诱惑。"②热洛霍夫采夫指出:"新的中国畅销书的年轻作者们以西方同行为榜样的热情与勤奋,并不比七十多年前鲁迅、巴金等五四文学革命的奠基人效法果戈里、屠格涅夫、左拉等19世纪欧洲文学经典作家的创作经验要少。但这里最为重要的就是应致力于将中国当代文学视为世界文学行列中的一员,视为世界文学的组成部分,而不是在同别国文学相比较时,将自己看得一无是处。"③我们认为,可能是由于热洛霍夫采夫和罗季奥诺娃看到的作品不同,看问题的着眼点不同,也由于两代人接受的文学传统和文学价值观不同,才有如此分歧的意见。但热洛霍夫采夫对中国文坛现状的分析和忠告,对于中国文坛继承、捍卫和发扬"五四"以来由鲁迅、巴金等老一代作家开创的光荣传统,纠正现代化道路上的种种偏颇与不良倾向,还是很中肯和有益的。

---

① A.H.热洛霍夫采夫《当代中国文学中的巴金传统》,《远东文学问题:纪念巴金诞辰100周年国际学术讨论会论文集》,圣彼得堡:圣彼得堡国立大学东方系,2004年,第41页。
② 同上。
③ 同上书,第42页。

二、作家作品专论

近年来俄罗斯汉学家关注中国当代文学的热点主要有三：一是80年代以来流行的新潮文学派别，如先锋派、"文化寻根"派等；二是中国当代文坛上的一些知名人士，如王蒙、张贤亮、冯骥才、铁凝、王安忆等；三是其作品在俄国介绍较早、翻译较多的作家，如张洁、韩少功等，以及一些在中国国内有争议的作家，如卫慧、高行健等。

论80年代后先锋派作家

在2004年圣彼得堡国立大学东方系主办的纪念巴金100周年诞辰国际学术讨论会上，时任圣彼得堡大学东方系教师的M.A.阿加罗诺娃发表论文《外国文学对中国先锋派作家创作的影响(20世纪80年代)》，这是一篇研究中国80年代以后出现的先锋派作家作品的力作。她研究的对象有马原、莫言、残雪、苏童、孙甘露、格非和余华等"50—60年代初出生、而在80年代初得到文学教育的青年作家"。关于这些作家受西方现代派作家影响的资料，论者依据的是我国新世界出版社出版的《影响我的10部短篇小说》。她发现，这本书中收录的"四位著名的先锋派作家余华、莫言、苏童和王朔写的文学批评随笔"，把他们所受到的文学影响90%归于外国文学。[①] 论者指出，在被中国作家提到的外国作家中，"无可争议的领袖是博尔赫斯，随后是卡夫卡、福克纳、乔伊斯、马尔克斯、科塔萨尔、辛格、利奥萨。"[②]

阿加罗诺娃指出："中国知识界在不到10年的时间里掌握了从(与东方国家并列的)西方复制的整个世纪的哲学、文学和文艺学的经验。也就是说，中国读者同时接受了现代主义和后现代主义，乔伊斯的意识流和拉丁美洲文学的魔幻现实主义，弗洛伊德学说和尼采哲学等等。"她说："由中国学者和翻译家推出的这些巨著，能够为中国读者重建外国文学的比较完整的画面。"但是，她也发现，"在这样的画面中有一些视角的移动，历史透视图和复杂体系的破坏。"例如，她指出："20世纪最有意思的文学之

[①] 俄罗斯圣彼得堡国立大学东方系纪念巴金诞辰100周年国际学术讨论会论文集《从民族传统到全球化，从现实主义到后现代主义：当代中国文学的发展道路》，圣彼得堡：圣彼得堡国立大学东方系，2004年，第5页。

[②] 同上书，第6页。

——日本文学——得到的反响就比较不大。"此外"按我们的观点应予注意的现代派最伟大的作家乌姆别尔托·艾果,以及雷蒙德·卡尔维尔、胡安·鲁里佛等作家,也从批评家和读者的视界中实际消失了。"①阿加罗诺娃认为,中国先锋作家接受西方现代派影响而发生"信息偏差的最明显的例子,就是天真地把弗洛伊德学说错误地理解为文学启示录,让其简单地和不公正地在中国文学批评中占有地位。"她指出:"这样的后果是很可悲的。(中国的文学)批评能容忍许多中国作家把弗洛伊德主义理解为冒犯保守的中国读者和做出自己的现代性作品的万应灵丹。对生理过程的自然主义描写,展示少年的或者受压抑的性欲,性虐场面,偷看锁孔,所有这一套只能引起西方读者的无聊和反感。"她批评说:"不健康的泛性欲口味甚至败坏了那些公认大师的作品,如莫言、格非、苏童、余华。"②

阿加罗诺娃指出,被中国先锋派作家奉为神明的博尔赫斯,"……他的创作是被某些视角的混乱所理解的。"她说:"中国研究者没有特别注意更多地吸引博尔赫斯的西方读者的东西——文化学的隐喻、引用典故的细密、文本空间单位中的文化神话。许多研究者,甚至是像余华那样的机灵的人,恰恰故意不理会每个情节后面的无穷的多样性,而赋予博尔赫斯作品以原始的性质,也就是说,强加给他属于西方文学的文学与文化现实的综合。因此,如果说博尔赫斯的镜子或者梦境在这样或那样的程度上是指向铭刻在文化中的所有镜子和梦境,而余华和格非的镜子和梦境则只是指向博尔赫斯,没有在其文化传统背后的考虑。"③

阿加罗诺娃认为:"就拿先锋派这一文化流派名称本身来说,就存在着术语上的不明确。这说明从这一流派产生的时候,中国批评就没有区分现代主义和后现代主义,而把一切都定义为现代主义的概念。"她指出:"在纯粹的现代主义作品中(反抗与艺术的社会功能相联系的现实主义艺术,革新艺术表现方法、试验形式等等),先锋派作家是从后现代主义世界观出

---

① 俄罗斯圣彼得堡国立大学东方系纪念巴金诞辰 100 周年国际学术讨论会论文集《从民族传统到全球化,从现实主义到后现代主义:当代中国文学的发展道路》,圣彼得堡:圣彼得堡国立大学东方系,2004 年,第 6 页。
② 同上书,第 7 页。
③ 同上书,第 7 页。

发的。这就可能使以单一意义来评价他们的文学试验有困难。"①

阿加罗诺娃指出:"孙甘露和莫言的在符号水平上拆毁了传统语言的语言试验,残雪的荒诞噩梦,马原的叙述圈套,王朔的无情讽刺,余华的半现实半编造的无名世界的村民,所有这些都是'后现代主义情感'的表现",也就是"作为混沌的世界的特殊幻影,剥夺了原则上应有的联系和价值方向标"的"反中心世界""出现的意识仅只是在等级状态中无秩序的片断。(И.П.伊里因的定义,参阅伊里因《后结构主义、解构主义、后现代主义》——原注)。"②

阿加罗诺娃的论文分析了中国 80 年代以后先锋派作家与西方现代派作家的承传关系,以及中国文学批评和创作界对西方的误读,对于正确认识中国先锋派,指导其健康发展,提升其创作水平,是颇有益处的。

论"文化寻根派"作家

在同一论文集中收录的俄罗斯远东国立大学教师 H.K.胡吉亚托娃的论文:《中国 80 年代在"文化寻根"背景下的文学试验》,是一篇客观介绍中国本国作家和外国"寻根文学"的文章。作者写这篇文章依据的资料有德国海德堡大学汉学家叶凯蒂(凯瑟琳·万斯·叶)的论文《20 世纪 80 年代的文化根源:五四运动的双重重担》③、中国作家阿城的文章《文化制约着人类》④、郑义的文章《跨越文化断裂带》⑤、韩少功的文章《文学的根》⑥、李杭育的文章《理一理我们的根》⑦、郑万隆的文章《我的根》⑧、陈思和主编的教材《中国当代文学史》⑨等。她的文章基本上是翻译、引用上述这些资料的观点写成的,很少自己的意见。因此我们说她的文章只能算是一篇文献综述,仅限于对中国"寻根文学"各种意见和争论的介绍。

---

① 俄罗斯圣彼得堡国立大学东方系纪念巴金诞辰 100 周年国际学术讨论会论文集《从民族传统到全球化,从现实主义到后现代主义:当代中国文学的发展道路》,圣彼得堡:圣彼得堡国立大学东方系,2004 年,第 8 页。
② 同上书,第 10—11 页。
③ 文化基金会资助项目《中国的五四运动》,剑桥(马萨诸塞州)和伦敦,2001 年。
④ 《文艺报》1985 年 7 月 6 日,第 2—3 版。
⑤ 《文艺报》1985 年 7 月 13 日,第 3 版。
⑥ 最初发表于《作家》1985 年第 4 期。后收入论文集《文学的根》,山东人民出版社,2001 年版。
⑦ 《作家》1985 年第 9 期,第 75—79 页。
⑧ 《上海文学》1985 年第 5 期,第 41—44 页。
⑨ 复旦大学出版社,1999 年。

胡吉亚托娃指出,中国"寻根文学"作家的作品从一出现就引起了中国和外国读者与批判家的注意。"直到今天许多中国作家的创作都受到'寻根文学'的影响。"①她认为属于这一流派的作家作品有莫言的《红高粱》、王安忆的《寻找上海》,以及在中国90年代末名噪一时的韩少功的长篇小说《马桥词典》。

胡吉亚托娃指出:"对于'文革'后走上文坛的新一代中国作家来说,尖锐地提出了与外部世界统一的问题。年轻的作家重要的是冲破中国文学同世界的隔绝,克服内部涉及描写对象、意识形态观点和艺术风格的政治限制。"②她说:"对于许多年轻作家来说,很明显,中国文学发展的新方针只能借助于西方文学模式来找到。他们阅读卡夫卡、博尔赫斯、加西纳·马尔克斯、乔伊斯、威尔德日宁·伍尔夫、福克纳、川端康成、艾特玛托娃、阿斯塔菲耶娃等人作品的译文,在很短的时间里了解了国外在过云时代出现的基本文学倾向。"③

接下来,作者介绍了20世纪80年代中期中国开展的"文化寻根"问题的争论,并指出:"尽管观点有区别,但所有'文学之根'的捍卫者还是坚决地致力于同传统文化相联系的重建。同时他们努力克服文学在同社会与意识形态指令的关系上的从属地位。……他们特别强调同保存在那些城市中心之外的传统民间文化直接交往的经验的重要性,拒绝经典的精英教育和阅读过去作为与传统文化重新结合的实际方法的官方历史文献。"胡吉亚托娃指出,中国"寻根文学"作家"在'文革'期间农村的多年经历形成的个人经验和同'五四'文化观点的冲突,在许多方面正是以他们对传统文化的理解为依据的。"④

胡吉亚托娃指出,"寻根文学"中的许多作家都是60—70年代被下放到农村的知识青年。他们"远离熟悉的城市环境,经常为了生存而进行极为现实的斗争。回到城市以后,又接受了西方文学的影响,他们重新回忆起自己的经验,这经验从痛苦中产生,需要变成某种神话的、荒诞的、几乎是不现实的感受。"她说:"回顾在中国农村沉重劳动的久远年代的被美化

---

① 《从民族传统到全球化,从现实主义到后现代主义:当代中国文学的发展道路》,圣彼得堡大学,2004年,第85页。
② 同上。
③ 同上书,第86页。
④ 同上书,第88页。

了的往事,与为党服务的,或者用新的术语——'为社会主义和人民服务'的文学争论和冲突相并列,使他们对那些他们自认为是对地方居民生活的最直率和最自然的形象加以浪漫化。"①

胡吉亚托娃在文章中引用凯瑟琳·万斯·叶的论述,指出中国"寻根文学"有四个共同特点:一是"离开'五四'文学所特有的主观的'个人声音'",而经常选择"笔记风格的传统叙述。"②她认为这方面"极好的例证"是贾平凹的商州札记,还有王安忆的小说《小鲍庄》。二是"'寻根文学'作家们……离开了为多数'五四'作家所努力和保持的'文学应该为人民服务'的高尚道德原则。"③她说:"'寻根文学'作家这种倾向的最好证明是阿城的中篇小说《棋王》。"三是"新的文学运动思考重建与'失去的传统文化'相联系的道路……重建不与道德和政治相联系的'文化'范畴。"她说:"'寻根文学'运动……最终离开了被'五四'文化观所理解的现实主义,为自己开辟了魔幻的、重新理解'自然'概念的并再次走向叙述奇闻、神话、童话和民间宗教。"④她认为这方面的代表作品有莫言的《红高粱》、张承志的《北方的河》。四是"包括在20世纪中国艺术文学中占优势的文学话语的崩溃,脱离'五四'时代的西方化话语而重新同中国传统书面风格结合。"⑤这一点的"显著例证"是韩少功的小说《爸爸爸》。

在对"寻根文学"做了全面的回顾与梳理之后,胡吉亚托娃在文章末尾得出了自己的结论:"'寻根文学'是极为多种多样的,并提供了一系列鲜明的、独特经验的作品。'寻根文学'是自己类型的'文革'后进入文坛的中国青年一代作家的试验场。他们改变中国文学进程方针的尝试,带有独立思考的、系统的性质,并且不局限于在某种单一文学创作范围内的新举措。这个运动是由时代和基本改变的中国文学本身的现实需要造

---

① 《从民族传统到全球化,从现实主义到后现代主义:当代中国文学的发展道路》,圣彼得堡大学,2004年,第89页。
② 同上书,第91页。
③ 凯瑟琳·万斯·叶:《20世纪80年代的文化根源:五四运动的双重重担》,文化基金会资助项目:《中国的五四运动》,剑桥(马萨诸塞州)和伦敦,2001年,第240页。
④ 凯瑟琳·万斯·叶:《20世纪80年代的文化根源:五四运动的双重重担》,文化基金会资助项目《中国的五四运动》,剑桥(马萨诸塞州)和伦敦,2001年,第242页。
⑤ 同上书,第245页。

成的。"①

论韩少功

2006年6月,胡吉亚托娃在圣彼得堡大学东方系召开的"纪念鲁迅诞辰125周年——远东文学问题"国际学术讨论会上发表论文《韩少功中篇小说〈爸爸爸〉中世界的神话模式》,对中国"寻根文学"中的典型个案,做了精细的微观研究。她指出:"韩少功在中篇小说《爸爸爸》中创立的世界,并不是简单地包括一套神话情节、主题、情境和性格,这个世界要求被理解为(或者被复现为)神话和被默认为作家在理解现实问题的方针中的独特追求。"②论者特别注意到小说中那个"寨子落在大山里"的神话式空间,她写道:"正是山,适合中国人传统的宇宙观念,经常起着仪式中心的作用。"她特别指出:"作者不是偶然地使用了动词'落',按字面翻译就是落下,降落,下降。空间的隔绝性加强了唯一的形象,隔绝的孤独的岛屿(小孤岛),作为严格校正的、空寂的存在/大地/山的地段,躲藏到浓密的烟幕后面,让人栖居。"③她说,小说刻意营造的这种与世隔绝的神秘空间所表达的"'基本的'感受就是鸡头寨村民的自我中心主义倾向,他们在小说上下文中可以被看作是某种认识主体。……某种程度上中国人的空间观念就是这样的:观察者认为自己处在世界的中心。"④

关于小说《爸爸爸》所表现的时间观念,胡吉亚托娃指出,小说一方面表现了时间线索的不可逆转,另一方面又通过永远长不大的丙崽,表现了生命发展中循环再生的周期性观念。她说:"周期与线性模式的组合的表现实际上到处都有。这种综合的成果比如有佛家关于灵魂在一切生命存在的死与新生交替中循环再生的观念。而在韩少功那里,这种思想体现在刑天与丙崽的形象中。"⑤

胡吉亚托娃认为,韩少功的小说"在其基本方针上是理论民族学的神话。也就是说,它首先说明的是世界和人种的起源。这永远是关于过去的故事,眼下事物的发生都靠追溯到它。这既涉及生活好的一面,也涉及否

---

① 《从民族传统到全球化,从现实主义到后现代主义:当代中国文学的发展道路》,圣彼得堡大学,2004年,第98页。
② 《远东文学问题》学术讨论会文集,圣彼得堡大学出版社,2006年,第275页。
③ 同上书,第276页。
④ 同上书,第277页。
⑤ 同上书,第278页。

定的一面(死亡、疾病、生理缺陷等等),同样暗示着原始时代最初的完美。从这里发源了关于过去和谐的世界秩序、关于它在现在被扰乱、关于人类社会和人本身、他的道德和身体素质全面退化的观念。"但同时她又指出:"韩少功……没有把过去理想化。对于他来说,人在现在的退化——是过去缺少和谐的结果。"

胡吉亚托娃指出:"英雄神话是任何民族神话体系中最普及和显著的。不同民族的英雄神话在细节上全不相似,但在结构上又极为类似。在它们那里,作为法则,有统一的轮廓,即:英雄奇迹地降生在收入有限的家庭;他的超人力量的早期证明;朝着英名或权力的快速行动;同恶势力的战斗和他们的崩溃;发展到骄傲;由于背叛而死去或者'英雄地'牺牲的结局。中篇小说《爸爸爸》在一定意义上正是这种神话——英雄神话。"[1]

胡吉亚托娃在文末结论中指出:"在古老神话模式基础的背后,韩少功建立起精神上是现代风格的作品。由反神话作家创造的反英雄丙崽在文本中起着两方面的作用:他一方面是永久地复兴过去的象征,又是同过去不协调的象征。……这种同过去的不协调是存在主义地矛盾着的:从一方面说,它表现为反抗一切被称为存在秩序的规则和教条……而从另一方面,又产生了对现代道德与秩序的否定。"[2]

论铁凝

俄罗斯科学院远东研究所女博士生 Г.Б.科列茨的论文《作为中华人民共和国当代文学中现实主义鲜明代表的铁凝》,研究的是新近当选中国作家协会主席的铁凝创作的基本主题。论文作者在一家旅行社工作,研究中国文学是她的业余爱好。她把铁凝的创作分为 20 世纪 70—80 年代早期和 20 世纪 90 年代至今两个时期。她指出,铁凝在 20 世纪 70—80 年代创作的基本主题是"铁凝本人和与她同龄的一代中国人在 20 世纪 70 年代末到 80 年代初在意识到的生活中自己遇到的问题。"她说:"铁凝没有加入'伤痕文学'。她没有写'文化大革命'时期的可怕,但是'文化大革命'全然也触及她这一代人,首先给铁凝的同龄人带来冲击的,更多的是'文化大革命'带给另一代人的比苦难还要厉害的残酷和狡诈。""铁凝提出了对于她的在'文化革命'期间上学、没有得到正常教育的同龄人的更为积极的

---

[1] 《远东文学问题》学术讨论会文集,圣彼得堡大学出版社,2006 年,第 284—285 页。
[2] 同上书,第 287—288 页。

问题。"她指出:"随着70年代末中华人民共和国政治方针改变而带来的现实的急剧变化,把中国人民推到复杂问题面前。为了取得成功,为了在现实生活中找到自我,必须改变、迅速地改变,并且经常是根本上的改变。与此相联系,铁凝建立起青年主人公的画廊,他们中的每一个都依据自己的思考来解决这些问题,并从中形成了女作家的道德理想。"①

科列茨指出,20世纪70—80年代铁凝的道德理想是"不接受使人头脑迟钝的'文化革命'的影响,而把自己培养成自立自足的主人公。"②而这一理想的形象体现,就是小说《一片洁白》和《夜路》的主人公。论者指出:"在铁凝的一些早期作品中,道德训诫腔调有着相当的力量。从出场人物的脸上就进行着叙述,经常充分地展示自己和作者的交感与反感。但是在她更成熟的作品中,铁凝离开了这种方法,容许读者独立地思考和完成结尾。"③

关于铁凝20世纪90年代以后创作的主题,科列茨指出:"中国90年代摆在青年人面前的已经不是自身独立和责任的教育问题,……铁凝开始更多地思考幸福的多面性,思考关于追求幸福和成为幸福的人是否有年龄的界限?关于对人的认识和意识的一切日益增长的影响。"④论者指出,"农村主题"曾经是铁凝创作中最重要的一个主题。"在自己写作活动的最初年代,铁凝基本上写的是农村和它的居民,还有在'文革'期间来到那里的城市人和农村的关系。"⑤而到了20世纪90年代,铁凝创作的"农村主题""被伴随着大批农民从农村迁移到城市的城市化过程的反映所补充。"她指出:"还是在80年代中期,铁凝在短篇小说《葬礼》就发现了这一运动的问题以及其结局的非单纯意义性。女作家相当批评地看待农村姑娘朵儿离家的远景,她希望能被安排在城里的工厂工作。在20世纪90年代后期的作品里铁凝继续思考这一问题,并指出,不是所有的农村人都能成为幸福的人和适应城里的生活。"对此,科列茨分析道:"这里的原因在于,首先,并非所有的农村人都明确地认识到自己迁移到城里来的目的。

---

① 《从民族传统到全球化,从现实主义到后现代主义:当代中国文学的发展道路》,圣彼得堡大学,2004年,第99页。
② 同上书,第100页。
③ 同上书,第103页。
④ 《从民族传统到全球化,从现实主义到后现代主义:当代中国文学的发展道路》,圣彼得堡大学,2004年,第108页。
⑤ 同上。

其次,这些目的在现实中并非总是可敬的和光彩的。最后,预定的目的并不总能给人带来真正的幸福。"①

科列茨在论文结尾总结说:"从创作活动的初期开始,铁凝就开始反映中华人民共和国的现代情况,阐明了一系列在中国出现的与20世纪70年代末政治方针变化和国家开始变革相联系的深刻问题。"她指出:"铁凝不只是提出问题和设置题目,而且还试图寻找解决它们的途径。除此之外,铁凝创作巨大的优点在于标志着她的创作走向更成熟时期的不只是作品艺术水平的提高,而且还有提出了更深刻的、具有哲理意义的问题,而且在问题上浓缩的不只是狭窄民族的和某一年龄人的,某种程度上也是全人类的。"②

论冯骥才

俄罗斯科学院远东研究所研究员A.H.阔洛波娃是一位研究冯骥才创作的专家。她在2004和2006年彼得堡大学东方系召开的两次学术讨论会上分别发表了《冯骥才作品中对"文革"主题的独特揭露》和《现代中国作家冯骥才创作中的故乡城市主题》两篇论文。冯骥才是近年来在俄罗斯知名度颇高的一位当代中国作家。早在20世纪80年代,冯骥才的作品就被翻译成俄文出版,如《消息报》出版社1984年出版的索罗金编选的《当代中国小说:王蒙、谌容、冯骥才》,虹出版社1987年出版的李福清编选的《冯骥才中短篇小说集》等。在1989年出版的苏联科学院远东研究所集体编著的专著《中华人民共和国的文学和艺术(1976—1985)》中,也论及了冯骥才的"反思文学"作品《啊》、《铺花的歧路》等。苏联解体后,在汉学研究遭遇空前困难,对中国当代文学的翻译介绍工作几近停顿的情况下,十多年时间仅出版了两部介绍中国当代文学的著作,其中就包括2003年出版的圣彼得堡大学东方系教授斯别什涅夫翻译的冯骥才的小说《俗世奇人》。所以阔洛波娃讨论的这些题目,对于俄国读者来说并不陌生。

阔洛波娃在《冯骥才作品中对"文革"主题的独特揭露》一文中指出:"反思'文化革命'的主题"是冯骥才创作中"最重要的主题之一。"她说:"从1977年开始,在中国的出版物上出现了描写人民在'文革'期间苦难

---

① 《从民族传统到全球化,从现实主义到后现代主义:当代中国文学的发展道路》,圣彼得堡大学,2004年,第109页。
② 同上书,第110页。

的作品。丧失了真正的人的价值的年青一代的主题反映在许多作家的作品里,冯骥才也没有绕过它。在自己的第一篇小说《铺花的歧路》(1979年)他不是简单地描写了红卫兵的残忍,而且还试图揭露他们的内心世界、心理,展示了某种程度上是'老同志'在狡猾地操纵他们的意识。"①

阔洛波娃指出,虽然冯骥才的"这部小说不能回答这个问题:怎么会发生这样的事? 纯洁的、坚信崇高理想的年轻人会成为凶暴的红卫兵?",然而,"作者成功地指出,'文化革命'的极左思想对年轻人起了怎样有害的影响。"她说,在这个意义上,冯骥才的小说"与著名的刘心武的短篇小说《班主任》是彼此呼应的。"阔洛波娃认为:"作者非常准确地描写了'从众情感'、群体行为。半大孩子们坚信,他们是为正义的事业而斗争,他们并不怀疑,实际上是闹剧导演的绳圈在狡诈地驱使着他们。"②

阔洛波娃说:"需要指出的是,和那个时代的许多其他作者不同,冯骥才的重点不是在描写大量的镇压和灾难。他展示了以单个'小人物'的命运为例的民族悲剧。这一点是他创作的一个特点。在中篇小说《啊》(1979年)中,……就非常鲜明地描绘了在一所科研所里占统治地位的卑鄙的告密气氛。"③

论者指出:"在自己第一批短篇和中篇小说中,冯骥才没有分析把国家引向灾难的原因,没有指出对此有罪责的人们。这可能是因为,在当时人们对'文革'的评价还是很小心的,一般是把一切都归咎于'四人帮'"。但她又认为,也可能存在着另外的原因:"他只是急于说出,转达一切积累起来的、记住的东西,好像怕忘记什么重要的。他的虚幻的编年史的撰写者是冷静的,他仅仅是在记录事件,他是这些事件的目击者。"论者认为,"这是冯骥才这一时期作品的特点。"她指出,在冯骥才许多小说的字里行间中都"能够读到主要的思想:在红卫兵胡作非为最嚣张的时候,在没有参加这场狂欢的人们处于中国最困难年代的时候,他们不贬低自己,不承认自己有罪,而用自己的不参与和不承认来表示对制度的抗议。""无论怎样也是稳固的家庭,不能被逼迫与受惩罚的丈夫离婚的妻子,正是她们经常成为

---

① 《从民族传统到全球化,从现实主义到后现代主义:当代中国文学的发展道路》,圣彼得堡大学,2004 年,第 111—112 页。
② 同上书,第 112 页。
③ 同上书,第 113 页。

冯骥才作品的主人公。"①

阔洛波娃认为,冯骥才的反思文学作品也塑造了"不可战胜的人的有力形象。"如中篇小说《斗寒图》中的老画家。"他被从系主任的职位上赶下来,被迫去扫厕所。他坚定地坚持艺术,在晚上秘密离开大家去画《斗寒图》——对人的坚定性的象征描写,他正直,就像松树,即使在冬天也不失自己的松针。"阔洛波娃指出:"是什么帮助这些人活下来?这个问题正是作家实际感兴趣的。"论者自己回答道:"这可能是对音乐的爱(如短篇小说《意大利提琴》),或是对生命的依恋(如中篇小说《感谢生活》)。"②

在圣彼得堡大学东方系 2006 年 6 月召开的纪念鲁迅诞辰 125 周年"远东文学问题"国际学术讨论会上,阔洛波娃发表论文《现代中国作家冯骥才创作中的故乡城市主题》。这篇论文是从"市井风俗派小说"的角度,来分析冯骥才从 20 世纪 80 年代末起至 20 世纪 90 年代期间天津主题的创作。论者把冯骥才这一时期的创作划分为"回忆童年""从义和团起义开始的城市新的历史"(按:也就是进入半殖民地时代的天津)和"民族学"三个部分,并做了详细的介绍和评论。论者指出,虽然冯骥才祖籍并不是天津人,但在新中国成立以后,"冯骥才在一定程度上掌握了天津话。这个事实后来在他的创作中可以找到反映——从一方面,他展示了对文学语言的出色掌握,这是他可以建立高度艺术性的作品。从另一方面,他对天津话的卓越掌握又为他的出场人物的对话增添了鲜明的色彩。这种融合使冯骥才在现代中国作家的行列中脱颖而出。他的作品对于语言研究无疑是很有意思的。"③阔洛波娃还就冯骥才的《三寸金莲》《怪世奇谈》等作品评论道:"作家创作了一系列就形式上看是出自理想的讲述天津城旧风俗和奇异人物的美妙的作品。""作者很好地了解天津的名胜古迹建筑。对城市居民的习惯和礼仪的详细描写,他们的日常生活和节日,可以丰富为研究服务的民族学和民族心理学资料。与此同时,按我们的观点,冯骥才以自己的创作参加到现代汉语审美价值的建设。"④

---

① 《从民族传统到全球化,从现实主义到后现代主义:当代中国文学的发展道路》,圣彼得堡大学,2004 年,第 117 页。

② 同上书,第 118 页。

③ 《远东文学问题》学术讨论会文集,圣彼得堡:圣彼得堡大学出版社,2006 年,第 291 页。

④ 同上书,第 299 页。

论王安忆

现任上海市作家协会主席的王安忆也是颇受俄国汉学界关注的一位作家。在圣彼得堡作家思想出版社 2003 年出版的《上海人——中国作家作品集》中,收录了她的中篇小说《叔叔的故事》,在由该书主编之一、圣彼得堡大学东方系副教授 A.A.罗季奥诺夫撰写的作者介绍中,对她作了这样的描述:"1954 年生于南京,是著名女作家茹志鹃的女儿。1970 年被派到安徽省的一个农村在农民中'锻炼'。1978 年回到上海以后在一家儿童杂志《儿童时代》编辑部工作。1980 年,在中国作家协会的一个文学讲习班学习。1983 年参加艾奥瓦大学的国际文学课程。从 1987 年起王安忆成为专业作家。现在她担任上海作家协会主席,同时也是中国作家协会主席团成员。王安忆的第一部作品于 1977 年问世。至今她写作了 60 多篇短篇小说、30 多部中篇小说和 7 部长篇小说,还有大量的文学随笔。在其著名作品中,荣获全中国奖金的有短篇小说《本次列车终点》(1981)、中篇小说《流逝》(1982)和《小鲍庄》(1985)。她的长篇小说《长恨歌》荣获 1990 年茅盾文学奖金。王安忆的作品不止一次地在中华人民共和国境外翻译和出版。"①

俄罗斯阿穆尔国立大学教师 Д.В.利沃夫在圣彼得堡大学东方系 2004 年召开的国际学术讨论会上发表论文:《王安忆的生活与创作中的农村》,对王安忆的中篇小说代表作《小鲍庄》做了深入细致的分析。论者在文中首先研究了这篇小说的标题。他说:"小说的最初名字叫《金岗嘴村》,但当王安忆结束了草稿的时候,就改成了现在这个名字。"他指出,这个改动"对于中国读者没有什么,但对于西方读者更容易从听觉和视觉上领会。在马尔塔·艾维尔的翻译中,小说的名字就是译音 Baotown(鲍镇),这完全是西方式的,……英文译文恰好显示了通向古怪世界的印记。"他推测说:"王安忆改题目可能就是出于上述的考虑。"②

利沃夫指出:"在王安忆以前写的作品里,她曾经力求通过作者个人世界观来看待所写的一切,经常表现的是对所发生事情的评价。我们在事件和人物身上看到的是用作者自己的眼光看的,这在某种程度上限制了我们

---

① 《上海人——中国作家作品集》,圣彼得堡:作家思想出版社,2003 年,第 3 页。
② 《从民族传统到全球化,从现实主义到后现代主义:当代中国文学的发展道路》,圣彼得堡大学,2004 年,第 192 页。

读者参与创作的权力,降低了客观评价事件和人物的可能性。而《小鲍庄》去掉了这种自我中心的立场。作者自己的评价和王安忆对发生事件的解释,相当充分地变成鲜明、现实的对农村生活片段和农民活生生对话的描写。在文本中的许多容易记住的细节、场面和对话中,经常闪耀着真正的民间幽默。所有这些增强了我们对所描写事件的感受的直接性,使我们更接近作者,最终、渐渐地,没有作者的强调,在读者中产生作者所要努力传达的思想和情感。"①

利沃夫特别关注《小鲍庄》在结构上的特点。他引用我国《文艺研究》1985年第6期上吴亮的论文《〈小鲍庄〉的形式与涵义》的观点,把这种结构形象地比作"沿着窗玻璃淌下的雨丝流"。他说:"这些雨丝流可以交织在一起,然后又分成单个的雨流。非常像人们命运的交织和分散。这种结构允许王安忆达到巨大的叙事灵动性和柔性。所有这些实际上独立的"故事",乃是对农村生活各个不同方面的描写,并最终汇合成完整的和本相的小鲍庄形象。"②

论者还指出王安忆小说的语言"具有鲜明、自然的特点,给了建立乡村地区居民口语特点意象的可能性。口语因素以大量的俗语和方言的表达进入作品的文本:瞅瞅、咋、甭、不孬、坷垃。农民对自己的称呼也是极为自由的。在农村里所有的妻子既不叫妻子也不叫老婆,而是叫'家里的'。"他说:"类似这样的词语通常是安徽省农民的口语。……形形色色的成语和俗语说法……一方面,给小说带来活生生话语的旋律,而从另一方面,则是集合了主人公对他们周围现实的观念的某种文化代码。甚至可以说,在主人公的言语中包含的成语和谚语乃是特殊种类的思想的'形象'方法,其基础不只是建立在逻辑的立场上,某种程度上也是一套道德律令和人生智慧,例如:'一日夫妻百日恩''寒从脚底来''鹰有时飞得比鸡低,而鸡永远也飞不到鹰那么高''啥事都有一个头'"等等。③

利沃夫在文中还对《小鲍庄》中涉及的中国农民"特别重要的保存下来的古老的传统和习惯",如给孩子起名、订婚、葬礼及祭祖等习俗和仪式,一一做了解说和评论。他指出:"小说《小鲍庄》显示了女作家敏锐的观察

---

① 《从民族传统到全球化,从现实主义到后现代主义:当代中国文学的发展道路》,圣彼得堡大学,2004年,第194页。
② 同上书,第195页。
③ 同上书,第196页。

和勇敢的探索,为中国现实主义小说的发展带来了宝贵的贡献。王安忆显然致力于再现现实的严格的准确性。农村居民内心世界的贫乏,他们畏惧自然,受制于异常繁重的劳动,他们达不到高级的情感。在他们中间遇到了从一般行列中分化出来的人:鲍仁平,为救一个衰老的老人牺牲了生命,而鲍仁文所有空闲时间都用来写小说,它们给他带来的只有一个不光彩的英名'疯子'。"他写道:"作为许多中国农村之一的小鲍庄,其中保存着传统,保持着永恒的人类价值。"①

我国学者何志云曾在1985年8月15日的《光明日报》发表文章《生活经验与审美意识的蝉蜕——〈小鲍庄〉读后致王安忆》,除了对《小鲍庄》作了总体上肯定的评价之外,也指出小说存在着一个缺点。即:"《小鲍庄》的毛病恐怕在开头的两段'引子'。尽管它们在一定程度上拓深了作品的内涵,而且还交代了环境和背景,和末尾的两段'尾声'遥相映衬,但读后总使人觉得不够简捷豁目。不知道这是否反映了你的某种犹豫,由于害怕读者不理解你的用心,干脆加上两段多少点一点?"对此,利沃夫在自己的论文中提出了不同的看法。他说,何志云"认为引子模糊了作品的思想,并把读者对它的理解复杂化。很明显,准确地说,这些与结局和简短的章节并列的引子不是搞乱了,而恰恰相反,更多地丰富了思想,没有使理解复杂化,而是加强了小说给读者的印象。平凡的偏僻农村的生活画面突然具有了时代的透视、独特的深度和立体性,全人类的意义。产生了生活循环的主题,在那里给人类带来灾难的大自然的盲目力量没有改变,而为了亲人幸福不吝惜自己的人的自我牺牲精神也没有改变(皇帝的水利工程师——男孩子捞渣——勇敢的战士)。这个生活圈是永恒的,就像超时空的牛倌的歌声和货郎的鼓声。"②从这段争议中可以看出,俄罗斯汉学家并不盲从中国学者的意见,而是有自己的研究心得的。

利沃夫在论文结尾写道:"被批评家们同'寻根文学'联系起来的小说《小鲍庄》并没有简单地成为那种时髦文学的贡品。在其中我们找到的不只是作者对中国文化和人民传统的深刻理解的艺术再现,而且还有当年的

---

① 《从民族传统到全球化,从现实主义到后现代主义:当代中国文学的发展道路》,圣彼得堡大学,2004年,第201—202页。

② 同上书,第202页。

农村生产队劳动者的个人生活经验。所有这一切增加了作家的天才,建立起令人惊奇的不可重复的作品的艺术世界。《小鲍庄》创造了真正的民族的作品,而这也就意味着,具有全世界文化的意义。"①

(本文第一部分最初发表于《天津师范大学学报》2007 年第 6 期;第二部分最初发表于《汉学研究》第十一集,学苑出版社 2008 年。收入本书略有修改。)

附录三:旅华俄侨学者对中国文学与民俗文化的考察和研究

俄罗斯是一个重文化、重教育的民族,即使是远离祖国、流落他乡的侨民,也没有忘记自己的文化承传,没有放弃文化和学术事业。许多移居中国的俄侨文化人,除了从事俄语教学与俄罗斯传统的文化学术活动之外,还自觉投入对中国文学和民俗文化的考察与研究,以期更好地融入中国人民的生活,更好地在中国生存。这里,拟通过介绍 П.В.施古尔金(Павел Васильевич Шкуркин,1868—1943)的《历史中的传说》(Легинды в истории)(1922)、И.Г.巴兰诺夫(Ипполит Гавлилович Баранов 1886—1972)的《中国人的信仰与风俗》(Верования и обычаи китайцев)(1920—1930)、Я.И.阿拉钦(Яков Иванович Аракин,1878—1945/46?,一说 1949)的《华俄诗选》(Китайская поэзия)(1926)和 А.Н.谢列勃连尼科娃(Александра Николаевна Серебренникова,1883—1975)、И.И.谢列勃连尼科夫(Иван Иннокентьевич Серебренников,1882—1953)夫妇合著的《中国诗歌之花》(Цветы Китайской поэзии)(1938),来展示俄罗斯境外侨民汉学的成就与贡献,为完整的 20 世纪俄罗斯汉学史和中俄文化交流史提供一些新鲜的资料。

---

① 《从民族传统到全球化,从现实主义到后现代主义:当代中国文学的发展道路》,圣彼得堡大学,2004 年,第 202 页。

一、П.В.施古尔金的《历史中的传说》

帕维尔·瓦西里耶维奇·施古尔金 1868 年出生于哈里科夫州。1888 年毕业于莫斯科第四武备学校和亚历山大三世军事学院,1889 年被派遣到符拉迪沃斯托克服役。后来又被送到符拉迪沃斯托克东方学院学习汉语,1903 年毕业,任符拉迪沃斯托克警察局副局长,参加过日俄战争。自 1913 年起任哈尔滨中东铁路管理局翻译,以后还在哈尔滨各种俄国人学校任汉语教师,编写过一些东方学教科书。他在哈尔滨出版的中国民族学与历史学著作有:《中国故事与传说》(1917 年);《中国传说》(1921 年);《历史中的传说》(1922 年);《细柳①:适合夫人和绅士的中国短篇小说》(1922 年)等。1927 年移居美国,1943 年逝世于西雅图。

《历史中的传说》由哈尔滨俄罗斯外阿穆尔军官协会"ОЗО"(Общество заамурских офицеров)公司铅印与石印印刷厂印制,全书共 157 页,分为七个专题:

第一专题《鬼谷子》,讲述战国时代孙膑与庞涓的恩怨,以及庞涓最终兵败马陵道的故事。其中穿插介绍了战国时代的中国国家体制、哲学家鬼谷子的生平事迹、秦改革家卫鞅之死和苏秦的连横合纵计谋等。第二专题《张道陵》,讲述中国道教创始人、第一代天师张道陵的生平事迹,以及关于他的各种传说。第三专题《三个朋友》,叙述三国时期刘备、关羽、张飞三人结义,三人的主要事迹及各自的结局。第四专题《猎户的腰带》,讲述唐玄宗李隆基、杨贵妃和安禄山的传说。由于中间穿插了一段杨贵妃指着天上银河边三颗星星为唐玄宗讲说牛郎织女故事,并与唐玄宗互称"牛郎"、"织女"的情节,而过去有人认为这"三星"就是西方天文学中所说的"猎户的腰带"②,故作者以"猎户的腰带"为本节标题。第五专题《保护人》,讲述的时间跨度比较大。作者先从古代中国北方的契丹和女真族说起,讲了宋代徽钦二帝被虏,秦桧与岳飞的恩怨,以及岳飞之死。然后谈到明代李自成起义,关于李氏家族的种种传说,李自成进北京和明崇祯皇帝

---

① 《细柳》,《聊斋志异》中的一篇,刻画了一位封建时代理想的贤妻良母形象。
② 天文学中所谓"猎户的腰带"是指猎户座中的"参宿三""参宿二""参宿一"三星列成一条直线。而中国所说的牛郎星是天鹰座的河鼓二,它两边的两颗小暗星是"河鼓一"和"河鼓三",施古尔金的提法不确——笔者。

自杀,以及中国民间关于李自成结局的传说。最后讲到清军进北京后,在武英殿扶乩请神,为新王朝寻求保护神,当时巫师分别请了关羽和岳飞,由于新王朝是女真后裔,岳飞拒绝降临,而关羽同意了。于是清朝就以关羽为自己的保护神,从此在各地大兴关帝庙。第六专题《没有被安葬的皇帝》,讲述吴三桂叛乱和清世祖福临的故事。福临6岁登基,24岁因爱妃董鄂妃去世而厌弃红尘,一心出家。后因染天花而病故,死后长期没有被安放入陵寝,故称"没有被安葬的皇帝"。第七专题《复仇》,讲述清康熙皇帝指定继承人,雍正帝胤禛如何继承皇位,以及雍正暴死,死后留下无头尸的种种神秘传说。有意思的是施古尔金所记述的雍正之死极为扑朔迷离,其杀手没有确指,但影影绰绰似乎是一个嫁给了王氏书生的萧姓女子,不是我国民间一般所传的吕四娘。不知是他另有所本,还是与发生在康熙时代的《鸳鸯刀》故事中的侠客萧半和相混淆。此外,这段故事中还附记了俄国曾于1725年前向中国派出50名使臣,伊利里亚伯爵萨瓦·鲁基奇·弗拉基斯拉沃维奇于1727年来到北京,与清廷签订恰克图条约,以及修士大司祭普拉特阔夫斯基率领的第二届东正教使团于1729年来到北京等中俄交往的史实。

П.В.施古尔金在该书序言中阐述了他写作这本书的目的,他说:"在这些被称作'野史'的历史中,经常能看到民间故事、传说等等,'野史'所写的有时要比有教训意义的官方正史有趣得多。"他表白自己"绝不是以写中国历史为目的,我只希望,按能力和可能的限度,使俄国读者在一般特点上了解中国历史的一些时期,以及不只是在官方的解释中,而且是在'野史'也就是历史故事和札记材料基础上的它的人民。"①他在序言最后写道:"如果由我提供的这部概要能或多或少地在读者面前掀开过去时代中国尘封的幕布,或者告诉他们一些未知的东西,使欧洲读者在精神上与古代中国人相联系,或者表现出对欧洲精神和道德过程的怀疑,或者唤起对欧洲人自我意识基础的足够性的怀疑,或者迫使他们接受在现代秘传学说与古代神秘主义之间的平行线,或者最后,作为故事,使他们感到有兴趣,我就会感到相当满意了。"②从中可见作者肯定中国古老文明的独立性、力图沟通西方与中国精神联系的积极态度。

---

① П.В.施古尔金《历史中的传说》,哈尔滨,ОЗО公司铅印与石印印刷厂,1922年,第5页。
② 同上书,第6—7页。

二、И.Г.巴兰诺夫的《中国人的信仰与风俗》

伊波里特·加夫里洛维奇·巴兰诺夫1886年出生于托博尔斯克州，1911年毕业于托博尔斯克神学院，随后进入符拉迪沃斯托克东方学院汉满语部。1911年12月移居哈尔滨，任中东铁路局总会计处的汉语翻译。1912—1925年任哈尔滨男子商务学校汉语和经济地理学教师。以后在哈尔滨一些俄国人开办的学校任教，1932年获得汉语编外副教授职称。于1946—1955年任哈尔滨工业大学汉语教研室主任，1958年6月回到祖国，1972年卒于阿拉木图。

巴兰诺夫曾经是哈尔滨俄侨社会中的一位积极的社会活动家、教育家与中国宗教与民俗方面的研究专家，他是多个俄侨学术团体如俄罗斯文本学者协会、满洲地区研究协会、哈尔滨基督教青年会自然科学与地理学俱乐部、哈尔滨自然科学教育家与民族学家协会的成员，并担任其中的领导职务。他参与编写的教科书、科学翻译及学术著作累计有100多种。

作为一个在中国生活了将近50年(1911—1958)的俄罗斯汉学家，巴兰诺夫曾撰写了一系列介绍和研究中国风情民俗的文章，发表在20世纪二三十年代哈尔滨出版的杂志(主要是《满洲通报》上)。这些文章多年来一直是俄罗斯汉学家重要的参考资料，但一直没有在俄国本国发表。直到1999年，才由俄罗斯莫斯科国立大学亚非学院К.М.杰尔金茨基编辑，莫斯科蚂蚁(Муравей-Гайд)出版社以《中国人的信仰和习惯》为题出版。

《中国人的信仰和习惯》一书共303页，分11节：

1)中国民间生活的特点：介绍了中国的新年(春节)、元宵节、端午节、七月十五鬼节、八月十五中秋节和冬至节等民间节日。

2)生孩子、结婚、死人的风俗和仪式：讲述从孩子降生、起名到办满月、过百岁及一岁生日的各种礼仪；订婚、送彩礼、婚礼仪式和婚礼过程；葬礼仪式、为死者入殓、选择墓地、下葬以及服丧期限、墓碑的样式、铭文等等。

3)中国新年：介绍中国历法；帝制时代的新年节日设置，以及民国以后政府改革新年礼俗的尝试；民间过年的整个过程；节日期间的灶神崇拜、财神崇拜，各种民间游乐活动等等。

4)中国商业生活概述：介绍中国商业活动中的种种风俗，如购置房产店铺的风俗、新店开张的风俗；商家过年的风俗；不同行业商家、手工业或工商企业的风俗以及迷信活动等。

5）哈尔滨的极乐寺和孔庙：介绍哈尔滨极乐寺和孔庙的建筑历史、外观及内部装修、寺庙里的佛事和庆典活动等。作者在这里还特别强调了俄国中东铁路局对孔庙的资助。

6）全面和谐的宫殿（帽儿山道观）①：介绍了帽儿山附近地区概况、寺庙的装修及观中道士等。

7）逛阿什河中国寺庙②：首先概述中国民间信仰中的众神、各种神像和他们的意义、制作神像的方法、中国寺庙中的仪式、供奉的基本神。然后配以照片，具体介绍了当时阿什河地区的三皇庙、观音庙、关帝庙、龙王庙、清真寺等寺庙的情况。

8）辽东南的民间信仰：介绍了大连营城子镇的佛教禅院、马鞍山上的佛寺、渔夫和山民的道观，以及民间供奉树神、狐仙和其他野兽的小庙、供奉天仙圣母的庙宇等等。

9）中国农夫、渔民和猎人的迷信（中国的部分民俗）：介绍中国农民的过年习俗、一年四季的各种节日（立春、惊蛰、清明、夏至、立秋、冬至等等），关于中国丝绸的来源——蚕的各种知识，以及渔民、猎人的各种迷信禁忌等。

10）中国民间观念中的阴间审判：首先介绍中国民间信仰的重要经典：《玉历至宝钞劝世文》③，然后辅以中国民间绘画，图文并茂地介绍了中国的土地神、地狱十殿阎君、门神、寿神等民间信仰中的神祇，以及中国智者劝善的学说和民间流传的善恶报应的事例等等。

11）中国的圆梦书：作者依据中国古代的圆梦书《玉匣记》④，介绍了中

---

① 即帽儿山开元寺。帽儿山地处黑龙江省尚志市长白山系张广才岭西北麓，距哈尔滨83公里，因山顶酷似古代大臣的乌纱帽而得名。清雍正年间在山坡下建道观——太和宫。十年动乱时，太和宫遭到破坏，现仅存废墟残迹。

② 现属哈尔滨市阿城区，历史上曾有东清宫、西华观、三皇庙、慈恩寺、护国寺、保林寺、灵应寺、清真寺等多种宗教寺庙。

③ 《玉历至宝钞劝世文》，全称《玉帝慈恩纂载通行世间男妇改悔前非准赎罪恶玉历》，简称《玉历钞传》《玉历宝钞》《慈恩玉历》等，是中国近代民间流传很广的一部劝善经文，与《太上感应篇》《太微仙君功过格》《文昌帝君阴骘文》等一并被学者视为民间宗教和道德教训读物。

④ 《玉匣记》是集各类占卜之术的代表作，亦称《玉匣记通书》。一般假托诸葛亮、鬼谷子、张天师、李淳风、周公、袁天罡等先贤所作。东晋道士许逊择其要编纂成书，传录于世。后人或有增补，进而衍生出许多不同版本，其内容包罗万象：从祭祀、嫁娶、赴任、出行、开张、耕种，到占梦、看骨相，甚至相猫纳犬、眼跳耳鸣等日常杂事，都可以从中找到预卜凶吉的资料。

国人对各种梦的解释,以及要避免噩梦带来的凶兆应该怎样做等等。

在具有全书总论意义的第一节里,巴兰诺夫指出:"中国属于那些把风俗和仪式推到重要和荣耀地位的国家之列。"他以民国以来中国政府曾力图改革民间传统礼仪但最终不了了之的事实为例(如1928年7月28日"北平市政府发布命令,禁止与国民政府委员会进步理想不协调的旧中国婚丧礼仪",但民间依旧自行其是),说明:"现实生活不是与其斗争的权力凭强力在一眨眼间大笔一挥所能废除的。"他由此得出结论说:"在欧洲对其有许多或真或假传言的中国礼仪(Китайские церемонии)远远不能从中国人民中间消除,而且可以确定地说,它们将长久地存在下去。"①

作为一个在中国生活多年、有丰富的亲身体验的作者,巴兰诺夫具有一般外国学者难以比肩的优势。他的这本书以大量的插图、照片和实地采访的资料,不仅为外国读者提供了一部详尽的中国东北地区民俗概要,对今天中国人回顾历史,也有很好的参考价值。在哈尔滨市阿城区政协计划编纂的《百年阿城轶事》书稿中,就计划有一节"巴兰诺夫笔下的东清宫"②。但他毕竟只是由于通晓汉语、由于特殊工作和生活经历而涉足汉学领域的"半路出家"的学者,与俄罗斯汉学的学院派学者如瓦西里耶夫、阿列克谢耶夫等人相比,在理论修养、学术视野和资料积累上还是有一定的差距。因此,他的这本书只能如它的编者杰尔金茨基所言:"是一位独特的关于中国的信仰与风俗世界的普及性的导游"③,有很强的可读性和史料价值,但还不能说是高水平的研究著作。

三、Я.И.阿拉钦的《华俄诗选》

亚科夫·伊万诺维奇·阿拉钦1878年生于沃洛戈德兹卡亚州,曾在喀山兽医学院学习,毕业后进俄国农业部工作。自1906年11月起发表文学作品,曾出版诗集《来自彼岸的诗》(Стихотворения с того берега,圣彼得堡,1912年)。俄国十月革命后,他于1922年来到中国哈尔滨,成为侨民。在中国他出版过十多部书,其中包括一些诗集,还有根据中国家喻户

---

① И.Г.巴兰诺夫《中国人的信仰与习惯》,莫斯科:蚂蚁出版社,1999年,第6页。
② 见哈尔滨市阿城区政协:《关于文史资料征集工作的实施方案》,http://zhengxie.acheng.gov.cn/tongzhigg/ShowArticle.asp?ArticleID=352
③ И.Г.巴兰诺夫《中国人的信仰与习惯》,莫斯科:蚂蚁出版社,1999年,第3页。

晓的孙悟空故事改编成的俄文长诗——《大闹天宫：来自中国的神话》。1926年，他在当时俄侨组织的哈尔滨市董事会（ХОУ）资助下出版俄译中国诗歌选集《华俄诗选》（Китайская поэзия）。诗集中包括自东晋王徽之以下至现代共36位（包括佚名）诗人的作品，另附有译者本人的一首被译成中文的诗，共47首（有一首现代佚名诗人的新诗"司春神到了"，目录中漏载）。古典诗歌除王徽之1首外，主要是唐诗，共16首。另有一首宋代浣纱女所作《潭畔芙蓉》，阿拉钦题名《为何》，注为"无名氏作"。唐诗中误把张继的《枫桥夜泊》题为白居易作、把"一蓑一笠一渔舟"诗①题为李白作。还有一首署名"成声"的诗《游北园》："一路菜花风，家家流水通。莺声浓荫里，蝶影煖烟中。莎嫩侵衣绿，桃开映面红。书声谁氏屋？溪上问渔翁。"现已无从考证，不知是译者对"岑参"一名的误译（二名俄文均为"Чэн Шен"），还是另有所本。这些都是译者在20世纪初直接从中文书籍，或是根据中国人口头传诵未经核实的文本，了解和翻译中国诗歌尚不成熟而出现的瑕疵。

　　作为一个出身上流社会、受过高等教育，但又被革命浪潮抛离祖国、流落异邦的失意文人，阿拉钦选译的诗歌中占比例最大的是表现田园情调、名士情怀和羁旅游子思乡怀旧之情的诗篇。具体说来，有描写田园风光、表达名士情怀的诗23首，占全集的49%②；思乡怀旧、抒发羁旅孤愁的诗11首，占23%③；表现文人士大夫冶游欢宴、感伤情调的诗8首，占17%④。表现世情民俗的诗只有4首，占8%⑤。而且这些少量的社会民情诗，还往往是以冷眼旁观的态度，对下层人民生活作调侃式的描述，并无深切的体

---

　　① 此诗应为清王士禛所作《题秋江独钓图》，但诗句略有不同，曰："一蓑一笠一扁舟，一丈丝纶一寸钩，一曲高歌一樽酒，一人独钓一江秋。"另一说为纪晓岚作。

　　② 如诗集中入选的王徽之《兰亭集诗》、王勃《圣泉宴》、杜审言《夏日过郑七山斋》、成声《游北园》、王昌龄《闺怨》、误为李白诗"一蓑一笠一渔舟"、王绩《野望》、孟浩然《过故人庄》《游精思观回王白云在后》《题义公禅房》、云溪《雨后》、朱牧人《别墅》、朱畹《喜归》《月夜不寐》、相臣《龙山野望》《春日早起》、龙山《冬夜雪晴寒甚》《春日龙山酒会》、徐松《雪中早起》《吉林江上》、祥云《夏日赴奉游万泉河》、郭文山《山景》，以及译者自作的《秋日即景》等。

　　③ 如赵嘏《江楼书怀》、张继《枫桥夜泊》、岑参《山房春事》、李白《静夜思》《苏台览古》、朱牧人《雪中怀友》、徐刚《旅怀》、淑楷《乘汽车有感》、杨洛川《春日怀黑河旧友》、朱沧浪《寄塞上家子曼》、相臣"不是夜郎魂"等。

　　④ 如杜甫《夜宴左氏庄》、《陪诸贵公子丈八沟携妓纳凉晚际遇雨》、李白《口号吴王美人半醉》、秦荣"掌中一杯酒"、克刚《偿愿》、蓼订《怨声》、知是子《有怀》、张金波"自愧一官劳未休"等。

　　⑤ 如浣花女《潭畔芙蓉》、李楷《候案》、寿山《戏友人纳妾》、现代佚名诗人《新诗》等。

察和关怀,更谈不上为民代言的激情了。①

阿拉钦重在编选和翻译田园隐逸、怀乡思旧诗,恰是借以表达他当时的内心情感和人生寄托的需要。在诗选的封底内面上,印有这样一行文字:"Меценаты, отзовитесь! Спасем русскую литературу, так пострадавшую от революции!(庇护者们,请回应吧!让我们拯救俄国文学,使其免受革命的祸害!)"从中可见阿拉钦对俄国革命的态度,他编译这部诗选的目的,以及他当时的心境。他是以高雅文学的卫士和恪守心灵净土的隐者自居的,这就使他对中国诗歌的翻译,融入了他个人的思想情感,成为他借题发挥、自我宣泄的"二度创作"。

比如他译的孟浩然《题义公禅房》诗:"义公习禅寂,结宇依空林。户外一峰秀,阶前众壑深。夕阳连雨足,空翠落庭阴。看取莲花净,方知不染心。"俄译为:"在野外森林中间,那里风在呼啸,苦行僧义公建立了房舍。在茅舍前是处于地上雾中的山谷——茅舍后边有山上的峭壁横陈。大雨突临,但还有阳光,在乌云的昏暗中义公神采奕奕!而在雨后环绕着义公的,是青绿色的树木和草地,荷花的每一个叶片都是那样的洁净——就像义公青年时那样的清纯……人们从苦行僧身上看到了——他渴望灵魂的清纯,就像儿童!"

从这段译诗里,我们看到阿拉钦增添了许多原诗中所没有的内容,如:"在乌云的昏暗中义公神采奕奕"、"荷花叶片像义公青年时那样清纯"、"苦行僧渴望灵魂像儿童一样清纯"等等。这里出现的比原诗丰满许多的"义公"形象,应该说就是远离祖国、落魄清贫,但还孤芳自赏,自认为保持灵魂的纯洁,不与"恶势力"同流合污的阿拉钦的自我表白与写照。

再看阿拉钦自作的《秋天》(中文译作"秋日即景")诗:

> 呼吸着秋天的忧郁,
> 接触到寒冷的大地。
> 枯萎的落叶孤零零飘落,
> 远处悲伤的森林在沙沙叹息。

---

① 如李楷的《候案》:"非关地土即银钱,候审人皆被讼缠。自己筹思自己事,大家呆坐听官传。"只是客观展现法庭里候审人呆听传唤的窘象。寿山的《戏友人纳妾》,虽然写了新妾内心的惶惑不安,但从她的"含情望宠""羞窥新郎",期待"母因子贵幸荣光"来看,又是站在旧时代男权立场对女性心理的主观揣度,而全无对受压迫弱者的怜悯与同情。

> 云朵一块接着一块
> 悲伤地依次漂移,
> 周围是寒冷的雨滴,
> 把夏天予以忘记。
> 而孤零零盛开的
> 仅有最后一丛紫菊①。
> 与它一起占据内心的,
> 还有爱情、希望和梦臆!

这里,阿拉钦是以经霜独放的菊花自比,表现自己不与环境妥协的孤傲精神。

值得注意的是,拿阿拉钦原诗与其中文译者的译诗相比,我们能看出中俄两国同样具有士大夫气质的诗人不同的心理特征与思维模式。

大约是阿拉钦朋友的杨洛川译的《秋日即景》这样写道:

> 万象生寒色,悲声出远枫。
> 愁云催暮雨,落叶战金凤。
> 好梦随秋尽,繁华转眼空。
> 无情霜后菊,独自为谁容?

阿拉钦原诗的"菊花",是与"爱情、希望和梦臆"一起占据内心,它的基调是"有",说明抒情主人公还有与环境斗争的心理支柱和勇气;而杨洛川的中文译诗则更多强调了"空无",更加突出了孤寂与悲凉,体现了在中国传统的"以虚无为本"的哲学理念的长期熏陶下,中国士大夫的思维习惯与心理定式。应该说,杨洛川的中文译诗相当全面地传达了原诗内容,改写为中国古体格律诗也颇见艺术功力,实在是一篇优秀的译作。但在诗的核心精神上,又添加了中国诗人的思想情感,某种程度上改变了原诗的意蕴,使它无论从内容还是形式上都成为一首典型的中国诗。

阿拉钦在《华俄诗选》序言中对中国诗歌的特点作了一定程度的理性分析和概括,他指出:"中国诗歌主要是感伤诗。""与大部分是表现作者个

---

① 原文为紫苑,为一种头状花序的多年生草本菊科植物,中文译者将其译为菊花。

人感受结果的欧洲诗歌不同,中国诗歌主要是典型性的反映,而不表现个性——比如,反映老年、青春、快乐、忧伤、激情、勤勉等等。中国古典诗人在自然现象的形象中描写精神感受,如天、水、月、银河等。所有这些形象都应该看作是内心情绪的象征:金色描写的是心理的温暖,银色则是心理寒冷,等等。"①这一概括应该说是很精辟的。他还说,无论是中国古代诗人还是现代新诗人,"内容的清纯和对祖国的爱"②,在他们心中都是神圣的。他写道:"中国诗歌以其极为鲜明的原创形象非常有力地引人入胜"③。这些赞美性的评价,表现了译者对中华文化的理解与热爱。

上述三本书,都是在旅华俄侨重镇哈尔滨出版的著作。而在作为俄罗斯在华侨民第三个支脉、其人数和文化活动远逊于哈尔滨和上海的天津俄侨中,也曾出版过用俄文翻译的中国诗选,那就是 А.Н.谢列勃连尼科娃和 И.И.谢列勃连尼科夫夫妇编译的《中国诗歌之花(Цветы Китайской поэзии)》。

四、谢列勃连尼科夫夫妇的《中国诗歌之花》

亚历山德拉·尼古拉耶夫娜·谢列勃连尼科娃(娘家姓彼得洛娃),1883 年 3 月 15 日出生于奥列克明斯基耶·连斯基耶矿区,1902 年毕业于伊尔库兹克贵族女子中学,自 1906 年起成为谢列勃连尼科夫的妻子。1920 年末,她应 Г.К.贡斯教授之邀来到北京,为其撰写的《西伯利亚、联盟者、高尔察克》一书作校对员。以后于 1922 年转到天津,担任俄语和文学教师工作,并在《俄罗斯民族协会公报》、《中国敲钟人》、《亚洲复兴》、《亚洲之光》等杂志上发表过文章。谢列勃连尼科娃自 1937 年开始从事从英文翻译中国诗歌的工作,1955 年 1 月 20 日离开中国去奥斯陆,以后到美国,在旧金山担任《俄罗斯生活》报的校对员,1975 年 4 月 12 日逝世。

伊万·因诺肯季耶维奇·谢列勃连尼科夫,1882 年 7 月 26 日出生于伊尔库兹克州威尔赫连斯基县兹那缅斯科耶村,1953 年 6 月 15 日卒于天津。他当年在文科中学毕业时曾获得过银质奖章,以后进入圣彼得堡军事

---

① 阿拉钦《华俄诗选》,哈尔滨,1926 年,第 5—6 页。
② 阿拉钦《华俄诗选》,哈尔滨,1926 年,第 7 页。
③ 同上。

医学院。因参加大学生集会而被捕,并根据军事部的命令于1902年被从军事医学院除名。他还曾在1906年被关了六个月的单独禁闭。出狱后与亚历山德拉·尼古拉耶夫娜·彼得洛娃结婚。谢列勃连尼科夫自1915年起任俄罗斯地理协会东西伯利亚分部西伯利亚州人事务主任。伊尔库兹克城市杜马秘书(1913年)。俄国十月革命后他站在反苏维埃势力一边,曾担任过白卫军高尔察克政府和西伯利亚政府的部长。1920年侨居中国。后从哈尔滨迁居北京,又从那里来到天津。谢列勃连尼科夫是俄罗斯民族协会及其"公报"的创始人和编辑之一。他创办了书店和私人图书馆,还担任俄罗斯境外历史档案馆(РЗИА)主席,向那里寄去大量的个人收藏。他还发表过一些关于俄国国内战争、边疆志和中国的著作和论文。①

　　谢列勃连尼科夫夫妇不懂中文,因此,他们合著的《中国诗歌之花》不是从中文原文,而是从英、法、德文译本,以及部分俄文译本再度翻译编选的。为了使译文更接近于原文,译者有意采用自由体句式,即不考虑音节、韵脚来翻译中国诗歌。两位译者在"译序"中写道:"我们希望,我们的选集,甚至在它的形式方面,能够给读者关于中国诗歌的内容、形象、主题和性质特点的一般概念。"②这本书出版后,在当时的俄侨读者中曾获得过好评。如1939年1月19号在哈尔滨出版的《哈尔滨曙光》报上发表A.涅斯蔑洛夫的评论,指出其译文的优点是:"诗句处处表现出弹性和韵律的适合主题。每一个有文化的俄国读者都明白,这部著作对于我们理解直率深刻的中国精神可能具有巨大的意义。除此之外,当然,这部诗集还是对俄罗斯艺术文学翻译的珍贵贡献。"③

　　《中国诗歌之花》共168页,附录有"中国宗教颂歌",由天津前德租界山东路19号理想出版社出版。全书分为五个部分。第一部分是《诗经》选译,共25首。其各篇篇名均采用意译,如将《郑风·将仲子》译作"给年轻人";《邶风·静女》译作"赞叹";《鄘风·桑中》译作"男人的花心"等等。这样的译名,如果不考察诗句内容,即便中国人也无法看出原作是哪一篇。

---

　　① A.A.西萨姆特基诺夫《俄罗斯侨民在中国》,符拉迪沃斯托克:远东大学出版社,2002年,第248—249页。

　　② 《中国诗歌之花(Цветы Китайской поэзии)》,理想出版社,1938年,第3页。

　　③ 转引自A.A.西萨姆特基诺夫《俄罗斯侨民在中国》,符拉迪沃斯托克:远东大学出版社,2002年,第249页。

从具体诗句的翻译来看,应该说译者对诗中意象是有自己比较准确的理解的。如《静女》篇中"静女"的"静"字,俄译作"简朴的"(скромная),而不是照字面意思译成"静静的",就是很好地把握住了原诗女主人公形象的性格特点。

诗集第二部分是"没有收进《诗经》的民歌",只有两首,即《罗敷》和《长城谣》。从这个编排顺序上,可以看出俄罗斯汉学和文学研究一贯重视民间作品的特点。即使数量少,也要排在前面。第三部分"中国诗人的诗歌",篇幅最大,共140首。收有屈原、徐干、枚乘、石崇、陶渊明、王勃、孟浩然、李白、宋之问、杜甫、韩愈、白居易、李适、戴叔伦、杜牧、李商隐、邵雍、王安石、司马光、陆游,直至清蒲松龄、乾隆皇帝等人的作品,时间跨度上下两千多年。其中李白诗数量最多(45首),其次为杜甫(15首),以下有王维诗9首、白居易诗8首,反映了这些诗人在域外翻译中的知名度和译者对他们作品的喜爱。第四部分是"不知名的中国诗人作品",共10首。这些诗是何人何篇,现已难于查考,但从译者所译篇名来看,如《生活》《命运》《何时与何地》《抱怨》《梦醒》《男人的希望》《宴会上》《隐士》《友谊》《摇篮曲》等,估计都是表现日常生活情感的抒情作品。

诗集第五部分"现代中国诗人的作品",共10首。其中有徐志摩的《山中》和《夜半松风》、李广田的《虹》、戴望舒的《烦忧》和《深闭的园子》、冯文炳(废名)的《掐花》、何其芳的《夜歌》、林庚的《沪之雨夜》、陈梦家的《铁马之歌》和《白俄老人》等。以往治20世纪中俄文学关系的学者所掌握的俄苏汉学家研究中国现代诗歌的情况,往往限于苏联时期官方主流学者对中国革命诗人作品的评论,而这些由俄罗斯境外侨民汉学家编选翻译的中国现代诗歌,有他们自己的选择标准和艺术理解,有助于我们更全面地把握中国现代文学在海外传播的真实面貌,更充分地了解我国分属不同流派的现代诗人、作家在异域读者心目中的实际地位和声誉,对于20世纪中国文学海外传播史的研究,具有极为宝贵的史料意义。

俄罗斯境外侨民学者对中国民俗文化和文学的介绍与研究,是300多年中俄文化交流史上不可忽视的一页,也是作为整体的俄罗斯汉学的有机组成部分。今天总结和概括完整的20世纪俄罗斯汉学史和中俄文学交流史,不应忘记包括上述5位作者在内的俄罗斯境外侨民汉学家的贡献。

附录四：本书涉及的俄苏汉学家简介
（按姓氏俄文字母排序）

阿列克谢耶夫 В.М.（Алексеев Василь Михайлович，1881—1951）
瓦西里·米哈伊洛维奇·阿列克谢耶夫，现代俄苏新汉学的奠基人。1881 年出生于瓦尔戴城，1902 年毕业于彼得堡大学东方语言系，留校进修并从事教学。1916 年以研究司空图《诗品》的论著获硕士学位。1923 年被选为苏联科学院通讯院士。1929 年未经答辩获语文学博士学位，并被选为院士。自 1910 年起先后在圣彼得堡大学（即后来的列宁格勒大学）、列宁格勒东方学院、列宁格勒文史哲学院、莫斯科东方学院任教。1933—1951 年任亚洲博物馆中国部（后为苏联科学院东方学研究所）主任。1951 年逝世。发表著作约 260 种。其关于中国古典文学研究的主要著作于 1978 年收入《中国文学》一书。

鲍列夫斯卡娅 Н.Е.（Боревская Нина Ефимовна，1940—　）尼娜·叶菲莫夫娜·鲍列夫斯卡娅，1940 年生于莫斯科，1965 年毕业于莫斯科大学附属东方语学院（亚非学院）。1970 年以论文《罗懋登〈三宝太监西洋记通俗演义〉》获语文学副博士学位。1965 至 1966 年在苏联科学院世界社会主义体系经济研究所工作，1967 年起任远东研究所研究员。

瓦赫京 Б.Б.（Вахтин Борис Борисович，1930—　）鲍里斯·鲍里索维奇·瓦赫京，1930 年生于顿河罗斯托夫。1954 年毕业于列宁格勒大学东方系。1959 年以论文《汉代及南北朝乐府——中国诗歌的典籍》获语文学副博士学位。1957 年起为苏联科学院东方学研究所研究员，1966 年升为高级研究员。致力于中国古代诗歌研究。1959 年编辑出版《乐府，古代中国民歌选》。该书中的优秀译作于 1969 年再版，改名为《乐府，中世纪中国抒情诗选》。

沃斯克列辛斯基 Д.Н.（Воскресенский Дмитрий Николаевич，1926—　）德米特里·尼古拉耶维奇·沃斯克列辛斯基，汉名华克生，

1926年出生于莫斯科。1945年以优异成绩毕业于航空仪表制造中等技术学校,同年进入军事外语学院学习汉语。受业于《大汉俄词典》的作者伊利亚·米哈伊洛维奇·奥沙宁教授,以及 Л.З.艾德林、В.М.阿列克谢耶夫、В.С.科洛克洛夫等知名汉学家。军事外语学院毕业后到部队教汉语。1956年毕业于莫斯科大学语文系研究生班,然后被派往中国,1959年在北京大学中文系研究生班毕业。自1958年起在莫斯科大学任教,同时在苏联外交部外交学院、科学院远东研究所、俄罗斯国立人文大学文学院等单位兼职。曾于1971—1972年在新加坡南洋大学、1979—1980年在日本创价大学、1985—1986年在北京师范大学进修。现为莫斯科大学亚非学院功勋教师和高尔基世界文学研究所教授。

戈雷金娜 К.И.(Голыгина Кира Ивановна,汉名郭黎贞,1935—2009)

基拉·伊万诺夫娜·戈雷金娜,1935年出生于莫斯科,1959年毕业于莫斯科国际关系学院。1966年以论文《19世纪至20世纪初中国文艺理论的基本倾向》获语文学副博士学位。1966年起为科学院东方研究所研究员。70年代后致力于研究中国古代传奇和笔记小说。专著有《19世纪至20世纪初中国的美文学理论》(1971)、《中国中世纪的短篇小说:题材的渊源及演化》(1980)、《中世纪前的中国小说》(1983),以及译作《剪灯新话》(选辑)和《浮生六记》(1979)等。

古萨洛夫 В.Ф.(Гусаров Владимир Федорович,?—2001) 弗拉基米尔·费多罗维奇·古萨洛夫,1971年以论文《韩愈的散文传统》获语文学副博士学位。曾任列宁格勒大学东方系副教授,1970—1980年代担任过苏联驻华使馆官员。其研究方向主要是唐代散文。撰有《韩愈散文风格的词汇特点》、《韩愈散文的功能对仗》(1970)、《作为一般方法论教条的中国古典文艺学传统》(1971)、《论中国古典文艺学一般方法论教条的形成历史》(1973)、《道家的天启与儒家的灵感》(1974)、《韩愈"道"理论的一些观点》(1977)等论文。

达格丹诺夫 Г.П.(Дагданов Геннадий Платонович,1948—2008)

根纳吉·巴托罗维奇·达格丹诺夫,毕业于列宁格勒大学东方系,1980年以论文《禅宗佛教对唐代诗人创作的影响(以王维和白居易为例)》获语文学副博士学位。中苏关系紧张时期曾在中苏边境担任过两年翻译,积累了大量实践经验。以后到俄国科学院西伯利亚分院布里亚特社会科学研究所(现为俄罗斯科学院西伯利亚分院蒙古学、佛学和西藏学研究所)工作,从实习研究员一直做到主任研究员、教授。出版过《王维创作中的禅宗佛学》(1984年)、《在中世纪中国文化中的孟浩然》(1991)等四部学术专著,以及一系列有关中世纪中国文化与文学史方面的研究论文。

热洛霍夫采夫 А.Н.(Желоховцев Алексей Николаевич,1933—　）

阿列克谢·尼古拉耶维奇·热洛霍夫采夫,1933年生于莫斯科,1958年毕业于莫斯科国际关系学院。1965年以论文《作为文学体裁的话本小说》获语文学副博士学位。1958—1969年在科学院东方学研究所工作,1969年转入远东研究所,现为高级研究员。专著有《话本——中世纪中国的市民小说》(1969),译作有邓拓的《燕山夜话》。

扎瓦茨卡娅 Е.В.(Завадская Евгения Владимировна,1930—2002)

叶甫盖尼娅·弗拉季米洛夫·扎瓦茨卡娅,1930年生于莫斯科,1953年毕业于莫斯科大学历史系。她的研究方向主要是中国古典艺术,1962年以论文《新中国的国画(论传统与创新)》获艺术学副博士学位。1950至1954年为东方文化博物馆研究人员。1954—1957年在苏联科学院哲学研究所工作,1957年起在东方学研究所从事研究工作。主要著作有《中国古代绘画的美学问题》(1975)、《东方文化在当代西方》(1977)等。

康拉德 Н.И.(Конрад Николай Иосифович,1891—1970)　尼古拉·约瑟夫维奇·康拉德,1891年生于拉脱维亚的里加。1912年毕业于彼得堡大学东方系及实用东方学院日本部。1914—1917年在日本进修。1934年获语文学副博士学位。曾在列宁格勒大学、莫斯科东方学院等学校任教,1931年起为苏联科学院东方学研究所研究员。1958年成为苏联科学院院士。致力于东西方文化比较研究,著有论文集《西方与东方》(1966年)。

克拉芙佐娃 М.Е.(Кравцова Марина Евгеньевна,1953—　）　玛丽娜·叶甫盖尼耶夫娜·克拉芙佐娃,1953年出生于列宁格勒(今圣彼得堡)。1975 年毕业于列宁格勒大学东方系。自 1975 年至 2003 年在俄罗斯科学院东方学研究所圣彼得堡分所工作。1983 年以论文《沈约的诗歌创作》获语文学副博士学位。1994 年获语文学博士学位,论文题目《中国传统诗歌艺术美学经典的形成》。2003 年 9 月调入圣彼得堡大学哲学系东方哲学与文化教研室任教授,2004 年 9 月起为该教研室主任。主要研究汉魏六朝诗歌,自 1977 年以来发表过多篇论文。1994 年出版专著《古代中国诗歌:文化逻辑分析的尝试》。所著《中国文化史》(圣彼得堡小鹿出版社 1999 年出版)被俄罗斯联邦普通与专业教育部推荐为高等院校文化学专业教科书。

克利夫佐夫 В. А.(Кривцов Владимир Алексеевич,1921—1985)
弗拉基米尔·阿列克谢耶维奇·克利夫佐夫,1921 年出生于莫斯科,1949 年毕业于莫斯科东方学院。1958 年进入苏联外交部高等外交学院,1963 年以论文《古代中国的美学思想(公元前 6 世纪至公元 2 世纪)》获哲学副博士学位,1970 年获历史学博士学位。自 1950 年起至 1968 年在苏联外交部工作,曾于 1951—1955 年、1963—1966 年任苏联驻华大使,1958—1960 年任苏联驻日本大使,1960—1962 年任苏联驻上海总领事。曾在苏联驻华使馆实习生班、莫斯科大学东方语言学院、苏联外交部外交科学院、苏共中央社会科学院等部门授课。1968 年起任苏联科学院远东研究所副所长、苏中友协副主席。主要研究方向为中国美学思想、政治意识与社会心理。

李谢维奇 И. С.(Лисевич Игорь Самойлович,1932—2000) 伊戈尔·萨莫依洛维奇·李谢维奇,1932 年出生于莫斯科。1955 年毕业于莫斯科国际关系学院。1956—1959 年在莫斯科大学东方语言学院任教,1963 年起为苏联科学院东方学研究所研究员。1965 年以论文《中国古代诗歌与民歌的关系(公元前 3 世纪末至公元 3 世纪初的民歌乐府)》获语文学副博士学位。出版专著《古代中国的诗歌与民歌》(1969 年),《古代与中世纪之交的中国文学思想》(1979 年)等。

尼基金娜 Т. Н.(Никитина Тамара Никифоровна,1929—) 塔玛拉·尼基法洛夫娜·尼基金娜,1953 年毕业于列宁格勒大学东方系,

1958年通过副博士论文答辩,题目为《古汉语上从复合句的构成特点》。1986年以论文《古汉语句法体系》通过博士论文答辩。曾参与由苏联科学院语言学研究所列宁格勒分所 A.A.霍洛多维奇教授主持的类型学研究工作。现仍与 B.C.赫拉科夫斯基教授领导下的俄罗斯科学院语言研究所类型学研究组的专家们保持合作关系。参加过中国语言学家吕叔湘《汉语语法概论》一书的翻译工作(莫斯科,1965 年出版)。1970—1971 年在新加坡进修。多次主持阅读与注释中国古代医书的专题研讨会。共发表 70 多篇论著,其中有《中国古代文章语法》(列宁格勒大学,1972 年出版)、《中国政论文句法》(圣彼得堡大学,2006 年出版)等 4 本专著。

波兹德涅耶娃 Л.Д.(Позднеева Любовь Дмитриевна,1908—1974)
柳鲍芙·德米特里耶夫娜·波兹德涅耶娃,1908 年出生于彼得堡,1932 年毕业于列宁格勒大学。1946 年以论文《元稹的〈莺莺传〉》获语文学副博士学位。1932—1939 年在中国列宁学校及国立远东大学任教。1944 年以后在莫斯科大学历史系任教,为该校附属东方语学院语文学系汉语文学教研室主任(1949—1959)。1958 年以论文《鲁迅的创作道路》获博士学位。出版专著《鲁迅》(1957)、《鲁迅的生平与创作》(1959),编译《古代中国的无神论者、唯物论者、辩证法家(列子、杨朱、庄子)》,译作有《太阳照在桑干河上》(1949)、《鲁迅讽刺小说集》(1964)等。

波梅兰采娃 Л.Е.(Померанцева Лариса Евгеньевна,1938—　)
1938 年出生于莫斯科。1965 年毕业于莫斯科大学东方语言学院。1963—1964 年在我国北京大学进修。1965 年起在莫斯科大学东方语言学院任教。她的主要研究领域为《淮南子》,1972 年以论文《〈淮南子〉——公元前 2 世纪的中国古代文献》获语文学副博士学位。

波波娃 И.Ф.(Попова Ирина Фёдоровна,1961—　) 伊琳娜·费德罗夫娜·波波娃,1961 年出生于乌克兰斯大林州的别尔绍特拉夫涅沃耶。1978 年以优异成绩毕业于莫斯科第 11 中学,并进入列宁格勒大学东方系中国史专业。大学毕业后进入苏联科学院东方学研究所列宁格勒分所研究生班(1983—1986)。研究生毕业后成为该所工作人员。从助理研究员一直做到所长(2003—2007)。后来在东方所圣彼得堡分所基础上成立东方文献研究所,她于 2009 年 5 月被选为第一任所长。现在还是圣彼得堡国立大学教授。1988 年以论文《作为中国政治思想史源头的 7 世纪初的〈帝范〉》获历史学副博士学位,2000 年获博士学位,论文题目《早期中国的治国理论》。

Б.Л.李福清(Рифтин Борис Львович,1932—) 本名鲍里斯·利沃维奇·里弗京,汉名李福清,1932 年出生于列宁格勒(现为圣·彼得堡),1955 年毕业于列宁格勒大学东方系。1965—1966 年在中国北京大学进修。1961 年以论文《万里长城的传说与中国民间文学的体裁问题》获语文学副博士学位。1970 年以专著《中国的讲史演义与民间文学传统——论三国故事的口头和书面异体》获博士学位。自 1956 年起在苏联科学院高尔基世界文学研究所从事研究工作,1972 年任高级研究员。1987 年当选为苏联科学院通讯院士,2008 年 5 月入选俄罗斯科学院院士,去世前一直担任俄国科学院高尔基世界文学研究所亚非文学部主任研究员。专著有《从神话到长篇小说》(1979)、《中国文学研究在苏联(小说、戏曲)》(1987)等。

罗季奥诺夫 А.А.(Родионов Алексей Анатольевич,1975—) 阿列克赛·阿纳托里耶维奇·罗季奥诺夫,汉名罗流沙,1975 年出生于布拉格维申斯克,1992—1997 在布拉格维申斯克师范大学汉语教学专业学习。1998—2001 年在俄罗斯国立圣彼得堡大学研究生班学习,师从俄罗斯当代著名汉学家、汉语翻译家尼古拉·斯别什涅夫(司格林)教授。2001 年以论文《老舍与中国 20 世纪文学中的国民性问题》(圣彼得堡 2006 年出版)获语文学副博士学位。曾多次来我国复旦大学、武汉大学等多所高校进修。现任俄罗斯圣彼得堡国立大学东方系副教授、系常务副主任,圣彼得堡国立大学孔子学院院长,圣彼得堡俄中友协副主席,欧洲汉学协会副理事长,俄中两国互译 50 部文学作品计划工作小组成员。在我国学术刊物上发表《巴金研究在俄罗斯》(《文艺理论与批评》2005 年第 6 期)、《老舍创作与英国作家卡洛尔》(《长江学术》2007 年第 2 期)、《1930—1931 年中国民族主义期刊上的俄罗斯和俄罗斯文学——以《前锋周报》和《前锋月刊》为例》(《曹靖华诞辰 110 周年纪念文集》,北京:红旗出版社,2009 年)、《中国文学走出去的步伐:苏联解体后中国当代小说散文在俄罗斯的传播状况》(《小说评论》2009 年第 5 期)、《苏联地区的中国现当代文学研究》(《俄罗斯文艺》2013 年第 2 期)等中文论文多篇。获得过 2006 年俄罗斯联邦教育部优秀工作者奖、2007 年中国作协文学交流奖、2013 年度孔子学院优秀个人奖等奖项。

罗季奥诺娃 О.П.（Родионова Оксана Петровна, 1976— ） 奥克萨娜·彼得罗夫娜·罗季奥诺娃，汉名罗玉兰，1976 年出生于布拉格维申斯克。1993—1998 年在布拉格维申斯克国立师范大学外语系学习，主修汉语、英语和中文翻译。1999—2003 年在科学院远东研究所做研究生，师从俄罗斯当代著名汉学家 В.Ф.索罗金教授。2003 年以论文《当代中国作家张贤亮的创作》获语文学副博士学位。现任俄罗斯国立圣彼得堡大学东方系汉语教研室副教授。

谢列布里亚科夫 Е.А.（Серебряков Евгений Алексадрович, 1928—2013） 叶甫盖尼·亚历山大洛维奇·谢列布里亚科夫，1928 年生于列宁格勒。1950 年毕业于列宁格勒大学东方系。1954 年以论文《中国伟大诗人杜甫的爱国主义与人民性》获语文学副博士学位。1973 年以论文《陆游的生平与创作》获博士学位。1950 年后在列宁格勒大学东方系任教，长期担任中国语文教研室主任。专著有《杜甫评传》(1958)、《陆游的生平与创作》(1973)、《中国 10 世纪的诗词》(1979)等。译作有陆游的《入蜀记》(1968) 和茅盾的《动摇》(1956)。

谢洛娃 С.А.（Серова Светлана Андреевна, 1933— ） 斯维特兰娜·安德烈耶夫娜·谢洛娃，汉名谢雪兰，1933 年 1 月出生于莫斯科。她的父亲"二战"时在苏军总政治部工作，参加过解放中国的战斗，并且跟中国人学习过汉语。受父亲影响，她 1951 年中学毕业后即入东方学院学习汉语，1957 年毕业。后又进国际关系学院学习，获历史学博士学位。现任俄罗斯科学院东方学研究所主任研究员。著有《中国社会与传统中国戏剧（16—17 世纪）》(莫斯科科学出版社 1990 年版)、《俄罗斯白银时代戏剧与东方艺术传统（中国、日本、印度）》(莫斯科俄罗斯科学院东方学研究所 1999 年版)等。

索罗金 В.Ф.(Сорокин Владислав Фёдорович,1927—)　弗拉迪斯拉夫·费多罗维奇·索罗金,1927 年生于萨马拉(古比雪夫)市。1950 年毕业于莫斯科东方学院。1958 年以论文《鲁迅创作道路的开始和小说〈呐喊〉》获语文学副博士学位。1950—1957 年任教于莫斯科东方学院、莫斯科大学历史系、莫斯科国际关系学院。1957—1967 年在科学院东方学研究所、1967 年后在远东研究所中国文化组从事研究工作。1962 年晋升为高级研究员。专著有《鲁迅世界观的形成:早期政论与〈呐喊〉》(1958)、《茅盾的创作道路》(1962)、《13—14 世纪的中国古典戏曲》(1979)等。

斯别什涅夫 Н.А.(Спешнев Николай Алексеевич,1931—2011)　尼古拉·阿列克谢耶维奇·斯别什涅夫,汉名司格林,1931 年 8 月出生于中国北京,在中国生活到 16 岁,是俄罗斯汉学界著名的中国通。他 1947 年初随家人回到祖国,中学毕业后进入列宁格勒大学东方系中文专业学习。在那里他一边做学生,一边做教师,主持学生的汉语口语实践课。他的大学毕业论文《汉语词语重音的声学特点》曾获全苏大学生科研竞赛一等奖。从 1957 年开始做助教,1968 年以论文《中国元音的发音特点》获语文学副博士学位,1974 年晋升为副教授。1986 年出版专著《中国俗文学》,1987 年获语文学博士学位,1989 年晋升为教授。发表过 150 多篇(部)学术著作,其中专著有《汉语语音学》(莫斯科 1972 年版)、《汉语概论》(圣彼得堡 2003 年版)、《中国俗文学》(莫斯科 1986 年版)等。其自传体回忆录《北京,我童年的故乡》(圣彼得堡望楼出版社 2004 年出版)由我国东方出版社 2006 年翻译出版。他生前是俄罗斯国立圣彼得堡大学荣誉教授,俄罗斯联邦高等学校功勋工作者,欧洲汉学家协会、国际汉语教师协会执行委员会理事。

斯托罗茹克 А.Г.(Сторожук Александр Георгиевич,1970—)　亚历山大·格奥尔基耶维奇·斯托罗茹克,汉名索嘉威,毕业于列宁格勒国立大学(今圣彼得堡国立大学)东方系,曾留学于我国北京外国语大学。1996 年以论文《唐代诗人元稹的生活与创作》获语文学副博士学位,2006 年以论文《唐代文学中的艺术观念与创作问题》获博士学位。师从原俄罗斯国立圣彼得堡大学东方系中国语文教研室主任、著名汉学家 Е.А.谢列布里亚科夫教授。现任俄罗斯国立圣彼得堡大学东方系教授、中国语文教研室主任,圣彼得堡俄中友协主席,是当前俄罗斯中国历史、文化和民族学领域的一位重要专家。主要著作有:《元稹,唐代诗人的生平与创作》(圣彼得堡 2001 年出版)、《中国文字概论》(圣彼得堡 2002 年出版,2005 年第 2 版,2010 年第 3 版)、《中国学术文化三家:唐代艺术创作中的儒、释、道》(圣彼得堡 2010 年出版)、《中国地狱的神灵》(圣彼得堡 2012 年版,与 Т. И. 柯尔尼里耶娃和 Е. А. 扎维多芙斯卡娅合著)。另有多篇论文在合作文集中发表。

特卡琴科 Г. А. (Ткаченко Григорий Александрович, 1947—2000)

葛里高利·亚历山大洛维奇·特卡琴科,1947 年 10 月出生于莫斯科,1965 年进入莫斯科大学东方语言学院(现为亚非学院)中国语文教研室学习。还是在大学生时代他就在 Л. Д. 波兹德涅耶娃教授的指导下翻译中国的《吕氏春秋》。1970 年大学毕业,毕业论文就是有关《吕氏春秋》研究的内容。1970—1972 年到军队服役。1972—1974 年在政治新闻通讯社(АПН)远东总编室工作。1974—1976 年在苏联科学院东方学研究所工作。1976—1984 年他在军事部门教授汉语,并在 Л. Е. 波梅兰采娃教授的指导下工作。1982 年以论文《作为文学文献的〈吕氏春秋〉》获莫斯科大学语文系副博士学位。1984 年回到东方学研究所,在那里一直工作到 1991 年。从 1991 年起他成为俄罗斯科学院哲学研究所东方哲学部研究员。自 1995 年起领导俄罗斯国立人文大学(РГГУ)东方语言教研室工作,并在 1996—1999 年间兼任人文大学历史与文化人类学研究所所长。著有《〈吕氏春秋〉中的宇宙、音乐、礼仪、神话和美学》(莫斯科科学出版社 1990 年版)、《中国文化指南词典》(莫斯科亚非语言蚂蚁出版社 1999 年版)等。

费多连科 Н. Т. (Федоренко Николай Трофимович, 1912—2000)

尼古拉·特洛菲莫维奇·费多连科,汉名费德林,1912 年出生于皮亚吉戈尔斯克。1937 年毕业于莫斯科东方学院。1943 年获语文学博士学位。1939—1968 年在苏联外交部工作,曾任苏联驻华使馆参赞(1950—1952)、驻日本大使(1958—1962),常驻联合国及安理会代表(1963—1968)。1957 年起兼任科学院东方学研究所研究员,1958 年升任高级研究员并被选为苏联科学院通讯院士。专著有《〈诗经〉及其在中国文学中的地位》(1958)、《中国文学研究问题》(1974)、《中国古代文学作品》(1978)、《中国文学遗产与现代性》(1981)、《屈原：创作渊源与问题》(1986)等。

费什曼 О.Л.（Фишман Ольга Лазаревна, 1919—1986） 奥丽加·拉扎列芙娜·费什曼，1919年生于敖德萨。1941年毕业于列宁格勒大学语文学系。1946年以论文《欧洲对李白的学术研究》获语文学副博士学位。1965年以论文《启蒙时期的中国长篇小说》获博士学位。1946—1949年在列宁格勒大学任教。1958年起为科学院东方学研究所列宁格勒分所研究员，1962年升为高级研究员。专著有《李白的生平与创作》(1958)、《启蒙时期的中国长篇小说》(1966)、《17—18世纪三位中国短篇小说家：蒲松龄、纪昀、袁枚》(1980)。译作有《阅微草堂笔记》(1974)、《新齐谐》(1977)和与别人合译的《镜花缘》(1959)等。

切尔卡斯基 Л.Е.（Черкасский Леонид Евсеевич, 1925—2003） 列昂尼德·叶甫谢耶维奇·切尔卡斯基，汉名车连义，1925年生于基辅省契尔卡斯市。1961年毕业于军事外语学院，1965—1966年在中国进修。1962年以论文《曹植的诗》获语文学副博士学位。1971年以论文《20年代的中国新诗》获博士学位。1960年起任科学院东方学研究所研究员，1973年升为高级研究员。1992年移居以色列，任耶路撒冷希伯来大学教授，2003年逝世。专著有《曹植的诗》(1963)、《中国的新诗(20—30年代)》(1972)、《马雅可夫斯基在中国》(1976)等。译作有曹植诗集《七哀》(1962)、《中国之声(诗集)》(1954)、《多雨的林荫路(20—30年代中国抒情诗)》(1969)、《五更天(30—40年代中国抒情诗)》(1975)、《战争年代中国诗歌(1937—1949)》(1980)等。

什图金 А.А.（Штукин Алексей Александрович, 1904—1963） 阿列克赛·亚历山德罗维奇·什图金，1904年生于彼得堡。1925年毕业于列宁格勒大学东方系。1926—1928年在中国劳动者共产主义大学(中山大学)从事研究工作。1928年后曾在列宁格勒东方学院任教。1935年起为科学院东方学研究所中国文学研究室研究员。译作有鲁迅《阿Q正传》(1929)、《诗经》(全译)(1957)等。

舒茨基 Ю.К.（Шуцкий Юлиан Константинович, 1897—1938，一说

1941) 尤里安·康斯坦丁诺维奇·舒茨基,1897年生于叶卡捷林堡。1921年毕业于列宁格勒大学社会科学系民族语言班。1922—1937年在列宁格勒大学任教。1935年以论文《中国的〈易经〉:语文学研究和翻译经验》获语文学副博士学位。1935年晋升为教授。1920—1937年在亚洲博物馆—苏联科学院东方学研究所、1936—1937年在国立艾尔米塔日博物馆从事研究工作。苏联30年代肃反运动时被杀害。主要译作有《7—9世纪中国诗选》(1923)、《易经》(1936)等。

艾德林 Л.З.（Эйдлин Лев Залманович,1910—1985） 列夫·扎尔曼诺维奇·艾德林,1910年1月5日生于契尔尼戈夫市。1937年毕业于莫斯科东方学院。1942年以论文《白居易的四行诗》获语文学副博士学位,1969年获博士学位。1937—1952年先后在莫斯科东方学院、军事外语学院任教。1944年起为苏联科学院东方研究所研究员。著作有《论今日中国文学》(1955)、《陶渊明和他的诗歌》(1967)等。1984年出版《艾德林译中国古典诗歌》。

附录五:中日文学关系小史

日本保存至今最古的汉文章是《倭国王武(雄略天皇)致(刘)宋顺帝表》,从那时算起,中国古代文学传入日本,并潜移默化地渗透入日本文学的机制内,成为其发展的内在因素,也已经在1500年以上了。

中国历代诗歌、散文、小说、戏曲以及文学理论著述传到日本的种类和数量,难以历数。从传播方式来说,大体经历了四个阶段,即飞鸟奈良时代(5—9世纪)以人种交流为自然通道的传播方式;平安时代(9—12世纪)以贵族知识分子为主体的传播方式;五山时代(3—16世纪)以禅宗僧侣为主的传播方式;江户时代以商业为主要通道的传播方式。

平安时代前后,中日文化接触直接通道开辟以来,中日文学交流高峰迭起、硕果丰繁。一个基本的事实是:日本民族语言书写的文学,即假名文学,是在贵族汉文文学兴盛之后才出现的。当时的贵族借用汉字记录和歌、撰写公文、作日记、载传说,缩短了从口头文学时代到书面文学时代的距离,实现了具有历史意义的飞跃。正是奈良、平安时代的文学家,结合本民族语言特点和审美心理,创造性地发挥了汉语言文字的再生能力,同时又不断地冲破外来语言和文学形式的束缚,才迎来了和歌、物语和日记文学的繁荣。类似的现象还可以在江户时期前近代小说及小说理论的发展中看到。

日本古代许多文学家都把钻研中国古典当作修养的重要内容。《源氏物语》的作者紫式部、《枕草子》的作者清少纳言自不必说,就是中世那些不留名的军记物语的作者,也都以熟知中国古典而自豪。白居易被奉为"一代之诗伯,万叶之文匠",司马迁、班固、杜甫、苏轼、冯梦龙、罗贯中、施耐庵、袁枚等也都是在日本享有盛誉的中国作家。

对中国文学的学习和借鉴,丰富了日本文学的样式和风格,而在长期历史发展中形成的日本化的中国文学教育,也形成了自己独特的方式和传统。早在8世纪,日本宫廷便开始讲授"三史"(《史记》《汉书》《后汉书》),而且在律会制的大学中,在文章博士之下有了专门攻读纪传的学生,他们学习"三史"等历史著作和《文选》,学作汉文章。

明治维新以前的学塾中,教学内容主要是四书、《唐诗选》《十八史略》《文章轨范》《古文真宝》等,中国的白话小说也被学生们私下传阅。这种以汉学为基础的教育,对许多文学家文学修养的培养起了很大作用。夏目漱石在他的《文学论》中,便回忆说:"我少年时代便好学汉籍,尽管学习它的时间短,但朦胧之中已由《左传》《战国策》《史记》懂得了:文学就是这样的。"

日本作家对中国古典的引用,当然不仅是语言的借用,常常是连原典的深厚文化内涵一并借入,以达到强烈的暗示效果。阅读日本古典文学作品,可以看到形形色色的模仿——仿构、反仿、内仿,直到化入内心,借用而不露形迹。

在叙事文学中,"翻案"是最常见的中国小说变异形态。所谓"翻案",就是以中国文学作品为原本,吸取其主题、情节和人物关系,换上日本名称,或改以日本历史环境为背景,重新连缀成篇。这种形式,出现于奈良、平安时代,盛行于室町时代,17—18世纪又成为借用中国白话小说以满足江户市民对新文学渴求的应急手段。"翻案"者根据自己对生活的理解对原本进行加工,或融入日本的民间传说和历史故事,或以当时读者喜闻乐见的情趣替换那些不好理解的描写,或故意渲染异国情调以招引看客,如此种种,以新的面貌提交给日本读者。中国的某些志怪、传奇、演义,在日本一再被改编、翻案,经过贵族文人、僧侣、平民、文士之手,以各种姿态出现在日本的物语、读本之中。

在"翻案"中,对原本有着种种增衍、损耗和"变味",政教色彩。道德伦理色彩显著淡薄,语言及结构的修饰性、均衡性、严整性相对降低,种种文学观念也变得矮小化、情绪化;相反,文学自娱功能陡增。

从接受美学的角度分析,《玉台新咏》《游仙窟》《剪灯新话》这类作品在日本受到青睐,也正是日本人独特审美心理的反映。这些作品,在日本表现为一种超越影响,即它们在日本的影响,反而超过了在中国的影响。

对中国文学理论的钻研和批评,于日本文学理论的成熟也曾发挥有益的启示。和歌的兴盛提出了建立歌论即和歌理论的要求,魏晋南北朝及唐代诗论正为此提供了理论的形式和语言,纪贯之在《古今和歌集》的假名序中竭力模仿汉语的排联句法,以大量的对句,摘句举篇,来论述和歌的性质、历史、歌体及所谓六歌仙的特色,从内容和表达上都打着六朝诗论的印记,以后的许多歌论书都沿用了"风雅"等批评标准。

江户时代的汉诗坛,对明清诗坛风气的反响也十分明显,而汉诗风、诗论又或早或迟给和歌以刺激。风雅、风流、讽刺、有心、幽玄等源于中国文学批评论著中的术语,在日本理论著作中得到了新的解释。

中国文学由汉字的东传作为前驱,又以宗教,主要是佛教作为驿骑,乘着中古世界文学交流的潮流,进入日本的平民文学世界。在古代东方文学的世界性环流中,佛教具有特殊的意义。在它传播的过程中,大量借用了文学的手段,而文学也曾依随它穿越国界、民族与文化的差异,从而赢得了交往、融汇和发展的良机。这或许正是靠着汉译佛典的东传和僧侣的西来,印度、西亚乃至欧洲的文学才获得了在古代中日两国留下投影的重要条件。已经"译梵为秦"的汉译佛典,以中国数千年的文化为背景,具有极为复杂内容的汉语汉字,直接影响着日本人对佛经及其中文学因素的理解。

从整体上说,从日本奈良朝直到江户时期中叶的大部分时间(尽管其间也有两国文学交流出现中断、间离和沉滞的时候),中国文学对日本文学影响的主流表现为一种正向影响(主要由较发达的中国文化在日本的传导)。这特别典型而突出地表现在平安、江户两次汉文学高峰之后日本民族文学的繁荣上。

与这种正向影响相反,19世纪末日本在维新过程中,一部分政治家和思想家主张"文明开化""脱亚入欧",一些文学家便从批判中国封建文化、批判封建文学、批判劝善惩恶的文学观入手,倡导资产阶级文学,走向文学近代化,这时中国文学在日本表现为一种反向影响。特别是坪内逍遥所做的《小说神髓》,剖析了戏作小说中李渔以"义发劝惩"为主脑的小说观的影响,在小说界大树写实主义之帜,发聋振聩,揭开了日本近代文学史上的新的一页。

大胆地接受和消化外国文学的影响,是日本文学的显著特征。日本文化的两个基本特点——适应性和多样性,在日本与中国文学的交流中也有突出的表现。中国文学之所以在日本发生反响,终究取决于日本民族的需要——时代的与历史的,政治的与文化的、社会的和接受者个人的,等等。

在世界文学的进军中,日本作家表现出奋进自省的精神和唯恐落后,一步不让的危机感与紧迫感,表现出求新好异、跃跃欲试的青年般的好奇心理与实践品质。从极度认真地模仿——先是对汉文学、后是对西方文学——最终走向外来文学的"内化",其间常常经过幼稚、杂乱的混合体的阶段,在这一过程中,日本文学的民族性也就越来越被各国文学家所认识。

近代中日文学观念的变革和两国文学的异向溯求

17—18世纪,日本是尊崇汉学的时代。日本人一提"文学""学问",首先想到的是汉学。汉学者们诵读经史,钻研义理,埋头训解,学作诗赋,仿撰辞章,基本上规步于汉唐古人、明清雅士,其间虽有日本语言、日本趣味的介入和变味,但视中国文学高于日本文学,还是一种普遍的观念。中国文学被当作日本文学的母体,她的内容形式乃至其中流露的文人趣味多方面影响着汉学者的生活态度和艺术感情。

源远流长的汉诗文固然是一种日本化的古汉语文学,而近代小说、戏剧及笑话,也都可以看到宋元明清通俗文学的刺激。中国文学在很长的历史时期是日本人接触的唯一的外国文学,连佛典中的印度文学也是通过中国化之后传入日本的,随着基督教传入的西方文学在很大程度上是经过了中国文学语言观念的筛选醇化再由对海外文化抱有强烈兴趣的日本民族吸取的,当时,与汉学对抗的"国学"(日本学)与"兰学"(荷兰学)虽有较大发展,但在整体上无力与汉学平分秋色。

与此形式对照的是,这个时期中国对于日本文学,特别是对于日本语文学基本处于隔膜的状态。对日本汉文学以外的介绍,仅有明代李言恭、郝杰编撰的《日本考》中翻译的和歌,清初《太平乐词》中的《日本灯词》等。具体说来,明代以前,几乎极少看到日本文学的介绍、翻译和评论。

唐诗中有晁衡等日本留学生的作品,但其技法和感情都完全是中国式的。明代中叶以后,倭寇侵扰日甚,出于防倭、抗倭及了解倭情的需要,研究日本的风气渐开,日本的语言文学才见诸中国人的著作。中国文人不注意日本文学,不仅仅是因为两国语言文字的障碍和差异,也不仅仅是因为日本文化曾经落后于中国文化,其中也跟所谓的"华夷之分"的观念及民族自大心理作怪有关。封建士大夫多将日本视为中国政治上、文化上的附庸,或只看到日本文学接受中国文学深刻影响的一面,对其独特的文学传统缺乏深入的探究。在两国关系出现不友好状况时,这种心理又悄悄地潜入强烈的爱国情感之中,一方面客观需要使得一些文人留意平时不屑一顾的日本文化,一方面这种民族自大心理又使他们浅尝辄止。

历史上中国到日本的多为商人、僧侣、渔民等等,而属于传统作家队伍的文人则很少前往,明末清初赴日的朱舜水等人,也更多地是以中国文化传播者的身份出现在异国的。有清乾、嘉、道之际,日本闭关锁国,只有少数中国商人到过长崎。日本与中国,"只一衣带水,便隔十重雾"。"穷乡朴学之士"翁广平(1760—1843)所撰《吾妻镜补》,书中《艺文志》对日本汉文学有所介绍,是堪称凤毛麟角的文献。尔后,俞樾(1821—1907)编选《东瀛诗选》,撰写《东瀛诗纪》,载录日本怪诞小说,接纳日本生徒,为日本学人的著作撰写序文,日本汉文学逐渐为人所知,然而,对日本文学的无视毋宁说是极为普遍的。

19世纪后半叶短短几十年间,中日国情骤变,文情流转,两国文学关系发生了历史性的迁移。首先,随着文明开化的狂潮席卷日本列岛,短短几十年光景,汉诗汉文的传统地位彻底动摇,汉学、国学、兰学共存的格局似乎在一夜之间被击得粉碎,代之以西风囊括天下的形势。"脱亚入欧"的口号响彻意识形态各个领域,适应"文明开化"的需要,西欧文学的介绍翻译在几年间由细流汇成大川,以至于有的文学评论家将明治头十年称为"翻译文学时代",这为当时刻意进取的文学青年打开了一个崭新的天地。相形之下,中国的前资本主义文学只能固守旧城,显出冲击力的匮乏。日本新一代的文学者摒弃了先辈自矜的文人趣味,在对西方文学从漠视迅速转为惊视乃至师视的过程中,对当时的中国文学也从珍视转为傲视甚至鄙视。

不过,他们对于中国古代文学的态度,又另当别论。明治维新期间吸收西方文学、开创新文学的人们,可以说是汉学的乳汁喂养大的。他们借助于古代汉文学的修养,来翻译西方小说,而模拟西方小说的政治小说,更离不开中国古代才子佳人模式和历史演义小说模式。接受了西方教育的森鸥外、夏目漱石等人,同样保留着对中国古代文学的敬意,吟汉诗以抒怀,援古事以论今,借用中国古代小说戏曲的主题而赋予新意,在"和汉混淆"(日汉混合)文体的基础上,吸收欧美词汇、文法而创造新的文体,这一系列的创新都离不开日本吸收中国古典的传统。

与此同时,一生从事中国研究的人们,开始学习欧洲学者的新思想和治学方法,将它们与乾嘉学派的学风结合起来,逐渐整理和研究以往文人鄙视的小说戏曲,并在 20 世纪初取得了不容忽视的成果,涌现出儿岛献吉郎、狩野直喜、铃木虎雄、盐谷温、青木正儿、吉川幸次郎等卓越的中国古典文学研究家,他们的著述从 20—30 年代起便陆续介绍到中国来,给中国学人以启发。

时至今日,中国的古典文学仍被日本学者奉为瑰宝,不断翻译出版。日本学界对于中国文学的兴趣,称得上是一种逆流而上的追慕,而对中国现代文学的介绍研究,始终相对薄弱。

饶有趣味的是,中国人对于日本文学的价值观转变却在今而不在于古,最初甚至不取决于文学本身。黄遵宪在日本期间,日本的言文一致运动方兴未艾,他已看到了假名文学对于发展日本民族的抒情文学与叙述文学的特殊功绩,称赞假名文学的长处在于"语言与文字合",希望中国文学也能"愈趋于简","趋于便"。戊戌维新前夜,康有为、梁启超等人出于改良政治的需要,已经注意到日本普及教育对于文明开化的作用、言文一致对普及教育的作用,以至利用改良小说推动政治上的改良这样一些新问题。

梁启超在变法失败逃亡日本期间,直接接触到日本的政治小说及其理论,他写的《译印政治小说序》第一次郑重引入政治小说这一概念,并力说政治小说的奇效,由此揭开了新小说观念探索确立的序幕。

梁启超的小说理论,同日本民权派的小说理论的显著共同点,是社会兴趣胜过文学兴趣,乞灵于艺术的手段偏又表现出逃避艺术的倾向。①日本民权派的思想家曾经把康德的政论、孟德斯鸠《论法的精神》以及左拉、雨果、狄更斯的作品都当作具有"浸染人心"、"扭转乾坤"作用的政治小说的典范,而梁启超则将法国的伏尔泰描绘成"引英国之政治,以讥讽时政"的"法国革命之先锋",将俄国学生反抗专制不屈斗争的力量,归功于"托尔斯泰之精神所鼓铸者也"。民权派的思想家们在阐述改良小说必要性的同时,将以往的日本小说大加鞭挞,斥其为内容上毫不足取、产生于专制弊害的污泥浊水,而梁启超则把小说看成"吾中国群治腐败的总根源"。在过分夸大小说的作用,要求小说成为政治理论图解与宣传工具等方面,梁启超无不与民权派异曲同工。

不过,梁启超在自己的诗中曾宣称"从今不羡柴东海,枉被多情惹薄情",便流露出对《佳人奇遇》中日本志士与西洋佳人恋爱模式的否定态度,他对中国旧小说弊害的解剖与论述,对小说特征的心理学分析等也有独到之处;更重要的是,日本民权派那一套政治主张在中国没有生根的土壤。如果说梁启超的作品也还充满对君主立宪制下"自由"的憧憬的话,他的后继者们对在中国这块土地上横行霸道的帝国主义,对那个"不足与图治"的清王朝,其揭露和批判的力量便比日本民权派尖锐、激烈、有力得多了。

《佳人奇遇》和《经国美谈》是日本政治小说的代表作,也是流寓日本的维新派译介的、当时最有影响的日本小说。这两本书描写的都是流亡异国的政治家历尽艰辛重返故国的悲喜剧,本是民权派"寄托书中人物,以写自己之政见"的泄愤抒怀之作,往往指西洋而言东瀛。而中国正在咀嚼维新失败苦果的改良主义者们,又借译发挥,不时利用原作情节,表达对祖国面临瓜分惨祸的危机感,对清廷的顽固派表示强烈的义愤,吐露既感兴邦离不开民众又对其心存疑虑的矛盾心理。译者着眼于译作的政治宣传效果,寓政论于译文,在当时青年中确产生了不小的影响。邱菽园说《经国美谈》"于政治上新思想极有关涉",郭沫若也曾谈到书中"亡命的志士、建国的英雄"给自己留下的深刻印象。

梁启超小说理论,既是对冯梦龙、金圣叹等人小说理论的继承和发展,又是借鉴、吸取和改造欧洲资产阶级及日本民权派小说理论的产物。而《佳人奇遇》《经国美谈》等译本的出现,对于扩大新小说理论的影响无疑地起过相当作用。

从此之后,日本逐渐成为中国人了解西方文学的重要窗口之一。晚清的"小说界革命"、"言文一致"以及早期话剧,都受到日本近代文学的刺激,这对于打破封建文学的因袭,促进文风、文体和文学语言的解放,都有良好的影响。从此,日本文学和西方文学开始成为中国文学进行横向比较的新的参照系。

值得注意的是,中国近代的爱国者把反抗日本帝国主义的侵略(包括文化渗透、文化侵略)与通过日本吸取西方先进文化结合起来,苦苦地摸索与奋斗,这使中日文学关系呈现出复杂多变的图像。由于中日两国国情、文化心理和文学传统的不同,同样受到西方文学的深远影响,相似的文学现象实际上又具有完全不同的内容。近代中国文学以救亡图存、爱国保种为主调,反映了中国社会广泛深刻的反帝反封建、实行政治改革的要求,而日本近代文学则以追求民主自由、个性解放为主要标志。在接受西方文学的速率、选择和方式上,两国也表现出诸多差异。

日本在接受西方文学方面极为活跃迅捷,中国的文学者时有步其后尘之举,而对日本固有文学传统的兴趣一般却相对淡漠,这不能不说与种种历史与现实的因素有关。

充任文学媒介的留日青年的文学运动

文学媒介的研究,自然会涉及国外环境与文学思潮关系的具体内容。外国经验改变着作家的知识结构,动摇着某些根深蒂固、看似天经地义却很陈腐的观念,发现和重新认识民族间的差异和本民族文学的新价值。

近现代长期定居日本的中国文学家并不多,但流亡、留学及在日本短期居留过的却为数不算少,特别是一些在文学史上影响颇大的作家,其文学观形成期在日本,是留日学生或与留日学生保持密切联系的青年学者。他们在日本的文学活动曾经形成三个闪烁光彩的时期。

第一时期以梁启超、苏曼殊、鲁迅、欧阳予倩、周作人等为代表,他们是晚清分散在各个领域、思想艺术倾向各不相同的志士。

这些青年走出"萎蘼锢蔽"的老大帝国,目睹日本资本主义的惊人发展,痛感"欲扬宗邦之真大,首在审己,亦必知人"的重要与"别求新声于异邦"的迫切,奋力将政治变革与文学革新的新风吹往国内,而他们在国外开始的创作、演剧活动也使自己一生与新文学、新戏剧结下不解之缘。

鲁迅无疑是其中最杰出的人物。他的《摩罗诗力说》很多材料取自木村鹰太郎的《文艺界的大魔王》和斋藤野人的《诗人柯尔纳》,这是鲁迅接触日本浪漫主义文学的明证。鲁迅"善于改变精神的""要推文艺"这种认识的确立,也不能不说与日本浪漫主义文学思潮的影响有相通之处。北村透谷在《明治文学管见》中,便认为"文学是时代的镜子,是国民精神的反响","诗文之人于其原素与兵马之人无异,使之成为诗文之人,成为兵马之人者,唯有时代"。当时日本翻译介绍了大量文艺复兴以来的欧洲文学,为鲁迅接触外国文学提供的条件,要比国内为优,对他形成重视翻译的思想实有促进。他在《〈奔流〉编校后记》一文中指出:"一切事物,虽说以独创为贵,但中国既然是世界上的一国,则受点别国的影响,即自然难免,似乎倒也无须如此娇嫩,因而脸红。"鲁迅翻译介绍外国文学的一个重要组成部分,便是对日本文学的翻译介绍,在他翻译的长短各种体裁的150多种作品中,日本的达65部之多。

1905至1906年间,在东京的留日学生组织了中国早期话剧的第一个演出团体春柳社,先后改编演出了《黑奴吁天录》《热泪》《猛回头》等剧,在编剧、表演手法等许多方面,都受到日本新派剧的影响,新派剧那些探索者为了反抗社会把演剧看作"犯罪之诱惑物"而自尊自重、献身艺术的精神,是鼓舞中国留学生的戏剧爱好者的一股力量。曾在坪内逍遥等人创办的文艺协会演剧研究所学习过的陈镜若,在剧团处境艰难的情况下,使用坪内逍遥献身艺术的品格来激励自己。

日本新派剧的蓝本是欧洲浪漫派的戏剧,为了政治宣传和反映社会问题,很快又采用了写实的演技。中国的初期话剧不少是模仿新派剧,带有浓厚的浪漫主义色彩,在剧情和表演方法上,改变了某些不符合中国人欣赏习惯和审美心理的部分。春柳社里成长的中国话剧运动的先驱欧阳予倩等人,始终没有忘记藤泽浅二郎、松居松翁、伊园青青园等艺术家对自己的鼓励和指导。

周作人早期的文学生涯,跟他在日本的经历关系颇深。他对日本传统文学的理解是有独到之处的。五四之前,他发表的《日本近三十年小说之发达》,第一次从小说理论的角度,对坪内逍遥的《小说神髓》作了有针对性的介绍,并正确指出:"中国要新小说发达,须得从头做起;目下所缺第一切要的书,就是一部讲小说是什么东西的《小说神髓》",意在反对将小说"不是当作闲书,便当作教训讽刺的器具,报私怨的家伙"的旧小说观。从日本一本古剑镡图案的选本,他借题发挥,批判起旧的艺术观,"中国讲艺术,每每牵连到道德上去,仿佛艺术的价值须得用道德——而且是最偏隘的旧道德的标准去判定才对。"他撰文评价了小林一茶的俳句、与谢野晶子的《爱的创作》、曲亭马琴的日记抄等。他鄙弃马琴的"教训主义",说他不如那些"戏作者"的洒落本与滑稽本更能显出"真的日本国民的豁达愉快的精神",这些议论对于当时的中国文坛不失为有益的新声。

第二时期,是20年代初期创造社的文学青年。

五四运动的兴衰在他们心中引起强烈的撞击,而日本近代文学反对封建主义,争取个性解放的精神恰恰帮助他们更直接、更痛快地喊出弱国子民的郁闷和为祖国、为民族燃烧的热望。他们接受自然主义,增强了自己反叛传统道德理性的强度,但他们将自身命运紧紧系于国家民族命运的激情,又是与日本的自然主义大相径庭的。

郭沫若、郁达夫等人都曾受过日本文坛浪漫主义、自然主义的洗礼,作品中也不免带有模仿"自我小说"的痕迹,但体现在作品中的外来影响,从日本文学中汲取的显然没有在日本汲取的文学养料更有力。我们说没有郁达夫的留学生涯便没有他的《沉沦》,没有郭沫若的"读西洋书,受东洋气"便没有他的《炉中煤》,这些作品的文学意义和社会意义,远远超过力图超越政治的日本文学原型和留学生活的天地。

第三个时期,则是30年代以来以东京左联支部为核心的留日学生左翼文学运动,在这个运动中活跃过谢婉莹、任钧、叶以群、胡风、林焕平等文学青年。

他们不少人是来自上海及各地区的左联成员,他们组织的戏剧活动和文艺创作活动,是在国内反对国民党文化专制主义斗争的延展,而又与国内运动遥相呼应。秋田雨雀、江口涣等作家出于国际主义的感情,对他们给予关切和支持,而日本无产阶级运动由盛而衰的经验教训,对其中一些人文学思想的影响或许在二三十年之后还有迹可寻。不论是他们以中文写作或以日文写作的诗与文,都应当看作中国文学肌体的细胞。

中国的无产阶级文学运动,后起于日本的普罗文学运动。倡导无产阶级文学的中国青年,引日本作家的斗争为借鉴,注意报道日本的情况,一定程度上也重蹈了"福本主义"的"左倾"错误。在左联东京支部建立以前,谢婉莹、任钧(卢森堡)、叶以群(华蒂)等组成的"左联东京特别支部"便与日本普罗作家联盟建立了联系,作家同盟出版的《普罗文学联盟》曾经发表过胡风撰写、署名谷非的文章,介绍了中国左翼文学的情况。

"左联东京特别支部"重新建立之时,日本普罗文化战线在大规模激烈斗争之后,面临着领导软弱、思想混乱、组织动摇的退潮期。任钧等人拜访了无产阶级文学的宿将江口焕等人,了解到左翼文化团体活动的困难,并吸取了他的意见,采用同人杂志的方式,以分散灵活的活动为主,会聚了留日学生中的文学爱好者骨干四五十人,办起了《诗歌》《杂文》等刊物。

他们在日本帝国主义侵略气焰日趋嚣张的情势下,密切注视着国内政治局势的发展和左翼文学运动的成败,承担了把中国的左翼文学介绍给日本文学界的职责。远地辉武等创办的《诗精神》及其后来的《诗人》都曾刊载中国诗人的译诗。1936年9月的《中国青年诗集》特集,除刊载了任钧、胡明树、罗伦等的诗作外,还有胡明树译的《大堰河,我的保姆》。另一方面,留学生也曾及时将日本无产阶级作家批评"唯物辩证法的创作方法"的口号,提倡社会主义现实主义理论的情况和新的创作动向介绍给国内的左翼作家。在戏剧方面,东京的中国留学生演出了国内禁演的曹禺的处女作《雷雨》,并出版了《雷雨》最早的日译本(署秋田雨雀、邢振铎译)。

中国文学研究会编辑的《中国文学月报》等报刊曾报道了留学生们的文艺活动。留学青年的作品刊载在《文艺》《诗精神》《诗人》等刊物上,引起了日本作家的注意。诗人远地辉武认为雷石榆诗歌的特色是"悠然自在而又幽默",赋予日本语以"新的现实",后藤郁子说他的作品"尝试暴露了迄今我国无产阶级诗人尚未充分歌唱的资本主义机构内的上层社会的生活,不只是描绘了生产场面,而且生动地揭示了在资产阶级奢靡的消费场面里不能不从事牺牲劳动的女性的苦恼"。

留日青年的作品,抒发了对乡国的怀念和与日本无产阶级并肩战斗的国际主义感情,如雷石榆的《离开故土》(《文艺》,1935年8月):"然而你/怀念着异国兄弟/就像是故乡的大众/尽管他们和你/本来的言语、血液/并不相同,从那火热心脏里涌出的/熊熊燃烧的同情火焰/和强烈贯通的感觉/却息息相通"。中日两国诗人在一起切磋诗艺,相互唱酬,同时也在吸收着各自文化传统酿造的琼浆。

在20世纪30年代以前,中国的新文学很少介绍到日本,鄙夷中国近代文化的心理影响深广,但在无产阶级文艺运动中,鲁迅的《阿Q正传》及左联五烈士的作品有了翻译出版的契机。小牧近江、里村欣三、前田河广一郎、新居格等也曾来到中国,并出现了一批以中国革命为背景的小说诗歌戏剧。这些作品在艺术上大都比较粗糙,流于概念化,标语口号丛集,然而,它们留给后代中日两国作家,仍不失为足供参鉴自悟的宝贵财富。

中国"人民文学"在日本的传播及其评价

日本学者将我国抗日战争中以延安为中心的解放区成长起来的文学称为"人民文学",以与五四运动后出现的近代文学称为"新文学"相区别。40年代末50年代初,与日本民族的自省思潮相随应,一批解放区文学及《四世同堂》等反映抗日战争的"抵抗文学"陆续译介,引起城乡广泛注意,并形成研究讨论的浪潮。

通过"人民文学"的纽带,日本人增进了对新中国和中国革命的理解,从文学关系的角度讲,自有不可替代的意义。

在日本帝国主义对我国全面入侵的时候,日本译介最多的中国现代作家是周作人和林语堂。中国现代文学的译本被大多数出版社拒绝。中国人民艰苦卓绝的八年抗战以及四年解放战争,日本人民了解甚少,对于这一时期中国文学运动、文学思潮和作家作品可谓漠然无知。但从1947年至1956年,《暴风骤雨》《太阳照在桑干河上》《白求恩大夫》《吕梁英雄传》等几十种描写中国革命和中国人民斗争生活的译作陆续问世。许多读者出于从日本现实中感受到的压抑和苦闷,对于郭沫若、茅盾、老舍、赵树理在1949年以前的作品更有兴趣。这些作家对旧中国的深刻描绘,总是在读者的头脑中与日本的现实迭现在一起。

同时,解放区文学、抗战文学也开始进入日本学者研究的领域,《在延安文艺座谈会上的讲话》出现了多种译本。由于有了日本学者(主要是译者)的评论,中国的革命作家重新获得了评价,中国文学在主题、人物等方面的开拓,受到了广泛的赞许,认为这些作品"将现实最本质的局面,捕捉到作品里来了,人物让工人、农民,特别是其中积极的典型登场,至少把这个方向奉为目标"(小野忍:《赵树理小说论》)。一些作品深入到了日本的劳动群众之中,也有的青年被这些作品所打动而走上了一生研究中国现代文学的道路。

总之,"人民文学"的传播,突破了日本人战争期间对中国革命文学的隔绝,进一步开通了输入中国现代文学的道路。在中日尚未建立外交、贸易关系,甚至民间往来尚被禁止的年代,各种反对民主、诋毁新中国的宣传力量十分强大，中国"人民文学"便成为日本人民理解中国人民、中国文学近乎唯一的桥梁。

"人民文学"的传播，还展示了一个与当时日本文学完全不同的参照系。在战后特殊的社会环境和文学环境中，出现了一批回顾战争的作品，叫中国人的作品由于描写了战争中的日本人而加入到民族反省思潮，同时"人民文学"的译介和研究，也引起了一些日本文学家的思索和探讨，他们对文学与政治、文学与社会等问题的讨论，加强了对日本近代文学的唯我至上主义、趋政治主义倾向的怀疑批判力量。

中野好夫在1947年便谈到，他惊异地发现，中国文学作品都是"为人生的文学"，从中受到很深的启示。中岛健藏郑重地宣称："就是为了不陷于对政治绝望的不幸深渊里去，我们也需要中国现代文学"，高仓穰也曾预料，"新中国的文学在世界文学中翻开了崭新的一页，它将在促进世界文学的发展中发挥重要作用。"政治—文学一体的价值观与预言帝国主义"咽气"在即的形势判断，使得这些论者热情洋溢的期待中，注入了某些理想的、主观的色调。值得注意的是当时日本学者们对中国作品的研究，是和改造日本社会、改造日本文学的愿望结合在一起的。

菊地三郎在《中国现代文学史——革命和文学运动》一书中说：

> 我是日本人，因而，我愿说明，尽管这部书全部文字都用于叙述中国近代文学，但对于我来说，最深切关心的还是日本文学应当是怎样的。这本书也不是与这个问题无关的。我期待这本书里描述的全部内容，对于今天的日本文学，对于今天的日本文学者，能够成为某种反省的资料，甚而可以说，这本书写的正是我在中国文学历史的一个断面之中，尝试寻找明治、大正时期两三位作家曾经力图捕捉的东西。

菊地三郎的这部专著，以抗日战争与解放战争期间的中国文学为研究对象，他期待日本文学能以其"自主性"与爱民联系起来，把写出建立在爱民基础上的爱国文学作为文学者面临的任务，使文学能够像中国文学那样，作为"载道言志"之书出现。论者是从中日文学强烈反差的角度来提出问题的，对中国现代文学的特征和复杂性的概括，也反映了那一时代日本知识分子的自省精神。

"人民文学"的传播,还使某些日本作家在文学民族化、大众化的探索中,发现了比较成功的范例。有关《虾球传》,赵树理、高玉宝作品的讨论,在某种意义上对以西方文学理论作为唯一批评尺度的风气提出了挑战。

在"人民文学"受到普遍欢迎的时候,也有些研究者对于某些作品思想艺术上的缺陷各执己见,展开讨论。

议论集中在它们"好人坏人,一目了然"的人物塑造及问题解决殆尽这种皆大欢喜式的团圆结尾等方面。吉川幸次郎曾发表过一篇《快活的中国小说》(后改题《通往天国的阶梯——黄谷柳《虾球传》》),文中既肯定了《虾球传》的成就,又批评了某些作品描写的是"单色"的世界;小野忍在《赵树理小说》中也曾谈到对于"中国新的人民文学,在事件总是在差不多的情况下就解决了"不满足;驹田信二则指出在赵树理的作品中,"问题"的"解决者"不是作为主人公的"好人"本身,而是一些次要人物。在《小二黑结婚》中是中央派下来的区长,《李有才板话》里是农民救国会的汤同志,他们都是在故事结尾时登场起解决者作用的。某些作品陷入了"登场人物好人坏人类型化,由特定解决者来收尾"的固定模式。这些看法,褒贬中不乏卓见。

实藤惠秀、三好一、小野忍、饭冢期等翻译家作为接受媒介,是我国解放区和新中国文学在日本的第一代读者,他们的理解和评价,构成了下一代读者接受的基础和起点,同时,他们又是这些文学的研究者和阐释者。他们当时正值自己学术发展的黄金时代,在以后的生涯中,不少人始终抓住那时的课题,不断关注着自己介绍过的中国作家的命运,相继拿出新的研究成果,而他们的研究对新一代研究者课题的选择、方法的继承、资料的积累,都起着重要的作用。

有些研究中国古典文学的学者,也受到中国新文学的感动。目加田诚在谈到中国现代诗歌时,曾热情地赞扬道:"作家们全是各自经历民族苦难道路的人们,而且是为今天生活在她大发展时期而欢欣鼓舞,满怀豪情的人们。那人们不屈的灵魂、激烈的愤怒,还有人们温馨的爱、勇往直前、凝神贯注的明亮的目光,那些诗歌自由的表现形式,比起那些缺乏生气的文学形式,更朴素率直,给人以强烈的感动。"这是他为新一代的中国文学研究者秋吉久纪夫所著《现代中国诗人论——变革期的诗人们》一书写的序言中的一段话。

秋吉久纪夫是50年代以后成长起来的学者,始终致力于中国现代诗歌的研究。他译介和研究的范围,从郭沫若的名篇,到江西苏区的红色歌谣,再到新中国的青年诗人,同时孜孜不倦地埋头于资料的搜集整理的工作,先后编写了《解放后中国文学论争资料》、《江西苏区诗歌运动的发展资料》。

今天,更年轻的中国现当代文学研究者也正在成长,他们有更广泛的研究兴趣,如中国少数民族文学,地方文学、中外文学关系等方面的研究,也都取得了成绩。

本文原载《比较文学史》第九章第三节(638—658页),四川人民出版社,1991年。

后 记

值此世纪之交,我们谨以本书作为送别旧世纪、迎接新世纪的一份薄礼,奉献给广大读者。

本书题为《二十世纪国外中国文学研究》,实际上很难名副其实,不可能是对20世纪国外对中国文学研究的全面系统的介绍与评述;除了篇幅的原因之外,更由于我们的研究视野有限,因此有许多地区和国家的中国文学研究情况未能涉及。即使是已经论及的国家和地区,也不免有遗漏之处。当然,有些内容,如俄苏对中国古典小说、戏曲的评介研究成果颇多,但因为国内已有专著对此作了详尽的评述,为避免重复,"俄苏篇"中便不再论及;这样的情况,在别的篇章中也有。

本书系国家社会科学基金项目。本书主编为项目负责人,全体编委是项目的承担者,也是本书的撰稿人。全书有统一的构想,体例、风格力求一致,但由于撰稿人各有特点,各篇的内容也有差异,所以在统稿时既注意全书格调的统一,又适当保持各篇的特色。

本书承蒙天津市学术著作出版基金会予以资助方得以顺利出版,天津人民出版社总编辑成其圣同志及几位编辑对本书的出版也予以大力支持,谨此致以衷心谢意!

编者

再版后记

本书原系1990年国家社会科学基金项目，主编为项目负责人。夏康达负责全书写作大纲的制定和统稿审读，王晓平、孟昭毅、周发祥、李逸津分别担任日本篇、东南亚篇、欧美篇、俄苏篇的执笔，王如青负责资料核对及文字修订工作。本次再版以存旧为原则，只对初版中文字舛误之处做了修改，个别内容措辞稍加修订，适当补充了一些注释，未做大的改动。欧美部分由于周发祥先生已驾鹤西去，改动就更少了。

周发祥生前是中国社会科学院文学研究所的研究员，从20世纪80年代末便专注于国外中国文学研究，著有《比较文学研究类型》（花山出版社，1993年）、《西方文学与中国文学》（江苏教育出版社，1997年）、《国际翻译学新探》（百花文艺出版社，2006年），主编《理解与阐释》（百花文艺出版社）、《社会·艺术·对话》（百花文艺出版社）等系列论文集刊。1992年中华书局主编傅璇琮先生邀我参加他和周发祥先生主持的《中国古典文学走向世界》国家项目，从此我们便开始了愉快的合作。周先生在罹患癌症之后，只要身体状况稍微好转，便在电话中向我兴致勃勃地谈起他要和我们共同编写《汉学博览》大型学术丛书的计划。在他去世前几小时的弥留之际，听说是我来了，虽然已经不能说话，还一直紧紧拉着我的手，像在嘱咐我不要忘了未来的计划。他对文字一定要求"眉清目秀"，这种严谨的著述态度也使他在去世的时候，留下很多遗憾：原计划江苏教育出版社出十卷本的《中国古典文学走向世界丛书》，只出版了《西方文论与中国文化》（周发祥著，1997年）、《国外中国古典文论研究》（王晓平、周发祥、李逸津著，1998年）、《国外中国古典戏曲研究》（孙歌、陈燕谷、李逸津著，2000年）三种，其余均还在发祥先生的电脑中，等待他去做最后的润色。今天，当我重读他当年的书稿时，浮现在脑海里的只有他那一丝不苟、不肯稍许马虎的神情。

本书出版之后，各位作者继续做20世纪国外中国文学研究。王晓平相继出版了《日本中国学述闻》(中华书局,2008年)、《日本诗经学史》(学苑出版社,2009年)、《日本诗经学文献考释》(中华书局,2012年)、《中日文学经典的传播与翻译》(中华书局,2014年),并主编了《日本中国学文萃》丛书,有中华书局出版译著20余种。李逸津等也有多种相关著述出版。2009年,天津师范大学比较文学比较文化研究所与当代俄罗斯汉学研究所合并,建立国际中国文学研究中心,以更宽的视角、更大的热情展开国际中国文学研究领域的探索和耕耘,编辑出版《国际中国文学研究》丛刊,承担了《百年中外文学学术交流史》等国家社科基金重点项目,我们的工作已经站到了新的起跑线上。

本次再版在书末增加了《世纪之交的俄罗斯汉学——文学研究》《当前俄罗斯汉学视野中的中国当代文学》《旅华俄侨学者对中国文学与民俗文化的考察和研究》《本书涉及的俄苏汉学家简介》《中日文学关系小史》等五篇附录,以期更全面地反映20世纪至21世纪初海外汉学——文学研究的全貌。"俄苏篇"的再版修订工作得到俄罗斯圣彼得堡国立大学东方系副主任、语文学博士A·A·罗季奥诺夫先生的大力支持和帮助,提供了许多在国内难以查阅到的第一手资料,在此表示衷心的感谢。

最后,我们要向始终给予我们极大支持和鼓励的阎纯德先生致以崇高的敬礼。从我们起步开始,阎先生就不断给予奖掖与提携,本书的再版,也是经阎先生的提议,并亲自予以指导。我们为本书能收入阎先生主编的"列国汉学书系"而深感荣幸。由于多年从事朝鲜半岛汉学研究并与我们一起合作共事的刘顺利先生英年早逝,使我们不能借这次再版机会补充韩朝篇,不能不深感遗憾。本书尚有很多不完备的地方,然而,与世界互动的事业正处于进行时,我们还会大步朝前走——与"列国汉学书系"一起。

王晓平于瀛庐
2015年10月2日